On vieillit et le temps passe
Le vent balaie les souvenirs
Pour gagner, il te faut perdre
Et pour vivre, il te faudra mourir

Le temps passe
Tex Lecor

Les principaux personnages

La famille Joyal

Napoléon : cultivateur âgé de 50 ans
Lucienne : épouse de Napoléon, âgée de 48 ans et mère d'Anatole (27 ans), Blanche (25 ans, épouse d'Amédée Cournoyer), Bastien (23 ans), Germaine (22 ans), Corinne (18 ans) et Simon (15 ans)

La famille Boisvert

Gonzague : cultivateur et veuf, âgé de 60 ans
Henri : l'aîné de la famille, âgé de 36 ans
Annette : épouse d'Henri, âgée de 35 ans et mère de deux enfants
Juliette : fille de Gonzague, âgée de 33 ans, veuve sans enfant
Aimé : fils de Gonzague, âgé de 30 ans
Raymond : fils de Gonzague, âgé de 28 ans
Laurent : fils de Gonzague, âgé de 21 ans

Wilfrid Boucher : grand-père maternel, beau-père de Gonzague

Avant-propos

Michel David est l'auteur de nombreuses sagas historiques qui présentent, chacune à sa manière, l'histoire du Québec depuis la fin du XIXe siècle. Décédé prématurément en août 2010, il a laissé le souvenir impérissable d'un auteur de grand talent. Les ventes de l'ensemble de ses sagas ont largement dépassé le million d'exemplaires sur le nouveau continent, faisant de lui l'un des auteurs québécois les plus lus de sa génération.

Fin observateur des mœurs et des traditions, Michel David dépeint dans un style unique, grâce à des anecdotes savoureuses, des dialogues colorés et des personnages attachants, le contexte journalier du Québec rural du début du XXe siècle. Son écriture, qui se rapproche beaucoup de celle du théâtre, met en valeur son formidable talent de conteur.

Un bonheur si fragile est le tableau d'une époque révolue quand fidélité, piété et ardeur au travail étaient des vertus encouragées par le clergé tout-puissant. Issue d'une famille dont les membres sont liés par l'amour et l'esprit d'entraide, Corinne Joyal n'aurait jamais cru qu'en épousant Laurent Boisvert, elle ferait son entrée dans une famille où l'argent et l'égoïsme règnent en maîtres. Dès les premiers mois de leur vie commune, Corinne découvrira rapidement que son mari est un homme irresponsable, avare et fainéant.

La langue utilisée par Michel David est colorée et comprend de nombreuses expressions anciennes et plusieurs québécismes qui nous replongent dans un autre temps. Ces expressions ne sont pas courantes et ces références ne sont pas naturelles pour les lecteurs d'ici. Cependant, elles donnent au récit toute sa saveur et son atmosphère particulière. C'est pour cette raison que l'éditeur les a volontairement conservées dans l'édition actuelle. Si certains mots paraîtront surprenants, certaines tournures de phrases spéciales, plusieurs feront sourire et vous plongeront dans un univers autre, celui d'une époque révolue dans un Québec à la fois lointain et étrangement familier.

L'éditeur

Le village de Saint-Paul-des-Prés

Anselme Béliveau : curé de la paroisse
Rose Bellavance : servante du curé
Aurèle Chapdelaine : avocat et candidat libéral défait
Alexina et Alcine Duquette : propriétaires du magasin général
Rosaire Gagné : orphelin en pension chez les Boisvert
Bertrand Gagnon : maire
Honorine Gariépy : présidente des dames de Sainte-Anne
Jocelyn Jutras : voisin de Corinne et Laurent
Pierre-Paul Langevin : vieux bedeau
Aristide Ménard : notaire
Jérôme Nadon : vicaire
Gustave Parenteau : avocat
Camil Racicot : cultivateur, membre du conseil de la fabrique
Paul-André Rajotte : cultivateur, membre du conseil de la fabrique
Marie-Claire et Conrad Rocheleau : voisins de Corinne et Laurent
Eusèbe Tremblay : vieux cultivateur
Mitaines : homme engagé par Eusèbe Tremblay

Chapitre 1

La grande nouvelle

Anselme Béliveau, le curé de la paroisse Saint-Paul-des-Prés, ronflait comme un bienheureux, son double menton appuyé sur sa poitrine. Ses lunettes rondes à monture métallique avaient légèrement glissé sur son nez. Après les fatigues causées par toutes les cérémonies de la semaine sainte, le digne ecclésiastique profitait d'un repos bien mérité.

Dès la fin du dîner, le prêtre au ventre confortable avait quitté son vicaire dans la ferme intention de lire son bréviaire dans son bureau. Cependant, il avait tellement fait honneur au rôti de bœuf et à la tarte aux pommes servis par Rose Bellavance qu'une digestion difficile et le silence de la pièce l'avaient fait succomber à une sieste involontaire.

— Monsieur le curé ! Monsieur le curé, êtes-vous là ? s'écria la servante en frappant à la porte du bureau du curé de la paroisse.

Tiré brusquement de son sommeil, il fallut plusieurs secondes au prêtre pour reprendre contact avec la réalité.

— Quoi ? Qu'est-ce qu'il y a ? maugréa-t-il, mécontent d'avoir été réveillé en sursaut.

La porte s'ouvrit sur une vieille dame de soixante-dix ans, légèrement voûtée et à la voix quelque peu chevrotante.

— C'est monsieur Parenteau qui aimerait vous voir, murmura la servante en demeurant sur le pas de la porte. Je l'ai fait passer dans la salle d'attente.

— Vous auriez pu demander à l'abbé Nadon de s'en occuper, rétorqua le curé Béliveau.

— Il est parti à l'école du village depuis un bon bout de temps.

— Bon, c'est correct, reprit-il en poussant un soupir. Dites-lui que je vais le recevoir dans cinq minutes.

Rose Bellavance sortit et le prêtre quitta son fauteuil pour se dégourdir les jambes. Il s'immobilisa un instant devant l'une des fenêtres dont il écarta le lourd rideau de velours brun qui la masquait partiellement. Son regard se porta immédiatement sur le terrain vague voisin où, en ce mois d'avril 1901, les pierres noircies par le feu de son ancienne église se devinaient au milieu des longues herbes brunes. Il dut faire un effort de volonté pour détourner les yeux de l'endroit et les diriger plutôt vers le cimetière voisin.

Même si ce triste spectacle s'imposait à lui depuis plus de trois ans, il ne s'y était jamais habitué. Il éprouvait toujours le même serrement de cœur à la pensée de la magnifique église que le feu avait ravagée en quelques heures le 12 février 1898.

Ce soir-là, alors qu'il se préparait à monter dans sa chambre, des lueurs rouges dansant sur les murs du salon du presbytère l'avaient intrigué et incité à regarder par une fenêtre. À la vue des flammes en train de lécher l'avant-toit de son église, il avait poussé un cri de désespoir qui avait alerté son vicaire. Les deux ecclésiastiques s'étaient précipités à l'extérieur sans prendre le temps de revêtir un manteau en cette froide soirée de février. Leur arrivée sur les lieux avait coïncidé avec celle du maire et des premiers paroissiens.

— Sonnez le tocsin, monsieur le maire, avait ordonné le curé, au comble de l'énervement.

— Mais ça flambe en-dedans, avait fait remarquer Bertrand Gagnon. Quand je vais ouvrir la porte, ça va faire un appel d'air et ça va être pire encore. C'est ben trop dangereux, monsieur le curé.

L'abbé Nadon, que les paroissiens de Saint-Paul-des-Prés avaient affectueusement surnommé Tom Pouce à cause de sa petite taille, avait alors écarté le maire de la main, monté les marches du parvis et était entré dans l'église en flammes. Aussitôt, les cloches s'étaient mises en branle pendant que le curé Béliveau avait couru vers l'arrière du bâtiment pour atteindre la sacristie, suivi de près par deux braves paroissiens qui venaient d'arriver sur les lieux. C'était ainsi que les saintes espèces enfermées dans le tabernacle, les vases sacrés et une bonne partie des vêtements sacerdotaux avaient pu être sauvés.

En quelques minutes, les habitants de Saint-Paul-des-Prés avaient envahi les lieux de la catastrophe. Horrifiés, ils voyaient les flammes s'échapper en ronflant par les fenêtres dont les vitraux avaient éclaté. Pendant que certains hommes de la paroisse perçaient à grands coups de hache un trou dans la glace de la rivière Yamaska située à quelques centaines de pieds en face de l'église en flammes, les femmes, rassemblées en un troupeau frileux de l'autre côté de la route, priaient.

Rapidement, une chaîne s'était organisée et les seaux remplis d'eau avaient commencé à passer de main en main et avaient été déversés à la volée sur le brasier dans l'espoir de contenir les flammes. En pure perte. Après deux heures d'une lutte inutile, le curé Béliveau et le maire avaient enjoint les gens à s'éloigner de la scène parce que le toit risquait de s'effondrer d'un moment à l'autre. On s'était contentés alors de surveiller étroitement le brasier pour éviter que l'incendie ne se propage au presbytère voisin.

Ensuite, tout était allé très vite. Quelques minutes plus tard, le toit s'était écrasé dans un grondement sinistre accompagné par les cris d'horreur des spectateurs. À la fin de la nuit, l'église presque centenaire de Saint-Paul-des-Prés n'était qu'un amas de ruines fumantes dont il ne s'échappait plus que des volutes de fumée.

Alors, un à un, les paroissiens, transis et le cœur lourd, s'étaient résignés à rentrer chez eux dans la nuit hivernale.

Toujours planté devant la fenêtre, Anselme Béliveau se rappelait comme il avait accueilli avec soulagement la neige qui avait recouvert les restes de son église dans les heures qui avaient suivi. Elle avait rapidement dissimulé une bonne partie des débris calcinés.

La disparition de leur église avait endeuillé autant le curé que les habitants de Saint-Paul-des-Prés. Le spécialiste venu de Sorel quelques jours plus tard avait vite conclu à un incendie accidentel probablement causé par un lampion puisque l'édifice n'était pas chauffé durant la nuit.

Le surlendemain, le curé Béliveau avait attelé sa *sleigh* et était allé à Nicolet rencontrer monseigneur Gravel, son supérieur, pour savoir ce qu'il convenait de faire dans les circonstances. À cette occasion, le prélat avait fait mentir sa réputation d'ecclésiastique froid et sévère. Il s'était montré plein de compassion pour le curé de Saint-Paul-des-Prés.

— L'essentiel est que le feu n'ait pas fait de victime, avait-il affirmé. Je comprends que la perte soit grande pour vous et vos paroissiens, mais dites-vous que Dieu sera aussi confortable dans la prochaine maison que vous lui bâtirez. En attendant que votre fabrique ait trouvé les fonds nécessaires pour reconstruire, je vous laisse le soin de trouver un endroit approprié pour célébrer le culte, avait-il ajouté.

— J'ai pensé au réfectoire du couvent des sœurs de l'Assomption, monseigneur, avait répondu le curé. J'en ai parlé à mère Sainte-Flavie, la supérieure, et elle est d'accord pour nous laisser le transformer en chapelle. C'est pas bien grand, mais en célébrant une basse-messe de plus le dimanche matin, ça devrait aller.

— Et comment elle va se débrouiller sans son réfectoire ? avait demandé le prélat.

— Elle m'a dit qu'elle transformerait une classe vide en réfectoire pour ses religieuses et pour les filles du couvent.

— C'est parfait, avait jugé le prélat. Je vous enverrai cette semaine une lettre que vous pourrez lire en chaire à vos paroissiens. Je les encouragerai à se consacrer à la construction d'une autre église le plus tôt possible… Mais il va de soi qu'il n'est pas question de se lancer dans l'aventure avant que la fabrique n'ait amassé cinq mille dollars.

— Cinq mille dollars ! n'avait pu s'empêcher de s'exclamer le brave curé.

— Et encore, avait laissé tomber monseigneur Gravel en se levant pour signifier la fin de l'entrevue. J'ai sur les bras les dettes de deux paroisses du diocèse qui se sont lancées dans la construction d'églises trop coûteuses pour leurs moyens. Ça n'arrivera plus, du moins aussi longtemps que je serai évêque du diocèse de Nicolet.

Le dimanche suivant, Anselme Béliveau et son vicaire avaient lu la lettre de l'évêque aux paroissiens à la fin de chacune des trois messes célébrées au couvent voisin du presbytère. La veille, lors de la réunion du conseil de la fabrique, certains marguilliers s'étaient élevés contre la décision de monseigneur Gravel, mais ils avaient vite été ramenés à la réalité par le président de la commission scolaire et du conseil, Gonzague Boisvert.

— Parle donc pas à travers ton chapeau, avait-il sèchement lancé à un marguillier. Monseigneur a raison, il faut au moins cinq mille piastres pour commencer à construire.

— Oui, mais on n'a plus d'église, avait voulu argumenter Camil Racicot.

— On n'en mourra pas, l'avait abruptement coupé le président. On est déjà organisés avec les sœurs pour se servir de leur réfectoire. En échange, on fournira le bois pour chauffer leur couvent. On attendra le temps qu'il faudra.

Cette dernière déclaration du président irascible de la fabrique avait mis fin à toutes les discussions. L'assemblée avait alors été levée.

Depuis, la reconstruction de son église avait été au centre de toutes les préoccupations du brave curé Béliveau. Avec l'aide de son vicaire, il n'avait cessé de harceler ses paroissiens pour qu'ils contribuent généreusement aux fonds destinés à cette église dont l'absence se faisait si cruellement sentir, surtout à l'approche des grandes fêtes religieuses comme Noël et Pâques. Malheureusement, l'argent était rare chez les cultivateurs en ce début du vingtième siècle. Le pasteur avait beau se priver, économiser le moindre sou et pousser la fabrique à organiser toutes sortes d'activités paroissiales pour amasser de l'argent, la somme déposée chez le notaire Ménard n'atteignait que trois mille dollars après trois ans et demi de sacrifices. De plus, ce montant avait été atteint essentiellement grâce à quatre legs importants de paroissiens décédés.

— On n'y arrivera jamais ! se plaignait parfois le curé auprès de son jeune vicaire, dans ses moments de découragement.

— Ça avance, monsieur le curé, ça avance, le rassurait Jérôme Nadon. On a ramassé plus cette année que l'année passée.

La porte du bureau s'ouvrit à nouveau dans le dos d'Anselme Béliveau.

— Monsieur le curé, monsieur Parenteau attend toujours, murmura la servante.

— J'arrive, madame Bellavance.

Le prêtre sortit de la pièce, traversa le couloir et alla ouvrir la porte de la petite salle où attendait le visiteur depuis plusieurs minutes.

Gustave Parenteau avait retiré son léger manteau de printemps et déposé sa canne contre le mur avant de s'asseoir sur l'une des six chaises inconfortables qui meublaient la petite pièce uniquement ornée d'une fougère anémique. L'homme, âgé d'une trentaine d'années, était habillé avec un soin excessif. Son costume gris acier finement rayé était égayé par un mouchoir rouge dépassant légèrement de la poche de poitrine. Un col en celluloïd d'un blanc éclatant enserrait son cou maigre tout en mettant en valeur une cravate du même rouge que le mouchoir. La fine moustache blonde aux pointes coquettement retroussées ne faisait pourtant pas oublier la chevelure clairsemée et l'air maladif du visiteur.

— Bonjour, maître Parenteau, le salua Anselme Béliveau sans trop de chaleur. Passez donc dans mon bureau.

Le curé de la paroisse cacha difficilement son agacement à la vue de son sémillant visiteur. Il n'éprouvait aucune sympathie pour ce dandy aux manières un peu efféminées issu d'une riche famille montréalaise. On racontait dans la paroisse que le jeune avocat avait séjourné quelques années en France avant de venir occuper un poste dans le cabinet d'avocats dirigé par son père. Victime d'une pneumonie quelques mois après son retour d'Europe, il avait décidé de venir se refaire une santé à la campagne l'automne précédent. Il s'était alors installé dans la maison de feue Eugénie Morin, située face au presbytère. La rumeur voulait que la veuve Morin fût une lointaine parente qui avait légué sa maison aux Parenteau.

— Je vous suis, monsieur le curé, dit Gustave Parenteau avec l'accent français qu'il se plaisait à cultiver.

Anselme Béliveau lui montra un siège avant de contourner son lourd bureau en noyer et de se laisser tomber dans son fauteuil dont le siège était recouvert de cuir noir.

— Qu'est-ce que je peux faire pour vous ? demanda-t-il assez abruptement à son visiteur.

L'autre toussota de manière affectée et lissa sa moustache avant de prendre la parole, ce qui eut le don d'agacer plus encore le curé de Saint-Paul-des-Prés.

Il importe tout de même de mentionner que le prêtre avait la réputation fort méritée d'être soupe au lait et d'avoir une très haute idée de son rôle de pasteur. Le verbe haut et le geste tranchant, il avait l'habitude de dicter ses directives sur un ton qui n'admettait pas la contestation. Rien ne l'irritait plus que de sentir qu'il n'impressionnait nullement l'homme de loi.

—Je ne suis pas l'un de vos paroissiens depuis bien longtemps, monsieur le curé, dit le jeune avocat comme entrée en matière, mais je demeure à Saint-Paul depuis assez longtemps pour savoir à quel point la reconstruction de votre église vous tient à cœur.

— C'est sûr, reconnut le gros prêtre sur un ton bourru.

Ce fils de cultivateur de Sainte-Perpétue s'irritait facilement quand on n'allait pas droit au but.

— Bon, je ne vais pas vous faire perdre trop de votre précieux temps, enchaîna Gustave Parenteau en sortant de l'une de ses poches un étui en argent contenant ses cigarettes. Puis-je m'allumer une cigarette ?

— Allez-y, accepta l'ecclésiastique agacé, en poussant vers son visiteur un cendrier.

— Est-ce qu'il est indiscret de vous demander quelle somme vous manque pour démarrer les travaux de reconstruction ? demanda Parenteau après avoir allumé sa cigarette.

Le curé eut un moment d'hésitation avant de se décider à répondre.

— C'est pas un très grand secret, finit-il par dire comme à contrecœur. Vous auriez pu l'apprendre par l'un des marguilliers de la paroisse. Il nous manque encore deux mille piastres. Comme vous pouvez le voir, c'est pas demain la veille qu'on va avoir une église dans la paroisse…

— C'est bien ce qu'on m'a dit, fit l'avocat sans honte aucune.

— Mais je vous trouve bien curieux pour…

— Pour un étranger ? demanda le jeune homme avec un sourire railleur.

—Je voulais dire pour quelqu'un qui reste au village depuis si peu de temps, se rattrapa le prêtre en rougissant légèrement.

— Détrompez-vous, monsieur le curé, reprit le dandy sur un ton précieux. Ce n'est pas de la curiosité, c'est plutôt de l'intérêt.

— Comment ça ?

— Je vous explique rapidement. J'ai reçu une lettre d'un notaire de Montréal m'avisant que l'une de mes clientes était décédée à la fin de l'hiver. Il semble qu'elle m'ait légué une somme plutôt conséquente.

— Je suis bien content pour vous, dit froidement Anselme Béliveau.

— J'ai bien réfléchi, poursuivit le visiteur sur un ton imperturbable après avoir soufflé vers le plafond la fumée qu'il venait d'aspirer. J'ai décidé de faire un don important à votre paroisse.

— Êtes-vous sérieux ? demanda le curé en s'avançant au bord de son fauteuil.

— On ne peut plus sérieux, monsieur le curé, répondit l'avocat en tirant de sa poche de poitrine une enveloppe blanche. Vous trouverez un chèque de deux mille dollars dans cette enveloppe.

À l'annonce d'une telle somme, le cœur du pauvre curé avait eu un raté et son visage avait soudainement pâli.

— Ben voyons donc ! protesta-t-il faiblement. Mais c'est une vraie fortune ! J'ai envie de me pincer pour voir si je rêve pas.

— Faites surtout pas ça, monsieur le curé, dit un Gustave Parenteau apparemment très fier de son geste. Disons que ce sera ma contribution personnelle à la construction de la nouvelle église, ajouta-t-il en se levant.

— Je sais vraiment pas comment vous remercier, balbutia le curé Béliveau en se levant à son tour pour lui tendre la main. Vous faites là un cadeau qui a pas de prix à mes paroissiens. Je suis certain que Dieu vous le rendra.

— Je l'espère bien, monsieur le curé, répliqua le jeune homme en lui serrant la main.

Anselme Béliveau accompagna le généreux donateur jusqu'à la porte du presbytère en réitérant ses remerciements. Lorsque la lourde porte se fut refermée derrière l'avocat, le prêtre se frotta les mains de contentement et éprouva beaucoup de mal à se retenir de pousser un cri de joie. Le visage illuminé par un sourire de ravissement, il se contenta de s'arrêter un instant à la porte de la cuisine pour demander à la vieille servante de lui envoyer l'abbé Nadon dès son retour de l'école. Il se garda bien de raconter à Rose Bellavance ce qui venait d'arriver, de peur qu'elle ne communique la nouvelle au vicaire avant lui.

Une heure plus tard, Jérôme Nadon vint frapper à la porte du bureau de son supérieur. Le petit prêtre aux cheveux bruns toujours impeccablement séparés par une raie pénétra dans la pièce, sa figure ronde fendue par un large sourire.

— Vous voulez me voir, monsieur le curé ?

— Entre, Jérôme, et viens t'asseoir une minute. J'ai toute une nouvelle à t'apprendre.

Intrigué, le vicaire vint prendre place en face d'Anselme Béliveau qu'il considérait presque comme un second père.

— Je viens de recevoir la visite de Gustave Parenteau, dit le curé.

— Je suppose que c'est pas ça que vous appelez une bonne nouvelle, se moqua le jeune prêtre, qui avait deviné depuis longtemps l'antipathie que son curé entretenait à l'égard de ce nouveau paroissien un peu trop voyant.

— Oui, justement, répliqua le curé Béliveau. Il vient de sortir du bureau en me laissant un chèque pour la paroisse.

— Ah bon !

— Tu devineras jamais combien il nous donne, reprit son supérieur, enthousiaste.

— Je sais pas moi, cinq piastres ? Dix piastres, peut-être. Il a l'air pas mal à l'aise après tout.

— Non, t'es pas mal loin du compte, fit le curé, la mine réjouie. Il nous donne deux mille piastres.

— Hein ! sursauta son vis-à-vis. Pas deux mille piastres !

— T'as bien entendu : deux mille piastres ! Assez pour enfin commencer la construction de notre nouvelle église ce printemps.

— Eh bien, monsieur le curé, c'est en plein le miracle que nous attendions. On n'aura pas prié pour rien. Dieu nous a entendus, affirma Jérôme Nadon avec un enthousiasme égal à celui de son supérieur.

— On va fêter ça, conclut Anselme Béliveau en ouvrant le dernier tiroir de son bureau pour en tirer une bouteille de gin et deux petits verres.

— Juste une goutte pour moi, monsieur le curé, protesta l'abbé. Je supporte pas la boisson.

Il se retint à temps pour ne pas ajouter « aussi bien que vous ».

Durant les cinq dernières années passées dans la paroisse, l'abbé Nadon avait remarqué que son curé avait une certaine propension à boire. Bien sûr, il ne l'avait jamais vu ivre, mais il savait qu'il avait toujours une ou deux bouteilles de gin dissimulées soit dans sa chambre à coucher, soit dans son bureau. À quelques reprises, le vicaire avait remarqué l'élocution hésitante de son supérieur et il en avait déduit qu'il prenait parfois un verre en cachette…

Le doute qui venait souvent hanter ses nuits refit soudainement surface. Le soir de l'incendie, le curé Béliveau avait quitté son bureau au milieu de la soirée pour aller prier durant quelques minutes à l'église. Pour la millième fois, il se demanda si son supérieur n'avait pas un peu bu ce soir-là et laissé une chandelle allumée ou mal éteint une allumette avant de quitter les lieux.

Jérôme Nadon se secoua pour chasser cette pensée et regarda le curé Béliveau dévisser en un tour de main la grosse bouteille verte et verser dans chaque verre une large rasade d'alcool. Il tendit l'un des verres à son vicaire avant de lever le sien.

— À notre église ! dit joyeusement le curé en levant son verre.

— À notre église, reprit le vicaire.

— Après le souper, je vais envoyer chercher Gonzague Boisvert pour lui annoncer la bonne nouvelle, précisa le curé Béliveau quelques instants plus tard. On va faire une réunion du conseil de fabrique dès demain soir.

Chapitre 2

L'attente

Le silence relatif de l'étable où étaient parquées les six vaches de Napoléon Joyal fut soudainement ponctué par le bruit d'un seau métallique roulant sur le sol.

— Ah ben, ma saudite air bête! s'écria Corinne en administrant une claque à la vache qui venait de renverser le seau dans lequel elle était en train de recueillir le lait de l'animal.

La jeune fille de dix-huit ans quitta précipitamment le petit banc sur lequel elle était assise pour aller récupérer le récipient que la bête avait heurté. Elle jeta un bref coup d'œil à l'autre extrémité de l'étable, avec l'espoir que son père, occupé, lui aussi, à traire une vache, n'avait rien entendu. Elle l'aperçut venant dans sa direction, l'air furieux.

— Maudit torrieu! hurla-t-il. Même pas capable de traire une vache comme du monde! Rentre à la maison et va au moins aider ta mère!

La jeune fille tendit le seau qu'elle venait de récupérer à son père et, sans dire un mot, sortit de l'étable.

En cette fin de vendredi après-midi d'avril, le soleil brillait de tous ses feux, mais ne parvenait pas encore à réchauffer vraiment le fond de l'air. Les dernières traces de neige avaient disparu depuis une semaine. Les branches des trois érables centenaires devant la maison s'ornaient déjà de leurs premiers bourgeons. Ici et là, des touffes d'herbe verte prouvaient que le printemps était enfin installé.

En refermant la porte de l'étable derrière elle, la fille cadette de la famille Joyal arborait un sourire malicieux, signe qu'elle venait de remporter une petite victoire. Elle détestait travailler hors de la maison et s'arrangeait, le plus souvent, pour exaspérer son père qui finissait, presque invariablement, par la renvoyer aux tâches ménagères.

Elle se dirigea sans se presser vers la grande maison en pierre surmontée d'un haut pignon que trois générations de Joyal avaient habitée avant son père. Elle monta sur le balcon et poussa la porte de la cuisine d'été. Elle retirait ses vieilles bottes en caoutchouc noir quand la porte de la cuisine d'hiver s'ouvrit.

— Vous avez déjà fini le train ? lui demanda sa mère, intriguée.

— Non, m'man. P'pa m'a renvoyée.

— Qu'est-ce que t'as encore fait de travers ? fit Lucienne Joyal, d'un air sévère.

La mère de famille de quarante-huit ans avait un visage rond et était dotée d'un tour de taille assez imposant. Ses cheveux poivre et sel coiffés en un strict chignon et sa robe boutonnée très haut accentuaient son air austère.

— C'était pas de ma faute, plaida sa fille. La Rousse a encore trouvé le moyen de broncher pendant que je la trayais et elle a renversé ma chaudière.

— Et naturellement, tu te doutais pas que ça pouvait arriver ? persifla sa mère.

— Ben là, m'man, je peux pas penser à tout.

— Toi, ma petite bonyenne, va pas t'imaginer que je vois pas clair dans ton jeu. Tu profites un peu trop souvent d'être la chouchou de ton père pour éviter de faire ce que t'aimes pas.

— C'est pas de l'ouvrage de fille aussi, m'man, protesta Corinne en pénétrant dans la cuisine d'hiver à la suite de sa mère. Si p'pa avait pas accepté que les garçons aillent courir à Sorel aujourd'hui, j'aurais pas été obligée d'aller l'aider à l'étable.

— Anatole et Bastien viennent de revenir du chantier. Ils ont travaillé dur tout l'hiver. Ils méritent de se changer les idées.

— Pas Simon en tout cas…

— Ton frère a peut-être trois ans de moins que toi, mais ça l'a pas empêché de bûcher du bois tout l'hiver avec ton père. S'il l'a laissé aller avec tes frères, ça te regarde pas. Toi, occupe-toi de te rendre utile un peu et arrête de rêvasser. Bon ! Assez discuté pour rien. Tranche le pain et mets la table. Grouille-toi un peu !

La jeune fille prit un air boudeur et se dirigea vers l'armoire pour en sortir la vaisselle pendant que sa mère allait touiller la soupe aux pois qui mijotait sur le poêle à bois.

— Est-ce qu'ils vont être revenus pour souper ?

— Je pense pas.

— Je vous dis qu'il y en a qui sont chanceux de pouvoir aller se promener à Sorel. Moi aussi, j'ai travaillé tout l'hiver. J'ai fait des catalognes à la journée longue.

— Arrête de te lamenter. C'est pas la place d'une fille de ton âge de courir les chemins en pleine semaine.

Corinne se tut. Après avoir coupé d'épaisses tranches de pain dans la miche tirée de la huche, elle dressa le couvert. Ensuite, elle alla se poster devant l'une des deux fenêtres de la pièce. Le reflet que lui renvoya la vitre lui arracha un sourire sans joie.

La fille cadette de Lucienne et Napoléon Joyal était très jolie et ne l'ignorait pas. Son épaisse chevelure blonde bouclée encadrait un visage aux traits délicats et mobiles, éclairé par des yeux d'un bleu profond. Les garçons de Saint-François-du-Lac, séduits par sa taille fine et son caractère enjoué, tournaient autour d'elle depuis longtemps déjà.

— Veux-tu bien me dire ce que t'as à manger les vitres ? lui demanda sèchement sa mère en l'apercevant, immobile devant la fenêtre.

— J'ai fait ce que vous m'avez demandé, m'man, répondit Corinne, d'une voix un peu exaspérée. La table est mise.

— Reste pas à rien faire. Va épousseter les meubles du salon en attendant que ton père finisse son train.

Lucienne Joyal savait bien ce qui rongeait sa fille depuis le retour du chantier de ses frères. Depuis une semaine, elle attendait avec une impatience croissante le beau Laurent Boisvert qui avait passé l'hiver au même chantier qu'eux, au nord de Lachute. Son amoureux ne s'était pas encore manifesté et l'avait laissée célébrer Pâques seule. Anatole et Bastien avaient assuré à leur sœur que son Laurent n'avait pourtant pas fait la drave. À les entendre, ils avaient perdu de vue le plus jeune fils de Gonzague Boisvert à Trois-Rivières, sur le chemin du retour.

Quand elle avait entendu ça, le visage de la mère de famille s'était durci et elle avait guetté la réaction de sa fille. Cette dernière était restée de glace, mais sa réaction figée cachait mal sa peine.

— Ce garçon-là a pas de tête sur les épaules, avait dit Lucienne à son mari. Si ça se trouve, il est en train de boire toute sa paye dans un hôtel de Trois-Rivières ou de Sorel.

— Il est encore jeune, l'avait excusé Napoléon. Il va vieillir. À part ça, il a peut-être eu un accident. On le sait pas.

— Bien sûr! avait fait Lucienne. Toi, tu l'haïs pas, ce grand fendant-là. Moi, je te garantis qu'il va savoir ma façon de penser quand il va remettre les pieds ici dedans… si jamais il revient. Ça vient de Saint-Paul! Est-ce qu'il y a quelque chose qui a du bon sens qui est déjà sorti de là! Du monde même pas capables de reconstruire leur église. Quand elle a brûlé en 1898, ils allaient la rebâtir dans un an, à les entendre. On est rendus en 1901 et il y a pas encore une pierre de posée.

— Whow! Calme-toi un peu, lui avait ordonné sèchement le petit homme bedonnant en passant une main sur son crâne à demi dénudé. T'es pas obligée de mettre tout le monde dans le même sac parce que ta fille attend son cavalier depuis une semaine. À part ça, il faut pas parler à tort et à travers de ce qui se passe à Saint-Paul. Il y a un bon dix milles entre ici et là-bas. On sait pas tout ce qui se brasse par là.

Lucienne Joyal s'était tue, mais elle n'en pensait pas moins. Elle voyait sa fille se morfondre et « manger les vitres pour les beaux yeux de ce grand sans-cœur », comme elle disait. Cela la mettait en colère de voir le peu de considération du garçon qui fréquentait sa fille depuis un an. Au fil des jours, elle s'apercevait bien de la peine de sa cadette sans nouvelles de son prétendant et elle cherchait à l'en distraire.

— Cette idée d'aller s'amouracher d'un gars qui est même pas de la paroisse ! marmonna-t-elle. Il y a pas à dire, c'était une riche idée d'Anatole de nous emmener cet agrès-là le printemps passé, en revenant du chantier…

Un bruit de pas sur le balcon ramena la mère de famille à la réalité. Elle entendit son mari entrer dans la maison. Un instant plus tard, Napoléon Joyal pénétra dans la cuisine pour se diriger, sans un mot, vers la pompe installée sur le comptoir.

— Fais pas gicler l'eau trop fort, lui commanda sa femme en déposant la vieille théière émaillée sur le poêle. Corinne a lavé le plancher après le dîner.

Napoléon Joyal se lava les mains et les essuya avec le linge suspendu sur le côté du comptoir avant de s'avancer vers le bout de la table où il prit place. Sa fille sortit du salon au même moment. Il lui jeta un coup d'œil, mais ne jugea pas utile de revenir sur l'incident survenu à l'étable. Quand les deux femmes eurent déposé la soupière et le plat de fèves au lard sur la table, le maître de maison récita le bénédicité.

On mangea en silence dans la grande cuisine. Seuls la chute des tisons dans le poêle à bois et les bruits des ustensiles heurtant les assiettes venaient troubler le calme de cette soirée d'avril. Quand Corinne vit son père se verser du sirop d'érable dans une soucoupe, elle se leva pour aller chercher le thé.

— Les oies sont déjà revenues, dit Napoléon, comme s'il se parlait à lui-même. J'ai vu un vol passer tout à l'heure en direction de Baie-du-Fèvre.

— En tout cas, on est rendus à la mi-avril et c'est pas encore bien chaud, lui fit remarquer sa femme. Cette année, avant de faire le barda du printemps, je pense qu'on va préparer le jardin. On sèmera plus tard, mais il sera tout bêché.

— Il y a rien qui presse, m'man, protesta sa fille que la perspective de bêcher durant de longues heures n'enchantait guère.

— Bien non ! répliqua sa mère, sarcastique. Je suppose que quand on va avoir besoin de légumes cet été, on n'aura qu'à aller en quêter aux voisins !

Au moment où la jeune fille allait répliquer, l'attention de toute la famille fut attirée par le bruit d'une voiture entrant dans la cour de la ferme. Napoléon se leva, s'approcha d'une fenêtre et souleva le rideau.

— Les garçons sont arrivés, annonça-t-il avant de se laisser tomber dans sa chaise berçante et de se mettre en frais de bourrer sa pipe.

— Bon, mets-leur la table, ordonna Lucienne à sa fille. Ils doivent avoir faim.

— C'est ça, maugréa Corinne. La servante va les servir !

Il y eut des bruits de pas sur le balcon au moment où la voiture poursuivait son chemin vers l'écurie située sur le côté droit de la cour.

— Bonjour tout le monde ! salua Anatole, un jeune homme de taille moyenne à l'air jovial, en poussant la porte de la cuisine.

— J'espère qu'on n'arrive pas trop tard pour souper, reprit son frère Bastien, qui aurait pu passer pour son jumeau tant il lui ressemblait. Simon est parti dételer, il arrive dans deux minutes.

— Montez vous changer, intervint Lucienne. Vous avez juste le temps d'aller ôter votre linge du dimanche avant que ce soit chaud.

Les deux jeunes hommes n'étaient pas encore revenus quand un grand adolescent dégingandé entra dans la cuisine. Il avait les yeux bleus et les cheveux blonds si communs aux Bouchard, la famille de sa mère.

— Dépêche-toi à aller te changer, toi aussi, lui commanda sa mère. Le repas est chaud.

— Je peux ben manger comme je suis là, répliqua l'adolescent. Je mange pas comme un cochon…

— Laisse faire, le coupa Lucienne, sévère. Fais ce que je te dis. J'ai pas l'intention d'être obligée de détacher ta seule chemise blanche.

Simon ne s'entêta pas. Il monta à l'étage et vint rejoindre ses frères quelques instants plus tard.

— Puis ? Est-ce que ça valait la peine d'aller courir à Sorel ? demanda Napoléon sur un ton bon enfant à ses trois fils.

— Ça change le mal de place, p'pa, répondit l'aîné. On s'est pas mal promenés sur le port.

— Et on est allés voir les nouveaux magasins sur la rue Adélaïde, précisa Bastien. Je vous dis que c'est pas mal beau. Il y a du ben beau stock là-dedans.

— Où est-ce que vous avez mangé ? leur demanda leur mère, qui avait commencé à laver la vaisselle.

— Chez Blanche, répondit Simon. Comme ça, on a pu voir Germain, le petit dernier. Je trouve qu'il ressemble pas mal aux deux autres.

Lucienne acquiesça. C'était aussi son opinion, même si elle n'avait pas revu le bébé depuis le mois de février, lorsqu'elle était allée relever sa fille aînée.

— C'est de valeur qu'elle ait pas eu une fille, intervint Corinne en finissant d'essuyer un bol.

— Pourquoi tu dis ça ? lui demanda Anatole.

— Parce qu'elle a déjà deux garçons, pauvre elle.

— Moi, je pense qu'elle est ben mieux avec un autre garçon, dit Bastien en adressant un clin d'œil à son père. Une fille, c'est toujours un paquet de troubles. Ça chiale tout le temps et c'est pas capable de faire grand-chose de ses dix doigts.

Paf! Le jeune homme de vingt-trois ans ne fut pas assez rapide pour esquiver la taloche que sa mère lui administra.

— Fais attention à ce que tu dis, innocent! le sermonna-t-elle, à demi sérieuse. Parle pas trop à travers ton chapeau.

— M'man a raison, renchérit Corinne en réprimant mal un sourire. On pourrait peut-être en dire deux mots à ta Rosalie. Je suis pas sûre qu'elle serait contente d'entendre ce que tu penses des femmes...

— Moi, je pense... commença à dire Simon.

— Toi, t'as pas voix au chapitre, l'interrompit sa sœur. Laisse-toi sécher le nombril.

— Si c'est comme ça, je te donnerai pas de nouvelles de ton Laurent, fit l'adolescent sur un ton narquois.

Le soleil se couchait et l'obscurité envahissait progressivement la pièce. Le père de famille, toujours silencieux, se leva, prit la lampe à huile et alla la déposer au centre de la table après l'avoir allumée.

Le cœur de la jeune fille se serra lorsqu'elle entendit son frère cadet et elle dut faire un effort surhumain pour ne pas manifester son impatience d'avoir enfin des nouvelles de son amoureux. Elle souleva les épaules et prit un air indifférent qui ne trompa personne.

Lucienne s'approcha de son fils.

— T'as vu Laurent Boisvert à Sorel?

— Non, m'man, on l'a vu à Yamaska, répondit Anatole en allumant sa pipe.

Feignant l'indifférence, Corinne s'approcha de la table et se mit en devoir de la desservir.

— Qu'est-ce qu'il faisait là? reprit Lucienne en se tournant vers son fils aîné.

— Nous autres, on s'est arrêtés devant l'hôtel pour laisser le cheval souffler un peu. C'est Bastien qui l'a aperçu le premier.

— Ouais, acquiesça son frère. Notre Laurent était écrasé à terre, sur le balcon, tranquille comme Baptiste. Il avait l'air d'avoir les pieds pas mal ronds.

— Moi, je lui ai demandé ce qu'il faisait là, reprit Anatole. Il m'a répondu qu'après avoir fêté un peu la fin du chantier à Trois-Rivières, il était allé donner un coup de main une couple de jours à Cyprien Claveau, un gars de Contrecœur qui a travaillé avec nous autres cet hiver.

— Ce grand sans-dessein-là a pas pensé que, chez eux, ils devaient être morts d'inquiétude de pas le voir arriver? demanda Lucienne, la mine réprobatrice.

Corinne aurait pu intervenir pour dire que, à part son père, personne ne devait vraiment attendre son amoureux à Saint-Paul. Sa mère était morte six ans auparavant et la maison paternelle n'abritait plus que son père, son frère Henri, sa femme et leurs deux jeunes enfants.

— Je veux pas être langue sale, dit Bastien à son tour, mais j'ai comme l'impression que le Laurent est sur une brosse depuis une dizaine de jours. Il y avait juste à voir comment il était sale. Il sentait mauvais à dix pieds. On lui a proposé de monter pour lui faire faire un bout de chemin. Il nous a répondu que son frère Henri était supposé venir le chercher après le souper.

— À mon avis, il doit pas lui rester grand-chose de sa paye de l'hiver s'il a fêté autant que ça.

— En tout cas, il lui reste au moins deux jours pour se décrotter et pour se remettre d'aplomb sur ses deux jambes avant de venir te voir, s'il en a encore le goût, ben sûr, conclut Bastien avec une grimace à l'endroit de sa jeune sœur.

— T'es bien drôle, se contenta de dire Corinne d'une voix blanche.

Le silence retomba dans la pièce. Corinne aida sa mère à remettre de l'ordre dans la cuisine.

— On va faire la prière tout de suite, déclara Lucienne dès qu'elle eut suspendu les linges à vaisselle derrière le poêle pour les faire sécher.

Il y eut quelques soupirs exaspérés chez les siens, mais la mère de famille n'en tint pas compte. Elle se mit à genoux à bonne distance de la table pour ne pas être tentée de s'y accouder et attendit que les cinq autres membres de la famille l'aient imitée.

— Napoléon, éloigne-toi de la chaise berçante, ordonna-t-elle à son mari qui s'apprêtait à s'y appuyer.

— Ça va faire, la mère supérieure, rétorqua ce dernier. Envoye, qu'on en finisse !

Le ricanement émis par les trois fils s'arrêta net devant le regard furieux de leur mère.

— Vous autres, tenez-vous le corps raide, les avertit-elle avant de faire un grand signe de croix.

Comme chaque soir de la semaine, la prière familiale dura une bonne quinzaine de minutes. Les invocations adressées à divers saints suivaient les *Ave* et la récitation des actes. Quand Lucienne se décida enfin à se signer pour marquer la fin de la prière, son geste fut accompagné par un profond soupir de soulagement.

— Ce serait pas un péché mortel de se mettre à genoux sur un coussin, lui fit remarquer sa fille en se massant les genoux après s'être levée.

— Il manquerait plus rien que ça ! s'exclama sa mère, indignée. T'en mourras pas de te mettre à genoux sur un plancher dur. Tu sauras, ma petite fille, que tu vas connaître des affaires qui vont te faire pas mal plus mal que ça dans la vie.

Lucienne alla chercher le tricot qu'elle avait commencé pour le dernier-né de sa fille Blanche pendant que les hommes rallumaient leur pipe. Durant un bref moment, Corinne demeura debout au centre de la pièce, comme si elle ignorait quelle conduite suivre. Finalement, elle annonça qu'elle montait se coucher.

— Tu te couches ben de bonne heure ? fit son père.

— J'ai un peu mal à la tête, lui expliqua-t-elle avant de s'emparer de l'une des petites lampes à huile de service, déposées sur le guéridon au pied de l'escalier.

Une fois dans sa chambre, la jeune fille referma la porte derrière elle. Les yeux pleins de larmes, elle se déshabilla et mit son épaisse robe de nuit. Elle souffla la lampe et se glissa dans son lit sous les couvertures humides.

— Lui, il va me payer ça, dit-elle à mi-voix en serrant les dents, les yeux ouverts dans le noir.

Avant de partir pour le chantier, à la mi-octobre, Laurent Boisvert avait juré de lui écrire souvent durant l'hiver. Une seule lettre lui était parvenue un peu avant Noël. Depuis, aucune nouvelle. Elle savait qu'il était difficile d'envoyer du courrier quand on travaillait dans un chantier, au fond des bois, mais il y avait tout de même des limites. Ses frères avaient bien trouvé le moyen d'écrire à la maison trois ou quatre fois durant les six derniers mois… Elle avait passé l'hiver à espérer de ses nouvelles, refusant par fidélité toutes les avances des garçons demeurés à Saint-François-du-Lac durant l'hiver. En plus, depuis deux semaines, elle se morfondait à l'attendre pendant que monsieur fêtait…

— C'est fini ce temps-là ! déclara-t-elle en donnant un coup de poing dans son oreiller. Tu vas arrêter de rire de moi, Laurent Boisvert.

Dire qu'il avait même osé parler de fiançailles à son retour ce printemps, l'effronté ! Le cœur étreint, elle songea à toutes les fois qu'il lui avait chuchoté à l'oreille qu'elle était la plus belle et qu'il l'aimait comme un fou… Durant ce qui lui sembla une éternité, la jeune fille imagina toutes sortes de scénarios dans lesquels son amoureux la suppliait de ne pas le renvoyer, de lui pardonner, de lui donner une dernière chance. Elle, implacable, lui indiquait la porte d'un doigt vengeur après l'avoir laissé s'humilier et se traîner à ses genoux.

Un instant, elle fut tirée de ses rêveries par les pas lourds de ses frères montant à l'étage puis par le bruit que faisait son père en tisonnant le poêle dans la cuisine. Des portes de chambre se fermèrent et le silence envahit de nouveau la grande maison en pierre. Elle demeura longtemps à l'affût du moindre bruit, attendant avec impatience le sommeil qui lui ferait oublier sa peine durant quelques heures.

— Corinne ! Corinne ! hurla Lucienne, exaspérée, debout au pied de l'escalier. Est-ce qu'il va falloir que j'aille te réveiller avec un broc d'eau froide. Lève-toi ! Ça fait trois fois que je te crie de venir m'aider à préparer le déjeuner. Les hommes sont à la veille de revenir des bâtiments.

Quelques instants plus tard, la cadette de la famille Joyal descendit l'escalier, les yeux gonflés de sommeil.

— Pour l'amour de Dieu, veux-tu bien me dire ce que t'as à tirer de la patte comme ça à matin ? lui demanda sa mère lorsqu'elle apparut dans la cuisine. Tu t'es pourtant couchée de bonne heure hier soir.

— J'ai eu de la misère à m'endormir.

— Tu sais quoi faire dans ce temps-là, ma fille. T'as juste à dire ton chapelet.

La jeune fille ne répliqua pas.

— Bon, fais cuire les œufs, lui commanda sa mère qui venait de jeter un coup d'œil par la fenêtre. Ton père et tes frères s'en viennent.

Les quatre hommes pénétrèrent dans la maison par la cuisine d'été, enlevèrent leurs bottes et leur épaisse chemise à carreaux avant de pousser la porte de la cuisine d'hiver où flottaient toutes sortes d'odeurs appétissantes. Lucienne déposa sur la table une assiette de lard et se mit en devoir de faire des rôties sur le poêle à bois avec d'épaisses tranches de pain.

— Les œufs sont presque prêts, annonça Corinne en transférant le contenu de sa grande poêle de fonte dans une assiette.

— Avant de manger, Simon, tu vas me mettre de l'eau dans le *boiler*, lui ordonna sa mère. Comme ça, on manquera pas d'eau chaude pour laver la vaisselle, expliqua-t-elle avant de s'asseoir à un bout de la table.

Le garçon alla actionner la pompe et remplit un gros contenant d'eau qu'il versa dans le réservoir situé sur le côté gauche du poêle L'Islet. Il dut répéter la manœuvre à trois reprises avant que le réservoir soit plein.

Les Joyal déjeunèrent avec appétit. Au moment de boire sa tasse de thé, Napoléon annonça qu'il avait l'intention de profiter de la belle température pour vérifier les clôtures et remplacer les piquets de cèdre qui avaient mal supporté l'hiver.

— J'espère que tu vas au moins nous laisser Simon pour nous aider à préparer le jardin ? lui demanda sa femme.

— Il me semble que t'aurais pu choisir un autre temps pour faire ça, lui fit remarquer Napoléon avec un rien de mauvaise humeur. Là, c'est le temps de s'occuper des clôtures pour sortir les vaches de l'étable au plus coupant.

— Ce jardin-là, on n'est pas pour le faire au mois de mai, répliqua Lucienne sur le même ton. Pour une fois qu'il fait assez chaud en avril. Il y a plus de gel la nuit et j'ai besoin de sortir les semis qui encombrent ma cuisine d'été avant de faire le grand barda.

— Bon, c'est correct, accepta son mari, à contrecœur.

— Moi, j'haïs ça faire cet ouvrage-là, se plaignit l'adolescent. Je l'ai fait l'année passée. Anatole ou Bastien pourrait pas le faire pour une fois ?

— Whow ! le jeune, intervint l'aîné. Quand on avait ton âge, on l'a fait, nous autres aussi.

Lucienne et Corinne se levèrent pour ranger la cuisine et laver la vaisselle pendant que Napoléon répartissait les tâches pour l'avant-midi entre ses deux fils les plus âgés. Bastien nettoierait l'étable pendant qu'Anatole accompagnerait son père après avoir attelé Prince à la voiture sur laquelle ils avaient déjà déposé une quinzaine de piquets de cèdre, une pelle et un gros rouleau de fil de fer barbelé. Après avoir fumé une pipée, le père donna le signal du départ et Simon, l'air ennuyé, demeura seul dans la cuisine en compagnie des deux femmes.

— Pendant qu'on finit la vaisselle, dit Lucienne en se tournant vers l'adolescent, tu vas aller nous chercher du fumier pour le jardin. Puis prends le plus vieux. J'ai pas envie de passer mon été à quatre pattes à arracher les mauvaises herbes. Après, tu pourras consolider la clôture autour.

— Est-ce qu'il y a autre chose ? demanda Simon, exaspéré.

— Il va y avoir autre chose, lui répondit sèchement sa mère. Commence d'abord par faire ça, on verra après pour la suite.

Simon sortit de la maison en faisant claquer rageusement la porte derrière lui pour bien manifester son déplaisir. Quelques minutes plus tard, Lucienne et sa fille furent prêtes à leur tour à sortir de la maison.

— Descends tes manches de robe et mets ton chapeau de paille, lui recommanda sa mère.

— Mais m'man, on est juste en avril. Il fait jamais assez chaud pour avoir un coup de soleil.

— Peut-être pas, mais as-tu envie de passer pour une sauvagesse avec la peau toute brune ? Même en avril, le soleil tape, tu sauras, ma petite fille. Va nourrir les cochons et les poules pendant que je vais aller jeter un coup d'œil à mes semis.

Lorsque les deux femmes entrèrent dans le jardin situé à l'arrière de la maison, Simon avait déjà transporté deux bonnes brouettes de fumier qu'il avait entrepris d'étendre avec un râteau.

— Quand t'auras fini, tu nous apporteras les semis qui sont sur la grande table de la cuisine d'été, dit Lucienne à son fils avant de se mettre à bêcher la terre en compagnie de sa fille.

L'adolescent fut libéré de sa tâche au milieu de l'avant-midi et put rejoindre son père et ses frères. Cependant, sa mère et sa sœur travaillèrent d'arrache-pied toute la journée. Même si elles avaient mal aux bras et aux reins à la fin de cette journée harassante, elles ne se plaignaient pas, trop heureuses d'en avoir fini.

— C'est ben beau tout ça, annonça Lucienne à la fin de l'après-midi en s'essuyant le front avec le large mouchoir qu'elle venait de tirer de l'une de ses manches, mais il va falloir penser à aller préparer le souper. Surtout qu'à soir, c'est samedi et tes frères vont vouloir partir aller veiller de bonne heure…

Elle allait ajouter que Corinne elle-même voudrait faire un brin de toilette avant l'arrivée de son cavalier, mais elle se retint à temps, ignorant si le beau Laurent oserait se présenter à la maison après s'être laissé désirer aussi longtemps par sa fille.

Au moment où les deux femmes refermaient la porte du jardin, un cri les figea sur place.

— Maudit calvinus de calvinus ! entendirent-elles en provenance de l'arrière du poulailler.

— Bon ! Qu'est-ce qui se passe encore ? demanda Lucienne en s'avançant précipitamment vers le petit bâtiment situé à côté de l'écurie.

Lucienne Joyal n'eut pas à aller plus loin. Son fils Bastien apparut au coin du bâtiment, le visage rouge de fureur.

— Qu'est-ce que t'as à crier ? lui demanda-t-elle.

Au même moment, l'effluve qui lui parvint lui apprit l'inutilité de sa question.

— La maudite vermine !

— Ouach ! s'écria Corinne, en réprimant mal un haut-le-cœur. Mais tu pues plus que le fumier qu'on vient d'étendre dans le jardin.

— Aïe, toi ! C'est pas le temps de faire la drôle, s'emporta son frère.

— Mais qu'est-ce que tu faisais là ? lui demanda sa mère.

— P'pa m'a envoyé chercher deux piquets de cèdre. On n'en avait plus dans la voiture. Quand je me suis penché pour les prendre, il y avait une bête puante. La maudite, elle m'a arrosé !

— T'es pas obligé de le dire, ça se sent, se moqua sa sœur. C'est Rosalie qui va être fière de t'avoir dans son salon à soir. J'ai comme l'idée qu'elle va être obligée d'ouvrir les fenêtres pour que tu sois endurable. Je serais même pas surprise que le père Cadieux recule un peu sa chaise berçante quand il va vous chaperonner, juste pour pas trop te sentir.

— Toi, ma…

— Bastien ! Calme-toi, lui ordonna sèchement sa mère. Et toi, arrête de le faire étriver pour rien, ajouta-t-elle à l'endroit de Corinne. D'abord, il est pas question que t'entres cette odeur-là dans la maison. Corinne, va chercher une chaudière et mets un peu de soda dans l'eau chaude. Apporte aussi un morceau de savon et des guenilles dans la cuisine pour qu'il puisse aller se laver dans l'écurie.

— Et pour mon linge ? demanda le garçon en prenant un air dégoûté.

— Je vais remplir une cuvette d'eau sur le balcon, en arrière. Tu laisseras ton linge sale là-dedans. En attendant, je vais aller t'en chercher du propre dans ta chambre. Mais, bonne sainte Anne, approche pas trop de la maison, ça donne mal au cœur.

Quelques minutes plus tard, les deux femmes virent Bastien sortir de l'écurie vêtu du pantalon et de la chemise propre qu'elles lui avaient donnés. Il portait à bout de bras ses vêtements sales qu'il lança dans le baquet rempli d'eau savonneuse posé sur le balcon.

Chapitre 3

La dispute

Quand Bastien remit les pieds dans la maison avec son père et ses frères après avoir soigné les animaux, l'odeur laissée par la mouffette avait disparu. Les hommes prirent place à table devant une généreuse portion de fricassée. Taquine, Corinne se pinça le nez en s'assoyant aux côtés de son frère. Son père vit le geste et réprima difficilement un petit sourire.

— Toi, l'haïssable, essaye pas de faire enrager quelqu'un, la mit en garde sa mère, à qui le geste moqueur n'avait pas échappé.

— Je sens plus rien, hein ? demanda à la ronde un Bastien un peu inquiet.

— Presque plus, s'empressa de répondre sa sœur.

— Je sens encore ?

— Bien non. Tu sens juste le savon du pays, répondit sa mère en adressant un regard d'avertissement à sa cadette.

— Vous sortez à soir ? demanda Napoléon en tournant la tête vers ses deux aînés.

Tous les deux hochèrent la tête.

— Qui va prendre le boghei ?

— On va le prendre tous les deux, répondit Anatole après avoir jeté un regard à son frère. Bastien va me laisser chez Thérèse. Comme le père Cadieux le met dehors à dix heures, il a le temps de passer me prendre au village en revenant.

Un peu avant sept heures, les deux jeunes hommes, endimanchés et frais rasés, prirent la direction du village. À la grande surprise de sa mère, Corinne avait fait sa toilette, mais n'avait pas revêtu sa plus belle robe, comme elle le faisait lorsqu'elle attendait la visite de son cavalier. La jeune fille venait à peine de s'installer avec un tricot dans l'une des chaises berçantes qu'un bruit de voiture lui fit lever la tête de son ouvrage.

— Tiens ! Je pense que tu vas avoir de la visite, lui dit son père en jetant un coup d'œil par la fenêtre près de laquelle il était assis.

Sa femme se contenta d'étirer le cou pour regarder à l'extérieur et la grimace qu'elle esquissa disait assez ce qu'elle pensait du visiteur. Corinne se leva sans précipitation après avoir déposé son tricot.

— Ce sera pas long, dit-elle en s'emparant de son châle et en se dirigeant vers la porte.

Quand la porte se referma derrière elle, sa mère se rapprocha vivement de la fenêtre pour mieux voir ce qui allait se passer à l'extérieur. Elle ne put s'empêcher de dire à son mari avec une certaine jubilation :

— J'ai l'impression qu'il y a quelqu'un qui va se faire parler dans le blanc des yeux pas plus tard que tout de suite. J'espère qu'elle va lui dire qu'elle ne veut plus le voir, l'escogriffe.

Dehors, Laurent Boisvert, portant beau, avait fièrement fait le tour de la cour des Joyal avec son attelage avant de venir immobiliser son boghei près de la galerie où se tenait Corinne, les bras croisés, l'air peu commode. Le visiteur qui mesurait près de six pieds sauta de la voiture avec souplesse avant d'attacher son cheval.

Il avait de si larges épaules qu'il semblait à l'étroit dans son manteau. Il s'avança vers l'escalier et souleva sa casquette en toile d'un geste désinvolte.

— Bonsoir, mam'zelle, dit-il, le visage illuminé par un large sourire.

Son épaisse moustache ne faisait pas oublier sa mâchoire énergique, ses yeux noirs rieurs et son abondante chevelure brune ondulée. Tout dans son comportement trahissait le jeune homme trop sûr de ses moyens, habitué à plaire aux femmes.

— Bonsoir, dit sèchement Corinne, le visage fermé.

Soudain, Laurent eut l'air de se rendre compte à quel point l'accueil de son amie était froid. Surpris, il s'arrêta, un pied sur la première marche de l'escalier.

— Qu'est-ce qu'il y a, Minou? On dirait que t'es pas contente de me revoir?

— Laisse faire les «Minou»! Je t'ai déjà dit que je suis pas ton chat, répliqua-t-elle sur un ton cinglant en serrant plus étroitement contre elle son châle gris sans esquisser le moindre geste vers lui. Arrête de m'appeler comme ça!

— Torrieu! Veux-tu ben me dire ce qui se passe pour que tu me reçoives comme un galeux? demanda-t-il, tout sourire envolé.

— Il y a, Laurent Boisvert, que j'en ai assez que tu me prennes pour une folle. Tu peux t'en retourner chez vous. Je t'ai assez vu. Va courailler ailleurs!

— Whow! prends pas le mors aux dents comme ça! Qu'est-ce que j'ai fait de pas correct pour que tu montes comme ça sur tes grands chevaux?

— Imagine-toi donc que ça fait plus d'une semaine que tous les gars de la paroisse qui sont allés au chantier cet hiver sont revenus. Ils étaient tous là pour Pâques, sauf ceux qui ont fait la drave.

— Je le sais ben, reconnut-il.

— Tout le monde dans la paroisse a remarqué que t'étais pas revenu veiller, et ça parle dans mon dos. Tu sauras que ça manque pas de beaux gars à Saint-François-du-Lac et ils demandent pas mieux que de venir veiller avec moi.

— Je le sais, ça aussi.

— Si tu le sais, comment ça se fait que t'arrives presque quinze jours après tout le monde et que tu fais comme si j'existais pas ?

— Si tu me laissais placer un mot, je pourrais peut-être t'expliquer, dit son prétendant qui commençait à perdre sérieusement patience. Tu pourrais peut-être me faire passer au salon, ce serait pas mal plus confortable que debout dehors. Le vent se lève et c'est pas trop chaud.

— Non ! il en est pas question, trancha la jeune fille, la mine farouche. Si t'as pas une bonne raison de m'avoir fait attendre aussi longtemps, je te garantis que c'est la dernière fois que tu mets les pieds ici.

— Bon, c'est correct. Si ça m'a pris du temps à revenir, c'est parce que je suis allé aider un gars de Contrecœur qui a travaillé avec moi au chantier. Je lui avais promis de l'aider à réparer sa maison parce qu'il m'a donné un bon coup de main tout l'hiver. Je suis resté une dizaine de jours et il m'a ben payé en plus de ça.

— Tiens ! Moi, je pensais que t'avais plutôt travaillé dans tous les hôtels que t'avais rencontrés en chemin, se moqua amèrement son amie.

— Pantoute, tu sauras ! s'insurgea Laurent, l'air offensé.

— C'est pas ce que j'ai entendu dire, en tout cas.

— Ah ! je viens de comprendre. Tes frères t'ont dit qu'ils m'ont vu un peu éméché à l'hôtel de Yamaska. Je dirai pas que j'ai pas fêté un peu avec les gars en revenant. C'est normal. Tout le monde le fait. Quand on a passé six mois dans le bois à travailler comme des bœufs d'un soleil à l'autre, c'est sûr qu'on a besoin de fêter un peu. T'es pas pour m'en vouloir pour ça, j'espère ?

Le charme de Laurent commençait peu à peu à faire son effet habituel. La jeune fille sentait faiblir sa décision de mettre fin à leur relation. Il lui fallut songer au long hiver qu'elle venait de vivre à attendre vainement de ses nouvelles, jour après jour, pour que sa colère se ravive.

— Je suppose que t'as aussi une bonne raison pour pas avoir donné de tes nouvelles de l'hiver? dit-elle, hargneuse.

— Comment ça? T'as pas reçu la lettre que je t'ai envoyée pour Noël? s'étonna son amoureux.

— Celle-là, oui, reconnut-elle. Mais les autres?

— C'est vrai que je t'avais promis de te donner des nouvelles plus souvent, admit-il, l'air sérieux. Mais tu sais pas, toi, ce que c'est de pas savoir écrire et d'avoir à demander à un étranger d'écrire une lettre d'amour à ta place. C'est ben gênant…

Corinne avait fréquenté l'école du rang jusqu'à la fin de la septième année et elle avait appris à lire et à écrire avec une certaine facilité. Laurent, comme ses frères Bastien et Anatole, n'avait pas eu cette chance. Il n'était allé à l'école que lorsqu'on n'avait pas besoin de lui à la ferme. Les parents affirmaient qu'il était inutile de savoir lire et écrire pour devenir un bon cultivateur et que ce n'était pas l'instruction qui mettait du beurre sur la table.

— Mes frères, eux autres… commença Corinne.

— Achale-moi pas avec tes frères, la coupa le jeune homme, exaspéré. Je suis pas obligé d'être comme eux autres.

Cette saute d'humeur de son amoureux raffermit soudain la résolution de la jeune fille.

— C'est parfait, laissa-t-elle tomber. Mes frères font ce qu'ils veulent. Tu fais ce que tu veux et moi aussi, j'ai le droit de faire ce qui me tente. Un gars qui respecte pas sa parole, j'en veux pas, tu m'entends, Laurent Boisvert? Ça fait que tu peux t'en retourner chez vous ou aller voir dans Saint-Paul s'il y a une fille capable de t'endurer comme tu es.

Sur ces mots, Corinne tourna les talons et rentra dans la maison sans même regarder derrière elle pour constater la réaction du fils de Gonzague Boisvert. L'amoureux demeura un court moment figé au pied des marches conduisant à la galerie puis, apparemment furieux, remonta dans son boghei après avoir détaché son cheval.

Au moment où il quittait la cour de la ferme des Joyal, Corinne traversa la cuisine et monta à l'étage sans rien dire. Dès qu'elle entendit la porte de la chambre se refermer, Lucienne dit à son mari sur un ton satisfait :

— Bon, une bonne affaire de faite. On dirait bien que le cas du beau Laurent Boisvert est réglé.

Napoléon, l'air songeur, ne dit rien.

— De toute façon, elle aura pas de misère à se trouver un gars qui a de l'allure dans la paroisse, conclut sa femme.

Réfugiée dans sa chambre, Corinne s'était assise sur son lit et fixait sans la voir l'image du Sacré-Cœur suspendue au mur. Elle lissait d'une main distraite la courtepointe sur laquelle elle était assise. Elle était partagée entre deux sentiments contradictoires. Elle était contente d'avoir trouvé en elle le courage de dire son fait à un Laurent Boisvert qui s'imaginait qu'il lui suffisait de paraître pour qu'elle lui pardonne tout. En même temps, elle se sentait malheureuse d'avoir mis fin à une relation de près d'un an avec un amoureux qui lui plaisait bien plus que n'importe quel garçon de la paroisse. Elle lui en voulait même de n'avoir pas su trouver les mots propres à la convaincre qu'il l'aimait encore et qu'il regrettait de l'avoir négligée depuis son retour du chantier.

— Tant pis pour lui, dit-elle à voix haute en se levant dans l'intention de se préparer pour la nuit.

Cette nuit-là, elle eut autant de mal à trouver le sommeil que les nuits précédentes, alors qu'elle attendait encore que son amoureux se décide à venir la voir.

Le lendemain matin, Lucienne attendit que les hommes soient partis aux bâtiments pour aborder le sujet avec sa fille cadette.

— Je suppose qu'on n'est pas près de revoir de sitôt Laurent Boisvert ici dedans ?

— En plein ça, m'man, se contenta de répondre Corinne en attachant les cordons de son tablier.

— T'as bien fait, ma fille, l'approuva sa mère. Quand un garçon respecte pas la fille qu'il fréquente avant le mariage, c'est pas bon signe pantoute pour ce qui va arriver après, ajouta-t-elle.

— Mais il m'a toujours respectée, m'man, protesta la jeune fille, scandalisée que sa mère puisse croire le contraire.

— Il manquerait plus que ça, fit sèchement Lucienne. C'est pas de ça que je parlais. Je veux dire qu'il faut qu'une fille puisse avoir confiance dans un garçon. Il doit être sérieux et aussi avoir une bonne réputation.

— Qu'est-ce que vous voulez dire par là ?

— Je veux dire que si tes frères ont vu Laurent Boisvert soûl au point de ne pas tenir sur ses pieds devant un hôtel de Yamaska, ils ont sûrement pas été les seuls. J'ai pas besoin de te faire un dessin, il me semble. La nouvelle a dû faire le tour de la paroisse.

— Voyons, m'man, protesta mollement Corinne. Il est pas le premier à avoir pris un verre de trop.

— Quand même. Ça regarde mal, insista Lucienne.

Le silence tomba dans la pièce. Corinne arborait un air songeur en ce dimanche matin. Elle s'était réveillée avec la vague impression d'avoir peut-être été trop dure avec son amoureux. Un peu plus tard, elle suivit la messe si distraitement que sa mère dut la rappeler à l'ordre à deux reprises parce qu'elle tardait à se mettre à genoux en même temps que tout le monde.

— Sors de la lune et suis la messe comme du monde, lui murmura Lucienne en se penchant vers elle.

Corinne hocha la tête, mais elle continua à penser à Laurent qu'elle imaginait en train d'assister à la messe au couvent de Saint-Paul-des-Prés, couvé par les regards aguichants de plusieurs filles de l'endroit.

Les jours suivants, l'humeur de la jeune fille s'assombrit encore davantage. Elle ne cessait de songer à son amoureux et elle était de plus en plus persuadée de l'avoir éconduit un peu trop rapidement. Si elle s'était contentée de lui faire une bonne colère pour lui montrer à quel point son comportement cavalier lui avait déplu, tout serait déjà revenu à la normale entre eux.

— Arrête de faire cette tête d'enterrement là ! lui ordonna sa mère, exaspérée de la voir se déplacer dans la maison comme une âme en peine depuis trois jours.

La jeune fille ne répliqua pas. Elle se contenta de continuer à rouler la pâte qui allait servir à confectionner quelques tartes.

Ce midi-là, Anatole rentra bredouille d'une course faite au magasin général de Pierreville.

— Rompré a plus des grosses pentures comme celles qu'on veut avoir, p'pa, dit-il à son père en prenant place à table.

— C'est fin en maudit, une affaire comme ça, fit Napoléon. On a une porte de la remise qu'on peut pas ouvrir. Dis-moi pas qu'on va être obligés d'aller courir à Yamaska pour en avoir !

— Ce sera pas nécessaire. J'ai rencontré Laurent Boisvert chez Rompré. Il m'a dit qu'il en avait chez eux et il va venir nous en porter deux cet après-midi.

En entendant ces paroles, Lucienne leva immédiatement la tête pour regarder la réaction de sa fille. Cette dernière, incapable de dissimuler son plaisir de revoir son ancien amoureux, eut un sourire qui n'échappa pas à sa mère.

— T'aurais peut-être pu nous en parler avant d'accepter, fit Lucienne.

— Pourquoi, m'man ?

— Innocent, tu penses peut-être qu'il va faire dix milles pour tes beaux yeux ?

Bastien ne parvint pas à réprimer un petit rire moqueur en adressant un clin d'œil à sa jeune sœur.

— De toute façon, si Corinne veut pas lui parler, il y a rien qui l'oblige à le faire, intervint Napoléon. Elle a juste à rester dans la maison quand il arrivera.

— J'ai pas l'impression qu'elle va aller se cacher ben ben loin, se moqua Bastien.

— Toi, mêle-toi de tes affaires, lui ordonna Corinne en se levant de table pour cacher son trouble.

Après avoir aidé sa mère à laver la vaisselle, Corinne disparut quelques instants dans sa chambre. Quand elle revint dans la cuisine, sa mère remarqua qu'elle portait son épaisse veste de laine verte.

— Où est-ce que tu t'en vas? lui demanda-t-elle.

— Il fait beau dehors. Je pense que je vais aller tricoter dans la balançoire, répondit sa fille sur un ton qui se voulait détaché.

— Essaye au moins d'être assez orgueilleuse pour pas te lancer à sa tête aussitôt qu'il mettra les pieds dans la cour, lui conseilla Lucienne, la voix acide.

— Voyons donc, m'man! protesta Corinne. J'ai même pas l'intention de le regarder, si vous parlez de Laurent Boisvert.

— Laisse faire, s'empressa de lui dire sa mère.

Corinne venait à peine de s'asseoir dans la balançoire qu'elle vit le boghei de Laurent entrer dans la cour de la ferme et s'immobiliser près de la remise. Du coin de l'œil, elle surprit le jeune homme en train d'hésiter entre s'approcher d'elle ou aller vers la porte de la cuisine. Il tenait à la main deux grandes pentures.

Anatole ouvrit la porte de l'écurie où il travaillait en compagnie de ses frères et de son père, et il le héla. Comme à regret, Laurent détourna son regard de la balançoire et se dirigea vers lui. Il disparut à l'intérieur de l'écurie. Quelques minutes plus tard, le jeune homme quitta le bâtiment et alla tout droit vers la balançoire, sans s'arrêter à sa voiture.

— Bonjour, Corinne, dit-il à la jeune fille en s'immobilisant à quelques pieds de la balançoire. Est-ce que je peux te parler sans que tu te fâches ? demanda-t-il avec une humilité qu'elle ne lui connaissait pas.

— Tu peux toujours essayer, répondit-elle, sans l'inviter à prendre place à ses côtés.

— Écoute. J'ai ben pensé à ce que j'ai fait. T'as raison, c'était pas ben fin...

Corinne se contenta de continuer à le scruter de ses yeux bleus, sans chercher à lui venir en aide.

— Si je te promets de plus jamais te faire une affaire comme ça, est-ce que t'accepterais que je revienne veiller avec toi ?

— Viens t'asseoir, lui commanda-t-elle en lui indiquant la place libre près d'elle. On peut toujours en parler.

Laurent s'empressa de la rejoindre après avoir jeté un coup d'œil vers l'une des fenêtres de la cuisine où il pouvait apercevoir la mère de son amie en train de les surveiller.

— Ta mère nous regarde, dit-il.

— C'est normal. Tu devrais la connaître depuis le temps.

Puis, Laurent choisit de poursuivre la conversation qu'ils avaient eue quelques jours auparavant pour tenter de se disculper aux yeux de sa belle.

— Écoute. Pour les lettres, tes frères pouvaient demander au *foreman* d'écrire pour eux pour donner des nouvelles ; mais je suis sûr qu'ils lui ont pas demandé trop souvent d'écrire à leurs cavalières, par exemple.

— Bon, c'est correct, dit la jeune fille, incapable de tenir plus longtemps rigueur à son amoureux. Mais va surtout pas croire que j'ai déjà oublié comment tu m'as laissée poireauter. Si jamais tu me refais ça, ça va être fini pour de bon entre nous deux.

— T'es ben fine, ma Corinne, fit Laurent, retrouvant du coup son sourire enjôleur. Est-ce que je peux venir veiller avec toi samedi soir ?

Corinne fit attendre sa réponse durant un long moment avant d'accepter.

Après le départ de son amoureux, Corinne, rayonnante de joie, rentra dans la maison et retira sa veste qu'elle suspendit à la patère, derrière la porte.

— J'imagine que tu lui as parlé ? lui demanda sa mère sans lever le nez de la jupe qu'elle était en train de repriser.

— Voyons, m'man, vous nous regardiez par la fenêtre, répondit sa fille avec bonne humeur.

— Je suppose que tu lui as dit qu'il pouvait revenir veiller avec toi ?

— Bien oui. Il m'a tout expliqué.

— J'espère pour toi, ma petite fille, que tu regretteras pas un jour ce que tu viens de faire, se borna à dire Lucienne avant de se remettre à la couture.

Chapitre 4

La grande demande

Deux jours plus tard, Lucienne Joyal vit sans plaisir l'amoureux de sa fille descendre de sa voiture et attacher son cheval au garde-fou de la galerie. Laurent Boisvert n'arborait plus l'air un peu piteux qu'il avait lors de sa dernière visite. Endimanché et le geste assuré, il avait retrouvé toute sa superbe.

— Corinne ! Laurent Boisvert est arrivé, cria-t-elle à sa fille encore en train de se préparer dans sa chambre.

— J'arrive, m'man, dit la jeune fille en descendant rapidement l'escalier qui conduisait aux chambres à l'étage.

Corinne s'empressa d'ouvrir la porte pour aller au-devant du visiteur. Ce dernier lui adressa un grand sourire et monta la rejoindre sur la galerie. Au moment où elle se tournait pour l'entraîner à l'intérieur à sa suite, il posa doucement une main sur son bras.

— Attends juste une minute avant d'entrer. J'ai une question à te poser, lui dit-il.

— Qu'est-ce qu'il y a ? demanda-t-elle, surprise.

Il la dominait de près d'une tête. Il se pencha vers elle avec un air solennel qui l'étonna.

— Cette semaine, j'ai ben pensé à nous deux, fit-il. J'ai pas arrêté de me dire que t'étais la femme qu'il me fallait.

— Ah oui ! dit-elle, mutine.

— Je suis sûr de ça, affirma-t-il. Veux-tu te marier avec moi à la fin de l'été ?

Le cœur de la jeune fille cessa de battre un bref instant tant elle était émue.

— Mais on se connaît presque pas, se contraignit-elle à dire.

— Exagère pas. Ça fait un an que je viens te voir deux fois par semaine, lui fit-il remarquer, l'air un peu moins sûr de lui.

— Six mois, Laurent, prit-elle la peine de lui préciser. Là, tu comptes les six mois que tu viens de passer dans le bois. T'as commencé à venir veiller à la maison qu'au mois d'avril, l'année passée. Je connais même pas ta famille. Je suis même jamais allée à Saint-Paul…

— C'est pas grave pantoute, la rassura le jeune homme en retrouvant tout son aplomb. C'est pas ma famille que tu vas épouser, c'est moi.

Corinne demeura un long moment silencieuse, serrant son châle encore plus étroitement contre elle. Son amoureux attendait, insensible au fait qu'il avait aperçu la mère de la jeune fille en train de les épier derrière les rideaux.

— Puis ?

— On vient de se chicaner, lui rappela-t-elle. Tu trouves pas que c'est pas mal vite ?

— Non. Je sais à cette heure que c'est toi que je veux.

Durant un long moment, la jeune fille sembla se demander si elle devait accepter ou non la proposition du garçon qui se tenait devant elle. Ces derniers jours, elle avait fini par comprendre qu'elle l'aimait et qu'elle tenait à lui, même s'il avait des défauts qui l'agaçaient prodigieusement. Mais elle saurait peut-être le changer. Après tout, il n'était pas pire que les autres garçons qu'elle connaissait.

— C'est correct, accepta-t-elle en lui adressant son premier sourire depuis son arrivée. Mais d'après moi, tu ferais peut-être mieux d'attendre deux ou trois mois avant de me demander en mariage à mon père. J'ai peur que lui et ma mère trouvent ça un peu vite.

— Il y a ben des affaires à faire avant qu'on se marie et j'aimerais mieux savoir tout de suite si ton père accepte ou pas qu'on fasse ça cet été, plaida-t-il.

— Si c'est comme ça, entre et viens faire ta demande à mon père. Il est dans la cuisine.

— Tu pourrais pas le préparer un peu ? s'enquit Laurent, en arborant soudain une mine un peu inquiète, loin de l'aplomb auquel il avait habitué Corinne.

— Tu ferais mieux de t'en faire un peu plus avec ma mère. Je suis pas sûre qu'elle t'aime bien gros, précisa la jeune fille.

— Là, on peut pas dire que tu me remontes le moral, laissa échapper le prétendant en pâlissant un peu.

— C'est pas grave, elle te mangera pas. De toute façon, ça servirait à rien que je parle à mon père avant, ajouta-t-elle. S'il veut pas, il y a rien qui va le faire changer d'idée.

— Mais tu finis toujours par faire ce que tu veux avec lui, pas vrai ? dit Laurent, comme pour se rassurer.

— Va surtout pas t'imaginer ça. Viens, entre.

Corinne entraîna son amoureux jusqu'à la porte de la cuisine d'été et le fit entrer dans la maison. Elle lui fit retirer son manteau et sa casquette qu'il suspendit à la patère et elle le poussa devant elle dans la cuisine d'hiver où Lucienne et Napoléon étaient assis de part et d'autre du poêle à bois qui répandait sa douce chaleur dans la pièce.

— Tiens ! Si c'est pas un revenant, dit Lucienne, l'air mauvais.

— Bonsoir, madame Joyal. Bonsoir, monsieur Joyal, salua Laurent sur un ton emprunté.

Le père et la mère le saluèrent à leur tour et Napoléon offrit poliment un siège au visiteur et prit le temps de lui demander des nouvelles de sa famille.

Un peu mal à l'aise, le cavalier de Corinne répondit à ses questions en guettant du coin de l'œil les réactions de celle qu'il considérait déjà comme sa future belle-mère.

Finalement, Corinne eut pitié de lui et l'entraîna au salon après avoir allumé une lampe à huile.

Quelques minutes plus tard, la jeune fille revint seule dans la cuisine.

— P'pa, Laurent aimerait vous parler, dit-elle à son père.

— C'est correct, fit-il. Je vais y aller dans deux minutes.

Napoléon se leva et déposa sa pipe dans le cendrier près de sa chaise. Il jeta un coup d'œil intrigué à sa femme qui souleva les épaules en signe d'ignorance. Il entra dans le salon où il trouva l'ami de sa fille, déjà debout à l'attendre. Ce dernier ne lui laissa pas le temps de l'interroger.

— Monsieur Joyal, j'aimerais vous demander la main de votre fille, déclara-t-il, la voix un peu tremblante.

Napoléon Joyal garda le silence un long moment avant de faire remarquer :

— Il me semble que vous vous connaissez pas depuis ben longtemps, vous deux.

— Ça fait un an, monsieur Joyal.

— T'as quel âge ?

— Je vais avoir vingt-deux ans le mois prochain.

— Corinne a juste dix-huit ans. Elle est encore pas mal jeune.

— Voyons, p'pa, je vais avoir dix-neuf ans le 21 août, protesta la jeune fille, debout aux côtés de Laurent.

— Attendez, il y a pas le feu, reprit le père de famille, apparemment très surpris de la demande. On va en discuter à tête reposée. Lucienne, viens donc ici une minute, ajouta-t-il en haussant la voix pour alerter sa femme demeurée dans la cuisine.

Cette dernière entra dans la pièce et fit comme si elle n'avait rien entendu de ce qui s'y était dit. Pourtant, elle s'était avancée sur la pointe des pieds dès que son mari avait pénétré dans le salon.

Napoléon fit signe aux jeunes de s'asseoir sur le divan avant de prendre place à son tour dans l'un des deux fauteuils.

Il désigna l'autre à son épouse avant de lui dire que le prétendant de leur fille venait de faire la grande demande.

— Qu'est-ce que t'en penses ? finit-il par lui demander.

— Je pense que c'est pas mal vite, laissa-t-elle tomber sans manifester grand enthousiasme. Où est-ce que vous resteriez ? s'informa-t-elle en se tournant vers Laurent.

— À Saint-Paul, madame Joyal, répondit le jeune homme. Mon père avait prêté de l'argent il y a une dizaine d'années à un nommé Boudreau qui avait une petite terre au bout du rang Saint-Joseph. Le bonhomme avait donné sa terre en garantie. Quand il est mort, il y a sept ans, c'est un neveu qui en a hérité, mais il avait pas l'argent pour rembourser mon père. Ça fait que mon père a repris la terre. Mon frère Henri devait s'y établir avec sa femme, mais il a changé d'idée et il a préféré rester avec mon père. C'est cette terre-là que j'ai achetée à mon père hier. J'ai pas eu le temps d'aller la voir, mais il paraît que la maison et les bâtiments sont pas pires pantoute et que c'est de la ben bonne terre.

— Ouais. C'est sûr que partir son ménage sur sa propre terre, c'est commencer du bon pied, reconnut Napoléon, ébranlé. C'est pas mal mieux que d'aller rester chez les parents.

— Et qu'est-ce que vous feriez pour les meubles et les animaux ? ajouta Lucienne qui n'avait pas encore rendu les armes.

— Pour les meubles, il y a pas de problème, madame Joyal. Au commencement, c'est sûr qu'on va avoir des vieux meubles qui sont dans le grenier chez nous, mais plus tard, on aura mieux. Mon père m'a promis de nous donner en cadeau de noces cinq vaches, deux cochons et une douzaine de poules.

— Bon, qu'est-ce qu'on fait ? demanda Napoléon à sa femme en se tournant vers elle.

— On pourrait d'abord commencer par aller voir cette terre-là demain après-midi, s'il fait beau, répondit Lucienne, sceptique. Si ça a du bon sens et si Corinne t'a dit oui, on pourrait peut-être accepter de te la donner.

Le visage du jeune homme s'illumina à un tel point que la mère de la jeune fille regretta aussitôt de s'être montrée aussi facile à convaincre. Elle sentit tout de même le besoin de préciser :

— Il faut que ce soit bien clair, mon garçon. Mon mari et moi, on n'est pas encore décidés à te donner notre fille. On va prendre le temps de réfléchir encore.

— Mais m'man ! voulut protester Corinne.

Sa mère fit comme si elle ne l'avait pas entendue et continua de s'adresser à celui qui voulait devenir son gendre.

— Elle a juste dix-huit ans. Elle peut pas se marier sans notre consentement. Notre fille, c'est le bébé de la famille. Elle a toujours été pas mal gâtée.

— M'man !

— C'est notre bébé et elle a jamais mangé de misère, reprit Napoléon, imperturbable. On voudrait pas qu'elle en arrache parce que vous voulez faire les affaires trop vite.

— C'est ben correct, monsieur Joyal. Je comprends, dit Laurent, apparemment raisonnable.

Une heure plus tard, avant de prendre congé des parents de Corinne, le jeune homme précisa qu'il les attendrait le lendemain après-midi à la ferme qu'il avait achetée. Quand il proposa de venir à leur rencontre dans le village de Saint-Paul, Napoléon refusa en affirmant qu'il trouverait facilement le chemin du rang Saint-Joseph.

Après le départ de son amoureux, Corinne ne sut pas trop quel comportement adopter à l'égard de ses parents. Devait-elle se réjouir qu'ils aient accepté de considérer la demande en mariage de Laurent ou s'offusquer de la méfiance qu'ils lui manifestaient encore ? Incapable de trancher, elle décida de monter se coucher.

Elle venait à peine de se mettre au lit quand elle entendit ses deux frères rentrer. Elle se releva sur la pointe des pieds et alla jusqu'à la porte de sa chambre. Elle l'entrouvrit pour écouter ce que ses parents leur disaient de la demande en mariage de son amoureux. Malheureusement, elle ne parvint à saisir que de vagues chuchotements. Dépitée, elle referma sa porte et regagna son lit en rêvant à la visite prévue le lendemain après-midi.

Elle imagina une petite maison confortable et pimpante entourée de beaux arbres et de fleurs. Elle se vit faisant les honneurs de son foyer aux siens venus en visite… Le sommeil l'emporta.

Chapitre 5

Une réunion houleuse

Ce samedi soir là, Gonzague Boisvert disparut dans sa chambre à coucher durant un long moment après le souper. Quand il sortit de la pièce, il avait revêtu le costume noir qui le faisait ressembler à un grand corbeau. Sa bru, occupée à laver la vaisselle au fond de la cuisine, lui jeta à peine un regard.

— Va donc m'atteler Prince, ordonna-t-il sèchement à son fils Henri qui venait d'allumer sa pipe, assis près du poêle.

Sans dire un mot, l'homme au corps massif se leva et quitta la maison en direction de l'écurie.

Le maître des lieux se dirigea vers le secrétaire en érable placé dans une encoignure de la pièce, sortit son trousseau de clés et déverrouilla le meuble avant d'en rabattre la large planche qui servait d'écritoire. Il s'assit et se mit à fouiller dans les livres de comptes alignés devant lui.

À soixante ans, l'un des plus riches cultivateurs de Saint-Paul-des-Prés avait une stature imposante. Il avait beau être maigre comme un jour sans pain, il n'en mesurait pas moins plus de six pieds. Même s'il était légèrement voûté, il paraissait encore très grand. Il passa ses doigts noueux dans sa chevelure poivre et sel qui commençait à s'éclaircir avant de s'emparer d'une enveloppe d'où il tira une feuille lignée. Dans son visage en lame de couteau, ses petits yeux vifs surmontés d'épais sourcils changèrent alors d'expression en parcourant rapidement le document étalé devant lui. Finalement, il le replia et le rangea dans un cahier à couverture rigide avec un mince sourire de satisfaction. Il referma le secrétaire en prenant bien soin de le verrouiller. Il se leva et vérifia du bout des doigts l'ordonnance de ses épais favoris en se dirigeant vers la patère à laquelle était suspendu son manteau.

— Je reviendrai pas tard, dit-il à sa bru avant de sortir de la maison.

Gonzague Boisvert demeura debout au pied de l'escalier, attendant que son fils ait fini d'atteler le cheval au boghei. Il huma l'air frais de cette soirée d'avril avec une satisfaction évidente. Tout allait « à son goût », comme il se plaisait à le dire quand tout fonctionnait selon ses souhaits et ses prévisions.

La veille, il avait vendu à son fils Laurent l'ancienne terre de Boudreau près de deux fois le prix qu'elle lui avait coûté. L'avocat Aurèle Chapdelaine, le candidat libéral défait qu'il avait essayé de faire élire dans le comté à titre d'organisateur, lui avait promis son soutien pas plus tard que la semaine précédente s'il se décidait à se présenter au poste de maire de la municipalité. Enfin, l'argent prêté à Camil Racicot et Paul-André Rajotte ainsi qu'à plusieurs autres cultivateurs de la paroisse allait peut-être lui rapporter plus que les intérêts dus.

— Au fond, c'est une chance qu'ils aient pas respecté leur parole et qu'ils soient en retard dans leurs versements, dit-il à mi-voix à l'instant où Henri arrêtait la voiture devant lui et lui tendait les guides.

Gonzague monta dans le boghei en prenant soin de ne pas se salir et mit sa bête au trot.

Le matin même, il avait quitté la maison sur le coup de dix heures pour rendre visite à Camil Racicot, à qui il avait prêté soixante dollars l'année précédente et qui n'avait toujours rien remboursé depuis le début de février, même s'il s'était engagé à lui remettre deux dollars par mois, plus les intérêts, évidemment.

— Tu comprends, Gonzague, il y a pas eu une maudite cenne qui est entrée dans la maison de l'hiver, s'était excusé l'autre d'une voix plaintive.

Le prêteur connaissait son monde et savait fort bien que le père de famille nombreuse, marguillier de la paroisse, avait une nette tendance à la paresse. L'hiver, il préférait passer ses journées les pieds sur la bavette du poêle plutôt que d'aller bûcher.

— Je veux ben te croire, Camil, mais l'argent pousse pas dans les arbres, avait-il répliqué. Pour cette fois, je veux ben passer l'éponge, mais prends-en pas l'habitude. En échange, tu voteras comme moi au conseil.

— Pourquoi ? Qu'est-ce qui se passe ? avait demandé le marguillier, curieux.

— Rien encore, l'avait rassuré le président de la fabrique, mais on sait jamais. Retiens surtout que tu dois être mon homme sur le conseil. Si tu l'oublies, je sortirai le billet à ordre que tu m'as signé et ça va te coûter tes cinq vaches.

— J'ai ben compris, avait accepté le cultivateur, passablement intrigué.

Chez Paul-André Rajotte, Gonzague n'avait pas eu à exiger qu'il lui rende immédiatement l'argent prêté pour faire soigner sa femme afin de se faire comprendre. L'homme lui devait sa nomination au conseil de fabrique. Il lui était resté profondément reconnaissant de cet honneur et était prêt à le lui prouver.

Sa dernière démarche, ce matin-là, s'était révélée beaucoup plus délicate. Sa visite à Eusèbe Tremblay du rang Notre-Dame avait de quoi surprendre le vieil homme de plus de quatre-vingts ans qui allait bientôt disparaître sans laisser de descendance derrière lui. Il avait beau être aussi « rouge » que Gonzague Boisvert, le célibataire ne l'avait jamais beaucoup aimé à cause de son avarice bien connue.

— Ce maudit-là, se plaisait-il à dire de Gonzague avec mépris à ceux qui voulaient bien l'entendre, il serait ben capable de couper une cenne en quatre s'il le pouvait.

Le président de la fabrique ne s'était décidé à venir frapper à sa porte que parce qu'il avait cru être en mesure de persuader le vieil homme de lui céder à un prix raisonnable l'arpent de terre qu'il possédait au centre du village. Pour parvenir à ses fins, il était convaincu de pouvoir compter sur la haine bien connue d'Eusèbe Tremblay tant envers le curé Béliveau qu'envers le maire.

Quelques années auparavant, le curé de la paroisse avait tonné contre lui du haut de la chaire pour avoir osé travailler un dimanche à rentrer sa récolte menacée par la pluie. De plus, il avait chargé le maire, Bertrand Gagnon, de venir lui faire la leçon chez lui. Le vieil homme colérique avait traité le maire de «mangeur de balustres» et lui avait claqué la porte au nez en menaçant de l'accueillir avec une décharge de chevrotine s'il osait jamais remettre les pieds chez lui un jour. Depuis ce jour-là, le veuf attelait tous les dimanches pour aller à la messe à Yamaska. Par conséquent, il ne fallait pas s'étonner que chaque automne le curé se heurte à une porte fermée lors de sa visite pastorale. Le bonhomme était toujours là, tapi dans sa maison, mais rien au monde n'aurait pu le décider à ouvrir la porte au prêtre tant détesté.

D'entrée de jeu, le cultivateur avait refusé tout net de lui vendre cette parcelle de son bien en disant qu'il n'allait pas commencer à vendre sa terre morceau par morceau.

— Mais ce morceau-là, vous le cultivez pas depuis des lunes, avait argumenté Gonzague. Il est complètement séparé du reste de votre terre. Pourquoi pas me le vendre pour vous payer des petits luxes à votre âge?

— J'en ai pas le goût, avait sèchement laissé tomber le vieux cultivateur, grognon.

— Cette terre-là vous sert à rien, père Tremblay, avait-il poursuivi. Il y a pas un maudit cultivateur de Saint-Paul qui va venir vous acheter ça parce que ce serait pas pratique pantoute à cultiver.

— Pourquoi tu veux l'avoir d'abord? lui avait demandé Tremblay, l'air finaud.

— Parce que je commence à penser laisser ma terre à mon garçon Henri, avait menti le président de la fabrique. Quand ça va arriver, j'ai l'intention de me faire bâtir au village.

— Ouais!

— Avez-vous pensé à tout ce que vous pourriez vous acheter avec l'argent que vous en tireriez?

— C'est ça, l'avait coupé son vis-à-vis, irascible. Des plans pour que tout un chacun dans la paroisse se mette à dire que je suis tellement dans la misère que je suis obligé de vendre ma terre par morceaux.

— Ben non. Si vous me la vendiez, avait patiemment expliqué Gonzague, on passerait juste un papier entre nous deux et je dirais rien à personne tant que j'en aurais pas besoin. Comme ça, le transfert sera pas connu au conseil municipal et personne pourra jaser là-dessus. Je suis même prêt à vous en donner un peu plus cher que ce que ça vaut si vous promettez de pas dire que je vous l'ai achetée. Qu'est-ce que vous en pensez, le père? Vous avez rien à perdre et vous feriez une maudite bonne affaire, c'est moi qui vous le dis.

À force de le raisonner, Gonzague Boisvert était parvenu à convaincre le vieil homme qui avait finalement accepté de lui vendre l'arpent qu'il possédait au cœur du village, en face de la rivière Yamaska, pour la somme de trois cents dollars. Bien sûr, il était conscient d'avoir payé la peau et les os une pièce de terre qui en valait tout au plus deux cent cinquante. Mais si son projet aboutissait, il allait faire un profit appréciable. De plus, ce montant lui assurait le silence de son vendeur.

— Le vieux torrieu de ratoureux! ne put s'empêcher de s'exclamer Gonzague avec une certaine admiration dans la voix au moment où il immobilisait son boghei près de ceux des autres membres du conseil, sur le côté droit du presbytère.

En descendant de voiture, il tira sa montre de la poche de son gilet: sept heures moins cinq. Parfait. Il monta les marches de l'escalier sans se presser et sonna. Rose Bellavance vint lui ouvrir. Comme à chaque réunion du conseil de fabrique, le président arrivait bon dernier, mais juste à l'heure.

— Bonsoir, madame Bellavance, la salua le cultivateur en enlevant son chapeau melon noir. Je suppose que tout le monde est arrivé?

— En plein ça, monsieur Boisvert, répondit sèchement la vieille servante en le laissant passer devant elle. Ils vous attendent.

L'homme aux épais favoris se dirigea vers la petite salle, au bout du couloir, d'où venaient des éclats de voix. À son entrée dans la pièce, il découvrit le curé Béliveau assis au bout de la table en grande conversation avec Bertrand Gagnon, le maire, et le notaire Aristide Ménard. Camil Racicot et Paul-André Rajotte semblaient les écouter sans participer à la conversation.

Gonzague salua tout le monde et s'assit face au curé de la paroisse, à l'autre extrémité de la table. Chacun put entendre alors l'horloge du couloir sonner sept coups.

— Et si on commençait, proposa sèchement Anselme Béliveau.

Les six hommes présents dans la pièce se levèrent, firent un signe de croix après s'être tournés vers le crucifix fixé au mur, derrière le curé Béliveau.

— Seigneur, éclairez nos débats et donnez-nous la sagesse de bien administrer cette paroisse, pria le prêtre.

— *Amen*! répondirent en chœur les marguilliers.

Tout le monde se rassit.

— Bon, je suppose que ce n'est plus une surprise pour personne, déclara le curé en guise d'introduction. Tout le monde dans la paroisse sait maintenant que la fabrique a reçu un don de deux mille piastres.

Des chuchotements se firent entendre et le prêtre dut attendre quelques instants avant de poursuivre.

— Et ça veut dire que la paroisse a maintenant les moyens de reconstruire son église, déclara-t-il sur un ton triomphal.

— Est-ce qu'on peut demander d'où vient cet argent-là ? fit le président du conseil qui avait oublié de s'en informer deux jours auparavant, lors de sa rencontre avec le curé.

— Oui, reprit le maire. Est-ce qu'on peut connaître le nom de celui qui a donné autant d'argent ?

Gonzague fit comme si le gros maire n'avait rien dit. Depuis une vingtaine d'années, il existait une lutte sourde et sournoise entre les deux hommes. L'un et l'autre avaient de l'argent et ne manquaient pas d'appuis politiques dans le comté. Si Boisvert était « rouge de bord en bord », comme l'affirmait le premier magistrat de la municipalité, Gagnon était un conservateur militant qui n'avait pas encore digéré la dégelée mémorable subie par Flynn lors des élections provinciales de l'année précédente. Cependant, il pouvait se vanter d'avoir organisé le charivari fait devant la maison de Gonzague Boisvert le soir de l'automne précédent, quand Léon Jutras, le candidat conservateur pour qui il avait fait campagne, avait remporté ses élections. Il s'agissait là d'une bien mince consolation. Ne faire élire que sept députés sur soixante-quatorze prouvait, à ses yeux, que les libéraux avaient, encore une fois, truqué le scrutin.

Gonzague Boisvert et Bertrand Gagnon étaient les deux hommes forts de la paroisse depuis près de vingt ans et le curé avait eu maintes fois à intervenir pour mettre un frein à leurs querelles un peu trop tapageuses. Aucun des deux ne voulait céder le pas à l'autre. Le premier devait son aisance certaine aux prêts consentis aux cultivateurs de la région, et cela au grand dam du notaire Ménard dont ce devait être la prérogative. L'autre, propriétaire du moulin au bout du rang

Saint-André et de deux grandes terres, ne manquait pas « de répondant », comme on disait.

Quand Gagnon était parvenu à se faire élire maire de la municipalité, Boisvert s'était empressé de briguer le poste de président de la commission scolaire pour ne pas se trouver en état d'infériorité devant son adversaire de toujours. L'année précédente, le curé Béliveau avait cru bien faire en les nommant tous les deux membres du conseil de fabrique. Il avait oublié que l'un et l'autre allaient aspirer au poste de président du conseil. S'il n'avait tenu qu'à lui, le brave curé aurait nommé le notaire, Camil Racicot, ou encore Paul-André Rajotte, mais aucun des trois n'aurait accepté de se mettre en travers du chemin de l'un ou l'autre des deux hommes. Bref, il y avait eu vote. Gonzague Boisvert avait été élu et le moins qu'on pouvait dire est qu'il prenait son rôle au sérieux.

Ce soir-là, le président et le maire semblaient bien décidés à ne s'adresser la parole qu'en cas d'absolue nécessité.

— Je savais pas que quelqu'un de la paroisse était aussi riche que ça, fit Paul-André Rajotte, envieux, après avoir entendu la nouvelle de la bouche même de son curé.

— Personne a dit que c'était quelqu'un de la paroisse, le reprit Racicot, assis à ses côtés.

— En tout cas, c'est pas passé par mon étude, déclara le vieux notaire Ménard en retirant son pince-nez pour l'essuyer avec son mouchoir.

Le curé Béliveau avait volontairement retardé le moment de dévoiler le nom du généreux donateur pour savourer un peu plus longtemps l'espèce d'euphorie dans laquelle il baignait depuis deux jours.

— Comme il m'a pas demandé de préserver son anonymat, je pense que je peux vous dire que ce cadeau du ciel vient de l'avocat Gustave Parenteau, finit-il par avouer en guettant la réaction de ses marguilliers assis autour de la table.

— Tabarnouche, mais il a donc ben de l'argent, ce jeune-là ! ne put s'empêcher de s'exclamer le maire, sidéré. Donner comme ça deux mille piastres, on rit pas.

— J'ai entendu dire qu'il venait d'une famille qui a pas mal d'argent, affirma Camil Racicot en étalant du bout des doigts les quelques cheveux restant sur son crâne dénudé.

— C'est un don du ciel, messieurs, reprit le prêtre. Gustave Parenteau n'en a été que l'instrument. Je le remercierai officiellement demain, à la fin de la grand-messe.

Un murmure d'approbation accueillit cette annonce.

— Bon, je suppose que tout le monde a compris que maintenant, nous avons les moyens de commencer la construction de notre nouvelle église, reprit Anselme Béliveau d'une voix qu'il s'efforçait de rendre neutre.

— Évidemment, fit le notaire en replaçant son pince-nez.

— On a déjà les plans qu'on a fait faire l'année passée par l'architecte de Sorel, ajouta Bertrand Gagnon.

— Oui, confirma le curé. Je pense que nous étions tous d'accord pour les accepter quand il est venu nous les expliquer.

— C'est vrai, reconnurent Camil et Paul-André en même temps.

— Ça veut dire qu'on perdra pas de temps, précisa Anselme Béliveau avec un large sourire. Dès la semaine prochaine, la fabrique peut déjà organiser une corvée pour nettoyer le terrain.

— C'est ça, appuya Bertrand Gagnon. Au commencement de mai, on pourra déjà faire un appel d'offres.

— Une minute, fit Gonzague Boisvert, qui n'avait pas dit un seul mot depuis le début de la réunion.

Tous se turent et tournèrent la tête vers lui. Les hommes présents dans la pièce se rendirent compte soudain que le président du conseil ne semblait pas participer à l'enthousiasme général.

— Qu'est-ce qu'il y a, Gonzague ? lui demanda le curé Béliveau.

— Avant de s'énerver, il faudrait peut-être se demander où est-ce qu'on va faire construire la nouvelle église, monsieur le curé. C'est ben beau dire à cette heure qu'on a les cinq mille piastres pour commencer la construction, mais cet argent-là, c'est pas la fin du monde. L'église va nous coûter au moins dix fois ce montant-là. Il faut pas prendre le mors aux dents. Il faut pas oublier que la paroisse va s'endetter pour un sacrifice de bout de temps.

— Vous demandez où on va la construire, intervint le notaire sur un ton condescendant. Sur les fondations de l'ancienne, évidemment.

— Je sais pas si vous êtes allé voir ce solage-là dernièrement, reprit Gonzague, mais il était fait en pierre des champs et les joints en ciment ont tous lâché depuis longtemps. N'importe qui va vous dire, notaire, que ce solage-là vaut plus une cenne et qu'il est à refaire.

— On le refera, s'il le faut, intervint abruptement le curé Béliveau.

— Il y a aussi autre chose à considérer, reprit le président de la fabrique, comme si le prêtre n'avait pas parlé. La vieille église avait presque cent ans quand elle a passé au feu. Quand elle a été construite, elle était, ben sûr, au centre du village, et c'était normal, pas vrai ?

Les gens présents acquiescèrent.

— Depuis ce temps-là, Saint-Paul a ben changé. Le village a pas arrêté de s'agrandir. Il y a eu des nouveaux rangs qui se sont ouverts à l'autre bout, comme les rangs Saint-Pierre, Sainte-Anne, Notre-Dame et Saint-Joseph. Tout ça pour vous dire qu'avant qu'elle passe au feu, l'église était complètement à l'autre bout du village.

— Ben oui, puis après ? finit par lui demander le maire.

De toute évidence, Bertrand Gagnon se demandait où il voulait en venir.

— Je pense qu'il serait peut-être temps de se demander si on serait pas mieux de la construire ailleurs, finit par avouer Gonzague sur un ton détaché.

— Ailleurs ! s'exclama le curé Béliveau, sidéré qu'on ose avancer une telle hypothèse. Mais tu y penses pas, Gonzague ! Et le cimetière, lui ? Qu'est-ce qu'on en ferait ?

— Justement, monsieur le curé, reprit le président du conseil. Ça fait un an qu'on s'arrache les cheveux pour savoir comment l'agrandir parce qu'il y a plus de place. On pourrait prendre le terrain de l'église pour l'agrandir. Comme il appartient déjà à la fabrique, il nous coûterait rien.

— Ben là, ça ferait un ben trop grand cimetière, ne put s'empêcher de faire remarquer Racicot.

— Il va finir par se remplir, inquiète-toi pas, Camil, rétorqua Gonzague en lui jetant un regard d'avertissement. S'il y a quelque chose qui change pas dans le monde, c'est que les gens continuent de mourir, année après année.

— Je trouve que ça a pas de maudit bon sens, finit par dire le curé Béliveau, à qui la moutarde commençait à monter au nez. Voyons donc ! Et le presbytère, lui ? On serait obligés de construire un nouveau presbytère ailleurs, et qu'est-ce qu'on ferait de celui-ci ?

— C'est vrai, ça, renchérit le notaire. Déjà que la paroisse va s'endetter jusqu'au cou pour la construction de sa nouvelle église, il faudrait en plus ajouter le montant que coûterait un nouveau presbytère.

— Ben non. Notre presbytère est correct et je vois pas pourquoi on devrait en construire un autre, reprit Gonzague en élevant un peu la voix. Moi, je vous parle juste de changer l'église de place pour qu'elle soit plus au centre du village. Et là, je vous ferai remarquer que je parle pas pour moi parce qu'elle serait nécessairement plus loin de chez nous. Je pense à tous ceux qui restent dans les rangs, à l'autre bout.

— Mon pauvre Gonzague, on peut pas dire que c'est bien brillant comme idée, laissa tomber Anselme Béliveau avec l'air de prendre en pitié le président de son conseil de fabrique. Si je te comprends bien, tu voudrais voir le presbytère et le cimetière à un bout du village et l'église à l'autre bout. Ce serait beau à voir, ajouta-t-il, sarcastique.

Il y eut quelques sourires entendus dans l'assemblée.

— Vous exagérez, monsieur le curé, reprit Gonzague en feignant d'ignorer l'ironie du prêtre. J'ai jamais dit que je voyais l'église à l'autre bout du village. Je trouve que ce serait plus normal qu'elle soit plus au centre du village. Il y a aucune loi qui dit que le presbytère et le cimetière doivent être accotés contre l'église, non ?

— Mais le bon sens le dit, par exemple ! fit Bertrand en se tournant vers le curé dont le visage rouge laissait présager une colère sur le point d'éclater.

— Est-ce que je peux te demander où tu la verrais, la nouvelle église ? demanda sèchement le prêtre.

— Je le sais pas trop, mentit Gonzague. Peut-être sur le terrain du père Tremblay. Il est ben placé et le bonhomme pourrait peut-être le vendre à la fabrique à un prix raisonnable…

— Il paie même pas sa dîme, fit remarquer le notaire, qui tenait les livres de la paroisse.

— On le voit jamais à l'église, ne put s'empêcher de faire remarquer Rajotte.

— Ça l'empêcherait pas de vendre à la fabrique. Je le connais, le père. Je suis sûr que j'arriverais à le persuader de nous vendre ce terrain-là. Il a au moins un arpent et il est ben placé, juste en face de la rivière, comme le terrain où était l'ancienne église. En plus, il serait pas mal plus grand, assez grand pour que tous puissent y laisser leur voiture quand ils viennent à la messe, le dimanche. Moi, je vous le dis, ce serait la place idéale pour reconstruire.

Pendant ce court exposé, le visage du curé Béliveau avait progressivement tourné à l'écarlate. L'ecclésiastique finit par exploser.

— Il en est pas question, tu m'entends, Gonzague Boisvert? s'écria-t-il en frappant du poing sur la table. La nouvelle église va être bâtie ici, à côté du presbytère, et pas ailleurs! Je sais pas ce que t'as mangé à soir, mais c'est une vraie idée de fou que t'as là. On n'a jamais vu ça une église loin du presbytère et du cimetière paroissial.

Cet éclat du curé fit sursauter la plupart des marguilliers et un silence pesant tomba sur la salle.

— C'est pas parce qu'on n'a jamais vu ça qu'on le verra jamais, affirma le cultivateur en haussant le ton à son tour.

— Si t'es pas capable de comprendre le gros bon sens, batèche, t'as juste à démissionner du conseil. On te remplacera, déclara le prêtre sur un ton définitif.

— Là, monsieur le curé, vous débordez un peu, répliqua Gonzague d'une voix subitement devenue froide en le fixant sans manifester la moindre crainte. La loi est ben claire. Le curé de la paroisse n'est qu'un membre du conseil de fabrique comme les autres. Quand les membres du conseil s'entendent pas, ils démissionnent pas. Il est prévu de passer au vote, pas plus.

— C'est correct, trancha Anselme Béliveau en faisant un effort méritoire pour retrouver son calme. Je veux qu'on vote pour savoir si on va organiser une corvée pour nettoyer le terrain d'à côté la semaine prochaine.

— Pas de problème, fit le président. On va voter à main levée et monsieur le notaire, à titre de secrétaire du conseil, va noter la question et les résultats du vote. Quels sont ceux qui sont d'accord pour qu'on organise une corvée pour nettoyer le terrain de l'église?

Gonzague fut le premier à lever la main et toutes les personnes présentes l'imitèrent immédiatement. Le curé Béliveau esquissa un léger sourire en pensant que le président du conseil de fabrique avait enfin compris que personne n'allait le suivre dans ses projets qu'il jugeait sans queue ni tête.

On attendit qu'Aristide Ménard ait tout noté dans le grand cahier noir où il résumait les débats de chaque réunion.

— Bon, maintenant, on va voter sur la place où on veut voir construire la prochaine église, dit Gonzague.

Le curé Béliveau serra les dents et ne put s'empêcher de montrer son mécontentement devant un tel entêtement.

— Qui vote pour que la nouvelle église soit bâtie ailleurs dans le village? demanda Gonzague en regardant tour à tour Camil Racicot et Paul-André Rajotte.

Il leva immédiatement la main. Il y eut un bref moment de flottement et le curé Béliveau allait sourire quand il vit avec stupéfaction se lever les mains de Racicot et de Rajotte.

— Ben, voyons donc! s'exclama-t-il en regardant le notaire et le maire. Ça a pas d'allure.

— Quels sont ceux qui sont contre? demanda le président, l'air impénétrable.

Le curé, Bertrand Gagnon et Aristide Ménard levèrent la main à leur tour.

— C'est clair, déclara Gonzague, on est bloqués. On est trois contre trois. Tant qu'il y aura pas quelqu'un qui changera d'avis, on pourra pas bouger. Dans ce cas-là, je pense que ça sert à rien de continuer la réunion.

— Ce qui est sûr, fit le curé Béliveau en se levant, c'est que ça en restera pas là. S'il faut que j'aille jusqu'à monseigneur, je vais le faire.

— Personne peut vous en empêcher, monsieur le curé, déclara Gonzague sur un ton neutre, mais même monseigneur doit respecter la loi.

— As-tu pensé à ce que les gens de la paroisse vont dire demain quand je vais leur annoncer qu'on a maintenant l'argent pour bâtir leur église, mais que la moitié du conseil de fabrique s'oppose à ce que ça se fasse?

— Sauf votre respect, monsieur le curé, ce serait pas ben honnête de votre part de présenter l'affaire comme ça. Il faudrait dire que la moitié du conseil voudrait que la nouvelle église soit au centre du village.

Le prêtre résista difficilement à l'envie de faire un éclat. Furieux, il quitta la pièce en claquant la porte derrière lui. Sans perdre un instant, Rajotte et Racicot s'emparèrent de leur manteau et de leur chapeau, et se dirigèrent vers la sortie après avoir salué à la ronde. Le notaire acheva d'écrire le compte rendu de la réunion avant de se lever. Bertrand Gagnon endossa lentement son manteau, attendant de toute évidence Aristide Ménard pour sortir du presbytère en sa compagnie. Gonzague adressa un bref signe de tête aux deux marguilliers qui s'étaient opposés à son idée et il partit à son tour.

L'obscurité et une petite brise fraîche l'accueillirent à l'extérieur. Le cultivateur avait cru que Camil et Paul-André l'attendraient à la sortie, mais ils s'étaient déjà esquivés au moment où il monta dans son boghei.

Au presbytère de Saint-Paul-des-Prés, le curé Béliveau arbora durant quelques jours une figure préoccupée. Cet air morose inhabituel chez ce bon vivant était évidemment dû à l'opposition inattendue de la moitié de son conseil de fabrique. Mis au courant, le vicaire fut aussi bouleversé que son supérieur, mais il avoua bien humblement ignorer comment vaincre cet obstacle.

Lorsque Rose Bellavance apprit toute l'affaire à la messe, le lendemain de la réunion, elle ne put s'empêcher de s'exclamer :

— Ça, c'est du Gonzague Boisvert tout craché. Je mettrais ma main au feu qu'il y a une cenne quelque part pour lui là-dedans.

— Attention, madame Bellavance, la mit en garde Alcide Duquette, le propriétaire du magasin général, quelqu'un pourrait ben vous entendre et rapporter ce que vous dites aux Boisvert.

— Eh bien, il peut rapporter tant qu'il voudra, s'emporta la vieille dame. Il y a tout de même des limites à faire des misères à monsieur le curé qui est bon comme du bon pain.

Son interlocuteur se garda bien d'ajouter un mot, intimement persuadé que le propriétaire d'un commerce se doit de ne jamais prendre parti dans une dispute sous peine de perdre une part de sa clientèle.

Quelques jours plus tard, Anselme Béliveau annonça à l'abbé Nadon son intention de s'absenter pour la journée. Après plusieurs jours de réflexion, il avait finalement décidé d'aller rencontrer son évêque à Nicolet pour lui apprendre ce qui se tramait dans sa paroisse.

— Je vais demander au père Langevin d'aller atteler, monsieur le curé, dit le vicaire, serviable, en quittant la table après le déjeuner.

Durant tout le trajet qui le conduisit de Saint-Paul-des-Prés à Nicolet, le prêtre remarqua à peine les volées d'oies sauvages qui s'abattaient bruyamment dans les champs entre Pierreville et Baie-du-Fèvre. Il était si préoccupé par son entrevue avec son évêque qu'il demeura insensible au spectacle extraordinaire de la nature en train de renaître en ce printemps de l'année 1901.

À son arrivée à l'évêché, le secrétaire du prélat, un petit prêtre aux manières assez sèches, commença par lui reprocher de ne pas avoir pris rendez-vous avec monseigneur Gravel.

— Vous auriez dû écrire pour en demander un, insista le secrétaire sur un ton un peu condescendant en retirant ses lunettes à monture d'acier. Monseigneur est très occupé, vous savez.

— La situation était trop urgente, dit le curé Béliveau d'une voix coupante. Est-ce qu'il peut me recevoir, oui ou non ?

— Attendez, monsieur le curé, je vais voir.

Cependant, l'ecclésiastique prit tout de même le temps de recevoir une vieille religieuse avant de quitter son siège pour aller frapper à la porte du bureau de monseigneur Gravel. Il disparut dans la pièce durant quelques instants avant de revenir inviter le curé de Saint-Paul-des-Prés à le suivre.

L'évêque de Nicolet se leva pour accueillir avec un sourire de bienvenue Anselme Béliveau.

— Je m'excuse de venir vous déranger sans avoir pris rendez-vous, fit le curé Béliveau en acceptant le siège que son supérieur lui indiquait de la main.

— Il n'y a pas d'offense, monsieur le curé, fit le prélat, magnanime. Je suppose que le problème ne pouvait souffrir d'attendre plus longtemps.

Le prêtre, conscient de l'horaire de travail chargé de son évêque, s'empressa de lui résumer rapidement toute l'affaire. Il lui parla du don reçu de l'un de ses paroissiens et de l'opposition inattendue de la moitié de son conseil au projet de reconstruire son église à l'endroit même où l'ancienne avait brûlé.

Durant toutes ses explications, monseigneur Gravel se contenta de fixer son interlocuteur en hochant la tête de temps à autre pour lui faire comprendre qu'il le suivait bien.

— Là, monseigneur, je sais plus trop quoi faire, conclut le curé. J'ai invité le président du conseil à démissionner, mais il a refusé en disant que c'était pas la solution.

— Et il a eu raison, dit le prélat. Vous savez aussi bien que moi que c'est à la fabrique d'administrer les biens de la paroisse et que toute décision doit être entérinée par la majorité de ses membres.

— Je sais, monseigneur.

— Évidemment, je ne peux pas vous donner tort de vous opposer à l'idée de reconstruire si loin de votre presbytère... Par contre, l'idée que le terrain pourrait servir à prolonger votre cimetière paroissial où il manque de la place pour enterrer vos défunts n'est pas sans mérite.

— Bien sûr, monseigneur. Mais là, tout est bloqué. Les marguilliers qui veulent que l'église soit bâtie ailleurs commencent à peine leur nouveau mandat et…

— Je comprends, le coupa l'évêque.

— Le problème est, monseigneur, que si ça dure un peu trop longtemps, mes paroissiens vont finir par perdre patience et on risque d'avoir des chicanes à n'en plus finir. Immanquablement, il y en a qui vont prendre parti pour et d'autres contre. À la longue, ça m'étonnerait même pas que la politique s'en mêle, ajouta Anselme Béliveau, sur un ton rageur.

L'évêque de Nicolet prit un long moment pour réfléchir au problème avant de reprendre la parole.

— Bon, je pense, monsieur le curé, que la meilleure solution est de ne pas bouger. Vous avez la moitié du conseil de votre bord et il me semble que votre position est la plus sensée. Laissez donc le temps faire son œuvre. Il n'y a rien qui vous dit que l'un des marguilliers du bord du président de votre conseil ne finira pas par changer d'idée en subissant des pressions de son entourage. Mieux, vous pourriez tenter discrètement – et évidemment en dehors de la présence du nommé Gonzague Boisvert – de persuader les marguilliers récalcitrants de vous appuyer.

— C'est ce que je vais faire, monseigneur, dit Anselme Béliveau sur un ton résolu.

— Essayez de procéder sans faire d'éclat, monsieur le curé, lui recommanda le prélat, qui connaissait bien le caractère un peu soupe au lait de son subordonné. Ne criez pas, ne faites pas de colère du haut de la chaire, mais ne vous laissez pas manger la laine sur le dos. Après tout, vous êtes le pasteur de Saint-Paul et on vous doit le plus grand respect.

— Merci, monseigneur.

— Écoutez. Il me reste une personne à recevoir avant l'heure du repas. Vous dînez avec moi.

— Je voudrais pas vous déranger.

— Pas du tout, affirma monseigneur Gravel en se levant pour indiquer la fin de l'entrevue. Pour une fois que ce n'est pas vous qui me recevez à manger. Vous allez voir que ma cuisinière est presque aussi bonne que la vôtre.

Quand le curé de Saint-Paul-des-Prés reprit la route au début de l'après-midi pour rentrer chez lui, il avait retrouvé une certaine sérénité. Au moment de son départ, son évêque avait insisté sur le fait que ses opposants avaient la loi de leur côté et qu'il ne gagnerait rien à envenimer les choses.

Chapitre 6

Une visite décevante

En ce troisième dimanche d'avril, c'est sous un ciel maussade que les Joyal se rendirent à l'église paroissiale pour assister à la grand-messe. À leur sortie du temple, le vent s'était levé, poussant devant lui de lourds nuages.

— On n'a pas le temps de jaser sur le parvis si on veut partir à une heure raisonnable pour Saint-Paul, dit Lucienne à l'oreille de son mari en posant le pied à l'extérieur. J'ai le dîner à servir et je dois préparer un paquet pour Germaine. Adrienne m'a offert de le lui laisser en passant cet après-midi.

Lucienne faisait allusion à leur fille Germaine, institutrice à Saint-Bonaventure depuis deux ans. La jeune fille de vingt-deux ans était toujours heureuse quand sa mère lui envoyait de la nourriture par Adrienne Legris, leur voisine, qui avait des parents à Saint-Bonaventure.

— Je suis pas sûr pantoute qu'on va pouvoir aller à Saint-Paul aujourd'hui, répliqua Napoléon en levant les yeux vers le ciel. On dirait que ça marchande pour de la pluie.

— Ah non! s'exclama Corinne, dépitée, en arrivant à leur hauteur. Il manquerait plus que ça.

— Aïe! On n'est pas pour faire dix milles à la pluie battante pour tes beaux yeux, la réprimanda sévèrement sa mère. Si on peut pas y aller aujourd'hui, on ira dimanche prochain.

— En tout cas, je dételler ai pas en arrivant, chercha à la consoler son père. On sait jamais, ça peut encore s'arranger.

De retour à la maison, les femmes servirent rapidement le dîner.

— Ce bœuf-là avait la couenne dure en jériboire! s'exclama Anatole en mastiquant avec difficulté la bouchée de viande qu'il venait de porter à sa bouche.

— Pour moi, il a été mal taillé, fit remarquer Corinne en jetant un regard narquois à son père. Il cuit depuis six heures à matin et il est dur comme de la semelle de botte.

— Toi, ma petite bougresse! s'exclama Napoléon en feignant d'être furieux. Tu sauras qu'il y a pas meilleur que ton père pour découper une vache ou un cochon.

— C'est vrai que la viande est pas mal dure, admit Lucienne à son tour. Avec le reste, on va faire une bonne soupe au bœuf. À force de cuire, elle va bien finir par être mangeable.

Pendant que Lucienne et sa fille rangeaient la cuisine, Bastien se chargea d'aller porter le paquet destiné à sa sœur Germaine chez les voisins. Quand il rentra, il déclara:

— Ça s'améliore dehors: il vente moins. Il mouillera peut-être pas, finalement.

— Si c'est comme ça, on va y aller, dit le père de famille en vidant le contenu de sa pipe dans le poêle. On devrait être revenus pour le train, ajouta-t-il à l'intention de ses fils.

Quelques minutes plus tard, Napoléon, sa femme et sa fille montèrent en voiture et prirent la direction de la route 3. Les passagers étaient passablement secoués par le chemin raviné par les pluies printanières et les ornières n'avaient pas encore été comblées. Deux milles avant d'arriver à Yamaska, Napoléon tourna à gauche pour emprunter la route étroite et sinueuse conduisant à Saint-Paul-des-Prés. Il lui fallut rouler pendant plusieurs minutes avant d'apercevoir les premières maisons du village qui semblaient endormies dans la grisaille de ce dimanche après-midi.

La voiture passa d'abord devant une petite école en bois surmontée d'un clocheton et construite aux côtés de ce qui semblait un couvent à gauche de la route. En face, quelques maisons au toit pentu et leurs dépendances tournaient le dos à la rivière Yamaska. Près du couvent, un vaste presbytère aux murs en pierres des champs voisinait avec un grand terrain vague. Napoléon Joyal immobilisa sa voiture un instant devant ce vaste espace où on pouvait encore apercevoir au milieu des longues herbes brunâtres quelques pierres noircies de l'église incendiée trois ans auparavant.

— Torrieu! Depuis le temps, ils auraient pu au moins nettoyer le terrain, laissa-t-il tomber, désapprobateur.

— Je te dis que ça fait toute une décoration dans un village une affaire comme ça, renchérit Lucienne d'une voix acide. Le curé de la paroisse doit aimer ça, encore, voir ça des fenêtres de son presbytère, ajouta-t-elle en montrant à sa fille l'édifice voisin pourvu d'une large galerie blanche sur les quatre faces du bâtiment.

— Au moins, le cimetière a l'air d'être ben entretenu, fit remarquer Napoléon.

— Je me demande bien où monsieur le curé dit sa messe, reprit sa femme.

— Laurent m'a dit que c'est au couvent, à côté du presbytère, expliqua Corinne.

— Ça empêche pas qu'il faut être pas mal sans-dessein pour pas se grouiller plus vite pour reconstruire cette église-là, conclut sa mère. Si ça a de l'allure d'être arrangé comme ça!

Napoléon remit son attelage en marche. Un peu plus loin, il jeta un bref coup d'œil au magasin général puis à la forge voisine. Après être passés devant plusieurs maisons construites de chaque côté de la route, les Joyal remarquèrent la boucherie faisant face à une petite boulangerie. Au-delà, il n'y avait plus aucune construction. De toute évidence, ces deux commerces étaient installés à la limite du village.

— Ça a tout l'air qu'on est sortis du village, déclara le conducteur. À la prochaine maison, on va arrêter pour savoir où se trouve le rang Saint-Joseph.

— Bon, il manquait plus que ça, dit Lucienne, au moment où une première goutte de pluie venait de l'atteindre. V'là qu'il mouille à cette heure.

Napoléon n'eut pas à aller frapper à une porte pour se renseigner. Il venait à peine de parler qu'il aperçut un peu plus loin un adolescent marchant sur le bord de la route. Il le héla pour lui demander son chemin.

— Le quatrième chemin à votre droite, monsieur. Vous allez voir, il y a une grosse maison blanche sur le coin.

— Est-ce que c'est encore loin ?

— Vous avez encore un bon mille à faire.

Le conducteur remit sa voiture en marche en tentant d'éviter les ornières. La pluie s'était arrêtée. Il n'était tombé que quelques gouttes. Finalement, Napoléon aperçut le rang Saint-Joseph et y engagea son boghei.

— Bout de corde ! s'exclama Lucienne, c'est au bout du monde, cette terre-là !

Le chemin était droit et bordé de fossés profonds encore à demi remplis de l'eau de la fonte des neiges. À intervalles réguliers, il y avait des maisons à un étage au toit pointu couvert de bardeaux de cèdre ou de tôle. Derrière chacune, les voyageurs pouvaient voir une grange, une étable, une écurie, un poulailler et parfois d'autres petits bâtiments plus ou moins bien entretenus.

Les champs avaient tous encore leur parure noire du début de printemps laissée par les labours de l'automne précédent. Les corneilles faisaient entendre leurs croassements désagréables, perchées dans des arbres encore dépourvus de feuillage. De chaque côté de la route, en toile de fond, les boisés semblaient marquer la limite entre les terres du rang Saint-Joseph et celles du rang voisin.

— Il est bien long, ce rang-là, finit par dire Corinne qui scrutait chacune des fermes qu'ils longeaient depuis plusieurs minutes.

— Ton Laurent a dit que c'était la dernière terre du rang, lui rappela sa mère. On n'est pas encore rendus au bout.

— Non, mais on arrive, fit son mari en lui montrant le bois qui semblait boucher l'extrémité du rang, quelques arpents plus loin.

Au même moment, les Joyal virent une petite maison aux ouvertures vertes sur leur gauche. Napoléon arrêta son cheval.

— Si c'est ici, dit Lucienne, ça a ben de l'allure comme maison.

— Puis les bâtiments m'ont l'air pas mal propre, ajouta son mari en inspectant les lieux d'un air connaisseur.

Soudain, une porte s'ouvrit sur le côté de la maison pour livrer passage à deux jeunes enfants qui se mirent à se poursuivre dans la cour en riant.

— Je pense qu'on n'est pas à la bonne place pantoute, reconnut Napoléon en remettant son cheval en marche.

— Dans ce cas-là, ça peut pas être ailleurs que là, dit Lucienne en montrant du doigt une petite maison grise au toit de tôle passablement rouillé qu'elle venait d'apercevoir à sa droite, quelques centaines de pieds plus loin, de l'autre côté de la route.

Son mari ne dit rien. Il se contenta de remettre son cheval au pas. Arrivé en face de la maison, il engagea prudemment son véhicule dans la cour encombrée de toutes sortes de débris.

— Vous pensez que c'est ici, p'pa? demanda Corinne après être parvenue à surmonter sa déception. On dirait une maison abandonnée…

— C'est une maison abandonnée, confirma sèchement son père. À part ça, je vois pas où ça pourrait être ailleurs. Il nous a dit que c'était la dernière maison du rang

Saint-Joseph… D'abord, où est-ce qu'il est passé, lui ? fit-il, mécontent, en tournant la tête dans toutes les directions.

— C'est bien lui, ça, laissa tomber Lucienne. Jamais là où il devrait être…

— Il va finir par arriver, m'man, dit Corinne, en scrutant, l'air dépité, ce qui était appelé à devenir peut-être sa maison.

— En attendant, je vais aller jeter un coup d'œil aux bâtiments, finit par dire son père en se mettant déjà en marche vers ce qui semblait être l'étable, au fond de la cour. Si vous approchez de la maison, regardez où vous mettez les pieds. La galerie m'a l'air pas mal pourrie.

Les deux femmes montèrent prudemment les deux marches conduisant à la galerie vermoulue qui courait sur la façade et le côté droit de la maison recouverte de vieux déclins grisâtres qui n'avaient pas été chaulés depuis des lustres. Elles se penchèrent en même temps à l'une des fenêtres en mettant leur main en écran au-dessus de leurs yeux pour tenter de voir à l'intérieur, mais il y faisait trop sombre pour apercevoir quoi que ce soit. Elles descendirent de la galerie et entreprirent de faire le tour de la maison. Corinne s'aperçut alors que certaines vitres étaient brisées et que la porte des toilettes sèches installées près de la vieille remise avait été arrachée de ses gonds.

La jeune fille allait poursuivre le tour du propriétaire quand le bruit d'une voiture passant sur la route l'incita à s'avancer dans la cour pour regarder dans cette direction. Elle arriva au coin de la maison juste à temps pour voir son amoureux descendre de voiture avec empressement et attacher son cheval près de celui des visiteurs.

— J'espère que ça fait pas trop longtemps que vous m'attendez, dit le prétendant en adressant son plus charmant sourire à Corinne et à sa mère qui venait de la rejoindre. Maudite malchance ! Le cheval a cassé un brancard du boghei, à matin, quand on est revenus de la messe. Même si je me suis dépêché de le réparer, je suis pas arrivé à le faire assez vite pour venir nettoyer un peu avant que vous arriviez.

— C'est pas grave, le rassura Corinne en lançant un regard d'avertissement à sa mère. Tu pourrais peut-être nous débarrer la porte de la maison avant d'aller rejoindre mon père qui vient d'entrer dans l'étable.

Le jeune homme se précipita vers la porte qu'il déverrouilla.

— Il fait pas ben clair en dedans, dit-il en pénétrant dans les lieux, mais je devrais être capable de trouver un fanal quelque part pour faire un peu de lumière.

En fait, Laurent trouva un fanal suspendu à un clou près de la porte située sur le côté de la maison. Il le secoua pour vérifier s'il contenait de l'huile à lampe et s'empressa de tirer une allumette de l'une de ses poches pour l'allumer.

— Bon, je vais retrouver monsieur Joyal, précisa-t-il aux deux femmes. Je reviens tout de suite. Vous pouvez peut-être faire le tour pendant ce temps-là. Remarquez pas trop les toiles d'araignée et la poussière, un bon coup de balai et ça va être d'aplomb.

Sur ce, il déposa le fanal allumé sur le comptoir et quitta la maison en laissant la porte ouverte derrière lui.

— Un bon coup de balai et ça va être d'aplomb, répéta aigrement Lucienne. Elle est bonne, celle-là ! Pour moi, ton Laurent a jamais fait de ménage de sa vie. C'est une vraie soue à cochons ici dedans. La maison doit être pleine de vermine…

Comme pour lui donner raison, les deux femmes entendirent soudainement au-dessus de leur tête les bruits faits par des dizaines de petites pattes. Leur intrusion semblait avoir dérangé les mulots qui avaient élu domicile dans la maison.

— Pas des souris ! s'exclama Corinne en se rapprochant de sa mère, comme pour se faire protéger. Je peux pas endurer ça.

— Des souris et peut-être d'autres bibittes, dit cette dernière en jetant un regard désenchanté au poêle à bois rouillé qui trônait contre l'un des murs de la cuisine. Seigneur que c'est sale ! sentit-elle le besoin d'ajouter en osant à peine ouvrir les portes des armoires.

Corinne prit le fanal et entraîna sa mère à sa suite vers ce qui avait dû être le salon puisque ses deux fenêtres étroites donnaient sur la façade. La pièce voisine était probablement une chambre. Elle ne contenait qu'un vieux crucifix et une image du Sacré-Cœur dans un cadre poussiéreux. Au moment où Lucienne ouvrait la porte de ce qui semblait avoir été une garde-robe, un rat, vif comme l'éclair, lui fila entre les jambes.

— Ah ! la maudite vermine ! s'écria Corinne, devenue toute blanche.

— Toi, surveille ta langue, l'avertit sa mère, mécontente et pas du tout alarmée par la bête qui venait de la frôler. Viens. Un coup parties, on est aussi bien d'aller jeter un coup d'œil en haut… en autant que l'escalier soit pas trop pourri. De toute façon, ça peut pas être pire que le bas.

Corinne, pas trop brave, tendit le fanal à sa mère et se mit à la suivre dans l'étroit escalier qui conduisait aux chambres. Les marches craquaient de manière inquiétante. Les deux femmes finirent par atteindre le palier sans encombre et se mirent en devoir de jeter un coup d'œil dans chacune des quatre petites pièces carrées que desservait le couloir.

— Il manque des vitres à deux fenêtres en haut aussi, fit remarquer Lucienne en s'apprêtant à descendre. Si ton Laurent se grouille pas d'en poser des neuves, la pluie va continuer à entrer dans la maison et les planchers vont pourrir, si c'est pas déjà fait. Bon, on en a bien assez vu, ajouta-t-elle en entraînant sa fille à l'extérieur. Éteins le fanal et viens prendre un peu l'air. Cette senteur de moisi finit par tomber sur le cœur.

Au moment où elles posaient le pied sur la galerie, Napoléon et Laurent sortaient de l'écurie. Ils se dirigèrent vers les deux femmes sans se presser.

— Allez-vous voir le dedans de la maison, p'pa ? demanda Corinne, l'air un peu inquiet.

— C'est pas nécessaire, trancha le cultivateur un peu bedonnant. La maison, c'est l'affaire des femmes. Moi, ce qui m'intéresse, c'est la terre, le roulant et les bâtiments.

Laurent approuva cette déclaration d'un hochement de tête.

— Pour tes bâtiments, tu vas avoir pas mal de réparations à faire avant de faire hiverner des bêtes là-dedans, précisa Napoléon. Pour le roulant, j'ai pas vu grand-chose...

— Je suis capable de réparer le vieux boghei que vous avez vu dans la remise, monsieur Joyal. La waggine est correcte. Pour le reste, mon père a tout ce qu'il faut.

Il y eut un long silence entre les quatre adultes debout près du balcon. Une petite pluie froide se mit alors à tomber doucement.

— Bon, je pense qu'on va y aller, nous autres, dit Napoléon.

Laurent Boisvert se gratta la gorge avant de dire, l'air un peu mal à l'aise :

— Je voudrais pas vous paraître effronté, monsieur Joyal, mais est-ce que je peux vous demander si vous me donnez la main de votre fille ?

Napoléon adressa un bref regard à sa femme avant de se décider à répondre.

— Il y a pas de presse, mon garçon. Laisse-moi encore une couple de jours pour y penser.

Le jeune homme eut l'air si dépité que le père de Corinne fut tenté, un bref instant, de lui accorder tout de suite la main de sa fille. Toutefois, sa méfiance lui dictait la plus extrême prudence. Il éprouvait le besoin de consulter sa femme et de s'interroger plus longuement avant de donner

Corinne à un jeune homme dont il ne connaissait même pas les parents.

— Ce serait une bonne idée que tu nous présentes un jour ta famille, ajouta-t-il.

— Justement, monsieur Joyal. Mon père aimerait ça que vous arrêtiez à la maison en passant, lui assura le prétendant. Il voudrait ben vous voir et rencontrer Corinne. Il l'a encore jamais vue.

— Sa terre est dans le rang ?

— Pantoute, monsieur Joyal. On reste dans le rang Saint-André.

— Où est-ce que c'est ? demanda son futur beau-père en tirant ostensiblement sa montre de gousset pour consulter l'heure.

— C'est le rang du village. Vous êtes passé devant la maison en entrant dans le village. Une grosse maison en pierre qui ressemble pas mal à la vôtre.

— Bon, c'est correct, accepta Napoléon. Mais on restera pas trop longtemps.

Quand on remonta dans les voitures, Corinne prit sur elle de monter aux côtés de son amoureux, dans son boghei. Les Joyal suivirent le jeune couple à bord de leur voiture.

— Qu'est-ce que t'en penses ? demanda Napoléon à sa femme étrangement muette depuis quelques minutes.

— Je pense encore qu'ils se marient bien trop vite, laissa-t-elle tomber. Laurent Boisvert est peut-être un bon garçon, mais on le connaît presque pas et on connaît pas sa famille non plus. J'aime pas l'idée de voir la petite venir s'installer au fond d'un rang perdu dans une maison qui est une vraie soue à cochons.

— C'est vrai qu'on connaît pas sa famille, reconnut son mari, mais on a tout de même entendu parler de son père qui est pas mal pesant dans Saint-Paul. Pour la maison, il pourrait avoir le temps d'arranger ça avant le mariage.

— S'il fait ce qu'il dit, ce qui est pas prouvé, conclut Lucienne, toujours aussi méfiante, en serrant plus étroitement son foulard autour de son cou.

Une demi-heure plus tard, les deux voitures venaient à peine de quitter le village que Napoléon vit son futur gendre tourner à droite et s'engager dans l'entrée d'une ferme. Il le suivit.

— As-tu vu la grosse maison? ne put s'empêcher de demander Lucienne à son mari au moment où les bogheis s'immobilisaient près de la grande maison en pierre des Boisvert. Elle est au moins une fois et demie plus grosse que la nôtre.

— Ouais, et les bâtiments m'ont l'air ben tenus, à part ça, dit Napoléon à mi-voix en jetant un coup d'œil aux grands bâtiments au fond de la cour.

Tout le monde descendit de voiture et on se dirigea vers la maison. À ce moment-là, Corinne aperçut un garçon âgé d'une dizaine d'années assis sur la galerie, près de la porte. Le gamin d'une maigreur anormale n'était vêtu que d'une chemise grise et d'un pantalon rapiécé.

— Mais qu'est-ce que cet enfant-là fait dehors juste en chemise par un temps pareil? demanda Corinne à Laurent.

— Je le sais pas, répondit-il, insouciant.

— Ton neveu va attraper son coup de mort habillé comme ça, lui fit remarquer Lucienne en s'approchant.

— C'est pas mon neveu, madame Joyal. C'est juste un jeune que mon père a pris en élève le mois passé. Il vient de l'orphelinat de Sorel.

— Fais-le entrer pareil, insista Corinne en adressant un sourire au garçon dont le visage semblait mangé par de grands yeux.

— Entre en dedans, Rosaire, lui ordonna Laurent avant d'ouvrir la porte pour laisser passer ses invités.

Les Joyal s'immobilisèrent, l'air un peu emprunté, sur la catalogne déposée près de la porte pendant que le gamin se glissait derrière eux.

— Entrez, entrez, les invita Laurent en les poussant doucement devant lui.

Au fond de la grande pièce, une petite femme au visage étroit s'avança sans grand empressement vers les visiteurs en vérifiant de la main l'ordonnance de son maigre chignon noir. Les deux hommes assis à la table se levèrent lentement à leur tour.

— Je vous présente ma belle-sœur Annette. C'est la femme d'Henri, le plus vieux de la famille et la seule femme de la maison, dit Laurent à l'instant où la petite femme arrivait à ses côtés.

— Bonjour, se contenta-t-elle de dire en esquissant un sourire sans chaleur.

Son mari, un homme de taille moyenne lourdement charpenté semblait âgé d'une trentaine d'années. Il compensait un début de calvitie par une épaisse moustache noire et de gros sourcils broussailleux.

— Bonjour, dit ce dernier en tendant, sans sourire, une large main calleuse à chacun des nouveaux arrivants.

Gonzague Boisvert s'avança à son tour sans se presser pour accueillir les Joyal.

— Enlevez votre manteau et venez vous asseoir, dit-il aux Joyal en esquissant un sourire de bienvenue. Annette, sers-nous donc une tasse de thé pour nous réchauffer.

Tout le monde prit place sur les bancs disposés autour de la longue table.

— Toi, qu'est-ce que tu fais là ? demanda-t-il d'une voix sévère en apercevant Rosaire qui s'était tenu caché derrière les visiteurs.

— Monsieur Laurent m'a dit d'entrer, monsieur, répondit l'enfant d'une voix apeurée.

— On t'a dit d'aller jouer dehors, intervint la bru sur un ton tout aussi sec. Débarrasse le plancher et fais ça vite.

Rosaire s'empressa d'ouvrir la porte et de disparaître. Cette scène eut le don de jeter un froid parmi les Joyal qui se regardèrent, mal à l'aise. Gonzague sembla s'en rendre compte brusquement et se sentit obligé d'expliquer la situation.

— On fait la charité à ce monde-là, mais ça se croit tout permis. Quand on les prend en élève, il faut les élever, sinon ils font juste à leur tête.

Corinne jeta un bref regard à sa mère, mais il n'y eut aucun commentaire ajouté à cette explication.

— Comme ça, c'est cette belle fille-là que mon gars espère marier, reprit l'hôte en fixant Corinne, passablement intimidée d'être scrutée sans vergogne par tous les Boisvert présents dans la pièce.

— Oui, p'pa, répondit Laurent à la place de son amie. Mais monsieur Joyal a pas encore dit oui.

— Le mariage, c'est une affaire importante. Il faut y penser à deux fois, se défendit Napoléon.

— Vous avez ben raison, l'approuva Gonzague Boisvert.

Il y eut un court silence embarrassé dans la pièce, le temps qu'Annette se mette à remplir les tasses qu'elle venait de déposer sur la table.

— Puis, qu'est-ce que vous pensez de la terre de mon garçon ? demanda le patriarche sans préciser auquel des Joyal il s'adressait en particulier.

— Il va y avoir pas mal d'ouvrage à faire pour que ce soit d'aplomb, s'empressa de répondre Lucienne au moment où Annette déposait une tasse de thé devant elle.

— C'est sûr, reconnut le père de Laurent, mais ça va leur faire une sacrifice de bonne terre.

Durant quelques minutes, on échangea des banalités sur la température et sur les récoltes futures. L'arrivée des deux jeunes enfants d'Annette, qui avaient fini leur sieste, ne parvint même pas à réchauffer un peu l'atmosphère empruntée de cette première rencontre. Finalement, Napoléon se leva.

— Bon, nous autres, on va devoir y aller si je veux arriver à temps pour le train. On vous remercie pour vos politesses, ajouta-t-il en faisant signe à sa femme et à sa fille de se lever à leur tour.

Il n'y eut aucune protestation pour les retenir plus longtemps. Seule Annette quitta la table et suivit Laurent pour raccompagner les visiteurs jusqu'à la porte. Ce dernier fut l'unique membre de sa famille à se donner la peine de sortir de la maison et d'aller avec les Joyal jusqu'à leur boghei. Le jeune homme les salua et les regarda partir avant de se diriger vers l'écurie en tenant son cheval par le mors.

Pendant un bon moment, personne ne parla dans le boghei des Joyal. Chacun semblait plongé dans ses pensées.

— Puis, Corinne, qu'est-ce que tu penses de la famille de Laurent ? finit par demander Lucienne en se tournant vers sa fille, assise seule sur la banquette arrière de la voiture.

— Je les ai trouvés pas mal gênants, avoua la jeune fille… Surtout le père de Laurent, prit-elle la peine de préciser. C'est pas pantoute comme ça que je l'imaginais.

— Il faut dire qu'il se prend pas pour n'importe qui, reconnut Napoléon en gloussant. Il s'est dépêché de nous faire savoir qu'il était le plus gros cultivateur de Saint-Paul, le président de la fabrique et l'organisateur d'élection d'Aurèle Chapdelaine.

— Ça veut juste dire que c'est un saudit « rouge », laissa tomber sa femme en manifestant un certain mépris.

— Ben oui, acquiesça son mari sur un ton égal. J'étais pas pour partir une chicane en lui disant que j'étais « bleu » et que, toi, tu venais aussi d'une famille de « bleus ». J'étais pas là pour parler de politique. En tout cas, ce qui est sûr, c'est que le bonhomme doit avoir les moyens en maudit.

— Pourquoi tu dis ça ? lui demanda sa femme.

— Pendant qu'on regardait les bâtiments, Laurent s'est échappé et m'a dit que son père prêtait pas mal d'argent.

— C'est drôle, il m'a pas donné l'impression d'être si charitable que ça, répliqua sa femme.

— Ben non. T'as pas compris. Il prête de l'argent comme le notaire chez nous, en chargeant de l'intérêt.

— À la place de Laurent, je me serais fermé la boîte, rétorqua sèchement Lucienne. C'est pas un titre de gloire de profiter de la malchance des autres. En plus, si j'avais été le père de Laurent, j'aurais même pas dit que j'étais président d'une fabrique qui est pas encore arrivée à faire reconstruire l'église de la paroisse après trois ans. Je sais pas comment le monde de Saint-Paul est fait, mais chez nous, on n'aurait jamais enduré ça si longtemps.

— On le sait pas, on n'a jamais vécu ça à Saint-François, nous autres, répliqua Napoléon avec une certaine sagesse.

— La belle-sœur de Laurent me met mal à l'aise, elle aussi, intervint Corinne, qui s'était contentée d'écouter parler ses parents depuis quelques minutes.

— Une vraie face de bois, comme son mari, reconnut sa mère. Je pense que ces gens-là doivent avoir peur que le visage leur craque s'ils sourient. Ma pauvre petite fille, j'espère que le reste de la famille est pas comme ça. D'après le père, il y a encore sa fille Juliette, une veuve qui vit à Montréal. Il y a aussi ses garçons Aimé et Raymond.

— Laurent m'a dit qu'Aimé a une terre à Saint-Césaire, dans le bout de Granby, dit Corinne. Raymond, lui, travaille au port de Sorel.

— J'espère qu'ils ressemblent pas tous au père et au plus vieux, laissa tomber Lucienne.

— Pourquoi vous dites ça, m'man?

— Tout ce monde-là me donne pas l'impression de s'aimer bien gros, lui répondit sa mère.

— Il faut pas s'énerver pour rien, intervint Napoléon. On les connaît pas, ces gens-là. Ils étaient peut-être juste gênés. De toute façon, Corinne a pas à s'en faire avec ça, ajouta-t-il. Si jamais je la donne à Laurent, c'est pas la famille Boisvert qu'elle va marier, pas vrai?

— Oui, p'pa, dit la jeune fille, tout de même un peu inquiète de l'accueil peu chaleureux que lui avait réservé ce qui pouvait devenir un jour sa belle-famille.

— Je pense que le bonhomme aurait ben aimé savoir pourquoi j'avais pas encore accepté la demande de son garçon et surtout, ce que je donnerais comme dot à notre fille, reprit Napoléon en s'adressant à sa femme. T'as remarqué qu'il a pas mal tourné autour du pot sans oser le demander carrément.

— Et, naturellement, t'as rien fait pour lui faciliter l'ouvrage, dit Lucienne, avec un air narquois.

— Un fou ! Qu'il mijote dans son jus, le bonhomme Boisvert ! Est-ce qu'il m'a dit, lui, ce qu'il va donner à son Laurent le jour où il va se marier ?

— Mais t'as déjà une bonne idée de ce que tu vas lui donner ?

— Corinne va avoir la même dot qu'on a donnée à Blanche, lui déclara son mari sans la moindre hésitation. On n'est peut-être pas riches, mais on n'est pas des quêteux non plus. Elle va partir de la maison avec un *set* de cuisine ou un *set* de chambre et vingt piastres.

Le silence retomba dans le boghei et il se fit soudain une trouée dans les nuages au moment où la voiture s'engageait sur le dernier tronçon de route conduisant à Saint-François-du-Lac.

La semaine suivante, il ne se passa guère de jour sans que Corinne essaie de savoir si son père avait pris une décision quant à son avenir.

— Laisse ton père tranquille et arrête de l'achaler avec ça, finit par lui dire sa mère.

— Mais m'man, Laurent va se décourager si p'pa lui donne pas sa réponse bien vite.

— Il y a pas le feu.

— Mais on dirait que vous comprenez pas que c'est insultant pour lui. C'est comme si vous aviez pas confiance pantoute en lui.

— On a des raisons, non ? Il faut que tu te mettes dans la tête, ma petite fille, que le mariage, c'est pour la vie. Une fois que tu vas avoir dit oui au pied de l'autel, il y aura plus de revenez-y. Ce sera pas le temps après de venir te plaindre que t'as fait un mauvais choix.

— Mais je l'aime, m'man.

— Bien oui, je le sais, fit Lucienne. Mais ton père est un homme prudent. Laisse-le faire, c'est pour ton bien.

Le samedi soir suivant, Corinne s'empressa d'aller faire sa toilette sitôt la cuisine rangée pour revenir ensuite attendre son amoureux. À la vue de son père tranquillement assis dans sa chaise berçante en train de fumer, elle ne put s'empêcher de lui demander s'il avait l'intention de donner une réponse définitive à Laurent ce soir-là.

— T'es ben pressée, hein ?

— J'en peux plus d'attendre, p'pa, avoua-t-elle en se faisant câline.

— Je verrai ça tout à l'heure, quand il arrivera… s'il arrive, se moqua-t-il gentiment.

— Vous pouvez être sûr qu'il va venir veiller, lui assura sa fille en se plantant devant une fenêtre pour guetter son amoureux.

Ce dernier se présenta chez les Joyal quelques minutes plus tard. Après avoir attaché son cheval, il vint frapper à la porte, le chapeau à la main. Corinne le fit entrer. Comme à chacune de ses visites, Laurent salua les parents de la jeune fille et s'informa de leur santé. Cependant, ce samedi-là, il était nerveux. Il était évident qu'il attendait une réponse à sa demande formulée une semaine plus tôt. Il avait passé les derniers jours sur des charbons ardents, s'interrogeant cent fois sur ce qu'il avait bien pu faire dans le passé pour que les parents de sa belle l'apprécient si peu.

Au moment où Corinne venait d'inviter le jeune homme à passer au salon, Napoléon s'adressa à lui.

— J'ai ben pensé à ta demande, admit-il sans se presser.

Laurent se figea sur place et pâlit légèrement.

— C'est correct. Tu peux la marier, poursuivit le père de la jeune fille. Mais j'espère que tu vas trouver le temps de remettre ta maison d'aplomb avant de l'emmener vivre là-bas.

Le visage de Lucienne Joyal se crispa, mais elle ne dit pas un mot. Il était évident qu'elle aurait préféré une autre réponse de la part de son mari.

— Merci, monsieur Joyal, fit Laurent en s'emparant de la main de Corinne, debout à ses côtés.

— Quand est-ce que vous avez l'intention de vous marier ? poursuivit le père de famille.

Laurent regarda Corinne qui se rapprocha de lui, comme pour signifier qu'elle serait d'accord avec sa décision.

— J'avais pensé au troisième samedi du mois d'août, monsieur Joyal. Les foins vont être rentrés et je devrais être venu à bout de remettre un peu d'ordre dans la maison et les bâtiments.

— Ça va aussi donner le temps à Corinne de finir de préparer son trousseau, intervint Lucienne sans montrer grand enthousiasme.

— C'est correct, fit Napoléon.

— Et vos fiançailles ? demanda Lucienne.

— Quand vous voudrez, madame Joyal.

— On fera un petit souper le dernier dimanche de juin. Tu le diras chez vous.

Ce soir-là, au moment de se mettre au lit, Lucienne ne put s'empêcher de dire à son mari :

— J'espère que t'as bien pensé à ton affaire avant d'accepter que Corinne le marie.

— J'y ai ben pensé, affirma Napoléon. D'après moi, il y a des bonnes chances qu'il soit un bon mari. En tout cas, il pourra pas dire plus tard que je lui ai pas donné tout le temps nécessaire pour changer d'idée.

Chapitre 7

Les fiançailles

Le retour de Laurent Boisvert chez les Joyal les samedis soirs et les dimanches après-midi fit taire les mauvaises langues de Saint-François-du-Lac. Quand on sut que le jeune homme avait demandé la main de la belle Corinne, plusieurs garçons du village durent renoncer, la mort dans l'âme, à la conquérir.

— Je trouve ça ben écœurant qu'un étranger vienne nous voler la plus belle fille, affirma Constant Labelle devant une demi-douzaine de jeunes hommes, au magasin général. Est-ce qu'on va à Saint-Paul ou à Pierreville voler leurs filles, nous autres ?

Tous l'approuvèrent et déplorèrent le fait. Par ailleurs, Lucienne Joyal était heureuse d'avoir retrouvé celle qu'elle appelait son « petit rayon de soleil ». Depuis que son père avait accepté son mariage avec Laurent, la cadette de la famille démontrait une bonne humeur qu'aucune corvée printanière ne parvenait à assombrir. Ainsi, lorsque sa mère annonça, le lundi suivant, son intention de commencer le grand barda du printemps, cette nouvelle ne suscita aucune plainte chez celle qui allait obligatoirement partager la tâche avec elle.

Pendant que les hommes de la maison étaient occupés à redresser les clôtures avant de laisser sortir les animaux à l'extérieur pour la belle saison, Lucienne et sa fille commencèrent le ménage des chambres à l'étage et vidèrent les paillasses pour en remplacer le contenu par de la paille fraîche. Aussitôt que Napoléon et ses garçons eurent trouvé le temps de nettoyer les tuyaux des deux poêles à bois, celui de la cuisine d'été et celui de la cuisine d'hiver, elles se mirent à laver à grande eau plafonds, murs et vitres.

— J'aime la senteur de l'eau de Javel, ne put s'empêcher de dire Corinne en essuyant la sueur qui coulait dans son cou. Ça sent propre.

— Ça va être comme ça chez vous, quand tu vas emménager, lui dit sa mère, qui venait de laver le contenu de l'armoire. On va essayer de trouver une journée ou deux au mois de juillet pour te donner un coup de main à mettre de l'ordre dans ta maison.

— Je pense que Laurent devrait avoir eu le temps de nettoyer le plus gros à ce moment-là, fit Corinne. De ce temps-ci, il va au plus pressé. Il est supposé passer la semaine à s'occuper des clôtures et même à ramasser les pierres dans le champ.

Trois jours plus tard, la mère et la fille étaient prêtes à emménager dans la cuisine d'été pour la belle saison.

— Il me semble que les soirées sont encore pas mal fraîches pour les passer ici dedans, déclara Napoléon lors du premier repas que la famille prit à la grande table de la cuisine d'été.

— Viens pas me raconter ça, rétorqua sa femme. Il y a un poêle ici dedans comme dans le haut côté. Si on gèle, on chauffera. Là, on s'est désâmées pour nettoyer la maison d'un bord à l'autre, et je vous avertis que je veux plus rien voir traîner. À partir d'aujourd'hui, vos cochonneries, vous les laisserez plus dans la cuisine d'été. La remise à côté est faite pour ça.

Napoléon regarda ses trois fils assis à table et leur fit un signe discret de ne pas protester. Chaque printemps, c'était la même histoire. Après le grand ménage, la maison devenait un sanctuaire où on ne pouvait plus marcher qu'après avoir laissé ses chaussures sur la galerie. Malheur à celui ou à celle qui osait franchir la porte en gardant des vêtements utilisés dans l'étable.

Mai commença et il fallut bien envisager d'aller à la récitation du chapelet à l'église chaque soir de la semaine. Quand Lucienne voulut, comme chaque année, obliger son mari à participer à la cérémonie tous les soirs, elle provoqua sa colère.

— Toi, ça va faire, lui ordonna-t-il sèchement. Si tu penses qu'après le train, je vais courir tous les soirs pour souper, me changer, atteler et descendre au village, tu te trompes en torrieu ! Il y a tout de même des limites ! T'étais peut-être faite pour être une sœur, mais moi, j'ai jamais voulu devenir un curé.

— C'est le mois de Marie.

— Je le sais, je suis pas sourd ! Je te dis qu'il est pas question que j'y aille tous les soirs. Il y a déjà la grand-messe du dimanche, le salut au saint-sacrement et les vêpres. C'est assez !

Napoléon savait que ses fils, guère plus entichés que lui des cérémonies religieuses, l'appuyaient. Cependant, la mère de famille ne renonça pas et elle obtint de haute lutte que tous les Joyal soient présents trois ou quatre fois par semaine à l'église paroissiale.

Puis, les premières chaleurs arrivèrent, laissant présager l'été qui, déjà, montrait le bout de son nez. Maintenant, les arbres arboraient leur plein feuillage vert foncé, les tulipes avaient fait leur apparition dans les parterres depuis longtemps et les hirondelles avaient commencé à construire leur nid. Les journées allongeaient pour la plus grande joie des cultivateurs.

Lors de ses deux visites hebdomadaires, Laurent racontait avec force détails tout le travail qu'il était parvenu à exécuter durant la semaine sur sa terre. Il se plaignait souvent de travailler seul et de ne plus avoir le temps d'aller rencontrer ses amis qui continuaient à se réunir certains soirs au magasin général du village.

— Je vis comme un moine, répétait-il. C'est plate en désespoir ! Je vois plus personne. Je travaille comme un esclave d'une étoile à l'autre.

— Ça va se replacer, tentait de le consoler sa future épouse. Prends patience. Dis-toi que c'est tout de même mieux qu'avant, quand tu travaillais sur la terre de ton père. Là, tu travailles pour nous autres.

— Pantoute, argumentait-il. Chez le père, je me suis jamais gêné pour lâcher l'ouvrage quand j'en avais assez, avoua le jeune homme sans fausse honte.

Si Laurent se plaignait un peu comme un enfant gâté, Corinne se gardait bien d'en parler à ses parents de crainte qu'ils le jugent mal. Pour sa part, les journées de travail de la jeune fille ne semblaient plus avoir de fin.

Debout au chant du coq, comme tous les siens, elle secondait sa mère aussi bien dans la préparation des repas et le ménage que dans les corvées à l'extérieur de la maison. La tête couverte d'un large chapeau de paille et les manches de sa robe soigneusement boutonnées, la future madame Boisvert aidait à entretenir les plates-bandes et le grand jardin familial. Au début du mois de juin, chaque soir, après avoir rangé la cuisine, les deux femmes s'installaient à table pour confectionner les rideaux qui orneraient les fenêtres du foyer de la petite maison grise du rang Saint-Joseph.

— J'ai hâte d'en avoir fini avec ces rideaux-là, finit par admettre Corinne après plus d'une semaine de soirées de travail. Ils ont beau être simples à faire, je trouve ça long. J'aimerais mieux retourner à mon trousseau.

— Mais ça fait partie de ton trousseau, protesta sa mère. Oublie pas que t'as une dizaine de fenêtres à habiller. En plus, je t'ai déjà dit que c'est ben beau les broderies sur les jaquettes et les « têtes » d'oreiller, mais il y a bien autre chose à faire. C'est pas les voisines qui vont venir faire tes draps, tes linges à vaisselle, tes serviettes et tes débarbouillettes.

Il te reste encore à border des couvertes et à finir deux catalognes. Mon idée est que même si je t'aide, on va finir juste à temps pour faire ta robe de mariée.

— Et ma robe de fiançailles, m'man ?

— Tu mettras ta robe du dimanche, elle te fait bien et tu la mets seulement depuis les fêtes.

Avec autant de travail à abattre, les Joyal ne voyaient pas le temps passer. Les classes finirent quelques jours avant la Saint-Jean-Baptiste et Germaine, comme chaque année, quitta son école de Saint-Bonaventure pour revenir passer l'été chez ses parents. Corinne et sa mère accueillirent le retour de la jeune institutrice avec plaisir.

— Tenez, je vous ramène la maîtresse d'école, plaisanta Bastien qui était allé la chercher avec la carriole. Vous êtes mieux de vous tenir le corps drette et les oreilles molles parce que vous allez vous faire claquer sur les doigts.

— Laisse faire, l'insignifiant, le réprimanda en riant sa sœur qui se mit en devoir d'embrasser chacun des siens qu'elle n'avait pas vus depuis Pâques. J'ai entendu dire que tu te mariais cet été, ma petite sœur, ajouta-t-elle en serrant Corinne entre ses bras.

— En plein ça, fit Corinne. T'arrives juste à temps pour mes fiançailles.

— Tiens ! On dirait que vous m'attendiez pour me faire travailler, plaisanta Germaine pendant que ses frères quittaient la cuisine pour décharger ses bagages et les transporter à l'étage, dans la chambre qu'elle partageait avec sa sœur lors de ses séjours.

— Tu seras pas de trop, convint sa mère. Tu vas nous aider à préparer à manger.

— Je sais pas, m'man, si c'est une aussi bonne idée que ça, fit Corinne, sur un ton narquois. Vous oubliez qu'elle est capable de manger la moitié de ce qu'elle cuisine.

— Toi, mon effrontée, commence pas à m'étriver aussitôt que je viens de passer la porte, dit Germaine en feignant d'être fâchée.

Germaine était une brune de vingt-deux ans au caractère énergique qui avait une nette tendance à l'embonpoint à cause de sa gourmandise. Elle avait bien eu un ou deux prétendants depuis la fin de son adolescence, mais ces derniers s'étaient découragés en se rendant compte qu'ils ne pouvaient pas la fréquenter durant l'année scolaire parce que les commissaires n'acceptaient pas que leur institutrice reçoive un garçon dans son appartement de fonction. De plus, il fallait reconnaître que la distance entre Saint-François-du-Lac et Saint-Bonaventure était assez grande pour dissuader même le plus assidu. En réalité, la jeune enseignante bien en chair adorait sa profession et ne semblait éprouver aucune amertume en songeant à l'abandon de ses amoureux.

— Tu devrais faire l'école, toi aussi, disait-elle parfois à sa jeune sœur. T'avais du talent à l'école et t'as même fait ta neuvième année chez les sœurs.

— T'es pas malade, toi, s'insurgeait la cadette. Moi, maîtresse d'école! J'ai pas la patience pantoute d'endurer des enfants toute la journée.

— Mais pourquoi tu tenais tant à continuer à aller à l'école quand p'pa a voulu que tu restes à la maison après ta septième année?

— Une folle! J'aurais passé mes journées à nettoyer et à cuisiner comme Blanche faisait. Non, merci. J'aimais mieux aller à l'école. Quand j'ai fini l'école, là, ça me dérangeait pas de rester à la maison et d'essayer de me trouver un mari.

— Quand j'aurai envie de me marier, avait avoué Germaine à sa jeune sœur, l'année précédente, j'aurai juste à rester à la maison durant l'hiver. À ce moment-là, j'aurai pas de misère à me trouver quelqu'un à mon goût pour me traîner au pied de l'autel, comme on dit. En attendant, j'aime mieux faire l'école que de jouer à la servante avec une trâlée d'enfants dans mes jupes. Les enfants que j'ai dans ma classe, j'ai à les endurer seulement durant la journée. À la fin de l'après-midi, je les envoie voir leur mère.

Lorsque Lucienne réveilla les siens à l'aube du dernier dimanche de juin, il faisait déjà chaud dans la maison malgré le fait que toutes les fenêtres étaient demeurées ouvertes durant la nuit. Pas un souffle de vent ne venait soulever les rideaux. On entendait les meuglements des vaches que Simon avait rassemblées à la porte arrière de l'étable.

— Seigneur ! On va bien crever dans l'église à matin, ne put-elle s'empêcher de dire à son mari au moment où ce dernier s'apprêtait à sortir pour traire les vaches en compagnie de ses fils.

— C'est l'été, se contenta de répliquer ce dernier en s'emparant de sa casquette suspendue à un clou, derrière la porte. On n'est tout de même pas pour se plaindre qu'il fait trop chaud quand on a gelé tout l'hiver. Le foin va être beau en masse et le blé commence déjà à lever.

La mère de famille alluma le poêle et fit bouillir de l'eau pour procéder à sa toilette avant de réveiller ses deux filles qui dormaient à l'étage. Elle ne détestait pas cette paix du dimanche matin, seul jour de la semaine où elle n'avait pas à se précipiter pour préparer le déjeuner. Il n'était évidemment pas question de manger avant le retour de la messe afin de pouvoir communier et ainsi éviter les racontars des commères de la paroisse et les regards inquisiteurs du célébrant.

Elle venait à peine de finir ses ablutions quand elle vit ses trois fils revenir en hâte à la maison. Comme tous les dimanches, ils allaient à la basse-messe autant par goût que par manque de place dans la voiture. Ils montèrent rapidement à l'étage changer de vêtements. Quand ils descendirent, endimanchés, les trois garçons trouvèrent leur mère dans la cuisine en train de se coiffer.

— Qu'est-ce que votre père fait encore à l'étable ? leur demanda-t-elle, en retirant une épingle à cheveux d'entre ses lèvres.

— Il finit le train, m'man. Il nous a envoyés parce qu'il avait peur qu'on arrive en retard à l'église.

— C'est bien correct. À cette heure, je vous avertis que je veux pas retrouver ma cuisine à l'envers quand je vais revenir de la messe. Si vous mangez quelque chose, salissez rien… Et surtout, touchez pas au dessert que je garde pour le souper.

Après le départ de ses fils, la mère de famille se mit à glacer les deux gâteaux confectionnés la veille. Lorsque son mari rentra, elle déposa son couteau et alla se planter au pied de l'escalier.

— Germaine ! Corinne ! Levez-vous et habillez-vous si vous voulez pas arriver en retard à la messe. Dépêchez-vous. Votre père vient de revenir des bâtiments. Faites ça vite. Vous m'avez entendue ?

Il fallut quelques secondes avant que la voix ensommeillée de Corinne se fasse entendre.

— Ben oui, m'man !

— Oubliez surtout pas de mettre votre corset, c'est compris ?

Germaine apparut soudain en haut de l'escalier.

— On pourrait peut-être laisser faire le corset aujourd'hui, m'man. Il fait tellement chaud ; on va crever avec ça sur le dos…

— Laisse faire, toi, j'ai pas envie qu'on vous montre du doigt.

— Mais moi, je suis toute petite, m'man, intervint Corinne qui venait d'apparaître aux côtés de sa sœur, vêtue encore de sa robe de nuit. Ça paraît même pas quand j'en mets un.

— Même si t'es toute petite, tu t'habilles comme du monde, lui ordonna sa mère sur un ton sans appel.

— Maudit que c'est plate de toujours s'occuper de ce que le monde pense, ne put s'empêcher de répliquer la jeune fille.

— C'est ça, se moqua sa mère. Et arrange-toi pour que ta jupe arrive plus bas que tes chevilles.

— Pourquoi vous me dites ça ? demanda Corinne, en feignant l'étonnement.

— Parce que dimanche passé, j'ai remarqué que ta jupe arrivait pas mal haut. Comme t'as pas grandi, je suppose que t'avais attaché ta jupe un peu trop haut. Tu sauras, ma fille, qu'une fille bien en montre le moins possible.

— Surtout quand elle est pas regardable, murmura-t-elle à sa sœur en lui adressant une grimace.

— Qu'est-ce que tu viens de dire ? lui demanda sèchement sa mère, toujours debout au pied de l'escalier.

— J'ai dit que c'était correct, m'man, mentit la jeune fille.

Les deux sœurs réintégrèrent la chambre qu'elles partageaient.

— J'ai assez hâte d'être mariée pour enfin faire ce que je veux, chuchota Corinne en commençant à se préparer.

— Parce que tu penses que tu vas pouvoir faire ce que tu veux, fit Germaine, sarcastique.

— Je voudrais bien voir que Laurent vienne me donner des ordres, répliqua sa sœur en faisant les gros yeux pour faire rire son interlocutrice.

— Si tu fais comme ça, c'est sûr que tu vas lui faire peur, se moqua l'aînée.

Au retour de la basse-messe des frères Joyal, les deux sœurs s'installèrent à l'arrière du boghei familial pendant que le père et la mère prenaient place sur le siège avant.

— Vous pouvez aller vite, p'pa, fit Corinne. Un peu de vent va nous faire du bien.

— Laisse faire, toi, la réprimanda sa mère. Des idées pour arriver à l'église grises de poussière.

Comme tous les dimanches, l'église de Saint-François-du-Lac était pleine à craquer pour la grand-messe. Même si le bedeau avait pris soin de laisser ouvertes les portes du temple, la chaleur y était élevée. Après avoir trempé leurs doigts dans le bénitier pour se signer et fait une rapide génuflexion dans l'allée, chaque membre de la famille se glissa dans le banc loué pour l'année.

— Je me demande si ça serait pas une bonne idée d'aller chanter dans la chorale, au jubé ? chuchota Corinne à sa sœur. Il me semble qu'il doit faire pas mal moins chaud en haut.

— As-tu envie de vider l'église d'un coup sec, Corinne Joyal ? Il manquerait plus que ça, se moqua Germaine.

— Ça va faire, vous deux, les réprimanda leur mère à voix basse en leur faisant les gros yeux. Sortez donc votre chapelet en attendant le commencement de la messe et priez un peu au lieu de jacasser.

La cérémonie religieuse ne prit fin que vers onze heures. Au moment de sortir de l'église, la mère de famille prévint les siens qu'ils ne pouvaient rester que très peu de temps à placoter sur le parvis ; il y avait trop à faire à la maison pour préparer le repas de fiançailles.

Quelques minutes à peine après leur retour à la maison, les Joyal entendirent une voiture dans leur cour. Corinne courut vers la porte moustiquaire pour identifier les visiteurs.

— M'man, c'est Blanche qui arrive avec Amédée et les petits, dit-elle, tout excitée.

Toute la famille se précipita à l'extérieur pour accueillir la fille aînée de la famille. Amédée venait à peine de mettre le pied au sol que Corinne tendait les bras à sa sœur pour qu'elle lui confie son dernier-né et puisse ainsi descendre du boghei. Les deux autres garçons, âgés de trois et cinq ans, se disputaient déjà pour savoir lequel sauterait le premier dans les bras de Bastien, leur oncle préféré.

Les rares visites de la petite famille domiciliée à Sorel étaient toujours l'occasion de réjouissances. Amédée Cournoyer était commis dans une quincaillerie de la rue Adélaïde et il arrondissait ses fins de mois en tenant la comptabilité d'un commerce voisin. Le jeune père de trente ans était de constitution délicate. Son visage étroit et ses lunettes à fine monture concouraient à lui donner une apparence fragile.

— Comment va le monde de Sorel? lui demanda son beau-père après lui avoir laissé le temps d'embrasser les femmes.

— Comme vous voyez, monsieur Joyal, pas trop mal.

— Mais sacrifice, ton *boss* a pas l'air de te laisser voir le soleil trop souvent! s'exclama son beau-frère Anatole en lui serrant la main à son tour.

— C'est vrai, ça, intervint Bastien, qui avait juché sur ses épaules Charles, l'aîné de ses neveux. T'es blanc comme un navet.

— Toi, mon maudit haïssable, commence pas comme ça ta journée, le menaça Amédée en riant.

— Suis ta femme et tes petits, lui suggéra Anatole. Je vais m'occuper de dételer ton cheval.

— À quelle heure vous êtes partis de la maison? s'enquit Lucienne en entraînant tout son monde à l'intérieur.

— Tout de suite après la basse-messe, m'man, répondit sa fille Blanche. On voulait arriver de bonne heure pour vous donner un coup de main à préparer le souper.

— Vous êtes bien fins, tous les deux.

— Vous attendez combien de personnes, madame Joyal? demanda Amédée.

— Nous autres, on va être juste une dizaine parce que les blondes d'Anatole et de Bastien pourront pas venir. On devrait avoir au moins une douzaine de Boisvert. Laurent a trois frères mariés et une sœur. Si j'ajoute son père et les enfants, ça fait à peu près ça, une douzaine.

— Une chance que ce sont juste des petites fiançailles, fit le gendre, moqueur. Comment ça va être quand vous allez faire les noces?

— On va avoir plus de monde, ça, c'est sûr, dit Napoléon.

Blanche ressemblait beaucoup à Corinne. La même blondeur et les mêmes yeux d'un bleu profond. Ses trois maternités avaient cependant un peu alourdi sa silhouette et ses traits étaient peut-être un peu moins fins.

— Bon, vous passez à table tout de suite, trancha Lucienne en désignant la grande table de la cuisine d'été. Le dîner est prêt. Après le repas, les enfants vont aller faire un somme et on va finir de se préparer pour le souper avant que la visite commence à arriver.

— Ça, c'est une bonne idée, dit Napoléon en prenant place au bout de la table après avoir fait asseoir le petit Adrien sur une chaise à côté de lui. Je pense que nous autres, les hommes, on va faire comme les petits. Un petit somme sur la galerie, à l'ombre, ce sera pas trop pire.

— Tu peux oublier ton idée, rétorqua vivement sa femme en se campant à l'autre bout de la table, les mains sur les hanches. J'ai de l'ouvrage pour tout le monde après le repas. Pendant que nous autres, les femmes, on va s'occuper du manger, vous allez me monter deux grandes tables dehors, en dessous des érables, et vous allez vous organiser pour qu'on ait des bancs pour s'asseoir. On va servir le souper dehors. Ça va être moins chaud. Il faudra pas que vous vous traîniez trop les pieds, à part ça. On sait pas à quelle heure les Boisvert vont arriver.

— Vous avez pas peur qu'il mouille, m'man? s'inquiéta Corinne. Il me semble que le temps commence à devenir pas mal gris.

— S'il mouille, on rentrera en dedans, fit sa mère, philosophe.

— Torrieu, en v'là un aria pour rien! se plaignit Napoléon.

— Si tu veux passer l'après-midi à avoir chaud proche du poêle, rétorqua sa femme, je veux bien faire souper tout le monde dans la cuisine.

Tout était dit. On dîna rapidement et chacun s'empressa de se mettre au travail après le repas. Amédée et sa femme ne furent pas les derniers à mettre la main à la pâte. Le plus grand problème de l'hôtesse était son ignorance du nombre exact d'invités qu'elle aurait à nourrir ce soir-là. Interrogé à ce sujet la semaine précédente, Laurent lui avait répondu que sa belle-sœur Annette avait écrit un mot à ses frères et à sa sœur pour leur transmettre l'invitation des Joyal à assister au souper de fiançailles avec leur conjoint et leurs enfants.

Peu après trois heures, les Joyal finirent enfin les préparatifs. Après avoir procédé à une rapide toilette pour se rafraîchir, Corinne avait remis sa robe gris pâle du dimanche avant d'aller s'asseoir quelques minutes dans la balançoire pour attendre les premiers visiteurs.

L'air semblait vibrer sous les stridulations des insectes. La chaleur était telle que les vaches avaient trouvé refuge sous les arbres dans le pacage voisin. Tout semblait immobile en cette fin d'après-midi dominical dans le rang de la rivière. Soudain, la jeune fille aperçut un petit nuage de poussière sur la route soulevé par une voiture.

— Il y a quelqu'un qui arrive, dit-elle en tournant la tête vers la porte moustiquaire pour être entendue par sa mère et ses sœurs demeurées à l'intérieur.

Un boghei tourna dans la cour des Joyal et vint s'immobiliser au pied des marches conduisant à la galerie. Laurent et son père, vêtus de leur costume noir et le cou enserré dans un dur col en celluloïd, descendirent de voiture. Corinne s'empressa de quitter la balançoire pour venir au-devant d'eux, le visage illuminé par un sourire. Au moment où elle allait leur souhaiter la bienvenue, toute sa famille sortit de la maison pour accueillir les deux visiteurs.

Gonzague Boisvert, l'air toujours aussi condescendant, se laissa présenter aux membres de la famille Joyal qu'il ne connaissait pas avant d'accepter d'aller s'asseoir sur la galerie. Pour sa part, Laurent était à l'aise. Il avait déjà eu l'occasion de rencontrer tous les Joyal et Amédée Cournoyer à quelques reprises.

Cette fois, le père du fiancé parla peu, laissant son fils expliquer le travail qu'il avait fait sur sa terre. À entendre ce dernier, l'étable et l'écurie avaient été réparées et il aurait le temps de s'occuper du poulailler avant de faire les foins dans une quinzaine de jours.

— Et la maison? lui demanda Corinne. J'espère que tu l'oublies pas.

— Pantoute. Aussitôt les foins finis, je m'en occupe.

Amédée et les frères Joyal essayèrent bien de faire parler Gonzague Boisvert pour le mettre à l'aise, mais l'homme était peu coopératif. Il gardait un silence buté, se contentant de jeter de brefs coups d'œil aux bâtiments. Il faisait si peu d'efforts pour nourrir la conversation que cette dernière tombait souvent à plat.

— Je pensais que votre garçon Henri et sa femme arriveraient en même temps que vous deux, lui fit remarquer Lucienne, passablement agacée par son mutisme.

— Ils viendront pas, laissa tomber le visiteur. Il fallait qu'ils restent tous les deux pour faire le train.

— Ah bon! se contenta de dire l'hôtesse, dépitée.

— Et vos autres enfants, monsieur Boisvert? demanda Corinne en lui souriant. Ils vont venir, j'espère.

— Ça me surprendrait. Ma bru leur a écrit et ils ont pas répondu.

Un lourd silence tomba sur la galerie. Les Joyal se jetèrent des regards interrogateurs.

— Bon, c'est ben beau tout ça, mais il va falloir aller faire le train, annonça Napoléon en se levant.

— Laissez faire, p'pa, on est capables de s'en occuper, proposa son fils aîné en se levant à son tour.

— Non, la Rousse file pas ben et je veux y jeter un coup d'œil.

Les fils comprirent tout de suite que leur père cherchait un moyen de se débarrasser durant quelques minutes de son visiteur désagréable.

— Je vais aller vous donner un coup de main, proposa Laurent, conscient de ce que le comportement de son père avait de réfrigérant.

— Pantoute ! T'es pas habillé pour ça. Non, reste avec ton père et tiens-lui compagnie, lui ordonna son futur beau-père en entrant dans la maison, suivi de près par ses fils.

— Bon, si c'est comme ça, moi, je vais aller voir si mon souper colle pas sur le poêle, dit Lucienne à son tour.

— Il faut que j'y aille, moi aussi, dit Blanche en emboîtant le pas à sa mère et à sa sœur Germaine, qui venait de se lever.

Les trois femmes pénétrèrent à l'intérieur et laissèrent la porte moustiquaire claquer dans leur dos, abandonnant Amédée, assis aux côtés du père de Laurent et faisant des efforts méritoires pour animer une conversation à sens unique parce que Laurent venait de se retirer dans la balançoire en compagnie de Corinne.

— Vous parlez d'un maudit air bête ! chuchota Blanche à sa mère. Il a l'air d'un vrai corbeau, à part ça. En plus, il nous regarde de haut…

— Oui, je le sais bien, reconnut Lucienne, de mauvaise humeur. Une belle bande de sauvages. On les invite pour des fiançailles et ça se donne même pas la peine de se déplacer.

— Ils auraient pu au moins s'excuser de pas pouvoir venir, intervint Germaine, d'aussi mauvaise humeur que sa mère. Où est-ce que ça a été élevé, ce monde-là ?

— On a travaillé toute la semaine à préparer la maison et à faire à manger pour eux autres. Pas un mot d'excuse. Rien. Les pires sont Henri et sa femme. Tu me feras jamais croire qu'ils auraient pas pu demander à un voisin de faire leur train à soir… ou encore faire le train plus de bonne heure que d'habitude pour pouvoir venir.

Germaine s'était éloignée un instant vers la porte moustiquaire pour écouter ce qui se disait sur la galerie. Elle revint vers sa mère et sa sœur aînée en arborant un air dégoûté.

— Pauvre Amédée, fit-elle à mi-voix. Il fait ce qu'il peut, mais le père de Laurent dit presque rien. J'aime pas pantoute ce vieux-là !

— Germaine ! s'exclama sa mère.

— Quand je lui ai dit que je faisais la classe, il m'a regardée comme si j'étais une fille de rien avant de me dire que la vraie place d'une femme, c'est à la maison à avoir soin de son mari et de ses enfants. Vieux verrat !

— Germaine ! Que je t'entende plus jamais parler comme ça ! la menaça sa mère, distraite par le gloussement de Blanche, debout à ses côtés.

À l'extérieur, Corinne, assise aux côtés de son fiancé, ne cessait de jeter des regards vers son beau-frère demeuré sur le balcon avec son futur beau-père.

— Veux-tu bien me dire ce qui se passe ? demanda la jeune fille.

— Qu'est-ce qu'il y a ? fit Laurent, surpris.

— Pourquoi tes frères et ta sœur sont pas venus à nos fiançailles ? Je sais pas si tu le sais, mais c'est insultant, cette affaire-là ! On a travaillé comme des folles toute la semaine à préparer la maison et le souper pour vous recevoir, et t'arrives tout seul avec ton père.

— C'est pas ma faute, se défendit son amoureux en lui prenant la main. Je pensais qu'il y aurait juste Juliette qui pourrait pas venir parce qu'elle travaille souvent le dimanche au restaurant. Aimé et Raymond ont dû avoir un empêchement à la dernière minute pour pas venir, eux autres aussi.

— Oui, mais ton frère Henri et sa femme, eux autres ?

— Ils sont pas mal sauvages et c'est ben rare qu'ils sortent de la maison avec les enfants.

— En tout cas, ça fait drôle de voir que t'es venu tout seul avec ton père, reprit Corinne. En plus, on peut pas dire qu'il a une ben belle façon.

— Ça, je peux rien y faire, avoua Laurent sur un ton léger. C'est son air habituel. Il est comme ça depuis que ma mère est partie. On dirait qu'il a perdu le goût de parler au monde depuis qu'elle est morte.

Il y eut un premier coup de tonnerre suivi de deux éclairs qui zébrèrent le ciel devenu subitement noir. Une bourrasque de vent secoua violemment le feuillage des arbres.

— Corinne! cria Lucienne par la fenêtre de la cuisine. Viens nous aider. La pluie s'en vient. On va rentrer ce qu'on a mis sur les tables dehors. On va manger en dedans. Dépêche-toi.

— Je vais vous donner un coup de main, intervint son futur gendre en quittant précipitamment la balançoire en compagnie de la jeune fille.

Les tables dressées sous les érables furent dégarnies en quelques instants. Au moment où les femmes finissaient de dresser le couvert dans la cuisine d'été, une pluie rageuse se mit à tomber en tambourinant bruyamment sur l'avant-toit, qui protégeait la galerie. En quelques instants, la cour se transforma en véritable bourbier.

— Ça va peut-être nous apporter un peu de fraîcheur, dit Lucienne à ses invités en venant les rejoindre avec ses filles sur la galerie. Je pense que ça devrait plus être bien long; les hommes doivent avoir presque fini le train.

Une vingtaine de minutes plus tard, Napoléon et ses fils revinrent en courant de l'étable. Ils retirèrent leurs bottes et leurs vêtements de travail dans la remise voisine avant de pénétrer dans la cuisine d'été où tout le monde avait fini par se réfugier. Le poêle à bois allumé maintenait une lourde chaleur dans la pièce et il faisait maintenant si sombre que l'hôtesse avait senti le besoin d'allumer deux lampes à huile.

Simon et Bastien acceptèrent avec empressement de prendre place à la table de la cuisine d'hiver avec leurs deux jeunes neveux pendant que tous les autres s'installaient autour de la table de la cuisine d'été. Après un bol de soupe aux légumes, les femmes servirent de généreuses portions de jambon avec des pommes de terre. Durant le repas, les Joyal et Amédée Cournoyer firent presque seuls les frais de la conversation.

Au dessert, Laurent se leva, l'air un peu emprunté, tira un petit écrin rouge de l'une des poches de son veston, l'ouvrit et le présenta à Corinne, sous les applaudissements de toutes les personnes présentes.

Rougissante, Corinne prit la petite bague en argent offerte par son fiancé et la passa à l'annulaire de sa main gauche. Il y eut un moment de flottement, comme si les nouveaux fiancés ne savaient quel comportement adopter.

— Je pense que tu peux embrasser ma sœur, dit Bastien, qui avait quitté la pièce voisine pour assister à l'événement. Pour une fois que t'as pas à te cacher pour le faire, profites-en.

— Bastien, fais pas l'effronté ! lui ordonna sa mère, la mine sévère.

Laurent ne se fit pas prier pour embrasser sa promise avec une retenue de bon aloi.

— Calvinus ! T'as appris à embrasser chez les sœurs, toi ! se moqua Amédée, s'attirant ainsi un coup de pied sous la table de la part de sa femme.

Durant tout cet intermède assez plaisant, Gonzague Boisvert avait à peine souri. Les Joyal choisirent volontairement d'ignorer son air constipé. Les frères et le beau-frère de la fiancée s'amusèrent à donner quelques conseils au futur mari.

— Ris pas, Laurent, lui ordonna Anatole en feignant un air sérieux. Un jour, tu seras ben content qu'on t'ait montré comment dompter notre sœur.

— Parce qu'elle a son petit caractère, notre Corinne, renchérit Amédée Cournoyer.

— D'abord, il faut que tu saches qu'elle vaut pas grand-chose pour travailler en dehors de la maison, reprit Bastien, incorrigible. Surtout, essaye jamais de lui faire faire quelque chose à l'étable. Elle va te faire damner.

— Aïe, vous autres ! protesta Corinne.

— Même dans la maison, c'est pas les gros chars non plus, intervint le jeune Simon.

— Ah ben! Écoutez donc qui parle? s'écria la fiancée. Ça a même pas le nombril sec et ça se mêle de critiquer les autres.

— Elle a déjà trouvé le moyen de manquer une recette de sucre en crème, et là, je te parle même pas de ses gâteaux qui goûtent souvent le brûlé, poursuivit l'adolescent, bien décidé à participer à la conversation.

— Pour moi, t'es ben mal parti pour faire un rang de gras avec elle au fourneau, mon Laurent, reprit Anatole, goguenard.

— Bon, ça va faire, vous autres, ordonna Lucienne en riant. Organisez-vous pas pour que Laurent change d'idée.

— C'est vrai qu'ils commencent à me faire peur, madame Joyal, plaisanta ce dernier.

— C'est rien, ça, si tu savais tout ce qu'on sait, fit Amédée, l'air mystérieux.

Napoléon ramena un peu de sérieux autour de la table et invita les nouveaux fiancés à dévoiler aux personnes présentes leurs projets d'avenir pendant que Germaine versait du thé. Dans l'immédiat, le jeune couple projetait de s'installer le plus confortablement possible sur leur terre du rang Saint-Joseph quelques jours après leur mariage et, à l'automne, Laurent irait travailler au chantier.

— Pour moi, tu vas trouver ça dur de passer l'hiver toute seule, observa Blanche.

— Ce sera pas pire que pour la plupart des femmes mariées. Même m'man a passé pas mal d'hivers sans p'pa et elle en est pas morte. Pas vrai, m'man? demanda la jeune fille.

— Ben oui. Il faut faire des sacrifices dans la vie, se contenta de dire Lucienne. C'est souvent moins pire que d'avoir à endurer son mari tout l'hiver dans la maison, à nous emboucaner avec sa pipe, ajouta-t-elle pour taquiner Napoléon, qui sourcilla en l'entendant.

La cuisine fut rangée rapidement et vers huit heures trente, Amédée et Blanche décidèrent de rentrer à Sorel quand ils virent que la pluie venait de cesser.

— On va peut-être rentrer crottés à cause des chemins, fit remarquer Amédée au moment de partir, mais on se fera pas mouiller sur la tête. On vous remercie ben gros pour toutes vos politesses. Le repas était ben bon.

— Attendez pas trop longtemps pour revenir nous voir, fit Lucienne après avoir embrassé une dernière fois ses trois petits-enfants, sa fille et son gendre. On a toujours de la place pour vous coucher.

— C'est promis. On va revenir vite, assura Blanche.

Quelques minutes plus tard, Laurent et son père prirent congé à leur tour après avoir remercié leurs hôtes.

Dès que la voiture des Boisvert eut pris la route, les garçons sortirent de la maison pour ranger dans la remise les tables et les bancs demeurés sous les arbres. Une agréable petite brise venait de se lever, apportant enfin un peu d'air frais.

— Je pense qu'on va pouvoir bien dormir à soir, déclara Lucienne aux siens. Ça me tente d'aller m'asseoir un peu sur la galerie avant d'aller me coucher, poursuivit-elle.

— Moi aussi, j'ai le goût de prendre un peu l'air, fit son mari en se dirigeant déjà vers la porte.

Corinne s'avança alors vers ses parents pour les embrasser sur une joue.

— Je suis fatiguée. Je vais aller me coucher, leur annonça-t-elle. Merci pour le souper. Laurent était bien content, lui aussi.

— Tant mieux, se contenta de dire sa mère. Pour la prière, tu la feras toute seule dans ta chambre.

— Moi aussi, je monte, fit Germaine, surtout curieuse de connaître les impressions de sa jeune sœur sur ses fiançailles.

Les deux jeunes filles prirent une lampe à huile et montèrent à l'étage pendant que leurs parents allaient s'asseoir sur les vieilles chaises berçantes installées au bout de la galerie.

— Qu'est-ce que t'en penses ? demanda Lucienne à son mari, sans préciser de qui ou de quoi elle parlait.

— Si tu parles du bonhomme Boisvert, j'en pense pas grand-chose. Quand on l'a vu au mois d'avril, il arrêtait pas de se vanter. Aujourd'hui, ça a tout pris pour qu'il dise deux mots de suite.

— Moi, j'ai pas changé d'avis, déclara tout net sa femme. C'est un maudit grand air bête… Et ses enfants, à part ça ! Ça m'a l'air d'une belle bande de sauvages ! Même pas capables de se déplacer pour venir aux fiançailles de leur frère. Je te dis que notre fille va entrer dans une drôle de famille !

— En tout cas, on dirait ben que c'est du monde qui savent pas trop vivre, lui concéda son mari.

— Laisse faire, toi, le prévint Lucienne. Pour les noces, je travaillerai pas comme une folle. On va s'arranger pour savoir bien avant qui va venir et on gaspillera pas de manger.

— Penses-tu que tu vas en perdre à soir ?

— Je le croirais pas, mais attends-toi à manger pas mal de jambon cette semaine. J'avais fait cuire nos deux dernières fesses de jambon. Je pouvais pas savoir qu'il manquerait plus qu'une douzaine de personnes, moi.

— …

— Laurent m'avait dit que chez son frère Raymond, ils étaient quatre. Son frère Aimé viendrait aussi avec sa femme et ses trois enfants. Il y avait en plus Henri, sa femme et ses deux enfants. Si j'ajoute à ça sa sœur Juliette, la veuve de Montréal, ça fait quatorze personnes de plus, si tu sais compter.

— C'est tout de même pas la faute de Laurent si tout ce monde-là est pas venu.

— Je le sais bien, reconnut sa femme, mais quand même…, c'est pas une excuse.

Deux jours plus tard, les Joyal reçurent une lettre de Juliette Marcil, s'excusant de ne pas être parvenue à se libérer pour participer aux fiançailles. La sœur de Laurent en profitait pour adresser ses meilleurs vœux de bonheur à la jeune fille.

— Il y en a au moins une qui sait vivre dans cette famille-là, fit remarquer Lucienne d'une voix acide en repliant la missive qu'elle tendit à Corinne, alors que la famille s'installait autour de la table.

— Mais m'man, ceux qui sont pas venus aux fiançailles avaient sûrement des bonnes raisons, ajouta Corinne pour défendre sa future belle-famille.

— C'est pas une excuse, Corinne. Rendus à un certain âge, les enfants sont responsables de ce qu'ils font. Moi, je te le dis bien net, j'ai pas trouvé cette affaire-là normale pantoute. Quand on aime son frère, on se déplace au moins pour ses fiançailles. Écrire un petit mot d'excuse coûte pas cher, répliqua sa mère qui, apparemment, ne parvenait pas à oublier ce quelle considérait comme un affront.

— Je suis certaine, m'man, que si madame Boisvert vivait encore, ça se serait pas passé comme ça, plaida encore Corinne.

— En tout cas, tu me feras jamais croire que cette famille-là est comme nous autres, reprit Lucienne. Moi, j'ai jamais vu ça du monde comme les Boisvert.

— Il y en a au moins une qui s'est excusée de pas être venue, dit Napoléon pour calmer les esprits.

— Je te le dis, je l'ai encore sur le cœur, cette affaire-là, renchérit Lucienne pour avoir le dernier mot.

— Reviens-en, c'est fini, on n'en reparle plus. T'auras juste à prendre tes précautions pour les noces, conclut fermement Napoléon pour mettre un terme à cette discussion qu'il jugeait inutile.

Chapitre 8

Un peu d'aide

La température exécrable de ce mois de juillet 1901 gâchait continuellement les plaisirs tant attendus de la belle saison. Il ne se passait guère plus de deux journées sans que la pluie vienne interrompre les activités estivales. En ce mardi de la troisième semaine, la cueillette des dernières framboises venait de prendre fin. Chez les Joyal, les femmes étaient rentrées juste avant l'averse.

— Est-ce qu'on va être prises pour patauger dans l'eau jusqu'à la fin de l'été? demanda Germaine avec mauvaise humeur. Il a mouillé presque tout le temps des fraises et des framboises, sainte bénite!

— En plus, elles étaient peut-être grosses, fit remarquer Corinne en déposant son petit seau de framboises sur la table, mais elles goûtaient juste l'eau.

— Arrêtez donc de vous plaindre toutes les deux, leur ordonna leur mère. Ça nous a pas empêchées de faire une vingtaine de pots de confiture qu'on va être bien contents de manger cet hiver. À cette heure, arrêtez de traîner et triez-moi vos framboises qu'on les mette à cuire. J'ai déjà ébouillanté des pots.

— Si ça continue comme ça, se plaignit Napoléon, confiné à sa chaise berçante par cette nouvelle ondée, on rentrera jamais le foin cette année.

— Il y a déjà le foin qu'on a coupé au commencement de la semaine, fit remarquer Anatole en allumant sa pipe. Ça fait trois fois qu'on le retourne dans le champ. Il va finir par pourrir sur place.

— On perd pas tant de temps que ça, p'pa, intervint Bastien, qui s'apprêtait à sortir de la maison. C'est vrai qu'il mouille pas mal depuis trois semaines, mais il faut pas oublier que ça nous a donné le temps de réparer les ports dans l'étable et la couverture du poulailler.

— C'est ben beau tout ça, mais c'est pas ça qui va nourrir les animaux cet hiver, répliqua sèchement son père en se levant après avoir secoué sa pipe dans le cendrier placé à sa droite, sur le rebord de la fenêtre.

— En tout cas, je peux vous dire que ça pousse pas mal bien dans le jardin, intervint Lucienne. D'ici une semaine, on va avoir des belles tomates et les petites fèves jaunes sont déjà prêtes.

Simon entra dans la maison à ce moment-là.

— Ôte tes souliers, lui ordonna sa sœur Corinne. J'ai lavé le plancher de la cuisine après le déjeuner. J'ai pas envie de le voir tout crotté.

Contrairement à son habitude, l'adolescent ne répliqua pas et s'exécuta sans rechigner. Ce silence inhabituel sembla alerter sa mère qui, intriguée, leva les yeux vers lui.

— P'pa ! fit Simon, l'air emprunté.

— Qu'est-ce qu'il y a ? lui demanda Napoléon en se coiffant de sa casquette, prêt à retourner au travail.

— Est-ce que je peux vous demander quelque chose ?

— Envoye ! Grouille-toi. On a de l'ouvrage qui attend.

— Est-ce que je peux fumer, moi aussi ?

Le père de famille dévisagea son benjamin pendant un bref moment et il allait répondre, mais Corinne fut plus rapide.

— C'est pas vrai ! Pas un autre qui va nous emboucaner ! s'exclama-t-elle.

— C'est vrai qu'il est encore pas mal jeune, intervint Germaine à son tour en adressant un clin d'œil de connivence à sa sœur. On lui pèserait sur le nez et je suis sûre qu'il en sortirait encore du lait.

— Il me semble qu'hier encore, on était obligées de lui changer sa couche, exagéra Corinne.

— Ça va faire, vous deux, les interrompit Napoléon. Mêlez-vous de vos maudites affaires, torrieu ! C'est une affaire d'homme, ça !

Un éclat de rire général accueillit la remarque paternelle.

— Je vais avoir quinze ans le mois prochain, p'pa, plaida l'adolescent. Et à part ça, je fais presque autant d'ouvrage que Bastien et Anatole.

— Ouais ! reconnut le père. C'est un pensez-y ben, pas vrai, m'man ?

— Mêle-moi pas à ça. Tu viens de dire que c'est une affaire d'homme, arrangez-vous sans moi, le rembarra sa femme.

— Si c'est comme ça, tu peux fumer, consentit Napoléon. Tu peux te hacher du tabac, comme tes frères, mais j'ai pas de pipe à te donner, par exemple.

— Merci, p'pa. J'en ai une, annonça fièrement l'adolescent en tirant une pipe toute neuve de l'une de ses poches.

— Où est-ce que t'as trouvé ça, toi ? lui demanda sa mère en affichant un air soupçonneux.

— Au magasin général. Je l'ai achetée dimanche, après la messe.

— Il y a pas à dire, fit sa mère, sarcastique, t'étais sûr de la réponse de ton père.

— Ben…

— Laisse faire, le coupa-t-elle sèchement en lui tournant le dos.

Le foin fut finalement engrangé au milieu de la dernière semaine de juillet et tous les membres de la famille avaient participé à l'une des corvées les plus importantes de l'année. Pendant que Corinne travaillait à constituer des meules avec sa fourche, elle s'inquiétait de savoir comment son Laurent se tirait d'affaire, seul.

— Tu sais bien que sa famille va aller lui donner un coup de main, lui dit sa mère pour la rassurer quand elle lui en parla.

— Je pense pas, m'man. Son père et son frère Henri l'ont averti qu'il allait être obligé de se débrouiller tout seul. Ils ont les foins à faire, eux aussi.

— Tu parles d'une drôle de famille, ne put s'empêcher de dire Lucienne. Il me semble qu'ils pourraient se mettre à trois pour faire les foins autant chez son père que chez Laurent.

— C'est ce que je lui ai dit, mais il paraît, selon Laurent, que c'est pas comme ça que ça marche chez eux.

— À ce moment-là, il va bien être obligé de se trouver un homme engagé, dit Lucienne.

— Peut-être pas. Laurent m'a dit samedi passé qu'il allait peut-être avoir un coup de main du gars de Contrecœur qu'il est allé aider au printemps, en revenant du chantier, reprit Corinne.

Le samedi soir, Laurent ne vint pas veiller à la maison. Comme il avait fait beau et chaud ce jour-là, Corinne en déduisit que son fiancé avait courageusement décidé de rentrer son foin jusqu'au coucher du soleil et elle conçut encore plus d'admiration pour le courage de l'homme qu'elle allait épouser dans moins d'un mois.

La jeune fille aurait probablement eu une tout autre réaction si elle avait su que son Laurent était à l'hôtel de Yamaska depuis le début de l'après-midi en compagnie de son copain de Contrecœur venu l'aider durant la semaine, comme il le lui avait promis. Il n'était rentré chez son père qu'aux petites heures du matin, complètement ivre.

Le lendemain après-midi, Laurent se présenta chez les Joyal la mine passablement chiffonnée. Sa fiancée mit cela sur le compte d'un épuisement fort compréhensible. Le jeune homme put cependant la rassurer. Il était fatigué, mais il avait fini de rentrer le foin la veille grâce à son camarade de chantier.

— Veux-tu bien me dire pourquoi Laurent avait cet air-là aujourd'hui ? lui demanda sa mère quand son fiancé quitta la maison à la fin de l'après-midi.

— Il est épuisé, m'man. Il a presque pas eu d'aide pour les foins.

— Sainte bénite ! s'exclama Lucienne. Il est pourtant grand et gros. Normalement, des grosses journées d'ouvrage devraient pas le jeter à terre comme ça… En tout cas, pas à son âge. J'ai connu des années où ton père a fait les foins presque tout seul et il a jamais eu cet air-là.

Corinne n'ajouta rien, persuadée que les paroles de sa mère étaient dictées par son antipathie envers son fiancé.

— Il reste juste deux semaines avant mon mariage et il y a encore presque rien de fait dans la maison, dit Corinne, inquiète, à sa mère, le lendemain avant-midi. Laurent fait tout son possible, mais il arrive pas.

— Il me semblait l'avoir entendu dire qu'il était pour y voir, rétorqua Lucienne.

— Je le sais bien, m'man. On en a parlé hier après-midi, mais ça lui a pris pas mal plus de temps qu'il pensait pour réparer la couverture et la galerie qui était défoncée. En plus, il a été obligé de passer la couverture à l'aluminium parce qu'elle était toute rouillée. Il a tout de même eu le temps de remplacer les vitres cassées.

— Ça fait rien. On peut pas dire qu'il travaille bien vite, ton Laurent, laissa tomber sa mère. Ça fait trois mois qu'il a sa terre…

— Il paraît qu'il a eu pas mal de dérangements, l'excusa sa fiancée.

— Je veux bien le croire, mais j'espère au moins que tu lui as dit qu'il était pas question que tu entres dans une maison aussi sale.

— Il a juste deux bras, m'man. Mais il m'a dit qu'il a déjà acheté la peinture.

— Ouais, mais elle est pas étendue…

— Là, il vient de finir les foins. Avant de peinturer, il va aller au plus pressé. Aujourd'hui, il est supposé sortir du grenier de son père tous les vieux meubles qu'il va nous prêter. Il y a des chances qu'il soit obligé d'en réparer quelques-uns parce que j'ai l'impression que s'ils ont été remisés là, c'est qu'ils valaient plus grand-chose.

— Bon, on dirait que c'est bien clair. Pour moi, la meilleure affaire à faire, ce serait que t'ailles faire le ménage toi-même, suggéra Germaine en intervenant dans la conversation.

— Il en est pas question, s'insurgea sa mère. Tu penses tout de même pas que ta sœur va courir les chemins et aller passer la journée toute seule dans une maison avec un homme.

— Voyons, m'man, qu'est-ce que vous voulez qu'il lui arrive ?

— Toi, fais-moi pas parler pour rien, fit Lucienne en élevant la voix. La robe de mariée de ta sœur est même pas encore finie.

— Mais mon trousseau est complet, m'man, précisa Corinne, séduite par la suggestion de sa sœur.

— Ce qu'on pourrait faire, m'man, c'est de vous laisser finir la robe. Vous avez pas besoin de nous autres pour ça. De toute façon, vous l'avez dit vous-même que ça portait malheur quand la mariée cousait elle-même sa robe de noces. On pourrait toutes les deux aller passer la journée dans sa maison pour nettoyer un peu. En partant de bonne heure, on serait capables de faire une bonne journée d'ouvrage.

La mère de famille se laissa supplier quelques minutes avant d'accepter d'en parler à Napoléon. Quand elle vit ses deux filles se jeter un regard de connivence, elle réprima un sourire. Il était évident qu'elles s'étaient entendues pour lui arracher cette permission.

— C'est votre père qui va décider ça, finit-elle par dire. Ça va aussi dépendre s'il peut se passer de la voiture et d'un cheval toute une journée, ajouta-t-elle.

Au souper, Corinne devança sa mère et fit sa requête elle-même. Son père réfléchit un moment avant de répondre.

— C'est correct, si votre mère a pas besoin de vous autres, vous pouvez y aller. Mais vous irez pas à Saint-Paul toutes seules. Bastien ira avec vous autres.

Ce dernier, tout heureux d'échapper à la routine, s'empressa d'accepter.

— S'il y a de la peinture à faire, je peux aussi leur donner un coup de main, proposa-t-il, plein de bonne volonté.

Le lendemain matin, Bastien attela Prince dès la fin du déjeuner. Corinne et Germaine déposèrent dans le boghei tout ce dont elles auraient besoin pour la journée avant d'y monter.

— Simon, vas-y donc toi aussi, lui ordonna son père à la dernière minute. Pour ce qu'on a à faire aujourd'hui, j'aurai ben assez d'Anatole.

L'adolescent ne se fit pas prier pour se joindre à l'expédition. Il monta rapidement à l'étage et revint à la voiture moins de cinq minutes plus tard, la pipe au bec et chargé d'un paquet de vieux vêtements.

— Aïe! T'es pas pour fumer tout le long du chemin, se moqua Corinne. Le monde va penser que c'est un gros char qui passe sur le chemin avec toute la fumée que tu fais.

— Laisse-le faire, intervint Bastien. Ça servira à éloigner les maringouins.

En cette première journée du mois d'août, il faisait un temps magnifique. Le soleil des derniers jours avait fini par assécher les flaques d'eau laissées par les pluies. La voiture avançait en soulevant un petit nuage de poussière.

— Je te dis que ça va être toute une surprise pour Laurent quand on va arriver, dit Corinne, tout excitée à l'idée de passer la journée aux côtés de son fiancé.

— Tu penses qu'il va être là ? lui demanda Bastien en se tournant vers sa sœur.

— C'est sûr. Il m'a dit dimanche qu'aujourd'hui, il allait transporter tous les vieux meubles dans notre remise et s'installer là pour les réparer.

L'attelage des Joyal traversa Saint-Paul-des-Prés et tourna dans le rang Saint-Joseph dont la route étroite et rectiligne longeait une dizaine de petites fermes. Devant chacune, le conducteur demandait si c'était là.

— Continue ! lui ordonnait sa sœur. C'est plus loin, au bout du rang.

— Calvinus ! s'exclama Bastien, tu vas ben rester au diable vert.

Finalement, Corinne lui désigna la dernière maison à droite dont le toit fraîchement passé à la peinture d'aluminium brillait au soleil. Bastien entra dans la cour couverte de hautes herbes et vint immobiliser la voiture près de la maison.

— On est rendus, dit-elle.

— T'es sûre que c'est ici ? lui demanda Simon, qui n'avait pas ouvert la bouche durant tout le voyage. On dirait une maison abandonnée.

— T'es ben niaiseux, toi ! s'emporta sa sœur, insultée dans sa fierté de prochaine maîtresse des lieux. Ça a juste besoin d'un bon coup de balai et d'un bon lavage.

— Peut-être même d'un peu plus que ça, se moqua Bastien en descendant de voiture.

— Bon, si on essayait de trouver ton prince charmant, suggéra Germaine après avoir déposé quelques paquets sur la galerie grossièrement réparée.

— C'est vrai, ça, acquiesça Bastien. Il fait pas grand bruit, ton Laurent, pour un gars en train de réparer quelque chose.

Le jeune homme avait raison. Il n'y avait aucun signe d'activité. Les quatre visiteurs s'avancèrent vers la remise dont la porte était ouverte. Ils scrutèrent l'intérieur : personne. Ils allaient tourner les talons quand Bastien repéra un vague mouvement au fond du bâtiment, là où un peu de foin était entassé.

— Attendez donc, vous autres ! s'exclama-t-il en s'avançant. Aïe, le travailleur ! tu te donneras pas un tour de rein à travailler comme ça, dit-il à la forme allongée dans le noir.

Les trois autres, qui l'avaient suivi, découvrirent avec étonnement un Laurent Boisvert aux traits boursouflés, mal réveillé par la voix de son futur beau-frère. Le jeune homme s'assit, l'air un peu perdu, fixant sans les voir les visiteurs debout devant lui. Puis, il se leva péniblement en se grattant le cuir chevelu.

— Si je me trompe pas, fit Bastien en fronçant le nez, c'est pas de l'eau bénite que t'as bue hier soir. T'as dû te coucher les pieds pas mal ronds.

— J'ai pas bu grand-chose, protesta Laurent en reprenant pied progressivement dans la réalité. Mais d'où est-ce que vous sortez, vous autres, batèche ? demanda-t-il sans manifester le moindre embarras.

— De chez nous, répondit une Corinne de mauvaise humeur. Il est presque dix heures, lui fit-elle remarquer. Est-ce que t'es malade pour être encore couché à cette heure-là ?

— Pantoute, assura le jeune homme en entraînant les Joyal à l'extérieur. Je suis allé faire un tour à Yamaska avec des *chums*, hier soir. On voulait fêter Lambert qui s'en va rester à Montréal. Ça fait que je me suis couché pas mal tard.

— Est-ce que t'as bu ? l'interrogea-t-elle, mécontente.

— Presque pas. Juste par politesse pour accompagner les autres.

— Sais-tu que c'est une chance que t'as pas de train à faire, lui fit remarquer Bastien, réprobateur. On entendrait ben tes vaches se plaindre jusqu'à l'autre bout du rang.

— Il y a pas de danger, mes vaches sont encore chez mon père.

— Il paraît que t'as rapporté des vieux meubles de chez ton père hier? le questionna Germaine, étonnée de n'en avoir aperçu aucun dans la remise.

— Hier, je filais pas ben ben pour faire ça, laissa tomber son futur beau-frère. Je vais le faire aujourd'hui... Mais vous autres, qu'est-ce que vous venez faire ici? se décida-t-il à leur demander en sortant de la remise en leur compagnie.

— On vient te donner un coup de main à nettoyer le dedans de la maison, dit Corinne. On pensait que t'étais pris avec les meubles.

— Inquiète-toi pas, je m'en occupe à matin, dit son fiancé avec humeur. J'attelle et je pars.

— Bon, si c'est comme ça, on va te laisser aller. Nous autres, on va commencer à nettoyer, déclara Germaine en montant les trois marches conduisant à la galerie.

— Tu m'as bien dit que t'avais acheté la peinture? s'informa Corinne.

— J'ai de la peinture en masse et deux gallons de térébenthine, précisa Laurent. J'ai laissé tout ça dans un coin de la cuisine. J'ai même des tubes de teinture si tu veux pas que tout soit blanc.

— C'est correct, on n'a plus besoin de toi, plaisanta Bastien en poussant son frère Simon devant lui.

— J'aurais ben mangé quelque chose et bu une bonne tasse de thé pour me remettre d'aplomb, dit le fêtard, en prenant un air misérable.

— À l'heure qu'il est, c'est presque le temps de dîner, répliqua Corinne. Je suppose que ton poêle est pas allumé en dedans. Comme tu t'en vas chez ton père, ta belle-sœur va bien te faire cuire quelque chose quand tu vas arriver. Nous autres, on commence tout de suite si on veut finir un jour.

— Si c'est comme ça... commença Laurent, apparemment dépité.

— Attends, j'ai deux mots à te dire, le coupa sa fiancée. Vous pouvez entrer dans la maison, ajouta-t-elle à l'intention de ses frères et de sa sœur. J'en ai pour une minute.

Dès que Corinne eut entendu la porte se refermer sur eux, les traits de son visage se durcirent.

— Laurent Boisvert, j'ai jamais eu aussi honte de ma vie ! s'exclama-t-elle.

— Qu'est-ce qu'il y a ? lui demanda-t-il en esquissant une grimace comme si le son de sa voix accroissait sa migraine.

— Il y a que ma sœur et mes frères partent de Saint-François pour venir nous donner un coup de main et ils te trouvent encore couché à dix heures du matin, la barbe longue, le visage sale, avec l'air de relever d'une brosse.

— Mais je viens de te dire que j'ai presque rien bu hier soir.

— C'est pas l'air que t'as ! Je t'avertis tout de suite que je veux pas marier un ivrogne, tu m'entends ?

— C'est correct. Je suis pas sourd, laissa-t-il tomber avec impatience. Là, tu vas arrêter de me crier dans les oreilles, tu me donnes mal à la tête. Il faut que j'aille atteler.

Sur ces mots, Laurent se dirigea vers l'écurie pour atteler son cheval pendant que Corinne pénétrait dans la maison.

— Ouach ! c'est ben sale ici dedans ! s'exclama Simon d'un air dégoûté en la voyant entrer.

— Innocent ! Pourquoi tu penses qu'on est venus ? rétorqua Germaine.

— On lave d'abord les plafonds et les murs, décréta Corinne, sans tenir compte de la remarque de son jeune frère. Le puits est en arrière. J'allume le poêle et on va faire chauffer de l'eau. Pendant ce temps-là, Germaine, tu peux commencer à balayer les chambres en haut. On va commencer par là.

— Je te dis qu'on a tout un *boss* ! s'exclama Simon en allumant encore une fois sa pipe.

— Qu'est-ce que tu dirais d'arrêter un peu de fumer ? lui suggéra sa sœur. C'est toi qui vas me remplir le *boiler* du poêle pendant que Bastien va aller me chercher du bois dans la remise. J'en ai vu là tout à l'heure.

Quelques instants plus tard, Laurent passa près de la maison. Son cheval traînait une vieille voiture. Avant de prendre le chemin, il salua de la main sa fiancée, debout sur la galerie.

— Je reviens aussitôt que je peux, lui lança-t-il.

Les Joyal changèrent de vêtements et choisirent tous une tâche à accomplir à l'étage. À midi, à l'heure du repas, les quatre chambres avaient été récurées et Bastien avait même eu le temps de peinturer le plafond de l'une d'entre elles.

— On dirait ben que ton futur a de la misère à charger sa waggine, fit remarquer ce dernier à sa sœur.

— À moins qu'il se soit endormi là aussi, ajouta Simon, perfide.

— Il a dû charger et décider de manger chez son père avant de revenir, le défendit mollement Corinne en remettant dans le panier à provisions ce qui n'avait pas été mangé au dîner.

Après le repas, on se remit immédiatement au travail. D'un commun accord, les deux garçons s'armèrent d'un pinceau pour peinturer à l'étage pendant que Corinne et sa sœur entreprenaient de laver les pièces du rez-de-chaussée.

Les heures filèrent rapidement. À de nombreuses reprises, Corinne ne put s'empêcher d'aller à l'une ou l'autre des fenêtres du rez-de-chaussée pour voir si son fiancé arrivait.

— Veux-tu bien me dire où il est passé, lui ? se demandait-elle chaque fois à voix basse.

Germaine voyait bien l'inquiétude de sa cadette, mais elle se gardait de faire la moindre remarque.

Un peu après quatre heures, le bruit d'une voiture entrant dans la cour poussa les deux sœurs à interrompre leur travail. Elles se précipitèrent vers l'une des fenêtres de la cuisine d'été juste à temps pour voir passer Laurent conduisant un chargement de meubles hétéroclites.

— Viens, dit Corinne, excitée. On va aller voir ce qu'il a rapporté.

Les deux jeunes femmes sortirent de la maison et allèrent se planter près de la voiture immobilisée devant la porte de la remise.

— Je pensais que tu reviendrais plus vite que ça, fit remarquer Corinne à son fiancé, qui venait de la rejoindre.

— Whow ! Monter dans le grenier et trier ce qui est bon dans le tas de cochonneries que mon père garde là depuis des années, ça se fait pas en criant ciseaux, protesta le jeune homme en se passant une main sur son front couvert de sueur. En plus, Annette était là à guetter pour que je parte pas avec ce qu'elle voulait garder pour la maison.

— En quoi ça regarde ta belle-sœur ? demanda Germaine, intriguée.

— C'est elle qui mène dans la maison depuis le mariage de ma sœur Juliette, se contenta de dire Laurent sans donner plus d'explications.

— Qu'est-ce que tu rapportes en fin de compte ? fit Corinne en scrutant le contenu de la voiture.

— Pas mal d'affaires qui vont nous être utiles. J'ai un *set* de salon, un vieux *set* de chambre, deux coffres, une table, deux bancs, une couple de chaises et même une chaise berçante.

Tout en énumérant, le jeune homme entraînait sa future femme autour de la voiture pour lui montrer les meubles. Cette dernière considérait sans aucun plaisir le fatras de vieilleries qu'il avait rapportées. Il finit par se rendre compte de son manque d'enthousiasme

— Inquiète-toi pas, dit-il pour la rassurer. Une fois réparés et nettoyés, ça va être ben correct.

Corinne se contenta de hocher la tête.

— Bon, demande donc à Bastien de venir me donner un coup de main à débarquer tout ce barda-là.

— OK, je te l'envoie.

Le visage maculé de peinture, Bastien descendit quelques minutes plus tard pour aider à décharger la voiture pendant que Simon finissait de peinturer l'escalier. Dès que l'adolescent eut rangé les pinceaux et les pots de peinture, ses sœurs décidèrent, d'un commun accord, de cesser leur travail.

— Il est passé cinq heures et on a fait une bonne journée, déclara Germaine avant d'aller vider son seau d'eau sale à l'extérieur.

— On n'a pas perdu notre temps, en tout cas, fit Corinne en arborant un air satisfait. Le salon, la cuisine, la chambre et les toilettes sont lavés. Les fenêtres sont propres. Il restera juste à laver la cuisine d'été et à peinturer tous les appartements en bas.

Tous allèrent mettre leurs vêtements propres. Au moment même où ils revenaient dans la cuisine, Laurent et Bastien pénétrèrent dans la pièce. Avant d'aller se changer à son tour, Bastien demanda à Simon d'aller atteler le boghei.

— Il y a pas à dire, ça sent le propre ici dedans! s'exclama Laurent avec bonne humeur.

— Et t'as pas vu le haut, lui fit remarquer sa future femme. Tout a été lavé et peinturé. Bastien et Simon ont bien travaillé. On a une chambre rose, une bleue, une verte et une blanche. On te les montrerait bien, mais Simon vient de peinturer l'escalier. Tu verras ça demain.

— Est-ce que vous revenez demain finir la *job*? demanda Laurent.

— T'es pas sérieux, toi? fit Germaine. On va te laisser finir la peinture. Ça a tout pris pour que mon père nous laisse partir et, là, je te parle pas de ma mère qui aimait pas trop voir ses deux filles prendre le chemin.

— Il te reste juste à t'occuper du bas, lui expliqua Bastien, de retour. On a déjà tout nettoyé. Ça va être une affaire de rien, surtout que t'auras pas de meubles dans les jambes.

— T'as raison, reconnut Laurent. En tout cas, vous êtes ben fins d'être venus travailler toute la journée… Aussitôt que les meubles vont être réparés, je vais m'occuper de ça.

— Tu peux peinturer tout en blanc, si tu veux, lui suggéra Corinne. Sauf notre chambre, ajouta-t-elle en rougissant légèrement. J'aimerais bien que tu la mettes en bleu pâle. Il me semble que ce serait beau.

— J'oublierai pas, lui promit son fiancé en la serrant contre lui.

— Bon, on va y aller, nous autres, dit Bastien en voyant Simon immobiliser le boghei près de la galerie. La mère va finir par se demander où on est passés.

Pendant que Bastien, Simon et Germaine déposaient dans la voiture ce qu'ils avaient apporté, Laurent attira Corinne un peu à l'écart pour l'embrasser avec fougue.

— Ça va faire, les amoureux, fit Bastien en surgissant à l'improviste dans la cuisine. On y va.

Corinne repoussa son fiancé et vérifia sa coiffure du bout des doigts avant de suivre son frère à l'extérieur. Les Joyal quittèrent la cour de la ferme en saluant Laurent de la main.

Ce soir-là, Lucienne attendit que ses enfants soient montés à l'étage pour dire à voix basse à son mari :

— J'ai bien l'impression que le beau Laurent Boisvert avait pas fait grand-chose dans la maison pour la nettoyer.

— Il faut croire qu'il avait ben d'autres choses à faire, fit Napoléon d'une voix neutre.

— Peut-être, admit la mère de famille, sceptique, mais Simon s'est échappé tout à l'heure et il a dit qu'ils l'avaient trouvé en train de dormir au fond de la remise et qu'il sentait la boisson.

Napoléon garda le silence, le temps de rallumer sa pipe qui venait de s'éteindre.

— Je vais lui dire deux mots là-dessus, promit-il sans élever la voix.

— Tu ferais bien, l'approuva sa femme. Il manquerait plus que notre fille marie un soûlon. En tout cas, je peux te dire que les enfants retourneront pas là-bas, poursuivit-elle sur un ton déterminé. Ils iront pas s'éreinter pour un ivrogne. Qu'il se nettoie tout seul.

— Fais ce que tu veux.

— De toute façon, j'ai besoin des filles, déclara Lucienne sur un ton sans appel. Il faut finir la robe de mariée et les robes de Germaine et la mienne. Surtout, il y a un grand ménage à faire et le repas de noces à préparer.

Chapitre 9

L'avertissement

Le samedi soir suivant, Lucienne et Napoléon s'empressèrent d'aller s'asseoir sur la galerie après le souper, à la recherche de la moindre brise. Depuis la veille, l'humidité et une chaleur étouffante rendaient tout travail pénible. Par bonheur, le ciel se couvrait peu à peu de gros nuages noirs, présage d'un orage rafraîchissant en ce début de soirée.

Anatole et Bastien venaient à peine de quitter la maison lorsque Laurent arriva chez les Joyal dans l'intention de veiller au salon. Le jeune homme descendit de son boghei près de l'écurie et prit le temps de secouer la poussière qui couvrait son veston et son pantalon noirs. Il vérifia ensuite machinalement la position de sa cravate.

— Dis à Corinne d'attendre Laurent sur la galerie, ordonna Napoléon à sa femme en quittant sa chaise berçante.

Le père de Corinne traversa la cour sans se presser en direction du visiteur. Quand il entendit la porte moustiquaire claquer, il ne tourna même pas la tête pour vérifier s'il s'agissait de sa fille sortant de la maison ou si c'était Lucienne ou Germaine qui venait d'entrer.

— Pour moi, t'arrives juste à temps pour éviter de te faire mouiller, dit-il à Laurent. T'es mieux de mettre ton cheval à l'écurie si l'orage le rend nerveux.

Laurent s'empressa d'obtempérer pendant que son futur beau-père l'attendait patiemment. Quand le jeune homme sortit de l'écurie, Napoléon lui fit signe de s'arrêter. Le fiancé obéit, apparemment surpris.

— T'as eu de l'aide cette semaine pour nettoyer ta maison, dit-il en guise d'introduction.

— Oui, j'ai été chanceux, reconnut Laurent. Vos garçons et votre fille Germaine ont été pas mal fins.

— Il paraît qu'ils t'ont trouvé couché dans ta remise ?

Laurent sembla réaliser soudain où voulait en venir le père de Corinne et il blêmit.

— Écoute-moi ben, mon garçon. Je suis pas un saint et je suis assez vieux pour comprendre qu'on ait le goût de fêter de temps en temps. Mais en pleine semaine, quand l'ouvrage presse, là, je trouve ça pas mal fort.

— Mais, j'avais pas…

— Non. Laisse-moi finir ce que j'ai à te dire, le coupa Napoléon. Moi, je te donne pas ma fille pour qu'elle mange de la misère, tu m'entends ?

— Oui, monsieur Joyal.

— Les frères de Corinne laisseront personne la maganer, poursuivit Napoléon.

— Je comprends ça.

— Chez nous, il y a pas d'ivrogne et encore moins de paresseux. Si tu penses que t'es pas fait pour Corinne, il est encore pas trop tard pour reculer. On t'en voudra pas.

— Je comprends, monsieur Joyal, admit le jeune homme, apparemment repentant. Je vous promets que je recommencerai pas cette niaiserie-là.

— Bon, c'est correct. On va aller rejoindre les femmes sur le balcon avant qu'elles se demandent pourquoi on fait des messes basses. À part ça, t'es pas obligé pantoute de parler de ce qu'on vient de se dire à Corinne. Ça reste entre nous deux.

Laurent accepta d'un signe de tête et suivit son beau-père jusqu'à la galerie où Lucienne était revenue s'asseoir aux côtés de sa fille Germaine.

— S'il peut faire moins chaud après l'orage, il y a personne qui va s'en plaindre, dit Laurent comme s'il poursuivait une discussion avec le père de sa fiancée.

Il s'essuya le front avec un large mouchoir tiré de l'une des poches de son pantalon.

Au même moment, une Corinne radieuse sortit sur la galerie et invita son fiancé à profiter de la balançoire placée sous un érable centenaire, sur le côté droit de la maison.

— Qu'est-ce que mon père avait à te dire ? lui demanda-t-elle, curieuse.

— Rien de spécial, mentit-il avec aisance. Il voulait juste savoir comment l'ouvrage avançait.

Corinne le crut et orienta la conversation sur un autre sujet.

— J'ai rencontré monsieur le curé au village, hier après-midi, dit-elle à Laurent alors qu'il prenait place à ses côtés. Il m'a dit de te rappeler de pas oublier ton certificat de confession générale le matin des noces. Si tu l'as pas, il pourra pas nous marier.

— J'ai pas oublié, je vais me débarrasser de ça cette semaine, la rassura Laurent en posant discrètement une main sur la cuisse de la jeune fille.

— Laurent ! protesta-t-elle en repoussant doucement sa main. Moi, je suis allée me confesser hier, j'ai pas envie d'y retourner cette semaine. Si ma mère te voit…

— Laisse faire ta mère, fit ce dernier, on se marie dans une semaine, batèche ! Elle est toujours là à nous guetter… Quand c'est pas elle, c'est ton père.

— Voyons ! Tu sais bien qu'ils font ce qu'ils ont à faire. On n'est pas encore mariés…

Depuis leurs fiançailles, Corinne avait de plus en plus de mal à éviter les mains baladeuses de son Laurent qui en demandait toujours un peu plus. Elle l'aimait et était prête à lui accorder certaines libertés, mais la surveillance incessante de ses parents autant qu'une certaine pruderie l'empêchaient de laisser libre cours à la sensualité de plus en plus exigeante de son fiancé.

En fait, plus la date de son mariage approchait, plus l'inquiétude de la jeune fille augmentait. Elle se rendait compte qu'elle ne savait pratiquement rien de ce qui se passait entre un homme et une femme le soir de leurs noces. Que devait-elle faire ? Elle aurait aimé avoir des amies mariées assez proches pour pouvoir parler de ce sujet. Elle n'en avait aucune. Dans ce domaine, sa sœur Germaine ne pouvait lui être d'aucun secours parce qu'elle était aussi inexpérimentée qu'elle. Blanche aurait pu la renseigner, mais elle n'était venue à la maison qu'en une seule occasion depuis le début de l'été et ses parents l'avaient monopolisée. Bien sûr, il restait sa mère, mais comment lui poser des questions aussi gênantes ? Elle en rougissait à cette seule pensée.

— Pauvre m'man ! Elle ferait bien une syncope si je lui demandais quoi faire, se disait-elle parfois avec un sourire malheureux.

Laurent jeta un coup d'œil discret vers la galerie et se rendit compte que sa future belle-mère avait légèrement déplacé sa chaise berçante pour mieux voir ce qui se passait dans la balançoire.

— Sacrement ! jura le jeune homme à voix basse, on peut dire que ta mère lâche pas.

— Parle pas comme ça de ma mère, le réprimanda Corinne, surprise par le juron.

— On se marie dans une couple de jours, bâtard ! Il me semble qu'elle pourrait nous laisser respirer un peu.

— Tiens-toi tranquille, trancha Corinne en lui frappant la main qu'il avait encore glissée hypocritement entre elle et lui pour lui caresser la cuisse par-dessus sa robe.

Le jeune homme cessa son manège et fit un effort évident pour penser à autre chose. Durant quelques minutes, il lui décrivit le travail qu'il avait effectué dans et autour de la maison durant la semaine précédente. À l'entendre, la remise en état des meubles récupérés chez son père allait bon train et il aurait le temps de peinturer le rez-de-chaussée de la maison avant leur mariage. Puis il lui raconta qu'il avait perdu tout son samedi après-midi à attendre sa sœur Juliette à la gare de Pierreville pour l'emmener ensuite chez son père.

— Je te dis que ma belle-sœur est à prendre avec des pincettes depuis que ma sœur a mis le pied dans la maison, précisa le jeune homme en ricanant.

— Pourquoi ?

— Parce que Juliette et elle sont comme le feu et l'eau. Tu connais pas ma sœur, toi, ajouta-t-il sur un ton moqueur. Elle ressemble à ma mère comme deux gouttes d'eau. Il faut que ça marche droit et c'est pas le genre à reculer devant quelqu'un, je te le garantis. Même mon père y pense à deux fois avant de se chicaner avec elle. Une chance qu'elle vient pas trop souvent à la maison parce que le diable serait aux vaches, et ce serait pas long.

— Et ton frère Henri dans tout ça ?

— Il parle pas trop fort quand elle est là. Je pense qu'elle lui fait peur.

— Tu m'as pas dit qu'elle travaillait dans un restaurant à Montréal ?

— Dans le restaurant qui était à Léon Marcil, son mari, précisa Laurent. Va pas t'imaginer un gros restaurant, là. Non, c'est un petit restaurant sur la rue Ontario. Quand Léon s'est fait tuer par un petit char, il y a cinq ans, ma sœur a gardé le restaurant et elle a trouvé le moyen de se débrouiller. D'habitude, elle travaille sept jours par semaine. Une chance qu'elle a pas eu d'enfants. Elle m'a dit qu'elle avait trouvé quelqu'un pour la remplacer pendant une semaine. Elle va retourner en ville seulement le lendemain de notre mariage. J'ai l'impression qu'Henri et Annette vont trouver le temps long en maudit, conclut-il sur un ton plaisant.

— Et toi ?

— Moi, elle me fatigue pas. Je sais comment la prendre. Ma mère est morte de consomption quand j'avais huit ans. Elle m'a pratiquement élevé et je te dis que j'étais mieux de marcher les fesses serrées quand elle disait quelque chose.

Un coup de tonnerre fit sursauter les amoureux et des éclairs zébrèrent le ciel devenu soudain encore plus sombre.

— Les jeunes, je pense que vous êtes mieux d'entrer, leur conseilla Napoléon en quittant sa chaise berçante.

Au moment où il finissait de parler, de lourdes gouttes de pluie se mirent à tomber d'abord lentement, puis de plus en plus vite. Corinne et Laurent se précipitèrent vers la galerie et pénétrèrent dans la maison. Lucienne avait eu le temps d'allumer deux lampes à huile. Sans dire un mot, elle en tendit une à sa fille qui se dirigea vers le salon, suivie par son fiancé.

— Regarde si la pluie entre pas par la fenêtre ouverte, lui recommanda sa mère avant d'installer sa chaise berçante près de la porte du salon.

À l'extérieur, les coups de tonnerre assourdissants et les éclairs se succédaient. Maintenant, une forte pluie fouettait les fenêtres et transformait rapidement la route de terre en bourbier. Elle martelait si bruyamment l'avant-toit qu'elle obligeait Corinne et Laurent à élever la voix pour s'entendre.

Un peu avant dix heures, le bruit d'une voiture incita Lucienne à quitter sa chaise berçante pendant un instant pour tenter de voir par la fenêtre qui arrivait. Laurent en profita immédiatement pour voler un baiser à Corinne et l'une de ses mains vint se poser sur sa poitrine. Elle le repoussa en protestant à voix basse.

— Regarde mes beaux innocents ! s'exclama Lucienne en parlant à son mari qui somnolait sur sa chaise placée près de la porte moustiquaire.

— Quoi ? Qu'est-ce qu'il y a ? s'inquiéta Napoléon en sursautant.

— Anatole et Bastien viennent d'arriver. Si ça a du bon sens de prendre le chemin en plein orage ! Des plans pour que Prince parte à folle épouvante !

— Arrête donc de t'énerver pour rien, lui conseilla son mari. Ils sont là et il est rien arrivé.

— J'ai hâte de voir de quoi vont avoir l'air leurs habits du dimanche, par exemple, ronchonna-t-elle.

Quelques minutes plus tard, les deux jeunes hommes entrèrent dans la maison en courant, en provenance de l'écurie où ils venaient de faire entrer le cheval après l'avoir dételé.

— Ôtez vos souliers pour pas salir mon plancher, leur ordonna sèchement leur mère.

Il y eut des bruits de souliers qu'on laissait tomber sur le parquet et les deux jeunes hommes apparurent dans la lumière jaunâtre de la lampe à huile déposée au centre de la table.

— Avez-vous vu de quoi vous avez l'air, tous les deux ? leur demanda leur mère, mécontente. Vous auriez pas pu attendre que l'orage passe avant de prendre le chemin ?

— Ben non, m'man, répondit Bastien en passant une main dans ses cheveux mouillés. Vous connaissez le père Cadieux. Il est pas gêné. Quand c'est l'heure de débarrasser le plancher, il me le fait pas dire. Rosalie a le meilleur de me mettre à la porte à dix heures, pas une minute plus tard. Il tomberait des cordes que ça le dérangerait pas, le vieux sacrifice ! Ça fait que dix minutes plus tard j'étais devant chez les Rochon, et Anatole a pas eu le choix de monter dans le boghei, même si sa Thérèse était prête à veiller un peu plus tard avec lui. C'était ça ou il revenait à pied à la maison.

— Ouais ! En tout cas, j'espère que vous avez vu dans quel état sont vos habits, reprit leur mère sans désarmer. Vous êtes mieux de faire des prières pour qu'ils soient secs demain matin pour la messe. Comme si on n'avait pas assez d'ouvrage avant de partir pour l'église, on va être obligées de les nettoyer et de les repasser.

À l'instant où Lucienne disait ces mots, Laurent sortit du salon en compagnie de Corinne.

— Bonsoir, dit-il aux gens rassemblés dans la cuisine. Je pense qu'il est temps que j'y aille.

Au même moment, un éclair illumina la cuisine et la pluie redoubla de vigueur.

— T'es pas pour prendre le chemin avec un orage comme ça, décréta Napoléon. C'est ben trop dangereux. Tu vas rester à coucher. Il y a de la place en haut. Les gars vont se tasser. Tu viendras à la messe avec nous autres demain matin.

— Ben, je sais pas trop, dit Laurent en jetant un regard interrogateur à sa future belle-mère qui n'avait pas ouvert la bouche.

— Mon mari a raison, finit-elle par dire comme à contrecœur. Tu coucheras avec Bastien.

— Toi, j'espère que tu ronfles pas, dit ce dernier, en prenant l'air d'un martyr.

— Presque pas, affirma le fiancé de sa sœur en lui adressant un clin d'œil.

— Bon, il est assez tard. On va faire la prière et aller se coucher, ajouta Lucienne en s'agenouillant.

Avant de se signer, la mère de famille vérifia du coin de l'œil que personne ne s'était appuyé au dossier d'une chaise ou contre la table. Quand elle se fut assurée que chacun se tenait bien droit, elle entreprit la récitation d'une dizaine de chapelet suivie de diverses prières assez longues.

Un quart d'heure plus tard, tous se relevèrent, les genoux endoloris, et se souhaitèrent une bonne nuit.

— J'aimerais bien ça pas vous entendre jacasser jusqu'aux petites heures, les avertit la mère de famille, l'air sévère, quand les jeunes entreprirent de monter à l'étage. Germaine et Simon doivent déjà dormir.

— Ben oui, m'man, fit Bastien, un peu exaspéré d'être traité en gamin.

Avant de se mettre au lit, Lucienne ne put tout de même s'empêcher de murmurer à son mari :

— As-tu eu le temps de lui dire ce que tu voulais lui dire ?

— Oui, je pense qu'il a compris. J'ai été ben clair.

— T'as bien fait, l'approuva-t-elle. Je sais pas pourquoi, mais j'arrive pas à lui faire confiance. À part ça, j'aime pas tellement ça qu'il couche ici dedans avant le mariage.

— Pourquoi ça ?

— Ils sont pas mariés, fit-elle sur un ton définitif.

— Reviens-en, Lucienne Bouchard ! Torrieu ! Ils couchent pas dans la même chambre. Germaine couche avec sa sœur et Bastien est dans la même chambre que lui.

— Je le sais, mais j'aime pas ça pareil, s'entêta sa femme en soufflant pour éteindre la lampe placée sur la table de chevet.

Le lendemain matin, la pluie avait cessé et une agréable petite brise rafraîchissait l'atmosphère. Comme Germaine et ses frères avaient assisté à la basse-messe au début de l'avant-midi, Napoléon invita son futur gendre à monter dans le boghei familial avec Corinne et sa femme pour aller assister à la grand-messe au village.

— Regarde-moi le chemin, dit Lucienne à son mari en montrant la route boueuse à cause des fortes pluies de la veille. Ça, j'aime ça. On va arriver tout crottés à l'église. Nos bottines et le bas de notre robe vont être pleins de boue. Si encore on avait un trottoir en bois au village…

— On sera pas pires que les autres, chercha à la consoler Napoléon.

Quelques minutes plus tard, Corinne, radieuse, entra dans l'église paroissiale en compagnie de son fiancé. Elle était heureuse de le sentir à ses côtés. C'était la première fois qu'il assistait à la messe près d'elle. La jeune fille sentait les regards fixés sur elle quand elle monta l'allée principale de l'église derrière ses parents pour aller prendre place dans le banc familial. Elle était fière de pouvoir montrer l'homme qu'elle allait épouser dans moins de sept jours.

Lorsque le curé Duhaime lut, un second dimanche d'affilée, la publication des bans, à la fin de son sermon, le cœur de Corinne se serra et sa main chercha instinctivement celle de Laurent assis à ses côtés.

— Il y a promesse de mariage entre Corinne Joyal, fille de Napoléon Joyal et de Lucienne Bouchard de cette paroisse, et Laurent Boisvert, fils de Gonzague Boisvert et de Laura Boucher, de Saint-Paul-des-Prés. Toute personne au courant d'un empêchement à cette union est priée de se faire connaître.

Lucienne, la mine sévère, adressa un coup de coude discret à sa fille avant de lui chuchoter sèchement:

— Tiens-toi comme du monde.

Corinne lâcha la main de Laurent comme si ce contact l'avait soudainement brûlée.

Ce dimanche-là, Laurent demeura toute la journée chez les Joyal. Avant son départ, au milieu de la soirée, ses futurs beaux-parents voulurent s'assurer du nombre d'invités qu'ils auraient à recevoir lors de la noce, le samedi suivant.

— Sais-tu exactement qui va venir de ton côté? lui demanda Lucienne. Je voudrais pas préparer pour rien du manger et le gaspiller, tint-elle à lui préciser, en songeant encore au souper des fiançailles boudé par la famille Boisvert.

— Ma belle-sœur a écrit à mes deux frères et à mes oncles, madame Joyal, répondit Laurent. Mes frères et leur femme ont promis de venir. Trois de mes oncles vont être là, eux aussi avec leur femme. Ma sœur Juliette va venir avec mon père, mon frère Henri et sa femme. En plus, ça se peut que mon grand-père Boucher vienne avec ma tante Aurore, mais c'est pas sûr. Je pense qu'on a fait le tour de la parenté.

— C’est parfait comme ça, trancha Napoléon. On se revoit à l’église samedi prochain.

Laurent prit la route, suivi du regard énamouré de Corinne, qui lui avait remis un paquet encombrant au moment de son départ.

— Qu’est-ce qu’il y avait dans ce paquet-là ? ne put s’empêcher de lui demander son père au moment où la voiture disparaissait sur la route du rang de la rivière.

— Des draps, des couvertes et un crucifix, répondit Lucienne à la place de sa fille. Il y a juste un vieux crucifix dans cette maison-là.

— Ah bon…

— Cette semaine, on enverra quelqu’un porter de la vaisselle et les rideaux qu’on a faits pour les fenêtres, ajouta sa femme. Laurent les accrochera quand il aura fini de peinturer.

— J’aimerais bien y aller moi-même, intervint Corinne. Je voudrais placer la vaisselle dans mes armoires et arranger mes affaires. Après tout, ça va être ma maison…

Sa mère garda le silence un bref moment avant de laisser tomber :

— Si on est assez avancés dans notre ouvrage, tu pourras peut-être y aller avec un des garçons jeudi ou vendredi. Qu’est-ce que t’en penses, Napoléon ?

— C’est ben correct, accepta son mari.

Chapitre 10

Une nouvelle amie

La semaine suivante fut consacrée à un ménage en profondeur de la maison et à la préparation des plats qui allaient être servis aux invités de la noce. Lucienne et ses filles se couchèrent tard chaque soir. Après le souper, à la lueur de la lampe à huile, Germaine et sa mère mirent la dernière main à la robe de mariée de Corinne ainsi qu'aux toilettes qu'elles allaient porter le jour du mariage. D'un commun accord, on laissa à Corinne le soin des derniers préparatifs de son trousseau.

Le jeudi matin, Lucienne décréta qu'il fallait laver le parquet des chambres, à l'étage.

— Mais m'man, le monde se promènera pas en haut, rouspéta Germaine, exaspérée par un nettoyage de la maison qui n'en finissait plus. On n'arrête pas de frotter depuis trois jours.

— Il faut ce qu'il faut, ma fille, la réprimanda sa mère. On a presque fini de nettoyer. Après, il nous restera juste à nous occuper des desserts. La viande est déjà cuite. À soir, après le souper, on va jeter un coup d'œil sur le linge des hommes, à cette heure que nos robes sont prêtes.

— Le mieux qui pourrait nous arriver, m'man, intervint Corinne, qui travaillait aussi durement que sa mère et sa sœur, c'est que Blanche se mette pas dans la tête de venir nous donner un coup de main. Avec les trois enfants sur les bras, on serait pas d'avance pantoute.

— Je pense pas qu'elle vienne, la rassura sa mère. Amédée travaille tous les jours et elle peut pas lui demander de venir la conduire à Saint-François avec les enfants et le laisser se débrouiller tout seul avec la cuisine.

— Est-ce que je vais finir par pouvoir aller porter mes affaires à la maison? demanda Corinne, à la fin de l'avant-midi. J'aimerais ça y aller.

Sa mère jeta un regard autour d'elle, comme si elle cherchait d'autres tâches ménagères à lui confier. Finalement, elle se résigna à lui dire:

— Si un des garçons est prêt à y aller avec toi cet après-midi, tu peux y aller. Mais apporte rien des cadeaux de noces que t'as reçus, prit-elle la peine de lui préciser. Laisse-les tous sur la table dans le salon. Tu le sais comme moi que le monde aime ça venir les voir le jour des noces. En plus, ce serait pas bien prudent de les laisser sans surveillance dans une maison pas encore habitée.

— C'est correct, m'man, mais j'aimerais bien mieux les placer tout de suite à leur place, chez nous.

— Ça peut attendre, décréta sa mère. Pendant que tu vas être partie, on va commencer à faire les tartes.

Un peu avant deux heures, cet après-midi-là, le boghei conduit par Bastien Joyal traversa tout le village de Saint-Paul-des-Prés avant de tourner dans le rang Saint-Joseph. La température était agréable et Corinne, assise aux côtés du conducteur et le visage abrité par un chapeau de paille à large bord, regardait avec curiosité chacune des fermes établies le long de la route étroite et poussiéreuse. Lorsqu'elle aperçut, au bout du rang, le toit pointu de la petite maison grise entre les arbres, son cœur battit plus vite. Elle avait du mal à imaginer que son nouveau foyer serait là dans moins de trois jours.

La voiture vint s'immobiliser dans la cour, à faible distance du balcon.

— Ça fait tout un changement, dit Bastien sur un ton approbateur. Laurent a trouvé le temps de faucher l'herbe de la cour et de ramasser toutes les cochonneries rouillées qui traînaient là.

— C'est vrai que ça fait pas mal plus propre, approuva Corinne, satisfaite du changement.

Avant même que la jeune fille ne pose le pied au sol, la porte de la cuisine d'été s'ouvrit sur une inconnue de forte taille dont les cheveux brun foncé étaient coiffés en bandeaux. Elle tenait un pinceau et une tache de peinture blanche maculait l'une de ses joues rebondies.

Pendant un bref moment, Corinne se demanda si elle ne s'était pas trompée de maison et elle jeta un regard éperdu autour d'elle, à la recherche d'un repère propre à la rassurer.

— Bonjour, dit l'étrangère, debout sur la galerie. Si vous cherchez Laurent, il va revenir dans une heure, ajouta-t-elle.

En entendant le prénom de son fiancé, Corinne comprit qu'elle était bien chez elle. Elle s'avança vers l'inconnue pendant que son frère attachait le cheval au garde-fou de la galerie.

— Bonjour, dit-elle avec un sourire un peu timide. Je suis Corinne, la fiancée de Laurent.

— Et moi, je suis sa sœur, Juliette, dit la femme avec un large sourire en lui plaquant un baiser sonore sur chacune des joues. Entrez donc, ajouta-t-elle à l'endroit des deux visiteurs. Ça sent la peinture, mais c'est endurable.

Corinne, toujours aussi intriguée de voir sa future belle-sœur seule dans sa maison, la suivit en compagnie de son frère.

— J'ai presque fini de peinturer la cuisine d'été, expliqua Juliette en les invitant à prendre place à la table massive qui occupait le centre de la pièce.

Juliette Marcil était une femme de grande taille et bien en chair dont les gestes vifs trahissaient une énergie débordante. Le frère et la sœur venaient à peine de s'asseoir qu'ils se retrouvèrent devant une tasse de thé et une assiette de biscuits au gingembre.

— Mangez-en autant que vous voulez, je les ai faits à matin, chez mon père.

— On pensait trouver Laurent ici, dit Corinne, intimidée par la sœur de son fiancé.

— Vous seriez arrivés une heure avant, vous l'auriez trouvé ici. Je l'ai envoyé chercher pas mal d'affaires chez mon père. Pour moi, il haïrait pas ça si t'allais lui donner un coup de main à charger, dit-elle à Bastien. Tu sais où mon père reste ?

— Ben oui, répondit ce dernier sans grand enthousiasme. Ma sœur m'a montré la maison tout à l'heure en passant.

— J'ai remarqué que vous aviez pas mal de choses dans le boghei. On va t'aider à décharger tout ça avant que tu partes. Après, je pense qu'on manquera pas d'ouvrage, ta sœur et moi.

Bastien s'exécuta un peu à contrecœur et quitta les lieux, laissant les deux femmes en tête-à-tête.

— Il était temps qu'on se rencontre toutes les deux, déclara Juliette en faisant signe à Corinne d'entrer dans la maison. Je pense qu'on a pas mal d'affaires à se dire. C'est pour ça que je me suis un peu débarrassée de ton frère. Il y a des choses qu'il a pas besoin d'entendre.

Corinne se contenta de hocher la tête et de déposer les paquets qu'elle transportait sur la table.

— Tout d'abord, il faudrait pas que tu croies que je me suis installée dans ta maison comme chez nous. C'est pas ça pantoute. Lundi matin, j'ai forcé Laurent à m'emmener ici pour voir votre maison. Quand je me suis aperçue qu'il voulait pas trop, j'ai eu comme un doute et j'ai insisté. J'ai vite compris pourquoi en entrant. Il y avait presque rien de fait. Il m'a montré le haut, mais il a fini par me dire que c'était toi, ta sœur et tes frères qui aviez tout nettoyé.

— Il avait pas encore peinturé en bas ? demanda Corinne, étonnée.

— Pantoute, ma fille. C'est pour ça que je l'ai brassé. Il pensait juste à son habit de noces et à aller traîner au village.

Depuis lundi, je lui ai pas laissé la chance de se trouver d'excuses. Comme tu peux le voir, on a eu le temps de peinturer la chambre, le salon, la cuisine d'hiver et les toilettes.

— Voyons donc, protesta Corinne. Laurent m'a dit que vous étiez venue en visite, pas pour travailler. Ça a quasiment pas d'allure, une affaire comme ça.

— Inquiète-toi pas pour moi. Le travail a jamais tué personne. À matin, j'ai même commencé la cuisine d'été pendant qu'il creusait les toilettes sèches, au bout du hangar. Après le dîner, je l'ai envoyé chercher d'autres meubles pendant que je finissais la peinture. Comme tu peux voir, j'ai presque fini. Ce grand sans-dessein-là avait apporté juste deux chaises et une chaise berçante. Il avait même pas prévu une paillasse pour votre lit. Si ça te tente, on va finir de préparer votre chambre quand les hommes vont revenir.

— Ça me gêne que vous ayez fait tout ça pendant que j'étais chez nous. Je vais au moins vous donner un coup de main à finir de peinturer, proposa Corinne.

— D'abord, tu vas arrêter de me dire «vous». Je suis pas ta mère, je suis juste ta belle-sœur, lui ordonna Juliette Marcil avec un large sourire. Ensuite, il est pas question que tu gaspilles ta robe avec de la peinture. Laisse faire, j'ai presque fini. J'en ai encore pour une heure ou deux, pas plus. Après, je te promets que je reviendrai pas chez vous avant que tu m'invites, ajouta-t-elle en riant.

— Je trouve ça pas mal gênant, avoua Corinne.

— Il y a pas de quoi. Il faut qu'on s'aide entre femmes. Viens voir le cadeau de noces que je t'ai apporté. J'espère qu'il va faire ton affaire. Je l'ai acheté à Montréal et je l'ai fait livrer à la gare. On l'a pris en passant à matin. Je l'ai laissé dans un coin de votre chambre.

Les deux femmes pénétrèrent dans la chambre où Corinne eut la surprise de découvrir une magnifique machine à coudre Singer.

— Voyons donc! protesta-t-elle. C'est bien trop beau! Ça a pas d'allure de dépenser autant pour un cadeau de noces.

— Une machine à coudre, c'est toujours bien utile et ça me fait plaisir de te la donner.

Corinne, radieuse, embrassa sa future belle-sœur.

— On va la transporter chez mon père pour que tous les invités la voient, dit la jeune fille avec enthousiasme.

— Mais non. Fais pas ça. C'est pesant et encombrant sans bon sens. C'est pas important que tout le monde voie ça.

— Quand je vais dire ça chez nous, ils en reviendront pas, dit Corinne.

— Tant mieux si ça te fait plaisir... J'espère que t'es contente du vieux *set* de chambre en noyer que Laurent est arrivé à réparer. Je dois dire qu'il a fait une belle *job* et il l'a reverni. À matin, avant d'aller creuser, je l'ai envoyé remplir la paillasse avec de la paille propre. Je pense que tu vas trouver le lit pas mal confortable.

— T'es bien fine.

— Cet après-midi, je me suis rappelé avoir déjà vu deux lits et deux bureaux dans le grenier de la remise. Laurent se souvenait plus qu'ils étaient là. C'est ça que je l'ai envoyé chercher. Ça pourra toujours servir à meubler les chambres en haut. Je lui ai dit de rapporter aussi deux autres chaises et une chaise berçante qui traînent à la même place. Elles sont peut-être cassées, mais il est capable de les réparer.

Corinne approuva avec enthousiasme.

— J'espère juste que mon père l'a pas empêché de ramener tout ça ici.

Devant l'air étonné de la jeune fille, la veuve eut un rire communicatif.

— Tiens ! On dirait bien que tu connais pas trop ton futur beau-père, toi... peut-être même toute ta future famille, si ça se trouve.

— Laurent est pas trop bavard là-dessus.

— Bon, viens t'asseoir une minute. On a le temps de jaser un peu avant que les hommes reviennent. Je vais t'expliquer une ou deux choses utiles à savoir pour une fille qui entre dans la famille Boisvert.

Il y eut un court silence dans la cuisine d'été, comme si Juliette cherchait les bons mots à dire.

— Commençons par ton Laurent. Il a dû te dire que je lui avais servi de mère quand maman est morte en 1888.

— Oui.

— J'ai douze ans de différence avec lui. J'avais vingt ans quand c'est arrivé. Je m'en suis occupée du mieux que j'ai pu jusqu'à mon mariage. À ce moment-là, il avait quinze ans, presque seize ans. Un petit conseil entre femmes, Corinne. Ton Laurent, je le connais comme si je l'avais tricoté. Il a dû te dire que j'étais pas mal sévère?

— Non, mentit Corinne d'une voix peu convaincante.

— C'est pas grave, reprit la grande femme. Si j'ai un conseil à te donner, surveille-le bien et, surtout, te laisse jamais manger la laine sur le dos. C'est un bon garçon, mais pas toujours sérieux et, en plus, il a tendance à être un peu paresseux. Tiens-lui les guides serrées, il devrait te faire un bon mari.

Corinne acquiesça.

— À cette heure, il faut que je te parle de ton futur beau-père que t'as pas dû rencontrer trop souvent, pas vrai?

— C'est vrai, reconnut Corinne, un peu intriguée.

— Mon père est pas un méchant homme, dit Juliette en baissant la voix, mais il est un peu spécial. C'est pas le genre d'homme à montrer ses sentiments. Pour dire la vérité, il est sec et il peut être bête comme ses pieds quand quelque chose marche pas à son goût. Tu vas vite entendre parler qu'il est pas mal dur en affaires et qu'il fait pas de cadeaux à personne. Pour lui, une cenne, c'est une cenne. T'as pas dû en entendre parler à Saint-François-du-Lac, mais c'est lui, comme président de la fabrique de Saint-Paul, qui est à couteaux tirés avec le curé Béliveau. Depuis le printemps passé, il mène une cabale pour empêcher le curé de reconstruire l'église à la même place. D'après mon frère Henri, c'est pas demain la veille que notre père va plier.

— C'est la première fois que j'entends parler de cette affaire-là, reconnut la jeune fille.

— C'est pour te montrer que quand Gonzague Boisvert a quelque chose dans la tête, c'est pas lui qui va lâcher. Deux de mes frères l'ont appris depuis longtemps.

Devant le regard étonné de Corinne, Juliette eut un petit rire avant d'expliquer :

— Naturellement, Laurent t'a pas parlé de ça non plus, à ce que je vois.

— Non.

— Quand mon frère Aimé a voulu se marier il y a sept ans, il travaillait déjà depuis longtemps sur la terre avec mon père et mes autres frères. Il a demandé à mon père de lui vendre cette terre-ci. Le bonhomme Boudreau était mort l'année avant sans avoir pu rembourser les cent cinquante piastres qu'il avait empruntées à mon père, si je me souviens bien. Aimé pouvait demander ça parce qu'Henri avait décidé de rester avec sa femme chez mon père. C'est sûr que c'est lui qui va hériter de la terre familiale.

— Puis ? fit Corinne, curieuse.

— Aimé s'était attendu à ce que mon père lui fasse un bon prix ou même lui donne la terre en reconnaissance de toutes les années qu'il avait travaillées sans salaire pour lui. Pantoute. Le père lui a demandé six cents piastres, pas une cenne de moins. Aimé était tellement enragé qu'il a décidé d'aller s'acheter une petite terre proche de Saint-Césaire, dans le bout de Granby, avec de l'argent que mon mari lui a prêté.

— Et ton frère Raymond, lui ? demanda la jeune fille.

— Lui, c'est autre chose. Il passait son temps à se chicaner avec mon père et Henri. Trois mois après le mariage d'Aimé, il a décidé d'aller travailler à Sorel. Il y a marié une petite Beaulieu il y a cinq ans, et ça a tout pris pour que mon père aille à ses noces.

— Laurent m'a dit que ton grand-père Boucher allait peut-être venir à nos noces, reprit Corinne.

— Ça me surprendrait, mais c'est possible. Le père de ma mère a quatre-vingt-un ans et il reste chez ma tante Aurore, à Sorel. Il venait de temps en temps chez nous du vivant de ma mère, mais il a arrêté quand elle est partie. Il s'est jamais trop bien entendu avec mon père.

Devant l'air songeur de sa future belle-sœur, la restauratrice de Montréal ne put s'empêcher de sourire.

— Là, t'es en train de te demander dans quelle famille de fous tu vas entrer après-demain. Inquiète-toi pas; c'est pas si pire que ça. On finit par s'habituer. Regarde. Moi, je viens chez mon père une fois ou deux par année et je reste jamais plus que deux jours, sauf cette année à cause de tes noces. Je le sais que je tape sur les nerfs d'Annette, la femme d'Henri. C'est normal. Elle est chez elle et j'ai tendance à mener là où je mets les pieds. Ça l'énerve... Tiens! Je sens qu'on va arrêter de placoter, ajouta-t-elle en quittant le banc sur lequel elle était assise. V'là les hommes qui reviennent.

Les deux femmes sortirent sur la galerie pour accueillir Laurent et Bastien, et les aidèrent à transporter les vieux meubles poussiéreux à l'intérieur. Juliette examina le tout avec soin avant de déclarer:

— Pour les chaises, c'est réparable. Laurent va être capable de faire des barreaux neufs pour remplacer ceux qui sont cassés.

— Ben oui, assura son frère sans trop d'enthousiasme.

— Le reste va demander juste un bon nettoyage qu'on peut faire tout de suite après que les hommes vont avoir monté tout ça dans les chambres en haut. Qu'est-ce que t'en penses? demanda-t-elle en se tournant vers Corinne. Cette dernière s'empressa d'accepter l'offre.

À la fin de l'après-midi, les rideaux avaient été suspendus aux fenêtres et le nouveau mobilier avait été nettoyé. La future mariée, aidée par Juliette, avait même eu le temps de ranger les vêtements apportés dans sa chambre et la vaisselle en pierre donnée par sa mère dans ses armoires de cuisine.

Au moment de leur départ, il fut entendu que Bastien viendrait chercher le boghei de Laurent tôt le samedi matin.

— Tu pourras t'en servir avec Anatole pour emmener vos blondes au mariage, expliqua le fiancé. Après les noces, nous autres, on l'aura pour partir en voyage.

— Où est-ce que vous allez en voyage de noces ? demanda naïvement le jeune homme.

— Ça, si on te le demande, mon Bastien, tu diras que tu le sais pas, répondit en riant son futur beau-frère.

Corinne et Bastien prirent congé. Durant un long moment, un étrange silence régna dans le boghei. Bastien avait l'air songeur pendant que sa sœur, assise à ses côtés, scrutait les maisons devant lesquelles l'attelage passait.

— As-tu perdu ta langue ? finit-elle par lui demander, intriguée par son silence.

— Pantoute, répondit-il en s'ébrouant.

— Qu'est-ce qu'il y a ?

— Il y a juste que je trouve que les Boisvert sont du monde étrange.

— Pourquoi tu dis ça ?

— Ben. T'aurais dû entendre le bonhomme quand la belle-sœur de Laurent est allée lui dire que son garçon était en train de vider le grenier. Je te dis que ça a pas pris de temps pour le voir arriver à la voiture. Quand Laurent lui a dit qu'il faisait juste le débarrasser de vieilles affaires cassées en train de pourrir dans le grenier, le bonhomme lui a répondu que, s'il les avait gardées, c'était parce qu'elles valaient encore quelque chose, sinon il les aurait jetées.

— Puis ?

— Puis, tu me croiras si tu veux, mais son père lui a vendu. Vendu ! tu m'entends, ses vieilles cochonneries cassées. Moi, avoir été à la place de Laurent, je les aurais remontées au grenier.

— Combien il a donné ?

— Cinq piastres ! Tu parles d'un vieux maudit cochon ! s'exclama le jeune homme. J'en étais gêné pour Laurent.

Corinne, le front plissé, garda le silence durant un long moment. Elle se doutait bien que son fiancé commençait à être sérieusement à bout de ressources… Elle était incapable de comprendre la mesquinerie de son futur beau-père. Chez les Joyal, on était passablement plus généreux et il ne leur serait jamais venu à l'idée de profiter de façon aussi éhontée d'un des leurs.

— Veux-tu me faire plaisir ? dit-elle à son frère au moment où le boghei s'engageait dans le rang Saint-André.

— Ça dépend, répondit Bastien avec réticence.

— Parle pas de ça chez nous. Tu connais p'pa et m'man. Ça les inquiéterait pour rien.

— C'est correct, consentit son frère. Pour ma petite sœur, je peux ben garder le secret.

Chapitre 11

Les derniers préparatifs

Le lendemain, ce fut le branle-bas de combat chez les Joyal. Après le déjeuner, Lucienne mit tous les siens au travail.

— On va encore prendre une chance qu'il fasse beau demain, déclara-t-elle. Les hommes, vous allez me faucher le gazon sous les érables et me monter quatre grandes tables avec des tréteaux, dans la cour. Il y a rien qui dit qu'il va mouiller comme pour les fiançailles.

— Il manquerait plus que ça, fit remarquer Germaine. Vous avez calculé qu'on attendait au moins une soixantaine de personnes, à part les voisins qui vont venir sentir. S'il mouille demain, on saura plus où les faire asseoir et ils vont salir la maison d'un bout à l'autre.

— En tout cas, on va attendre demain matin pour mettre les nappes et la vaisselle sur les tables, reprit sa mère en feignant de n'avoir rien entendu. Aujourd'hui, les filles, vous allez commencer par me laver le plancher des deux cuisines et épousseter le salon pendant que je fais trois gâteaux au chocolat qu'on crémera quand ils auront refroidi. Ils seront pas de trop avec les tartes. Après, il restera le fudge et le sucre à la crème à faire.

— La bière, elle? demanda Bastien, intéressé.

— Anatole va la mettre à refroidir dans le puits avec la liqueur, dit Napoléon en se tournant vers son aîné. Je m'occupe du fort et…

— Parlant de fort, le coupa sa femme, j'aimerais bien que tu forces pas trop les hommes à en boire. Aux fêtes, l'année passée, on a bien vu que quelques-uns savent pas s'arrêter et on a été pris pour nettoyer les dégâts.

— Ben oui, admit Napoléon, mais c'est malaisé de refuser à boire à quelqu'un qui a soif.

— T'as juste à pas laisser les bouteilles à la vue de tout le monde, lui conseilla Lucienne, la mine sévère. Bon, je pense qu'on est aussi bien de commencer tout de suite parce que je suis certaine qu'on va se faire déranger cet après-midi par ceux qui vont venir porter leur cadeau de noces.

Les hommes sortirent de la maison, laissant aux femmes les tâches ménagères. Les deux sœurs se partagèrent la mise en ordre des pièces à l'étage avant de descendre au rez-de-chaussée pour épousseter le salon.

— Bonyenne ! se plaignit Corinne en s'emparant d'un chiffon imbibé d'huile de citron, ça fait deux fois cette semaine qu'on l'époussette, ce salon-là. On laisse même pas à la poussière le temps d'entrer.

Le travail fut mené rondement durant l'avant-midi. À l'heure du repas, les tables et les bancs étaient déjà installés à l'ombre, sous les arbres, et gâteaux et sucreries avaient été déposés dans le garde-manger, bien à l'abri des doigts des gourmands.

— Cet après-midi, on vérifie le linge pour demain, dit Lucienne. Après, je coupe les cheveux.

— Ah non ! Pas encore, se rebiffa Anatole, qui détestait se faire couper les cheveux.

— T'as les cheveux longs et ça a l'air malpropre, fit sa mère. De quoi tu vas avoir l'air demain matin ? Thérèse va être contente encore d'être assise à côté d'un pouilleux à l'église…

— C'est vrai, ça, confirma Simon, l'air espiègle.

— Toi, mêle-toi de tes affaires, le rabroua sa mère.

— OK, j'ai compris, dit l'adolescent, boudeur. Moi, j'ai jamais le droit de dire un mot.

— Avant, je veux que vous vous laviez la tête bien comme il faut avec du savon du pays et gênez-vous pas pour frotter, reprit Lucienne sans tenir compte de ce que son benjamin venait de dire. Je coupe pas de cheveux sales, ajouta-t-elle.

— Pas dans la cuisine, j'espère, fit Germaine. Corinne et moi, on a travaillé comme des folles à laver le plancher.

— Non. Les hommes vont aller se laver la tête sur la galerie, en arrière, la rassura sa mère.

— Bon. As-tu fini de nous donner des ordres ? demanda Napoléon, exaspéré. Est-ce qu'on peut respirer un peu ?

— Oui, mais pas trop longtemps, répondit sa femme. Tu vas être le premier à passer.

— Pourquoi ?

— Parce que t'as juste une couronne, si tu veux le savoir. Ça fait que ça va plus vite et c'est plus encourageant !

— C'est pas plutôt pour vous faire la main, m'man ? demanda Bastien, en riant.

— Là, je te le dis, la prévint son mari. Je veux pas me ramasser aux noces avec la tête tout écharognée comme la dernière fois.

— Si t'aimes mieux aller dépenser dix cennes chez le père Léopold au village pour te faire couper les cheveux, tu peux y aller quand tu veux, reprit Lucienne, piquée au vif.

Au lendemain des fiançailles, Lucienne avait coupé les cheveux de son mari, mais sa tondeuse manuelle était mal aiguisée. Lorsqu'elle s'en était rendu compte, il était trop tard. Durant quelques semaines, la tête de son mari avait arboré des marques blanches d'un effet assez surprenant pour susciter des sourires moqueurs.

— Ben non. Je serais ben bête d'aller dépenser de l'argent pour ça quand j'ai une femme capable de le faire.

— Dans ce cas-là, fais-moi pas étriver pour rien. Tu sais, comme moi, que mon *clipper* est correct à cette heure.

Cet après-midi-là fut particulièrement occupé. À peine Lucienne finissait-elle de repasser les chemises de son mari et de ses deux fils que Blanche arriva avec Amédée et ses trois enfants.

— On dirait bien qu'on va avoir à se tasser à soir pour dormir, chuchota Germaine à Corinne au moment où les autres se précipitaient à l'extérieur pour accueillir la petite famille.

— Ça va déranger juste les garçons, la rassura sa jeune sœur. Anatole va être pris pour dormir avec Bastien et les deux petits vont coucher avec Simon. Blanche et Amédée vont s'installer dans la chambre d'Anatole avec le petit dernier.

Durant la soirée, Blanche aida sa mère et ses sœurs dans les derniers préparatifs tandis que Simon amusait ses jeunes neveux en faisant des tours de cartes.

Un peu après neuf heures, Lucienne finit de mettre des bigoudis à la future mariée.

— Je pense que là, on en a terminé avec notre journée d'ouvrage, dit-elle en poussant un soupir de fatigue.

— Ayoye ! s'exclama Bastien en mettant une main devant ses yeux comme s'il ne pouvait supporter le spectacle. Une chance que Laurent voit pas ça. Des plans pour qu'il vire de bord et ne remette plus jamais les pieds à Saint-François.

— T'es donc niaiseux, toi ! fit Germaine se portant à la défense de sa jeune sœur.

— Mais, m'man, je pourrai jamais dormir avec ça sur la tête, protesta faiblement Corinne. J'avais pas besoin de ça. Je frise naturel.

— Laisse faire. Tu vas avoir de bien plus beaux cheveux demain matin.

Résignée, la jeune fille quitta la chaise sur laquelle elle était assise et alla suspendre derrière le poêle la serviette que sa mère avait déposée sur ses épaules durant l'opération.

— Il est presque neuf heures et demie, lui fit remarquer sa mère. Tu serais peut-être mieux de monter te coucher si tu veux avoir l'air reposé demain matin.

— Je pense que c'est ce que je vais faire, consentit Corinne, vraiment fatiguée.

— Fais pas trop de barda en te couchant, lui recommanda sa mère. Les petits dorment dans la chambre à côté.

— J'espère qu'il va faire beau demain, ajouta la jeune fille, l'air inquiet.

— T'as juste à aller installer ton chapelet sur la corde à linge, lui conseilla Lucienne.

— Voyons donc, m'man, protesta Germaine. Vous allez pas nous dire que vous croyez à ça…

— Tout ce que je sais, c'est que je l'ai fait pour mes noces et Blanche a fait la même chose pour les siennes et ça a marché, déclara tout net la mère de famille.

Après un bref moment d'hésitation, Corinne alla chercher son chapelet et sortit pour le suspendre à la corde à linge à l'aide d'une grosse épingle en bois.

De retour dans la cuisine d'été, elle embrassa sa mère et son père sur une joue, comme chaque soir, avant de se diriger, une lampe à huile à la main, vers l'escalier qui menait aux chambres, à l'étage. Elle pénétra dans sa chambre dont elle referma doucement la porte, puis elle déposa la lampe sur la commode et se dépêcha d'endosser sa robe de nuit en évitant de se regarder nue dans le miroir. Elle se rappelait très bien encore les mises en garde du vieux curé Duhaime qui prédisait la damnation éternelle dans les flammes de l'enfer à tous ceux qui succombaient au péché d'impureté. On devait éviter de regarder et surtout de toucher les « parties sales » du corps.

Elle souffla la lampe avant de s'approcher de la fenêtre et écarta légèrement le rideau de cretonne qui la masquait. La lune pleine était à demi dissimulée derrière un nuage argenté. Son regard se porta sur les champs environnants et les bâtiments des Trudeau, les voisins. Son cœur se serra. C'était le paysage qu'elle avait toujours vu. Elle tourna la tête vers sa chambre plongée dans l'obscurité, c'était son refuge. Cette pièce avait abrité la plupart de ses joies et de ses peines depuis sa plus tendre enfance. Que de rêves et de projets ces murs avaient protégés ! Ce soir, elle allait y dormir pour la dernière fois… Elle y reviendrait peut-être, mais à titre d'invitée de la maison, et avec son mari, ce qui serait tout à fait différent.

Lorsqu'elle prononça intérieurement le mot « mari », l'inquiétude qui la taraudait depuis plusieurs semaines revint immédiatement la hanter. Comment devrait-elle se comporter le lendemain soir ? Est-ce que quelqu'un allait finir par lui dire ce qu'elle devait faire ? Il fallait absolument qu'elle interroge Blanche à ce sujet avant de quitter la maison pour l'église.

À l'instant où elle prenait cette résolution, Corinne entendit des pas dans l'escalier. Devinant qu'il s'agissait de Germaine, elle s'empressa de se mettre au lit et eut juste le temps de rabattre la couverture sur elle et de fermer les yeux quand sa sœur entra dans leur chambre.

— Est-ce que tu dors ? chuchota Germaine dans le noir.

Corinne n'avait pas envie de parler. Par conséquent, elle garda les yeux fermés et fit semblant de dormir. Elle entendit sa sœur se déshabiller dans le noir et la sentit prendre place dans le lit à ses côtés. Elle adopta une respiration profonde pour la convaincre qu'elle dormait vraiment… et c'est ainsi qu'un sommeil sans rêve s'empara d'elle.

Quelques minutes plus tard, Lucienne vint rejoindre son mari dans leur chambre à coucher après s'être assurée que Blanche et Amédée ne manquaient de rien. Elle éteignit sa lampe et se prépara pour la nuit dans l'obscurité avant de se glisser à son tour sous les draps.

— Je pense qu'on n'a rien oublié, déclara-t-elle à mi-voix. Tout est prêt pour demain.

— J'ai ben hâte que ce soit passé, cette affaire-là, fit Napoléon.

— J'ai juste peur que les Boisvert nous jouent le même tour qu'aux fiançailles, reprit-elle en ne parvenant pas à cacher son inquiétude.

— Ben, ce sera tant pis pour eux autres, dit son mari. Ils se lécheront la patte s'ils viennent pas. Moi, j'espère juste que les gars de Saint-Paul ont pas fait de niaiseries s'ils ont fait un enterrement de vie de garçon à Laurent. Il y en a qui perdent la tête là-dedans et, le lendemain matin, le futur marié a de la misère à tenir sur ses deux jambes.

— Il manquerait plus qu'il vienne nous faire honte devant tout le monde demain, s'insurgea Lucienne. J'espère qu'il a assez de tête sur les épaules pour s'arranger pour se coucher de bonne heure à soir, lui.

Le silence retomba dans la chambre située au rez-de-chaussée, troublé uniquement par le meuglement d'une vache ou les jappements d'un chien dans le lointain.

Chapitre 12

Le mariage

Corinne sentit une main sur son épaule et sursauta. Elle ouvrit les yeux pour découvrir le visage de sa mère penché sur elle.

— Il est sept heures. Il est temps de te lever, lui ordonna cette dernière à voix basse. Fais pas de bruit; les petits dorment encore.

— Germaine, elle? demanda-t-elle, d'une voix ensommeillée en se rendant subitement compte de l'absence de cette dernière à ses côtés.

— Ta sœur est debout depuis longtemps. Grouille-toi. Je t'attends en bas pour t'arranger les cheveux. Fais ton lit avant de descendre. On a sorti tout ton linge et on l'a étendu sur le divan dans le salon.

Sur ces mots, Lucienne quitta la chambre et descendit au rez-de-chaussée. Sa fille se leva et se précipita vers la fenêtre pour examiner le ciel. Il était gris.

— Maudite affaire! dit-elle entre ses dents. Dis-moi pas qu'il va mouiller le jour de mes noces.

La jeune fille descendit aussitôt dans la cuisine d'été où Blanche, Germaine et sa mère s'activaient déjà. À son entrée dans la pièce, elle entendit des voix d'homme à l'extérieur.

— Vous auriez dû me réveiller avant, maman, se plaignit-elle. On dirait que je suis la dernière debout.

— Il y avait pas de presse, la rassura sa mère en lui faisant signe de s'asseoir sur la chaise qu'elle venait de placer devant elle. Bastien et Simon sont partis bien de bonne heure et ils viennent de revenir de Saint-Paul avec la voiture de Laurent. Anatole et Amédée ont aidé ton père à faire le train. À matin, il y a juste les enfants qui vont manger quelque chose quand ils vont se lever tout à l'heure.

— Ça, c'est plate, ne put s'empêcher de dire Germaine, toujours aussi gourmande. Pour faire exprès, je meurs de faim à matin.

— C'est bien de valeur, ma fille, la réprimanda sa mère, mais t'attendras le dîner, comme tout le monde. Il manquerait plus qu'on n'aille pas communier au mariage de ta sœur.

— Ça a tout l'air, m'man, que votre affaire de chapelet accroché sur la corde à linge a pas marché, fit remarquer Corinne au moment où sa mère se mettait en devoir de lui enlever ses bigoudis. On dirait qu'il va mouiller.

— C'est pas sûr pantoute, répliqua Lucienne. Blanche, va donc lui chercher son chapelet avant qu'elle l'oublie, ajouta-t-elle en se tournant vers sa fille aînée.

Quand les hommes rentrèrent dans la maison, Germaine et Blanche procédèrent à la distribution de l'eau chaude.

— Prenez votre bassine et allez vous laver et vous faire la barbe sur la galerie en arrière, leur ordonna Lucienne. Surtout, essayez de pas mettre de l'eau partout.

— J'espère que vous parlez pas pour Simon, ne put s'empêcher de plaisanter Bastien. Lui, il a pas besoin de se faire la barbe ; il a les joues douces comme des fesses de bébé, se moqua-t-il en esquissant le geste de caresser une joue de l'adolescent.

— Maudit insignifiant ! ragea Simon en repoussant la main de son aîné.

— Toi, surveille tes paroles si tu veux pas que je te lave la bouche avec du savon, le semonça sa mère. Allez, vous autres, grouillez-vous un peu, sinon on sera jamais prêts à temps.

Quelques minutes suffirent pour que la future mariée soit correctement coiffée. Ses boucles blondes entouraient joliment son visage en forme de cœur et mettaient en valeur ses yeux couleur myosotis. Après avoir rangé la brosse à cheveux, la mère la scruta avec un certain contentement.

— Là, t'as une tête à mon goût, ne put-elle s'empêcher de dire. Je me demande bien où t'as pris ces yeux-là, poursuivit-elle. Pour moi, ça vient du côté de ton père. Bon, va faire ta toilette dans la salle de bain. Je t'ai sorti un savon d'odeur. Mets juste un peu de rouge à lèvres et de poudre de riz avant d'aller passer ta robe dans le salon. Tu m'avertiras quand tu seras habillée, je veux voir si ta robe tombe bien.

Il fallait vraiment une grande occasion pour que Lucienne accepte que l'un de ses enfants utilise la petite salle de bain durant la belle saison. Habituellement, chacun faisait sa toilette dans sa chambre et fréquentait les toilettes sèches extérieures. La petite pièce sans fenêtre n'était employée que l'hiver et exclusivement durant la nuit.

Alors qu'elle se lavait, la jeune fille, fébrile, ne cessa de se demander si elle allait parvenir à avoir une conversation avec Blanche avant son départ pour l'église.

Sa sœur aînée était une jeune femme solide et pleine de bon sens. Même si elle était aussi sévère que leur mère à l'égard de ses jeunes enfants, elle était pourtant moins intimidante et moins moralisatrice. Corinne était persuadée qu'elle saurait lui donner les conseils appropriés sur la conduite à tenir ce soir-là.

— Il y a jamais moyen d'être tranquille deux minutes dans cette maison, murmura-t-elle avec humeur en passant peu après la robe étalée avec soin sur le divan.

Elle venait à peine de finir de lacer ses bottines que sa mère pénétra dans la pièce en refermant la porte derrière elle. Elle fit tourner sa fille sur elle-même pour juger de l'effet de la robe blanche à volants, dotée d'une sorte de mante en dentelle qu'elle lui avait confectionnée. Le fin rucher qui ornait l'encolure mettait en évidence le cou délicat de la jeune fille.

— Tout m'a l'air bien correct, finit par dire Lucienne à sa cadette après l'avoir scrutée soigneusement. Je veux pas te faire commettre un péché d'orgueil, mais je pense bien que tu vas être la plus belle mariée qu'on va avoir vue dans la paroisse depuis pas mal de temps.

En entendant ce compliment inattendu, Corinne ne put s'empêcher de rougir légèrement.

— Je te mettrai ton voile juste avant de partir. Il nous reste encore une bonne heure à attendre.

Lucienne Joyal quitta sa fille des yeux pour s'approcher de la longue table installée au fond de la pièce, table sur laquelle avaient été déposés la plupart des cadeaux offerts aux futurs mariés par les invités.

— Bon, j'ai fini de m'habiller, déclara Corinne. Je pense que je vais aller m'asseoir sur la galerie.

— Attends, j'ai à te parler, la retint sa mère, la voix légèrement enrouée.

Corinne s'arrêta à la porte du salon et revint sur ses pas.

— Qu'est-ce qu'il y a, m'man ? demanda-t-elle, intriguée.

Lucienne prit une bonne inspiration pour retrouver son aplomb habituel.

— Assis-toi une minute, ordonna-t-elle à sa fille en lui faisant signe de prendre place à ses côtés sur le divan.

Corinne obéit. Durant quelques secondes, sa mère sembla chercher ses mots pour dire ce qu'elle désirait lui communiquer.

— Écoute, dit-elle à mi-voix. Ce que je vais te dire est pas facile. Tu te maries aujourd'hui avec Laurent parce que tu l'aimes, pas vrai ?

— Oui, m'man.

— À soir, vous allez… vous allez dormir dans le même lit.

— …

— Ton mari va te demander de faire des choses que tu connais pas.

Corinne rougit, mais ne dit pas un mot.

— Pose-toi pas de question. Ferme les yeux et dis-toi que tu fais ton devoir de femme mariée. Si j'ai un conseil à te donner, fais même semblant d'aimer ça, même si c'est pas vrai. La vie d'une femme mariée est pas toujours rose, mais il y a aussi de belles compensations.

— C'est correct, m'man, répondit Corinne que cette conversation avait plus troublée que rassurée.

— Bon, à cette heure que t'es habillée, je vais aller me changer et voir à ce que tout le monde soit prêt à partir à temps, lui dit sa mère en se levant, apparemment soulagée de lui avoir parlé.

Au moment où la mère et la fille rentraient dans la cuisine, Anatole, Bastien et Simon descendaient de l'étage, vêtus de leur costume du dimanche et les cheveux soigneusement gominés. Les deux premiers tenaient à la main un chapeau, tandis que leur cadet avait une casquette en drap gris.

— C'est de valeur que j'aie pas un chapeau comme eux autres, se plaignit Simon.

— T'en auras un quand tu seras un homme, se moqua Bastien... M'man, on va l'emmener avec nous autres au village chercher nos blondes. Il va nous chaperonner et ça va faire plaisir au père Cadieux. Comme ça, vous allez être moins tassés dans le boghei.

— Il aurait pu monter avec Amédée et Blanche. Ils ont de la place en masse, lui fit remarquer sa mère.

Par la porte moustiquaire, Lucienne regarda ses trois fils se diriger vers la voiture de Laurent qu'ils n'avaient pas pris la peine de dételer en revenant de Saint-Paul-des-Prés.

— J'espère que vous avez pensé donner de l'avoine à cette pauvre bête? leur cria-t-elle au moment où ils montaient dans le boghei.

— Ben oui, m'man, répondit Bastien en prenant place à côté d'Anatole. Vous savez ben qu'on n'était pas pour prendre la chance que le beau-frère nous laisse sa nouvelle femme sur les bras deux ou trois jours de plus parce que son cheval aurait été trop faible pour traîner son boghei après les noces.

— Beau niaiseux ! lui cria Corinne, qui avait tout entendu.

— Je te dis, lui, on peut pas dire qu'il en gagne avec le temps, commenta sa mère en poussant un soupir. Il devient de plus en plus haïssable en vieillissant.

Napoléon, le cou emprisonné dans un col rigide en celluloïd, entra à ce moment-là dans la pièce.

— J'espère que c'est pas de moi que tu parles, dit-il à sa femme en se penchant vers le miroir suspendu près de la pompe à eau pour vérifier si sa cravate était correctement nouée.

— Bien sûr que non, c'est encore Bastien qui fait le bouffon à matin, répondit cette dernière en l'examinant avec soin. Bon, je m'habille et on part, déclara-t-elle. Encore une fois, je vais être la dernière prête.

— On va vous attendre, m'man, plaisanta Blanche en lavant le visage de ses fils qui venaient de finir de déjeuner. Les enfants sont prêts et Germaine a été assez fine pour laver la vaisselle qu'ils ont salie.

Quand Lucienne revint quelques minutes plus tard, vêtue de la robe mauve qu'elle s'était confectionnée pour l'occasion, elle vit Corinne s'avancer vers son père, l'air un peu emprunté. Ses deux sœurs cessèrent de parler pour se tourner vers leur cadette.

— P'pa, j'aimerais avoir votre bénédiction, demanda-t-elle à son père, qui venait d'allumer sa pipe, debout devant l'une des fenêtres.

Le crâne dénudé de ce dernier rosit sous le coup de l'émotion. Il déposa sa pipe dans le cendrier posé sur le rebord de la fenêtre et attendit que sa fille s'agenouille devant lui. Le père de famille posa doucement ses mains sur la tête de sa fille et fit une courte prière muette avant de faire le signe de la croix. Ensuite, les yeux humides, il l'aida à se relever et l'embrassa sur les deux joues.

— Je crois bien que c'est le temps d'y aller, déclara Lucienne, aussi émue que son mari. Les nappes sont mises sur les tables, dehors, et tout est prêt pour le dîner.

— Je pourrais bien rester pour finir de tout préparer, proposa Blanche, prête à se sacrifier.

— Bien non ! Je vois Armande Trudeau et son Amélie qui s'en viennent déjà sur le chemin. Elle m'a proposé de s'occuper de tout avec sa fille pendant qu'on va être à l'église. Elle serait pas mal insultée si je changeais d'idée à la dernière minute après avoir accepté son offre. En plus, Amélie est toute contente à l'idée de garder les petits pendant la messe.

— Il mouille pas encore, annonça Amédée en rentrant dans la maison après avoir immobilisé sa voiture près de celle de son beau-père.

— Ça fait rien, dit sa belle-mère. On est mieux d'apporter un manteau au cas où ça se mettrait à tomber. Il manquerait plus qu'on gâche nos belles robes neuves.

Toute la famille s'entassa dans deux voitures et on prit lentement la direction du village sous un ciel uniformément gris. Au moment où les conducteurs arrêtaient leur cheval devant l'église, les cloches se mirent à sonner. Une trentaine d'invités ainsi que quelques curieux, debout sur le parvis, regardèrent la mariée et ses parents descendre de voiture en échangeant des commentaires.

Quelques minutes plus tôt, ils avaient vu arriver le fiancé en compagnie de son père. Ces derniers s'étaient empressés de pénétrer à l'intérieur où plusieurs personnes attendaient déjà les mariés. Laurent avait pris place à l'avant, sur l'un des deux sièges placés devant un prie-Dieu, face à la sainte table. Aussitôt, le sacristain était apparu près du jeune homme pour qu'il lui remette son certificat de confession générale. Le fiancé lui avait tendu une enveloppe blanche que l'autre s'était empressé d'aller porter au curé

Duhaime en train de revêtir ses habits sacerdotaux dans la sacristie.

Au bras de son père, Corinne, rose d'émotion, fit son entrée dans l'église, suivie par tous les invités demeurés à l'extérieur. Le cœur battant la chamade, la jeune fille monta gravement l'allée centrale sous les regards appréciateurs des gens déjà installés dans les bancs. Napoléon la laissa s'asseoir à côté de Laurent et alla rejoindre Lucienne qui venait de se glisser dans la première rangée, à gauche des futurs mariés. Pendant quelques minutes, les lieux saints bruissèrent des murmures des gens qui y prenaient place et se saluaient au passage.

Soudain, le curé Duhaime fit son apparition dans le chœur, encadré par deux jeunes servants de messe vêtus d'une soutane rouge par-dessus laquelle ils avaient passé un surplis d'une blancheur éclatante. L'assistance se leva pour accueillir le célébrant qui fit une rapide génuflexion au pied de l'autel avant de monter y déposer son calice. Il revint ensuite vers les fiancés demeurés debout et fit signe à leurs témoins de s'approcher. Face à l'assistance, le prêtre rappela aux futurs époux la grandeur du mariage et insista sur leurs devoirs. Il procéda ensuite à leur engagement solennel.

— Laurent Boisvert, voulez-vous prendre pour légitime épouse Corinne Joyal, ici présente, selon le rite de notre mère, la sainte Église ?

— Oui, je le veux, répondit Laurent après s'être raclé la gorge.

— Corinne Joyal, voulez-vous prendre pour légitime époux Laurent Boisvert, ici présent, selon le rite de notre mère, la sainte Église ?

— Oui, je le veux, répondit Corinne d'une voix toute douce.

Le prêtre les pria d'unir leurs mains avant de déclarer en latin : *Ego conjungo vos in matrimonium in nomine Patris, et Filii et Spiritus Sancti.* Il les aspergea ensuite d'eau bénite ainsi que les anneaux avant de les bénir. Après que chacun des époux eut glissé un anneau à l'annulaire de la main gauche de son conjoint, le curé Duhaime les invita à s'embrasser avant de retourner au pied de l'autel pour célébrer le saint sacrifice.

Dans son sermon, le vieux prêtre mentionna l'obligation des époux de se soutenir l'un l'autre jusqu'à ce que la mort les sépare. Il insista lourdement sur l'obéissance que la femme devait à son mari et sur ses devoirs de future mère d'élever chrétiennement ses enfants.

— J'espère que t'as ben écouté ce que monsieur le curé vient de dire, chuchota Napoléon à l'oreille de sa femme, assise à ses côtés.

— Qu'est-ce qu'il y a? demanda cette dernière, d'une voix agacée.

— Tu l'as entendu comme moi dire qu'une femme doit obéir, pas commander, expliqua son mari, ironique.

— Laisse faire, toi, laissa-t-elle tomber sèchement. On s'en reparlera à la maison.

La cérémonie prit fin sur l'*ite missa est* du célébrant. Aussitôt, Antoinette Lebœuf, l'organiste de la paroisse, entreprit de jouer la marche nuptiale de Mendelssohn et les nouveaux mariés firent face à l'assistance avant de se mettre à descendre lentement l'allée centrale, suivis par les invités. Le cœur gonflé de joie et de fierté, Corinne tenait le bras de celui qu'elle considérait comme l'homme de sa vie. Une volée de cloches joyeuses salua la sortie des nouveaux époux. Peu à peu, l'église se vida et tout le monde se retrouva debout sur le parvis en train de se saluer et de s'embrasser.

Un vieil homme tout voûté aux épais favoris blancs s'approcha de Corinne au moment où l'une de ses tantes s'écartait d'elle après l'avoir félicitée. Laurent tourna la tête dans la direction de cet invité au même instant.

— Pépère! s'exclama-t-il, apparemment très heureux de voir l'homme à ses noces. Dites-moi pas que vous avez trouvé le moyen de venir. Ça, ça me fait plaisir.

— Comme tu vois, mon garçon, dit l'homme, le visage éclairé par un sourire espiègle. Tu pensais tout de même pas que t'étais pour te mettre la corde au cou sans que ton grand-père vienne rire de toi, non?

— Corinne, je te présente mon grand-père Boucher. C'est le père de ma mère. Il reste à Sorel chez ma tante Aurore.

La nouvelle madame Boisvert s'empressa d'embrasser sur les deux joues le grand-père de son mari, qui y prit un plaisir évident.

— Sais-tu, mon Laurent, que je pense ben que t'as marié là la plus belle créature que j'aie jamais vue, dit le vieillard, flatteur. Elle est même plus belle que ma défunte, et c'est pas peu dire. J'aurais cinquante ans de moins, je te la volerais, c'est sûr.

Corinne venait à peine d'être présentée à la tante Aurore, la célibataire toute en rondeurs qui prenait soin de son vieux père, que sa mère invitait tous les gens présents à venir dîner à la maison. Aussitôt, un cortège d'une vingtaine de voitures se forma. On suivit au pas le boghei où avait pris place le jeune couple.

— On est chanceux, il mouille pas, dit Corinne en appuyant sa tête sur l'épaule de son jeune mari.

Ce dernier, coiffé d'un élégant chapeau melon gris perle et portant des gants de la même couleur, acquiesça. Il n'aurait pas aimé que la pluie vienne gâcher le costume neuf qu'il étrennait.

En quelques instants, la cour des Joyal fut envahie par tous ces véhicules. Les conducteurs laissèrent descendre les femmes et les enfants avant d'aller stationner tant bien que mal leur voiture dans le champ, près des bâtiments. Peu à peu, la cour fut envahie par plus de soixante invités. Parmi eux, la quinzaine de Boisvert et deux amis du marié semblaient un peu perdus. Le père et la mère de la mariée avaient convié tous leurs parents de la région ainsi que leurs deux plus proches voisins, les Trudeau et les Poirier.

Lucienne et Napoléon prirent place à gauche des nouveaux mariés, devant la porte de leur maison, tandis que Gonzague Boisvert s'installait à leur droite pour souhaiter, comme il se doit, la bienvenue à chacun des invités. Après avoir accepté les félicitations d'usage, la mère de la mariée les invitait à aller admirer les cadeaux reçus par le jeune couple.

C'est à cette occasion que Corinne fit la connaissance des deux frères de Laurent et de leurs épouses qu'elle ne connaissait pas encore. Aimé était aussi grand que Laurent, mais le cultivateur de trente ans avait les cheveux presque roux et les traits du visage empâtés. Lors de cette première rencontre avec sa nouvelle belle-sœur, il se montra assez cérémonieux et aussi mal à l'aise que sa femme, Emma, une personne assez effacée. Raymond, le débardeur de Sorel, lui avait semblé jovial et aussi chaleureux que sa sœur Juliette. Amanda, sa jeune femme sympathique, dut le houspiller pour qu'il laisse sa place aux gens qui attendaient derrière eux d'avoir la chance de féliciter le jeune couple.

Quelques instants plus tard, la nouvelle mariée remarqua que les deux frères n'avaient pas fait un pas pour se rapprocher de leur père et de leur frère Henri en grande conversation avec des parents.

Dès que Lucienne put se libérer de sa tâche d'accueillir les invités, elle se précipita vers la cuisine pour voir à ce qu'on serve des rafraîchissements. Elle découvrit alors avec surprise une inconnue qui s'apprêtait à se charger d'un lourd plateau sur lequel Germaine venait de déposer une douzaine de verres remplis de vin de cerise.

— Voyons donc, Germaine, c'est pas à la visite de faire cet ouvrage-là, la réprimanda-t-elle.

— C'est moi qui me suis offerte, madame Joyal, dit la grande femme au sourire communicatif. Je suis Juliette, la sœur de Laurent. Moi, j'ai ni mari ni enfants à m'occuper aujourd'hui. Vous pouvez bien me laisser vous donner un coup de main. Ça va me distraire.

— Vous êtes bien fine de faire ça, accepta l'hôtesse de bonne grâce.

— C'est la moindre des choses. Je suis habituée à servir le monde dans mon restaurant.

— C'est vrai. Corinne nous a dit ça que vous aviez un restaurant à Montréal. C'est vous qui lui avez donné une belle machine à coudre. C'est tout un cadeau de noces que vous lui avez fait là.

— L'important est que ça va surtout lui être bien utile, pas vrai?

— C'est sûr.

Sur ces mots, Juliette Marcil partit en direction du salon où plusieurs femmes s'étaient rassemblées pour admirer les cadeaux reçus par les nouveaux mariés.

À l'extérieur, les enfants se poursuivaient autour de la maison en criant pendant que les jeunes gens, rassemblés près de la balançoire, chahutaient un peu. Le groupe semblait animé par Bastien. Ce dernier, encouragé par Rosalie Cadieux, une petite brune pétillante, n'avait rien perdu de sa verve et taquinait tout le monde.

Un peu à l'écart, Anatole se tenait aux côtés de Thérèse Rochon qu'il fréquentait déjà depuis près de trois ans. La jeune femme au visage mince avait l'air mécontent.

— Je trouve pas ça normal pantoute que ta sœur, qui a même pas dix-neuf ans, se marie avant toi, reprocha-t-elle à son amoureux.

— Laurent Boisvert était pressé de faire une fin. En plus, il avait l'argent pour s'acheter une terre, lui expliqua l'aîné des Joyal.

— Et nous autres là-dedans, on a l'air fin. Tu vas avoir vingt-huit ans cette année, et moi, vingt-quatre. Je te le dis tout de suite, j'ai pas l'intention pantoute de coiffer la Sainte-Catherine.

— Prends patience, dit-il sur un ton légèrement exaspéré.

— Rosalie Cadieux m'a même dit que ton frère Bastien parlait de la marier l'année prochaine, lui reprocha son amie de cœur.

— Première nouvelle, fit Anatole, surpris.

— T'as juste à lui demander si c'est vrai si tu me crois pas, répliqua Thérèse, piquée au vif.

— C'est ben possible, mais je te ferai remarquer que mon frère est pas dans le même cas que nous autres. Le père Cadieux a pas de garçon et il approche les soixante-cinq ans. C'est sûr qu'il est intéressé à avoir un gendre au plus sacrant pour venir l'aider sur sa terre. Toi, t'as des frères qui sont pas encore mariés.

— T'as pas pensé qu'on pourrait vivre ici, chez ton père? Il me semble que lui non plus rajeunit pas, lui fit-elle remarquer à son tour. Ça ferait peut-être son affaire que tu te maries et qu'on s'établisse sur sa terre.

— Tu serais capable de t'entendre avec ma mère?

— Pourquoi pas? s'insurgea la jeune femme, l'air résolu. Ta mère, c'est pas un ogre. Elle me mangerait pas.

— Ouais, fit Anatole, pas trop enchanté par cette perspective. Moi, j'avais dans l'idée d'attendre encore un peu pour avoir assez d'argent pour acheter une petite terre dans la paroisse...

— En tout cas, il va bien falloir que tu te décides un jour, fit Thérèse sur un ton acide. Et le plus tôt sera le mieux. Là, je te le dis tout de suite, mon père et ma mère trouvent que nos fréquentations traînent un peu trop en longueur et ça fait pas leur affaire pantoute. Mon père est à la veille de te parler.

— Écoute, finit par dire Anatole après un long silence. Si ça te dérange pas de venir vivre ici dedans une couple d'années, je peux en parler chez nous et, s'ils sont d'accord, faire ma grande demande à ton père avant de partir pour le chantier cet automne. Qu'est-ce que t'en penses?

— C'est correct, répondit-elle, soudain radieuse en s'emparant de son bras.

Plus loin, Napoléon, aidé par son fils Simon, offrait des verres de caribou et de la bière aux hommes.

— Buvez un peu, ça va vous ouvrir l'appétit, leur conseillait-il avec le sourire. Les femmes, il y a du vin et de la liqueur qui s'en viennent. Perdez pas patience.

À l'écart sous les arbres, Gonzague Boisvert se tenait au milieu d'une demi-douzaine d'hommes. Le père du nouveau marié s'était approché du groupe d'hommes mûrs dès qu'il avait entendu parler de politique. À un certain moment, un frère de Napoléon s'en prit à Évariste Trudeau, le voisin des Joyal. Le cultivateur avait déploré le décès de la reine Victoria survenu au mois de janvier précédent.

— Cette femme-là, c'était du maudit bon monde, déclara le voisin, les pouces passés dans le revers de son gilet en affichant un air suffisant.

— T'es pas sérieux? s'écria l'homme à la panse rebondie. Moi, avant de brailler pour la mort d'une Anglaise, je vais brailler pour ben autre chose, tu sauras. Torrieu! il faut pas oublier que c'était la reine de ceux qui nous écrasent, nous autres, les Canadiens français.

— Charrie pas, dit l'autre, surpris par l'éclat.

— Je charrie pas pantoute. T'as pas lu le discours que Bourassa a fait au mois de mars? Lui, les impérialistes, comme il dit, il peut pas les sentir. Je trouve qu'il a raison en baptême de dire qu'on n'a pas d'affaires à envoyer nos jeunes se battre en Afrique du Sud pour se faire tuer dans ce qu'ils appellent la guerre des Boers.

Plusieurs têtes hochèrent pour approuver ces propos.

— Aïe! On rit pas. On a envoyé encore cette année une autre *gang* de nos gars se faire massacrer là-bas pour les beaux yeux des Anglais, reprit Eugène Joyal. Pour une fois qu'un rouge avait du bon sens…

— On n'a pas à critiquer les rouges là-dessus, intervint Gonzague d'une voix cassante. Laurier a pas les mains libres.

Il peut pas faire ce qu'il veut dans cette histoire-là. On fait partie de l'Empire. On n'a pas le choix d'aller là-bas avec les autres.

— Facile à dire, répliqua le frère de Napoléon. Si c'était Borden qui était au gouvernement, ça se passerait pas comme ça.

— J'ai ben peur que tu vives pas assez vieux pour voir un bleu premier ministre, dit Gonzague avec hauteur. Il y a qu'à regarder comment Parent les a écrasés aux dernières élections.

— C'est sûr que ça sera pas facile de les enlever de l'assiette au beurre, répliqua le petit homme, sarcastique. C'est tous une bande de maudits voleurs en train de s'engraisser sur notre dos. Ils laisseront pas personne les tasser.

Le ton montait dangereusement et les spectateurs voyaient clairement que le tout allait mal tourner. Le visage de Gonzague Boisvert avait viré au rouge sous l'effet de la colère et Eugène Joyal semblait prêt à en découdre, comme un petit coq monté sur ses ergots. Heureusement, Napoléon apparut par miracle à ses côtés et il entraîna son frère avec lui sous le prétexte de régler une affaire urgente.

— Bonyeu, Eugène, calme-toi! lui ordonna-t-il. C'est pas le temps de partir une chicane le jour des noces de ta filleule.

L'autre, bon enfant et calmé, reconnut s'être laissé un peu emporter et choisit d'aller discuter avec d'autres invités, debout devant la porte de la remise.

À l'intérieur de la maison, Lucienne décida d'installer les enfants à la grande table de la cuisine d'été pour les faire dîner avant les adultes. Armande Trudeau avait eu la bonne idée de mettre à réchauffer quelques minutes avant l'arrivée des gens de la noce de grandes casseroles de poulet qui allaient être servies au repas.

Disparue durant quelques instants à l'extérieur, Juliette Marcil revint dans la cuisine en compagnie des épouses de ses frères, Amanda et Emma.

— Bon, on va vous donner un coup de main à servir, déclara la femme énergique à l'hôtesse un peu débordée malgré l'aide de ses deux filles.

— Bien non, répondit Lucienne, reconnaissante. Vous êtes pas pour gâter votre sortie en laissant vos maris tout seuls.

— Ils demandent pas mieux que d'avoir la paix, répondit Amanda. Si vous le voulez, on va apporter ce qu'il faut sur les tables dehors.

— C'est bien correct. Je vais avertir mon mari d'inviter tout le monde à passer à table. On est chanceux; ça a tout l'air qu'on n'aura pas de pluie.

En effet, un timide rayon de soleil venait de percer l'épaisse couche de nuages, engendrant un sourire sur le visage de Corinne, debout aux côtés de son jeune mari. Depuis plusieurs minutes, le jeune couple était monopolisé par trois sœurs de sa mère qui tenaient à avoir des précisions sur la ferme qu'il allait exploiter.

Au moment où Napoléon invitait les gens à passer à table, le curé Duhaime arriva chez les Joyal. Bastien s'empressa de quitter Rosalie pour aller s'occuper de la voiture du prêtre.

— Vous arrivez juste à temps, monsieur le curé, dit l'hôte avec bonne humeur. On allait justement passer à table. Vous arriviez dix minutes plus tard, et j'étais pas sûr qu'il en serait resté assez pour remplir votre assiette.

— Écoutez-le pas, monsieur le curé, conseilla Lucienne qui venait de retirer précipitamment son tablier pour venir au-devant du pasteur. Il y a à manger pour les fous et les fins.

— J'en doute pas, ma bonne Lucienne.

— Bon, si vous voulez bien aller vous asseoir à table, on va commencer à servir dans deux minutes. Napoléon, ajouta-t-elle en se tournant vers son mari, demande aux gens de la table d'honneur de donner l'exemple et dis aux invités de s'approcher pendant que je vais voir si tout est correct dans la cuisine.

Pendant que son mari priait les invités de prendre place autour des trois longues tables placées sous les arbres, Laurent et Corinne allaient s'asseoir à la plus petite table disposée perpendiculairement aux autres. Gonzague Boisvert, grand-père Boucher, le curé Duhaime ainsi que Napoléon vinrent les rejoindre, laissant une chaise libre pour la mère de la mariée lorsqu'elle aurait la possibilité de venir s'asseoir.

Évidemment, les jeunes s'empressèrent de se regrouper autour d'une même table alors que les personnes plus âgées cherchèrent la compagnie de connaissances ou de parents avec qui elles s'entendaient le mieux. Plusieurs femmes proposèrent leurs services à Lucienne, mais elle les renvoya aimablement tenir compagnie à leur époux en prétextant qu'elle avait suffisamment d'aide pour servir.

Quand tout le monde fut installé, on demanda au curé Duhaime de réciter le bénédicité et on porta un toast à la santé des jeunes mariés en soulignant le fait que Corinne aurait dix-neuf ans le lendemain. La soupe au poulet et les épis de maïs furent suivis par une assiette de poulet accommodé à la sauce blanche et servi avec des légumes. Les gens mangèrent de bon appétit, protégés par l'épais feuillage des érables centenaires. Certains demandèrent même une seconde assiettée tant ils trouvèrent le mets succulent. À plusieurs reprises, on frappa bruyamment sur les tables pour inciter les nouveaux mariés à se lever et à s'embrasser, sous l'œil vaguement réprobateur de Lucienne.

Au moment du dessert, on déposa sur les tables des gâteaux glacés à la vanille recouverts de noix de coco et des tartes au sucre, aux raisins et à la farlouche. Blanche et Germaine servirent du thé bouillant. La plupart des hommes avaient retiré leur veston et desserré leur cravate autant pour se sentir plus à l'aise que pour faciliter leur digestion.

Le niveau sonore s'était élevé de plusieurs décibels et on s'échangeait des plaisanteries d'une table à l'autre.

L'hôtesse et son mari laissèrent le curé en grande conversation avec le grand-père Boucher à la table d'honneur pour aller s'informer auprès de leurs invités s'ils avaient tous mangé à leur faim. Gonzague, constatant n'avoir personne avec qui converser, avait fini par quitter la table pour aller s'asseoir près d'un beau-frère et parler de la prochaine récolte.

— Madame Joyal, j'ai jamais mangé d'aussi bonnes tartes, fit Juliette Marcil en se penchant sur la mère de la mariée. Si jamais votre mari veut plus vous avoir dans la maison, faites-moi signe. Je vais vous prendre tout de suite comme cuisinière dans mon restaurant, à Montréal.

— Tente-moi pas, répliqua Lucienne en passant involontairement au tutoiement. Je suis sûre que c'est plus encourageant de nourrir des étrangers que d'essayer de remplir des trous pas de fond comme mon mari et mes garçons.

Juliette Marcil s'esquiva en riant et l'hôtesse l'aperçut quelques minutes plus tard en train de commencer à desservir les tables avec l'aide de plusieurs femmes et jeunes filles. Même les amies de ses deux fils s'étaient mises de la partie pendant que les hommes se levaient, les uns après les autres, et se retiraient à l'écart pour fumer. Deux adolescentes, filles d'Eugène Joyal, avaient eu la bonne idée d'entraîner tous les enfants de l'autre côté de la maison pour les amuser.

Pendant qu'on ôtait des tables la nourriture et le couvert, quelques invitées empruntèrent des tabliers et se mirent courageusement à laver la vaisselle.

— Laissez ça là, ordonna Lucienne sans trop de conviction. On lavera ça à soir, quand vous serez partis.

— Bien non, rétorqua sa sœur Marie, les mains plongées dans l'eau savonneuse. En *gang*, ça va nous prendre juste une couple de minutes et tout va être propre. En plus, on a Germaine pour nous dire où on doit placer la vaisselle propre dans les armoires.

L'hôtesse remercia avec effusion avant de retourner à l'extérieur pour vérifier si toute la nourriture avait bien été rapportée dans la maison. Elle rentra dans la cuisine d'été juste au moment où Juliette sortait de sa chambre portant le dernier-né de Blanche pleurant à fendre l'âme.

— À qui est cet ange-là? demanda-t-elle en serrant contre elle le poupon âgé de six mois.

— C'est le petit dernier de ma fille Blanche, répondit Lucienne.

— Oui, c'est mon gars, dit Blanche en apparaissant derrière la porte moustiquaire. Il est gâté sans bon sens. Il aime trop se faire prendre.

— Est-ce que je peux le garder un peu? s'enquit Juliette d'une voix légèrement suppliante.

— Si ça te tente, gêne-toi pas. Quand tu seras fatiguée de le bercer, t'as juste à le recoucher.

Tout heureuse, la grande femme se dirigea vers la galerie et s'assit sur une chaise berçante en tenant le petit dans ses bras. Ce dernier cessa de pleurer dès qu'elle se mit à le bercer.

— On dirait que t'as le tour, lui fit remarquer Lucienne en passant près d'elle.

— Je le sais pas, mais j'aime les enfants. Le bon Dieu a pas voulu que j'en aie à moi. Il est venu chercher mon mari trop vite.

Au milieu de l'après-midi, la trouée dans les nuages s'était refermée et le soleil avait de nouveau disparu. Dès que le violoniste et l'accordéoniste commencèrent à jouer, les jeunes gens, impatients de dépenser leur énergie, dansèrent au milieu de la cour. Ils furent bientôt imités par les plus âgés quand des épouses allèrent chercher leur mari pour danser, elles aussi.

Pour sa part, Napoléon ne perdit pas de temps pour distribuer avec un beau sens de l'hospitalité bière, caribou et gin pendant que les femmes et les enfants buvaient des boissons gazeuses qu'on avait mises à rafraîchir dans le puits.

Un peu après trois heures, Lucienne, inquiète, attira son mari à l'écart.

— Tu vas les rendre malades si tu modères pas, lui chuchota-t-elle sur un ton réprobateur. Il y en a qui ont déjà de la misère à se tenir debout.

— Il sera pas dit que Napoléon Joyal est gratteux, affirma l'hôte d'une voix un peu pâteuse.

— Et toi aussi, tu devrais t'arrêter. Il manquerait plus que tu me fasses honte une journée pareille.

— Whow, batèche ! C'est pas tous les jours qu'on marie sa fille, tu sauras.

— Je le sais, mais c'est pas une raison pour faire rire de toi, laissa-t-elle tomber sèchement avant de se diriger vers Anatole en train de parler avec des cousins.

La mère de famille fit signe à son aîné de s'approcher d'elle.

— Veux-tu aller t'occuper un peu de ton père ? Il arrête pas de passer de la boisson et il en boit aussi pas mal. Essaye donc de régler ça. De toute façon, Corinne et Laurent sont à la veille de partir. Ils viennent de commencer à faire le tour pour remercier le monde.

Corinne venait à peine de faire sa réapparition après s'être esquivée durant quelques minutes pour revêtir la robe qu'elle allait porter pour son départ.

Soudain, des éclats de voix du côté de la remise attirèrent l'attention générale. Quelques invités se dirigèrent immédiatement vers l'endroit où une dispute bruyante venait d'éclater entre Aimé et Henri Boisvert. Les deux frères, rouges de fureur, étaient campés l'un en face de l'autre, les poings serrés et menaçaient d'en venir aux coups.

— T'as toujours été un maudit hypocrite, Henri Boisvert, l'accusa le cultivateur de Saint-Césaire d'une voix légèrement avinée.

— T'es soûl, sacrement ! Tu racontes n'importe quoi, dit l'autre.

— Prends-moi pas pour un fou ! Si tu penses que j'ai pas compris depuis longtemps que c'était toi qui avais poussé le père à essayer de me vendre deux fois le prix la terre du père Boudreau, tu te trompes. T'as tout fait pour que je sois obligé de sacrer mon camp de Saint-Paul.

— Pourquoi j'aurais fait ça ?

— Parce que tu voulais pas que je reste dans la paroisse, baptême ! T'as tout manigancé avec ta noiraude pour être ben sûr d'être tout seul sur la terre du père. T'avais ben trop peur qu'il me donne quelque chose.

— Ah ben, là, t'as menti, mon écœurant !

Les deux grands hommes lourdement charpentés entreprirent de se repousser du plat de la main et les spectateurs firent cercle autour d'eux, secrètement ravis d'assister à une bonne bagarre. Des femmes crièrent. Laurent, Corinne et Gonzague, en train de parler avec des parents assis sur la galerie de la façade de la maison, se rendirent compte en même temps qu'il se passait quelque chose d'anormal dans la cour. Le père et le fils s'excusèrent et se précipitèrent pour aller voir ce qui se passait. Au moment où ils arrivèrent, les deux hommes venaient de s'empoigner et cherchaient à se renverser.

Soudain, quelqu'un traversa le cercle des spectateurs, porteur d'un seau rempli d'eau. Sans le moindre avertissement, il en lança le contenu à la tête des deux belligérants qui, sous le choc, se lâchèrent, pour s'ébrouer.

— Ça va faire ! leur hurla grand-père Boucher d'une voix sévère en déposant le seau vide à ses pieds. Où est-ce que vous vous pensez ?

Les deux frères, soudain dessoûlés, ne se regardèrent pas moins en chiens de faïence, mais ils s'éloignèrent l'un de l'autre. Gonzague, furieux, s'avança alors vers ses deux fils.

— Vous avez fini de faire des fous de vous autres ? les somma-t-il. Toi, va dire à ta femme qu'on s'en va, commanda-t-il sèchement en se tournant vers son aîné.

Sur ce, le père de famille tourna les talons sans prendre la peine d'adresser le moindre mot à son beau-père et à son fils Aimé. Pour sa part, Laurent, honteux du comportement de ses frères, retourna vers Corinne. Au passage, il s'excusa pour ses frères auprès de ses beaux-parents qui avaient assisté, impuissants, à la scène pénible qui venait de se produire.

Le jeune marié demanda à Bastien s'il pouvait faire avancer sa voiture pendant que Corinne et lui finissaient de saluer les invités. Les gens se rassemblèrent près du boghei à l'arrière duquel on venait de déposer deux petites valises cartonnées.

Émue aux larmes, Corinne embrassa ses parents en les remerciant pour tout ce qu'ils avaient fait pour elle. Laurent serra la main de Napoléon après avoir embrassé sa belle-mère.

— T'as ben laissé la clé de la maison accrochée derrière la porte de la remise? demanda Napoléon à son gendre.

— Oui, monsieur Joyal.

— C'est ben correct. Lundi, les garçons iront porter chez vous tous vos cadeaux de noces.

— J'aurais pu venir les chercher, protesta mollement Laurent.

— Ben non, ça va leur faire plaisir de faire ça.

— Surtout, Corinne, oublie pas d'aller faire une visite de politesse à monsieur le curé quand tu reviendras de ton voyage de noces, lui conseilla sa mère. C'est bien important que tu passes le voir.

— J'oublierai pas, m'man, promit la jeune femme.

Les nouveaux mariés prirent place dans la voiture et quittèrent les lieux sous les «au revoir» et certains conseils un peu lestes.

Moins de cinq minutes plus tard, Gonzague Boisvert, engoncé dans son costume de drap noir luisant d'usure, vint remercier les Joyal sans faire la moindre allusion à la scène pénible qui avait précédé le départ des jeunes mariés. Juliette

Marcil, son frère Henri et sa femme le suivaient. La sœur de Laurent se montra, de loin, la plus expansive et Lucienne l'embrassa comme si elle quittait une jeune amie.

Puis, les uns après les autres, les invités prirent congé et rentrèrent chez eux, laissant derrière une maison et une cour qui avaient besoin d'un sérieux nettoyage. Il y avait des verres et des bouteilles partout.

Bastien et Anatole ne tardèrent pas à atteler la voiture pour aller reconduire leurs amies chez leurs parents, au village, en promettant de revenir rapidement faire le train avec leur père.

— On va se changer avant de se mettre à l'ouvrage, décréta Lucienne après le départ des derniers invités.

Malgré sa fatigue, elle était bien décidée à remettre d'abord un peu d'ordre dans la maison.

Quand Germaine rentra dans la cuisine quelques minutes plus tard, elle ne put s'empêcher de demander à sa sœur Blanche :

— As-tu vu Simon quelque part, toi ?

— Non.

— Il me semble qu'il a disparu depuis un bon bout de temps, insista la jeune femme.

— Qu'est-ce qui se passe ? demanda leur mère en pénétrant dans la pièce tout en attachant son tablier.

— On cherche Simon, répondit Blanche. On disait qu'on l'avait pas vu depuis un bout de temps.

— Trouvez-le, ordonna Lucienne. On a de l'ouvrage en masse pour tout le monde.

— Laissez faire, les femmes, je m'en occupe, déclara Amédée en faisant signe à sa femme et à sa belle-sœur de ne pas bouger.

— Bon, c'est ça, fit Napoléon qui sortait de sa chambre après avoir changé, lui aussi, de vêtements. Moi, je vais commencer le train.

Le commis de la quincaillerie soréloise chercha sans succès son jeune beau-frère durant plusieurs minutes et ne le découvrit que par hasard en entendant quelqu'un faire des efforts pour vomir, à l'arrière des toilettes sèches, dans la cour. Stupéfait, il découvrit Simon à genoux dans les hautes herbes, la tête appuyée contre le mur arrière des toilettes.

— Qu'est-ce que tu fais là ? lui demanda Amédée.

— Je suis malade, répondit Simon d'une voix pâteuse.

— As-tu bu, toi ? fit son beau-frère, suspicieux.

— Juste... juste un peu, pour goû... pour goûter.

— Viens-t'en avec moi, reprit Amédée en aidant l'adolescent à se relever. Tu peux pas rester là, comme un chien.

— Je suis co... correct ici, articula difficilement le jeune homme.

— Viens, insista l'autre sans tenir compte de ce qu'il venait de dire.

Amédée Cournoyer l'empoigna par un bras pour l'aider à se relever et l'entraîna jusqu'à l'escalier extérieur où il le laissa assis sur la première marche avant de pénétrer dans la maison.

— J'ai retrouvé votre garçon, madame Joyal, annonça-t-il à sa belle-mère.

— Bon, où est-ce qu'il est, lui ? demanda Lucienne avec impatience.

— Sur la galerie. Il est malade comme un chien ; il en est vert.

— Qu'est-ce qu'il a ? fit-elle, soudain alarmée.

— Je pense qu'il a bu.

— Ah ben, le petit maudit ! s'emporta Lucienne en se dirigeant vers la porte moustiquaire. Attends que je lui mette la main dessus !

Cependant, à la vue de son fils assis sur une marche de l'escalier, le visage pâle et la tête appuyée contre les bras, son cœur de mère s'attendrit.

— Qu'est-ce que t'as ?

— Je suis ma... malade, m'man.

— Mais, ma parole, t'as bu, toi ? fit-elle sur un ton accusateur, en se rendant compte subitement de son état.

— J'ai juste goû… goûté.

— Ah bien, j'aurai tout vu ! s'exclama la mère de famille, révoltée. Là, tu vas aller te passer le visage à l'eau froide et aller t'étendre dans la grange parce que j'ai pas envie que tu viennes faire des dégâts dans la maison. Quand tu vas avoir toute ta tête, tu vas avoir affaire à moi, je t'en passe un papier, mon garçon ! conclut-elle, menaçante. À cette heure, disparais avant que j'aille te reconduire à coups de balai.

La tête basse et le pas incertain, Simon se dirigea vers le puits.

Chapitre 13

Un bien court voyage

La tête appuyée amoureusement contre l'épaule de son jeune mari, Corinne souhaitait que ce voyage ne finisse jamais. Pourtant, l'inquiétude à propos de la première nuit passée aux côtés de son époux s'était remise à la tenailler dès que la voiture avait quitté la ferme paternelle. Le matin même, les paroles de sa mère ne l'avaient guère rassurée. Malgré quelques tentatives, elle n'était malheureusement pas parvenue à parler seule à seule avec Blanche avant son départ pour l'église, pas plus qu'après la cérémonie, alors que tout avait défilé si rapidement et que Laurent était resté à ses côtés.

Il faisait frais en cette fin d'après-midi d'août et la voiture avançait lentement en direction de Yamaska.

— Satan est pas jeune, lui fit remarquer Laurent en parlant de son grand cheval noir, mais il est encore capable de nous emmener là où on doit aller.

— Tu m'as pas dit où tu m'amenais en voyage de noces, dit sa femme.

— À Sorel, ma belle. Je t'amène dans le plus bel hôtel de Sorel, proche de la gare. Tu vas voir, c'est chic en masse.

— D'après toi, est-ce que c'est proche de la maison de Blanche ? Elle reste sur la rue Adélaïde.

— Non. C'est pas ben loin, mais on n'est pas pour aller là, décréta Laurent. On est en voyage de noces.

Il y eut un long silence dans la voiture qui venait de sortir de Yamaska.

— Dans une heure, une heure et demie, on devrait être rendus, précisa Laurent.

Les jeunes mariés se présentèrent à l'hôtel Carignan un peu après six heures. À leur arrivée devant l'immeuble en brique rouge dont la façade était pourvue d'une large galerie blanche à colonnades, Corinne ne put s'empêcher de chuchoter à son mari :

— Es-tu sûr que c'est pas trop cher pour nos moyens ? Ça m'a l'air pas mal chic.

— Inquiète-toi pas pour ça, se contenta-t-il de lui dire. Viens, on va aller voir si on peut avoir une chambre.

Le jeune couple descendit de voiture, salua de la tête les quelques voyageurs installés sur les chaises berçantes disposées sur la galerie et entrèrent. Un gros homme au sourire accueillant assura Laurent qu'ils pouvaient avoir une belle chambre et même un souper, malgré l'heure un peu tardive.

Pendant qu'un garçon s'occupait du cheval et de la voiture, un autre, chargé des deux petites valises des voyageurs, les conduisit à une chambre à l'étage.

La pièce était petite et assez sombre. Un grand lit en cuivre recouvert d'un couvre-lit aux couleurs un peu passées, une commode et une chaise occupaient presque tout l'espace. On ne parvenait à l'unique fenêtre de la pièce qu'en évitant difficilement un petit lavabo.

Dès que la porte se fut refermée sur eux, Corinne éprouva une gêne subite en se retrouvant seule dans une chambre avec son amoureux. Après avoir entrouvert la fenêtre, ce dernier s'approcha d'elle et l'embrassa avec fougue en la serrant contre lui.

— J'ai ben envie de laisser faire le souper, dit-il d'une voix rauque.

— Moi, j'ai faim, s'empressa de répliquer la jeune femme en le repoussant doucement.

— On pourrait se coucher tout de suite, insista-t-il, le souffle court en promenant ses mains sur le corps de sa femme.

— T'es pas sérieux, Laurent, le réprimanda-t-elle. Il fait encore clair. Viens, on va aller manger. L'homme en bas t'a dit qu'on pouvait manger si on perdait pas trop de temps. On reviendra tout à l'heure.

Dépité de voir que sa femme ne répondait pas avec plus d'empressement à ses avances, le jeune homme s'écarta d'elle à regret et entreprit de se rouler une cigarette pour dissimuler son mécontentement.

— C'est correct, finit-il par dire. Viens-t'en. On va aller souper, si t'as aussi faim que ça.

Dans la petite salle à manger déserte à cette heure de la soirée, Corinne et Laurent s'assirent près d'une fenêtre et partagèrent sans grand appétit le reste de gibelotte que leur servit le cuisinier avec mauvaise grâce.

Corinne eut du mal à avaler quelques bouchées, même si elle avait prétexté une grande faim pour inciter son mari à quitter la chambre. De plus en plus inquiète, elle ne cessait de se remémorer les paroles prononcées par sa mère le matin même, avant la cérémonie de mariage. Elle était angoissée. Elle ignorait ce qui allait se passer après le repas, dans leur chambre. Elle ne voulait pas peiner son mari. Elle l'aimait et désirait par-dessus tout qu'il continue à l'aimer.

À la fin du repas, Laurent s'alluma une cigarette sans se presser, comme s'il était tout à coup moins impatient de regagner leur chambre à coucher.

— Si t'as fini, fit-il en se levant de table, on pourrait peut-être aller faire une marche. Le soleil est pas encore couché, on peut encore se promener un peu dans la rue.

Corinne s'empressa d'accepter l'invitation. La courte promenade eut le don de la calmer et de la rassurer. Quand ils rentrèrent à l'hôtel, son mari eut tout de même la délicatesse de lui dire en lui tendant la clé de la chambre :

— Je vais te laisser le temps de te préparer avant d'aller te rejoindre.

Quelques minutes plus tard, il vint la retrouver. La jeune femme avait revêtu sa robe de nuit et s'était glissée dans le lit après avoir soufflé la lampe à huile.

— Jériboire, il fait ben noir ici dedans ! murmura-t-il dans l'obscurité.

— J'espère que ça te dérange pas de te déshabiller à la noirceur ? fit Corinne avec une voix un peu angoissée.

Il ne dit rien et se déshabilla dans l'obscurité avant de venir prendre place près d'elle. Laurent sentait l'alcool. Si la jeune femme avait été un peu plus expérimentée, elle aurait compris que son mari avait absorbé quelques consommations au bar de l'hôtel pour se donner du courage.

Laurent commença par l'embrasser en la caressant doucement par-dessus sa robe de nuit.

— Tu me feras pas mal, hein ? chuchota-t-elle d'une voix peu rassurée quand ses caresses commencèrent à se faire plus précises.

— Ben non, voyons, lui répondit-il d'une voix méconnaissable.

À compter de cet instant, la jeune femme s'efforça alors de suivre les conseils maternels et ferma les yeux. Laurent, dont l'expérience en la matière était à peine supérieure à la sienne, eut le bon sens de faire preuve de beaucoup de douceur quand il en fit sa femme.

À la vérité, l'expérience se révéla beaucoup moins pénible que ne l'avait craint la nouvelle madame Boisvert, une fois l'inconfort initial disparu.

Ce soir-là, les nouveaux époux s'endormirent fort tard et dans les bras l'un de l'autre.

Au petit matin, ils décidèrent d'assister à la basse-messe avant de revenir déjeuner tranquillement à l'hôtel, l'air épanoui. Au moment où ils terminaient leur repas, Laurent tendit la main à travers la table pour la reposer sur le bras de sa jeune femme.

— Bonne fête, Corinne, dit-il, l'air un peu embarrassé.

— Merci, fit-elle, soulagée.

Depuis son réveil, la jeune femme avait le cœur un peu gros. Son mari ne lui avait pas souhaité un bon anniversaire. Elle ne comprenait pas qu'il ait pu oublier une date aussi importante.

— J'aurais ben aimé te donner un petit cadeau, poursuivit-il, mais j'ai plus une cenne.

— Plus une cenne ? demanda-t-elle, surprise qu'il soit aussi démuni.

— Ben oui, je sais pas si tu le sais, mais se marier, ça coûte cher en maudit. Sans compter toutes les dépenses que j'ai eues pour la terre et la maison.

— Je comprends, c'est pas grave, répliqua-t-elle, compréhensive. Mais ça coûte combien pour rester ici ? s'inquiéta-t-elle soudain.

— Pas mal cher, reconnut-il. Une piastre par jour, à part les repas.

— Seigneur, mais c'est bien cher ! ne put-elle s'empêcher de s'exclamer.

— C'est sûr que c'est pas donné, reconnut Laurent. C'est plus qu'une bonne journée d'ouvrage au chantier… Pendant que j'y pense, j'aurais besoin d'un peu d'argent pour payer notre voyage. As-tu emporté les vingt piastres que ton père t'a données ?

— Oui, mais je pensais qu'on s'en servirait quand on serait bien mal pris, répondit-elle, surprise.

— C'est ça. Là, on est mal pris. Si tu veux qu'on fasse un beau voyage de noces, on va être obligés de dépenser un peu.

— Avoir su, j'aurais aimé mieux qu'on s'en aille tout de suite à la maison hier après-midi, lui dit-elle, l'air soudain inquiet.

— T'es pas malade, toi ! À Saint-Paul, tout le monde l'aurait su et on aurait eu l'air de quêteux, répliqua Laurent, étonné que sa femme ait pu penser cela un seul instant.

— Combien de temps tu pensais rester ici ? reprit-elle, un moment plus tard.

— Je sais pas, une semaine peut-être.

— T'es pas sérieux, Laurent ? C'est bien trop ! On n'a pas les moyens de dépenser autant d'argent. Qu'est-ce que tu dirais si on rentrait chez nous demain matin ?

— Un voyage de noces de même pas deux jours ! s'exclama son mari. Qu'est-ce que le monde de la paroisse va dire quand ils vont nous voir revenir si vite ?

— Les gens diront ce qu'ils voudront, répliqua-t-elle avec impatience. C'est pas eux autres qui vont venir mettre du manger dans notre assiette quand on va avoir faim. À part ça, tu me feras jamais croire que c'est tout le monde qui fait un voyage de noces.

— Arrête, j'ai l'impression d'entendre parler ta mère.

— Qu'est-ce que tu penses de mon idée ?

— Je vais y penser, se contenta-t-il de répondre, soucieux de ne pas perdre la face et de ne pas donner l'impression de se laisser diriger par sa femme.

Durant l'après-midi, une averse gâcha la promenade des jeunes mariés qui durent rentrer précipitamment à l'hôtel. Ils se réfugièrent dans leur petite chambre où ils passèrent de très agréables moments le reste de la journée.

Le lundi matin, Laurent fut le premier à quitter le lit un peu avant six heures. Quand Corinne ouvrit les yeux, il était déjà habillé et finissait de se raser.

— Debout, la paresseuse, plaisanta-t-il avant de l'embrasser. Je vais aller fumer une cigarette pendant que tu fais les valises. Quand tu seras prête, descends me rejoindre, on va déjeuner avant de partir.

— Je serai pas longue, lui promit-elle avec une joyeuse animation dans la voix.

Dès qu'il eut quitté la chambre, Corinne se leva, fit sa toilette et s'habilla avant de remettre leurs affaires dans les deux petites valises. Elle était contente que son mari ait tenu compte de son avis et accepte d'abréger un voyage qui risquait de mettre à mal leurs finances. À huit heures, ils étaient prêts à partir.

En ce 22 août 1901, le temps était doux, même si le ciel était partiellement nuageux. Le couple venait à peine de quitter l'hôtel que Laurent immobilisa sa voiture devant une vitrine poussiéreuse.

— Pourquoi on s'arrête ? lui demanda sa femme.

— Viens. Descends, lui ordonna-t-il sur un ton qui n'admettait pas la contestation. Il est pas question qu'on retourne chez nous sans s'être fait tirer le portrait.

— Mais ça doit coûter cher, protesta-t-elle en s'exécutant.

— Ça coûtera ce que ça coûtera. Il faut qu'on ait un portrait de noces à accrocher dans notre salon.

Le couple pénétra dans une petite boutique dont le propriétaire venait à peine de déverrouiller la porte. Ce dernier, un jeune homme fringant à la figure glabre, les fit passer à l'arrière quand Laurent lui eut expliqué ce qu'il désirait. Il fit asseoir Laurent sur une chaise cannée et installa Corinne debout derrière son mari. Ce dernier prit une pose avantageuse et sourit au gros appareil monté sur trépied quand le photographe disparut sous le voile noir.

— Souriez ! dit-il au couple avant qu'un éclair de magnésium illumine la pièce et les aveugle durant un court instant.

L'artiste promit de faire livrer dans la quinzaine une photo couleur sépia de forme ovale dans un joli cadre. Laurent régla la dépense et entraîna sa femme à l'extérieur.

— À cette heure, on s'en va chez nous, déclara Corinne en montant dans la voiture.

À son avis, cette photo était une dépense extravagante dont ils auraient très bien pu se passer. Elle ne connaissait personne dans sa famille qui avait cru nécessaire d'immortaliser leur mariage par une photographie coûteuse. Ses parents n'en avaient jamais eu, pas plus que Blanche et Amédée.

Les jeunes mariés se mirent en route pour Saint-Paul-des-Prés. En ce lundi avant-midi, ils pouvaient voir les gens au travail dans les champs que leur voiture longeait. Malgré un été passablement pluvieux, tout annonçait une bonne récolte. Pour s'en convaincre, il suffisait de regarder autour de soi. L'or des épis de blé ondoyant doucement sous la brise tranchait nettement sur toutes les teintes de vert arborées par les champs voisins.

— On va être obligés d'arrêter au village, dit Corinne après plusieurs minutes de silence.

— Pourquoi ?

— Pour acheter ce qui me manque pour faire à manger. On n'a rien. T'avais tout de même pas l'intention qu'on aille se faire nourrir chez ton père, j'espère ?

— Ben non, s'empressa de répondre Laurent. Avec ce qu'Annette cuisine, on aurait mangé maigre, c'est moi qui te le dis. Mais tu vas ben dépenser presque toute ta dot pour ça…

— Il y a pas moyen de faire autrement, conclut-elle, fataliste.

La jeune femme n'avait jamais imaginé qu'ils seraient aussi dépourvus au début de leur union. Elle avait prévu réserver les vingt dollars de sa dot à des achats exceptionnels, mais nécessité faisait loi. Il lui fallait d'abord en consacrer une bonne partie à l'achat de biens essentiels.

Les Boisvert s'arrêtèrent au magasin général d'Alcide Duquette qui tournait le dos à la rivière, au centre du village. La vieille maison à étages à laquelle s'accrochaient trois ou quatre dépendances aux fonctions mal définies était dotée d'une petite galerie et d'une grande cour.

Le propriétaire, un homme âgé d'une cinquantaine d'années au caractère jovial, partageait cette cour fort pratique avec Baptiste Melançon, le forgeron irascible du village, dont l'échoppe était voisine de son commerce. Les clients trouvaient habituellement fort commode de laisser là leur attelage pour aller faire leurs achats.

Alexina et Alcide Duquette avaient la prétention d'être « modernes », comme ils se plaisaient à le répéter à tout venant. La meilleure preuve en était qu'ils étaient les seuls possesseurs d'un téléphone dans Saint-Paul-des-Prés, ce qui les plaçait dans une classe tout à fait à part. Gonzague Boisvert et Bertrand Gagnon s'étaient vantés d'en posséder bientôt un à leur tour, mais la compagnie Bell se faisait tirer l'oreille parce qu'ils demeuraient dans un rang.

— Tiens, si c'est pas notre nouveau marié qui a fini par sortir de son lit! s'exclama le marchand en apercevant Laurent.

Trois vieux du village en train de discuter un peu à l'écart se tournèrent vers le jeune couple qui venait de s'approcher du comptoir en bois derrière lequel trônait Alcide Duquette, un crayon derrière l'oreille et le ventre ceint d'un tablier blanc.

— Bonjour, monsieur Duquette, le salua Laurent.

— Tu me présentes pas ta femme? demanda le marchand en tendant une main à Corinne, qui avait légèrement rougi. Bonjour, ma petite dame, ajouta-t-il. Alcide Duquette, pour vous servir.

— Bonjour, monsieur.

— Qu'est-ce que je peux faire pour vous?

Corinne promena lentement son regard autour d'elle avant de se mettre à énumérer ce dont elle avait besoin. Le commerçant quitta l'arrière de son comptoir pour se mettre à rassembler toutes les marchandises qu'elle lui désignait pendant que Laurent se désintéressait de la chose et allait discuter avec un jeune homme qui venait de pénétrer dans le magasin et qu'il semblait bien connaître.

Peu à peu, les poches de farine de blé et de sarrasin rejoignirent un gallon de mélasse, un gros panier de pommes de terre, deux douzaines d'œufs et divers autres produits dont la nouvelle maîtresse de maison allait avoir besoin pour cuisiner.

— Je vous marque tout ça, ma petite dame? proposa le commerçant lorsque sa cliente eut déclaré qu'elle n'avait besoin de rien d'autre.

— Non, je paie tout de suite, annonça Corinne en tirant son porte-monnaie de sa bourse.

Laurent entreprit de charger toutes les marchandises dans le boghei stationné dans la cour pendant que sa jeune femme payait. À sa sortie du magasin général, elle demanda à son mari de s'arrêter chez le boucher et chez le boulanger dont les boutiques étaient un peu plus loin dans le village et situées l'une en face de l'autre.

— Ma belle-sœur Annette fait son pain elle-même, lui fit remarquer Laurent, tout de même inquiet de toutes ces dépenses qu'il n'avait pas prévues.

— Moi aussi, je vais le faire, mon pain, rétorqua Corinne, piquée au vif par le reproche sous-jacent, mais pas avant la fin de la semaine. Je vais avoir bien trop d'affaires à placer dans la maison les premiers jours pour me mettre à cuire.

— Pour le boucher, j'aime autant te dire que chez nous, le père a toujours dit qu'Herménégilde Gingras était pas trop honnête sur le poids de la viande qu'il vend. En plus, il y en a qui disent qu'il est pas trop propre...

— Connais-tu quelqu'un d'autre qui pourrait nous vendre un peu de viande jusqu'à l'automne, quand on fera boucherie? lui demanda sa femme, un peu agacée.

— Peut-être ton père...

— Non. Chez nous, il reste pratiquement plus de viande, surtout après les noces. Chez ton père? suggéra-t-elle à son tour.

— On est mieux de pas compter là-dessus. Ils arrivent toujours ben juste dans la viande chez nous.

Par conséquent, Corinne acheta du bœuf, du lard et de la saucisse chez Gingras après avoir fait l'acquisition de deux grosses miches de pain chez Eugène Legault. Ce dernier lui offrit de profiter de son four chaque jeudi quand elle désirerait faire cuire ses fèves au lard.

— Est-ce qu'il y a bien des femmes de Saint-Paul qui font ça ? demanda Corinne à son mari après avoir déposé son pain à l'arrière de la voiture avec les autres marchandises.

— Il y en a plusieurs.

— Le boulanger de Saint-François a jamais fait ça.

— Ici, c'est courant. Legault charge deux cennes et il entretient son four toute la journée pour faire cuire les binnes. Chacun y trouve son compte, il paraît.

— Est-ce qu'Annette fait ça ?

— Ben non. Le père trouve que c'est une dépense inutile, répondit Laurent.

Au moment où il allait poursuivre sa route vers le rang Saint-Joseph, sa femme le retint.

— Il est juste onze heures et quart, lui fit-elle remarquer. Qu'est-ce que tu dirais si on arrêtait cinq minutes au presbytère pour que je me présente à monsieur le curé ? Ce serait chose faite et ça nous éviterait de revenir au village cette semaine.

Laurent hésita un court moment.

— Ben. Je sais pas trop si c'est une bonne idée, finit-il par dire à sa femme.

— Pourquoi ? s'étonna cette dernière. C'est toujours ce qu'on fait quand on arrive dans une nouvelle paroisse.

— Je le sais ben, reconnut Laurent, mais j'ai ben peur que les Boisvert soient pas en odeur de sainteté au presbytère de Saint-Paul. Le curé Béliveau aime pas trop trop mon père. La chicane est poignée entre les deux.

— Moi, j'ai rien à voir avec ton père, affirma Corinne sur un ton résolu.

— C'est correct, accepta son mari, mais je vais te laisser entrer toute seule au presbytère. Je vais t'attendre dehors.

Il fit faire demi-tour à son attelage pour se rendre au presbytère construit à l'entrée du village. Pendant le court trajet, Corinne essaya bien de persuader son mari de l'accompagner à l'intérieur, mais ce dernier refusa obstinément.

Elle descendit de voiture devant le presbytère, vérifia rapidement sa tenue vestimentaire et redressa la tête. Sans l'avouer, la jeune femme était intimidée et avait la gorge serrée au moment où elle sonna à la porte après avoir monté la demi-douzaine de marches qui conduisaient à la galerie. Elle entendit nettement la sonnerie. Quelques instants plus tard, la porte s'ouvrit sur une Rose Bellavance mécontente d'être dérangée dans la confection de son dîner.

— Bonjour, madame, la salua poliment Corinne en demeurant à l'extérieur. Est-ce que je peux dire deux mots à monsieur le curé ?

— C'est pas bien l'heure des visites, laissa tomber la vieille femme à l'air revêche.

— Qu'est-ce que c'est, madame Bellavance ? fit une voix dans le dos de la cuisinière.

— Une visite pour vous, monsieur le curé.

— Bien, faites-la entrer, lui ordonna Anselme Béliveau en s'avançant pour voir la personne qui venait lui rendre visite.

À la vue de Corinne, des rides apparurent sur le visage rond du prêtre, cherchant de toute évidence à identifier la jeune femme un peu intimidée qui venait de franchir le pas de sa porte.

— Entre, ma belle fille, dit-il à Corinne en faisant signe à Rose Bellavance qu'elle pouvait disposer. Qu'est-ce que je peux faire pour toi ? demanda-t-il, aimable.

Comme l'heure du dîner approchait, il demeura en sa compagnie dans l'entrée, sans lui offrir de pénétrer dans son bureau.

— Bonjour, monsieur le curé. Je m'excuse de vous déranger. Je suis une nouvelle paroissienne. Je voulais juste vous dire « bonjour » et me présenter, en arrivant dans votre paroisse.

La figure du prêtre se fendit d'un large sourire quand il entendit ces paroles.

— C'est bien poli de ta part, l'approuva Anselme Béliveau. Comment tu t'appelles ?

— Madame Laurent Boisvert.

— Ah ! Celle dont j'ai publié les bans les deux dernières semaines, c'est ça ? Une Joyal de Saint-François-du-Lac, si je me rappelle bien.

— En plein ça, monsieur le curé.

— Si je comprends bien, t'es la nouvelle bru de Gonzague Boisvert, le président de notre fabrique.

— Oui, monsieur le curé.

— Et où est passé ton mari ? fit l'ecclésiastique. Est-ce qu'il a eu peur que je le mange ?

— Il est resté dehors, dans la voiture, monsieur le curé, répondit la jeune femme en réprimant un sourire. Il voulait pas vous déranger.

— Crie-lui quand même d'entrer une minute, lui ordonna le prêtre.

Corinne se retourna, ouvrit la porte et appela Laurent en lui faisant signe de la rejoindre. Ce dernier obéit en esquissant une grimace d'agacement.

— Dis donc, mon Laurent, l'interpella le prêtre quand le jeune homme eut refermé la porte derrière lui. T'es bien devenu gêné tout d'un coup. C'est rendu que t'oses même plus venir me dire bonjour…

— Je voulais pas vous déranger, monsieur le curé.

— Il y a pas de danger. Je suis toujours content de parler à mes paroissiens, même à un Boisvert, ajouta-t-il en faisant un effort méritoire pour sourire.

Laurent rougit légèrement.

— C'est pas parce que ton père et moi, on n'a pas les mêmes idées que j'en veux à toute ta famille, tint à préciser Anselme Béliveau. Vous êtes toujours les bienvenus au presbytère.

— Merci, monsieur le curé.

— J'ai entendu dire entre les branches que t'avais acheté l'ancienne ferme du père Boudreau, au bout du rang Saint-Joseph. Est-ce que c'est vrai ?

— Oui, monsieur le curé.

— C'est parfait. Ça me fera une maison de plus à visiter cet automne quand je ferai ma visite paroissiale. C'est une belle place pour fonder une famille chrétienne. Je vous souhaite d'avoir plusieurs enfants et une vie heureuse à Saint-Paul, ajouta-t-il en se tournant vers Corinne.

— Merci, monsieur le curé, fit Corinne. On va faire notre possible.

— Si on avait notre église, je t'aurais demandé si t'avais l'intention de te louer un banc pour l'année, mais on n'en a pas encore, ajouta le prêtre en jetant un regard de reproche à Laurent, comme s'il en était en partie coupable.

— Je vais prier pour qu'on en ait une bientôt, monsieur le curé, promit Corinne.

Le couple quitta le presbytère et remonta en voiture. Anselme Béliveau se rendit à la fenêtre de la petite salle d'attente voisine et souleva légèrement le rideau. Il regardait la jeune femme monter dans la voiture au moment où son vicaire entra dans la pièce.

— Est-ce qu'il y a quelque chose de nouveau ? demanda Jérôme Nadon en s'avançant dans la pièce.

— Pas particulièrement. Je viens de recevoir le garçon de Gonzague Boisvert et sa femme. Ils viennent de se marier.

L'abbé ne dit rien.

— Sans vouloir manquer à la charité chrétienne, j'espère que la pauvre fille aura pas trop souvent affaire au bonhomme, reprit le curé de Saint-Paul-des-Prés. Elle va vite se rendre compte que c'est tout un numéro.

— Pourtant vous l'avez accepté au conseil, lui rappela le vicaire en lui ouvrant la porte de la salle à manger d'où s'échappaient des odeurs appétissantes.

— Je pouvais pas faire autrement, laissa tomber Anselme Béliveau.

— C'est pas un reproche, monsieur le curé, s'empressa de dire le vicaire.

— Gonzague Boisvert est pesant à Saint-Paul et bien des paroissiens auraient pas compris qu'il soit pas choisi pour faire partie de la fabrique durant au moins un mandat. En plus, j'avais une autre raison, ajouta le prêtre en prenant place à table. Je trouvais que notre maire en menait de plus en plus large au conseil et je voulais lui rogner un peu les ailes en nommant Boisvert.

— C'est presque l'histoire du loup dans la bergerie, dit l'abbé Nadon sur un ton plaisant.

— Il faut pas exagérer non plus, le reprit son supérieur. J'ai confiance. Le bonhomme va finir par comprendre, même s'il a la tête dure. En attendant, comme vous avez pu le voir, la corvée de nettoyage du terrain à côté s'est faite sans problème à la fin du printemps...

— Et je vous ai trouvé pas mal bon, monsieur le curé, quand la veuve Rompré est venue vous voir pour acheter un lot pour enterrer son défunt mari dans ce qu'elle appelait le « nouveau cimetière ».

— C'était un peu trop visible que Boisvert lui avait suggéré de passer au presbytère pour acheter un lot dans le nouveau terrain du cimetière. C'était pas bien difficile. Je lui ai fait comprendre que le terrain de l'ancienne église ne serait jamais un prolongement du cimetière paroissial et qu'il existait encore un ou deux emplacements libres dans notre vieux cimetière parmi lesquels elle pouvait choisir. Je pense qu'elle s'est dépêchée de tout rapporter au bonhomme Boisvert.

— Avec tout ça, monsieur le curé, il faut reconnaître qu'il y a encore rien de réglé pour la construction de notre église, et on est presque rendus en automne.

— Inquiétez-vous pas avec ça, l'abbé. Ça va s'arranger. Si ça bouge pas à mon goût, je vais me servir de ma visite paroissiale, au mois d'octobre, pour en brasser quelques-uns.

— Est-ce que ça signifie qu'il y aura encore rien de fait cet automne ?

— L'avenir va nous le dire. Moi, je vais me contenter de suivre l'avis de notre évêque, conclut Anselme Béliveau en prenant place au bout de la table sur laquelle la cuisinière venait de déposer une soupière fumante.

Pendant ce temps, Corinne et Laurent traversaient à nouveau tout le village pour enfin emprunter, près d'un mille plus loin, le rang Saint-Joseph. La jeune femme devenait de plus en plus impatiente en approchant de chez elle. Dans quelques minutes, elle allait se retrouver dans sa propre maison.

Cependant, sa hâte d'arriver ne l'empêcha pas de demander à son mari de lui parler des habitants des maisons devant lesquelles leur attelage passait.

— Qui est-ce qui reste dans cette maison-là ? l'interrogea-t-elle en montrant du doigt la première maison du rang, une vieille maison recouverte de papier brique.

— Les Lanteigne, du bon monde, se contenta de dire Laurent. De l'autre côté de la route, un peu plus loin, ajouta-t-il en lui montrant une grosse maison en pierre, c'est là que reste notre maire, Bertrand Gagnon. Ici, c'est la terre paternelle, mais il a acheté une autre grande terre dans le rang Notre-Dame et un petit moulin à bois sur le bord de la rivière, au bout du village. Le bonhomme est pas pauvre, d'après mon père. Il a même deux hommes engagés à l'année longue.

Laurent lui montra aussi les maisons grises à un étage habitées par les Dumas, les Saint-Onge, les Courchesne et les Brisebois. À l'entendre, il s'agissait de familles nombreuses qui tiraient le diable par la queue. À côté de l'habitation des Brisebois, elle reconnut tout de même une école de rang avec son clocheton et son petit balcon. L'édifice avait été construit juste au milieu du rang, à près d'un demi-mille de chez elle.

Lorsqu'ils passèrent devant la maison soigneusement chaulée voisine de la leur, son mari lui précisa qu'elle était la seule maison du rang habitée par un célibataire, Jocelyn Jutras, une espèce d'ours qui se mêlait peu aux gens.

— Et de biais avec notre maison, de l'autre côté du chemin ? demanda Corinne, curieuse. Les deux fois que je suis passée devant, il y avait là une trâlée d'enfants.

— C'est chez Conrad Rocheleau. Je pense qu'il a six ou huit enfants. Lui, je le connais pas trop, mais il paraît que c'est tout un numéro. En tout cas, il s'en raconte des bonnes sur son compte au village.

— En arrière, il me semble que le bois est pas mal proche des maisons, fit remarquer Corinne.

— Pas plus proche qu'à Saint-François, répondit Laurent. Nos terres, à Saint-Paul, sont comme les vôtres, prit-il la peine de préciser. Au bout de chacune, il y a une bonne terre à bois capable de fournir du bois de chauffage en masse pour l'hiver. Je pense même que dans Saint-Joseph, les terres à bois sont meilleures que celle de mon père.

Sur ce, Laurent fit entrer son attelage dans sa cour et immobilisa sa voiture près de la maison. Le jeune homme ne laissa pas le temps à sa femme de descendre de voiture. Il se précipita vers elle, la prit dans ses bras et entreprit de lui faire franchir ainsi le seuil de sa nouvelle demeure. Une fois la porte refermée derrière lui d'un coup de pied, il embrassa sa femme à pleine bouche avant de la déposer doucement par terre.

— Bienvenue chez vous, lui dit-il, le visage éclairé par un large sourire.

Heureuse, Corinne admira sa cuisine d'été peinte en blanc dont les trois fenêtres étaient partiellement masquées par les rideaux de cretonne qu'elle avait confectionnés avec l'aide de sa mère et de Germaine. Le linoléum aux teintes bleues passablement effacées brillait de propreté.

— Dis-moi pas que t'as pris la peine de laver les planchers ? fit-elle.

— Je pourrais ben te dire oui, mais c'est Juliette qui a fait ça vendredi après avoir frotté et nettoyé le poêle comme si elle était pour le vendre.

— Elle est vraiment fine, ta sœur. Non seulement elle nous a donné un beau cadeau de noces, mais en plus, elle est venue peinturer et nettoyer. Je trouve ça quasiment gênant.

— Fine, mais fatigante en maudit, laissa tomber Laurent sur un ton convaincu. T'as jamais eu à vivre avec elle, toi… Elle me rappelle ta mère…

— Aïe ! Parle pas contre ma mère, s'insurgea Corinne, mi-sérieuse. Oublie jamais qu'elle t'a donné sa fille la plus belle et la plus fine, ajouta-t-elle sur le même ton.

— Bon, il est encore trop de bonne heure pour discuter de ça, fit Laurent. Si on veut dîner aujourd'hui, on serait peut-être mieux de vider le boghei.

— Fais donc ça pendant que j'ouvre les fenêtres pour aérer un peu. Je vais allumer le poêle pour nous faire cuire quelque chose vite fait.

Quelques minutes suffirent pour que la viande se retrouve dans un seau suspendu dans le puits pour la conserver au frais et les autres provisions rangées dans le garde-manger. Corinne prit place à table après avoir déposé devant Laurent une omelette, de la tête fromagée, une miche de pain et un pot de mélasse.

— J'ai fait du thé, mais j'ai même pas de lait pour en mettre dans ma tasse, lui fit-elle remarquer après avoir mangé quelques bouchées.

Son mari ne dit rien.

— Quand est-ce que t'as l'intention d'aller chercher nos animaux chez ton père ? lui demanda-t-elle.

— Je sais pas trop.

— Qu'est-ce que tu dirais de t'en occuper après le dîner ? Si ton père nous en a fait cadeau pour nos noces, ce serait normal qu'on les engraisse nous-mêmes. En plus, on va avoir besoin de lait, de crème et d'œufs.

— …

— Tu m'as bien dit qu'il nous donnait cinq vaches, deux cochons et une douzaine de poules ?

— Ben…

— Ben quoi ? demanda Corinne, intriguée. Il nous les a donnés, ces animaux-là, ou il nous les a pas donnés ?

— Disons qu'il me les a vendus, avoua Laurent, un peu gêné.

— Vendus ?

— Oui, mais à un maudit bon prix.

— D'abord, qu'est-ce qu'il nous a donné comme cadeau de noces ?

— Il m'a fait un bon prix pour la terre, dit son mari, sans grande conviction.

— Est-ce que je peux te demander combien il te l'a vendue ?

— Six cents piastres, pas une cenne de plus.

— Mais c'est le prix qu'il avait demandé à ton frère Aimé, si je me trompe pas ! s'insurgea Corinne.

— Qui t'a raconté ça ? fit Laurent en élevant la voix.

— Si c'était trop cher pour ton frère, peux-tu me dire pourquoi, toi, tu trouves que c'est un bon prix ?

— Ah ! Je viens de comprendre, reprit Laurent, amer. C'est Juliette qui s'est ouvert la trappe.

— Et après ? Veux-tu bien me dire quelle sorte de père t'as, Laurent Boisvert ? Il te vend la peau et les os une terre qui lui a presque rien coûté. Il te vend des animaux qu'on était supposés recevoir en cadeau de noces. En plus, il t'a même vendu des vieux meubles brisés qui traînaient dans le grenier, chez vous.

— Qui t'a dit ça ?

— Laisse faire. Je l'ai su. Je commence à comprendre pourquoi il te reste plus une cenne, dit-elle en se levant pour desservir la table. Si ces animaux-là ont été payés, ils sont à nous autres, ajouta-t-elle, l'air farouche. Va les chercher aujourd'hui. Je vois pas pourquoi, chez vous, ils mangeraient nos œufs et boiraient le lait de nos vaches.

— On pourrait peut-être faire un petit somme dans notre nouvelle chambre avant de faire ça, lui fit-il remarquer, en lorgnant ses courbes appétissantes.

— Le somme peut attendre! Je suis pas fatiguée... et toi non plus. Attelle une voiture et va chercher chez ton père ce qui nous appartient.

— Tu viens pas avec moi? demanda-t-il, résigné.

— J'ai de l'ouvrage à faire ici dedans. Vas-y, ajouta-t-elle sur un ton radouci. Après, on sera débarrassés.

Laurent venait à peine de quitter sa ferme qu'il croisa une voiture conduite par Bastien Joyal qui tournait dans le rang Saint-Joseph. Les deux conducteurs arrêtèrent leurs voitures l'une à côté de l'autre.

— Tabarnouche, le beau-frère, dis-moi pas que ton voyage de noces est déjà fini?

— Comme tu peux le voir, répondit Laurent, agacé que son retour si rapide soit déjà connu par des membres de sa belle-famille.

— On peut pas dire que t'as traîné longtemps, fit remarquer son beau-frère, moqueur.

— Tu connais ta sœur. Elle tenait à revenir au plus vite à la maison pour tout mettre en ordre.

— Ça tombe ben, dit Bastien. Je vous apporte tous vos cadeaux de noces. J'étais sûr que je trouverais la maison vide.

— Pantoute, fais-toi servir quelque chose à boire par ta sœur, dit Laurent. Moi, je m'en vais chercher mes animaux chez mon père.

Les deux hommes se séparèrent sur un dernier salut et Bastien poursuivit son chemin jusqu'au bout du rang. À son entrée dans la cour, Corinne se précipita à l'extérieur, heureuse de revoir son frère, même si leur séparation datait de deux jours à peine.

— J'ai là tous tes cadeaux, annonça-t-il avec bonne humeur. En plus, m'man t'envoie aussi du ketchup vert et du ketchup rouge, des pots de confiture aux fraises et aux framboises. Il y a deux ou trois boîtes de conserve de poulet, du sirop d'érable, un quartier de lard et des os pour la soupe. Elle a même ajouté deux douzaines de blé d'Inde, un gros panier de tomates, deux poches de patates et des oignons. Elle m'a dit que t'en trouverais l'usage parce que t'auras pas de jardin cette année.

— Voyons donc, c'est bien trop! s'exclama Corinne, ravie de tant de générosité.

— Tu connais m'man, reprit son frère. On la changera pas. Elle a le cœur sur la main.

Le frère et la sœur s'activèrent à décharger la voiture et à ranger le tout. Bastien refusa l'offre de demeurer à souper en prétextant qu'il avait promis à Anatole d'aller à Pierreville avec lui après le souper.

— Tu remercieras m'man pour tout ce qu'elle m'a envoyé, insista Corinne. Tu lui diras que si elle a le temps de venir passer une journée avec moi, ça me ferait bien plaisir.

— Je vais lui faire le message, promit Bastien en la quittant.

Laurent ne revint à la maison qu'un peu avant cinq heures. Il avait attaché les vaches à l'arrière de la voiture. Les deux porcs étroitement ligotés avaient fait le trajet dans la voiture et criaient comme si on les égorgeait. Ils affolaient par leurs cris incessants la douzaine de poules enfermées dans une grande cage grillagée.

Le jeune fermier ne s'arrêta pas à la maison. Il poursuivit son chemin jusqu'à l'étable devant laquelle il immobilisa son attelage. Corinne s'empressa d'aller le rejoindre pour admirer les bêtes.

— Les cochons ont l'air d'avoir été bien engraissés, fit-elle remarquer à son mari qui s'apprêtait à faire pénétrer dans l'étable l'une des vaches.

— Je pense qu'ils pèsent chacun un bon cent cinquante livres, approuva-t-il, l'air satisfait.

— Par contre, les vaches ont l'air pas mal vieilles, tu trouves pas ?

— Ben non, elles sont juste fatiguées d'avoir dû marcher derrière la voiture depuis l'autre bout du village. Tu vas voir que la Rousse, par exemple, c'est une bonne donneuse de lait. Pendant que je m'occupe des vaches et des cochons, entre les poules dans le poulailler. Fais attention, elles sont pas mal nerveuses. Sors-les deux à la fois de la cage et organise-toi pour qu'elles s'échappent pas.

Pendant que Laurent s'arc-boutait pour faire pénétrer une première vache récalcitrante dans l'étable, Corinne ouvrit précautionneusement la cage grillagée dans laquelle caquetaient la douzaine de poules. Dès que ces dernières aperçurent ses mains qui cherchaient à s'emparer d'elles, effarouchées, elles se mirent à se bousculer et à donner de grands coups de bec pour éviter la capture.

— Ayoye ! cria la jeune fermière en retirant vivement de la cage ses mains qui venaient de recevoir quelques coups de bec.

Avant même qu'elle ait eu le temps de réagir, deux poules quittèrent la cage et s'enfuirent en voletant.

— Sacrement, t'es ben sans-dessein ! Fais donc attention à ce que tu fais ! lui cria son mari qui avait tout vu. Cours après ! Reste pas là à te lamenter ! Ferme d'abord la cage avant que les autres aient pris le bord de la route.

Corinne serra les dents, rabattit le couvercle de la cage grillagée et se lança dans une course éperdue pour mettre la main sur les fugitives. Elle attrapa rapidement la première après l'avoir coincée près de la porte de la remise. La seconde, plus rapide, l'obligea à courir à travers la cour pendant de longues minutes. Après avoir lancé sans ménagement les deux déserteuses dans le poulailler, elle revint vers la voiture au moment où Laurent venait de libérer le second porc dans l'enclos préparé à leur intention.

— Apporte-moi la cage jusqu'au poulailler, lui dit-elle d'une voix froide. Elle est trop pesante pour moi.

Ce dernier s'exécuta de mauvaise grâce. Quand il l'eut déposée dans le petit bâtiment qui s'ouvrait sur un petit enclos grillagé, Corinne ouvrit la cage et laissa les poules sortir d'elles-mêmes. Alors, la jeune femme se tourna vers son mari, le visage fermé.

— Écoute-moi bien, Laurent Boisvert, lui ordonna-t-elle, les dents serrées. C'est la première et la dernière fois que tu sacres après moi, tu m'entends ? Je suis pas ton chien ni ton homme engagé. T'es mieux de t'en souvenir !

Sur ce, la petite femme au chignon blond et aux yeux bleus étincelants de fureur lui tourna le dos et rentra dans la maison en faisant claquer bruyamment la porte moustiquaire pour bien montrer son mécontentement.

Laurent ne revint qu'une heure plus tard, après avoir nourri les animaux et trait les vaches.

— J'aimerais que tu laisses tes bottes dans la remise, lui dit sa femme, qui semblait ne pas lui avoir tenu rancune pour ses paroles désobligeantes. Je veux pas que toute la maison sente l'étable.

— C'est correct, accepta-t-il, heureux de constater qu'elle ne semblait plus lui en vouloir pour sa saute d'humeur.

Il déposa sur le comptoir le lait donné par leurs vaches.

— Elles ont pas donné grand-chose à soir, mais ça devrait être mieux demain, expliqua-t-il.

— Je l'espère, fit Corinne en regardant la petite quantité de lait rapportée. C'est pas avec ça que je vais être capable de faire du beurre.

Après le souper, Laurent entreprit de se hacher du tabac pour remplir sa blague pendant que Corinne remettait de l'ordre dans la cuisine. À l'extérieur, une petite pluie fine s'était mise à tomber et, peu à peu, les ombres du crépuscule envahirent la maison.

Quand ses tâches ménagèrent furent terminées, la jeune femme alluma une lampe à huile et vint s'asseoir en face de son mari.

— Même si on est encore au mois d'août, les journées commencent déjà à raccourcir et il fait assez frais, fit-elle remarquer sur un ton un peu nostalgique.

Laurent ne dit rien.

— Sais-tu que je pensais à une affaire pendant que je lavais la vaisselle.

— À quoi ?

— Qui va faire les comptes de la maison ? Y as-tu pensé ?

— Faire les comptes ? Ça vaut pas ben ben la peine, dit Laurent, un peu moqueur. Nous autres, les cultivateurs, on n'a jamais une maudite cenne. L'avocat Parenteau racontait au magasin général l'autre jour que c'était rendu que le monde de la ville gagnait à peu près deux mille piastres par année de nos jours. Nous autres, à la campagne, on gagne ben moins que ça. Si on n'avait pas la chance de descendre au chantier chaque automne, je me demande ben comment on ferait pour arriver.

— Raison de plus pour savoir où passe l'argent, répliqua Corinne, un peu agacée par cette insouciance.

— Bah ! Si tu veux t'en occuper, t'es ben libre, fit son mari en tassant du tabac fraîchement haché dans le fourneau de sa pipe.

— Je pensais que tu fumais juste des cigarettes, fit-elle, surprise de le voir allumer une pipe qu'elle n'avait jamais vue.

— Je me roulais des cigarettes quand j'allais te voir, lui expliqua Laurent. Je trouvais que ça faisait plus chic d'arriver chez vous avec un paquet de Rose Quesnel et du papier Zig-Zag qu'avec une pipe qui pue le tabac refroidi.

Corinne haussa les épaules et quitta la pièce un bref moment pour y revenir armée d'un cahier et d'un crayon à mine de plomb qu'elle était allée chercher dans l'un des tiroirs de la commode de la chambre à coucher.

— Bon, on est aussi bien de commencer tout de suite sur le bon pied, annonça-t-elle à Laurent en reprenant place en face de lui.

Ce dernier poussa un soupir exaspéré. De toute évidence, le nouveau marié avait d'autres idées en tête que l'établissement d'un budget familial.

— On pourrait ben attendre une couple de jours avant de se bâdrer avec cette affaire-là, dit-il. Il y a des choses ben plus intéressantes qu'on peut faire à soir, ajouta-t-il, l'œil allumé.

— Ça peut bien attendre un peu, laissa tomber Corinne, bien décidée à mettre par écrit le budget familial, comme elle avait toujours vu sa mère le faire. Ce sera pas long, précisa-t-elle pour redonner le sourire à son mari.

— C'est correct, accepta-t-il, l'air résigné.

— Qu'est-ce qu'on a en argent à part les cinq piastres et quart qui restent de ma dot ?

— Les quatre-vingt-cinq cennes que j'ai dans mes poches, dit Laurent, un peu penaud.

— Moi, j'ai aussi quatre piastres qui me restent des cadeaux de fête donnés par ma tante Antoinette chaque année. Ça fait qu'on a à peu près dix piastres à nous deux.

— Je te dis qu'on n'ira pas loin avec ça, ne put s'empêcher de dire Laurent sur un ton désabusé.

— Est-ce qu'on doit de l'argent à quelqu'un, à part ton père ? demanda Corinne en refusant de se laisser distraire.

— Non, à personne.

— On doit combien exactement à ton père ?

— Les six cents piastres pour la terre.

— T'as pas rien pu donner en l'achetant ? s'étonna sa femme en ouvrant de grands yeux incrédules.

— Aïe ! Me prends-tu pour un riche, toi ? s'exclama Laurent. Où est-ce que tu penses que j'aurais pris l'argent ?

— Mais t'as travaillé trois hivers au chantier, argumenta-t-elle. T'as bien dû en mettre un peu de côté, non ?

— Tout est parti, je sais pas trop comment, admit-il sur un ton insouciant.

— Mais j'ai marié un vrai panier percé ! s'emporta sa femme.

— Whow ! la petite, exagère pas, bonyeu ! Oublie pas que j'ai dû dépenser pas mal d'argent pour acheter de la peinture et ce qu'il fallait pour remettre d'aplomb la maison et les bâtiments. En plus, j'ai payé comptant les vieux meubles du père, les animaux, notre cheval et mon linge pour les noces. C'est pas rien, ça ! Sacrement ! Depuis que je suis descendu du chantier, j'ai presque rien dépensé pour moi.

— C'est correct, dit Corinne sur un ton adouci. Ça sert à rien de t'énerver. Qu'est-ce que t'as décidé avec ton père pour le remboursement ?

— Il voulait cent piastres par année, mais j'ai pu le faire descendre à soixante-trois, payables chaque année à la fin de janvier.

— Soixante-trois ? Pourquoi pas soixante ? s'étonna sa jeune femme.

— Ben. Les trois piastres, ce sont les intérêts.

— Ah ben, j'aurai tout entendu, s'emporta Corinne, outrée. Il te charge en plus des intérêts !

— Ben, c'est normal.

— Mais t'es son garçon, sainte bénite !

— Ça a rien à voir, déclara Laurent sur un ton définitif.

Corinne abandonna le sujet, convaincue que rien ne ferait admettre à son mari que son père l'avait exploité.

— Bon, ça sert à rien de se lamenter, annonça-t-elle. Il va falloir se débrouiller avec le peu qu'on a. Tout ce que je sais, c'est qu'on va s'arranger pour pas quêter à personne. Moi, j'ai ma fierté, et j'irai rien quémander chez nous.

— C'est sûr, l'approuva mollement Laurent. De toute façon, on a déjà presque tout ce qu'il nous faut.

— Voyons donc ! s'insurgea-t-elle. L'hiver va venir vite et on n'a rien pour le passer.

— Tu sais ben que je vais descendre au chantier au commencement de novembre.

— Je le sais, mais moi dans tout ça ?

— Je ramènerai les animaux chez mon père ou encore, je les donnerai à hiverner à un voisin. Comme ça, tu pourras aller passer l'hiver chez vous.

— T'es pas sérieux, j'espère ? lança-t-elle, furieuse. Chez nous, c'est ici dedans depuis samedi passé. Il est pas question que j'aille me faire héberger chez mon père pour que toute ma famille s'imagine que j'ai marié un sans-dessein pas capable de faire vivre sa femme comme du monde. Non, Laurent Boisvert ! Tu vas t'organiser pour que j'aie de quoi me chauffer et manger pendant l'hiver si tu pars pour le chantier.

— As-tu fini, là ? lui demanda son mari en se levant pour aller secouer sa pipe dans le poêle. C'est entendu. On va s'organiser pour que tu passes l'hiver ici dedans… Mais j'ai ben l'impression que tu vas trouver le temps long.

— Laisse faire. Je vais trouver de quoi m'occuper, répliqua-t-elle en prenant la lampe à huile et en le précédant dans la chambre à coucher. Laisse-moi cinq minutes pour me préparer. Il y a de l'eau chaude dans le *boiler* du poêle si tu veux te laver.

Lorsque Laurent poussa la porte de la chambre à coucher quelques minutes plus tard, Corinne l'attendait avec impatience. Elle avait déjà fait taire toutes ses craintes quant à leur avenir pour ne plus penser qu'au plaisir qu'elle s'apprêtait à éprouver dans les bras de l'homme qu'elle aimait.

Chapitre 14

Les premiers jours

Le lendemain matin, Corinne vint secouer son mari au moment où l'horloge suspendue au mur de la cuisine d'hiver sonnait sept heures.

— Debout, paresseux, lui cria-t-elle en se plantant au bout du lit. Tes vaches se lamentent ; on doit les entendre à l'autre bout du rang. Il est passé sept heures, t'es pas pour passer toute ta journée dans le lit, non ?

— Pourquoi pas ? répondit Laurent d'une voix ensommeillée.

— Grouille-toi. J'ai déjà eu le temps d'allumer le poêle et d'aller nourrir les poules et les cochons. Va traire tes vaches pendant que je prépare des bonnes crêpes pour déjeuner. Jamais je croirai que ça va te prendre bien du temps : t'as juste cinq vaches à tirer. T'as même pas à aller les courir dans le champ ; tu les as laissées dans l'étable toute la nuit.

Laurent se leva en rechignant, s'habilla et quitta la maison en direction de l'étable. Quand il revint quelques minutes plus tard, sa femme avait eu le temps de mettre au réchaud une assiette remplie d'appétissantes crêpes dorées qu'ils mangèrent nappées de sirop d'érable. Elle servit une tasse de thé bouillant à la fin de ce premier repas de la journée. Avant de s'éloigner de Laurent, elle se pencha pour l'embrasser dans le cou, là où il avait des cheveux fous. Il la repoussa avec agacement.

— Arrête ces niaiseries-là, lui ordonna-t-il.

— C'était juste un petit bec pour te montrer que je t'aime, se justifia-t-elle, surprise de sa réaction.

— C'est pas nécessaire pantoute. On est mariés à cette heure, répliqua-t-il avec humeur.

— T'es bien marabout à matin, dit-elle d'une voix changée.

Ce refus de lui témoigner de la tendresse la blessa profondément et, c'est les larmes aux yeux qu'elle alla porter la théière sur le poêle. Elle aurait aimé un petit geste affectueux, une cajolerie ou un simple compliment pour lui faire comprendre à quel point il était heureux qu'elle soit devenue sa femme. Rien. Tout se passait comme si elle était maintenant sa propriété à qui il ne devait aucun égard. Elle revint s'asseoir à table et elle garda le silence durant plusieurs minutes, le temps de surmonter sa peine. Elle finit tout de même par lui demander:

— Qu'est-ce que t'as l'intention de faire aujourd'hui pendant que je remets de l'ordre dans la maison?

— Je sais pas trop. Tout ce que j'ai à récolter, c'est un petit champ de sarrasin et il est encore ben trop de bonne heure pour faire ça.

— Tu pourrais peut-être trouver à t'engager chez quelqu'un pour les mois qui restent avant les labours d'automne, suggéra-t-elle, comme si l'idée venait de l'effleurer.

— C'est vrai, reconnut-il. Je pourrais toujours aller travailler chez le père. Il a toujours plein d'ouvrage à faire et il a pas d'homme engagé.

— Est-ce qu'il va te payer?

— Ah ben ça, j'en suis pas sûr pantoute.

— Dans ce cas-là, je vois pas pourquoi t'irais là, dit-elle. On a besoin d'argent pour passer l'hiver. Je veux pas être trop regardante, mais si ton père te donne rien pour ton ouvrage, on sera pas plus avancés.

— La seule autre place où je pourrais trouver de l'ouvrage, c'est peut-être chez Gagnon. Le maire a un petit moulin à scie sur le bord de la rivière et ça lui arrive de manquer d'hommes.

— Pourquoi t'irais pas là ?

— Parce que ça fera pas plaisir pantoute à mon père, répondit Laurent en se levant de table. Ils sont comme chien et chat depuis des années et ils s'haïssent à s'en confesser.

— Leurs chicanes nous regardent pas, trancha Corinne. Mais tu fais ce que tu veux.

Après avoir un peu hésité, Laurent lui annonça sans grand enthousiasme qu'il allait faire un tour chez Bertrand Gagnon pour voir s'il n'avait pas besoin d'un homme engagé. Corinne approuva. Quelques minutes plus tard, elle vit son mari quitter la ferme en boghei.

Un peu après dix heures, la jeune femme eut besoin d'œufs et sortit de la maison pour aller au poulailler. Au moment où elle allait pénétrer dans le petit bâtiment gris, elle aperçut une tache rousse dans le champ du voisin.

Corinne fit encore deux pas avant de réaliser ce qu'elle venait d'apercevoir. Une de ses vaches était en train de dévaster la récolte de maïs de Jocelyn Jutras. Horrifiée, elle laissa tomber son plat dans l'herbe et s'élança vers la clôture qu'elle franchit en passant entre les deux fils de fer barbelés au risque de déchirer sa robe.

— Si le voisin est malcommode comme l'a dit Laurent, il va être de bonne humeur encore !

Folle de rage, elle se précipita alors vers la bête tout en cherchant désespérément du coin de l'œil une branche ou un bout de bois avec laquelle elle pourrait l'obliger à bouger. Une centaine de pieds séparait la jeune femme de la vache dont elle ne voyait que le haut du corps au milieu des beaux épis de maïs dont elle se goinfrait.

— C'est pas vrai ! Veux-tu bien revenir ici, mon effrontée ! hurla-t-elle à la vache en train de manger le maïs du voisin.

Cette dernière tourna la tête un bref moment vers elle en l'entendant crier, puis elle se remit paisiblement à dévorer comme si de rien n'était.

— Attends, ma saudite, que je mette la main sur un bout de bois ! la menaça Corinne en s'avançant vers elle. Tu vas en manger toute une ! C'est toute une façon d'arriver à une place, se lamenta-t-elle à haute voix. Il va nous aimer, le voisin. Dès le premier jour, notre vache qui est en train de lui manger son blé d'Inde !

La vache rousse s'éloigna d'elle de quelques pas quand elle s'approcha, et elle se remit à manger comme si elle n'avait pas été là. Ce comportement eut le don d'enrager encore plus sa jeune propriétaire. Elle courut vers elle tout en reprochant à son mari de n'avoir pas vérifié l'état des clôtures avant de lâcher leurs cinq vaches dans la nature.

Quand la Rousse fit un petit galop pour s'éloigner un peu plus de sa poursuivante, Corinne accéléra.

— Non ! Faites pas ça, hurla une voix au loin.

Le cri la figea. Elle tourna brusquement la tête dans toutes les directions, à la recherche de sa provenance. Quand elle repéra un homme, armé d'une fourche, courant sur la route dans sa direction, elle s'arrêta brusquement, incapable de comprendre la raison de son cri. Au même moment, la Rousse sembla changer subitement de comportement. Elle fit volte-face et parut se rendre compte de sa présence tout à coup.

— Sortez tout de suite du champ ! cria l'homme. Vite ! ajouta-t-il en franchissant la clôture à son tour pour ensuite se mettre à courir vers elle.

L'homme venait à peine de finir de crier que la bête émit un meuglement terrifiant et s'élança vers Corinne, la tête basse. Soudain, la jeune femme réalisa que sa Rousse avait des cornes et prit le parti de se diriger en courant vers l'homme qui était maintenant presque à sa hauteur.

— Courez vers la clôture, lui ordonna-t-il, essoufflé, avant de foncer vers l'animal en le menaçant de sa fourche.

Ce dernier, surpris par cette attaque inattendue, détourna un instant son attention de Corinne pour foncer vers l'homme, tête baissée. Un coup de fourche bien appliqué le fit reculer et l'incita à faire demi-tour. Le voisin le poursuivit, le dirigeant vers l'endroit de la clôture qu'il avait franchi.

Lorsque la bête eut regagné son pâturage, l'homme replaça sommairement le fil barbelé avant de revenir sur ses pas vers une Corinne encore secouée. Durant toute la scène, elle n'avait pas bougé. Elle était demeurée debout, sur la route, face au champ de maïs.

— Voulez-vous ben me dire ce qui vous a pris de vouloir faire sortir mon taureau de mon champ de blé d'Inde avec rien dans les mains? l'apostropha le voisin en venant à sa rencontre sur la route. Des plans pour vous faire encorner! Il est mauvais en verrat, ce maudit animal-là, ajouta-t-il en s'essuyant le visage avec un large mouchoir qu'il venait de tirer de l'une de ses poches de pantalon.

Le fermier, âgé d'environ vingt-cinq ans, était de taille moyenne et râblé. Il avait un visage agréable, encadré par d'épais favoris bruns qui mettaient en valeur sa mâchoire énergique. Corinne remarqua surtout ses yeux bruns pétillants sous d'épais sourcils.

— Je savais pas que c'était votre taureau, s'excusa-t-elle. Il ressemble à ma Rousse. Quand je l'ai aperçu de loin dans votre champ de blé d'Inde, j'ai pensé tout de suite que ma vache avait sauté la clôture.

— C'est vrai qu'en fin de compte, vous avez pas fait ça pour rien, lui fit-il remarquer. Si vous aviez pas crié après, j'aurais jamais remarqué qu'il s'était sauvé et il aurait ben été capable de me ruiner toute ma récolte de blé d'Inde avant que je m'en aperçoive.

— Tant mieux, si ça a servi à quelque chose. En tout cas, je suis bien soulagée de voir que c'est pas une de nos vaches qui vous a fait tous ces dégâts-là.

— Remarquez que ça aurait pas été la fin du monde, tint à lui préciser le voisin, apparemment très sensible à la beauté de la jeune femme... Avec tout ça, je me suis même pas présenté. Jocelyn Jutras, je suis votre voisin. Si vous avez besoin de quelque chose, vous avez juste à me faire signe.

— Merci. Corinne Boisvert, je suis la femme de Laurent Boisvert. On est vos nouveaux voisins. La même chose pour vous, gênez-vous pas si on peut vous être utiles.

Ce soir-là, le repas se prit dans la bonne humeur chez les Boisvert. À son retour à la maison, Laurent avait appris à sa femme que Gagnon avait accepté de l'engager au moulin pour les deux prochaines semaines parce qu'il avait de nombreuses commandes en retard.

— J'ai fait le train, lui annonça fièrement à son tour Corinne.

— T'as pas eu de misère?

— Pantoute, mais c'est la première fois que je fais ça. Chez nous, je m'arrangeais toujours pour que mon père me renvoie à la maison parce que j'haïssais ça... Est-ce que Gagnon va bien te payer?

— Pas mal, reconnut le jeune cultivateur, heureux. Il va me donner autant qu'à ses deux autres engagés: six piastres par semaine.

— Ça va nous faire du bien, se réjouit sa jeune femme. Si c'est comme ça, je vais m'occuper des animaux à ta place.

— Tu peux ben attendre que je fasse le train le soir, en revenant de l'ouvrage.

— Non, je suis capable de m'en occuper, dit-elle sur un ton énergique.

Ensuite, Corinne s'empressa de lui raconter sa mésaventure survenue durant l'avant-midi, ce qui fit bien rire son mari qui lui promit, en guise de plaisanterie, de lui apprendre la différence entre une vache et un bœuf.

Après le souper, le voisin vint frapper à la porte de la cuisine d'été des Boisvert. Il portait une poche de jute au quart pleine. Laurent se leva pour aller lui ouvrir.

— Je vous dérange pas trop, j'espère? demanda Jocelyn Jutras, d'un air un peu emprunté.

— Pantoute. Entrez, l'invita le maître des lieux en s'effaçant pour le laisser pénétrer dans la cuisine.

— Je venais juste voir si ta femme était correcte après ce qui lui est arrivé à matin, dit le jeune homme en adressant un sourire un peu timide à Corinne, qui sortait de la cuisine d'hiver.

— Comme vous le voyez, fit Corinne en lui retournant son sourire, j'ai encore tous mes membres.

— Aïe! protesta Laurent sur un ton bonhomme. On va laisser faire les cérémonies entre voisins et on va se dire «tu». On a presque le même âge.

— Si c'est comme ça, assois-toi, reprit Corinne avec bonne humeur. Je vais te servir une tasse de thé. On allait en prendre, nous autres aussi.

— Je vous ai apporté du blé d'Inde, dit le voisin, l'air un peu mal à l'aise, en prenant place sur l'un des bancs près de la table.

— Voyons donc, c'était pas nécessaire, protesta Laurent.

— C'est grâce à ta femme si j'en ai encore debout dans mon champ. Si elle avait pas sorti mon taureau de là, je pense ben qu'il m'en resterait plus.

— T'es bien fin, fit Corinne sans plus de cérémonie en déposant une tasse de thé bouillant devant son invité.

— Tu trouves pas ça trop dur de vivre tout seul sur ta terre? lui demanda Laurent après avoir bu une gorgée. Ça doit pas être facile de rentrer sa récolte sans l'aide de personne.

— Ah! je suis pas toujours tout seul, expliqua Jocelyn Jutras. Les deux dernières années, j'ai trouvé quelqu'un à engager.

— Et cette année?

— J'ai encore personne, mais je pense qu'il me reste un bon quinze jours pour trouver. Il y aura ben un des garçons de Maurice Courchesne ou de Conrad Dumas qui va être intéressé à se faire une couple de piastres avant l'hiver.

Il y eut un bref silence dans la pièce avant que Laurent propose :

— Et si j'allais te donner un coup de main. Dans deux semaines, j'aurai plus d'ouvrage au moulin.

— Ça ferait ben mon affaire, accepta immédiatement le célibataire. Et combien tu me demanderais ?

— Qu'est-ce que tu dirais de me payer en bois de chauffage, si t'en as en trop ?

— J'en ai pas mal, reconnut Jocelyn. C'est parfait, on finira ben par s'entendre sur la quantité.

— T'as pas de frères pour venir travailler avec toi ? demanda Corinne en faisant un effort pour tutoyer le voisin qui semblait beaucoup plus à l'aise quand il parlait à Laurent.

— J'ai trois frères, mais il y en a plus un qui reste au Canada. Ils ont tous pris le bord des États, les uns après les autres. Après la mort de mon père en 1895, on est restés tous les quatre sur la terre et ma sœur Lucinda nous faisait la cuisine. Puis, l'année suivante, au mois de mars, Jean, le plus vieux de la famille, a décidé d'aller se trouver de l'ouvrage dans une filature de Lowell, dans le Massachusetts, parce qu'il disait qu'on était trop sur notre petite terre. Un cousin nous avait écrit que les *jobs* manquaient pas là-bas et que c'était ben payé.

— Le voir partir a dû être pas mal dur ? fit Corinne, compréhensive.

— Oui, mais il avait raison. Quand on a reçu de ses nouvelles à la fin de l'été, il nous faisait savoir que c'était le ciel. Il avait une bonne paye, et c'était là-bas comme dans la province. Il disait qu'on parlait français partout et qu'il vivait dans une paroisse qui ressemblait à Saint-Paul.

— Ah ! fit Corinne, étonnée.

— En tout cas, trois mois plus tard, mon frère Gérard est parti le rejoindre. Avant la fin de l'année, Arthur et Lucinda ont décidé de faire comme lui et je me suis retrouvé tout seul.

— Ça t'a pas tenté de faire comme eux autres ? demanda Laurent.

— Je sais pas trop. Moi, je trouve que ça a l'air trop beau aux États pour être vrai.

— Tu crois pas tes frères ? fit Corinne, surprise.

— C'est pas ça, mais je les connais. Ils sont tellement fiers qu'ils avoueront jamais s'être trompés. En tout cas, je vais attendre qu'ils viennent en visite pour qu'ils me racontent comment ils vivent là-bas. Si c'est aussi beau qu'ils l'ont dit, j'irai peut-être les rejoindre.

— Il y a certainement quelque chose aux États qui vaut la peine, dit Laurent, l'air songeur. D'après mon père, ça fait un bon soixante ans que des Canadiens français s'en vont travailler là-bas, même si les curés font tout pour les en empêcher. Quand une terre est pas assez grande pour faire vivre tous les enfants, il faut ben trouver un moyen… Et ceux qui partent là-bas ont pas l'air de vouloir revenir. J'ai pour mon dire que s'ils étaient malheureux, ils reviendraient.

— En tout cas, j'ai juste vingt-huit ans et je suis pas encore trop vieux pour partir. Je me donne encore un peu de temps pour y penser, affirma le voisin. Il y a encore rien qui presse.

Ensuite, la conversation dériva sur l'exploitation de la ferme et les travaux à exécuter pendant l'automne qui approchait à grands pas. Durant plus d'une heure, les nouveaux voisins échangèrent des idées, apprenant ainsi à se connaître. Finalement, Jocelyn Jutras sursauta légèrement en entendant sonner neuf heures à l'horloge et il se leva pour prendre congé.

Quelques minutes plus tard, avant de s'endormir dans les bras de Laurent, Corinne lui fit remarquer que leur nouveau voisin, tout timide qu'il était, avait tout de même passablement parlé durant sa visite.

— Au fond, il est pas si ours que tu le disais, conclut-elle.

Septembre commença sans qu'il y ait un changement marqué de la température. L'air était toujours aussi doux. Le jeune couple s'installait doucement dans son nouveau milieu. Chaque matin, Laurent partait à six heures pour le moulin tandis que Corinne prenait la direction du champ pour aller y chercher ses vaches avant de les traire. Les journées s'écoulaient doucement.

Le premier dimanche que la jeune femme passa à Saint-Paul-des-Prés, Laurent la présenta à quelques connaissances à la sortie de la messe célébrée au couvent.

— Ça fait tout de même pas mal drôle d'aller à la messe dans une salle, ne put s'empêcher de dire Corinne à son mari en quittant l'endroit.

— Ce sera pas long, à cette heure. On va finir par avoir notre église, si le père et le curé arrivent à s'entendre.

Corinne ne remarqua pas le regard haineux qu'une jolie jeune femme brune lui adressa au passage.

— Salut, Laurent, il paraît que t'es marié à cette heure, dit un jeune homme au visage ouvert en lui tapant familièrement sur l'épaule.

Laurent se retourna, forçant ainsi sa femme à s'immobiliser à ses côtés.

— Charles Thivierge ! Un revenant ! s'exclama-t-il avec bonne humeur. Où est-ce que t'étais passé ?

— À Montréal. Je suis revenu juste il y a trois jours.

— Je te présente Corinne, ma femme.

— Eh ben, on peut dire que vous avez ben du mérite d'avoir mis le grappin sur ce numéro-là ! plaisanta le jeune homme. Il y a des mères au village qui vont ben mieux dormir.

— Exagère pas, lui ordonna Laurent en tentant maladroitement de lui faire comprendre de changer de sujet.

— J'exagère pas, protesta l'autre en riant. Ça va faire au moins deux ou trois filles de Saint-Paul avec qui on va enfin pouvoir aller veiller à cette heure que t'es casé, répliqua Thivierge, insensible à l'avertissement de son copain.

Laurent avait remarqué que sa femme, incapable de dissimuler son déplaisir, lui avait lancé un regard noir.

— Il te reste juste à en profiter, lui recommanda Laurent, beaucoup moins chaleureux. Là, tu vas nous excuser, il faut qu'on y aille.

Il serra la main de Charles Thivierge et s'éloigna en direction de leur boghei.

— C'est quoi cette histoire de filles? lui demanda sèchement Corinne.

— Des niaiseries, se contenta-t-il de répondre sur un ton insouciant.

— Comment ça, des niaiseries? insista-t-elle, apparemment jalouse.

— C'est pas important, laissa-t-il tomber. Il parlait de filles chez qui j'allais veiller avant de te connaître.

Puis, au moment où ils approchaient de la voiture, Laurent s'arrêta brusquement pour dire à sa femme:

— Tiens. Tu connais pas la femme de Conrad Rocheleau, notre voisin d'en face. Viens, je vais te la présenter, lui offrit-il en s'approchant d'une petite femme rondelette dont la voilette cachait le haut du visage.

Marie-Claire Rocheleau fit bon accueil à sa nouvelle voisine et s'excusa de n'avoir pas trouvé le temps d'aller lui rendre une visite de politesse depuis son arrivée dans leur rang.

— Ce serait plutôt à moi de m'excuser, madame Rocheleau. Mais je sais que vous avez pas mal d'enfants et je voulais pas vous déranger, fit Corinne, souriante.

— D'abord on va se dire «tu», proposa la petite femme avec un sourire chaleureux, après avoir relevé la voilette de son chapeau noir. Je suis pas ta mère. Ensuite, j'ai juste huit enfants et avoir de la visite fait toujours mon affaire. C'est le seul temps où je peux souffler un peu. À part ça, j'en ai quatre qui vont aller à l'école à partir de la semaine prochaine, ça va me laisser du temps en masse pour jaser.

— Si c'est comme ça, je vais passer vous voir une journée, la semaine prochaine, promit Corinne.

— Bon, il faut que j'y aille parce que mon Conrad est pas patient pour deux cennes et ça fait déjà cinq minutes que je le vois gesticuler dans le boghei.

Corinne la salua et, sans trop savoir comment, elle se retrouva debout aux côtés de son beau-père qu'elle n'avait pas vu arriver. Même si elle n'en avait pas envie, elle s'efforça de se montrer aimable.

— Bonjour, monsieur Boisvert. Vous allez bien ?

— Pas trop mal. Et vous autres, les jeunes ?

— On s'organise, p'pa, répondit Laurent.

— C'est parfait. Moi, ça irait de première classe si la petite Rose-Marie Angers m'avait pas joué un coup de cochon à la dernière minute, poursuivit le grand cultivateur en passant une main couverte de tavelures sur son visage.

Corinne tourna vers son mari un regard interrogateur.

— C'est pas la petite maîtresse d'école de notre rang ? demanda Laurent à son père.

— En plein ça, confirma Gonzague, l'air renfrogné. Je l'ai réengagée au mois de juin parce qu'on était aussi contents de son ouvrage que l'inspecteur. Elle avait juste à signer son contrat et à me le laisser à la maison en passant avant de retourner chez eux, à Saint-Grégoire.

— Puis ? demanda son fils.

— Elle a oublié de me laisser son contrat. Elle m'a écrit cet été pour me dire qu'elle me l'apporterait signé au commencement de septembre quand elle reviendrait faire le ménage dans l'école du rang en s'installant. La petite bougresse m'a envoyé une lettre que j'ai reçue vendredi, quatre jours avant que l'école commence. Elle viendra pas faire l'école parce qu'elle a décidé d'aller vivre chez sa sœur, à Lévis. Ça fait que là, on a l'air fin. On est poignés avec une école sur les bras où il y a pas de maîtresse.

— Il y a pas moyen d'envoyer les enfants de notre rang au village ou dans une autre école de rang? demanda Corinne, pour montrer à son beau-père un intérêt qu'elle était loin d'éprouver.

— Pantoute. L'école du village est déjà pleine à craquer avec tous les enfants du rang Saint-André et, en plus, elle est trop loin pour les enfants de votre rang. Déjà, on a rempli à pleine capacité les écoles du rang Notre-Dame et du rang Saint-Pierre avec les enfants du rang Sainte-Anne parce qu'on n'avait pas les moyens de construire une autre école.

— Qu'est-ce que vous allez faire, p'pa? lui demanda Laurent.

— Ben, on va chercher une autre maîtresse, torrieu! Mais là, on peut pas perdre trop de temps parce que le monde va se plaindre et on risque d'avoir le député et l'inspecteur de l'Instruction publique sur le dos. J'ai commencé à regarder autour, poursuivit le président de la commission scolaire de Saint-Paul-des-Prés, mais ça a tout l'air que les bonnes maîtresses d'école sont déjà toutes engagées. Je suis tout de même pas pour aller jusqu'à Sorel pour m'en trouver une.

Puis, la conversation bifurqua sur le travail de Laurent.

— J'aurais ben cru que tu viendrais nous donner un coup de main à rentrer les récoltes, dit Gonzague à son cadet sur un ton de reproche.

— Ben, j'ai pensé, p'pa, que vous étiez assez de deux pour faire l'ouvrage. Sans parler que le petit Rosaire est capable de vous aider un peu.

— Ben non, fit son père d'une voix cassante. Puis, parle-moi pas de Rosaire. C'est ben plus une nuisance qu'autre chose, ce petit maudit-là. Je me demande ce qui m'a pris de prendre ça en élève. Il mange plus qu'il rapporte… Quand j'ai vu que tu venais pas, j'ai pensé que tu t'étais trouvé de l'ouvrage à faire sur ta terre. Puis, j'ai appris avant-hier que tu travaillais au moulin du gros Gagnon.

— C'est en plein ça, p'pa. Quand on commence sur une terre, on a besoin de toutes sortes d'affaires et ça se paie pas avec des prières.

— J'aurais peut-être pu t'engager, si c'était de l'argent que tu voulais, proposa Gonzague d'une voix un peu hésitante. Gagnon te donne combien par semaine ?

— Six piastres.

— Torrieu ! Il y va pas avec le dos de la cuillère, lui, s'insurgea le cultivateur. Six piastres ! On rit pas ! poursuivit-il en laissant exploser son mécontentement.

— C'est pour ça que j'ai sauté sur la *job.*

Pendant tout cet échange entre le père et le fils, Corinne n'avait pas dit un mot. Elle réfléchissait à ce qu'elle venait d'apprendre et se demandait si elle ne pouvait pas apporter une plus grande aide à son mari. Elle se rappelait que sa sœur Germaine gagnait cent cinquante dollars pour enseigner toute l'année à Saint-Bonaventure. Elle en déduisit que les institutrices de Saint-Paul-des-Prés avaient sûrement le même traitement, à peu de chose près.

— C'est de valeur que les femmes mariées puissent pas faire l'école, dit-elle, hors de propos, au moment où la conversation tombait entre les deux hommes.

— Peut-être, laissa tomber son beau-père, mais c'est pas possible avec les enfants à la maison.

— Mais les femmes mariées ont pas toutes des enfants, monsieur Boisvert.

— Je le sais ben, mais elles finissent presque toutes par en avoir, rétorqua-t-il, agacé. C'est pour ça qu'on n'en engage pas.

— J'aurais peut-être pu faire l'école une couple de semaines dans notre rang, le temps que vous trouviez quelqu'un, proposa-t-elle d'une voix hésitante.

— Mais je suis capable de te faire vivre et l'ouvrage manque pas sur notre terre, lui fit remarquer son mari d'une voix acerbe.

— Je le sais, fit-elle. Je disais ça juste pour aider ton père.

— Si c'était juste en attendant, ce serait pas une idée folle, reprit Gonzague, alléché par cette solution. Mais es-tu capable de faire la classe, toi ? Oublie pas, ma fille, qu'il faut au moins un diplôme de septième année.

— J'ai mon diplôme de neuvième année, monsieur Boisvert.

— De neuvième année ! s'exclama Laurent, étonné. Je savais pas ça.

— Parce qu'il faut croire que tu t'intéressais à autre chose quand tu venais veiller avec moi, se moqua Corinne en lui adressant un sourire espiègle.

— Je vais en parler aux commissaires cet après-midi, décida Gonzague, soulagé tout à coup de voir poindre une solution au problème qui l'avait empêché de bien dormir durant les deux dernières nuits.

— Et oubliez pas de leur demander combien ils vont me donner, conclut sa bru avec un petit sourire angélique.

— Te payer ! Tu veux être payée pour nous aider ? demanda Gonzague, aussi horrifié que s'il venait de la surprendre en train de fouiller dans la poche de son pantalon.

— Voyons, monsieur Boisvert ! Si vous aviez votre maîtresse d'école pour commencer l'année, vous devriez la payer, non ? Pourquoi, moi, je devrais travailler pour rien ?

— Ben, parce que t'es pas une vraie maîtresse d'école.

— Dans ce cas-là, oubliez ce que je viens de vous dire. Je vais rester bien tranquille chez nous à faire mon ouvrage. Bon, il faut y aller, reprit-elle un instant plus tard. Le dîner se préparera pas tout seul. Si vous avez une chance de venir faire un tour, beau-père, gênez-vous pas. Vous pouvez transmettre l'invitation à Henri et Annette.

Corinne prit le bras de son mari et ils laissèrent sur place un Gonzague Boisvert à la mine plus que jamais renfrognée. Le couple allait monter dans son boghei quand il apparut près de la voiture, le visage fermé.

— Au fait, dit-il à sa bru, tu m'as jamais dit combien tu voulais pour t'occuper des enfants si jamais les commissaires veulent de toi pour un petit bout de temps.

— Je suis pas exigeante, monsieur Boisvert, et j'essaierai pas de profiter de la situation. La commission scolaire pourrait me donner quatre piastres par semaine et je m'en contenterais.

— Quatre piastres ! s'exclama Gonzague. Mais t'es tombée sur la tête, ma pauvre fille !

— Mais c'est le salaire que vous donnez aux autres maîtresses d'école, non ? laissa sèchement tomber Corinne à qui la moutarde commençait à monter au nez. Vous leur donnez pas cent cinquante piastres pour l'année comme dans les autres paroisses ?

— Ouais.

— Si je suis pour faire le même ouvrage qu'elles, je vois pas pourquoi je serais moins bien payée. C'est pas parce que vous m'engageriez juste pour un petit bout de temps que je devrais être payée moins.

Là-dessus, Corinne monta dans la voiture et le salua avant que son mari mette l'attelage en marche.

— Veux-tu ben me dire quelle idée t'as eue de proposer de faire l'école dans notre rang ? lui demanda Laurent, quelques instants plus tard.

— Pour l'argent.

— Tu veux me faire passer pour un quêteux qui est obligé de faire travailler sa femme, reprit-il, mécontent.

— On est des quêteux, Laurent Boisvert, s'insurgea-t-elle. On n'a pas une cenne et on doit plus qu'on pèse. L'hiver s'en vient et on n'est pas capables de faire boucherie. On n'a pas de jardin, ça fait qu'on n'a pas de légumes. Te rends-tu compte qu'il va falloir payer pour toutes nos provisions ? On n'a même pas assez de bois pour chauffer la maison. T'imagines-tu qu'on est en mesure de cracher sur l'argent ?

— Je sais tout ça, maugréa-t-il. Mais souviens-toi ben que c'est moi qui porte les culottes chez nous, pas toi. S'il y a des décisions à prendre, c'est moi que ça regarde. Organise-toi pas pour que je fasse rire de moi dans toute la paroisse.

Il s'enferma ensuite dans un silence buté jusqu'à ce qu'ils arrivent à la maison.

— Pendant que tu dételles Satan, je vais me changer et commencer à préparer le dîner, lui annonça-t-elle en descendant du boghei.

Elle entra dans la maison et se dirigea immédiatement vers sa chambre à coucher où elle entreprit de retirer sa robe du dimanche en tournant le dos à l'unique fenêtre de la pièce. Au moment où elle s'extrayait de son jupon, elle crut apercevoir une ombre sur le mur en face d'elle. Elle se tourna vivement vers la fenêtre et elle aperçut un homme en train de la reluquer, la bouche ouverte. Elle poussa un hurlement avant de se jeter sur sa robe pour couvrir d'une main tremblante sa poitrine à demi dénudée.

— Laurent ! Laurent ! hurla-t-elle au bord de l'hystérie.

Le voyeur, les yeux ronds, n'avait pas bougé et continuait à la fixer d'un air hagard.

En entendant les cris de sa femme, Laurent se précipita vers la maison pour savoir ce qui se passait. Il pénétra dans la chambre juste à temps pour voir une tête disparaître à la fenêtre.

— Il y a quelqu'un qui me regardait me déshabiller ! lui dit Corinne d'une voix tremblante.

— Ah ben, sacrement ! explosa-t-il.

Sans ajouter un mot, il s'élança hors de la pièce. Il y eut un claquement de porte moustiquaire et les bruits d'une course dans la cour. Corinne eut à peine le temps de revêtir sa robe de semaine, comme elle disait, que son mari revenait vers la maison en tenant par le collet un individu étrange.

— Arrive par ici, mon maudit cochon ! dit-il à l'inconnu sur un ton menaçant en le secouant d'importance. Je vais te faire passer l'envie de venir écornifler dans nos fenêtres.

Corinne sortit sur la galerie pour mieux voir celui qui lui avait fait si peur.

— Tiens, le v'là, le vicieux qui te regardait te déshabiller, fit Laurent en faisant avancer devant lui avec une solide taloche un grand adolescent maigre et dégingandé. La longue figure terrorisée de ce dernier était surmontée d'une chevelure hirsute. Le plus remarquable était ses deux grandes oreilles largement décollées de son crâne. Même si le temps était très doux, il portait une paire de moufles rouge vif retenues par une ficelle autour du cou.

Corinne croisa les bras sur sa poitrine en ne faisant pas un geste pour se rapprocher du voyeur.

— Tu connais pas Mitaines, dit le mari à sa femme. C'est lui. Je vais lui sacrer la volée de sa vie. Ça va lui ôter le goût de venir sentir dans nos fenêtres, je te le garantis !

Laurent dominait le garçon à l'air misérable d'une demi-tête. Il était visiblement plus fort que l'intrus si bien que, poussée par sa bonté naturelle, sa femme prit peur pour ce dernier.

— Fais-lui pas mal, supplia-t-elle son mari. Laisse-le s'en aller. Il fera plus ça, pas vrai, Mitaines ?

Celui-ci, toujours prisonnier de la poigne de fer de Laurent, acquiesça frénétiquement de la tête. Alors, le jeune fermier lui fit faire trois pas en direction de la route avant de le propulser vers l'avant à l'aide d'un solide coup de pied au derrière.

— Ne remets plus jamais les pieds ici, mon maudit vicieux ! Tu m'entends ?

L'autre ne demanda pas son reste et disparut sur la route sans se retourner.

Corinne rentra dans la cuisine d'été pendant que son mari allait finir de dételer son cheval. Lorsqu'il revint, il alla changer de vêtements à son tour avant de venir s'installer à table pour le repas du midi.

— D'où est-ce qu'il sort, ce gars-là ? demanda Corinne, encore secouée par ce qu'elle venait de vivre. Pourquoi tu l'as appelé Mitaines ?

— C'est un pauvre innocent qui a pas toute sa tête, expliqua un Laurent qui avait enfin retrouvé son calme. On l'a toujours appelé Mitaines parce que, depuis qu'il est arrivé à Saint-Paul, il a toujours sa paire de mitaines rouges autour du cou, hiver comme été. Quand on lui demande pourquoi il a ça autour du cou, il se contente de nous dire que ces mitaines-là sont à lui.

— Où est-ce qu'il reste ?

— Chez Eusèbe Tremblay, dans Notre-Dame. Le bonhomme Tremblay prend de l'âge et il a pas d'enfants. Il a pris Mitaines comme une sorte d'homme engagé. Il le nourrit et l'héberge contre un coup de main.

— Qu'est-ce qu'il venait faire au bout de notre rang ?

— Tu vas vite t'apercevoir qu'il passe pas mal de temps à traîner à gauche et à droite dans la paroisse. Mais s'il remet les pieds ici dedans, je vais lui faire passer le goût du pain, promit Laurent avec un regard mauvais.

Il y eut un long silence dans la cuisine, silence à peine troublé par le bruit des ustensiles heurtant le fond des assiettes.

— On devrait aller faire un tour chez mon père, cet après-midi, suggéra Corinne au moment où elle et son mari finissaient de manger leur dessert. On est mariés depuis quinze jours et on n'est pas encore allés les voir.

— Ben, ça va attendre la semaine prochaine, déclara tout net son mari. J'ai eu une grosse semaine et j'ai envie de faire un somme cet après-midi.

— Il fait beau, plaida la jeune femme.

— Raison de plus pour en profiter pour se reposer, déclara-t-il sur un ton sans appel.

Après avoir rangé la cuisine, Corinne choisit d'aller le rejoindre dans leur chambre à coucher où une petite brise faisait voleter légèrement les rideaux. Elle connaissait maintenant assez son mari pour savoir à quel point il était difficile d'en tirer quelque chose quand il la désirait. La chose ne lui déplaisait pas, mais elle se demandait tout de même s'ils ne commettaient pas un péché en s'y adonnant aussi souvent depuis leur mariage. Pendant un moment, elle eut même l'idée d'en parler au prêtre lorsqu'elle irait se confesser.

Au début de la soirée, les jeunes époux prenaient le frais sur la galerie lorsqu'ils virent arriver Gonzague Boisvert. Corinne vérifia du bout des doigts l'ordonnance de son chignon et se leva pour accueillir son beau-père, qui venait leur rendre visite pour une première fois depuis leur installation.

— Bonsoir, monsieur Boisvert, le salua-t-elle dès qu'il posa un pied sur la première marche de l'escalier. Venez vous asseoir, Laurent va aller vous chercher une chaise en dedans.

— Bonsoir. Je vous dérangerai pas ben longtemps, annonça le père de son mari sans esquisser le moindre sourire.

— Prenez au moins le temps de souffler un peu, fit Laurent en apportant la chaise promise. Ça tentait pas à Henri et Annette de venir avec vous ? demanda-t-il. Je pense qu'ils ont même pas encore vu où on reste.

— Tu les connais, ils sont pas sorteux, les excusa Gonzague du bout des lèvres… Bon, c'est ben beau tout ça, mais je viens surtout pour parler affaires.

— Ah oui ? s'étonna son fils.

— Ben oui, je suis allé voir Provost et Sylvestre cet après-midi. Moi, même si je suis le président de la commission scolaire, je peux rien décider sans demander l'avis des deux autres commissaires.

Corinne ne manifesta aucune curiosité apparente et attendit que son beau-père dise ce qu'ils avaient décidé. Elle était consciente que ce dernier la scrutait de ses petits yeux calculateurs dissimulés en partie sous ses épais sourcils.

— On va te donner trois piastres par semaine pour faire l'école dans le rang Saint-Joseph jusqu'à ce qu'on ait trouvé quelqu'un, annonça-t-il. Ça empêche pas que les commissaires ont pensé, comme moi, que t'aurais pu faire la classe sans rien charger pendant une couple de semaines pour rendre service aux gens de la paroisse. En tout cas, j'espère que t'es contente ? ajouta-t-il sur un ton rogue.

— Pantoute, monsieur Boisvert, répliqua sèchement la jeune femme sur un ton frondeur. J'avais dit quatre piastres par semaine, pas trois. Vous pouvez dire aux commissaires que la femme de votre garçon attend pas après ça pour vivre et qu'elle refuse. Ils ont juste à se trouver une fille dans la paroisse qui va être assez folle pour accepter de venir enseigner gratis à l'école de notre rang. Moi, ça m'intéresse pas.

— Baptême ! jura Gonzague en perdant son calme. T'es pas pour faire une histoire pour une différence d'une piastre par semaine !

— Si cette piastre-là est pas importante, pourquoi la commission scolaire la paye pas ? demanda Corinne avec une logique évidente.

Une lueur de respect sembla s'allumer dans le regard du beau-père. Il se leva et sortit de la poche intérieure de son veston noir élimé une feuille pliée en quatre.

— C'est correct ! fit-il sur un ton bougon. On t'engage en attendant de trouver une vraie maîtresse d'école. As-tu une plume et de l'encre dans la maison ?

— Pour quatre piastres par semaine ?

— Ouais ! Je suppose que comme tu resteras pas dans l'appartement en haut, on va sauver ça en bois de chauffage au bout de la ligne.

Ils pénétrèrent tous les trois dans la maison. Pendant que Laurent allumait une lampe à huile, Corinne alla chercher la bouteille d'encre et une plume rangées dans un tiroir de l'armoire de cuisine. Le président de la commission scolaire contresigna le contrat d'engagement après y avoir inscrit le montant de la rétribution réservée à la future enseignante.

— On va te payer à la fin du mois, lui promit-il comme à regret après avoir déposé sur la table la clé de l'école.

L'école commence dans trois jours. Tu vas avoir besoin d'aller faire un bon ménage là-dedans parce que même si la petite Angers a mis de l'ordre avant de partir pour l'été au mois de juin, il doit y avoir pas mal de poussière.

— Je vais faire ça, promit Corinne en prenant bien garde de manifester son enthousiasme.

— Tu devrais avoir une vingtaine d'enfants. Là-dedans, si je me souviens ben, t'en as quatre qui commencent et t'auras personne en septième année. De toute façon, je vais dire à Sylvestre de te laisser la liste demain avant-midi à l'école, si t'as l'intention d'y aller.

— Je vais être là, monsieur Boisvert. Voulez-vous boire quelque chose ?

— Non, merci. Il faut que j'y aille, déclara-t-il en se dirigeant vers la porte moustiquaire. V'là une bonne affaire de réglée. À cette heure, fais ben ton ouvrage et fais-moi pas honte. Il manquerait plus qu'on raconte partout dans Saint-Paul que ma bru vaut rien comme maîtresse d'école.

— Inquiétez-vous pas pour ça, répliqua la jeune femme avec un aplomb qu'elle était loin d'éprouver.

— T'es jeune et t'as pas d'expérience. Il y a de quoi s'inquiéter, grogna-t-il.

— En tout cas, ça vous a tout de même pas empêché de me faire signer le contrat que vous aviez apporté.

Après le départ de son beau-père, Corinne ne put s'empêcher d'exprimer sa mauvaise humeur.

— Écoute donc ! Est-ce que ton père est toujours aussi aimable que ça ? demanda-t-elle à Laurent en reprenant place à ses côtés sur la galerie.

— Je l'ai pas trouvé si pire, dit ce dernier en allumant sa pipe.

— Eh bien ! Qu'est-ce qu'il te faut ? Il est mal pris avec une école sans maîtresse et au lieu d'être reconnaissant de découvrir une femme qui accepte de s'occuper de l'école en attendant qu'il trouve quelqu'un, il cherche à l'exploiter.

— Pourquoi tu dis ça ?

— T'as bien vu qu'il a essayé de me payer juste trois piastres, même s'il pouvait m'en donner quatre par semaine. Comme si l'argent était à lui !

— Ça te sert à rien de te lamenter, il est comme ça. Je te l'ai déjà dit, mon père est pas mal dur en affaires. Pour lui, une cenne, c'est une cenne.

— Il y a au moins une chose certaine, affirma Corinne en esquissant une grimace. Si ma sœur Germaine me voyait, elle rirait bien de moi. Je lui ai toujours dit que je me marierais plutôt que d'être obligée de faire l'école.

— Puis ? demanda Laurent, intrigué.

— Bien, à cette heure, je suis prise pour endurer un mari en plus d'une bande d'enfants que je connais même pas, dit-elle en éclatant de rire.

— Viens te coucher, lui ordonna-t-il en feignant la colère. Je vais te faire ravaler ces paroles-là.

Chapitre 15

La maîtresse d'école

Le lendemain matin, Laurent entreprit sa deuxième semaine de travail au moulin du maire Gagnon. Après son départ, Corinne s'empressa de soigner les animaux et de ranger la maison avant de se diriger à pied vers l'école du rang située à plus d'un demi-mille de chez elle.

Le petit bâtiment en bois surmonté d'un clocheton avait été construit une quinzaine d'années auparavant à égale distance des deux extrémités du rang Saint-Joseph, sur une parcelle de terre achetée à Aristide Lanteigne.

Elle dut se frayer un chemin jusqu'au balcon en marchant dans l'herbe qui lui arrivait à la hauteur des genoux. Avant de pénétrer dans l'édifice, elle alla jeter un coup d'œil aux toilettes sèches installées au fond de la cour ainsi qu'à la remise où il restait moins d'une corde de bois de chauffage. Elle revint sur ses pas et déverrouilla la porte d'entrée.

La future institutrice se retrouva devant une grande pièce bien éclairée par quatre fenêtres à guillotine passablement poussiéreuses. À l'avant un bureau était installé sur une petite estrade près d'un grand tableau noir qui avait été soigneusement lavé. Bien alignés face à ce bureau, il y avait quatre rangées de pupitres doubles très éraflés, mais sans graffiti. Une fournaise ventrue occupait un coin de la classe, au fond du local, là où se trouvait l'escalier donnant accès à l'appartement de fonction de l'institutrice.

Poussée par la curiosité, Corinne alla jeter un coup d'œil à cette pièce après avoir ouvert les fenêtres de la classe pour aérer l'endroit. Elle fut un peu déçue de ne découvrir qu'une cuisine et une chambre sommairement meublées, identiques à celles où vivait sa sœur Germaine à Saint-Bonaventure. Elle ne s'attarda pas à l'étage et descendit rapidement pour explorer l'armoire où étaient rangés les manuels scolaires, les craies et les ardoises destinés aux enfants. Après avoir exploré le contenu des tiroirs du bureau sur lequel elle aurait à travailler, elle décida d'épousseter les pupitres et de laver les fenêtres.

L'avant-midi tirait à sa fin quand deux voitures s'arrêtèrent près de l'école. Curieuse, Corinne sortit pour aller à la rencontre des visiteurs. Un homme, vêtu d'une chemise à carreaux rouge et noir et coiffé d'une casquette en toile, s'avança vers elle, suivi par un jeune homme soigneusement habillé, tenant une serviette en cuir à la main.

— Madame Boisvert?

— Oui.

— Baptiste Sylvestre, commissaire d'école, se présenta l'homme à la chemise à carreaux. Votre beau-père a dû vous dire que je passerais à matin vous laisser la liste des enfants qui allaient venir à votre école. Je vous ai apporté aussi votre registre de classe. Il est ben important que vous le remplissiez tous les jours.

Pendant ce bref échange, le jeune homme s'était contenté de se tenir en retrait et de regarder Corinne.

— Cet après-midi, je vais vous apporter un bon voyage de bois de chauffage, poursuivit le commissaire. Vous aurez qu'à demander aux enfants les plus vieux de le corder dans la remise quand l'école commencera. Ah oui, j'allais oublier. Je vous ai amené de la visite rare. Monsieur Adélard Boivin est l'inspecteur qui va venir contrôler de temps en temps si tout se passe ben dans votre classe.

Adélard Boivin salua en soulevant son chapeau noir et en adressant un sourire chaleureux à la future institutrice.

— Merci, monsieur Sylvestre, dit-il en se tournant vers le commissaire. Vous avez été bien aimable de vous être dérangé pour me présenter à madame Boisvert. Je vais m'entretenir quelques minutes avec madame si elle en a le temps.

— Ben, si c'est comme ça, je vous laisse, dit le cultivateur en saluant de la main l'inspecteur et Corinne. Je reviendrai cet après-midi.

Le jeune homme et Corinne le suivirent du regard alors qu'il retournait à son boghei et reprenait la route.

— Je vous retiendrai pas trop longtemps, madame Boisvert, dit aimablement l'inspecteur. On m'a dit que vous en étiez à votre première classe. Je pourrais vous donner quelques conseils qui vous faciliteront la vie, si vous le désirez.

— Vous seriez bien aimable, monsieur, dit Corinne, passablement intimidée par le visiteur à la diction très soignée.

— Je sais que vous n'allez occuper le poste que temporairement, mais ce n'est pas une raison pour vous laisser démunie.

— Merci.

— On va s'installer à votre bureau, si vous le voulez bien, et je vais vous expliquer comment tenir votre registre à jour et vous débrouiller avec des enfants de différents niveaux. En venant, j'ai jeté un coup d'œil sur la liste de vos élèves. Vous en avez vingt et un. Vous êtes chanceuse jusqu'à un certain point, vous avez cinq élèves qui entreprennent leur sixième année. Vous allez donc pouvoir leur demander de vous aider, surtout avec les enfants qui commencent leur première année.

Durant les trois heures suivantes, Adélard Boivin, de toute évidence sous le charme de la jeune femme, ne ménagea pas ses conseils et ses recommandations. Il lui communiqua certaines recettes pour intéresser les jeunes au calcul, à la lecture et à l'écriture. Il insista surtout sur l'enseignement du catéchisme dont l'apprentissage serait régulièrement vérifié par le curé ou le vicaire de la paroisse. Il lui montra même comment noter les enfants.

Soudain, la voix de Baptiste Sylvestre les fit sursauter. Pendant que Corinne allait voir ce que le commissaire faisait dans la cour, l'inspecteur tirait sa montre de gousset pour consulter l'heure.

— Seigneur ! s'exclama-t-il. Il est presque deux heures de l'après-midi. Avec tout ça, je vous ai empêchée d'aller dîner.

— C'est pas grave, monsieur Boivin, j'ai pris un bon déjeuner, le rassura-t-elle avec bonne humeur. Le temps a filé tellement vite que je l'ai pas vu passer, ajouta-t-elle avec un sourire. Vous avez été bien fin de m'expliquer tout ça.

— Je vous laisse, dit l'inspecteur en se levant et en remettant dans sa serviette les papiers qu'il en avait tirés. Je suis sûr que vous n'aurez pas trop de difficulté avec les enfants. De toute façon, je vais repasser vous voir avant la fin du mois. J'espère que vous allez être encore là, précisa-t-il en rougissant légèrement.

Il prit son chapeau qu'il avait déposé sur un pupitre et sortit de la classe, suivi par Corinne. Il monta dans sa voiture, la salua poliment une dernière fois en soulevant son chapeau avant de faire avancer son attelage. Quand il eut disparu, la jeune femme alla vers Baptiste Sylvestre et le regarda lancer les bûches devant la remise en compagnie d'un grand adolescent qui devait être l'un de ses fils.

— Je m'en vais, monsieur Sylvestre, lui annonça-t-elle quand il s'arrêta un instant pour reprendre haleine. Est-ce que vous pensez avoir le temps de faire faucher la cour avant que les enfants viennent à l'école ?

— Je vais essayer, promit l'homme en passant un large mouchoir à la propreté douteuse sur son front en sueur. Mais si j'ai pas le temps, ce sera pas ben grave. Vous allez voir qu'une bande d'enfants, c'est capable d'écraser l'herbe pas mal vite.

De retour à la maison, Corinne occupa le reste de cet après-midi-là à préparer la rentrée des élèves et ses classes, comme le lui avait si gentiment montré l'inspecteur Boivin. Durant le souper, la jeune femme raconta à son mari, avec force détails, tout ce que son visiteur lui avait expliqué en ne cherchant nullement à dissimuler l'admiration qu'elle éprouvait pour un homme aussi brillant et serviable… À tel point que son mari en prit ombrage.

— Ça va faire ! finit-il par lui dire, jaloux. Je suppose que c'est un gars de la ville qui parle en termes, comme l'avocat Parenteau.

— Il vient pas d'une grande ville comme Montréal et Québec, continua-t-elle sans remarquer sa jalousie. Il vient de Lévis. Il m'a même dit que c'est là qu'un nommé Alphonse Desjardins a ouvert l'hiver passé ce qu'il appelle une Caisse populaire.

— À part ça, est-ce qu'il t'a expliqué d'autres belles affaires que nous autres, on est trop épais pour connaître ?

— Il m'a raconté aussi qu'il est allé voir à la fin du printemps passé une course d'automobiles au stade De Lorimier, à Montréal. Tu parles d'un chanceux ! Il paraît que c'était de toute beauté à voir. Il y avait là des automobiles à vapeur et à essence, comme il dit.

— Moi, je pense que c'est surtout un maudit beau vantard, ton Adélard Boivin, répliqua Laurent sur un ton sec.

— Dis donc, Laurent Boisvert, est-ce que tu serais pas jaloux, par hasard ? demanda Corinne, flattée, se rendant subitement compte de la jalousie de son mari.

— Il manquerait plus que je sois jaloux d'un petit feluette de la ville, s'emporta ce dernier.

— On le dirait, en tout cas… À soir, il faut qu'on aille porter un papier chez ton père, dit-elle en changeant volontairement de sujet de conversation. L'inspecteur m'a dit que c'était pressant.

— Pas à soir, j'ai pas le goût pantoute d'aller courir là.

— Parfait, je vais atteler Satan moi-même et y aller toute seule, déclara sa femme, l'air décidé. Ça fait plus que deux semaines qu'on est mariés, on n'a même pas fait une visite de politesse chez nous ou chez vous. Il est temps qu'on le fasse. On aurait pu y aller hier, mais t'avais le goût de faire autre chose...

— C'est correct, maudite tête dure ! éclata Laurent en se levant de la chaise berçante où il venait de s'asseoir après le repas. Mais je t'avertis, on restera pas longtemps.

Contente d'avoir remporté cette petite victoire, Corinne se précipita dans sa chambre à coucher pour changer de robe et se coiffer. Elle releva son chignon blond avant de déposer un petit chapeau à voilette sur sa tête. Quand Laurent immobilisa le boghei près de la galerie, elle l'attendait déjà.

Quelques minutes plus tard, le jeune couple frappait à la porte de la maison en pierre du rang Saint-André. Annette vint leur ouvrir après avoir vérifié par la fenêtre l'identité des voyageurs. À la vue de son frère et de sa belle-sœur, Henri se leva sans manifester aucun enthousiasme pour leur souhaiter la bienvenue.

— On vous dérangera pas ben longtemps, déclara Laurent en prenant place sur une des chaises que lui tendait son frère aîné. P'pa est pas là ?

— Il est parti chez le voisin. Il devrait être à la veille de revenir, répondit Annette à la place de son mari. Toi, emmène Bernard et Philippe aux toilettes et dépêche-toi, ordonna-t-elle sèchement à Rosaire, assis au bout du banc, près de la table.

Le petit garçon de onze ans à l'air maladif se dépêcha de saisir la main des deux jeunes fils du couple pour les emmener aux toilettes sèches à l'extérieur. Il ne fut malheureusement pas assez rapide pour éviter la taloche de leur mère.

— Il faut tout lui dire à cet innocent-là ! fit la petite femme à la voix dure en se tournant vers Corinne. J'ai jamais vu un sans-génie pareil.

Corinne se garda de commenter et demanda des nouvelles des enfants du couple.

— Ils sont en santé, mais j'ai pas grand aide pour m'en occuper. Je pense qu'on pourrait peut-être demander à monsieur le curé de voir si on pourrait pas faire venir une fille de l'orphelinat pour me donner un coup de main dans la maison.

— Il en est pas question, intervint Henri sur un ton sans réplique. T'as entendu le père. Ce monde-là mange plus que ça vaut.

— On pourrait renvoyer l'autre, le membre inutile, objecta Annette, l'air mauvais. Il sert à rien dans la maison.

— T'en parleras au père. Moi, je le trouve pas ben plus utile dehors.

Là-dessus, Henri s'informa du travail que son frère accomplissait au moulin et il cacha mal sa satisfaction en apprenant qu'il allait perdre son emploi à la fin de la semaine.

— Comme ça, tu vas être capable de venir nous aider à rentrer la récolte ? poursuivit-il en affichant un contentement évident.

— Je pense pas, répondit Laurent. Je me suis déjà entendu avec Jutras pour l'aider en échange de bois de chauffage pour l'hiver.

La mine subitement renfrognée de son frère lui apprit à quel point il était déçu par la nouvelle. Au même moment, on entendit des pas sur la galerie et la porte s'ouvrit sur un Gonzague Boisvert de mauvaise humeur. Rosaire entra derrière lui en tenant les deux enfants par la main.

— Va les coucher et couche-toi, toi aussi, lui ordonna sèchement Annette en le voyant entrer. Puis, organise-toi pour que je les entende pas parler en haut.

Rosaire eut un sourire timide à l'endroit de Corinne en passant devant elle et il entraîna les enfants dans l'escalier. Gonzague, étranger à la scène, suspendit sa casquette à l'un des crochets fixés au mur derrière la porte et salua sa bru et son fils.

— Êtes-vous rendus que vous faites vos visites de politesse en pleine semaine ? leur demanda-t-il sur un ton réprobateur.

— Non, monsieur Boisvert, répondit Corinne, insultée de recevoir un accueil aussi froid. On est juste venus vous apporter un papier que l'inspecteur m'a laissé pour vous cet après-midi. On s'en allait justement, ajouta-t-elle en se levant pour lui tendre le document laissé par Adélard Boivin.

Laurent imita sa femme. Aucun des hôtes n'éleva la moindre protestation pour tenter de les retenir.

— Je travaille de bonne heure demain matin, dit Laurent pour meubler le silence gênant qui venait de tomber dans la pièce pendant que Corinne remettait sur sa tête son petit chapeau.

— Nous autres aussi, laissa tomber Henri en accompagnant son frère et sa belle-sœur jusqu'à la porte.

— Bon, c'est ça, à la revoyure, fit le cadet des Boisvert en sortant derrière sa femme.

Corinne et lui se gardèrent bien d'inviter leurs hôtes à venir les visiter à leur tour. Les jeunes époux reprirent la route sans que personne ait pris la peine de sortir sur la galerie pour leur souhaiter un bon retour à la maison.

— Tu parles d'une bande d'airs bêtes ! s'exclama Corinne avec mauvaise humeur. Ils nous ont même pas offert un verre d'eau. Rien. On aurait été mieux traités si on avait été des étrangers.

À ses côtés, Laurent arborait un visage fermé et mâchouillait le tuyau de sa pipe éteinte.

— Ça va prendre un maudit bout de temps avant que je remette les pieds dans cette maison-là, finit-il par dire, en proie à une rage froide.

— Moi, ce que je trouve triste, c'est leur façon de traiter le petit Rosaire comme si c'était un chien, reprit Corinne, pleine de ressentiment. Si ça a de l'allure de traiter un enfant comme ça. Ils arrêtent pas de lui reprocher ce qu'il mange. À regarder comment il est maigre, j'ai pourtant pas l'impression qu'il doit manger tant que ça… J'ai jamais vu du monde comme ça, conclut-elle sur un ton définitif.

Deux jours plus tard, Corinne, passablement nerveuse et la cloche à la main, accueillit à la porte de son école la vingtaine d'enfants du rang qui étaient inscrits. Elle avait mal dormi durant la nuit précédente, imaginant toutes sortes de scénarios qui allaient faire d'elle la risée de toute la paroisse. En ce jeudi matin nuageux, elle était déjà sur place dès sept heures, faisant les cent pas dans la classe qui allait abriter ses élèves une heure et demie plus tard. Elle aurait donné ce qu'elle possédait de plus cher pour pouvoir profiter de l'expérience de Germaine.

— Après tout, je suis pas leur vraie maîtresse d'école, se répétait-elle. Si ça fait pas l'affaire, j'aurai juste à dire que je lâche et le beau-père trouvera quelqu'un d'autre.

Pourtant, cela ne parvenait pas à la rassurer. Pour la centième fois, elle alla consulter dans son cahier de préparation son petit mot de bienvenue préparé la veille ainsi que tout ce qu'elle devait faire en cette première journée de classe.

Elle s'était torturée bien inutilement. Tout se déroula le mieux du monde. Elle les disposa en deux rangs, face au balcon, selon leur grandeur, avant de leur donner le signal d'entrer. Avec un calme et une autorité qui la surprirent elle-même, elle fit asseoir les plus petits à l'avant de la classe et ordonna aux plus grands de prendre place à l'arrière avant de noter les présences.

En ce premier jour de classe de l'année scolaire 1901-1902, elle avait douze fillettes et huit garçons qui se répartissaient entre la première et la sixième année. Seul un certain Victor Lanteigne était absent. Après une courte prière, elle expliqua aux enfants qu'elle entendait leur enseigner le catéchisme et le français l'avant-midi, gardant le calcul et les autres matières pour l'après-midi. Pour l'organisation, elle jumela chaque enfant de première année à un élève plus âgé et demanda aux garçons de se charger de corder le bois dans la remise à l'heure de la récréation. Quand vint le temps de désigner un responsable de l'alimentation de la fournaise située au fond de la classe, un garçon d'une dizaine d'années lui dit:

— Madame, c'est toujours Victor qui s'en occupe d'habitude. L'année passée, madame Angers voulait que ce soit juste lui.

— C'est correct, on va laisser cet ouvrage-là à Victor quand il fera assez froid pour chauffer la fournaise, accepta-t-elle. Pour le tableau en avant, tous ceux qui ne sont pas en première et en deuxième année vont être chargés de le laver à tour de rôle, à quatre heures, avant de partir.

Elle distribua les ardoises, les craies et les rares manuels scolaires avant de commencer son enseignement.

En ce premier avant-midi d'école, elle prit tant de plaisir à enseigner qu'elle ne vit pas le temps passer. Elle ne s'arrêta que sur le coup de dix heures pour offrir aux élèves une brève récréation que les garçons occupèrent à corder le bois. Quand les enfants quittèrent sa classe à onze heures trente pour aller dîner, Corinne les vit partir avec un certain regret, attendant déjà impatiemment leur retour à une heure pour reprendre là où elle avait laissé.

À quatre heures, elle donna le signal de la fin de la classe et permit aux enfants de partir en leur recommandant de couvrir soigneusement leurs manuels.

À son grand étonnement, Mathilde et Réjeanne Rocheleau, respectivement en première et en deuxième année, l'attendaient patiemment devant l'école pour rentrer à pied en sa compagnie. Ces deux petites brunes pétillantes l'avaient apparemment adoptée. Durant le trajet, elles révélèrent à leur enseignante et voisine toutes sortes d'informations sur elles-mêmes et sur leur famille. Édouard et Roger, leurs frères aînés, marchaient loin devant elles, sans se retourner.

Lorsque Corinne laissa les deux fillettes devant chez elles, elle croisa Marie-Claire Rocheleau en train de vider sa boîte aux lettres, au bord du chemin.

— Bon, à ce que je vois, t'as pas pu te débarrasser de mes deux petites pies, dit-elle affectueusement au sujet de ses deux filles. J'avais dit à Édouard de les ramener, mais il paraît qu'elles tenaient absolument à te parler.

— Ça m'a fait de la compagnie pour revenir à la maison, répondit Corinne, hésitant encore à tutoyer sa voisine.

— En tout cas, si mes enfants écoutent pas bien à l'école ou s'ils sont effrontés, gêne-toi pas de leur donner le martinet.

— Je pense pas que ça va arriver, dit Corinne en souriant. Ils sont trop bien élevés pour ça.

Là-dessus, elle salua Marie-Claire Rocheleau et reprit la route.

Corinne ne fit connaissance du fameux Victor Lanteigne que le vendredi matin, soit deux jours après le début officiel de l'année scolaire. C'était un adolescent poussé en graine dont la tête rousse dépassait de plusieurs pouces celles des autres élèves. Ce matin-là, la jeune institutrice le repéra dès qu'elle sortit sur le balcon de l'école pour sonner la cloche annonçant le début de la classe. L'adolescent âgé de treize ans arborait un petit air bravache assez déplaisant, les deux mains enfouies profondément dans ses poches.

— On se met en rang en silence, ordonna-t-elle sans élever la voix. On se bouscule pas.

Victor Lanteigne se tint à l'écart des rangs et ne bougea pas, se contentant de reluquer l'institutrice avec insolence. Corinne fit signe aux enfants d'entrer, mais elle demeura sur le balcon pour intercepter le nouveau venu. Au moment où il passa devant elle, elle lui barra le chemin, gardant la porte de l'école ouverte dans son dos.

— Comment tu t'appelles ?

— Victor, dit-il d'une voix bourrue en train de muer.

— Victor qui ? demanda-t-elle en durcissant le ton.

— Lanteigne.

— Lanteigne, madame, le reprit-elle.

Il y eut un bref silence pendant lequel ils se mesurèrent du regard avant qu'il consente à répéter :

— Victor Lanteigne, madame.

— Comment ça se fait que t'étais absent mercredi et jeudi ?

— Je suis resté chez nous pour aider.

— Je suis resté chez nous pour aider, madame, le reprit-elle encore une fois.

— Je suis resté chez nous pour aider, madame.

— Tu m'apporteras un mot de ta mère cet après-midi pour expliquer ton absence. Tu reprends ta cinquième année, si je me trompe pas ?

— Oui... Oui, madame.

— C'est correct. Comme t'es plus grand que les autres, tu vas t'asseoir au dernier pupitre de la rangée, proche de la fournaise. Les autres m'ont dit que t'étais bon pour l'entretenir, poursuivit-elle. Si ça te tente, je vais te laisser cet ouvrage-là quand on commencera à chauffer. Est-ce que c'est correct ?

— Oui, madame.

L'adolescent entra dans la classe et se dirigea vers le pupitre assigné par Corinne. Il s'y installa sans aucun enthousiasme.

Dès ce premier avant-midi, Corinne comprit que Victor ne venait à l'école que par obligation et qu'il détestait cela. Il était bien évident qu'il ne manifestait aucune bonne volonté à apprendre. Sa présence avait même un effet perturbateur sur ses voisins qu'il bousculait sans gêne. La jeune institutrice se promit de le garder à l'œil. Il ne revint pas en classe après le dîner, ce qui n'était pas pour déplaire à Corinne.

À son arrivée à la maison, cet après-midi-là, elle alluma le poêle, prépara la pâte pour les crêpes et s'empressa de changer de robe avant d'aller chercher les cinq vaches qui paissaient dans le champ. Elle les ramena à l'étable et fit le train. Après avoir nourri les porcs et les poules, elle rentra à la maison et attendit le retour de Laurent en dressant le couvert.

À six heures trente, la jeune femme commença à s'inquiéter. Habituellement, il était rentré du travail depuis longtemps à cette heure-là. Elle finit par confectionner les crêpes et après les avoir gardées plusieurs minutes au fourneau, elle décida de souper seule, tenaillée par l'inquiétude, tout en lui conservant sa part au chaud.

— Veux-tu bien me dire ce qui peut le retarder aussi longtemps que ça ? se répéta-t-elle à plusieurs occasions.

Elle lava la vaisselle puis entreprit de remplir la cuve installée sur le balcon arrière. En ce vendredi soir, elle avait l'intention de commencer à laver les vêtements pour occuper ses mains en attendant son mari, qui n'était toujours pas rentré. Maintenant qu'elle devait enseigner toute la semaine, elle ne pouvait s'acquitter des grosses tâches ménagères que le soir et durant la journée du samedi.

Il ne faisait pas encore noir et elle entreprit de frotter vigoureusement les vêtements sales sur sa planche à laver à l'aide d'une barre de savon du pays. Après avoir rincé chaque vêtement, elle s'empressa de l'étendre sur sa corde à linge. L'obscurité était presque totale quand elle termina son travail. Elle alla vider sa cuve dans l'auge des porcs avant de la suspendre au clou planté dans un mur de la remise.

De retour dans la cuisine, elle alluma une lampe et, de plus en plus anxieuse, elle se mit à prier qu'il ne soit rien arrivé de grave à son Laurent. S'il n'était pas parti avec le boghei, elle aurait attelé Satan pour aller voir au moulin ce qui se passait.

Un peu après neuf heures, la nuit était tombée depuis longtemps quand elle décida d'aller chez Jocelyn Jutras ou chez les Rocheleau pour leur emprunter leur voiture.

— J'aurais dû y aller bien avant ça, se reprocha-t-elle en déposant un épais châle de laine sur ses épaules après avoir allumé un fanal pour éclairer sa route.

Elle allait s'engager sur la route à pied quand elle entendit le bruit d'une voiture qui approchait. Elle eut beau scruter le chemin, elle ne vit rien. Puis soudain, elle reconnut la voix de son mari commandant à Satan de ralentir. Elle eut à peine le temps de s'écarter du chemin avant de voir apparaître le boghei tiré par le grand cheval noir.

— Whow! Whow! Cal... Calme-toi, mau... maudit cheval fou! cria le conducteur à sa bête d'une voix avinée. Envoye, à cette heure, mar... marche jusqu'à l'écurie!

Ce ne fut qu'à ce moment-là que Laurent aperçut sa femme tenant un fanal à l'entrée de leur cour. Il arrêta le boghei.

— Bon... Bonyeu! Veux-tu ben me di... dire ce que tu fais sur le chemin aussi tard? lui demanda-t-il d'une voix hésitante.

— Je m'en allais te chercher, répondit-elle avec humeur en se dirigeant vers la maison sans lui donner plus d'explications.

— Es... Espère-moi. Je reviens dans une mi... minute, dit-il avec difficulté avant de remettre son attelage en marche en direction de l'écurie.

Corinne ne se donna même pas la peine de lui répondre. Elle entra dans la maison, éteignit son fanal et gagna sa chambre à coucher après s'être emparée de la lampe à huile. Une minute plus tard, elle sortit de la pièce, les bras chargés de literie. Elle monta à l'étage. Elle revint dans la cuisine d'été au moment même où Laurent entrait dans la pièce d'une démarche plutôt chaloupée.

— Est-ce que je peux savoir d'où tu sors ? l'interrogea-t-elle, plantée debout au centre de la cuisine, les mains sur les hanches.

— De Ya... Yamaska, sacrement ! jura son mari en se laissant tomber dans sa chaise berçante.

— Qu'est-ce que tu faisais là ? fit-elle d'une voix peu amène.

— Je suis allé fê... fêter un peu avec les gars. Un homme, c'est pas... pas fait juste pour tra... travailler, tu sauras, ma belle blonde. Ça a le droit de fê... fêter aussi de temps en temps.

Corinne lui adressa un regard dégoûté avant de se détourner de lui pour reprendre la seconde lampe à huile qu'elle venait de déposer sur la table.

— Bon, je pense que t'es trop chaud pour discuter à soir, dit-elle. Je monte me coucher. On se parlera demain matin quand t'auras les idées plus claires.

— Com... Comment ça, tu montes te coucher ? bredouilla son mari en se levant. Notre cham... chambre est en bas.

— Je dors pas avec un soûlon, tu sauras, rétorqua-t-elle sèchement.

— Et ton de... devoir de femme ma... mariée, qu'est-ce que t'en fais, hein ?

— Tiens, tu te souviens que t'es marié tout à coup, répliqua-t-elle, sarcastique. C'est drôle, ça ! Pendant que tu buvais comme un cochon, t'as pas pensé pantoute que ta femme t'attendait et qu'elle s'inquiétait.

— As-tu pen... pensé que je peux te for... te forcer à faire ton de... devoir ? reprit son mari avec un entêtement auquel l'alcool n'était pas étranger. Ici dedans, c'est moi qui mè... mène et tu dois fai... faire ce que je te dis.

— C'est ça, rétorqua Corinne, de plus en plus furieuse. Oblige-moi juste une fois, et je vais te le faire regretter longtemps.

— Ah ! T'es pas par… parlable ! renonça subitement son mari en s'assoyant de nouveau dans sa chaise berçante. Monte donc te coucher et sa… sacre-moi patience !

Corinne prit la lampe et monta à l'étage. Après avoir pénétré dans la chambre rose, elle prit la précaution de bloquer la porte en coinçant la poignée avec le dossier d'une chaise. Elle souffla la lampe et s'étendit seule, dans le noir, secouée par des sanglots. Pour la première fois depuis son mariage, elle se demandait si elle avait pris la bonne décision d'épouser Laurent Boisvert. Elle pouvait accepter avec courage leur manque d'argent, leur isolement et même la famille antipathique de son conjoint, mais s'il était porté sur l'alcool, cela dépassait ce qu'elle se croyait capable d'endurer. C'est sur cette dernière pensée qu'elle finit par sombrer dans un sommeil agité un peu avant minuit.

Lorsqu'elle se leva le lendemain matin, il lui fallut plusieurs secondes pour réaliser ce qu'elle faisait dans la petite chambre rose. Sa colère de la veille était intacte quand elle descendit au rez-de-chaussée.

À son entrée dans la cuisine d'été, elle découvrit son mari, tout habillé, affalé dans sa chaise berçante, le cou tordu dans une pose qui devait être des plus inconfortables. De toute évidence, il s'était endormi là et y avait passé la nuit.

La jeune femme alluma le poêle et fit volontairement assez de bruit pour réveiller son conjoint, qui finit par ouvrir les yeux, apparemment étonné de se retrouver à cet endroit si tôt le matin. Il émit une vague plainte en saisissant sa tête à deux mains. Son visage chiffonné en disait long sur ses abus de la veille.

— Sacrement que j'ai mal à la tête ! se plaignit-il. Veux-tu ben me dire ce que j'ai ?

— Il y a que t'as bu comme un cochon hier soir, dit-elle sans élever la voix. Quand t'auras repris tes sens, tu pourrais peut-être aller t'occuper du train.

— Pourquoi tu le fais pas comme d'habitude ? eut-il le culot de lui demander.

— Parce qu'on est samedi, imagine-toi. C'est le seul jour où je peux faire mon gros ouvrage. Je vais cuire aujourd'hui et faire le ménage de la maison. Toi, t'as rien à faire. Ça fait que tu vas te débrouiller avec les animaux. Moi, j'ai pas le temps.

— Maudit que t'es bête à matin, dit-il en s'extirpant péniblement de sa chaise berçante.

— Grouille-toi un peu, se contenta-t-elle de répliquer. J'ai pas envie de t'attendre pendant des heures pour servir le déjeuner. J'ai pas juste ça à faire aujourd'hui.

Son mari se rendit au lavabo en titubant légèrement et s'aspergea le visage d'eau froide. Il sortit ensuite de la maison en ronchonnant. Quand il revint à la maison, le déjeuner était prêt et Corinne avait même eu le temps de remettre de l'ordre à l'étage et dans sa chambre du rez-de-chaussée.

Elle lui servit des œufs avant de venir prendre place au bout de la table, en face de lui. Elle le laissa manger en silence. Même si son mari lui semblait en meilleur état, elle attendit tout de même qu'il allume sa pipe pour revenir à ce qui s'était passé la veille.

— À cette heure que t'as repris tes esprits, est-ce que tu penses que je vais finir par savoir ce qui s'est passé hier soir ?

— Quoi, hier soir ? demanda-t-il avec une évidente mauvaise foi.

— T'es revenu à la maison vers dix heures, soûl comme une botte. Ça t'est pas venu à l'idée que je t'attendais pour souper et que je pouvais m'inquiéter ?

— Whow ! se révolta Laurent. D'abord, il va falloir que tu comprennes que je me suis pas marié pour me retrouver en prison. Hier, après l'ouvrage, on a décidé d'aller boire un coup à l'hôtel, à Yamaska. C'est pas un péché mortel, sacrement !

— Sacre pas ! lui ordonna-t-elle. Tu sais que j'haïs ça quand tu sacres dans la maison.

— Je sacrerai si je le veux, répliqua-t-il en élevant la voix et en frappant sur la table du plat de la main. Là, tu vas tout de suite t'ôter de la tête que t'es ma mère. T'as pas à me surveiller ni à me faire la morale.

— Est-ce que ça veut dire que j'ai marié un ivrogne? reprit Corinne en colère.

— Non, pantoute. Mais quand j'aurai le goût d'aller boire un verre avec mes *chums*, t'auras rien à redire, correct!

Un long silence tomba dans la pièce. Elle quitta sa chaise et entreprit de ranger la nourriture et de laver la vaisselle utilisée pour le déjeuner.

— Comment tu veux que je tienne les comptes de la maison? se décida-t-elle enfin à dire, debout devant les portes d'armoire ouvertes. Est-ce que je peux au moins savoir ce qui reste de la paye que Gagnon t'a donnée hier?

Laurent fouilla un court instant dans l'une de ses poches avant d'en tirer trois dollars et quelques sous qu'il laissa tomber négligemment sur la table de cuisine. Corinne s'approcha et compta rapidement avant de lui faire remarquer d'une voix acide:

— Mais t'as dépensé la moitié de ta paye à l'hôtel?

— Et puis après? fit-il, l'air mauvais.

— Après, reprit-elle, vindicative, ça veut dire que t'as dépensé en boisson presque autant que ma paye de la semaine.

— Tu sauras, Corinne Joyal, qu'on peut pas juste se laisser payer la traite quand on va à l'hôtel, répliqua-t-il avec hauteur. Il faut aussi offrir à boire aux autres de temps en temps.

— J'espère que ton père va bien comprendre ça quand tu vas lui dire que tu peux pas lui payer ses soixante-trois piastres à la fin de janvier.

Sans ajouter un mot, son mari quitta la maison et elle le laissa se remettre de ses abus de la veille. Elle ne chercha même pas à savoir ce qu'il entendait faire de sa journée. Son ménage traversait sa première crise sérieuse et elle en était bouleversée. Elle découvrait ce jour-là un aspect de son mari qu'elle n'avait jamais soupçonné.

La jeune femme alla chercher sa farine et sa levure dans le garde-manger pour préparer sa pâte à pain. Un peu plus tard, elle rentra les vêtements mis à sécher le soir précédent. Après une courte hésitation, elle décida de remettre au début de l'après-midi leur repassage et leur rangement dans les tiroirs et le placard de la chambre. Elle préféra entreprendre sans plus attendre son ménage hebdomadaire qu'elle termina en lavant le parquet de la cuisine d'été.

Il lui fallut tout l'avant-midi pour se raisonner. Lorsque son mari rentra pour le repas du midi, elle fit comme si elle avait oublié leur dispute du matin.

— J'ai mis l'argent du ménage dans le pot vert, sur la deuxième tablette de l'armoire, lui annonça-t-elle d'une voix neutre.

— C'est correct. J'arrive de chez Jutras, j'ai commencé à travailler pour lui. Il a de l'ouvrage pour moi jusqu'à la fin de la première semaine d'octobre, lui expliqua Laurent qui avait décidé, lui aussi, d'enterrer la hache de guerre.

— Trois semaines d'ouvrage ! Est-ce qu'il t'a dit qu'il allait te payer juste en bois de chauffage ?

— Non, il va aussi me payer avec un quartier de vache quand il va faire boucherie au mois de novembre.

— C'est une bonne idée, approuva sa femme. Ça nous fera ça de moins à acheter pour hiverner.

Chapitre 16

Une tentative risquée

Ce samedi après-midi-là, un peu après quatre heures, Bertrand Gagnon immobilisa son boghei devant le couvent des sœurs de l'Assomption et monta un peu trop rapidement la dizaine de marches qui conduisaient à la porte de l'institution. Hors d'haleine, le gros homme prit le temps de retrouver son souffle avant de pénétrer dans les lieux.

Depuis que le réfectoire du couvent servait de chapelle à la paroisse dépourvue d'église, il était entendu que les paroissiens de Saint-Paul-des-Prés pouvaient fréquenter la salle située à gauche de la porte d'entrée sans avoir à sonner. Il suffisait de pousser la porte et de passer devant la sœur tourière qui voyait à ce que personne n'aille ailleurs dans le bâtiment sans s'être d'abord annoncé.

Comme chaque samedi après-midi, le curé Béliveau et son vicaire confessaient dans ce qui leur tenait lieu d'église. Sœur Sainte-Flavie, la supérieure, faisait en sorte que l'endroit ressemble le plus possible à une chapelle. Elle exigeait que la salle soit toujours propre et convenablement fleurie. D'ailleurs, la maîtresse-femme ne se gênait pas pour houspiller Pierre-Paul Langevin, le vieux bedeau un peu paresseux qui avait une nette tendance « à tourner les coins ronds », comme elle se plaisait à le dire.

Le maire enleva son chapeau en entrant dans la chapelle. À la vue de la quinzaine de personnes debout devant les isoloirs de chacun des deux confessionnaux installés de part et d'autre de la porte d'entrée, il réprima difficilement un rictus d'agacement. Il ne croyait pas trouver tant de personnes en train d'attendre de se confesser à une heure aussi tardive de l'après-midi. Pendant un bref moment, il se demanda même s'il ne serait pas plus approprié de rencontrer son curé le lendemain, après la grand-messe. Finalement, la perspective de passer un long moment au presbytère un dimanche après-midi l'incita à s'asseoir et à patienter pendant que le curé finissait de confesser ses ouailles.

Le maire de Saint-Paul-des-Prés attendit avec une impatience croissante que les derniers pénitents quittent l'endroit. L'abbé Nadon fut le premier à se libérer. Il sortit de son confessionnal, vêtu de son surplis blanc, et il retira son étole violette. À la vue de Bertrand Gagnon, le petit prêtre eut un large sourire et s'approcha de lui pour lui chuchoter :

— Si vous voulez vous confesser, monsieur le maire, je suis libre.

— Merci, monsieur l'abbé, mais j'ai tellement d'ouvrage ces temps-ci que j'ai même pas le temps de faire des péchés, répondit Bertrand sur un ton plaisant.

— Attention à l'orgueil, monsieur Gagnon. C'est aussi un péché, répliqua Jérôme Nadon en s'éloignant déjà vers l'autel derrière lequel une petite pièce avait été transformée en sacristie de fortune.

Le vicaire venait à peine de disparaître que le curé Béliveau s'extirpa à son tour de son confessionnal, laissant derrière lui une vieille dame qui se traîna péniblement jusqu'à une chaise dans l'intention évidente de faire la pénitence qu'il venait de lui imposer. Le maire se leva immédiatement et s'élança au-devant de son curé avant qu'il n'atteigne la sacristie.

Anselme Béliveau l'aperçut et s'arrêta pour lui permettre de le rejoindre.

— Bonjour, Bertrand, le salua-t-il. Est-ce que c'est à moi que t'as affaire ?

— En plein ça, monsieur le curé. Si vous avez une minute de libre, j'aimerais vous dire deux mots.

— Suis-moi, lui proposa le gros prêtre en prenant la direction de la sacristie d'où sortait l'abbé Nadon.

Le pasteur de Saint-Paul-des-Prés déposa son étole sur une table et retira son surplis qu'il suspendit à un cintre.

— Il faut que je fasse bien attention à mon linge, expliqua-t-il avec un sourire au maire. Sœur Angéline devient mauvaise comme la peste quand elle s'aperçoit qu'il manque un bouton ou que le linge est froissé. Bon, tu veux me parler, poursuivit-il en tirant sa montre de gousset de la petite poche de sa soutane. Vas-y. J'ai pas grand temps à te donner. C'est presque l'heure du souper. Madame Bellavance va me chicaner si j'arrive en retard. Je te dis que c'est pas drôle de se faire mener par le bout du nez par autant de femmes.

— Vous êtes ben à plaindre, monsieur le curé, plaisanta le cultivateur. Et encore, vous avez pas à les endurer vingt-quatre heures sur vingt-quatre, ajouta-t-il.

La figure du prêtre se durcit soudainement, toute envie de plaisanter envolée.

— Fais attention à ce que tu dis devant un prêtre, fit l'ecclésiastique, sévère.

— J'avais pas l'intention d'être impoli, monsieur le curé, s'excusa le maire.

— Bon, qu'est-ce qu'il y a? lui demanda Anselme Béliveau en dissimulant mal son impatience.

— Ça fait quatre mois qu'on a assez d'argent pour commencer la construction de l'église, monsieur le curé, lui rappela son marguillier, et on n'a toujours rien de fait.

— J'espère que tu t'es pas dérangé juste pour me rappeler ça, le coupa brutalement Anselme Béliveau. Imagine-toi donc que je suis au courant.

— Ben non, monsieur le curé. Je sais ben que vous avez fait tout ce que vous avez pu pour que l'ouvrage commence.

— Ça, tu peux le dire, mon Bertrand. J'ai essayé deux fois de raisonner Gonzague Boisvert durant l'été, mais c'est une vraie tête de pioche.

— Pour moi, monsieur le curé, le connaissant comme je le connais, il a une raison cachée de vouloir absolument l'église sur le terrain du vieux Tremblay. Ça me surprendrait même pas qu'il y ait de l'argent en dessous de cette affaire-là.

— Attention aux calomnies, Bertrand ! le mit en garde le prêtre en prenant un visage sévère.

— En tout cas, il a pas reculé, le Gonzague, constata le maire.

— Non, pas plus que Racicot et Rajotte qui ont pas voulu en démordre quand je les ai fait venir séparément au presbytère au mois de juin, reconnut le prêtre. Camil Racicot a même eu le front de me dire qu'il changerait pas d'idée parce qu'il voulait pas qu'on le prenne pour une girouette, ajouta-t-il en élevant le ton. Bonyenne ! J'ai pas pu m'empêcher de lui demander s'il aimait mieux se faire traiter de « mitaine » par les paroissiens. J'ai pas besoin de te dire qu'il est parti fâché. Je suis sûr que lui et Rajotte ont dû tout rapporter à Boisvert.

— Je voudrais ben savoir, moi, ce que le Gonzague a pu leur promettre pour qu'ils soient de son côté comme ça, s'interrogea le maire à voix haute.

— Je finirai bien par le savoir, promit le curé de Saint-Paul-des-Prés. Puis, avec tout ça, je sais toujours pas pourquoi tu tenais tellement à me voir, reprit le prêtre.

— Je voulais vous parler d'une idée que j'ai eue à matin, monsieur le curé. Une idée qui pourrait régler notre problème une fois pour toutes.

— Ah oui, raconte-moi ça ! fit Anselme Béliveau, alléché, en lui montrant une chaise sur laquelle son interlocuteur s'assit.

— Bon, voilà. J'ai pensé que je pourrais aller voir Eusèbe Tremblay cette semaine pour lui proposer d'acheter son terrain au centre du village. Il cultive pas ce morceau-là depuis des années. Il le fauche même pas.

— Ça t'avancerait à quoi s'il te le vend?

— Si le père Tremblay me le vend, monsieur le curé, c'est certain que, moi, je vais refuser de le vendre à la fabrique, et là, il y aura plus de choix pour personne; notre nouvelle église pourra pas être ailleurs qu'ici, à côté du presbytère.

— C'est vrai que de cette façon-là Boisvert pourrait plus s'entêter et toute l'affaire serait réglée, reconnut le curé, l'air songeur.

— C'est ce que je pense, poursuivit le maire, tout fier de sa trouvaille.

— Oui, mais là, tu serais pris avec un terrain pas mal loin de ta terre, reprit Anselme Béliveau.

— Ce serait pas un gros problème. J'ai déjà une terre ailleurs que dans mon rang et le moulin. Je suis allé l'examiner cet avant-midi, c'est de la bonne terre pour la patate.

Les deux hommes gardèrent le silence quelques instants avant que le prêtre ne reprenne la parole.

— C'est bien beau, ton idée, Bertrand, mais ça va coûter de l'argent. J'aime autant te dire tout de suite que ton curé a pas d'argent.

— Inquiétez-vous pas pour ça, monsieur le curé. Je vais me débrouiller, le rassura le maire avec un sourire rusé. Disons que ce sera ma bonne action de l'année.

— Je suis tout de même pas sûr qu'Eusèbe Tremblay accepte de te vendre son bout de terre au village, poursuivit le prêtre. Il a peut-être d'autres projets.

— Si je me trompe pas, le père s'en va sur ses quatre-vingts ans, s'il les a pas déjà. Il a pas d'enfant et il peut juste compter sur l'aide de Mitaines qui est pas trop fiable. Pour moi, il va être content de se débarrasser de cette terre-là… Sans parler que…

Le maire s'était brusquement interrompu, comme si ce qu'il s'apprêtait à dire ne pouvait être dit.

— Sans parler que quoi ? demanda le curé Béliveau en le fixant d'un air soupçonneux.

— Ben…

— Ben quoi ?

— Ben, sans parler que je pense connaître un maudit bon moyen pour le décider à se débarrasser de ce lopin-là.

— Lequel ?

— À mon avis, le conseil de la municipalité pourrait passer une loi pour l'obliger à entretenir et à faucher son terrain qui est en plein village.

— Le conseil pourrait faire ça ? s'étonna le prêtre avec un petit sourire entendu.

— Beau dommage, monsieur le curé ! fit le maire avec un bon gros rire. Pourquoi on se gênerait ? Je regrette juste de pas y avoir pensé plus tôt. Je suis certain que le bon Dieu nous pardonnerait cette petite affaire-là si ça peut aboutir à lui faire construire son église à la bonne place.

— Laisse le bon Dieu en dehors de ça, Bertrand, lui ordonna Anselme Béliveau… Quand t'auras vu Eusèbe Tremblay, tu viendras me dire comment ça s'est passé. En attendant, je vais continuer à prier pour que la volonté de Dieu se réalise.

Le maire prit congé de son pasteur et rentra à la maison, assez content de lui. S'il parvenait à ses fins, Gonzague Boisvert allait perdre la face devant toute la paroisse.

— Laurier est peut-être à Ottawa et Parent à Québec, murmura-t-il, mais le monde de Saint-Paul va se rendre compte qu'il est pas nécessaire pantoute d'avoir un député rouge pour avoir quelque chose dans le comté. J'ai aidé Massé à se faire élire aux dernières élections. Même si c'est un bleu, il va m'aider si j'ai besoin de lui, batèche ! Je suis capable de prouver à toute la paroisse que le maire est quelqu'un de capable.

Si Tremblay refusait de lui vendre son terrain dans le village, il n'hésiterait pas à faire intervenir Clermont Massé pour lui forcer la main.

Ce soir-là, Bertrand Gagnon décida de rendre visite sans plus attendre à Eusèbe Tremblay dans le but de le persuader de lui céder à un prix raisonnable le terrain qu'il possédait au centre du village.

— J'espère que t'as pas dans l'idée de payer un prix de fou pour ce bout de terre-là, lui dit sa femme quand il lui fit part de son intention. C'est bien beau vouloir aider monsieur le curé, mais il faudrait pas se mettre dans la misère pour tout ça.

— Énerve-toi pas avec ça, répondit Bertrand pour la rassurer. Le bonhomme va me laisser ce morceau-là à un prix raisonnable ou je m'appelle pas Bertrand Gagnon, ajouta le gros maire en prenant une pose avantageuse. Je suis pas né d'hier et c'est pas lui qui va me faire manger de l'avoine. Si ça marche comme je le veux, je vais arrêter au presbytère voir monsieur le curé pour le mettre au courant avant de revenir.

Le maire attela son cheval et prit la direction du rang Notre-Dame. Quelques minutes plus tard, il entra dans la cour d'une petite maison un peu délabrée recouverte de papier brique. Les bâtiments situés au fond de la cour n'étaient guère en meilleur état.

— Est-ce que ton patron est ici ? demanda le maire à Mitaines qui sortait d'une remise au moment où il descendait péniblement de voiture.

— Je sais pas.

— Comment ça, tu sais pas ?

— Je sais pas où il est, se contenta de dire l'autre en tournant les talons pour rentrer dans la remise.

— Maudit innocent ! jura Bertrand à mi-voix.

Il monta sur la galerie un peu de guingois qui courait sur le côté de la maison et frappa à la porte moustiquaire.

— Ouais ! Qui est-ce qui est là ? demanda une voix éraillée en provenance de l'intérieur de la maison.

— Bertrand Gagnon, monsieur Tremblay.

Il n'y eut pas d'invitation à entrer et le maire dut attendre que le vieil homme apparaisse une minute plus tard à la porte en traînant les pieds. Le vieillard avait les yeux un peu boursouflés, comme si l'arrivée du visiteur l'avait tiré brusquement du sommeil.

— J'espère que je vous dérange pas trop ? fit poliment Bertrand.

— Je t'ai pas déjà dit que je voulais plus jamais te voir mettre les pieds chez nous, toi ? répliqua son hôte sur un ton rogue en poussant la porte pour le rejoindre sur la galerie.

— Voyons, monsieur Tremblay, tout ça, c'est de l'histoire ancienne, plaida Bertrand, peu rassuré, en reculant de deux pas pour le laisser sortir.

De toute évidence, le vieillard n'avait pas oublié le rôle qu'il avait joué dans sa dispute avec le curé Béliveau, même si plusieurs années s'étaient écoulées depuis lors. L'homme n'allait pas l'inviter à entrer ni même lui proposer de s'asseoir sur l'une des chaises bancales installées un peu plus loin sur la galerie. Il réalisa qu'il aurait même de la chance si le vieux cultivateur lui laissait le temps d'exposer la raison de sa visite.

Il n'avait pas vu Eusèbe Tremblay depuis plusieurs mois, mais il n'avait pas changé. Le cheveu rare et la moustache mal entretenue, le petit homme tout en nerfs ne donnait pas l'impression d'être diminué par l'âge.

— Bon, qu'est-ce que tu veux ? lui demanda-t-il tout à trac. Si tu viens encore faire les commissions du curé, tu peux t'en retourner tout de suite.

— Pantoute, monsieur Tremblay, répondit le maire en apercevant Mitaines en train de se glisser dans la maison par la porte arrière. Je suis juste venu vous proposer un marché.

— Je fais pas de marché avec les bleus, répliqua l'autre d'une voix sans appel.

— Voyons, monsieur Tremblay. C'est pas une question de politique, c'est juste une question d'affaires.

— Quelle affaire ?

— C'est au sujet de votre champ dans le village. Il est coincé entre les maisons et...

— Puis après ? fit l'autre, toujours aussi irascible. J'ai hérité de la terre de mon oncle, Elzéar Leduc, en 1877. Je l'ai pas cultivée parce que j'ai pas eu d'enfant avec ma défunte. C'est pour ça que ça m'a pas dérangé d'en vendre une bonne partie en lots quand le village s'est étendu. Avec ce qui reste, je pourrai ben en faire trois ou quatre lots.

— C'est justement pour vous éviter ce trouble-là que je suis passé vous voir, intervint le maire avec une bonhomie forcée.

Eusèbe Tremblay le toisa, les yeux à demi fermés, l'air matois.

— Puis ?

— J'aimerais vous acheter ce qui reste de cette terre-là au village.

— Ah oui, combien ?

— Faites-moi un prix, répliqua Bertrand qui n'en était pas à sa première affaire.

— Non, toi. Moi, je t'ai rien demandé, riposta sèchement le vieil homme.

Gagnon hésita un long moment à proposer un chiffre. S'il offrait trop peu, le bonhomme allait se fâcher et l'inviter à déguerpir sans vouloir discuter plus longtemps. S'il suggérait un prix trop élevé, il y perdrait. Il finit par prendre une profonde inspiration avant de dire :

— Qu'est-ce que vous diriez de cent vingt-cinq piastres, monsieur Tremblay ? Je pense que ce serait pas mal ben payé.

— Sacre-moi tout de suite ton camp ! lui ordonna Eusèbe Tremblay, les dents serrées. Mon terrain vaut au moins deux fois ce prix-là ! T'essayes de me voler.

— On peut discuter, monsieur Tremblay, proposa le maire en quittant tout de même la galerie par précaution.

— Pas une seconde de plus, décréta l'autre. J'aime mieux le donner à n'importe qui plutôt que de te le vendre.

La patience de Gagnon avait atteint sa limite. Il en avait assez entendu. Le visage rouge de colère, il se campa sur ses deux jambes et hurla au vieil homme qui s'apprêtait à rentrer dans la maison :

— Bon, ça va faire ! Là, je vous avertis : si vous voulez pas comprendre le bon sens, on va y aller autrement. Je peux demander au conseil de vous exproprier parce qu'un champ en plein milieu d'un village a pas sa place. À ce moment-là, je vous garantis que le prix qu'on va vous donner pour votre morceau de terre, ça dépassera pas cent piastres, je vous en passe un papier.

— Essaye pour voir. Mitaines ! cria le vieil homme en se tournant vers l'intérieur de la maison, apporte-moi ma carabine. Il y a un putois devant ma galerie.

Bertrand Gagnon se précipita vers sa voiture et sortit de la cour en lançant des imprécations et en traitant Eusèbe Tremblay de « vieux fou juste bon à être enfermé ».

Le soleil se couchait et l'obscurité tombait rapidement. À sa sortie du rang, le gros homme était encore en nage. Il hésita quelques secondes entre prendre la direction du rang Saint-Joseph pour rentrer chez lui ou se diriger vers le village pour aller raconter l'échec de sa tentative au curé Béliveau.

— Aussi ben me débarrasser de ça à soir une fois pour toutes. Je peux pas faire plus, dit-il à mi-voix, comme s'il parlait à son cheval.

Il traversa le village et vint immobiliser son attelage sur le côté du presbytère. Quand il sonna à la porte, l'abbé Nadon vint lui ouvrir.

— Bonsoir, monsieur l'abbé. J'aimerais dire deux mots à monsieur le curé, si c'est possible, dit-il en enlevant son chapeau.

— Entrez, monsieur le maire, l'invita le jeune prêtre. Assoyez-vous dans la salle d'attente. Je vais aller voir si monsieur le curé peut vous recevoir.

Le vicaire alla frapper à la porte du bureau de son supérieur. Personne ne répondit. Il entrouvrit la porte : la pièce était vide. Il monta rapidement à l'étage et frappa à la porte de la chambre d'Anselme Béliveau. Pas plus de réponse. Il n'avait pourtant pas entendu sortir son curé. D'ailleurs, ce dernier le prévenait toujours quand il quittait le presbytère pour qu'il sache où le joindre en cas d'urgence.

Jérôme Nadon poussa doucement la porte. Il y avait de la lumière dans la chambre. Inquiet de n'avoir reçu aucune réponse, l'abbé s'avança pour regarder dans la pièce. Il aperçut alors le curé Béliveau, assis dans son fauteuil placé près de l'unique fenêtre de la pièce. Le prêtre semblait dormir profondément.

— Monsieur le curé ! le héla le vicaire. Monsieur le curé ! Monsieur le maire aimerait vous parler.

Le pasteur de la paroisse Saint-Paul-des-Prés émit un grognement, mais n'ouvrit pas les yeux.

— Monsieur le curé ! Est-ce que vous allez bien ? demanda Jérôme Nadon, en s'approchant.

— Hmmm ! Hmmm !

Le jeune prêtre s'avança encore plus près de son supérieur. Ce n'est qu'à ce moment-là qu'il sentit une forte odeur d'alcool. Il se pencha et aperçut une bouteille de gin par terre, près du fauteuil. Jérôme Nadon hocha la tête, l'air peiné, et se retira sur la pointe des pieds. De retour au rez-de-chaussée, il alla retrouver le maire dans la salle d'attente.

— Je m'excuse, monsieur Gagnon, mais monsieur le curé est déjà couché. Il a l'air de dormir.

— Sacrifice ! Il se couche à l'heure des poules, ne put s'empêcher de faire remarquer le maire, contrarié d'avoir fait tout le trajet inutilement.

— Il se couche pas aussi tôt que ça d'habitude, mais je pense qu'il a commencé une grippe, mentit le jeune prêtre.

Voulez-vous que je lui fasse une commission de votre part quand il se réveillera ? proposa-t-il obligeamment.

— Ben, vous pouvez lui dire que je suis allé voir Eusèbe Tremblay et que ça a pas marché. Monsieur le curé va comprendre de quoi je parle.

Sur ce, Bertrand Gagnon prit congé et rentra chez lui en réfléchissant à la façon de faire intervenir le député dans l'affaire. Clermont Massé l'appuierait-il s'il parvenait à convaincre le conseil municipal de voter une loi qui permettrait à la municipalité d'exproprier le vieillard ?

Pour sa part, ce soir-là, Jérôme Nadon se mit au lit, inquiet pour la réputation de son curé. Il remercia Dieu que Rose Bellavance soit chargée de l'entretien du presbytère. La vieille ménagère s'était sûrement rendu compte depuis longtemps que le pasteur de Saint-Paul-des-Prés buvait, tant l'odeur d'alcool était forte dans sa chambre à coucher. Pourtant, aucune rumeur ne semblait circuler et il n'avait jamais entendu aucune allusion à ce sujet durant les cinq années qu'il avait passées dans la paroisse.

Le lendemain matin, Bertrand Gagnon houspilla sa femme bien avant l'heure de la grand-messe.

— Ma foi du bon Dieu ! s'exclama-t-elle, veux-tu bien me dire ce que t'as à être énervé comme ça ? La basse-messe vient juste de commencer.

— J'ai affaire à parler à monsieur le curé et je veux le faire à matin. Ça me tente pas pantoute de retourner le voir cet après-midi.

— Et pendant que vous allez parler, qu'est-ce que je suis supposée faire, d'après toi ? lui demanda-t-elle sur un ton acide.

— Tu feras tes dévotions, batèche !

Bertrand immobilisa son boghei devant le couvent et après avoir attaché son cheval, il dit à sa femme qu'il irait la rejoindre dès qu'il en aurait fini au presbytère.

— T'as pas pensé que monsieur le curé pourrait être malade ? suggéra-t-elle. L'abbé Nadon t'a dit hier qu'il commençait à avoir la grippe.

— Je vais ben voir, se contenta de lui répondre le gros homme en se dirigeant vers le presbytère voisin d'un pas décidé.

Le maire sonna à la porte du presbytère et demanda à parler à monsieur le curé quand la ménagère vint lui ouvrir la porte.

— C'est pas mal une drôle d'heure pour le déranger, se permit de lui dire Rose Bellavance sur un ton de reproche.

— C'est pressant, madame Bellavance, dit-il en pénétrant dans le couloir.

— Je vais aller voir s'il peut vous recevoir. Il est dans son bureau en train de repasser son sermon.

La servante le quitta et alla frapper à la porte du bureau d'Anselme Béliveau. Elle n'attendit pas qu'il lui permette d'entrer pour entrouvrir la porte. Elle découvrit le pasteur de Saint-Paul-des-Prés, assis derrière son bureau, en train de se masser le front, comme s'il était en proie à une terrible migraine. Il grimaçait de douleur.

— Qu'est-ce qu'il y a ? maugréa-t-il sur un ton revêche en l'apercevant.

— Monsieur Gagnon aimerait vous parler, monsieur le curé. Il paraît que c'est pressant.

— Il me manquait plus que ça à matin, laissa-t-il tomber avec mauvaise humeur. C'est bon. Faites-le entrer.

Rose Bellavance referma la porte et revint un moment plus tard en compagnie du maire. Elle referma discrètement la porte derrière lui avant de se retirer.

— Madame Bellavance m'a dit que t'avais quelque chose de pressant à me dire ? demanda le prêtre à son visiteur en lui désignant une chaise.

— Oui, monsieur le curé. Je suis allé voir Eusèbe Tremblay hier soir. Comme je vous l'ai dit, je lui ai proposé de lui acheter son terrain au milieu du village en lui offrant au moins une fois et demie ce qu'il vaut.

— Puis ?

— Puis, rien, monsieur le curé. Il veut rien entendre, le vieux sacrifice ! Il a même menacé de me tirer avec sa carabine si je partais pas assez vite. Je lui ai dit que je le ferais exproprier si c'était nécessaire. Ça lui a même pas fait peur.

Anselme Béliveau assena une claque sonore sur le plateau de son bureau pour montrer son dépit.

— C'est une vraie malchance, se plaignit-il. Si c'était n'importe quel autre paroissien, je pourrais toujours aller lui parler et lui faire entendre raison, mais lui, il veut pas me voir.

— J'ai pensé faire intervenir Clermont Massé, monsieur le curé. J'ai été son organisateur dans la paroisse et il peut pas me refuser ce service-là.

— Es-tu malade, Bertrand Gagnon ? s'insurgea le prêtre. Tu sais aussi bien que moi que le vieux Tremblay est rouge à plus voir clair. Si tu demandes à ton député bleu de s'en mêler, au moins la moitié de la paroisse va se ranger sur le bord de Gonzague Boisvert et de ses rouges.

— Il reste l'expropriation.

— Va pas trop vite avec cette affaire-là, temporisa le curé Béliveau incapable de réprimer une grimace de douleur. Boisvert a des hommes à lui parmi les échevins. Il pourrait bien faire avorter le règlement que t'as en tête. Non, je pense que le mieux est d'attendre un peu pour voir si on trouverait pas un autre moyen de régler cette affaire-là. Les paroissiens de Saint-Paul vont bien finir par perdre patience de pas avoir d'église. À ce moment-là, ça va bouger.

— En tout cas, j'aurai essayé, déclara le maire en se levant.

— Oui et je t'en remercie, Bertrand, fit le curé en le reconduisant à la porte de son bureau. On lâchera pas. C'est certain qu'on va gagner un jour ou l'autre.

Chapitre 17

Rosaire

Ce matin-là, Corinne revint de la grand-messe le cœur en fête. Il faisait un temps magnifique et le ciel était sans nuage. À la sortie du couvent, elle avait soigneusement évité son beau-père ainsi que sa belle-sœur Annette, préférant discuter quelques instants avec Alexandre Brisebois et sa femme venus à sa rencontre avec leur fille Eugénie, une de ses élèves. Dès que Laurent lui avait fait signe qu'il était prêt à rentrer, elle s'était empressée de s'excuser et était montée dans la voiture.

— On dîne de bonne heure et on part, dit-il à sa femme en immobilisant la voiture près de la maison. Il faut être revenus de Saint-François pour le train.

— Ça va être prêt dans cinq minutes, promit Corinne en descendant du boghei.

Depuis vingt-quatre heures, Laurent faisait des efforts méritoires pour rentrer en grâce auprès de sa femme et lui faire oublier la scène de la veille. Quand elle avait suggéré de profiter du beau temps pour aller rendre visite à ses parents après le dîner, il avait accepté sans rechigner.

L'angélus sonnait au moment où le jeune couple prit la route. Le soleil à son zénith faisait régner une agréable chaleur en cette fin de la seconde semaine de septembre. Les insectes faisaient un bruit assourdissant et la voiture soulevait un léger nuage de poussière qui allait se déposer sur l'herbe de chaque côté de la route étroite. Laurent salua au passage Alcide Duquette, debout devant son magasin, en soulevant son chapeau. L'attelage poursuivit sa route, passa devant le cimetière, le terrain vague de l'ancienne église, le presbytère et le couvent avant de se retrouver à l'extrémité du village, où étaient situées les plus anciennes fermes de Saint-Paul-des-Prés.

Lorsque Corinne et Laurent approchèrent de la ferme de Gonzague Boisvert quelques minutes plus tard, ils eurent beau scruter la maison en passant, ils ne décelèrent aucun signe de vie.

— Tout le monde doit déjà être en train de faire un somme, déclara Laurent qui avait ralenti la voiture.

À l'instant même, comme pour le faire mentir, la porte moustiquaire sur le côté de la grosse maison en pierre s'ouvrit brusquement. Henri, hors de lui, apparut sur la galerie en tenant Rosaire par le collet.

— Torrieu de maudit malfaisant! hurla-t-il en secouant l'enfant dans tous les sens. Mets-toi à genoux sur la galerie et bouge pas de là tant que je viendrai pas te chercher.

À la vue de ce spectacle, le cœur de Corinne eut un raté.

— Arrête, Laurent, ordonna-t-elle à son mari.

— Hein! Quoi? Qu'est-ce qu'il y a? lui demanda-t-il en immobilisant tout de même la voiture au milieu de la route.

— Attends-moi une minute, se contenta-t-elle de dire en descendant du boghei sans lui donner plus d'explications.

— Où est-ce que tu vas?

— Attends-moi, se contenta-t-elle de lui dire sans se donner la peine de tourner la tête vers lui.

La jeune femme parcourut rapidement l'allée qui menait à la maison. Elle monta les trois marches conduisant à la porte de la cuisine d'été des Boisvert et frappa. Henri apparut immédiatement à la porte, apparemment étonné de voir sa belle-sœur arriver seule.

— Tout le monde dort dans la maison, lui dit-il en entrouvrant la porte sans manifester aucune intention de l'inviter à entrer.

— Dérange pas personne, Henri, lui dit-elle en s'efforçant de lui adresser un sourire. On fait juste passer. Laurent est sur la route.

— Ah bon ! fit l'autre, apparemment soulagé.

— En passant, on a vu le petit gars que vous avez en élève et on a pensé qu'on pourrait l'emmener faire un tour à Saint-François avec nous autres. Qu'est-ce que t'en penses ?

— Je sais pas trop, répondit son beau-frère d'une voix hésitante. J'ai pas trop envie de le récompenser, ce petit maudit-là.

— C'est pas une récompense, plaida Corinne. C'est juste pour vous en débarrasser une couple d'heures.

Henri réfléchit quelques secondes avant de se décider.

— C'est ben correct. Amenez-le avec vous autres. D'abord que vous nous le ramènerez à soir... Ça va soulager Annette qui peut plus le sentir.

— C'est promis, dit-elle en faisant signe à Rosaire de se lever et de la suivre.

Son beau-frère disparut à l'intérieur de la maison et elle entraîna le gamin avec elle vers la voiture où Laurent commençait à perdre patience.

— Donne-moi une minute, dit-elle à son mari en se dirigeant vers le puits des Boisvert sur la margelle duquel elle venait de voir une serviette et un savon. Viens te débarbouiller un peu, ajouta-t-elle à l'intention de Rosaire, et mouche-toi. Il faudrait pas que tu nous fasses honte. On s'en va en visite.

L'orphelin s'empressa de se laver le visage et les mains. Corinne sortit un peigne de sa bourse et tenta de discipliner la tignasse rebelle de l'enfant. Avant de l'inviter à la suivre jusqu'à la voiture, elle l'examina rapidement. Elle avait fait ce qu'elle avait pu pour le rendre présentable. Elle ne pouvait rien faire pour les vêtements sales et troués qu'il portait.

— Viens.

Sans dire un mot, Rosaire la suivit et monta à l'arrière du boghei. Laurent houspilla son cheval pour qu'il se remette en marche.

— Veux-tu ben me dire ce qui t'a pris ? demanda-t-il à sa femme à mi-voix.

— Je suis fatiguée de voir cet enfant-là se faire maganer, répondit-elle sur le même ton. C'est pas humain de faire ça à un enfant.

— C'est juste un orphelin, fit son mari, apparemment insensible. C'est une tête croche. Il a besoin d'être dressé.

— Même si c'est un orphelin, c'est pas un chien, tu sauras. Un enfant, c'est pas un animal qu'on dresse à coups de pied. Vous avez donc pas de cœur, vous autres, les Boisvert ? l'accusa-t-elle.

— Whow ! J'ai rien à voir avec ce qui se passe chez mon père, se défendit Laurent en élevant la voix. Mais là ! tu viens de te mêler de ce qui te regarde pas et, comme je les connais, ils doivent être en maudit.

— Bien non, le rassura sa femme. J'ai dit à Henri qu'on l'emmenait pour les débarrasser. Il avait même l'air content.

— Je suis pas sûr de ça pantoute, moi, s'entêta Laurent.

Corinne tourna la tête vers l'arrière pour découvrir un Rosaire épanoui qui n'avait pas assez d'yeux pour regarder ce qui se passait autour de lui. Ce spectacle rassura la jeune femme et la persuada qu'elle avait bien fait d'intervenir.

— Aimes-tu ça aller à l'école ? finit-elle par lui demander quelques minutes plus tard.

— Je vais pas à l'école, madame, répondit l'enfant.

— Pourquoi ?

— Monsieur Boisvert dit que ça coûte trop cher et que c'est pas pour ça qu'il me garde chez eux.

Corinne eut du mal à réprimer la remarque qui lui vint aux lèvres en entendant ces paroles.

— Aimerais-tu y aller?

— Je sais pas, madame. Madame Boisvert dit que je suis trop niaiseux pour apprendre et que je perdrais mon temps à y aller.

Un coup de coude de Laurent l'incita à changer de sujet.

— Comment tu t'appelles? Tu dois bien avoir un nom de famille.

— Gagné, madame.

— Rosaire Gagné, c'est un beau nom, lui dit Corinne en lui adressant un sourire.

Quelques minutes plus tard, le jeune couple arriva chez les Joyal. Il n'y avait aucun signe de vie autour de la maison.

— Pour moi, ton père et ta mère sont allés passer l'après-midi quelque part, dit Laurent en faisant signe à Rosaire de descendre de voiture.

Au même moment, la porte moustiquaire de la cuisine d'été s'ouvrit pour livrer passage à une Lucienne toute souriante.

— Ah bien! Si c'est pas de la belle visite de Saint-Paul qui nous arrive! s'exclama-t-elle en finissant de retirer son tablier. On commençait à penser que vous nous aviez oubliés, reprocha-t-elle aux visiteurs après avoir embrassé sa fille et son gendre sur une joue.

— Mais non, m'man, protesta Corinne avec bonne humeur. On a eu tellement à faire qu'il arrivait toujours quelque chose chaque fois qu'on se préparait à venir.

— Entrez, restez pas dehors, fit l'hôtesse. C'est qui ce beau garçon-là que vous amenez avec vous autres? demanda-t-elle, curieuse, en examinant un Rosaire rougissant.

— C'est quelqu'un que mon père a pris en élève. On l'a embarqué en passant, se contenta de répondre Laurent sans manifester grand intérêt. Vous êtes toute seule, madame Joyal?

— Toute seule réveillée, oui. Tu devrais savoir que ton beau-père a toujours une petite faiblesse après le dîner. Il lui faut son somme pour être de bonne humeur. Mais inquiète-toi pas. Il va être content de se faire réveiller. Bastien et Anatole, comme de raison, sont allés passer l'après-midi au village chez leurs blondes.

Ils pénétrèrent dans la cuisine au moment même où Napoléon entrait dans la pièce en bâillant tout en passant ses larges bretelles.

— Bonjour, monsieur Joyal, fit Laurent avec bonne humeur. À ce que je vois, l'ouvrage de cultivateur est ben dur ces temps-ci.

— Ah ! Il faut se ménager, mon jeune, répondit son beau-père en lui indiquant une chaise berçante de la main. En vieillissant, tu vas apprendre que ce qui est le plus dur, c'est pas l'ouvrage sur la terre, mais endurer ta femme qui te commande du matin au soir.

— Bon, bon, fit sa femme. Occupe-toi pas de ce que ce vieux grincheux-là raconte. Il est pas encore bien réveillé.

— Avant que je l'oublie, il faut que je vous remercie pour ce que vous nous avez envoyé par Bastien, fit Corinne en embrassant son père et sa mère.

— Merci beaucoup, dit à son tour Laurent.

— C'était juste un petit cadeau, déclara Lucienne.

Durant les minutes suivantes, Corinne et Laurent racontèrent à leurs hôtes leur installation ainsi que les petites mésaventures qu'ils avaient vécues depuis leur mariage. Quand Corinne dit à ses parents qu'elle enseignait à l'école de son rang le temps de permettre à son beau-père de trouver une institutrice, sa mère ne put s'empêcher de dire :

— Ah bien ! C'est Germaine qui va être surprise quand elle va apprendre ça. En tout cas, moi, je le suis. Je te voyais pas faire cet ouvrage-là un jour.

Ensuite, Lucienne et Napoléon donnèrent des nouvelles de Blanche et de Germaine, retournée, comme il se devait, à son école de Saint-Bonaventure, au début du mois de septembre.

— Tu aurais dû voir son école, fit son père qui était allé la conduire avec ses bagages deux jours avant la fête du Travail. Une vraie soue à cochons. D'après moi, des jeunes de la paroisse étaient entrés dans l'école pendant l'été et ils avaient cassé des vitres et tout mis à l'envers. On est allés chercher un commissaire pour lui faire voir les dégâts. Il en revenait pas. Il a même proposé à Germaine de retourner à la maison, le temps qu'il trouve quelqu'un pour tout nettoyer. Mais tu connais ta sœur; il était pas question de revenir. C'était son école, elle allait s'en occuper.

— En plus, on a une grande nouvelle à vous apprendre, reprit Lucienne. Bastien va se marier le printemps prochain. Il a fait sa grande demande à Wilbrod Cadieux. Il a accepté de lui donner la main de Rosalie pourvu qu'il aille rester sur sa terre pour lui donner un coup de main.

— Et Anatole, lui? demanda Corinne.

— D'après ce que je peux voir, il est pas encore décidé, fit son père.

À voir le petit rictus que Lucienne esquissa, Corinne devina qu'elle n'était pas pressée que Thérèse Rochon vienne partager sa cuisine.

— Simon est pas ici? demanda Corinne.

— Il devrait revenir dans pas longtemps, répondit sa mère. Il est parti voir le petit Lanctôt.

— Vous êtes sûre, m'man, que c'est pas la petite Lanctôt qui l'attire chez le voisin?

— Il manquerait plus que ça, répliqua sa mère d'une voix sévère. Il a juste quinze ans.

Quand Laurent apprit à ses beaux-parents que sa femme s'était chargée du train, matin et soir, pendant qu'il travaillait au moulin, il y eut des exclamations de surprise.

— Ah bien! J'aurais voulu être un petit oiseau pour voir ça, dit sa belle-mère.

— J'ai ben de la misère à croire ça, reprit Napoléon, taquin. Quand elle vivait avec nous autres, on n'a jamais pu lui faire traire une vache comme du monde. Elle trouvait toujours un moyen de renverser sa chaudière de lait.

— Ça, par exemple, monsieur Joyal, je peux pas vous dire si elle en a renversé pas mal, dit joyeusement Laurent. J'étais pas là pour le voir. Mais, d'après moi, elle est devenue pas mal bonne. Avec un peu de pratique, elle va devenir une bonne femme d'habitant.

Un éclat de rire salua la saillie et, pendant un instant, Corinne se demanda si elle devait se fâcher d'être la cible des plaisanteries. Finalement, elle choisit d'en rire elle aussi.

Quelques minutes plus tard, après avoir mangé un morceau de tarte aux pommes et bu une tasse de thé, Napoléon entraîna son gendre à l'étable pour lui montrer les dernières réparations qu'il y avait effectuées avec ses deux fils.

— Amenez le petit avec vous autres, conseilla Lucienne. C'est pas bien intéressant pour lui de rester avec les femmes.

Rosaire se leva pour suivre Laurent et son beau-père. Napoléon avait compris que sa femme brûlait du désir de se retrouver seule avec sa fille durant quelques instants.

Dès que les hommes eurent disparu, Lucienne chercha à savoir si sa fille était heureuse et avait bien tout ce qu'il lui fallait. Cette dernière fit en sorte de dissimuler à sa mère tout ce qui aurait été propre à l'inquiéter et la rassura du mieux qu'elle put.

— J'ai une poche de carottes et deux poches de patates pour vous autres, lui annonça Lucienne.

— Mais voyons donc, m'man, protesta mollement Corinne.

— On en a de trop et on est aussi bien de vous les donner plutôt que de les perdre.

Corinne ne fut pas dupe de la raison invoquée par sa mère et elle accepta avec reconnaissance le geste généreux de ses parents. Avant que son père et son mari ne reviennent, elle eut le temps de parler de Rosaire et de la façon dont il était traité chez les Boisvert, ce qui eut le don d'indigner profondément Lucienne.

— Ta belle-sœur a pas l'air de se donner bien du mal pour l'habiller comme du monde, fit-elle remarquer à sa fille. Ça a pas d'allure de le laisser se promener en guenilles comme ça. En plus, cet enfant-là a les cheveux bien trop longs. Il va finir par avoir des poux.

— Je le sais, m'man, mais je peux pas faire grand-chose pour lui, admit Corinne.

— Attends qu'il rentre avec ton père et Laurent, lui annonça sa mère. Tu vas voir comment je vais te l'arranger.

— Et ma belle-sœur ?

— Si elle s'en occupe pas, elle a pas à venir se plaindre, trancha Lucienne d'une voix décidée.

Quand les hommes revinrent de l'étable, Lucienne déposa un plat de sucre à la crème sur la table en invitant tout le monde à se servir.

— T'aimerais pas ça que je te coupe les cheveux ? demanda-t-elle au gamin sans avoir l'air d'insister.

Rosaire leva les yeux vers elle, incertain de la réponse à donner.

— Je suis sûre que tu serais un bien plus beau garçon avec des cheveux courts comme tous les hommes.

— Oui, madame, finit par répondre Rosaire, toujours aussi timide.

— Bon, viens t'asseoir sur le banc et mets cette serviette-là autour de ton cou, lui dit-elle en lui tendant un linge à essuyer la vaisselle.

Lucienne ne perdit pas de temps. Elle sortit sa tondeuse manuelle du tiroir où elle la rangeait et commença à effectuer des coupes sombres dans la tignasse indisciplinée de l'enfant.

— T'es chanceux, se moqua Napoléon en s'adressant à l'enfant. Tu vas avoir une belle tête comme la mienne, ajouta-t-il en passant une main sur son crâne plus qu'à moitié chauve.

Le visage de Rosaire prit immédiatement un air inquiet et Corinne s'empressa de le rassurer.

— Tu dois pas le croire, Rosaire. Pour avoir une tête comme la sienne, il va falloir que tu sois haïssable bien longtemps.

Quand Lucienne eut fini de couper les cheveux de l'orphelin, elle l'entraîna devant le petit miroir suspendu au-dessus de l'évier pour lui faire admirer le résultat de son travail. Le « merci beaucoup » qu'il lui adressa après s'être regardé fit plaisir à la coiffeuse. En fait, Rosaire Gagné avait surtout l'air un peu moins miteux avec une tête débroussaillée.

— Vous êtes ben bonne de faire tout ça, ne put s'empêcher de dire Laurent. À votre place…

— Laisse faire, t'es pas à ma place, le rabroua assez sèchement sa belle-mère, comme si elle le tenait responsable en partie de la condition de l'enfant.

Puis, retrouvant son air affable, Lucienne s'adressa à son mari et à son gendre :

— Si ça vous fait rien, les hommes, Corinne et moi, on va aller fouiller dans les anciens vêtements de Simon. Je suis sûre qu'il y a des affaires là-dedans qui pourraient faire à Rosaire.

Là-dessus, la mère et la fille montèrent à l'étage et entrèrent dans la chambre verte habituellement réservée aux invités. Lucienne ouvrit la porte de la garde-robe et se mit en devoir d'extraire de l'endroit deux ou trois boîtes cartonnées dans lesquelles étaient rangés de vieux vêtements de son fils cadet.

— C'est certain que Simon a surtout porté le vieux linge de ses frères, dit-elle à sa fille en sortant diverses pièces de vêtements de l'une des boîtes, mais il en a étrenné aussi pas mal parce que Bastien était dur avec son linge.

Finalement, après de longues minutes de recherches, Corinne et sa mère parvinrent à trouver trois chemises encore fort convenables, deux pantalons, un chandail maintes fois reprisé mais propre, une tuque, une casquette et une paire de moufles. Corinne désigna même un vieux manteau brun plié au fond de l'une des boîtes en disant à sa mère :

— Si vous en voulez pas, m'man, on pourrait l'ajouter au tas. Je suis pas certaine que le beau-père va lui acheter un manteau d'hiver quand on va commencer à geler. Je peux me tromper, mais il m'a pas l'air trop porté sur la dépense.

Les deux femmes descendirent les habits qu'elles avaient sélectionnés dans la cuisine d'été et déposèrent la pile sur la table.

— Tout ça, c'est pour toi, Rosaire, dit Corinne au gamin qui ouvrait de grands yeux en examinant les vêtements de l'endroit où il était assis.

— Approche, lui ordonna Lucienne qui s'empressa de déplier chaque vêtement devant lui pour évaluer s'il lui irait.

La mère de famille avait l'œil. Elle avait judicieusement choisi.

— C'est de valeur que tu puisses pas changer tout de suite de pantalon et de chemise ; ils sentent encore trop les boules à mite, expliqua Corinne à Rosaire. T'auras juste à les étendre sur la corde à linge la nuit prochaine et demain ils vont avoir perdu cette odeur-là.

Rosaire eut soudain l'air malheureux en apprenant cela.

— Mais tu peux mettre la casquette en sortant de la maison, dit Corinne en lui tendant la vieille casquette grise un peu défraîchie que ses frères avaient portée tour à tour.

— Merci, madame, fit l'orphelin, apparemment heureux des cadeaux.

— C'est pas grand-chose, mais tant mieux si ça peut faire ton bonheur, répondit l'hôtesse en lui passant une main dans les cheveux.

Vers quatre heures, Laurent se leva et fit signe à sa femme de l'imiter.

— On s'ennuie pas, mais il faut penser au train. On n'est pas encore rendus, dit-il.

— T'aurais dû demander à un voisin de le faire à ta place aujourd'hui, fit sa belle-mère. Comme ça, vous auriez pu rester à souper avec nous autres et jaser un bout de temps avec Bastien et Anatole. Je suis certaine qu'ils vont être pas mal déçus de vous avoir manqués.

— On va se reprendre, madame Joyal, promit Laurent.

— Oubliez pas que c'est bien plus facile pour vous autres de venir souper chez nous, reprit Corinne en embrassant sa mère et son père avant de partir. Vous avez juste à demander à Bastien ou à Anatole de faire le train à votre place.

Tout fier, la casquette crânement inclinée sur l'œil, Rosaire était déjà installé sur le siège arrière du boghei. Il tenait sur ses genoux une petite boîte cartonnée dans laquelle Lucienne Joyal avait rangé les vêtements qu'elle lui avait donnés. Le gamin salua de la main les Joyal au moment où la voiture s'engageait sur la route.

Une heure plus tard, l'attelage s'arrêta sur le chemin, devant la maison de Gonzague Boisvert, à un demi-mille de l'entrée du village de Saint-Paul-des-Prés. Encore une fois, il n'y avait aucun signe d'activité autour de la maison en cette fin d'après-midi dominical.

— T'entres pas dire bonjour à ton père et à ton frère, s'étonna Corinne assise aux côtés de son mari.

— On n'a pas le temps, répondit ce dernier. Débarque, Rosaire, lança-t-il à l'orphelin en se tournant vers lui. Tu diras à mon père que j'avais pas le temps d'arrêter à cause du train.

Corinne descendit tout de même sur la route et prit la boîte des mains du gamin pour qu'il puisse descendre à son tour. L'orphelin lui adressa un sourire de reconnaissance en reprenant possession de sa boîte.

— J'espère que t'as pas l'intention de partir sans m'embrasser, lui dit la petite femme blonde en se penchant légèrement pour qu'il puisse l'embrasser sur une joue.

Le garçon s'exécuta en rougissant violemment.

— Merci, madame, merci, monsieur, dit-il timidement avant de traverser la route pour rentrer chez les Boisvert.

Corinne remonta dans la voiture et son mari ordonna au cheval d'avancer.

— Je suis pas sûr pantoute qu'on a ben fait en l'emmenant avec nous autres et en le gâtant comme ça, laissa tomber Laurent. Il va se faire des idées.

— Aïe, Laurent Boisvert ! Il faut pas exagérer, protesta sa jeune femme. Je pense pas que c'est gâter un enfant que de lui avoir donné du vieux linge qui fait plus à personne.

— Mais as-tu pensé à ce qu'Annette va dire quand elle va le voir revenir avec ce linge-là ? demanda son mari avec humeur.

— Bien, elle pensera ce qu'elle voudra, bonyenne ! Si elle est pas contente, elle a juste à s'en occuper comme du monde.

Chapitre 18

La révélation

Le lendemain matin, Laurent retourna travailler chez le voisin pendant que sa jeune femme prenait la direction de l'école. Les deux petites Rocheleau devaient surveiller son passage sur le chemin parce qu'elles sortirent en trombe de la maison et se précipitèrent vers elle dès qu'elles l'aperçurent pour faire route avec elle.

— Il est encore pas mal de bonne heure pour venir à l'école, leur fit remarquer leur jeune institutrice avec bonne humeur.

— Ça fait rien, madame. On va jouer dans la cour en attendant, répondit Mathilde en levant vers elle ses yeux pétillants de vie.

— Vous êtes sûres que votre mère veut que vous veniez à l'école aussi de bonne heure?

— Ça lui fait rien, fit Réjeanne.

Le ciel était nuageux, mais la température était encore très confortable. En ce début de la deuxième semaine de classe, Corinne se plut à écouter les bavardages des deux petites filles qu'elle laissa dans la cour de l'école en arrivant. Elle avait hâte qu'il soit huit heures trente pour pouvoir commencer à enseigner. Elle avait passé la soirée de la veille à préparer sa classe, au plus grand déplaisir de son mari qui aurait aimé qu'elle vienne s'asseoir à ses côtés sur la galerie pour profiter d'une belle fin de journée.

Ce jour-là, trois de ses élèves étaient absents. Évidemment, Victor Lanteigne était de ceux-là. L'institutrice nota dans son cahier qu'il devait encore lui présenter un billet motivant ses absences de la semaine précédente. Par ailleurs, elle commençait à éprouver un plaisir extraordinaire à se sentir de plus en plus en contrôle de son petit groupe d'élèves pour la plupart assoiffés de connaissances.

Lorsqu'elle ferma à clé la porte de son école à la fin de l'après-midi, elle était maintenant convaincue qu'elle allait regretter de ne plus pouvoir enseigner quand elle devrait céder sa place à une autre.

Trois jours plus tard, la jeune institutrice sortit sur le perron de l'école pour annoncer le début de la classe quand elle vit Victor Lanteigne, négligemment appuyé contre le mur, en train de fumer une cigarette. L'adolescent roux se tenait à l'écart des autres élèves en affichant un air supérieur. Elle sonna la cloche et attendit que ses élèves prennent les rangs, deux par deux, devant elle, au pied du perron. Lanteigne écrasa son mégot de cigarette sans se presser et vint prendre place au bout de l'un des rangs. Encore une fois, Corinne fit entrer tous ses élèves et intercepta Victor au moment où il allait pénétrer dans la classe.

— Attends, lui ordonna-t-elle. Je sais pas si t'as la permission de fumer à ton âge, lui dit-elle, mais ici, à l'école, on fume pas.

L'élève se contenta de la fixer sans ciller.

— Montre-moi ton billet d'excuses signé par tes parents pour toutes tes absences. Je t'ai demandé un billet vendredi midi dernier et t'es pas revenu à l'école depuis.

— Je l'ai pas.

— Je l'ai pas, madame ! dit Corinne en élevant la voix.

— Je l'ai pas, madame, répéta l'élève comme s'il s'en moquait.

— C'est parfait. Tu t'en retournes tout de suite chez vous et tu reviendras quand tu auras ton billet.

Là-dessus, elle lui tourna carrément le dos et lui ferma la porte au nez. Les élèves attendaient debout derrière leur pupitre qu'elle donne le signal de la prière. Tout en jetant un coup d'œil par la fenêtre, l'enseignante fit le signe de la croix et entreprit la récitation du *Notre Père* et de trois *Ave*. La prière était terminée depuis quelques minutes quand elle vit l'adolescent quitter lentement la cour de l'école en traînant les pieds.

— La tête croche ! murmura-t-elle avec colère. Lui, il est mieux de revenir vite avec son billet.

Victor Lanteigne ne revint pas à l'école de la journée et son absence fut pour l'institutrice comme une épine dans le pied. Non pas qu'elle s'en ennuyât, loin de là. Mais il représentait un défi pour son autorité et elle n'avait pas l'intention de reculer.

Quand la classe se termina à quatre heures, elle avait pris la résolution de clarifier la situation. Rien n'obligeait les parents à inscrire leurs enfants à l'école et ils étaient libres de les retirer quand ils le désiraient. Si les Lanteigne préféraient garder leur fils peu doué à la maison, ils pouvaient le faire et cela lui ferait plaisir de rayer son nom de sa liste d'élèves.

À son retour à la maison, Corinne était énervée. Quand elle alla chercher du bois dans la remise pour allumer le poêle dont elle avait besoin pour préparer le repas du soir, elle faillit perdre l'équilibre parce que la première des quatre marches menant à la galerie, mal clouée et un peu pourrie, bougea sous son poids. À son retour du travail, elle mentionna le fait à Laurent qui promit de s'en occuper dès qu'il aurait un moment libre. Il partit ensuite traire les vaches pendant qu'elle faisait réchauffer un reste de bouilli de légumes.

Pendant le repas, elle demanda à son mari d'atteler Satan au boghei parce qu'elle désirait rendre une courte visite aux Lanteigne après avoir lavé la vaisselle, avant que l'obscurité tombe. Lorsqu'elle lui eut expliqué la raison de son déplacement, ce dernier se contenta de lui conseiller :

— Laisse-le donc faire. Au moins tu l'as pas dans les jambes quand il est pas à l'école. Tu peux pas le forcer à apprendre s'il en a pas le goût. Nous autres, les gars, on aime pas ça passer nos journées le derrière assis sur une chaise.

— Oui, on sait ça, répliqua Corinne avec humeur. Ça fait que rendus plus vieux, vous êtes même pas capables d'écrire chez vous quand vous êtes au chantier.

Elle n'eut pas besoin d'en dire plus ; il avait compris. Corinne s'adoucit et craignit un instant d'avoir été trop dure envers celui qu'elle aimait.

— Si tu voulais, je pourrais te montrer à écrire, lui proposa-t-elle doucement.

— Laisse faire, fit son mari. Après ma journée d'ouvrage, j'ai pas le goût pantoute de commencer à me casser la tête avec ça.

Aussitôt le souper terminé, Corinne quitta la maison en promettant d'être revenue dans quelques minutes. Elle remonta le rang Saint-Joseph sur toute sa longueur et tourna à gauche, à la dernière maison avant d'arriver au rang Saint-André qui conduisait au village. Même si la maison et les bâtiments semblaient avoir un urgent besoin d'être chaulés, il n'en restait pas moins que l'ensemble paraissait assez bien tenu. Rien ne traînait dans la grande cour menant à l'étable et à la grange, sauf une voiture à foin dont les brancards disparaissaient dans les hautes herbes.

Au moment où l'institutrice immobilisait sa voiture, elle vit Victor quitter une balançoire et se diriger vers la porte de côté de la maison.

— Il y a quelqu'un qui arrive ! se contenta-t-il de crier, la tête tournée vers l'intérieur, sans se donner la peine de nommer la visiteuse ou de s'avancer vers elle pour la saluer.

Il poursuivit ensuite son chemin et disparut au coin de la maison. Corinne allait frapper à la porte quand un homme de taille moyenne doté de larges épaules apparut derrière la porte moustiquaire. Sa barbe poivre et sel rendait encore plus impressionnants ses traits taillés à coups de serpe.

— Bonsoir, monsieur Lanteigne. Je suis Corinne Boisvert, la maîtresse d'école de votre garçon, se présenta-t-elle au maître des lieux.

— Entrez, madame Boisvert, l'invita Euclyde Lanteigne avec un sourire de bienvenue en poussant la porte pour la laisser pénétrer à l'intérieur. Ma femme s'en vient. Elle est allée porter quelque chose en haut, ce sera pas long.

Corinne le remercia et entra. Son hôte lui offrit une chaise avant d'aller ouvrir une porte au fond de la cuisine pour crier à l'intention de sa femme :

— Georgette, on a de la visite. Puis, vous habituez-vous à Saint-Paul ? demanda aimablement le père de Victor à la jeune enseignante.

— J'ai pas trop de misère, reconnut Corinne.

— On a entendu dire que vous veniez de Saint-François-du-Lac ?

— En plein ça.

— À ce moment-là, vous devez pas être trop perdue. Nos deux villages se ressemblent pas mal, dit-il en lui faisant signe de s'asseoir.

— C'est certain.

À ce moment-là, une femme âgée d'une quarantaine d'années entra dans la cuisine, l'air affairée. Sa chevelure rousse était striée de quelques mèches blanches et sa figure était avenante.

— Ah ! Mais c'est la jeune madame Boisvert ! s'exclama-t-elle en reconnaissant Corinne. On s'est pas encore parlé, mais je vous ai vue deux ou trois fois au village depuis que vous êtes installée. Prendriez-vous une tasse de thé ?

— Merci, madame Lanteigne, je sors de table. Je voulais juste venir vérifier quelque chose avec vous. C'est à propos de Victor…

— Bon, qu'est-ce qu'il a encore fait, celui-là ? demanda le père de famille.

— Il a rien fait, monsieur Lanteigne. C'est juste que je voulais savoir s'il allait venir à l'école cette année.

— C'est sûr qu'il va continuer à y aller, dit l'homme d'une voix décidée. J'ai pas besoin de lui pantoute depuis la fin de l'été. J'ai ses trois grands frères pour me donner un coup de main pour rentrer la récolte. Je veux qu'il fasse sa cinquième année plutôt que de perdre son temps à traîner autour de la maison.

— Je l'ai envoyé à l'école, confirma Georgette Lanteigne.

— Le problème est qu'il est venu seulement vendredi matin et que l'école est recommencée depuis mercredi passé. Chaque fois que je lui demande un billet d'absence, il revient pas. Il m'a fait la même chose à matin. Quand il allait entrer dans l'école, je l'ai renvoyé chercher son billet d'absence après lui avoir dit qu'il avait pas le droit de fumer la cigarette à l'école, mais il est pas revenu.

— En plus, il fumait ? fit sa mère.

— Ah ben, le petit verrat ! s'emporta Euclyde Lanteigne en se levant précipitamment de sa chaise berçante. Attendez donc qu'on éclaircisse cette affaire-là.

Il sortit sur la galerie et cria :

— Victor, arrive ici ! Attends pas que j'aille te chercher par la peau du cou parce que tu vas le regretter.

Sans attendre le résultat de son appel, le cultivateur rentra dans la maison. Un instant plus tard, un Victor Lanteigne passablement moins bravache pénétra dans la cuisine. Son visage pâle et les regards nerveux qu'il jetait à son père prouvaient assez la crainte que ce dernier lui inspirait.

— Où est-ce que t'étais passé au lieu d'aller à l'école, toi ? lui demanda son père d'une voix lourde de menaces.

— Ben…

— Ben quoi ? fit le paternel, un ton plus haut.

Corinne, silencieuse, regrettait presque d'être la source de cette scène pénible.

— Je me suis promené.

— Ah ! Tu t'es promené au lieu d'aller à l'école. C'est correct. On va régler ça quand ta maîtresse sera partie. Et il paraît que tu fumes en plus ? C'est nouveau ça. D'où viennent les cigarettes que tu fumes ?

— D'Armand.

— Ton frère t'a donné des cigarettes ? intervint Georgette, incrédule. J'ai bien de la misère à croire ça.

— J'en ai pris juste une dans son paquet de Turret's, avoua l'adolescent de plus en plus blême.

— Monte dans ta chambre. Je vais aller te voir tout à l'heure, lui ordonna son père.

Victor ne se fit pas répéter l'invitation et se dépêcha d'ouvrir la porte de communication qui permettait d'accéder aux chambres, à l'étage. Corinne, gênée, se leva, prête à quitter l'endroit.

— À partir de demain matin, madame Boisvert, il va être à l'école et à l'heure, promit la mère de famille.

— Même s'il aime pas ça, il va y aller quand même, lui assura Euclyde Lanteigne. À soir, il va en manger une bonne pour lui apprendre à obéir. Quand ça entre pas par un bout, ça entre par l'autre, déclara-t-il sur un ton catégorique.

— Et surtout, endurez rien de lui. À la moindre impolitesse ou s'il travaille mal, envoyez-moi un petit mot par une des petites Dumas qui restent à côté, on va y voir, reprit sa femme.

Corinne remercia le couple de sa compréhension et retourna chez elle en se demandant si elle n'aurait pas mieux fait de suivre le conseil de son mari. Victor allait sûrement lui en vouloir d'être la cause de la correction que son père allait lui administrer. Elle risquait de regretter longtemps d'avoir en face d'elle, jour après jour, cet élève aussi grand qu'elle et capable de lui rendre la vie intenable.

À son retour à la maison, le soleil était sur le point de se coucher. La jeune femme eut la surprise de découvrir son mari, debout sur le bord de la route, en grande conversation avec une adolescente. Au premier coup d'œil, elle se rendit compte que Laurent lui faisait les yeux doux. Comme par enchantement, il semblait être redevenu le Laurent Boisvert charmeur qu'il était avant leur mariage.

En proie à la jalousie, elle arrêta Satan tout près de lui.

— Est-ce que ça te dérangerait de venir dételer le cheval? lui demanda-t-elle sans se donner la peine de saluer la jeune fille qui avait reculé de quelques pas.

— Continue jusqu'à l'écurie, lui répondit-il, l'air contrarié. J'arrive.

Corinne remit son attelage en marche et alla l'immobiliser près de l'écurie. Elle descendit de voiture et regagna la maison sans plus se préoccuper de son mari qui venait de prendre congé de l'adolescente.

Quand il rentra dans la maison, elle avait eu le temps de retirer son chapeau et d'allumer une lampe.

— Veux-tu bien me dire qui est cette petite dévergondée qui court les chemins quand il fait presque noir? lui demanda-t-elle en ne cachant pas son mécontentement.

— C'est la plus vieille chez les Brisebois, répondit-il d'une voix détachée.

— Comment elle s'appelle?

— Je pense que c'est Angélique.

— Elle était là depuis combien de temps?

— Je le sais pas, moi, une dizaine de minutes.

— Qu'est-ce qu'elle voulait?

— Elle voulait juste te dire que sa mère serait ben contente que t'ailles faire un tour chez eux quand t'auras une minute libre.

— Et ça lui a pris une dizaine de minutes pour te dire ça?

— Ben oui, imagine-toi donc!

— Et c'est pour ça que tu faisais le joli cœur avec elle, je suppose?

— Aïe, Corinne Joyal, ça va faire, sacrement! s'emporta son mari. C'est pas parce que t'es jalouse que je suis obligé d'avoir l'air bête avec tout le monde.

— Tu sauras que je suis pas jalouse, mais va surtout pas t'imaginer que je suis aveugle, laissa-t-elle tomber avant de s'asseoir à table pour corriger les devoirs de ses élèves.

Le lendemain matin, Corinne, nerveuse, se promenait dans la cour de l'école, entourée de quelques élèves quand elle vit arriver Victor Lanteigne. L'adolescent, le visage fermé, alla s'appuyer contre l'un des murs de l'école sans même lui jeter un regard.

L'institutrice tira sa petite montre de gousset et se dirigea vers le perron pour prendre la cloche qu'elle y avait déposée. Elle sonna. Les jeux s'arrêtèrent instantanément et les enfants se mirent en rang. Victor prit place au bout d'une rangée et entra dans la classe au signal, comme les autres élèves. Il s'installa derrière son pupitre et attendit le début de la prière. L'institutrice feignit de ne pas remarquer la grimace qu'il fit en s'assoyant, comme si c'était douloureux.

Pour le plus grand soulagement de la jeune institutrice, l'adolescent ne sembla pas chercher à se venger. Il se contenta de bouder dans son coin en travaillant le moins possible. En contrepartie, Corinne prit la résolution de ne pas le provoquer inutilement tant et aussi longtemps qu'il ne serait pas une cause d'indiscipline dans sa classe.

En cette deuxième semaine d'école, elle conservait intact son plaisir d'enseigner.

Octobre arriva sans crier gare et la température se mit progressivement à fraîchir. Peu à peu, les nuits devinrent plus froides et les journées de pluie se firent plus nombreuses. Le soleil se couchait de plus en plus tôt. Le feuillage des arbres se colorait. D'abord, seules les pointes de feuilles des érables jaunirent, puis, comme obéissant à un signal connu d'elles seules, elles se métamorphosèrent en une nuit pour offrir un éclatant spectacle où se mêlait toute la gamme des jaunes, des rouges et des orangés.

Le matin du premier samedi d'octobre, Corinne se leva en grelottant et s'empressa d'aller allumer le poêle dans la cuisine d'été.

— Maintenant, c'est cru le matin, fit-elle observer à son mari, qui rentrait de faire le train. C'est rendu qu'il faut se mettre une veste de laine tant que le poêle a pas réchauffé la cuisine.

— Je pense surtout qu'il va falloir que tu penses à déménager ben vite dans la cuisine d'hiver, dit ce dernier en se préparant à partir pour sa dernière journée de travail chez Jocelyn Jutras. As-tu pensé qu'à partir de lundi prochain, je vais être tout seul à la maison pendant que tu vas faire l'école ? Ce sera pas pratique pantoute, cette affaire-là.

Encore une fois, Laurent lui faisait savoir qu'il n'appréciait pas du tout que son rôle d'enseignante s'éternise. Il la voulait à la maison.

— Pourquoi tu me dis ça ? Ton père m'a payé douze piastres à la fin de septembre. C'est pas à dédaigner, non ?

— C'est pas la place d'une femme mariée, lui répéta-t-il pour la centième fois. T'as assez d'ouvrage à la maison pour t'occuper du matin au soir.

— Je vois pas pourquoi tu te plains, regimba Corinne. Les repas sont servis à l'heure et la maison est propre.

— Ouais, convint son mari. Mais tu passes toutes tes maudites soirées dans tes livres ou à corriger des devoirs. Moi, pendant ce temps-là, j'attends.

Corinne fut assez fine pour comprendre que son mari se sentait délaissé.

— Ça achève, voulut-elle le rassurer. Tu sais bien que ton père va finir par trouver quelqu'un pour me remplacer.

— Je suis pas sûr pantoute qu'il cherche ben fort, fit Laurent avec humeur.

— On n'a pas le choix de lui faire confiance.

— En tout cas, je m'en vais faire ma dernière journée chez Jutras. À partir de lundi matin, je m'occupe de labourer ma terre avant qu'il se mette à trop mouiller.

— Bon, après la vaisselle, j'ai l'intention de transférer nos affaires dans la cuisine d'hiver, lui annonça-t-elle. On est aussi bien d'aller s'installer là aujourd'hui. Ça sert à rien d'attendre plus longtemps, on n'a plus d'agrément de manger ici dedans.

Dès le départ de son mari, Corinne se mit au travail. Quand elle eut terminé la vaisselle, elle vida ses armoires dont elle transporta le contenu dans celles de la cuisine d'hiver après avoir allumé le poêle dans cette pièce pour en chasser l'humidité. Elle fit de même avec toutes les denrées entreposées dans le garde-manger. Elle nettoya soigneusement le poêle et repoussa la lourde table en chêne contre un mur. Elle rangea ensuite tout ce qui devait être rangé dans la pièce avant d'en laver le linoléum aux dessins à demi effacés. À la fin de l'avant-midi, le transfert était terminé. La jeune femme se déclara satisfaite de son travail et entreprit de préparer sa pâte à pain pendant qu'un rôti de porc finissait de cuire dans le fourneau.

Quand Laurent rentra pour dîner, il se retrouva dans une pièce dont l'aspect avait totalement changé.

— Laisse tes bottes sur la catalogne proche de la porte, lui demanda sa femme en ouvrant la porte de la cuisine d'hiver. Le dîner est prêt.

Pour la première fois depuis qu'ils avaient emménagé dans cette maison, le jeune couple s'installa à la grande table de la cuisine d'hiver pour prendre son repas. Corinne avait installé les deux chaises berçantes de part et d'autre du vieux poêle L'Islet qui répandait dans la pièce une douce chaleur.

— T'as pas chômé à matin, dit Laurent en jetant un regard appréciateur à la cuisine reluisante de propreté.

— Non, mais je suis contente d'en avoir fini. Cet après-midi, je vais pouvoir faire mon lavage tranquille après avoir mis mon pain au four. Même s'il a commencé à mouiller, je vais étendre mon linge dans la cuisine à côté. Ça va prendre plus de temps à sécher que si c'était dehors, mais je vais être débarrassée pour la semaine.

— La pluie me dérangera pas, dit Laurent. Jutras veut qu'on répare des affaires dans son écurie cet après-midi.

— J'aime bien ma cuisine d'hiver, on a une meilleure vue de la route, dit sa femme, hors de propos, en tournant la tête vers l'une des fenêtres.

Son mari se contenta de hocher la tête avant de finir d'essuyer avec un morceau de pain un reste de sirop d'érable qu'il avait versé dans son assiette. Lorsqu'il partit travailler, Corinne le regarda sortir de la maison et éviter sans mal la grande flaque d'eau qui s'était formée au pied de l'escalier.

— Il faut que je lui demande de remplir ce trou-là avec de la terre, dit-elle à mi-voix. En plus, il a toujours pas réparé la marche d'escalier.

Cet après-midi-là, Corinne venait de ranger sa cuve et sa planche à laver dans la remise attenante à la cuisine d'été quand une voiture entra dans la cour. Elle se précipita à l'intérieur de la maison en passant par la porte communicante pour remettre un peu d'ordre dans sa tenue et enlever son tablier.

Quelques instants plus tard, intriguée de constater que son visiteur n'ait pas encore frappé à la porte, elle écarta un peu le rideau qui masquait l'une des deux fenêtres de la cuisine pour chercher à identifier la personne qui venait lui rendre visite. Elle vit alors une dame de haute taille descendre avec précaution et sans se presser de la voiture conduite par un adolescent.

Une fois descendue, la dame imposante se redressa, vérifia du bout des doigts la position de son chapeau et se dirigea lentement vers la galerie en adoptant une démarche élégante et pleine de dignité, malgré la pluie qui venait de recommencer à tomber.

Le jeune conducteur du boghei prit un grand parapluie noir, l'ouvrit et s'empressa de venir abriter la dame du mieux qu'il pouvait. Corinne attendit que cette dernière frappe à la porte avant de venir lui ouvrir.

— Madame Boisvert, je suppose ? demanda la visiteuse d'une voix un peu précieuse en brandissant un face-à-main pour mieux l'examiner.

— Oui, madame.

— Je suis Honorine Gariépy, la présidente des dames de Sainte-Anne de Saint-Paul et aussi l'organiste et la directrice de la chorale de la paroisse. J'aurais dû venir vous voir depuis longtemps, mais j'ai manqué de temps.

— Enchantée, madame, fit poliment la jeune femme. Voulez-vous entrer ?

— Merci. Hervé, attends-moi sur la galerie, dit-elle en se tournant un bref moment vers l'adolescent qui l'accompagnait. Je ne vais pas vous déranger longtemps, reprit la visiteuse en pénétrant dans la maison à la suite de Corinne.

Honorine Gariépy était une véritable matrone à l'apparence assez intimidante. La veuve de Ludger Gariépy, représentant de la compagnie Robin Hood, demeurait dans une petite maison au village avec sa fille, Catherine. Malgré des revenus plus que modestes, elle affichait une distinction aussi précieuse que ridicule qui ne manquait pas de susciter sourires et commentaires chez les gens simples de Saint-Paul-des-Prés.

— L'Honorine se prend pas pour de la crotte de bique, disait d'elle Alexina Duquette, la femme du propriétaire du magasin général. Ma foi du bon Dieu, elle se prend pour la reine de Saint-Paul avec ses grands airs, ajoutait-elle avec une pointe de jalousie.

Corinne invita la présidente des dames de Sainte-Anne à la suivre dans la cuisine d'hiver et lui offrit une chaise. Cette dernière prit la précaution de passer ouvertement une main gantée sur le siège avant de condescendre à s'y asseoir.

Ensuite, elle entreprit d'enlever lentement ses gants de fil noir tout en examinant la pièce avec une certaine ostentation.

— C'est drôle, je ne vous imaginais pas du tout comme ça, laissa-t-elle tomber en regardant la jeune femme avec un certain dédain.

Ce comportement prétentieux finit par agacer sérieusement l'hôtesse qui lui demanda un peu brusquement :

— Et comment vous m'imaginiez, madame ?

— Je vous aurais cru plus grande et un peu plus âgée.

— Comme vous pouvez le voir, je suis jeune et petite, répliqua Corinne avec une certaine impudence. Qu'est-ce que je peux faire pour vous, madame Gariépy ? lui demanda-t-elle d'une voix où perçait un peu d'impatience.

— Je voulais d'abord vous souhaiter la bienvenue à Saint-Paul.

— Merci.

— Même si vous êtes encore très jeune, poursuivit la matrone, je remplis correctement mon rôle de présidente en venant vous inviter à joindre les rangs des dames de Sainte-Anne, comme le font presque toutes les femmes mariées de la paroisse. Si, en plus, vous avez une belle voix, il y a aussi de la place pour vous dans ma chorale.

— C'est bien aimable à vous, madame, la remercia Corinne, guère enthousiaste. J'ai pas une assez belle voix pour chanter dans une chorale et pour les dames de Sainte-Anne, je vais en parler d'abord à mon mari. Je vais vous donner ma réponse le plus vite possible.

— Ah oui, votre mari, fit l'autre en pinçant les lèvres pour exprimer un dédain évident.

— Vous devez bien le connaître ; il est de la paroisse, ajouta Corinne, un peu surprise de la réaction de sa visiteuse.

— Je le connais très, très bien, chère madame. En fait, je devrais même dire que je le connais trop bien, Laurent Boisvert.

— Ah !

— Il a pas dû s'en vanter, mais il a longtemps fréquenté ma fille, Catherine.

— Ah oui ! fit Corinne, surprise au-delà de toute expression. Quand il était plus jeune, je suppose ?

— Pas du tout. Il l'a fréquentée jusqu'au commencement de l'été passé, ma chère, répondit Honorine, le visage fermé. Il est venu veiller à la maison assez longtemps pour me faire croire qu'il était pour la marier cette année, ajouta-t-elle sur un ton dur.

— Voyons donc ! C'est pas possible, une affaire comme ça ! protesta l'hôtesse. Mon mari m'a jamais parlé de ça.

— Évidemment, il s'en est pas vanté, reprit son interlocutrice, amère. Il est hypocrite comme tous les Boisvert.

— Je peux pas vous croire, s'entêta Corinne, bouleversée.

— C'est pourtant bien vrai, comme je vous le dis. C'est connu dans toute la paroisse. Ma fille et moi pensions qu'il ferait sa grande demande ce printemps lorsqu'il est revenu du chantier. Ça aurait été normal après un an et demi de fréquentations. Mais non, il a continué à venir veiller un soir ou deux par semaine sans s'engager. Nous avons attendu. Nous avons trop attendu... Nous avons appris la vérité avec la publication des bans. Il est inutile de vous dire quel choc ça a été pour ma Catherine. Elle a pleuré comme une Madeleine toutes les larmes de son corps quand elle a appris qu'il allait marier une fille de Saint-François-du-Lac.

— J'en reviens pas, avoua Corinne, toute pâle, en se laissant tomber sur une chaise en face de sa visiteuse. Il m'a jamais dit un mot de tout ça, ajouta-t-elle d'une voix éteinte.

— Je m'en doute, dit Honorine Gariépy. Il y avait pas de quoi s'en vanter ! Parlez-lui de Catherine. Vous allez bien voir ce qu'il va vous dire. Moi, sur le coup, je suis allée voir monsieur le curé pour avoir son avis, mais il m'a dit qu'il y avait rien à faire parce que le Laurent Boisvert avait rien promis à ma fille.

— Si j'avais su, articula Corinne d'une voix changée.

— En tout cas, c'est pas demain la veille que je vais pardonner à ce grand sans-cœur la peine qu'il a faite à ma fille, conclut Honorine.

— J'en reviens pas, fit Corinne, anéantie.

— Mais je suis pas venue pour brasser toute cette histoire, ajouta la visiteuse en se levant. Je me doute que vous êtes pour rien dans tout ça. Je vais vous laisser. Je dois diriger une pratique de la chorale dans une heure. En plus, mon petit voisin doit commencer à perdre patience dehors.

La dame au tour de taille important se leva, rangea son face-à-main dans sa bourse et remit ses gants.

— Vous êtes sûre que vous avez pas le temps de boire une tasse de thé ? offrit Corinne sans trop insister.

— Merci, ma chère, mais il faut vraiment que j'y aille. Il pleut de plus en plus fort et ce serait pas chrétien de laisser le petit Rompré geler à m'attendre.

— Comme vous voudrez.

— Je suppose que vous avez beaucoup de travail à entretenir votre maison et à faire la classe en même temps, dit Honorine en sortant sur la galerie, mais j'attends tout de même votre réponse le plus tôt possible. Même si vous êtes une étrangère dans notre paroisse, on va essayer de vous faire une place, crut-elle bon de préciser avec une certaine hauteur. Allez, mon garçon, ordonna-t-elle à l'adolescent qui venait de quitter son siège sur la galerie, dépêche-toi d'ouvrir le parapluie que je me fasse pas mouiller comme une soupe.

Sur ces mots, la présidente des dames de Sainte-Anne fit signe au jeune Rompré de s'approcher d'elle avec le parapluie qu'il venait d'ouvrir. Malheureusement, tous les deux posèrent le pied en même temps sur la première des quatre marches de l'escalier. Celle-ci émit un craquement sinistre avant de céder, entraînant la matrone et l'adolescent dans une chute brutale qui se termina au milieu de l'importante flaque d'eau située au pied de l'escalier.

— Oh ! Mon Dieu ! s'écria Corinne à la vue de la grosse dame assise dans la boue, le chapeau de travers sur la tête. Vous êtes-vous fait mal, madame Gariépy ? demanda-t-elle pleine de compassion en se précipitant vers elle pour l'aider à se relever.

— Pantoute ! se contenta de s'écrier la matrone folle de rage en repoussant le jeune conducteur qui l'écrasait. Envoye ! Grouille-toi, espèce d'insignifiant ! Aide-moi à me relever ! Qu'est-ce que t'attends pour te lever ?

La dame avait subitement perdu toute sa distinction tellement elle était en colère. Elle ignora superbement la main tendue de Corinne et attendit que le jeune Rompré l'aide à se relever, couverte de boue.

— Venez vous nettoyer en dedans, lui proposa son hôtesse. Vous pouvez pas rentrer chez vous arrangée comme ça.

— Merci, je me nettoierai chez nous, répondit sèchement Honorine en lui tournant le dos pour monter dans le boghei.

Le conducteur fit faire demi-tour à la voiture et Honorine Gariépy ne tourna pas une seule fois la tête vers Corinne, demeurée debout sur la galerie pour les regarder partir. Elle rentra dans la maison, jeta une bûche dans le poêle et s'assit dans sa chaise berçante, incapable de penser à autre chose qu'à ce que sa visiteuse venait de lui révéler sur son mari. Elle aurait peut-être ri volontiers de la mésaventure survenue à Honorine Gariépy si son cœur ne lui avait pas fait aussi mal.

Elle ne parvenait pas à croire ce que cette femme venait de lui apprendre. Cela n'avait aucun sens. Laurent ne pouvait pas en avoir fréquenté une autre en même temps qu'elle. Il ne pouvait pas avoir été aussi hypocrite ! S'il avait fait ça, elle aurait fini par le savoir. Saint-François-du-Lac était pas si loin de Saint-Paul-des-Prés. Tout aurait fini par se savoir. En plus, il l'aimait, elle, pas l'autre. Pourquoi aurait-il fait ça ?

Malgré tout, la jeune femme ne parvenait pas à se rassurer et elle serrait frileusement son châle de laine contre elle. Elle fit un effort extraordinaire pour aller mettre au four les moules dans lesquels elle avait placé sa pâte à pain, mais elle fut incapable de se concentrer suffisamment pour s'occuper de la préparation de sa classe de la semaine suivante.

Les heures passèrent et son désarroi se transforma progressivement en une froide colère envers celui qui l'avait trahie. À la fin de l'après-midi, elle déposa ses miches de pain dans la huche et entreprit de préparer le souper avec des gestes saccadés, attendant avec une impatience grandissante le retour de son mari.

Un peu avant cinq heures, elle le vit passer dans la cour et se diriger vers l'étable. Elle ne bougea pas, préférant qu'il fasse le train avant d'avoir une explication avec lui. Elle sortit nourrir les poules et les porcs, lui laissant le soin d'aller chercher leurs vaches dans le champ et de les traire.

Quand Laurent rentra un peu plus tard, il remarqua la marche brisée. Il retira sa veste à carreaux mouillée et ses bottes avant de pénétrer dans la cuisine d'hiver à la chaleur si accueillante.

— Qu'est-ce qui est arrivé à la marche ? demanda-t-il à sa femme en allumant sa pipe après l'avoir bourrée.

— Je t'avais demandé de la réparer, dit Corinne d'une voix neutre, occupée à trancher le pain sur le comptoir.

— Je le sais, mais j'ai pas encore eu le temps de m'en occuper. T'es pas tombée, j'espère ?

— Non, pas moi, mais quelqu'un qui est venu nous voir, par exemple.

— Qui ?

— Quelqu'un que tu connais bien, il paraît. Madame Gariépy.

Le sursaut de son mari n'échappa pas à Corinne qui le fixait depuis quelques instants.

— Dis-moi pas que la grosse Honorine Gariépy est tombée chez nous ? demanda-t-il en adoptant un ton amusé.

— Oui, j'ai eu bien peur qu'elle se soit cassé une jambe.

— Ben non, elle est pas tombée d'assez haut pour ça. Elle a pas dû se faire ben mal, reprit Laurent en s'assoyant à table. Avec le gros coussin qu'elle a, elle a juste dû rebondir.

— Il y a pas de quoi rire, le réprimanda sa femme en s'approchant de la table. Sa robe était couverte de boue.

— Elle aura juste à se laver en rentrant.

Il y eut un court silence dans la pièce avant que Corinne se décide enfin à passer à l'attaque.

— Est-ce que tu peux m'expliquer ce que c'est que cette histoire avec sa fille ?

— Quelle fille ? demanda-t-il comme s'il ignorait de qui elle voulait parler.

— Fais-moi pas parler pour rien, Laurent Boisvert. Je te parle de Catherine Gariépy ! précisa-t-elle en élevant la voix.

— Il y a rien à dire là-dessus, fit-il d'une voix tranchante.

— Tu t'en tireras pas comme ça, déclara tout net la petite femme au chignon blond, les poings sur les hanches. Prends-moi pas pour une folle ! Sa mère sort d'ici dedans. Elle m'a tout raconté.

— Si elle t'a tout raconté, je vois pas pourquoi tu me poses des questions, répliqua-t-il avec une mauvaise foi évidente.

— Je veux l'entendre de ta bouche. Est-ce que c'est vrai que t'as fréquenté sa fille en même temps que tu venais veiller chez nous ?

Laurent sembla réfléchir un bref moment avant de laisser tomber avec une hésitation qui cachait mal son malaise :

— Oui, puis après ? Il y a pas de loi qui empêche un gars d'aller voir deux filles tant qu'il est pas marié, non ?

— Sais-tu que t'es un bel écœurant de me dire ça en pleine face ! s'écria sa femme, rouge de colère. Comme ça, les soirs où tu venais pas veiller chez nous, t'étais avec elle, dans son salon.

— Pas tous les soirs. J'allais pas la voir plus souvent que toi.

— Ah ! que je suis contente d'apprendre ça, fit Corinne, amère. Et ça a duré combien de temps ton histoire avec Catherine ?

— Pas longtemps, mentit-il.

— C'est pas ce que sa mère m'a raconté. Elle m'a dit que tu l'as fréquentée un an et demi et que tu l'as lâchée seulement au commencement de l'été… Je suppose que ça t'a un peu gêné de continuer à aller la voir après nos fiançailles.

— En plein ça ! Bon, c'est fini, ton enquête ? Est-ce qu'on peut souper tranquilles à cette heure ?

— Non, j'ai pas fini ! Est-ce que je peux savoir si elle se laissait faire plus que moi ? reprit-elle en ne prenant même pas la peine de dissimuler sa jalousie.

— As-tu fini avec tes questions niaiseuses ?

— Je veux le savoir ! s'entêta Corinne d'une voix dure.

— Non, elle se laissait pas faire. Là, t'es contente, j'espère.

— Pantoute ! fit sa femme, catégorique. Est-ce que c'est trop te demander pourquoi tu m'as choisie plutôt qu'elle ? Je suppose que t'avais une raison… Est-ce que ma dot était meilleure que la sienne ? Ou est-ce parce que j'embrassais mieux ?

— En tout cas, c'est pas parce que t'avais meilleur caractère, calvaire ! s'écria son mari, hors de lui en quittant sa chaise.

Il disparut dans la chambre à coucher. Énervée par l'altercation, Corinne dressa le couvert avec brusquerie, impatiente de reprendre son explication tumultueuse avec son mari. Elle sursauta légèrement quand il reparut dans la pièce tout endimanché. Sans lui adresser un regard, il se dirigea vers la porte communiquant avec la cuisine d'été dans l'intention d'y prendre son manteau suspendu à un crochet.

— Où est-ce que tu vas ? Le souper est prêt.

— Laisse faire, j'ai plus faim, dit-il d'une voix cassante. Attends-moi pas. Je sais pas à quelle heure je vais revenir.

Sans même lui laisser le temps de répliquer, il quitta la maison en direction de l'écurie. Quelques minutes plus tard, elle vit passer le boghei devant les fenêtres. La pluie avait apparemment cessé puisqu'il avait baissé la capote de la voiture.

Ce soir-là, son mari ne rentra à la maison qu'un peu après onze heures. À l'odeur qu'il dégageait, sa femme devina qu'il était allé boire à l'hôtel de Yamaska… à moins qu'il se soit fait une autre petite amie peu farouche dans un village voisin. La morsure de la jalousie faillit l'entraîner à lui faire une autre scène quand elle le vit entrer en chancelant légèrement sur ses jambes dans la cuisine.

Au prix d'un énorme effort de volonté, elle parvint tout juste à se contrôler. Intuitivement, elle sentait que cette crise que traversait son ménage allait engager tout son avenir.

— Qu'est-ce que tu fais de… debout aussi tard ? lui demanda-t-il d'une voix légèrement hésitante.

— Je t'attendais, répondit-elle en dissimulant sa colère. Veux-tu manger quelque chose avant de venir te coucher ? lui offrit-elle en se faisant violence. Il reste de la graisse de rôti et du rôti, si ça te tente.

— Non, il est trop tard. Je pense qu'on est mieux d'aller se coucher.

Corinne n'insista pas. Elle prit la lampe à huile et se dirigea vers la chambre à coucher, suivie par son mari. Leur réconciliation eut lieu sur l'oreiller, ce soir-là. Mais la jeune femme n'était pas près d'oublier la duplicité et l'hypocrisie dont il avait fait preuve durant toutes leurs fréquentations.

Elle demeura éveillée jusqu'au milieu de la nuit, les yeux ouverts dans le noir pendant qu'il ronflait à ses côtés. Ce qui la peinait le plus était qu'il ne semblait éprouver aucun remords pour la peine qu'il lui causait. Elle sentait que quelque chose venait de se briser définitivement entre eux. Elle ne pourrait plus jamais lui faire entièrement confiance. Elle allait porter au cœur une blessure qui allait prendre du temps, beaucoup de temps à cicatriser… Allait-elle même un jour cicatriser ? Il allait lui falloir s'accrocher de toutes ses forces à l'idée qu'après tout son Laurent l'avait finalement préférée à l'autre.

Le lendemain matin, la jeune madame Boisvert avait une motivation supplémentaire de se rendre à la grand-messe au couvent. Elle tenait absolument à voir sa rivale. Comme elle ne pouvait, par fierté, demander à son mari de la lui désigner, elle comptait la repérer grâce à la présence de sa mère qui allait sûrement être à ses côtés. Malheureusement, elle en fut pour sa peine. Elle eut beau tourner la tête dans tous les sens durant la cérémonie religieuse dans l'espoir d'apercevoir Catherine, ce fut inutile. Honorine Gariépy dirigeait la chorale paroissiale tout en jouant de l'harmonium à l'avant, le dos tourné à la foule.

— Veux-tu ben me dire ce que t'as à fouiner partout ? finit par lui demander Laurent, agacé par son manège.

— Je cherche à voir si Annette est là.

— Pourquoi ?

— Je veux lui dire deux mots après la messe, chuchota-t-elle. J'ai jamais su ce qu'elle avait pensé de voir arriver Rosaire avec du linge et les cheveux coupés.

— Ça me surprendrait qu'Henri et elle soient à la grand-messe, fit son mari. Une fois sur deux, ils aiment mieux aller à la basse-messe.

À la fin de la cérémonie, Corinne eut la chance d'apercevoir sa belle-sœur debout aux côtés de son mari en grande discussion avec Alcide Duquette, Ange-Albert Vigneault et son beau-père. Laurent s'éloigna pour dire quelques mots à Jocelyn Jutras qu'il venait d'apercevoir. Elle en profita pour s'approcher de la femme d'Henri Boisvert en lui adressant son plus charmant sourire, même si Annette lui était particulièrement antipathique.

— J'espère que ça t'a pas insultée que ma mère donne du vieux linge de mes frères à Rosaire quand on l'a emmené à Saint-François ?

— Non, répondit l'autre sans aucune chaleur. Mais je pense que c'est du gaspillage de donner quelque chose à du monde comme ça. Il prend pas soin de rien.

Au même moment, Corinne leva la tête juste à temps pour voir sortir du couvent Honorine Gariépy et une jeune femme brune au visage assez agréable, habillée avec une certaine recherche.

— Qui est-ce qui est avec madame Gariépy ? demanda-t-elle à sa belle-sœur, bien qu'elle l'ait déjà deviné.

— C'est Catherine, sa fille, se contenta de répondre l'autre avant de se tourner vers son mari qui s'apprêtait à partir. Bon, tu m'excuseras ; je dois y aller, lui dit-elle assez abruptement.

Corinne l'entendit à peine tant elle était occupée à examiner sa rivale qui s'était arrêtée en compagnie de sa mère pour adresser quelques mots à deux vieilles dames. Elle ne remarqua même pas le petit sourire affiché par sa belle-sœur en la quittant.

Peu après, Corinne sursauta légèrement quand Laurent lui toucha le bras pour lui signifier qu'il était prêt à rentrer. Durant tout le trajet de retour, sa jalousie revint la hanter. Elle s'était vaguement attendue à ce que Catherine Gariépy ressemble à sa mère. Or, il n'en était rien. C'était une grande fille élégante aux traits réguliers.

Durant toute la journée, son humeur s'en trouva assombrie. Elle ne pouvait s'empêcher d'imaginer Laurent et Catherine ensemble et cela la rendait malheureuse. Le fait qu'il l'ait préférée à la fille d'Honorine ne la consolait en rien.

Chapitre 19

L'éboulis

Les souvenirs de l'été disparurent peu à peu avec les dernières feuilles qui gisaient maintenant, racornies et brunâtres, dans l'herbe haute et au pied des bâtiments. Après l'Action de grâces, qui marquait la rentrée des récoltes, les cultivateurs de Saint-Paul-des-Prés, comme ceux des villages voisins, profitaient de quelques jours de température clémente pour effectuer leurs labours d'automne. Les mains rivées sur les manchons de leur charrue et les rênes nouées autour des épaules, ils retournaient la terre en houspillant leur cheval. Derrière eux, des nuées de mouettes s'abattaient en piaillant alors que, très haut dans le ciel, les dernières volées de canards se dirigeaient bruyamment vers leurs quartiers d'hiver.

Pour la première fois de sa vie, Laurent avait labouré sa propre terre, mais il ne semblait pas en tirer une fierté particulière. Depuis quelques jours, il se montrait bougon. Il devait réchauffer lui-même son dîner parce que sa femme demeurait à l'école et cela le mettait de mauvaise humeur. Il ne comprenait pas qu'elle ne pouvait laisser sans surveillance les enfants obligés de manger à l'école. Corinne avait beau lui répéter que l'argent gagné allait leur être bien utile, il acceptait mal la situation et parlait de plus en plus souvent d'aller prévenir son père qu'elle allait cesser d'enseigner pour s'occuper de sa maison et de son mari, comme toutes les autres femmes mariées le faisaient. Cette tension épuisait peu à peu la jeune femme. Le mécontentement de son mari la harassait et l'inquiétait tout à la fois. Elle ne savait vraiment plus comment parvenir à le satisfaire.

Pourtant, elle ne perdait jamais une minute. Debout à l'aube chaque matin, elle préparait le déjeuner et mettait la maison en ordre avant de partir pour l'école. De plus, elle faisait toujours en sorte qu'il n'ait qu'à réchauffer son dîner. Elle mettait à profit chaque minute du samedi et du dimanche pour remplir les tâches qu'elle ne pouvait accomplir la semaine. Cuire le pain et laver les vêtements l'occupaient tous les samedis matin. Elle était même parvenue à faire sa provision de savon du pays la fin de semaine précédente. Après avoir fait fondre tout le gras amassé depuis deux mois, elle avait ajouté de la résine et de l'eau de lessive au mélange qu'elle avait longuement laissé bouillir. Lorsqu'il avait durci à la fin de la journée, elle s'était empressée de découper le tout en pains qui allaient servir tant au lavage des vêtements qu'au nettoyage de la maison.

Le dernier vendredi d'octobre, à la fin de l'après-midi, elle trouva même la force de venir rejoindre Laurent dans la remise après avoir mis son souper au feu. Elle vint l'aider à finir de corder le bois livré le matin même par Jocelyn Jutras.

Le voisin ne s'était pas montré avare. Il avait déchargé devant la porte de la remise une dizaine de cordes de bois alors qu'il n'en avait promis que huit à Laurent en échange de ses trois semaines de travail dans sa ferme, le mois précédent. Le jeune cultivateur apparut dans leur cour au moment où ils terminaient leur travail.

Jutras descendit de sa charrette, prit la poche de farine de blé qu'il y avait déposée et la tendit à Laurent.

— Tiens, je reviens du moulin. J'ai ben trop de blé pour mes besoins.

— Voyons donc! protesta Laurent. T'as pas à nous donner ta farine.

— Ça me fait plaisir.

— Je sais vraiment pas comment te remercier, intervint Corinne, heureuse de recevoir un pareil cadeau.

— Tu me feras un pain ou deux un de ces jours, répondit en riant le voisin. Moi, mon pain est souvent dur comme de la roche. J'ai pas le tour d'en faire du bon.

— Il faudrait que tu te maries, suggéra Corinne avec bonne humeur.

— Je pense pas que ce soit la solution. Je suis un vieux garçon avec ses habitudes et j'ai mauvais caractère. Je connais pas ben des femmes qui seraient capables de m'endurer.

— T'es aussi ben de rester comme ça, lui conseilla Laurent d'une voix acide. T'as pas à endurer une femme. T'as la belle vie et t'es libre de faire ce que tu veux quand tu veux.

Corinne comprit l'allusion et fit un effort pour retenir la réplique cinglante qui lui était montée aux lèvres. Après le départ du voisin, son mari déclara avec mauvaise humeur :

— Calvaire, on n'a pas besoin qu'il nous fasse la charité. On n'est pas des quêteux.

— Il a pas fait ça pour nous faire la charité, lui dit sa femme pour le tranquilliser. Il a juste voulu nous faire plaisir, en bon voisin.

— Ouais, bon, on a fini. Il serait peut-être temps qu'on mange. J'ai l'estomac dans les talons.

— Viens, les binnes doivent être prêtes.

Après le souper, Corinne fit l'effort de ne pas toucher aux devoirs de ses élèves pour ne pas déplaire à son mari. Elle le guettait du coin de l'œil parce que, depuis quelques semaines, il avait pris l'habitude, le vendredi ou le samedi soir, de faire sa toilette après avoir avalé la dernière bouchée de son souper. Après avoir changé de vêtements, il quittait la maison pour n'y revenir qu'en fin de soirée. Rien ne semblait en mesure de lui faire changer cette habitude de célibataire : ni les crises ni les bouderies de sa femme.

— Au cas où tu l'aurais oublié, t'es un homme marié, Laurent Boisvert, lui avait-elle fait remarquer avec hargne la première fois que la chose s'était produite.

— Puis après ! Je suis pas en prison, avait-il rétorqué. J'ai travaillé toute la semaine, j'ai le droit de respirer, tu sauras.

— Et moi, j'ai pas travaillé, je suppose ?

— Toi, t'es pas obligée de faire l'école. Tu pourrais rester ici dedans à t'occuper de nos affaires.

Sur ce, il avait quitté la maison et pris la direction du village. Depuis, Corinne se doutait bien qu'il allait traîner à l'hôtel de Yamaska certains soirs, parce qu'à son retour il sentait l'alcool. Mais allait-il seulement là ? Il pouvait fort bien s'être mis à fréquenter des femmes de mauvaise vie…

À chacune de ses sorties, lorsqu'elle osait lui poser la question : « Où est-ce que tu vas ? », le fils de Gonzague Boisvert lui répondait invariablement : « Faire un tour. » Quand elle lui demandait à quelle heure il rentrerait, la réponse était toujours identique : « Je le sais pas. Attends-moi pas pour te coucher. »

Pour ajouter à son découragement, elle avait découvert qu'il n'éprouvait aucun remords à financer ses virées à même les économies familiales si péniblement amassées. Quand elle lui faisait remarquer que le contenu du pot vert déposé sur la deuxième tablette de l'armoire avait encore baissé, il se contentait de lui dire :

— L'argent, c'est fait pour rouler.

Lorsque la jeune femme se retrouvait seule à l'attendre dans sa petite maison au bout du rang Saint-Joseph, elle regrettait amèrement de ne pouvoir parler de ses problèmes à une amie. Ses parents étaient venus leur rendre visite quelques jours après l'Action de grâces, mais elle avait joué à la jeune mariée comblée et heureuse. Elle avait pris grand soin de cacher à sa mère ce qui se passait en réalité dans son foyer pour ne pas l'inquiéter inutilement. Cependant, à certains regards que cette dernière lui avait adressés, elle n'était pas certaine d'avoir pu tromper sa sagacité.

Évidemment, elle n'avait pas songé une seconde à parler du comportement de son mari au père de ce dernier qu'elle n'avait aperçu qu'à une ou deux reprises depuis un mois. On aurait dit que le président de la commission scolaire l'évitait de peur de se faire demander si sa quête d'une institutrice pour la remplacer aboutirait bientôt. De toute manière, son beau-père, tout comme son fils Henri, demeurait pour elle un homme distant et froid, et même Laurent le fréquentait peu.

Au début de la première semaine de novembre, la température chuta brusquement sous le point de congélation, couvrant tout le paysage d'un frimas qui faisait frissonner. Il fallut alors se résigner à enfermer les animaux dans les bâtiments pour l'hiver qui s'annonçait déjà. Ce matin-là, Laurent avait quitté la maison en même temps qu'elle sans lui dire où il allait.

La salle de classe était si surchauffée que Corinne dut demander à Victor de ne pas mettre trop de bois dans la fournaise. Toujours boudeur, ce dernier s'était contenté de se rasseoir au moment où il s'apprêtait à jeter une bûche dans la fournaise.

— Madame, madame ! l'appela la petite Céline Brisebois. Il y a quelqu'un à la fenêtre.

La jeune institutrice tourna la tête vers la fenêtre assez rapidement pour apercevoir Mitaines, la main posée en écran au-dessus de ses yeux, en train de la reluquer sans aucune gêne. Elle lui fit signe de la main de s'en aller, mais l'autre ne bougea pas, un sourire niais éclairant sa figure ingrate.

Devant une pareille effronterie, le sang de Corinne ne fit qu'un tour. Elle se précipita vers la porte sous le regard ébahi de ses élèves, l'ouvrit à la volée et sortit sur le perron.

— Qu'est-ce que tu veux ? lui demanda-t-elle sèchement.

Mitaines se contenta de continuer à la fixer tout en enfonçant sa tuque bleue sur sa tête.

— T'as rien à faire ici, déclara-t-elle un ton plus haut. Va-t'en chez vous !

Mitaines demeura immobile, affichant toujours le même air un peu sournois et assez inquiétant.

— Si tu t'en vas pas, je vais le dire à mon mari. Tu vas le regretter.

L'innocent ne fit pas mine de s'en aller. Désarçonnée, elle rentra dans sa classe et referma sa porte, secouée par cet affrontement. Qu'est-ce qu'il lui voulait ? Allait-elle être obligée d'en parler à Laurent ? Son mari était bien capable d'aller lui flanquer une raclée pour lui apprendre les bonnes manières.

Quand elle regarda par la fenêtre quelques instants plus tard, Mitaines s'était légèrement éloigné. Appuyé contre le tronc de l'unique arbre de la cour, il continuait de l'observer. Énervée, elle jeta un coup d'œil à la petite horloge murale : l'heure de la récréation des enfants était venue. Elle décida alors de les envoyer jouer dehors comme d'habitude et d'aller chasser Mitaines en compagnie des enfants.

— Habillez-vous, leur ordonna-t-elle en prenant son manteau suspendu à la patère dans le coin de la classe. C'est l'heure de la récréation. Dépêchez-vous.

Quand elle sortit, elle constata avec soulagement que Mitaines avait disparu. Entourée des enfants les plus jeunes, elle se mit à arpenter la cour en surveillant du coin de l'œil les garçons qui se tenaient près de la remise dont la porte était grande ouverte. Victor Lanteigne avait désigné d'autorité les deux plus jeunes fils d'Alphonse Dumas pour transporter du bois dans la classe. Les mains enfouies profondément dans ses poches, le rouquin les surveillait. Corinne se garda bien d'intervenir. Il avait été établi une fois pour toutes que le chauffage de la classe était sa responsabilité.

Cet après-midi-là, à son retour à la maison, la jeune institutrice oublia rapidement l'incident de Mitaines quand son mari lui apprit qu'il allait monter dans un chantier au nord de Lachute au début de la semaine suivante.

— T'es pas sérieux? dit-elle, stupéfaite.

— Tu pensais tout de même pas que j'étais pour passer l'hiver les deux pieds sur la bavette du poêle, répliqua-t-il, agacé par sa réaction.

— Mais comme t'en parlais pas, je pensais que t'avais décidé de passer l'hiver à la maison. T'aurais pu faire comme mon père, bûcher au bout de notre terre et même aller couper de la glace sur la rivière pour aller en vendre au village et même à Yamaska.

— C'est pas assez payant, trancha son mari. Ça rapporte jamais autant que le chantier. Quand je vais revenir au mois d'avril, je veux avoir assez d'argent pour payer ce qu'on a à payer.

— Mais on commence à prendre le dessus, à avoir un peu d'argent avec ce que t'as gagné au moulin et ce que je gagne.

— Il reste presque plus rien de ce que Gagnon m'a payé et t'achèves de faire l'école. C'est pas avec ça qu'on va être capables de vivre toute une année.

Corinne sentit les larmes lui monter aux yeux à la pensée de passer cinq longs mois seule, loin de son mari. Bien sûr, à la fin de l'été, Laurent avait mentionné la possibilité de passer l'hiver dans un chantier, mais ce n'était qu'une hypothèse, une possibilité éloignée. Mais là, il allait partir dans quelques jours… Pendant quelques instants, elle se demanda si elle n'allait pas se laisser tenter par l'idée de Laurent de la ramener chez ses parents pour l'hiver après avoir laissé leurs animaux à la garde d'un voisin. Elle pourrait profiter de la chaude présence des siens et passer l'hiver à faire des catalognes et des courtepointes en compagnie de sa mère pendant que son père et Simon, en l'absence de Bastien et d'Anatole, iraient bûcher durant la journée.

Elle s'ébroua. Elle était mariée et son foyer était ici, à Saint-Paul-des-Prés. Il n'était pas question de laisser la maison inhabitée et de retourner chez ses parents comme une petite fille incapable de se débrouiller. D'ailleurs, elle devait encore s'occuper des enfants parce que Gonzague Boisvert ne donnait toujours pas signe de vie.

— Tu me prépareras mes affaires pour mardi prochain, conclut Laurent avant de sortir pour aller soigner les animaux.

Le soir tombait rapidement. Debout devant la fenêtre, la jeune femme regarda son mari se diriger vers l'étable, portant le fanal qu'il avait allumé avant de quitter la maison. Elle était troublée. Elle avait senti chez lui une sorte de jubilation à l'idée d'aller passer plusieurs mois au chantier. S'il était peiné de la quitter pour un si long laps de temps, il le cachait bien, trop bien. Son cœur se serra et elle se mordit les lèvres de dépit avant de se mettre à la préparation de son souper.

Après le repas, la jeune femme revint à la charge dans le but de convaincre son mari de renoncer à son idée de la laisser seule durant cinq mois.

— As-tu pensé qu'on va passer les fêtes séparés ? lui demanda-t-elle d'une voix attristée.

— On n'en mourra pas ni l'un ni l'autre, laissa-t-il tomber d'une voix indifférente. Il y a au moins la moitié des gars de chantier qui sont mariés et j'ai jamais entendu dire que leur femme était morte d'ennui.

— Dans ma famille, il y a juste les garçons pas mariés qui passent l'hiver au chantier.

— Pas dans la mienne.

— Henri, lui, y va pas, avança-t-elle.

— Lui, il fait ce qu'il veut.

— On dirait que t'es content de t'en aller, se décida à dire la jeune femme, les larmes aux yeux.

— Pantoute.

— S'il m'arrive quelque chose pendant l'hiver, qui est-ce qui va venir m'aider ?

— Il y a ta famille, ma famille et les voisins. À part ça, si ça t'inquiète tant que ça de rester toute seule, t'as juste à le dire. Je vais demander à Jutras de garder les animaux pour l'hiver et je vais aller te reconduire chez ton père. J'irai te chercher quand je reviendrai au mois d'avril.

— Ça, il en est pas question ! trancha-t-elle. Je te l'ai déjà dit. Je suis mariée et j'ai pas à aller encombrer mon père et ma mère pendant des mois.

— Dans ce cas-là, c'est réglé. Je veux plus en entendre parler. Je monte au chantier mardi matin, déclara-t-il sur un ton définitif.

Pendant la nuit, le vent se leva et il se mit à pleuvoir abondamment. Durant les trois jours suivants, une pluie diluvienne tomba sur la région, faisant déborder les fossés et rendant les routes presque impraticables.

Soudain, le mercredi avant-midi, certains habitants du village entendirent un énorme bruit sourd qui les fit sursauter. Il ne fallut que quelques minutes pour que la nouvelle se propage du presbytère jusqu'à la fromagerie de Constant Boulanger, la dernière maison du village. Un important éboulis avait eu lieu derrière l'école du village, la forge et le magasin général. Sur une longueur d'environ cinq cents pieds, près de douze pieds de terrain avaient glissé dans la rivière Yamaska. La rive, haute d'une quinzaine de pieds, s'était brusquement affaissée à la suite des pluies abondantes des derniers jours, laissant une profonde blessure au cœur du village.

Alertés, Bertrand Gagnon et ses trois conseillers municipaux se rendirent sur place pour constater l'ampleur des dégâts. Devant l'urgence de la situation, le maire n'eut d'autre choix que de convoquer une réunion spéciale du conseil pour le lendemain soir.

Ce soir-là, malgré la pluie qui continuait à tomber, la majorité des habitants de Saint-Paul-des-Prés bravèrent le danger de demeurer prisonniers de chemins transformés en bourbiers pour venir s'entasser dans l'école du village où avaient lieu les réunions du conseil municipal.

Alcide Duquette, Joseph Rouleau et Côme Grenier, les échevins, étaient arrivés les premiers sur les lieux pour repousser les pupitres des élèves contre les murs et placer des chaises. L'institutrice avait eu la bonne idée de garder allumée la fournaise installée au fond de la classe.

Dès sept heures, les gens arrivèrent peu à peu et s'engouffrèrent dans le petit édifice, chassés par la pluie. Ils s'interpellaient et se saluaient avant de retirer leur épais manteau de drap qu'ils suspendaient au dossier de leur chaise. En quelques instants, l'air de la petite salle devint presque irrespirable à cause de l'abondante fumée de pipe et la chaleur augmenta considérablement.

Corinne avait eu beaucoup de mal à persuader son mari d'assister à la réunion. Ce dernier était allé voir les dommages causés par l'éboulis au village et avait semblé regretter de lui avoir appris qu'une réunion se tiendrait le soir même pour discuter du problème. Il avait fallu qu'elle prenne prétexte de choses à acheter chez Duquette en vue de son prochain départ pour le décider à atteler Satan et à la conduire au village.

Lorsqu'elle entra en sa compagnie dans la salle enfumée, elle vit son beau-père entouré de quelques hommes assis au fond de la salle. Il ne sembla pas l'avoir remarquée. Corinne ne s'en formalisa pas, surtout qu'elle venait d'apercevoir Honorine Gariépy et sa fille assises un peu plus loin. Laurent sembla avoir vu les deux femmes, lui aussi. Il prit Corinne par un bras et la conduisit à l'autre extrémité de la classe en lui disant qu'il venait de repérer deux chaises libres à cet endroit. Elle sentit des yeux la suivre et elle n'eut même pas à se retourner pour deviner qui la regardait ainsi.

Quand Bertrand Gagnon, le notaire Ménard et le curé Béliveau firent leur entrée, les vitres des fenêtres étaient déjà tout embuées et le maire dut demander qu'on laisse s'éteindre la fournaise. L'air avantageux, il prit place debout derrière le bureau de l'enseignante. Le curé Béliveau et le notaire, qui remplissait depuis plusieurs années le rôle de secrétaire municipal, s'installèrent sur l'estrade à ses côtés après avoir retiré leur manteau. Pour leur part, les trois conseillers municipaux choisirent de s'asseoir de part et d'autre de l'estrade, face au public.

— La prière, annonça le maire d'une voix forte avant de tourner le dos à l'assemblée pour faire face au crucifix fixé au mur derrière lui.

Le silence tomba immédiatement sur la salle. Anselme Béliveau se signa et demanda à Dieu d'éclairer les débats avant de s'asseoir, imité par les gens.

— Bon, cette réunion d'urgence va être en même temps la réunion mensuelle du conseil qui devait avoir lieu mardi prochain, déclara Bertrand Gagnon. Même si tout le monde sait pourquoi on se réunit à soir, j'aimerais que le secrétaire municipal vous lise d'abord l'ordre du jour. Après, il vous expliquera exactement les dégâts causés par l'éboulis. Monsieur le secrétaire, fit-il en se tournant vers Aristide Ménard, qui chaussa immédiatement son lorgnon pour lire ce qu'il y avait sur la feuille étalée devant lui.

— On a quatre points à l'ordre du jour, déclara l'homme de loi d'une voix un peu précieuse. On traitera de l'éboulis au village, des chemins de la paroisse durant l'hiver qui s'en vient, d'une demande de subvention au gouvernement et des taxes impayées.

— Est-ce qu'on pourrait pas laisser faire le dernier point? fit un loustic dans la salle.

Il y eut quelques rires pour saluer la remarque.

— Le point un, monsieur Ménard, ordonna le maire en jetant un regard vers le fond de la salle d'où provenaient des chuchotements.

— L'éboulis causé par la pluie a amputé les lots 320, 321 et 322 du cadastre de la paroisse de douze pieds et six pouces de terrain. Monsieur Adrien Bolduc, inspecteur des Travaux publics, estime…

— Bon, monsieur le notaire, est-ce qu'on pourrait à cette heure, avoir ça en bon français de manière à comprendre ce que vous dites ? demanda une voix au fond de la salle.

Il y eut un éclat de rire général. Le notaire leva la tête et chercha à identifier celui qui l'avait apostrophé de façon aussi impolie. La fumée était si dense dans la pièce que l'éclairage dispensé par les trois lampes à huile ne lui permit pas d'arriver à ses fins.

— Ce que monsieur le notaire veut dire, reprit Bertrand Gagnon d'une voix de stentor, c'est que l'école du village, Alcide Duquette et Baptiste Melançon ont perdu ben proche de treize pieds de terrain qui sont tombés dans la rivière. On a eu la chance de mettre la main sur un inspecteur des Travaux publics qui revenait de Yamaska. Il nous a dit que le seul bon moyen pour que ça recommence pas au printemps, c'est de se dépêcher à empierrer la côte.

— On n'avait pas besoin de quelqu'un du gouvernement pour nous dire ça, dit Alphonse Dumas, voisin et adversaire du maire depuis qu'une chicane de clôtures les opposait dans le rang Saint-Joseph.

— Est-ce qu'on peut savoir ce que tu proposes ? demanda Gonzague Boisvert en se levant au fond de la salle.

Aussitôt, Bertrand fut sur la défensive. Il y avait des rumeurs persistantes depuis un mois comme quoi Boisvert entendait se présenter contre lui à la mairie, l'automne suivant.

— J'ai parlé à mes conseillers et on pense que le meilleur moyen de régler le problème est de faire une corvée la semaine prochaine, avant que la neige se mette à tomber. Tout le monde ramasse des pierres dans ses champs au printemps, avant de labourer. On pourrait tous transporter notre pierre au bout des trois terrains. Ça assoirait la côte et l'empêcherait de se miner quand le courant devient trop fort.

— Encore une corvée ! s'exclama Gonzague en guettant la réaction de l'auditoire qui attendait de savoir lequel des deux allait remporter la victoire dans l'échange qui les opposait. On en a fait une ce printemps pour nettoyer le terrain de l'église.

— Si tu penses que ça te fatiguerait trop, persifla Bertrand Gagnon, dis rien et laisse venir les jeunes nous aider. On te tordra pas un bras.

Gonzague Boisvert eut un rictus en apercevant quelques sourires moqueurs. Il ignora volontairement le regard désapprobateur du curé Béliveau.

— Oh ! C'est pas que ça me fatiguerait. Je suis prêt à faire ma large part, comme je l'ai toujours fait, moi. Non, ce que j'aime pas dans cette histoire-là, c'est que le conseil a jamais rien vu venir. Si le maire ou un échevin avait jeté un coup d'œil à la côte ce printemps, il se serait aperçu qu'elle était minée et au lieu de nous laisser transporter toute la pierre de l'église dans la décharge, au bout du rang Saint-André, on l'aurait déchargée là, au milieu du village… La côte aurait été solide et rien de tout ça serait arrivé.

Ce coup de pied de l'âne laissa d'abord le conseil sans voix et il y eut des murmures approbateurs dans la salle.

— On n'est pas des inspecteurs de la voirie, tu sauras, fit Côme Grenier. C'est pas notre *job* d'inspecter les terrains de la paroisse.

Le boulanger pouvait se permettre de contredire et de contrarier Boisvert puisqu'il n'était pas un de ses clients.

— Je comprends ça, concéda Gonzague, apparemment bon prince. Mais il y a au moins une chose de vraie dans tout ça. Si on avait un député du bon bord dans le comté, on pourrait demander de l'aide au gouvernement et ça nous coûterait pas une maudite cenne. Mais là, il faut même pas y penser… surtout avec un maire qui a travaillé à faire élire un des sept bleus de la province. Moi, je vous le dis. Chaque fois qu'on va avoir besoin de quelque chose, on va se lécher la patte, conclut-il avant de se rasseoir.

Les cultivateurs libéraux présents dans la salle approuvèrent bruyamment ces paroles. Les remarques partisanes fusèrent et quelques insultes furent échangées de part et d'autre. Le tumulte devint tel que le maire, rouge de colère, dut frapper plusieurs fois sur le bureau avec son maillet pour rétablir l'ordre.

— Bon, ça va faire ! clama-t-il. On va passer au vote. Quels sont ceux qui sont prêts à participer à une corvée pour réparer la côte ? Si on fait rien, la cour de l'école du village, la remise du magasin général et même la petite écurie derrière la forge risquent de descendre dans la rivière le printemps prochain quand la glace va fondre et arracher de la côte.

La majorité des mains se levèrent, même celle de Gonzague et de ses supporteurs massés autour de lui.

— Tu lèves pas ta main ? chuchota Corinne à son mari, demeuré impassible.

— Je vais être parti, se contenta-t-il de répondre.

— C'est accepté à la majorité, déclara le maire avec satisfaction à l'intention du secrétaire du conseil qui notait les débats dans un grand cahier relié en cuir noir. C'est entendu que dès la première journée de beau temps, la semaine prochaine, on va s'y mettre. À cette heure, passons au point suivant. Monsieur le notaire…

Le notaire Ménard déposa sa plume et se gourma.

— Le problème des chemins de la paroisse cet hiver.

— Qu'est-ce qui se passe ? Vous voulez qu'on les rentre chaque soir dans la maison pour les réchauffer ? demanda le même plaisantin qui avait fait une remarque sur les taxes.

Plusieurs personnes rirent dans la salle et le maire fusilla du regard Édouard Pouliot, un cultivateur âgé d'une trentaine d'années à l'air hilare.

— Édouard, si ça te fait rien, garde donc tes farces plates pour après la réunion du conseil, lui suggéra-t-il… Bon, si on a mis à l'ordre du jour l'entretien des chemins cet hiver, c'est qu'on a eu des problèmes tout l'hiver passé. Je pense que vous avez pas oublié comment c'était difficile de passer dans certains rangs parce qu'il y en avait qui se traînaient les pieds pour passer la gratte ou le rouleau. À ben des places, le facteur avait de la misère à passer tellement c'était mal nettoyé.

Plusieurs personnes dans l'auditoire l'approuvèrent bruyamment.

— Je vous rappelle que vous êtes obligés de rouler ou de gratter le chemin sur une largeur de cinq pieds sur toute la longueur de votre propriété. En plus, nous autres, ici, dans le comté, on a la tradition de planter des branches d'épinette ou de sapin environ tous les douze pieds de chaque côté du chemin quand il y a rien pour empêcher le vent de repousser la neige sur la route. C'est vous autres qui connaissez ben votre coin. Il faut en planter si vous pensez que ça peut aider à ben voir le chemin, surtout le soir et…

— Vous oubliez, monsieur le maire, qu'il y a pas mal d'hommes partis au chantier durant l'hiver et que l'entretien du chemin est pas mal malaisé pour une femme quand elle est toute seule pour faire l'ouvrage.

— Je comprends ça, madame Paquette, dit Bertrand à la ménagère qui l'avait interrompu, mais c'est pas une raison pour rien faire. Quand une femme peut pas compter sur son mari ou un grand garçon pour faire cet ouvrage-là, il faudrait faire une entente avec un voisin. Il y a pas à sortir de là. Il faut que le chemin soit ouvert.

— Facile à dire, ronchonna la femme en se tournant vers sa voisine.

— Ce que vous dites là, monsieur le maire, c'est aussi bon pour le monde du village, je suppose ? demanda Eusèbe Laliberté, un retraité vivant au village.

— C'est bon pour tous les payeurs de taxes de la paroisse, monsieur Laliberté. Chacun doit faire sa part.

Le cultivateur âgé de plus de soixante-dix ans avait des démêlés avec son voisin d'en face depuis quelques hivers parce qu'ils ne s'entendaient pas sur la portion de route qu'ils devaient nettoyer l'un et l'autre. Par conséquent, il était arrivé fréquemment qu'après une chute de neige les voyageurs se soient heurtés à un banc de neige laissé au milieu de la route devant leur maison parce qu'ils s'entêtaient à dire que c'était à l'autre de rouler cette neige.

— Je vous rappelle, au cas où vous l'auriez déjà oublié, que le conseil a voté au mois de mars passé des amendes de cinquante cennes pour ceux qui feraient pas leur ouvrage. Bon, la soirée avance, ajouta le maire en consultant sa montre de gousset. On va passer au point trois. Monsieur le notaire…

— Le conseil municipal a l'intention de demander au gouvernement une subvention pour construire un trottoir en bois au village dès le printemps prochain.

— Est-ce qu'on peut savoir qui a eu cette idée intelligente ? demanda Gonzague Boisvert en se levant encore une fois pour prendre la parole.

— Ça a aucune importance, déclara le maire, piqué au vif. Le monde arrête pas de se plaindre qu'il y a pas moyen de marcher dans le village sans être crotté jusqu'aux genoux aussitôt qu'il mouille.

— À part ça, on n'est pas plus fous que dans les villages autour, intervint Honorine Gariépy, assise à l'avant de la salle. Ils ont tous des trottoirs, pourquoi pas nous autres ?

— Parce que nous autres, on a un maire qui a travaillé à faire élire un député bleu, déclara Gonzague d'une voix triomphante. Pensez-vous, madame Gariépy, que le premier ministre Parent va écouter Clermont Massé quand il va venir demander de l'argent pour du monde de son comté ? Pantoute, il va juste lui dire qu'on n'avait qu'à voter du bon bord si on voulait avoir quelque chose.

— Mais c'est pas juste, une affaire comme ça, s'insurgea la présidente des dames de Sainte-Anne. On paie des taxes, nous autres aussi.

— Ça, c'est de la politique, et les femmes comprendront jamais rien à ça. C'est ben trop compliqué pour elles, fit un gros cultivateur, approuvé bruyamment par ses voisins.

— Il reste quand même que je trouve que c'est une drôle d'idée de demander une subvention pour un bout de trottoir quand il serait ben plus important de demander des voyages de gravelle pour améliorer les chemins de la paroisse, surtout le rang Saint-André, reprit Gonzague Boisvert en guettant l'approbation des gens autour de lui. Si ce rang-là était mieux entretenu, on marcherait pas dans la bouette jusqu'aux chevilles chaque fois qu'il mouille et on n'aurait pas besoin d'un trottoir rendus au village.

— Ça me surprend pas que tu penses comme ça, fit le maire, sarcastique.

— Ben, Saint-André, c'est le rang du village, se défendit Gonzague.

— C'est sûr et, comme par hasard, ta terre donne sur ce rang-là, se moqua le maire. Bon, on a assez perdu de temps. Quels sont ceux qui sont d'accord pour qu'on demande une subvention pour un trottoir en bois au village? demanda Gagnon pour mettre fin à cette discussion stérile.

La majorité des personnes présentes leva la main.

— Je sens que si ça aboutit, cette affaire-là, on va encore être poignés pour faire une autre corvée pour construire ce trottoir-là, dit Conrad Rocheleau, le voisin d'en face de Laurent Boisvert.

— Sors pas tout de suite ton marteau, mon Conrad, lui conseilla Gonzague, sarcastique. J'ai comme l'impression qu'il risque de rouiller avant que t'aies à t'en servir.

— Le dernier point, monsieur le notaire, ordonna Bertrand Gagnon d'une voix impérieuse, sans tenir compte de l'intervention ironique de son adversaire.

— Il s'agit des taxes impayées…

— Continuez, fit le maire.

— Il y a cinq cultivateurs qui n'ont pas encore réglé leurs taxes pour l'année 1900. Il leur reste un mois et demi pour payer leur compte. Parmi ceux-là, il y en a deux qui doivent encore à la municipalité les taxes de 1899. Comme le veut la loi, si elles ne sont pas payées le 31 décembre prochain, leurs noms seront affichés durant un mois et leur terre pourra être saisie soixante jours plus tard.

Des murmures s'élevèrent dans la salle et on chuchota dans l'oreille du voisin le nom de ceux qu'on croyait en défaut.

Bertrand Gagnon se leva et frappa sur le bureau avec son maillet.

— La séance est levée.

Il y eut des raclements de chaise et les gens se mirent à discuter entre eux en endossant leur manteau au milieu d'une fumée dense à couper au couteau. Il régnait dans la pièce une forte odeur de vêtements mouillés mêlée à celle du tabac froid.

Pendant que le maire saluait le curé déjà prêt à partir, Gonzague Boisvert pérorait au milieu d'un groupe de libéraux qui avaient apprécié ses interventions durant la réunion. Quand le curé passa devant le petit groupe, le président de la fabrique s'arrêta un instant pour saluer l'ecclésiastique qui lui répondit par un sec hochement de tête.

À l'extérieur, la pluie continuait à tomber.

— Il mouille encore à boire debout, dit Laurent à Corinne en sortant de la salle sur les talons du curé Béliveau. Le chemin va être encore pire pour revenir à la maison, ajouta-t-il comme s'il la tenait responsable du trajet pénible qui les attendait.

Chapitre 20

Le projet

La pluie ne cessa que le lendemain après-midi. À la fin de sa journée de classe, Corinne crut que son mari aurait eu la bonne idée d'atteler la voiture et de venir la chercher à l'école pour lui éviter de marcher sur le chemin boueux et raviné par les pluies des derniers jours, mais il ne vint pas. Lorsqu'elle rentra à la maison, de fort mauvaise humeur de constater que le bas de sa jupe et ses bottines étaient couverts de boue, Laurent était déjà à l'étable à faire son train. Quand elle pénétra dans la chambre à coucher, elle sut tout de suite qu'il avait fait une sieste parce que le couvre-lit avait été retiré.

Elle changea de vêtements et entreprit la préparation du souper tout en planifiant sa journée du lendemain. Mis à part le travail ménager habituel du samedi, elle avait un projet qu'elle brûlait de réaliser. Elle n'aurait pas trop de la journée du lendemain pour parvenir à convaincre son mari de l'accepter.

C'est pourquoi elle feignit une bonne humeur qu'elle était loin d'éprouver et se garda bien de lui faire la moindre remarque désagréable lorsqu'il rentra à la maison quelques minutes plus tard. Elle ne songea même pas à protester quand il lui annonça son intention d'aller rencontrer à Yamaska deux jeunes cultivateurs avec qui il avait l'intention de monter au chantier le mardi suivant.

Ce soir-là, elle prépara sa pâte à pain et examina tous les vêtements dont Laurent allait avoir besoin au chantier. Après en avoir réparé quelques-uns, elle les plia et les déposa dans le grand sac en toile dont il allait se servir pour les transporter.

Vers dix heures, elle laissa une lampe à huile allumée devant l'une des fenêtres et décida d'aller se mettre au lit, épuisée par sa longue journée de travail.

Le samedi matin, le froid et l'humidité la firent frissonner violemment lorsqu'elle pénétra dans la cuisine où le poêle était éteint depuis de nombreuses heures. Elle l'alluma et, durant un bref moment, elle hésita sur la conduite à tenir. Elle ignorait à quelle heure son mari était rentré et dans quel état. Devait-elle le réveiller pour aller faire le train ou le faire à sa place ? Il était à peine six heures et il faisait encore noir à l'extérieur. Elle décida d'aller traire les vaches et nourrir les animaux avant de venir préparer le déjeuner.

Elle alluma un fanal et sortit à l'extérieur où le froid la saisit. Le sol était devenu très dur sous ses bottes. Quand elle revint à la maison une heure plus tard, le jour se levait. Elle se rendit compte que la toiture des bâtiments était blanchie par le frimas. Le seul signe de vie était la fumée qui s'échappait des cheminées.

Elle ne réveilla pas Laurent. Elle déjeuna seule et mit à cuire sa première fournée de pains avant d'entreprendre le lavage hebdomadaire des vêtements. À un moment donné, elle eut l'idée d'aller jeter un coup d'œil au pot vert contenant leurs économies. Laurent avait encore réussi à prélever un montant pour financer probablement sa sortie de la veille. Ses lèvres eurent un pli amer. Depuis presque deux mois, les seules rentrées d'argent dans la maison provenaient de son traitement. Son mari n'avait touché un salaire que les deux semaines travaillées au moulin du maire. Ensuite, les trois semaines de travail chez le voisin ne lui avaient rapporté que du bois de chauffage et peut-être un quartier de bœuf quand Jocelyn Jutras ferait boucherie… s'il tenait parole.

Laurent se leva un peu après neuf heures, le visage fripé, comme chaque fois qu'il avait bu la veille. Corinne se retint de lui poser des questions sur sa sortie. Elle abandonna son époussetage du salon pour venir lui servir son déjeuner.

— Je pense que je vais manger après le train, dit-il en se grattant le cuir chevelu avec une grimace.

— Tu peux manger tout de suite, fit-elle, en lui versant une tasse de thé bouillant. J'ai fait le train. Il est passé neuf heures.

— Ça aurait pu attendre, laissa-t-il tomber sans songer à la remercier.

Elle retourna dans le salon pour le laisser manger en paix. Quand elle revint dans la pièce, son mari venait d'allumer sa pipe et avait un air plus abordable.

— J'ai vu Lévesque et Meunier, annonça-t-il à sa femme, comme si elle devait connaître les deux hommes. On va prendre le train à Pierreville mardi après-midi. Le frère de Lévesque va passer me chercher au milieu de l'avant-midi. J'ai pensé que comme tu faisais l'école, tu pourrais pas venir

— Ton linge est déjà prêt, répliqua-t-elle sans relever le reproche. Il te manque juste tes bottes et tes mitaines que j'ai pas trouvées nulle part.

— Calvaire! jura-t-il. Je viens de penser que je les ai laissées chez mon père. J'ai complètement oublié de les rapporter ici quand j'ai apporté mon barda cet été. Je vais être poigné pour y aller aujourd'hui.

— Qu'est-ce que tu dirais d'attendre demain? suggéra-t-elle. On pourrait y aller ensemble. Aujourd'hui, j'aimerais que tu jettes un coup d'œil à la *sleigh* et au traîneau dans la remise. En plus, si tu pouvais regarder le rouleau et la gratte dans la grange, ce serait peut-être pas une mauvaise idée.

— Je comprends pour le traîneau et la *sleigh*, mais pourquoi tu veux que je regarde le reste?

— Parce que j'aurai pas le choix d'entretenir le chemin cet hiver pendant que tu vas être parti.

— Les voisins…

— On n'a pas les moyens de payer les voisins pour faire cet ouvrage-là, l'interrompit Corinne sur un ton décidé.

— C'est correct, je vais aller voir ça, dit-il en poussant un soupir d'exaspération, mais je trouve que c'est ben du trouble pour rien. Tout ça serait pas nécessaire si t'allais passer l'hiver à Saint-François…

— On reviendra pas là-dessus, dit-elle sur un ton sans appel.

— OK. J'ai rien dit, fit Laurent en levant les mains en signe de reddition. Mais je pense que toutes ces affaires-là sont correctes. Je les ai regardées quand j'ai acheté la terre le printemps passé.

Il allait quitter la table quand sa femme s'assit sur le banc, à ses côtés.

— Attends une minute, Laurent, lui dit-elle. J'aimerais te parler de quelque chose.

— Bon, qu'est-ce qu'il y a encore? demanda-t-il avec agacement.

— Tu pars dans trois jours et je vais être toute seule jusqu'au printemps.

— Puis, c'est toi qui as choisi de passer l'hiver toute seule ici dedans. À part ça, dis-toi que tu seras pas pire que ben des femmes de la paroisse, rétorqua-t-il.

— Les femmes de la paroisse, comme tu dis, sont pas comme moi. Elles ont de la famille autour et elles doivent s'occuper de leurs enfants pendant que leur mari est au chantier.

— Ben, t'as mon père et mon frère, fit Laurent, insouciant.

— Fais-moi pas rire, répliqua-t-elle. Tu sais aussi bien que moi qu'on peut rien leur demander. T'as juste à regarder combien de fois ils nous ont invités depuis qu'on est mariés et combien de fois ils sont venus ici.

— Si c'est comme ça, fais ce que je t'ai déjà dit, reprit-il avec une impatience croissante. Ferme la maison et va passer l'hiver chez vous. Il est encore temps de donner nos animaux à garder. Jutras, à côté, a de la place en masse.

— Moi, je t'ai déjà dit cent fois que chez nous, c'est ici dedans. En plus, je peux pas retourner à Saint-François : je dois faire l'école.

— Bon, ben, qu'est-ce que tu veux que j'y fasse ? Je peux tout de même pas passer l'hiver dans la maison parce que t'as peur de passer l'hiver toute seule ?

— T'aurais pu rester et bûcher sur notre terre à bois, suggéra Corinne encore une fois, sans grand espoir de le convaincre.

— Je t'ai déjà expliqué que ce serait jamais aussi payant que le chantier et qu'on a besoin d'argent.

Sa femme se retint difficilement de lui demander pourquoi il dépensait sans compter à l'hôtel de Yamaska s'ils avaient tant besoin d'argent. Elle s'était rendu compte depuis plusieurs jours que Laurent était loin de la quitter avec regret. Tout dans son comportement laissait deviner une impatience de partir qu'il avait de plus en plus de mal à dissimuler. Il aurait fallu être aveugle pour ne pas se rendre compte qu'il avait hâte de retrouver ses *chums*, comme il le disait.

Un court silence tomba sur la pièce pendant que le mari et la femme semblaient plongés dans leurs pensées.

— Oui, je le sais, mais j'ai pensé à quelque chose, se décida-t-elle à lui dire.

— À quoi ? demanda-t-il, l'air soupçonneux.

— Qu'est-ce que tu dirais si je demandais à ton père de laisser le petit Rosaire venir vivre chez nous pendant que tu vas être parti ?

— Es-tu malade, toi ? se révolta-t-il. À quoi ça va t'avancer d'avoir un jeune de dix, onze ans dans la maison ?

— Il pourrait me rendre pas mal de services. Il pourrait aller chercher de l'eau au puits, m'aider à faire le train, rentrer le bois, toutes sortes d'affaires comme ça. Surtout, ça me ferait de la compagnie, quelqu'un à qui parler.

— Toute une compagnie, se moqua Laurent.

— Ce serait mieux que rien. Je suis sûre que le petit aimerait ça.

— C'est pas le problème pantoute, reprit son mari en se levant pour aller secouer sa pipe dans le poêle. S'ils l'ont pris en élève chez eux, c'est parce qu'ils avaient de l'ouvrage à lui faire faire.

— Est-ce que ça te dérangerait si j'arrivais à persuader ton père, demain, de me le laisser pour l'hiver ? De toute façon, je pourrais toujours le ramener si je m'aperçois qu'il fait pas l'affaire.

Laurent la fixa un court moment, comme pour évaluer son degré de détermination avant de laisser tomber :

— C'est correct, mais je m'en mêle pas. Si tu t'attires des fions du père, tu les endureras.

La mine satisfaite, Corinne laissa son mari aller jeter un coup d'œil au matériel dont elle aurait besoin pendant l'hiver. Elle passa le reste de la journée à préparer sa stratégie pour sa rencontre du lendemain après-midi avec sa belle-famille.

Le dimanche midi, le dîner fut rapidement avalé chez les Boisvert. À l'extérieur, il faisait un froid vif, mais le ciel était sans nuage. À leur retour de la grand-messe, Laurent avait cru bon de déposer une épaisse couverture sur le dos de Satan après l'avoir attaché à la rambarde de la galerie.

— Ça paraît que c'est le vicaire qui dit la messe, fit-il remarquer à sa femme en retirant son manteau. Je te dis que la grand-messe est pas mal plus courte que quand c'est le curé.

— Le pauvre homme, ne put s'empêcher de le plaindre sa femme. Il paraît qu'il a attrapé toute une grippe. J'ai entendu sa servante dire, en sortant de l'église, que ça fait plus qu'une semaine qu'il se traîne comme une âme en peine dans le presbytère. En tout cas, il est en retard sans bon sens dans sa visite paroissiale. Nous autres, à Saint-François, la visite est finie d'habitude au commencement de novembre. Lui, il a même pas commencé.

— Inquiète-toi pas, tu vas finir par le voir arriver un de ces quatre matins, la rassura son mari. Il tient trop à rappeler qu'on lui doit sa dîme.

Corinne ne répliqua pas. Elle s'empressa de servir le dîner qu'elle avait laissé à mijoter sur le poêle avant de partir pour la messe. Un peu après une heure, le jeune couple quitta la maison en direction du rang Saint-André.

À leur arrivée chez Gonzague Boisvert, Annette vint leur ouvrir sans manifester beaucoup de plaisir à leur vue.

— On parlera pas trop fort, les enfants viennent de s'endormir en haut, leur dit-elle après les avoir invités à retirer leur manteau.

— Où sont passés mon père et Henri ? lui demanda Laurent.

— Ils sont allés jeter un coup d'œil à une de nos vaches. Elle donne presque plus de lait depuis deux jours. Ils vont revenir dans cinq minutes.

En fait, le père et son aîné revinrent presque immédiatement à la maison. Rosaire, l'air toujours aussi piteux, rentra derrière eux et se glissa silencieusement dans un coin de la pièce de manière à pouvoir regarder Corinne, qui lui adressa un sourire chaleureux. L'enfant lui retourna un sourire timide.

— Tiens ! On a de la visite, déclara Gonzague en retirant son épaisse chemise à carreaux qu'il suspendit derrière la porte.

— Il me semblait ben avoir reconnu Satan, ajouta Henri sans sourire.

— Je suis venu vous dire bonjour avant de monter au chantier, leur dit Laurent. En même temps, je suis passé prendre mes bottes et mes mitaines que j'ai oubliées d'apporter chez nous.

— En faisant le ménage, je les ai mises dans la penderie de la cuisine d'été, fit sa belle-sœur en se levant. Je vais aller te les chercher.

— Ça te tentait pas de bûcher sur ta terre? demanda Henri à son frère en bourrant sa pipe après avoir ouvert sa blague à tabac.

— Pantoute, c'est pas assez payant.

— Et ton bois de chauffage pour l'hiver prochain?

— Je trouverai ben le temps de le faire quand je reviendrai, déclara Laurent sur un ton définitif.

Corinne avait assisté à l'échange sans dire un mot, comme si elle attendait le retour d'Annette dans la cuisine. Finalement, elle décida de parler à son beau-père.

— Monsieur Boisvert, j'ai pensé à quelque chose cette semaine en préparant les affaires de Laurent pour le chantier...

— Ah oui! fit son beau-père sans montrer grand intérêt.

— J'ai pensé que j'allais trouver l'hiver pas mal long toute seule dans la maison.

Annette rentra dans la cuisine à ce moment-là et Corinne vit bien sa belle-sœur lancer un regard d'avertissement à son beau-père. Il y eut un silence embarrassant dans la pièce avant que Gonzague ne dise:

— Je comprends ça, mais venir rester avec nous autres serait pas ben commode et pour toi et pour nous autres.

Il se méprit sur les raisons de l'air étonné de sa bru, ce qui l'incita à poursuivre.

— C'est vrai que la maison est pas mal grande, mais toutes les chambres du haut sont occupées par moi, les enfants et Rosaire. Henri et Annette prennent la chambre du bas.

— Mais...

— En plus, le voyagement soir et matin à l'école serait pas pratique pantoute... en tout cas jusqu'à ce que j'aie trouvé ta remplaçante. Là, j'en ai deux qui sont supposées venir me voir la semaine prochaine. Tu vas peut-être pouvoir enfin lâcher, ajouta-t-il en guise de consolation.

— Non, monsieur Boisvert. Vous m'avez mal comprise. Je vous demandais pas pantoute de m'héberger pendant que Laurent va être au chantier.

— Ah bon ! fit Gonzague, visiblement soulagé, en adressant un petit signe de tête à Annette assise en retrait.

— Non, je voulais juste vous demander si ça vous dérangerait bien gros de vous passer de Rosaire cet hiver.

— Hein ? Quoi ? Où est-ce qu'il irait ? demanda Annette.

— J'avais pensé vous demander s'il pourrait pas venir passer l'hiver avec moi, à la maison.

— Mais t'es même pas à la maison durant la journée, lui fit remarquer sa belle-sœur d'une voix acide.

— Justement, reprit Corinne en se tournant vers elle. Il pourrait venir à l'école avec moi le matin et revenir le soir m'aider à faire le train et à entretenir la maison.

— Mais moi dans tout ça ? J'ai besoin de lui, moi !

— À t'entendre, chaque fois que je suis venue, t'arrêtais pas de répéter qu'il te servait à rien, qu'il était plus une nuisance qu'autre chose.

— Peut-être, mais il rend encore des services, sinon on le garderait pas, poursuivit Annette d'une voix dure.

— Comme tu peux le voir, intervint Gonzague, Annette en a besoin. Elle est pas prête à s'en passer, même s'il mange plus que ce qu'il vaut.

— C'est bien de valeur, monsieur Boisvert.

— Je suis sûr que tu vas pouvoir te débrouiller autrement, fit son beau-père en s'efforçant de mettre une note de compréhension dans sa voix.

— Vous m'avez mal comprise. Je veux dire que c'est de valeur pour les enfants du rang Saint-Joseph, reprit Corinne en affichant un sourire angélique.

— Comment ça ? demanda sèchement le cultivateur.

— L'école pourra pas ouvrir demain matin, à moins que vous ayez déjà une autre maîtresse d'école prête à commencer demain matin.

— Pourquoi?

— Parce qu'en rentrant à la maison, Laurent va aller s'entendre avec le voisin pour qu'il garde nos animaux pendant que je vais commencer à préparer mes bagages pour aller hiverner chez mes parents, à Saint-François. J'ai trop peur de passer l'hiver toute seule dans la maison.

— Mais tu peux pas faire ça, protesta Gonzague dont le visage était devenu rouge. T'as signé un contrat avec la commission scolaire.

— Je le sais, mais vous m'avez engagée en sachant que vous aviez pas le droit de le faire parce que je suis mariée. Je pense pas que vous puissiez faire grand-chose pour m'empêcher de partir.

Un malaise profond tomba sur la pièce et Laurent se leva pour abréger cette scène qui devenait pénible à supporter. Il fit signe à sa femme de l'imiter dans l'intention de partir. Gonzague ne cessait de lancer des regards furibonds à la petite femme blonde qui osait l'affronter sous son toit et exercer un chantage auquel il ne s'était jamais attendu. Il était évident qu'il pesait le pour et le contre. Soudain, ses mâchoires se crispèrent, comme s'il venait de prendre une décision. Il se tourna vers Rosaire, toujours debout dans un coin de la grande cuisine.

— Prends une poche de jute dans la cuisine d'été et va mettre dedans tes affaires. Tu t'en vas.

— Mais, monsieur Boisvert, voulut protester Annette en se levant, furieuse de le voir se plier au chantage de Corinne.

— J'ai dit qu'il s'en allait, répéta-t-il d'une voix dure. Tu te passeras de lui le temps qu'il faudra, un point, c'est tout. Et toi, mon garçon, ajouta-t-il en se tournant vers Laurent, il serait peut-être temps que tu mettes tes culottes et que tu mènes chez vous.

Laurent pâlit en entendant ces paroles de son père et il jeta un regard furieux à sa femme qui allait répliquer. Cette dernière n'osa pas. Pour sa part, Annette, les lèvres pincées, prit la direction de l'escalier.

— Je vais au moins voir à ce qu'il parte pas avec des affaires qui sont à nous autres, déclara-t-elle d'une voix acide. Ces orphelins-là, c'est tous des voleurs.

— Il me semble que si t'en voulais un en élève, comme nous autres, t'aurais pu demander à monsieur le curé de t'en faire venir un, dit Henri à son jeune frère une fois que sa femme eut disparu à l'étage.

— C'était pas mon idée pantoute, se contenta de dire Laurent en endossant son manteau.

— Vous pouvez ben rester un peu plus longtemps, proposa mollement Henri.

— On le voudrait ben, mais j'ai encore pas mal d'affaires à régler avant de partir et Corinne veut préparer sa semaine à l'école.

Corinne endossa son manteau à son tour. Moins de cinq minutes plus tard, Rosaire descendit au rez-de-chaussée, portant une poche de jute remplie au tiers de ce qui semblait être des vêtements. Annette le suivait.

— Mets ton manteau et tes bottes, lui ordonna Corinne dès qu'il arriva au pied de l'escalier. C'est pas chaud dehors.

Pendant que le gamin s'habillait, Annette, le visage fermé, s'avança vers les visiteurs. Il était bien évident qu'elle ne pardonnerait pas de sitôt à sa belle-sœur de lui voler celui qui était devenu, au fil des semaines, son souffre-douleur.

— En tout cas, je te souhaite bien du plaisir, dit-elle à sa belle-sœur. Tu vas voir que c'est une maudite tête de cochon. En plus, il est hypocrite et paresseux comme un âne.

— Inquiète-toi pas, je vais me débrouiller, répliqua Corinne avec un sourire qui sembla avoir le don de faire rager Annette plus encore.

Laurent embrassa sa belle-sœur sur une joue et serra la main de son père et de son frère en leur promettant de leur envoyer de ses nouvelles depuis le chantier. Corinne remarqua en sortant que personne ne l'avait invitée à revenir les visiter lorsqu'elle se retrouverait seule. Aucun Boisvert ne lui avait même proposé son aide s'il se produisait quelque chose durant l'hiver. Elle prit bonne note de la chose et monta dans le boghei sans se retourner.

Dès que la porte se fut refermée sur les visiteurs, Annette laissa éclater sa mauvaise humeur.

— Là, je vous comprends plus, dit-elle sans préciser si elle s'adressait à son beau-père ou à son mari. On va chercher un orphelin à Sorel pour nous donner un coup de main, on le nourrit, on en prend soin et il suffit que la femme de Laurent se montre ici dedans la bouche en cœur pour que vous le lui donniez.

— Parle pas à travers ton chapeau, ma fille, lui ordonna Gonzague d'aussi mauvaise humeur qu'elle. J'avais pas le choix de laisser partir Rosaire, et elle le savait, la petite maudite !

— Voyons donc, monsieur Boisvert ! voulut protester sa bru.

— T'as rien compris, toi, intervint son mari. T'as pas compris que si mon père lui laissait pas l'orphelin pour l'hiver, elle partait demain matin pour retourner chez son père en laissant l'école du rang Saint-Joseph sur les bras de mon père. Elle vient de nous montrer qu'elle a du front tout le tour de la tête, la petite Joyal.

— Je sais pas comment sa mère l'a élevée, reprit Gonzague, mais ce qui est sûr, c'est que c'est pas comme ça qu'une femme qui connaît sa place doit se conduire.

— Je comprends pas comment ça se fait que Laurent la remette pas à sa place, dit Henri. Elle doit pas être endurable.

— Ce qui est certain, c'est qu'il se laisse mener par le bout du nez, fit son père. Et je le lui ai pas envoyé dire en lui faisant remarquer qu'il était plus que temps qu'il porte les culottes dans son ménage.

— En tout cas, beau-père, votre Laurent pourra pas se vanter d'avoir fait un bien bon mariage. Je suis sûre que la petite blonde va lui en faire voir de toutes les couleurs et ça prendra pas goût de tinette, conclut Annette au moment où l'un de ses fils, réveillé, l'appelait à l'étage.

— C'est vrai qu'elle en mène pas mal large, reconnut ce dernier, mais on va ben finir par lui rabattre le caquet.

Sur le chemin du retour, Laurent ne desserra pas les dents, enfermé dans un silence buté que sa femme ne chercha pas à rompre. De temps à autre, elle se contentait de se tourner vers l'arrière pour vérifier si Rosaire n'avait pas trop froid.

À leur arrivée à la maison, son mari descendit de voiture en même temps qu'elle.

— Tu vas pas dételer ? lui demanda-t-elle surprise.

— Non, il va le faire, dit-il en désignant Rosaire de la tête. Il le faisait chez mon père. L'écurie est au fond, à droite, dit-il sèchement à Rosaire. Dételle le cheval et donne-lui un peu d'avoine.

Le garçon de onze ans se glissa sur le siège avant, prit les guides et fit avancer la voiture jusqu'à l'écurie. Laurent passa devant sa femme et entra dans la maison sans se retourner. Cette dernière, un peu inquiète, demeura un court moment sur la galerie pour voir si le gamin était capable de faire le travail. Elle se sentit rassurée de constater qu'il ne semblait éprouver aucune difficulté avec Satan.

— On peut dire que t'as le don de te faire aimer par ma famille, toi ! explosa Laurent lorsqu'elle le rejoignit dans la cuisine après avoir suspendu son manteau et enlevé ses bottes.

— Ils ont pas de raison de se fâcher, répliqua Corinne. J'ai pas obligé personne. Même, ils devraient me remercier de plus avoir à nourrir Rosaire. À les entendre, il leur coûtait les yeux de la tête en manger et il leur servait à rien. À cette heure, c'est fait. On n'en reparle plus.

— Bon, je m'en vais faire un somme, déclara-t-il. Tu me réveilleras pour le train.

Sur ces mots, il disparut dans la chambre à coucher dont il referma la porte derrière lui. Quelques instants plus tard, Rosaire frappa à la porte, sa poche de jute à la main.

— Entre, Rosaire. C'est ta maison à cette heure, lui dit Corinne. T'as pas à cogner pour entrer. Accroche ton manteau derrière la porte, comme nous autres. Après, je vais te montrer ta chambre. Penses-tu que tu vas être bien avec moi ? lui demanda-t-elle pour le mettre plus à l'aise.

— Oui, madame Boisvert.

— Bon, tout d'abord, tu vas m'appeler Corinne, pas madame Boisvert. Je suis pas ta grand-mère, correct ?

— Oui.

Corinne l'entraîna à l'étage et lui laissa choisir la chambre qu'il désirait avant de l'aider à ranger dans les tiroirs de la commode les quelques vêtements qu'il avait rapportés de chez son beau-père. La plupart étaient les vêtements usagés donnés par Lucienne Joyal au début de l'automne. Tous les deux descendirent ensuite au rez-de-chaussée beaucoup plus confortable parce que mieux chauffé. La jeune femme obligea le garçon à manger deux tartines pendant qu'elle s'occupait à préparer ses classes de la semaine suivante.

Quand Rosaire eut terminé sa collation, il demeura assis à la grande table pour la regarder travailler. Il y avait dans son regard un début d'adoration facile à percevoir.

— Ça te tente pas d'apprendre à lire et à écrire ? l'interrogea-t-elle en levant le nez de son cahier de préparation.

— Madame Boisvert dit que je suis trop niaiseux pour apprendre, répondit-il en prenant un air gêné.

— Moi, je suis certaine que tu l'es pas et que tu peux même apprendre pas mal plus vite que les autres. Qu'est-ce que tu dirais de venir passer tes journées à l'école avec moi ? Tu serais un de mes élèves et je te montrerais à lire et à écrire. Aimerais-tu ça ?

— Oh oui ! affirma-t-il, le visage illuminé par un large sourire.

— C'est parfait. Tu commences l'école demain matin.

Quand Laurent se leva, il ordonna à Rosaire de venir l'aider à faire le train pendant que Corinne préparait le souper. À leur retour, la table était mise et il flottait dans la cuisine toutes sortes de bonnes odeurs appétissantes. Corinne leur servit des pommes de terre et du bœuf en leur suggérant de se garder de la place pour un morceau de gâteau qui finissait de cuire dans le fourneau. Après le repas, Rosaire s'empressa de l'aider à desservir la table et à ranger la cuisine.

À quelques reprises, Laurent ne put s'empêcher de s'adresser avec brusquerie à l'enfant.

— Torrieu ! Qu'est-ce que t'attends pour aller chercher du bois dans la remise ? lui cria-t-il au moment où l'orphelin venait à peine de déposer le linge avec lequel il avait essuyé la vaisselle. Tu vois ben que le coffre à bois est presque vide !

Corinne ne dit rien, mais elle adressa à son mari un long regard lourd de reproche.

Rosaire s'empressa de mettre son manteau et de sortir pour aller chercher quelques brassées de bûches qu'il déposa dans le coffre.

Ce soir-là, Corinne fit en sorte de consacrer toute sa soirée à son mari. À huit heures, elle signifia à Rosaire qu'il pouvait monter se coucher et le jeune couple joua aux cartes durant le reste de la veillée.

À dix heures, le mari et la femme décidèrent d'un commun accord de se mettre au lit. Avant de souffler la lampe, Corinne ne put tout de même s'empêcher de demander à son mari :

— Je sais que t'aimes pas trop le petit, mais essaie de pas être trop dur avec lui. Il est pas méchant pour cinq cennes, cet enfant-là.

— Il m'énerve avec ses airs de chien battu, bougonna Laurent en se tournant sur le côté.

Chapitre 21

Une nouvelle vie

Le lendemain, la température demeura sous le point de congélation. Au moment où Rosaire mettait les pieds pour la première fois dans l'école du rang Saint-Joseph, le curé Béliveau quittait sa chambre, les traits tirés et l'air mal en point.

— Pourquoi vous êtes-vous levé, monsieur le curé? s'inquiéta Rose Bellavance en le voyant entrer dans la salle à manger. Vous avez l'air d'un vrai déterré. Vous avez encore de la misère à vous tenir debout sur vos deux jambes.

— Bien non, madame Bellavance, protesta le prêtre. Ma grippe est presque finie. Vous me gâtez trop. Ça fait assez longtemps que je traîne au lit. Il est temps que je me grouille. L'abbé Nadon est pas encore revenu de sa messe?

— Je l'ai vu sortir du couvent il y a pas deux minutes, monsieur le curé. Il arrive.

Comme pour lui donner raison, la porte du presbytère s'ouvrit sur le petit vicaire. Une minute plus tard, Jérôme Nadon entra dans la salle à manger en soufflant sur ses doigts. Il eut un léger sursaut en voyant son supérieur assis au bout de la table.

— Êtes-vous déjà guéri, monsieur le curé?

— Ça va aller, l'abbé. C'est à matin que je commence ma visite paroissiale. Je suis déjà en retard d'une dizaine de jours au moins. Si je continue à traîner, je vais arriver chez le monde avec la première tempête de neige.

— J'aurais pu en faire un bon bout à votre place, proposa le vicaire, plein de bonne volonté.

— Vous en faites pas, l'abbé, je vais vous laisser le rang Saint-André, mais j'aime mieux que vous passiez plus de temps à faire le tour des écoles de la paroisse pour vérifier l'enseignement du catéchisme que de vous voir passer de maison en maison.

— C'est vous qui savez si vous vous sentez assez fort, monsieur le curé.

— Je vais faire la tournée avec le bedeau. Il va s'occuper du cheval. Si je me sens pas bien, j'arrêterai et il me ramènera. De toute façon, je peux pas attendre bien plus longtemps avant de rappeler aux gens que la dîme doit être payée une fois les récoltes rentrées. J'ai beau leur dire chaque année que normalement, elle devrait être acquittée pour l'Action de grâces, c'est toujours la même histoire. Encore cette année, il y a plusieurs familles qui l'ont pas fait, même si le mois de novembre est entamé.

— Ça, c'est ce que je déteste le plus faire, dit le vicaire avec conviction. Quand je demande aux gens s'ils ont payé leur dîme, j'ai l'impression de quêter, et ça me met mal à l'aise.

— Voyons donc, l'abbé, le morigéna son supérieur. C'est le devoir de tout chrétien de voir à ce que Dieu ait une maison décente et à ce que ses prêtres soient convenablement logés et nourris.

— Je le sais bien, monsieur le curé, reconnut le jeune prêtre, mais ça me met mal à l'aise quand même.

— En revenant de l'école du village ce matin, commencez donc votre visite. J'aimerais que vous disiez aux gens comment ce serait important que leur nouvelle église soit construite à la même place que l'ancienne. Dites-leur bien qu'il y aura toujours moyen d'agrandir le cimetière en achetant une partie du champ de Charles Lambert, si c'est ça qui a l'air de les fatiguer.

— Est-ce que c'est bien nécessaire de parler de ça, monsieur le curé ? s'étonna Jérôme Nadon.

— Oui, je veux savoir si la plupart de mes paroissiens m'appuient toujours. Je sais pas si vous le savez, l'abbé, mais le Gonzague Boisvert a pas arrêté, depuis le printemps passé, d'essayer de convaincre tout un chacun que ce serait une bien meilleure idée de la reconstruire au milieu du village. J'ai pas l'intention de le laisser faire indéfiniment.

— Je vais faire ce que vous me demandez, monsieur le curé, acquiesça le jeune prêtre sans trop d'enthousiasme.

— Bon, à cette heure, on va prendre un bon déjeuner pour se remettre « sur le piton », comme le disait mon père, annonça, l'air gourmand, le curé de Saint-Paul-des-Prés à la vue de la cuisinière en train de déposer sur la table une omelette garnie de tranches de lard ainsi que d'épaisses rôties beurrées.

— Je pense que vous avez raison ; vous êtes bien guéri, ne put s'empêcher de dire la vieille dame avec un air narquois avant de s'esquiver vers la cuisine.

Une heure plus tard, Pierre-Paul Langevin, le bedeau, sonnait à la porte pour prévenir que le boghei était prêt. Rose Bellavance, l'air mauvais, le fit entrer, mais exigea qu'il demeure debout sur le paillasson.

— Restez là, lui ordonna-t-elle. Monsieur le curé s'en vient.

Il existait entre la vieille servante et le petit homme sec et nerveux un contentieux vieux de plusieurs années. On racontait au village que, quelques années plus tôt, la ménagère du curé lui avait lancé l'un de ses chaudrons à la tête lorsqu'il avait osé la traiter de « vieille guenon » alors qu'elle critiquait sa façon d'entretenir l'église.

Anselme Béliveau apparut dans le couloir et endossa son manteau noir.

— On commence par le rang Notre-Dame, monsieur Langevin, annonça-t-il à son bedeau. On va essayer de le faire au complet avant l'heure du dîner.

Le vieil homme se contenta de hocher la tête et de lui tenir la porte avant de le suivre jusqu'au boghei stationné au pied de l'escalier du presbytère. Quand il monta dans la voiture, le prêtre s'était déjà frileusement couvert les jambes avec l'épaisse couverture de fourrure pour se protéger du froid.

Ce soir-là, Corinne fit en sorte que Rosaire monte tôt dans sa chambre pour pouvoir passer cette dernière soirée avant son départ seule avec son mari. À l'extérieur, le vent s'était mis à souffler rageusement et la température avait chuté de plusieurs degrés.

— Je te dis que c'est pas chaud dehors, dit Laurent en rentrant dans la maison après avoir fait la tournée des bâtiments pour s'assurer que tout était correct. Où est Rosaire ? l'interrogea-t-il en ne le voyant pas dans la pièce.

— Il m'a demandé d'aller se coucher après avoir rentré du bois, mentit-elle. Comme ça, on va être tranquilles pour la soirée, ajouta-t-elle à voix basse, l'air coquin.

Après avoir retiré son manteau, Laurent remarqua que son sac de toile avait été déposé sur la table.

— Qu'est-ce que tu fais ?

— Je vérifie si j'ai rien oublié. Tout a l'air en ordre. Je t'ai enveloppé deux gros pains dans une serviette. T'auras juste à prendre le pot de cretons que j'ai laissé sur la table de la cuisine d'été avant de partir demain.

Après cette dernière vérification, elle tira sur la corde qui fermait le sac et déposa le lourd bagage par terre, près de la porte.

Soudain, le départ imminent de son mari lui sembla presque insupportable. Dans quelques heures, elle allait se retrouver seule, livrée à elle-même, durant plusieurs mois. Elle fit un effort pour refouler les larmes qui lui montaient aux yeux et elle vint s'asseoir près de lui, à côté du poêle.

— Tout m'a l'air correct, lui dit-elle pour meubler le lourd silence qui régnait dans la pièce. Est-ce qu'il y a autre chose que tu veux emporter ?

— Non, j'ai tout ce qu'il me faut.

— Tu vas me donner des nouvelles ?

— Quand je vais pouvoir. Ça va dépendre du *foreman*. D'habitude, c'est lui qui écrit la plupart des lettres des gars. Je sais même pas si cette année, je vais être dans le même camp que tes deux frères... S'ils sont avec moi, on va s'arranger pour donner de nos nouvelles plus souvent que l'hiver passé.

— J'aimerais bien ça.

— À matin, j'ai attelé et je suis descendu au village, reprit Laurent. C'est entendu que Duquette va t'ouvrir un compte. Je le paierai en descendant au printemps. La même chose chez Vigneault si t'as besoin de viande à un moment donné.

— Tu peux être certain que je dépenserai pas pour rien, voulut-elle le rassurer.

— Si jamais t'as besoin de quelque chose, tu pourras toujours demander à un voisin. Je le réglerai en revenant. En passant, tu feras attention à la carabine. Je l'ai ramenée de la remise et je l'ai laissée au fond du garde-manger. Elle est chargée de petits plombs.

— J'aime pas bien ça, ne put s'empêcher de dire Corinne.

— Peut-être, mais c'est ben utile quand un renard commence à rôder autour du poulailler ou qu'un chien errant se promène autour de la maison. Une décharge et tu vas voir à quelle vitesse il va décamper.

Durant quelques minutes, les jeunes époux parlèrent de choses et d'autres jusqu'au moment où Laurent se leva pour vider sa pipe dans le poêle avant d'y jeter deux bûches.

— Je me demande ce qu'on fait encore debout, dit-il à Corinne, l'œil allumé. On serait ben mieux sous les couvertes. On aurait ben plus chaud.

Cette dernière comprit. Elle se leva et se rendit dans leur chambre à coucher après avoir pris la lampe à huile déposée sur la table. Ce soir-là, ils s'aimèrent comme ils ne s'étaient encore jamais aimés, aiguillonnés par la perspective de ne pas se revoir durant cinq longs mois. Ils ne s'endormirent qu'aux petites heures du matin, vaincus par l'épuisement.

Malgré cela, Corinne se leva très tôt le lendemain pour préparer un déjeuner plantureux. Laurent et Rosaire la rejoignirent environ une heure plus tard et trouvèrent une cuisine déjà chaude où flottaient des odeurs appétissantes.

— Maudit que j'ai faim ! ne put s'empêcher de s'exclamer son mari en se penchant au-dessus de la poêle où rissolaient des morceaux de lard.

— T'as juste à te dépêcher à faire le train et ça va être prêt, l'assura sa femme. En attendant, ôte ton nez de mes chaudrons ; tu me nuis, ajouta-t-elle en riant.

Lorsque son mari revint des bâtiments avec Rosaire, elle avait eu le temps de faire sa toilette et de remettre de l'ordre dans la maison. Ils prirent place tous les trois autour de la table et mangèrent sans échanger un mot.

Après le repas, Corinne envoya Rosaire faire son lit à l'étage en lui disant qu'elle l'appellerait quand le moment de partir pour l'école serait venu.

— Quand est-ce que le frère du gars qui s'en va bûcher avec toi va venir te chercher ? demanda-t-elle à Laurent dès que l'orphelin eut disparu.

— À matin, répondit-il en s'assoyant dans sa chaise berçante après avoir allumé sa pipe. Il m'a pas dit à quelle heure.

— Est-ce que tu vas arrêter à l'école pour me dire bonjour en passant ?

— Devant tous les enfants ?

— Pourquoi pas ? Je vais te guetter par la fenêtre.

— Ça va dépendre du frère de Lévesque. S'il arrive ben juste, il voudra peut-être pas s'arrêter.

Quand ce fut l'heure de se rendre à l'école, Corinne cria à Rosaire de descendre.

— Pars, je te suis, lui dit-elle après qu'il eut endossé son manteau.

Dès que le gamin eut quitté la maison, elle étreignit son mari et l'embrassa avec fougue.

— Tu me jures de bien faire attention à toi.

— Ben oui, lui promit-il en lui rendant son étreinte. Inquiète-toi pas.

— Et tu fais pas la drave, surtout.

— Ben non, je suis pas fou.

— Bon, il faut que j'y aille. Je vais te guetter par une fenêtre de la classe.

Elle l'embrassa de nouveau et se dépêcha de sortir pour qu'il ne remarque pas ses larmes. Elle fit un effort méritoire pour s'ébrouer à la vue des deux petites Rocheleau qui l'attendaient sur la route en compagnie de Rosaire.

— Dépêchez-vous, les enfants, marchez plus vite. On gèle à matin, leur dit-elle en feignant une bonne humeur qu'elle était bien loin d'éprouver.

À son arrivée à l'école, Corinne s'empressa d'allumer la fournaise et demanda à Rosaire d'aller chercher des bûches dans la remise pour remplir le coffre. À huit heures trente, elle sonna la cloche, fit entrer les enfants qui s'amusaient dans la cour malgré le froid de cette matinée de novembre. Après la prière, elle commença à enseigner, mais il était bien évident qu'elle n'avait pas la tête à ce qu'elle faisait.

La jeune institutrice dut attendre jusqu'à la fin de l'avant-midi avant qu'une voiture s'arrête devant l'école. Elle vit Laurent en descendre et s'empressa de sortir de la classe en serrant contre elle son châle de laine.

— On part, se contenta-t-il de lui dire en montant les trois marches conduisant à la porte qu'elle venait de refermer derrière elle.

Même si elle vit plusieurs figures curieuses cherchant à voir par les fenêtres ce qui se passait à l'extérieur, Corinne embrassa son mari en l'implorant de lui donner souvent de ses nouvelles. Ce dernier la serra un instant contre lui avant de tourner les talons et de monter dans le boghei. Le conducteur salua la jeune femme de la main et la voiture disparut sur la route.

Transie, Corinne rentra dans la classe en s'efforçant de chasser sa tristesse.

À son retour de l'école à la fin de l'après-midi, elle dut faire face à la nouvelle vie qui débutait pour elle. Tout d'abord, elle retrouva une maison froide où le poêle était éteint depuis plusieurs heures. Ensuite, il fallut qu'elle s'empresse de préparer le souper avant d'aller traire les vaches et nourrir les animaux.

— On se change et tu vas aller nourrir les poules et les cochons pendant que j'épluche les patates, dit-elle à Rosaire en allumant le poêle. Après, pendant que la maison va se réchauffer, on va s'occuper des vaches. À cette heure que Laurent est parti, tu vas être l'homme de la maison, ajouta-t-elle avec affection. Je vais avoir besoin de toi pour m'aider. On va être juste nous deux.

L'air enchanté du garçon prouvait à quel point il appréciait la nouvelle situation régnant dans son foyer d'adoption. Encore très timide, Rosaire parlait peu, peut-être trop peu. Malgré la permission accordée par Corinne, il ne l'avait pas encore appelée en une seule occasion par son prénom. Mais cette fois-ci, il osa.

— Est-ce que tu veux que j'aille chercher de l'eau, Corinne ? lui demanda-t-il en rougissant légèrement.

— Tiens, fais donc ça. Je pense qu'il en reste presque plus dans le *boiler* du poêle.

Quelques minutes plus tard, la jeune femme alluma un fanal et entraîna Rosaire vers l'étable pour traire les cinq vaches qui meuglaient dans le bâtiment. Pendant qu'elle les trayait assez maladroitement, Rosaire prit une fourche et leur apporta du foin. Il déposa ensuite le fumier dans la vieille brouette rouillée qu'il alla vider à l'extérieur, sur le tas, derrière l'étable.

— On a fini, lui déclara Corinne en repoussant le petit banc à trois pattes utilisé pour la traite. Viens-t'en, on va aller se réchauffer à la maison.

Ce soir-là, la jeune femme crut avoir institué une routine qui rythmerait sa vie quotidienne durant les semaines à venir, du moins aussi longtemps qu'elle enseignerait. Après le souper, Rosaire et elle rangèrent la cuisine avant de s'installer à table. L'un fit ses devoirs tandis que l'autre prépara ses classes avant de tricoter. Le silence de la pièce n'était troublé que par le tic-tac de la vieille horloge.

Quand vint le moment de se mettre au lit, Rosaire proposa à Corinne d'aller voir aux bâtiments si tout était en ordre. De toute évidence, le garçon prenait son rôle de remplaçant du maître des lieux très au sérieux. Elle accepta autant pour le confirmer dans ce rôle que pour se rassurer.

Corinne n'hébergeait Rosaire que depuis deux jours, mais elle le connaissait maintenant assez bien pour savoir qu'il ne ressemblait en rien au garçon que sa belle-sœur et son beau-père se plaisaient à traiter de « nuisance » et d'« hypocrite ». Il était sensible et plein de bonne volonté. La moindre attention semblait le combler. Sans être un génie, il était loin d'être niais, comme on avait cherché à le lui faire croire. Quand il rentra quelques minutes plus tard après avoir éteint le fanal, elle lui demanda à brûle-pourpoint :

— Tu m'as jamais dit quel jour était ta fête ?

— C'était la semaine passée, le 3 novembre, répondit-il, surpris par la question.

— Est-ce qu'on t'a fait un gâteau de fête au moins ?

Il hocha la tête en signe de dénégation.

— T'en as tout de même déjà eu un ?

Il répéta le même geste avec l'air de n'attacher à ce fait aucune importance.

— Tu as eu quel âge ?

— Douze ans.

— À douze ans, t'es presque un homme, conclut-elle pour le flatter.

Rosaire eut un petit sourire, comme s'il ne la croyait qu'à moitié.

— Bon, je pense qu'il est assez tard, dit-elle. On va faire la prière et on va aller se coucher.

Sur ces mots, la jeune femme s'agenouilla au centre de la cuisine, attendant que le garçon l'imite. Ce dernier, pour qui la prière en commun était une nouveauté, hésita un bref moment avant de se mettre à genoux à son tour.

— On va réciter une dizaine de chapelet pour que Laurent passe un bon hiver, annonça-t-elle avant de se signer.

Un peu plus tard, en passant sa robe de nuit, Corinne se promit de confectionner un gâteau de fête à son jeune compagnon le samedi suivant, pour lui faire plaisir. Lorsqu'elle eut éteint la lampe et qu'elle se retrouva seule, étendue dans le noir, elle trouva le lit bien grand et bien froid. Elle s'endormit en pensant à Laurent qui était maintenant très loin.

Ce n'est que vingt-quatre heures plus tard qu'elle découvrit que son mari était parti en emportant la moitié des économies du ménage. En fin de soirée, elle s'était soudain souvenue qu'elle devait quelques sous à Marie-Claire Rocheleau qui lui avait acheté, à sa demande, de la laine chez Duquette le lundi précédent. Ne voulant pas oublier de la rembourser le lendemain matin en passant devant chez elle, elle sortit le pot vert de l'armoire pour y prendre l'argent. Immédiatement, le contenu lui sembla curieusement léger et elle s'assit à table pour compter ce qu'il contenait. Il manquait six dollars.

Sur le coup, elle songea qu'un rôdeur s'était introduit chez elle durant son absence pour lui dérober son argent. Puis, en y réfléchissant bien, elle se rendit compte de l'impossibilité de la chose puisqu'elle n'avait relevé aucune trace d'effraction et que logiquement il aurait emporté tout le contenu du pot. Elle avait trouvé les portes bien verrouillées à son retour de l'école et aucune fenêtre n'avait été fracturée. Est-ce que Rosaire aurait osé la voler ? L'idée l'effleura et elle se rappela les paroles dures d'Annette à l'endroit du garçon. Pour en avoir le cœur net, elle attendit qu'il soit occupé à aller nourrir les porcs et les poules pour aller fouiller sa chambre à l'étage. Elle ne trouva rien et s'en voulut secrètement d'avoir douté de son honnêteté. À la réflexion, Rosaire ne s'était jamais trouvé seul dans la cuisine…

L'unique explication était que son mari avait pris une bonne partie de l'argent, de l'argent sur lequel elle comptait pour payer ce dont elle aurait besoin durant l'hiver.

Sur le coup, elle éprouva une sorte de désespoir de se trouver aussi démunie alors que la saison froide n'avait même pas commencé. Puis, elle finit par trouver des excuses à son Laurent. Il ne pouvait tout de même pas partir si longtemps sans un sou en poche. Il lui fallait payer son billet de train, son tabac et toutes sortes d'autres choses.

— Il aurait tout de même pu me le dire, ragea-t-elle en remettant en place le pot dans l'armoire.

Le samedi matin suivant, le soleil se leva dans un ciel sans nuage. Comme les jours précédents, les champs et les toitures des maisons et des bâtiments étaient blancs de givre. Corinne avait profité d'une courte visite de Rosaire aux toilettes sèches situées au bout de la remise pour sortir le gâteau qu'elle avait confectionné la veille après qu'il fut allé se coucher. Elle avait eu le temps d'étaler sur ce gâteau aux épices un épais glaçage à la vanille avant qu'il ne se lève ce matin-là. Elle le déposa au centre de la table et attendit son retour pour guetter sa réaction.

Quand il aperçut le gâteau, Rosaire ne dit rien, se contentant d'aller vérifier s'il n'était pas temps de jeter une bûche dans le poêle.

— As-tu vu le gâteau ? lui demanda Corinne. C'est ton gâteau de fête, même si je suis un peu en retard.

Rosaire, rouge de plaisir, s'approcha du dessert et l'admira.

— Il est à toi, insista Corinne. Tu peux le manger tout seul, si tu veux.

— Ben non, Corinne. On va le manger tous les deux, rétorqua-t-il.

La jeune femme s'approcha et l'embrassa sur une joue en lui souhaitant un bon anniversaire. Rosaire parut tout remué et il allait dire quelque chose quand quelqu'un frappa à la porte.

— Va ouvrir, lui commanda-t-elle.

Rosaire sortit de la cuisine et alla ouvrir la porte de la cuisine d'été. Corinne s'avança et découvrit Jocelyn Jutras, debout sur son paillasson.

— Bonjour, Corinne. J'espère que je te dérange pas trop ?

— Bien non. Entre donc, l'invita la jeune femme.

— T'es ben fine, mais j'ai pas grand temps, fit le jeune cultivateur. C'est aujourd'hui que je fais boucherie. J'ai tué une vache et un cochon hier, et je dois les dépecer vite si je veux pas que la viande soit trop gelée.

— Je comprends ça.

— Tu te rappelles que je vous dois un quartier de bœuf pour l'ouvrage que ton mari a fait pour moi cet automne.

— Oui.

— Ben, j'ai pensé que t'aimerais peut-être venir préparer toi-même ta viande à ton goût. J'attends le père Tremblay du rang Notre-Dame et Emma Brisebois. Ils vont me prendre une partie de ma viande. C'est sûr que toute une vache et un cochon, c'est trop pour moi tout seul. Ça fait que, chaque année, je leur en vends toujours un peu. Eusèbe Tremblay m'achète seulement de la vache, mais les Brisebois me prennent presque un quartier de mon cochon. Eux autres, ils sont nombreux à la maison et même s'ils en tuent un chez eux, ils en ont pas assez.

— Je te remercie de m'inviter, Jocelyn. Attends avant de partir. J'ai deux pains pour toi. Je sais pas, par exemple, si tu vas trouver mon pain à ton goût.

— Il peut pas être pire que le mien, affirma le voisin en s'emparant avec reconnaissance des deux miches qu'elle lui tendait.

— Bon, j'arrive dans quelques minutes. Le temps de préparer mes affaires. Ce sera pas long.

Quinze minutes plus tard, Corinne arriva chez le voisin avec Rosaire, qui poussait une brouette dans laquelle elle avait déposé des linges propres, de la jute, ses meilleurs couteaux ainsi que quelques seaux. Le vent faisait frissonner et des mouettes s'abattaient encore sur les champs en quête d'une nourriture de plus en plus rare.

La jeune femme aperçut Jocelyn Jutras en compagnie de quatre personnes à l'entrée de sa grange. Emma Brisebois, une femme bien en chair, se préparait à étendre une vieille toile avec l'aide de deux de ses filles sur une table constituée de madriers montés sur des chevalets à faible distance de la vache suspendue au bout d'une chaîne. La bête avait été vidée et sa peau retirée. Jocelyn était en grande discussion avec un vieil homme à demi chauve qui passait son temps à enlever et à remettre nerveusement un casque à oreillettes.

Jocelyn aperçut sa jeune voisine et s'avança vers elle.

— Tu connais tout le monde, Corinne ?

La jeune femme avait reconnu Angélique Brisebois, mais fit semblant de ne pas la connaître. L'adolescente la regarda sans lui adresser le moindre sourire.

— Non.

— Emma Brisebois, dit la femme en lui adressant un sourire chaleureux. J'attends toujours votre visite.

— Vous devez me trouver bien mal élevée, madame Brisebois, mais j'ai été prise entre l'école et la maison depuis le début de l'automne et j'ai pas trouvé une minute pour aller saluer mes voisines.

— Je comprends ça, répondit Emma. Vous vous reprendrez cet hiver. Les soirées sont longues quand on est toute seule et ça fait du bien de pouvoir parler à quelqu'un.

— Merci pour votre invitation.

— Est-ce que tu connais monsieur Tremblay?

— Non.

— C'est ma voisine, Corinne Boisvert, la présenta le jeune cultivateur au vieil homme.

— Bonjour, monsieur Tremblay, fit Corinne.

— Bonjour, la salua le petit cultivateur, l'air grognon.

Corinne, intriguée, s'était rendu compte que le vieil homme avant brusquement changé d'expression en entendant le nom Boisvert et elle se demanda pourquoi. Au même moment, elle perçut un mouvement au fond de la grange. Quelqu'un s'avançait vers la porte en provenance du fond du bâtiment. Corinne sursauta quand elle aperçut la tête de l'individu coiffée d'une vieille casquette sale bloquée par deux grandes oreilles largement décollées.

— Puis, Mitaines, les as-tu trouvées, ces poches-là? cria Eusèbe Tremblay en l'apercevant à son tour.

Sans répondre, le jeune homme à l'air toujours aussi étrange déposa plusieurs sacs de jute près de la table sur laquelle la toile venait d'être étendue. Un sourire niais s'étala sur son visage en lame de couteau un peu inquiétant quand il reconnut Corinne. Celle-ci feignit de l'ignorer et demanda à Rosaire de venir déposer sur la table ce qu'elle avait apporté.

— J'ai souvent aidé ma mère les jours de boucherie, dit-elle à Emma Brisebois, mais je pense qu'elle me faisait pas tellement confiance parce qu'elle me laissait juste envelopper la viande.

— Tout s'apprend, lui dit son accorte voisine. Je vais te montrer comment faire si t'as besoin d'aide. Tu vas vite t'apercevoir que Jocelyn est pas mal bon pour découper la viande. C'est pas pour rien que j'ai laissé mon mari à la maison, à se chauffer la couenne proche du poêle. Il vaut rien quand il touche à la viande. Je pense qu'il est juste bon pour la manger.

Il fallut plusieurs minutes pour qu'Eusèbe Tremblay s'habitue à la présence d'une Boisvert et perde son air bougon. À un moment donné, il ne put s'empêcher de faire remarquer à Emma Brisebois sur un ton narquois:

— À voir ta corporence, j'ai ben l'impression que tu dois en manger pas mal de cette viande-là.

— Soyez pas effronté, monsieur Tremblay, répliqua la fermière qui le dominait d'une demi-tête. À votre âge, vous devez savoir depuis longtemps qu'une grosse femme, ça fait riche.

— Batèche! À ce compte-là, ton mari doit être le cultivateur le plus riche du rang.

Un éclat de rire salua la saillie du vieil homme. Il n'y eut que Mitaines à ne pas rire. De toute évidence, il n'avait pas compris. Durant l'avant-midi, Corinne surprit son regard sur elle à plusieurs reprises et cela la mit mal à l'aise. D'ailleurs, elle ne fut pas la seule à le remarquer. Finalement, Jocelyn Jutras dut le rappeler à l'ordre.

— Mitaines, bonyeu, sors de la lune! Ça fait cinq minutes que j'attends que tu prennes ce morceau-là.

Vers onze heures, Corinne avait terminé l'emballage de la viande que lui avait donnée son voisin. Avec l'aide d'Emma Brisebois et les conseils d'Eusèbe Tremblay, elle était parvenue à tailler et à préparer le tout convenablement.

— Prends aussi des os, lui conseilla Emma en lui montrant les os rejetés au bout de la table. Ça fait de la bonne soupe. En hiver, on n'en a jamais trop.

Corinne chargea Rosaire de placer dans la brouette toute sa viande enveloppée dans des linges et de la jute, et elle demeura sur place pour aider les autres à finir le travail.

Quand le dépeçage de la vache fut terminé, les trois hommes pénétrèrent dans la porcherie et revinrent en tirant de peine et de misère un gros porc qui se débattait tant qu'il le pouvait. Il leur fallut s'arc-bouter pour parvenir à lui passer une chaîne autour des pattes arrière et le suspendre à son tour dans l'entrée de la grange.

— On va le saigner, annonça Jocelyn en s'emparant de son meilleur couteau. Moi, j'aime pas le boudin, mais si tu veux en faire, Corinne, tu peux partager le sang avec madame Brisebois.

— J'ai jamais aimé le boudin, avoua Corinne. Chez nous, tout le monde en mangeait et ça me donnait toujours mal au cœur d'aider ma mère à le préparer.

— Je te comprends pas, il y a rien de meilleur, fit la voisine. J'ai une bonne recette. Avec de la saucisse, c'est pas battable, ajouta-t-elle, l'air gourmand.

Le porc poussait des cris propres à ameuter tout le voisinage. Quand Jocelyn l'égorgea, ses cris devinrent presque humains. Emma tendit un chaudron pour recueillir le sang qui giclait de la bête en train d'agoniser. Quand le sang cessa de couler, Emma tendit le grand chaudron à l'aînée de ses filles en lui recommandant d'en brasser le contenu pour éviter qu'il coagule.

À ce moment-là, Eusèbe Tremblay décida de prendre congé en promettant de venir régler son achat la semaine suivante. Il houspilla ensuite Mitaines pour qu'il charge la viande dans la voiture et tous les deux quittèrent les lieux.

Même si elle n'était pas concernée par le dépeçage du porc, Corinne demeura quand même pour prêter main-forte aux Brisebois et à Jocelyn.

— Sens-toi pas obligée de nous aider, lui dit sa voisine. On va bien finir par en venir à bout.

— Il fait pas chaud, même si on est un peu à l'abri dans la grange, rétorqua Corinne. Ensemble, ça va aller plus vite. Rosaire, ajouta-t-elle en se tournant vers le garçon, qui l'avait secondée en silence depuis son arrivée, veux-tu retourner allumer le poêle à la maison ?

— Oui, Corinne.

— Mon Dieu, t'as toute une aide! s'exclama Emma. J'aimerais bien que mes garçons m'écoutent comme ça.

— Mon Rosaire, c'est une vraie soie, dit Corinne assez fort pour être entendue par lui.

— Est-ce que c'est quelqu'un de ta parenté? demanda la voisine.

— Non, c'est un orphelin que mon beau-père a pris en élève, expliqua la jeune femme à voix basse. Il me l'a laissé pour l'hiver pendant que mon mari est au chantier.

— T'as peur de t'ennuyer?

— Un peu.

— Si jamais l'ennui te prend, je te l'ai déjà dit, t'as juste à venir faire un tour chez nous. Quand tu vas avoir enduré une couple d'heures le bruit de mes huit enfants, tu vas pleurer pour t'en retourner en paix chez vous, je te le garantis, dit-elle avec un bon gros rire.

Un peu avant une heure de l'après-midi, le porc de Jocelyn était entièrement dépecé. Corinne, Emma et ses filles étaient parvenues à préparer un nombre appréciable de rôtis, de côtelettes et de jambons. Il ne restait à une extrémité de la table que quelques morceaux.

— Ça, c'est pour faire des bonnes saucisses, déclara Jocelyn, en en poussant la moitié vers Emma. Madame Brisebois essaie de me faire croire que sa saucisse est meilleure que la mienne, mais ça marche pas. Moi, je prends la recette de ma défunte mère et personne va me faire changer d'idée.

— Un vrai vieux garçon! s'exclama Emma en feignant le mépris. Pour moi, mon Jocelyn, c'est pas demain la veille qu'une fille va être capable de t'endurer.

— Je vous ai jamais rien fait, madame Brisebois, rétorqua en riant le jeune fermier. Pourquoi vous m'en voulez au point que je me marie? demanda-t-il avant de s'éclipser quelques instants dans sa maison pour aller chercher des linges pour envelopper sa viande.

Emma Brisebois profita de l'absence de leur hôte pour murmurer à l'oreille de Corinne:

— J'essaie de lui ouvrir les yeux, à Jocelyn Jutras. Ma Marguerite a vingt-trois ans et elle lui ferait une femme dépareillée. J'ai beau l'inviter de temps en temps à veiller à la maison, on dirait qu'il se méfie, le petit bonyenne.

Corinne tourna les yeux vers l'aînée des filles d'Emma. La jeune femme avait un visage plutôt ingrat et semblait assez renfermée. Elle travaillait depuis près de quatre heures à ses côtés et il lui sembla qu'elle n'avait pas prononcé deux phrases durant tout ce temps. Chaque fois qu'elle s'était adressée à elle, elle n'avait répondu que par monosyllabes.

Le jeune cultivateur revint peu après et proposa à Emma de lui fumer ses jambons en même temps que les siens dans son fumoir.

— Je crois bien qu'on a fini, déclara Corinne après avoir demandé à Rosaire qui venait de revenir de la maison d'avancer la brouette pour y déposer la viande préparée.

— Attends, lui ordonna le voisin. Tu vas prendre un rôti et de la viande à saucisse. J'en ai ben trop pour moi.

— Voyons donc, protesta mollement la jeune femme, gênée par tant de générosité.

— Je te le dis. J'ai de la viande en masse pour hiverner. Oublie pas que je suis tout seul à manger ça.

Corinne, reconnaissante, ne se fit pas plus prier.

— Pour moi, on est à la veille de voir arriver le bonhomme Paradis, dit Jocelyn en jetant un coup d'œil au ciel chargé de nuages.

— C'est vrai qu'on devrait le voir sourdre d'un jour à l'autre, reconnut Emma Brisebois.

— Qui c'est? demanda Corinne.

— Le quêteux, répondit le voisin. Il passe à la fin de chaque automne, dans le temps qu'on fait boucherie.

— C'est qu'il est régulier comme une horloge, ajouta Emma. Parlant de lui, j'ai rencontré une femme de Saint-Gérard qui m'a dit qu'elle avait peur de lui et qu'elle lui ouvrait plus la porte quand il passait à la maison. D'après elle, il a jeté un sort à une de ses vaches l'année passée parce qu'elle a pas pu lui faire la charité.

— Voyons donc! protesta Jocelyn. Ça fait des années qu'il passe dans notre rang et on n'a jamais rien eu à lui reprocher.

— C'est bien ce que je lui ai dit, mais elle a pas eu l'air de me croire.

— S'il s'arrête à la maison, je vais lui donner quelque chose, promit Corinne. Chez nous, on n'a jamais fermé la porte à un quêteux.

Là-dessus, elle remercia le voisin et salua les Brisebois, qui s'apprêtaient, elles aussi, à quitter les lieux. Elle rentra chez elle en compagnie de Rosaire qui poussait la brouette.

Après avoir déposé soigneusement la viande dans le garde-manger de la cuisine d'été où il faisait aussi froid qu'à l'extérieur, elle dit à son jeune compagnon:

— À cette heure, on a mérité un bon repas. On n'est tout de même pas pour se laisser mourir de faim parce qu'on travaille. Viens, on va se faire réchauffer de la soupe et manger le reste des cretons. Ça va nous faire patienter jusqu'au souper. Tu pourrais peut-être même me faire goûter à ton gâteau de fête. Qu'est-ce que t'en penses?

— C'est sûr. Moi aussi, j'ai faim, reconnut l'orphelin.

Tous les deux pénétrèrent dans la cuisine d'hiver, retirèrent leur manteau et s'approchèrent du poêle pour réchauffer leurs mains un peu gourdes. La table fut dressée en quelques instants et ils mangèrent avec appétit.

Deux jours plus tard, le curé Béliveau fut tiré de sa somnolence par sa servante qui venait de frapper légèrement à la porte de son bureau.

— Monsieur le curé, il est proche sept heures, lui annonça-t-elle d'une voix feutrée. Les marguilliers sont presque tous arrivés.

— Est-ce que le vicaire est avec eux autres ? demanda le prêtre en se frottant les yeux après avoir retiré ses lunettes.

— Non, il est parti chez Télesphore Dupuis. Son garçon est venu le chercher pour les derniers sacrements. Il paraît qu'il va plus mal encore.

— C'est correct. J'arrive. Je suppose que Gonzague Boisvert est pas encore arrivé, ajouta-t-il au moment où la vieille dame allait refermer la porte.

— Il y a cinq minutes.

— Tout seul ? demanda-t-il, curieux.

— Non, avec ses deux licheux, monsieur le curé, si c'est ce que vous voulez savoir.

— Voyons, madame Bellavance !

— Excusez-moi, monsieur le curé. Mais voir Camil Racicot et Paul-André Rajotte le flatter continuellement dans le sens du poil, ça me tape sur les nerfs.

Le curé Béliveau reboutonna son col romain qu'il avait détaché pour se sentir plus à l'aise et replaça son ceinturon avant de quitter la pièce. À son entrée dans la salle voisine, il salua les marguilliers assis autour de la grande table et alla se placer à l'un des bouts sans prendre la peine de s'asseoir. Les cinq hommes rassemblés dans la salle se levèrent et se signèrent avant que le pasteur de la paroisse récite la courte prière habituelle. Gonzague Boisvert demanda poliment à ce dernier s'il avait un point à ajouter à l'ordre du jour de la réunion avant que les débats ne commencent.

— J'aimerais faire remarquer que ma visite paroissiale est pas mal avancée, dit le curé sur un ton onctueux. Dans chacun des rangs, j'en profite pour faire une courte visite à l'école pour voir où en sont les enfants. Ce que j'ai vu jusqu'à présent m'a l'air pas mal. Il me reste à voir la moitié des gens du rang Notre-Dame et ceux de Saint-Joseph. Je me suis laissé dire qu'on n'avait pas encore trouvé une vraie maîtresse d'école pour l'école du rang Saint-Joseph. Est-ce que c'est vrai ?

Voilà, le ton venait d'être donné. Depuis le printemps précédent, chaque réunion était l'occasion pour chacun des deux clans de s'envoyer des piques.

— C'est vrai, monsieur le curé, répondit Gonzague sans baisser les yeux. À titre de président de la commission scolaire, je peux vous assurer que j'ai pas arrêté de chercher une autre maîtresse d'école, même si celle qui remplace depuis le mois de septembre fait pas mal l'affaire.

— Mais c'est une femme mariée, dit le notaire sur un ton insidieux. C'est créer un dangereux précédent.

— Comme c'est votre bru, monsieur Boisvert, les gens mal intentionnés pourraient même suggérer que c'est un passe-droit, ajouta le maire.

— Il faut tout de même pas exagérer, s'interposa Paul-André Rajotte. C'est clair pour tout le monde qu'elle est là juste en attendant. En plus, ma nièce va à son école. Il paraît qu'elle est pas mal bonne.

— Est-ce qu'on peut passer aux sujets de la réunion ? fit Gonzague avec un rien d'impatience. À l'heure actuelle, la dîme rentre ben. Encore cette année, il y en a plusieurs qui l'ont payée en nature, même si on encourage le plus possible les gens à payer en argent. On sait tous que l'argent est rare et que certains, avec leur grosse famille, peuvent pas payer autrement qu'avec du bois de chauffage, de la viande, de la farine ou de la fleur de sarrasin. Mais on s'était entendus l'hiver passé pour que les messes, les baptêmes, les mariages et les services soient toujours payés en argent. La fabrique en a besoin. C'est moi qui tiens les comptes et j'ai rien reçu depuis la fin du mois d'août.

Cette remarque était une attaque directe contre le curé. Ce dernier s'en rendit compte et rougit violemment.

— Si j'ai bonne mémoire, intervint sèchement Anselme Béliveau, l'abbé Nadon a remis une enveloppe à l'un d'entre vous au milieu du mois passé. Elle contenait cinq ou six piastres.

— Toutes mes excuses, monsieur le curé, dit platement le notaire en tirant une enveloppe des pages de son grand cahier noir dans lequel il notait le compte rendu des réunions. Monsieur le vicaire me l'a remise à moi, et j'ai complètement oublié de la donner à monsieur Boisvert.

Sur ces mots, le notaire fit passer l'enveloppe au président de la fabrique.

— Un mot aussi sur les quêtes, dit Gonzague, impassible, en plaçant l'enveloppe ostensiblement devant lui. Si on compare les quêtes du mois d'octobre à celles du même mois, l'an dernier, elles ont diminué d'un tiers.

— Peut-être parce que les paroissiens sont fatigués d'assister à la messe dans un réfectoire plutôt que dans leur église, insinua Bertrand Gagnon d'une voix fielleuse.

— Peut-être pourriez-vous demander aux gens, en chaire, d'être plus généreux, monsieur le curé, poursuivit le président sans tenir compte de l'intervention du maire.

— J'en parlerai dimanche prochain, assura le prêtre.

— Un dernier point, s'empressa d'annoncer Gonzague: le cimetière.

— Qu'est-ce qu'il a, le cimetière? demanda Anselme Béliveau en regardant son vis-à-vis par-dessus ses lunettes, qui avaient légèrement glissé sur son nez.

— Quatre familles de la paroisse, les Boudreau, les Benoît, les Comtois et les Garnier veulent acheter un nouveau lot. Leur ancien lot est plein. Qu'est-ce qu'on fait? demanda Rajotte, à qui on avait confié la responsabilité du cimetière.

— Tout le monde sait qu'il n'y a plus de place dans notre cimetière, intervint Camil Racicot. On n'est tout de même pas pour leur dire d'aller acheter un lot à Saint-Gérard.

— C'est sûr qu'il va falloir prendre une décision bien vite, dit le petit notaire.

— La solution est claire et je l'ai proposée le printemps passé, reprit insidieusement Gonzague. Le terrain de l'ancienne église serait parfait pour agrandir notre cimetière.

— Il en est pas question, trancha le curé Béliveau, les yeux pleins de feu. Sur ce terrain-là, il n'y aura jamais autre chose que la nouvelle église.

— Je vous ferai remarquer, monsieur le curé, que c'est de l'entêtement pur et simple de votre part, reprit le président de la fabrique sur un ton qu'il voulait raisonnable. La plupart des paroissiens veulent que leur église change de place.

— Ça, c'est ce que tu dis. Durant ma visite paroissiale, j'entends un autre son de cloche, affirma le prêtre en assenant une claque sur la table.

— Et pour le cimetière, qu'est-ce que je vais répondre, moi ? demanda Paul-André Rajotte. C'est moi qui dois me débrouiller avec ce monde-là.

— Tu leur dis d'attendre au printemps, répondit sèchement le curé. De toute façon, il y a rien qui presse là-dedans. La terre est déjà gelée et s'il y a des morts dans la paroisse, on va les mettre au caveau pour l'hiver.

— Mais ça règle rien, osa murmurer le marguillier.

Le silence se fit autour de la table avant que le prêtre reprenne la parole.

— Je vous garantis, moi, que ça va se régler cet hiver, affirma le curé Béliveau sur un ton définitif en enflant la voix. Le printemps prochain, notre église va être en chantier et pas ailleurs qu'à côté ! Que certains le veuillent ou pas ! Là-dessus, si on a vu tout ce qu'il y avait à voir, j'ai du travail qui m'attend. Bonsoir, messieurs.

Anselme Béliveau se leva, salua ses marguilliers d'un bref signe de tête et quitta la salle. Les hommes présents dans la pièce se levèrent à leur tour et endossèrent leur manteau. Il était évident que chaque clan demeurait dressé contre l'autre. À une extrémité de la salle, Bertrand Gagnon dit quelques mots à voix basse au notaire avant de partir en sa compagnie. Un peu plus loin, Gonzague se contenta de chuchoter à ses deux supporteurs :

— S'il veut continuer à faire le boqué, il va s'apercevoir qu'il gagnera rien. S'il le faut, je vais aller jusqu'à monseigneur.

— Tu y penses pas, intervint Rajotte, interloqué.

— Pourquoi pas ? dit Gonzague Boisvert en boutonnant son lourd manteau de drap. Un évêque, c'est du monde comme nous autres. Et moi, ça me fait pas peur pantoute. Je vous le dis tout de suite, si monseigneur Gravel arrive pas à le raisonner, on va prendre un avocat et aller devant un juge pour le faire plier. Baptême, c'est le monde de la paroisse qui va se priver pour la payer, cette église-là ! On a ben le droit de choisir où est-ce qu'on va la bâtir !

— Mais t'es pas sérieux, Gonzague ? fit Racicot, soudain inquiet par les proportions que semblait vouloir prendre leur opposition au curé.

— Écoute-moi ben, Camil, lui ordonna le président de la fabrique. Là, on est rendus trop loin pour reculer. On aurait l'air de quoi si on laisse gagner monsieur le curé ? Oublie pas qu'on a au moins la moitié de la paroisse pour nous autres, et c'est important, ça.

— Jériboire, on rit pas ! reprit Rajotte à voix basse. Traîner notre curé en cour… Une affaire comme ça, ça s'est jamais vu.

— Tout d'abord, il y a rien qui dit qu'on va être obligés d'aller jusque-là, affirma Gonzague Boisvert pour le calmer. En plus, j'ai entendu dire que c'est déjà arrivé ailleurs.

Là-dessus, les trois hommes quittèrent le presbytère sans avoir aperçu la servante ni le curé Béliveau, apparemment enfermé dans son bureau. Après de brèves salutations, ils se séparèrent. Camil et Paul-André montèrent dans la même voiture après avoir vu Gonzague s'éloigner à bord de son boghei.

Tout en cheminant lentement en direction de sa ferme, ce dernier réfléchissait aux révélations qu'il venait de livrer à ses deux partenaires du conseil. Il s'était bien gardé de leur communiquer tout ce qu'il avait planifié en secret durant les dernières semaines. En réalité, il n'avait guère eu le temps de chercher une remplaçante à sa bru pour enseigner à l'école du rang Saint-Joseph. À son avis, cela pouvait attendre. Il avait des choses beaucoup plus importantes à régler avant ça.

Tout d'abord, il avait décidé d'être candidat à la mairie de Saint-Paul-des-Prés aux prochaines élections et de prendre tous les moyens pour évincer Bertrand Gagnon, qui lui portait de plus en plus ombrage dans l'opinion des gens. Par conséquent, il avait compris que s'il voulait avoir une bonne chance de parvenir à ses fins, il lui fallait d'abord gagner sa lutte contre le clan du curé Béliveau dont son adversaire était le porte-parole. En aucun cas, il ne pouvait se permettre de perdre la face dans cette partie de bras de fer.

Il avait menti sans aucun remords à Racicot et à Rajotte en leur disant qu'il était prêt à aller affronter monseigneur Gravel à Nicolet pour obliger le curé à plier. Il n'en ferait rien pour la simple raison qu'il était déjà allé rendre deux visites à l'avocat Aurèle Chapdelaine pour qu'il prenne l'affaire en main. Le candidat libéral défait aux dernières élections, reconnaissant de tout le travail accompli par Gonzague à titre d'organisateur d'élections, lui avait promis de se montrer fort peu gourmand pour ses honoraires. Plus important encore, il lui avait même assuré que le curé allait cesser toute résistance quand il recevrait sa mise en demeure.

Bref, le président de la fabrique pouvait maintenant se montrer optimiste sur l'issue de la lutte sourde qu'il menait depuis le printemps précédent. Il ne lui restait plus qu'à régler le problème de l'école du rang Saint-Joseph et à faire sa tournée des écoles de la paroisse avant Noël, comme il le faisait traditionnellement chaque année, depuis quatre ans.

Dans la petite maison grise du rang Saint-Joseph, la maîtresse des lieux avait dû adopter un autre rythme de vie à cause de l'absence de Laurent. Par ailleurs, la jeune femme appréciait de plus en plus la présence de Rosaire à ses côtés, même s'il était le plus souvent silencieux.

L'orphelin se montrait toujours discret et serviable. À l'école, elle n'avait pas eu à lui rappeler de l'appeler «madame» et non «Corinne». Après une semaine de vie commune, l'un et l'autre se comprenaient déjà à demi-mot et s'entendaient à merveille. Le garçon lui était particulièrement utile quand elle avait à atteler Satan. Le grand cheval noir se montrait nerveux quand elle l'approchait et il avait une nette tendance à ruer et à broncher.

— Chez nous, ce sont les hommes qui font ça, expliquait-elle à Rosaire, sans pourtant lui demander son aide.

— Je peux le faire, offrait le garçon de douze ans, plein de bonne volonté.

— Non, il faut que je m'habitue, s'entêtait Corinne, qui ne se sentait pourtant pas très brave.

La visite surprise de ses parents, le dimanche précédent, l'avait comblée.

— Vous êtes bien fins de venir me voir, leur avait-elle dit en les accueillant avec beaucoup de plaisir. Surtout que c'est pas chaud dehors. J'espère que vous avez pas trop gelé en chemin.

— Ben non, l'avait rassurée son père en lui tendant son manteau, mais je peux pas parler pour ta mère.

Une quinte de toux avait alors secoué brutalement Lucienne Joyal au moment où elle se penchait pour retirer ses bottes.

— Qu'est-ce que vous avez, m'man? avait-elle demandé, alarmée.

— J'ai attrapé la grippe il y a deux semaines et j'arrive pas à m'en débarrasser.

À cet instant, la jeune femme s'était brusquement rendu compte que sa mère avait les traits tirés et de larges cernes sous les yeux. C'était tellement inusité chez cette femme qui n'était jamais malade que sa fille s'en était inquiétée tout de suite.

— Venez vous asseoir proche du poêle pour vous réchauffer, m'man. Je vais vous servir une bonne tasse de thé bouillant, lui avait-elle offert avec sollicitude.

— Et moi, là-dedans, je suis un coton ? avait fait Napoléon sur un ton léger.

— Bien non, p'pa, s'était défendue Corinne. Prenez l'autre chaise berçante. J'ai aussi du bon sirop fait avec de la gomme d'épinette, avait-elle proposé à sa mère.

— J'en ai pris à la maison avant de partir, mais on dirait que ça me fait rien, avait dit Lucienne d'une voix un peu changée.

— En tout cas, votre grippe a l'air pas mal méchante, avait constaté sa fille. On dirait même que vous avez maigri.

En fait, Lucienne semblait avoir perdu une douzaine de livres.

— À votre place, j'irais voir le docteur Lemire.

— Es-tu folle, toi ? avait vivement réagi sa mère. S'il avait fallu que j'aille voir le docteur chaque fois que quelqu'un dans la maison avait la grippe, on serait tout nus, dans le chemin.

Lucienne et Napoléon avaient passé l'après-midi chez leur fille. Il était évident qu'ils étaient surtout venus pour voir comment elle se tirait d'affaire seule et s'informer de ses besoins.

— J'ai pas besoin de rien, m'man, avait répété Corinne pour la troisième fois. Arrêtez donc de vous inquiéter pour moi. Je suis pas pire que Germaine.

— C'est pas pantoute la même chose, lui avait fait remarquer sa mère, le souffle un peu court. Ta sœur a juste à s'occuper d'elle à Saint-Bonaventure. Toi, t'as à soigner les animaux et à t'occuper de ta maison en même temps que de l'école.

— J'espère que les Boisvert t'ont promis de venir te donner un coup de main de temps en temps, était intervenu Napoléon.

— J'ai pas besoin d'eux autres, p'pa, et ça me surprendrait bien gros de les voir arriver. C'est pas du monde comme nous autres. J'ai Rosaire, avait-elle ajouté avec une note d'affection dans la voix en désignant le garçon assis, silencieux, au bout de la table. Il me donne un bon coup de main et on s'entend bien tous les deux.

— En tout cas, on peut pas dire qu'il fait grand bruit, avait constaté Napoléon.

— Vous allez rester à souper avec nous autres, avait alors déclaré Corinne.

— On aimerait ben ça, avait dit son père, mais il y a juste Simon à la maison depuis que Bastien et Anatole sont montés au chantier et j'aime pas trop le laisser faire le train tout seul.

— Mais à son âge, p'pa, il est capable de faire ça.

— C'est pas le problème. Mais le petit torrieu fume partout et j'ai peur qu'il finisse par mettre le feu dans les bâtiments un de ces jours. Il faut que je le surveille tout le temps.

— T'aurais jamais dû aussi lui donner la permission de fumer, lui avait reproché Lucienne.

— Ben oui, avait fait son mari, sarcastique. Ça aurait été pire, il aurait fumé en cachette.

— J'ai écrit une lettre à Blanche de venir me voir. Je l'ai pas vue depuis mon mariage, était intervenue Corinne en changeant de sujet.

— Son petit dernier va pas bien depuis un mois. Ça fait deux fois qu'elle l'amène à l'Hôtel-Dieu. Ils ont pas l'air à trop savoir ce qu'il a. Il paraît qu'il mange presque pas et qu'il garde rien, avait expliqué sa mère.

— On aurait bien aimé allé les voir, avait poursuivi Napoléon, mais avec la grippe de ta mère, c'était pas le temps de risquer de faire attraper ça aux enfants de ta sœur.

Au moment de quitter leur fille, Napoléon et Lucienne lui avaient fait promettre de leur faire savoir si elle manquait de quelque chose.

— Profites-en pour venir nous voir tant que les chemins sont beaux, lui avait fait remarquer son père. Quand la neige va se mettre à tomber, ça va être pas mal plus difficile.

— Et amène Rosaire avec toi, avait conclu Lucienne en adressant un sourire chaleureux au garçon.

Corinne et Rosaire sortirent sur la galerie pour regarder les visiteurs partir. À la vue de sa mère se hissant péniblement dans le boghei, la jeune femme s'était encore inquiétée.

— Êtes-vous sûre, m'man, que vous allez avoir assez chaud pour retourner à Saint-François ? Je peux vous passer une bonne grosse couverte, si vous voulez.

— J'ai tout ce qu'il faut, la rassura Lucienne.

Vers quatre heures trente, le jour suivant, Corinne verrouilla la porte de l'école après avoir vérifié une dernière fois que le feu dans la fournaise était en train de s'éteindre. Il faisait froid et le soleil était déjà bas à l'horizon.

— Mon Dieu que les journées raccourcissent, ne put-elle s'empêcher de dire à Rosaire au moment où ils sortaient de la cour pour se diriger vers la maison. Il est même pas cinq heures, et il commence déjà à faire noir.

Il n'y avait aucun signe de vie autour d'eux dans le rang Saint-Joseph, si ce n'est la fumée sortant des cheminées et quelques lueurs de lampes à huile à certaines fenêtres. Les champs étaient noirs et dénudés, et les ornières de la route étroite étaient durcies par le gel.

Dès leur arrivée dans la maison privée de chauffage depuis le matin, Corinne s'empressa d'allumer le poêle. Pendant ce temps, Rosaire alla chercher de l'eau au puits avant de se diriger vers l'étable après s'être emparé du fanal suspendu près de la porte de la cuisine d'été. Pour sa part, la maîtresse de maison ne perdit pas de temps. Elle mit son souper au feu et alla le rejoindre dans l'étable pour traire et nourrir les vaches. Quand elle eut terminé son travail, Rosaire avait déjà quitté les lieux pour aller nourrir le cheval, les poules et les porcs.

Au moment où elle sortait de l'étable, portant un gros pot de lait, l'obscurité était tombée depuis plusieurs minutes. Elle jeta un coup d'œil vers le poulailler pour voir si Rosaire y était encore quand la voix d'un homme la fit violemment sursauter.

— Bonsoir, madame. La charité, s'il vous plaît.

Le cœur de la jeune femme eut un raté et elle faillit échapper son pot.

— Mon Dieu que vous m'avez fait peur ! ne put-elle s'empêcher de s'écrier en brandissant à bout de bras le fanal qu'elle tenait.

Un homme grand et voûté se tenait devant elle et tendait la main, l'air pourtant assez inoffensif.

— Je voulais vraiment pas vous faire peur, madame, s'excusa-t-il. Je suis un quêteux qui passe dans le rang chaque année à la fin de l'automne. D'habitude, je passe tout droit à votre maison parce que j'y ai jamais vu personne. Mais là, j'ai vu qu'il y avait de la lumière en dedans.

— Bon, attendez-moi sur la galerie, lui commanda Corinne, un peu rassurée par la politesse de l'inconnu. J'arrive dans une minute.

Elle attendit de le voir se diriger vers la galerie pour pénétrer dans le poulailler que Rosaire s'apprêtait à quitter. Elle se rappela ce que Jocelyn Jutras et Emma Brisebois lui avaient raconté à propos du quêteux et elle se demanda s'il s'agissait du même homme.

— Il y a un quêteux à la porte, lui expliqua-t-elle. Je le connais pas. Je vais avoir besoin de toi. On va lui faire la charité, mais on sait jamais avec ce monde-là. S'il se montre malin, tu sais où se trouve la carabine au fond du garde-manger. C'est toi qui vas nous défendre.

Rosaire se contenta d'acquiescer, apparemment pas très rassuré lui non plus. Pour Corinne, la situation était tout à fait nouvelle.

Il y avait toujours eu des mendiants qui s'étaient arrêtés chez les Joyal et ses parents avaient toujours accepté de leur donner quelques sous et de les héberger pour une nuit s'ils en faisaient la demande. Chez eux, il y avait le banc du quêteux. Il suffisait de soulever le siège pour y trouver une vieille paillasse et une couverture. En été, le mendiant l'utilisait sur la galerie. L'automne ou au début du printemps, sa mère refusait que le mendiant couche à l'extérieur ou dans la grange. Elle lui permettait d'étendre la paillasse derrière le poêle et l'homme ne quittait la maison qu'après un solide déjeuner. Elle n'ignorait pas que cette charité était, pour une grande part, motivée par la superstition que le « quêteux » à qui on ne donnait rien pouvait jeter un mauvais sort.

Le problème de Corinne était qu'il n'y avait pas d'homme dans la maison. Rosaire était bien gentil, mais quelle utilité aurait-il si l'inconnu décidait de se montrer entreprenant? Pouvait-elle s'en débarrasser avec quelques sous tirés du pot de l'armoire? Elle allait essayer.

Elle entra dans la maison en compagnie de Rosaire et fit signe au mendiant de les suivre. Ce dernier, debout près de la porte, prit son paquetage et pénétra derrière eux. Corinne enleva ses bottes et son manteau, ce qui lui donna le temps de détailler l'inconnu.

L'homme était beaucoup plus âgé qu'elle ne l'avait d'abord cru. Il semblait avoir largement dépassé la cinquantaine. En retirant sa casquette à oreillettes, il révéla une épaisse chevelure blanche mal soignée. Il était vêtu d'un manteau brun rapiécé fermé par une cordelette et ses mains étaient protégées du froid par des moufles en laine percées. Il avait une figure émaciée, mangée par une barbe qui n'avait pas été rasée depuis plusieurs jours.

— Vous passez bien tard dans la saison, ne put s'empêcher de lui dire Corinne, un peu rassurée par son âge.

— Saint-Paul est le dernier village que je fais avant d'aller hiverner, expliqua-t-il. Il commence à faire trop froid pour rester dehors toute la journée.

— Vous savez que vous êtes rendu au bout de notre rang, lui fit-elle remarquer en l'invitant à entrer dans la cuisine d'hiver avant d'éteindre le fanal qu'elle tenait encore.

— Oui, je sais. Je vais être obligé de remonter tout le rang pour essayer de me trouver une place où coucher. Peut-être que quelqu'un va accepter de me laisser coucher dans sa grange.

— Et pour le manger ?

— Il me reste un quignon de pain dans mon paquetage.

Guidée par son bon cœur, Corinne décida d'inviter le mendiant à souper et même à coucher dans la maison.

— Écoutez, si le cœur vous en dit, j'ai du bouilli de légumes réchauffé pour souper et si vous avez pas nulle part où coucher, vous pourrez vous installer proche du poêle, dans la cuisine.

Aussitôt, la figure du mendiant s'éclaira.

— Vous êtes ben charitable, ma petite dame. Qu'est-ce que je peux faire en échange ?

— Rien, monsieur ?

— Louis-Joseph Paradis.

— Déchaussez-vous. Ôtez votre manteau et assoyez-vous pendant que je finis de mettre la table. Si vous voulez faire un brin de toilette, il y a de l'eau chaude dans le *boiler.* Vous pouvez faire ça dans les toilettes, au pied de l'escalier. Rosaire, va chercher la paillasse dans la cuisine d'été et mets-la proche du poêle, ajouta-t-elle en se tournant vers le garçon.

Le mendiant ne se fit pas répéter l'invitation. Il remplit le bol à main d'eau chaude et disparut dans la petite pièce située au pied de l'escalier. Lorsqu'il en sortit quelques minutes plus tard, il avait pris soin de raser sa barbe et de se peigner. Il était devenu subitement beaucoup plus présentable au moment de passer à table sur l'invitation de la maîtresse des lieux.

Pendant le repas, le vieil homme se montra un hôte des plus captivants, comme l'étaient souvent les mendiants. Habituellement, ils avaient vu tant de choses et côtoyé tant de gens que les pauvres cultivateurs rivés à leur ferme en étaient souvent ébahis. Pour un, Rosaire écoutait l'homme avec un intérêt non déguisé.

— Je ferai pas comme certains quêteux et j'essaierai pas de vous faire croire que j'ai été avocat ou homme d'affaires avant d'être quêteux, dit en riant Louis-Joseph Paradis. Non, moi, j'ai toujours été quêteux. Quand je suis parti de chez nous à vingt ans, c'était pour voir le vaste monde. Pour voyager, j'ai voyagé. Je suis allé partout aux États comme ici, au Canada. L'année passée, j'étais à Hull quand la ville a passé au feu. Au mois de septembre, cette année, j'étais à Québec quand le duc et la duchesse d'York sont venus. Je suis déjà allé jusqu'en Alberta pour voir comment les colons ramassés pendant des années par l'abbé Morin vivaient. À mon avis, ils sont pas mieux que tous les Canadiens qui travaillent dans les filatures aux États. Si ça se trouve, ils font même plus pitié. À cette heure, je suis trop vieux pour voyager comme je le faisais avant. Je me contente de faire ma *run* de villages chaque année jusqu'à la fin de l'automne.

— Vous avez pas de famille ? demanda Rosaire.

— Non, j'en ai jamais eu.

Rosaire sembla éprouver un regain d'intérêt pour l'homme qui n'avait pas plus de famille que lui. Après le repas, Corinne donna la permission au visiteur d'allumer sa pipe s'il en avait envie pendant qu'elle rangeait la cuisine avec l'aide de Rosaire.

— Merci, mais je fume pas, dit le mendiant. Fumer, ça crée un besoin et j'ai jamais su quelle utilité ça avait de faire de la boucane.

Durant une bonne partie de la soirée, Louis-Joseph Paradis laissa son hôtesse et le garçon travailler à table sans dire un mot.

— J'espère que vous avez pas trouvé le temps trop long, dit Corinne en refermant son cahier de préparation. Il faut que je fasse mon ouvrage de maîtresse d'école tous les soirs.

— J'ai jamais le temps de m'ennuyer, plaisanta l'homme avec un sourire. J'ai juste à penser à mes vieux péchés et ça m'occupe.

— J'ai un reste de laine, dit-elle. Donnez-moi donc vos mitaines percées que je les répare avant d'aller me coucher.

Paradis alla lui chercher ses moufles et proposa d'aider Rosaire à remplir le coffre de bûches. Quelques minutes plus tard, Corinne tendit au mendiant une vieille couverture grise et un oreiller en lui rappelant qu'il devrait quitter la maison tôt le lendemain matin.

— Je vous laisse souffler la lampe, ajouta-t-elle avant de suivre Rosaire à l'étage.

Elle avait décidé de dormir dans la chambre voisine de celle occupée par le garçon parce qu'elle ne se sentait pas assez en sécurité dans sa chambre du rez-de-chaussée avec le mendiant couché dans la pièce voisine. Dès son entrée dans sa chambre, elle s'empressa de coincer la poignée de la porte avec une chaise avant de se mettre au lit.

Le lendemain matin, à son lever, elle retrouva avec plaisir une cuisine bien chaude parce que Louis-Joseph Paradis, debout depuis plus d'une heure, avait rallumé le poêle qui s'était éteint durant la nuit.

— Vous partez pas sans déjeuner, lui déclara-t-elle au moment où il décrochait son vieux manteau. Vous êtes pas pour partir le ventre vide.

— Si c'est comme ça, madame, laissez-moi aller faire votre train avec Rosaire pendant que vous préparez le déjeuner.

— Vous savez comment traire une vache ?

— Ça et ben d'autres choses, répondit-il en riant. Comme on dit, cinquante-six métiers, cinquante-six misères.

Corinne laissa partir Rosaire avec le vieil homme et prépara des crêpes qu'elle servit à leur retour avec du sirop d'érable. Son invité sembla se régaler et affirma n'en avoir jamais mangé de meilleures.

Après le repas, il endossa son manteau et posa sur sa tête sa casquette à oreillettes avant de s'emparer de son paquetage.

— Tenez, monsieur Paradis, lui dit Corinne en lui tendant cinq sous.

— Non, madame. J'en veux pas. Vous avez été tellement fine avec moi, que ce serait exagéré d'accepter en plus vos cennes. Merci encore.

Corinne n'insista pas.

— Et toi, mon garçon, j'aimerais te donner un conseil avant de partir, ajouta-t-il en se tournant vers Rosaire. Tu vas à l'école. Profites-en pour apprendre tout ce que tu peux. Fais pas comme moi, j'ai passé ma vie tout seul, à quêter sur les routes. C'est une vie de chien. Pour être heureux dans la vie, il faut vivre avec du monde qu'on aime et qui nous aime. Oublie jamais ça.

L'homme quitta la maison sur un dernier remerciement. Plantés devant l'une des fenêtres de la cuisine, Corinne et Rosaire le regardèrent sortir de la cour et se diriger vers le village.

— Bon, c'est bien beau tout ça, fit la jeune femme en se secouant, mais il y a l'école qui nous attend. Si on se grouille pas à aller allumer la fournaise, on va geler une partie de l'avant-midi.

Chapitre 22

L'arrivée de l'hiver

Deux jours plus tard, ce fut la Sainte-Catherine. La veille, Corinne avait occupé une bonne partie de la soirée à cuisiner de la tire qu'elle destinait aux enfants de sa classe. Pour arriver à fabriquer une belle tire blonde, elle avait fidèlement suivi la recette de sa mère. Lorsqu'elle avait jugé que la friandise était prête, elle l'avait découpée en petites bouchées qu'elle avait enveloppées dans du papier sulfurisé.

— C'est un signe que les fêtes approchent, ne put-elle s'empêcher de dire à Rosaire en lui confiant la boîte de tire au moment de partir pour l'école le lendemain matin.

Ils quittèrent la maison sous un ciel plombé. L'air froid était comme immobile lorsqu'ils se mirent en route, rejoints, comme chaque matin, par les deux filles cadettes des Rocheleau. L'air humide transperçait leurs vêtements et les faisait grelotter. Durant la nuit, de lourds nuages noirs avaient fait leur apparition et obstruaient le ciel en ce dernier jour de la semaine. Les toitures et les champs étaient couverts de givre. Il faisait si sombre qu'on aurait dit que le jour n'était pas encore levé.

Lorsque les enfants commencèrent à arriver dans la cour de l'école, l'institutrice n'eut pas le cœur de les laisser à l'extérieur. Elle les fit entrer dans le bâtiment et leur permit de parler jusqu'à ce que la classe commence.

À la fin de l'avant-midi, Corinne entendit une voiture s'arrêter près de l'école et l'une de ses grandes élèves annonça :

— C'est monsieur le curé, madame.

L'institutrice n'eut que le temps de se diriger vers la porte de la classe avant que le visiteur ne frappe. Elle le fit entrer et tous les élèves se levèrent en signe de respect.

— Votre conducteur entre pas, monsieur le curé ? lui demanda-t-elle, inquiète de voir l'homme demeurer à l'extérieur par un froid semblable.

— Non, il aime mieux rester dehors, répondit le prêtre. Il est habillé chaudement.

La jeune femme aida Anselme Béliveau, apparemment de fort bonne humeur, à retirer son épais manteau de chat sauvage et lui céda sa place au bureau placé sur la petite estrade.

Pendant quelques minutes, le prêtre questionna les enfants sur le catéchisme, s'attardant particulièrement aux plus jeunes qui allaient être appelés à faire leur première communion. Debout à l'arrière de la classe, Corinne priait intérieurement pour qu'ils livrent les bonnes réponses. Heureusement, tout se passa à merveille et le curé de Saint-Paul-des-Prés les félicita avant de faire signe à Corinne de venir le rejoindre à l'avant.

— Je pense, madame, que vous pouvez les renvoyer à la maison ; c'est presque l'heure du dîner.

Corinne allait dire aux enfants qu'ils pouvaient s'habiller et partir quand le prêtre la retint.

— Vous pouvez même leur dire de rester chez eux cet après-midi, ajouta-t-il. J'ai l'impression qu'il y a une bonne tempête qui se prépare.

— Je sais pas si j'ai le droit de faire ça, monsieur le curé, fit Corinne, hésitante.

— Bien oui, c'est juste une question de bon sens. Vous voudriez tout de même pas qu'il arrive quelque chose à un des enfants en s'en retournant à la maison en pleine tempête ?

— C'est sûr, admit-elle.

Lorsqu'elle annonça aux enfants qu'ils avaient congé jusqu'au lendemain, les enfants s'habillèrent en poussant des cris de joie et quittèrent l'école en quelques minutes. Anselme Béliveau attendit qu'il ne reste plus que Rosaire et Corinne dans la pièce avant de reprendre la parole.

— Je finis ma visite paroissiale avec toi, ma fille.

Une fois les enfants partis, le curé était revenu instinctivement au tutoiement.

— J'ai entendu dire que c'est toi qui t'occupes du petit gars qui restait chez ton beau-père.

— Oui, monsieur le curé. Il m'aide pendant que mon mari est au chantier.

— C'est correct. Est-ce que tu t'habitues à ta nouvelle vie de femme mariée ?

— Oui, monsieur le curé, répondit la jeune femme, surprise par la question.

— Il y a rien de nouveau qui se prépare ?

— Pas à ma connaissance, monsieur le curé, répondit-elle sans trop savoir de quoi il était question.

— J'ai appris que la présidente des dames de Sainte-Anne t'avait demandé de faire partie de son groupe.

— Oui, monsieur le curé. J'ai l'intention d'aller la voir aussitôt que je vais avoir un moment libre, mentit-elle.

— C'est parfait. Si je peux te donner un conseil, ajouta le prêtre en endossant son épais manteau, viens donner un coup de main aux femmes qui vont préparer les paniers de Noël le jour de la guignolée. Ce serait un bon moyen de te faire connaître et de connaître les femmes de la paroisse.

— C'est certain, monsieur le curé.

— Bon, j'y vais avant de retrouver mon bedeau mort gelé. Quand tu rencontreras ton beau-père, tu lui diras que ton mari n'a à payer qu'une demi-dîme parce que vous ne vous êtes installés dans la paroisse que depuis la fin de l'été.

Ça peut même attendre qu'il soit revenu du chantier, concéda-t-il.

— Merci, monsieur le curé.

Au moment où le prêtre sortait de l'école, les premiers flocons se mirent à tomber en virevoltant dans le vent qui venait de se lever. Pierre-Paul Langevin s'empressa de retirer l'épaisse couverture qu'il avait déposée sur le dos de sa bête en voyant le curé s'approcher. Dès qu'Anselme Béliveau eut pris place dans la voiture, le boghei reprit la route du village.

Corinne occupa les quelques minutes suivantes à remettre de l'ordre dans la classe et à rassembler ce dont elle aurait besoin pour travailler à la maison. Après avoir vérifié que le feu de la fournaise était en train de s'éteindre, elle donna l'ordre à Rosaire de s'habiller.

— On va se dépêcher à rentrer à la maison, il commence à neiger pas mal fort, lui dit-elle.

Tous les deux sortirent de l'école et Corinne verrouilla la porte. Quand ils s'engagèrent sur la route, ils durent pencher la tête et se protéger le bas du visage avec leur foulard tant le vent était maintenant violent. Il avait suffi de quelques minutes pour transformer complètement le paysage. Les flocons de neige tombaient en rangs si serrés, que la jeune femme et son compagnon avaient l'impression de foncer dans un mur blanc presque opaque.

Les yeux à demi fermés pour se protéger de la neige, ils avançaient tous les deux, penchés vers l'avant, assourdis par le vent qui s'était mis à hurler. Instinctivement, Corinne s'était emparée de la main de Rosaire autant pour se rassurer que pour ne pas le perdre. Elle ne voyait pas plus loin que quelques pieds devant elle. À un certain moment, elle n'était même plus sûre d'être encore sur la route tant elle avançait à l'aveuglette. Pendant qu'elle luttait pour regagner son foyer, la pensée l'effleura qu'elle pourrait même mourir là, en pleine tempête, après avoir raté sa maison qu'elle ne serait pas parvenue à voir.

— Est-ce que j'ai tourné du bon côté en sortant de la cour ? se demanda-t-elle à mi-voix. Qu'est-ce qui va nous arriver si je me suis trompée ?

Cette pensée la galvanisa. Elle tira Rosaire par la main pour qu'ils avancent plus vite et c'est avec un soulagement qui lui fit monter les larmes aux yeux qu'elle crut entrevoir sa maison sur sa droite. Elle entraîna alors l'orphelin dans cette direction. Elle ne s'était pas trompée : c'était bien chez elle. Tous les deux pénétrèrent dans la maison en secouant la neige qui les couvrait et ils s'empressèrent de repousser la porte derrière eux en luttant contre le vent. Dès qu'elle se retrouva à l'intérieur, Corinne exhala alors un profond soupir de soulagement.

— J'allume le poêle et on se fait un bon dîner chaud, déclara Corinne après avoir retiré ses bottes et allumé une lampe à huile. Pendant ce temps-là, tu vas aller chercher une couple de brassées de bûches.

Rosaire traversa la cuisine d'été et ouvrit la porte permettant d'accéder à la remise sans avoir à sortir à l'extérieur.

La maîtresse de maison s'empressa d'allumer le poêle dans la maison où l'humidité et le froid s'étaient installés durant l'avant-midi et elle déposa sur le poêle un chaudron de soupe. Avant de dresser le couvert, elle alla se planter devant l'une des deux fenêtres de la cuisine pour tenter de regarder à l'extérieur. Elle ne vit rien d'autre qu'un mur blanc que le vent venait plaquer contre les vitres en hurlant. La tourmente faisait rage à l'extérieur et le fait d'être enfin à l'abri des murs de sa maison lui donna une réconfortante impression de sécurité.

— On dirait la fin du monde, ne put-elle s'empêcher de murmurer en frissonnant, même si elle portait encore son épais manteau.

Dans un moment pareil, Laurent lui manquait réellement. La présence de son mari l'aurait rassurée. Elle fit un effort pour échapper à ses idées noires et alla déposer sur la table des bols, une miche de pain et un reste de rôti de porc.

Rosaire fit tomber avec fracas une brassée de bûches dans le coffre placé près du poêle et se hâta d'aller en chercher une autre avant de venir s'asseoir à table, face à Corinne.

— Je vais aller pelleter après le dîner, annonça-t-il à la jeune femme au moment où il finissait d'essuyer un reste de mélasse au fond de son assiette avec un dernier morceau de pain quelques minutes plus tard.

— Non, ça sert à rien tant que la tempête est pas finie, déclara cette dernière. Il vente tellement fort que tu travaillerais pour rien. Il y a juste à attendre que ça se calme. Là, la maison commence à se réchauffer ; on a juste à en profiter pendant que ça tombe encore. Après la vaisselle, tu pourras aller faire une sieste, si ça te tente. Je te réveillerai pour le train si tu dors. Ça se peut même que j'aille me coucher, moi aussi.

Corinne n'avait pas réellement eu l'intention de faire une sieste. Le hurlement continu du vent et la semi-pénombre provoquée par la tempête firent qu'elle finit par abandonner le tricot qu'elle avait pris après que Rosaire fut monté se coucher. Vaincue par une étrange somnolence quelques minutes plus tard, elle se dirigea vers sa chambre pour se reposer un peu.

Soudain, la jeune femme se réveilla en sursaut. Rosaire frappait à la porte de sa chambre.

— Corinne ! Corinne ! Est-ce que tu dors ?

— Quoi ? Qu'est-ce qu'il y a ? demanda-t-elle, mal réveillée.

— Il y a quelque chose qui fait du bruit en haut.

— C'est probablement juste un mulot, dit-elle pour le rassurer.

— Non, ça fait pas le même bruit.

— C'est correct. Je vais aller voir, dit-elle en écartant les couvertures sous lesquelles elle était enfouie.

Elle se leva et sortit de sa chambre. Rosaire avait allumé une lampe à huile et venait de jeter une bûche dans le poêle.

— Viens, on va aller voir, lui dit-elle en prenant la lampe. D'où venait le bruit que t'as entendu ?

— Du plafond de ma chambre.

— Il y a rien dans le grenier. Je me demande bien ce qu'un mulot pourrait faire là, dit-elle.

À son arrivée sur le palier, elle poussa la porte de la chambre du garçon.

— Chut ! On va écouter, lui ordonna-t-elle en mettant un doigt sur ses lèvres et en levant la tête vers le plafond constitué de planches bouvetées.

Pendant un long moment, il n'y eut aucun bruit, sauf celui du vent qui hurlait toujours aussi fort. Puis, un trottinement de pattes se fit entendre. Corinne écouta encore un peu avant de déclarer :

— On dirait bien que c'est un mulot. Je sais pas comment il a fait pour s'installer là, mais je te garantis qu'il va décoller. Moi, la vermine, j'en veux pas dans ma maison. Attends. Il y a deux pièges à souris dans le garde-manger. On va pousser la trappe qu'il y a au plafond, sur le palier, et on va placer un piège à souris dans le grenier.

— T'as pas peur des mulots ? demanda Rosaire, surpris par sa détermination. Madame Annette, elle, criait quand elle en voyait un.

— J'ai pas peur des mulots, mais ils me donnent mal au cœur, par exemple.

Tous les deux descendirent au rez-de-chaussée et Rosaire alla chercher le piège pendant que Corinne coupait un petit morceau de fromage qui allait servir d'appât. Ils montèrent de nouveau à l'étage et prirent l'unique chaise de la chambre de Rosaire pour l'utiliser comme escabeau. Corinne déposa la lampe sur la petite table installée près du mur.

— Je peux ouvrir la trappe et arranger le piège, proposa Rosaire en montant sur la chaise.

— Fais attention de pas te pincer les doigts, le mit en garde Corinne qui tenait le piège et le fromage pendant que son jeune compagnon repoussait la trappe.

Au même moment, il y eut une sorte d'éclair brun qui s'élança par la trappe, frôla la tête de Rosaire et disparut dans la cage d'escalier. Corinne cria de terreur et le garçon fut tellement surpris par cette brusque irruption devant son visage qu'il tomba de la chaise. Instinctivement, Corinne tendit les bras, lui évitant ainsi de tomber dans l'escalier.

— Mon Dieu ! Mais qu'est-ce que c'était que cette affaire-là ? demanda-t-elle, le cœur battant la chamade. C'est pas un mulot, certain !

— Je le sais pas, reconnut Rosaire, le visage très pâle. On aurait dit un écureuil, mais je suis pas sûr.

— Referme la trappe au cas où il y en aurait d'autres, lui ordonna Corinne en retrouvant peu à peu son sang-froid. Il faut attraper cette bibitte-là dans la maison. Il est pas question qu'on la laisse se promener partout comme ça.

Rosaire monta sur la chaise et remit la trappe en place.

— Ferme ta porte de chambre pour que ça entre pas là, lui ordonna la jeune femme.

Le garçon s'exécuta après avoir remis la chaise dans sa chambre à coucher.

— À cette heure, on va se calmer et on va chercher cette bête-là, dit Corinne, se parlant plus à elle-même qu'à Rosaire. Il est pas encore trois heures. On a tout le temps qu'il faut pour la trouver avant d'aller faire le train. Au fond, elle peut pas être allée bien loin. Elle peut se cacher juste dans le salon, la cuisine ou ma chambre. On va fouiller chaque pièce et refermer après la porte pour être sûrs qu'elle ira pas là.

Tous les deux descendirent au rez-de-chaussée, assez énervés. Corinne alluma une autre lampe à huile pour mieux s'éclairer. À l'extérieur, le vent semblait s'être fait encore plus violent. Un coup d'œil à l'une des fenêtres apprit à la maîtresse des lieux qu'elle ne parvenait même pas à apercevoir les bâtiments au fond de la cour.

— Avec quoi on va poigner ça, Corinne? demanda Rosaire au moment où elle se dirigeait d'un air résolu vers le salon.

Elle s'arrêta brusquement sur le seuil de la porte, frappée par la logique de la question.

— T'as raison, il nous faut quelque chose.

— Un bâton?

Elle réfléchit un bref moment avant de dire:

— Un balai et peut-être une pelle. C'est plus large qu'un simple bâton.

Rosaire prit une lampe et alla dans la cuisine d'été d'où il revint avec la pelle déposée là depuis près d'une semaine en prévision de la première neige. Pendant ce temps, Corinne s'était emparée du balai suspendu derrière la porte du garde-manger.

— Envoye, Rosaire! On va dans le salon et on le sort de là, dit-elle en s'efforçant de montrer un courage qu'elle était bien loin de ressentir.

Aidés par l'éclairage incertain des deux lampes à huile, tous les deux fouillèrent le moindre recoin de la pièce, déplacèrent les fauteuils et repoussèrent les rideaux pour s'assurer que la bête n'avait pas trouvé refuge à cet endroit. Pas le moindre signe de sa présence.

— Bon, dis-moi pas que cette vermine-là est entrée dans ma chambre! s'exclama Corinne, exaspérée. Il manquerait plus qu'elle soit entrée dans ma paillasse ou qu'elle ait sali mes couvertes.

La fouille de la chambre à coucher fut plus méticuleuse encore parce que les endroits où la bête pouvait se dissimuler étaient plus nombreux. De plus, comme la porte de la garde-robe était entrouverte, il fallut que Corinne secoue chaque vêtement suspendu pour s'assurer qu'elle n'était pas là. Pendant ce temps, Rosaire examinait avec soin l'espace sous le lit après avoir repoussé le pot de chambre. Rien.

— On n'a pas le choix, déclara Corinne. Il va falloir vider chacun de mes tiroirs pour être sûrs que cette bibitte-là n'y est pas entrée. Tu parles d'une affaire de fou !

Lorsqu'ils quittèrent la chambre, l'un et l'autre étaient tout de même certains que l'animal n'y était pas caché.

— Il peut juste être dans la cuisine, déclara Corinne en refermant soigneusement la porte de sa chambre à coucher derrière elle. On va le trouver.

Une minute plus tard, ce fut Rosaire qui découvrit la bête réfugiée sous la table.

— C'est un écureuil ! s'écria-t-il tout excité. Il est caché en dessous de la table !

— Fais-le sortir de là avec ta pelle, lui ordonna bien inutilement Corinne, toujours armée de son balai.

Dès que le garçon s'approcha, l'animal bondit sous l'un des bancs, prit son élan et, grâce à un second bond, se retrouva sur le comptoir, près de l'évier.

— Je vais l'avoir, s'écria Corinne en assenant un violent coup de balai en direction de l'écureuil.

Elle ne fut pas assez rapide. Quand le balai heurta le comptoir, la bête s'était déjà réfugiée sur le haut de l'armoire et avait disparu de la vue de ses poursuivants.

— Saudite affaire ! ragea Corinne. Comment on va faire pour le faire descendre de là ?

Rosaire eut beau monter sur le comptoir et tenter de déloger la bête à l'aveuglette à l'aide du balai de Corinne, il ne se produisit rien. On aurait juré qu'elle s'était volatilisée, comme happée par une trappe.

— Je suis sûre que ce bonyenne d'écureuil est encore là, affirma Corinne. Il doit être dans le coin. Va plus loin avec le balai.

Rien n'y fit. L'écureuil faisait le mort, probablement aussi terrifié que ses chasseurs.

— Bon, il faut qu'on aille faire le train, finit par déclarer la jeune femme en jetant un coup d'œil à l'horloge qui marquait presque quatre heures et demie. Là, on le sait, il peut pas aller ailleurs que dans la cuisine. Quand on reviendra, on s'en occupera. Viens, ordonna-t-elle à son jeune compagnon. On s'habille et on y va.

Ils se couvrirent chaudement et Corinne alluma le fanal suspendu près de la porte de la cuisine d'été, prête à entrer dans la pièce où elle devait obligatoirement passer pour sortir de la maison. Elle ouvrit la porte et, au moment où elle tournait la tête pour vérifier si Rosaire était prêt à la suivre, l'écureuil passa comme un éclair près de son bras et fila dans la pièce voisine. Il devait avoir guetté du haut de son perchoir une voie de sortie pour échapper au piège dans lequel il était pris et il avait profité de la porte à peine entrouverte pour s'échapper.

— Seigneur ! s'exclama la jeune femme, cet animal-là va finir par me faire mourir d'une crise de cœur. Si ça a de l'allure ! Grouille-toi, Rosaire ! commanda-t-elle au garçon qui finissait de boutonner son manteau. On va au moins l'enfermer dans la cuisine d'été ; ce sera toujours ça de pris.

Pourtant, au moment où elle ouvrit la porte donnant sur l'extérieur pour sortir, l'animal fut encore une fois plus vif qu'elle et il se précipita dehors en frôlant ses jambes. Elle fut si surprise qu'elle faillit perdre l'équilibre et laisser échapper le fanal.

— Bon débarras ! s'écria-t-elle vraiment soulagée en posant le pied sur la galerie.

— Est-ce qu'il y a quelqu'un qui pourrait m'aider ? fit une voix quelque part près de la galerie.

Corinne sursauta violemment et son premier réflexe fut de repousser Rosaire à l'intérieur et de rentrer précipitamment avant de refermer la porte derrière elle.

— Il y a quelqu'un proche de la porte, dit-elle d'une voix un peu tremblante.

— J'ai rien vu, dit l'adolescent.

— Moi non plus, mais je l'ai entendu, fit-elle.

Puis, la jeune femme réalisa que la voix avait demandé un coup de main, ce qui l'aida à retrouver son sang-froid.

— Donne-moi le fanal, ordonna-t-elle à Rosaire. Je pense que c'est quelqu'un de mal pris. On va aller voir. Viens.

Elle sortit sur la galerie, Rosaire sur ses talons. Tous les deux durent affronter un vent qui charriait une neige lourde en des tourbillons aveuglants avant de la plaquer contre le moindre obstacle.

— Il y a quelqu'un ? demanda-t-elle.

— Oui, madame, répondit une voix tout près.

Corinne entendit alors des pas et aperçut une ombre venant vers elle. Elle finit par distinguer un homme, plié en deux, couvert de neige et se tenant le bras droit qui monta péniblement les marches conduisant à la galerie.

— Qu'est-ce qui vous arrive ? lui demanda-t-elle en le faisant entrer dans la maison.

L'inconnu ne se donna pas la peine de secouer la neige qui le couvrait.

— Vite, madame, j'ai ma petite fille qui est restée prise en dessous de mon boghei. Mon cheval a pris le mors aux dents et il nous a fait verser dans le fossé. Les brancards sont cassés et il est disparu.

— Où est-ce que c'est arrivé ?

— Pas loin sur le chemin, à une couple de centaines de pieds de chez vous. J'ai ben essayé de relever le boghei, mais j'ai pas été capable avec juste un bras. Je pense que j'ai le bras cassé. Mais il faut aller chercher ma petite fille.

Corinne n'hésita qu'un bref moment.

— Je regarderai ce que je peux faire pour votre bras tout à l'heure, déclara-t-elle. Là, vous allez vous asseoir à côté du poêle et nous attendre. Nous autres, on va aller chercher votre petite. Savez-vous de quel côté du chemin votre voiture a versé ?

— Du côté droit, dit l'inconnu.

— Comment votre petite fille s'appelle-t-elle ?

— Émilie.

— Bon, on y va, déclara-t-elle, déterminée. Si on n'arrive pas à la tirer de là tous les deux, je vais aller chercher le voisin. Inquiétez-vous pas.

Sur ces mots, elle reprit son fanal et quitta la maison en compagnie de Rosaire. Dès qu'ils eurent quitté la galerie, ils eurent de la neige à mi-jambes. Les flocons tombaient à l'horizontale. Poussés par un vent violent, ils leur cinglaient le visage. L'un derrière l'autre, ils se frayèrent péniblement un chemin vers la route et ils durent enjamber un monticule de neige de près de trois pieds de hauteur à peine sortis de la cour de la ferme.

— Même si on a de la misère à voir, cria-t-elle à Rosaire pour se faire entendre malgré le mugissement du vent, on devrait être capables d'apercevoir le boghei dans le fossé. Il faut que ce soit entre chez Jocelyn Jutras et chez nous.

Tout en avançant à l'aveuglette, elle scrutait le côté droit de la route, mais tout lui paraissait uniformément blanc. À deux reprises, elle releva son foulard tant pour protéger le bas de son visage que pour pouvoir mieux respirer.

Finalement, ce fut l'adolescent qui aperçut le boghei le premier.

— Il est là, Corinne, lui cria-t-il en lui désignant la voiture couchée sur le côté, à demi enfouie dans la neige, dans le fossé.

Tous les deux tentèrent de marcher plus rapidement malgré l'épaisseur importante de neige déjà tombée sur la route.

— Émilie ! Émilie ! héla Corinne en faisant péniblement le tour de la voiture renversée.

Elle entendit des pleurs sur sa gauche et la jeune femme se précipita vers l'endroit d'où ils provenaient. Elle s'agenouilla dans la neige près d'une petite fille âgée d'environ six ans dont elle ne voyait que le haut du corps. Le reste disparaissait sous la voiture renversée.

— Émilie, inquiète-toi pas. On va te sortir de là, lui promit Corinne. Où est-ce que t'as mal ?

— À une jambe, madame.

— Bon, ton papa pouvait pas t'aider parce qu'il a mal à un bras, mais nous, on va te sortir de là, lui promit-elle.

Corinne examina tant bien que mal la situation à la lueur de son fanal qu'elle finit par déposer sur la neige. À première vue, l'enfant avait eu la chance d'éviter le plus gros du choc en tombant dans le fond du fossé. Seule l'une des jambes de la petite fille semblait prisonnière de la voiture.

— À nous deux, on peut arriver à dégager la petite de là, dit-elle à Rosaire. Moi, je suis pas bien forte, mais je pense être capable de soulever la voiture juste un peu. Aussitôt que je te le dirai, tu vas tirer Émilie vers toi. As-tu compris ?

— Oui, dit l'adolescent en s'agenouillant près de la fillette, déjà prêt à la tirer.

La jeune femme agrippa le rebord du boghei et pesa de tout son poids pour le soulever ne serait-ce que de quelques pouces. D'abord, la voiture ne bougea pas, puis, elle se souleva très légèrement.

— Vas-y ! commanda-t-elle en faisant appel à toutes ses forces pour la soulever davantage.

Le boghei se releva un peu plus.

— C'est correct ! cria Rosaire. Elle est plus dessous.

La jeune femme laissa retomber sa charge et s'empressa de s'agenouiller près de la fillette.

— As-tu mal ailleurs qu'à ta jambe ? lui demanda-t-elle.

— Non, madame.

— Bon, on s'en va à la maison, dit-elle en la prenant dans ses bras. Viens-t'en, Rosaire. On s'en retourne, ajouta-t-elle en escaladant difficilement le fossé avec sa lourde charge.

— Je peux la porter, offrit l'adolescent.

— Je vais te la passer quand je pourrai plus la tenir, répondit Corinne, un peu essoufflée. En attendant, prends le fanal.

Le retour à la maison fut plus facile parce qu'ils avaient le vent dans le dos. La jeune femme peinait à porter Émilie, mais elle ne voulait pas en charger son jeune compagnon, jugeant que le poids de la blessée était trop lourd pour lui.

Finalement, ils parvinrent à la maison. Rosaire ouvrit la porte et Corinne s'engouffra à l'intérieur en poussant un grand soupir de soulagement. Dès leur entrée, l'inconnu se précipita vers eux pour s'enquérir de l'état de sa fille.

— Attendez, dit Corinne en déposant la blessée dans une chaise berçante. On va d'abord la déshabiller.

Après avoir enlevé son manteau, elle se pencha vers les jambes d'Émilie pour les tâter et les examiner. La fillette n'émit une plainte que lorsqu'elle toucha sa cheville gauche.

— On dirait bien qu'elle n'a qu'une entorse, déclara Corinne en adressant un sourire à la fillette.

— As-tu mal ailleurs ? lui demanda son père.

— Non, p'pa.

L'homme sembla grandement soulagé et se rassit en réprimant mal une grimace de douleur.

— Je vais lui mettre une couenne de lard sur la cheville et la bander. Dans deux jours, elle va pouvoir marcher sans que ça lui fasse mal, dit la jeune femme en se relevant.

Après avoir bandé la cheville blessée, Corinne se rendit brusquement compte que le père avait conservé son manteau, même s'il faisait très chaud dans la cuisine.

— Pourquoi vous avez gardé votre manteau ? lui demanda-t-elle, intriguée.

— J'ai trop mal à mon bras pour l'enlever.

— Attendez, je vais regarder ça, proposa-t-elle en s'approchant.

Elle le laissa déboutonner son épais manteau de drap, mais quand elle voulut l'aider à le retirer, il fut incapable de retenir une plainte. Corinne parvint tout de même à faire glisser le vêtement le long de son bras blessé. Le visage de l'homme était devenu blafard.

— Un de mes frères s'est déjà fait mal à un bras, dit-elle à l'inconnu. Pouvez-vous bouger vos doigts ?

Il parvint à les remuer avec précaution.

— Pour moi, votre bras est pas cassé, dit-elle, mais je sais pas ce qu'il a. Malheureusement, je peux pas faire grand-chose pour vous soulager.

— Je comprends, dit-il. Il va falloir attendre que la tempête se calme pour aller voir le docteur.

— Mais voulez-vous bien me dire ce que vous faisiez sur le chemin en pleine tempête ? s'étonna son hôtesse en lui versant une tasse de thé.

— Je m'en allais chercher ma femme chez les Lanctôt du rang Notre-Dame. Je pensais jamais que la tempête arriverait si vite que ça, torrieu ! En plus, il a fallu que je me trompe de rang parce que je voyais plus rien.

— Bon, là, il y a rien à faire, dit Corinne. Comme vous venez de le dire, il va falloir attendre la fin de la tempête. Pour le moment, je vais coucher votre fille dans mon lit, le temps d'aller faire mon train. Après le souper, ça va peut-être se calmer un peu. Si ça vous le dit, vous pouvez aller vous étendre, vous aussi, lui proposa-t-elle.

— Je peux pas servir à grand-chose, arrangé comme je suis là, mais je peux au moins entretenir le poêle pendant que vous êtes aux bâtiments, répliqua l'homme avec bonne volonté.

— Savez-vous que je sais même pas votre nom, reprit-elle.

— Antoine Léger, de Saint-Gérard.

— Corinne Boisvert, dit-elle à son tour. Bon, on vous laisse la maison. Il faut aller s'occuper des animaux.

Rosaire se leva et alla mettre son manteau en même temps qu'elle. Ils sortirent de la maison.

— Va nourrir Satan et les cochons, lui dit Corinne en lui tendant le fanal qu'elle venait d'allumer. Je vais m'occuper des vaches.

Son jeune compagnon ne répondit rien. Il se contenta de prendre le fanal et de se diriger difficilement dans la neige épaisse vers l'écurie. Corinne le suivit et bifurqua vers l'étable. À son arrivée sur place, elle alluma un fanal suspendu près de la porte. Elle prit un chiffon qu'elle trempa dans un seau d'eau et alla laver le pis de chacune des vaches avant de les traire. Ensuite, armée d'une fourche, elle alla chercher du foin pour les nourrir. Au moment où elle finissait, Rosaire revint dans l'étable.

— On s'en retourne à la maison, déclara-t-elle. On va juste s'arrêter au poulailler pour voir si tout est correct.

— J'en arrive, dit le garçon en éteignant son fanal qu'il suspendit au clou planté près de la porte.

— Si c'est comme ça, on rentre. Tiens le fanal, moi, j'apporte le lait.

En posant le pied à l'extérieur, Corinne se rendit compte que le vent, loin de se calmer, semblait avoir pris encore plus d'ampleur. Leurs pistes dans la neige avaient déjà été entièrement effacées. Elle attrapa le bras de son jeune compagnon et, penchée vers l'avant, les yeux mi-clos pour se protéger des rafales de neige qui la giflaient, elle se mit en marche vers sa maison située, lui semblait-il, à l'autre bout du monde.

Lorsqu'ils mirent le pied à l'intérieur, le souffle court et couverts de neige, Corinne repoussa la porte derrière elle, heureuse de se retrouver enfin à l'abri.

— Je prépare le souper et on mange, dit-elle en retirant son manteau.

— Je vais aller pelleter la galerie, proposa Rosaire.

— Laisse faire, il neige encore trop fort et ça va servir à rien. On va attendre demain matin. Rentre plutôt du bois.

Elle alla réveiller Émilie qui dormait dans sa chambre et l'aida à s'installer à table. Son père, trop mal en point, refusa de manger.

Ce soir-là, tous les occupants de la maison passèrent la soirée assis près du poêle, ne se donnant même pas la peine d'aller voir à la fenêtre le temps qu'il faisait à l'extérieur. Les hurlements du vent dans la cheminée suffisaient à leur faire comprendre que la tourmente était loin de s'essouffler.

La fillette fut mise au lit assez tôt et son père, souffrant, somnola assis près du poêle. Corinne ne chercha pas à l'empêcher de se reposer. Elle tricota en se demandant s'il lui serait possible de faire la classe le lendemain. Pendant ce temps, Rosaire déchiffrait difficilement un texte en butant sur chaque syllabe, encouragé par son institutrice, attendrie par ses efforts.

Quand vint le moment de se mettre au lit, Corinne décida d'aller coucher à l'étage, abandonnant sa chambre à Antoine Léger et à sa fille.

— Vous êtes ben fine, madame Boisvert, mais je pense que je vais passer la nuit dans votre chaise berçante, à entretenir le poêle, si vous y voyez pas d'inconvénient. Je crois que ça va me faire moins mal si je reste assis.

— Faites ce que vous pensez le mieux pour vous, concéda-t-elle avant de monter à l'étage coucher dans la chambre voisine de celle de Rosaire.

Le lendemain matin, au réveil, Corinne ouvrit lentement les yeux, surprise par l'étrange silence qui régnait dans la maison. Il lui fallut quelques secondes avant de réaliser que le vent était enfin tombé et que tout paraissait reposer dans une ouate épaisse. Elle se secoua et s'assit sur le bord du lit. Elle tâtonna dans le noir à la recherche des allumettes, mais suspendit brusquement son geste, en proie à une nausée soudaine.

Elle respira à fond, glissa ses pieds dans ses vieilles pantoufles à l'aveuglette et alluma la lampe à huile posée sur sa table de chevet. Puis, incapable de contrôler les spasmes de son estomac, elle se précipita vers les toilettes du rez-de-chaussée situées au pied de l'escalier. Ses efforts pour vomir la couvrirent de sueur et c'est d'un pas chancelant qu'elle se dirigea ensuite vers la cuisine.

Elle découvrit Antoine Léger en train de somnoler dans sa chaise berçante. Il avait tenu parole, il n'avait pas laissé le poêle s'éteindre. La pièce était chaude et Corinne mit de l'eau à chauffer sans faire de bruit avant de retourner s'habiller à l'étage, inquiète du malaise qu'elle venait de ressentir.

— Veux-tu bien me dire ce que j'ai ? s'interrogea-t-elle à mi-voix. Qu'est-ce que j'ai mangé hier soir qui était pas correct ?

Elle sortit de sa chambre et frappa à la porte de Rosaire pour le réveiller. À son retour dans la cuisine, elle trouva le père d'Émilie réveillé.

— Comment va votre bras à matin ? lui demanda-t-elle, pleine de compassion.

— Il m'élance, mais j'en mourrai pas, affirma Antoine Léger avec un sourire contraint.

Avant que Rosaire descende, elle eut le temps de verser une tasse de thé au blessé et d'en boire un peu elle-même, ce qui lui redonna quelques couleurs.

— Prends le fanal et va lever les œufs, ordonna-t-elle à l'orphelin. Moi, je prépare de la pâte à crêpe avant d'aller à l'étable. Tu viendras me rejoindre.

Rosaire s'habilla sans rien dire et disparut dans la cuisine d'été. Il revint moins d'une minute plus tard.

— Tu devrais voir toute la neige qui est tombée ! lui dit-il, heureux comme un enfant. Il y en a jusqu'à la moitié de la porte.

Lorsqu'elle quitta la maison quelques minutes plus tard, Corinne se rendit compte que la tempête avait laissé derrière elle près de deux pieds de neige. Si à certains endroits de la cour il n'y avait que quelques pouces de neige, ailleurs, le vent avait sculpté de véritables congères.

À son retour à la maison avec Rosaire, elle trouva Émilie installée près de son père. Elle les invita à passer à table pendant qu'elle cuisinait des crêpes. Même si son bras semblait toujours le faire autant souffrir, le cultivateur de Saint-Gérard était si affamé qu'il s'installa à table et mangea.

Après le déjeuner, la jeune femme annonça à Rosaire :

— Il y aura pas d'école aujourd'hui parce que le chemin est pas ouvert. Après la vaisselle, on va aller pelleter la galerie et devant la porte des bâtiments. Après, on va essayer, tous les deux, d'installer la gratte et de la passer dans la cour et sur le chemin. On n'a pas le choix.

Ils se préparaient à endosser leur manteau quand des cris à l'extérieur poussèrent Corinne à se précipiter vers l'une des fenêtres de la cuisine pour voir qui avait osé prendre la route après une telle tempête. Elle reconnut son voisin en train d'attacher à la rampe de l'escalier son cheval attelé à un lourd traîneau. Il vint frapper à la porte de la cuisine d'été. Rosaire alla lui ouvrir et le fit entrer dans la cuisine d'hiver.

— Qu'est-ce que tu fais sur le chemin par un temps pareil ? lui demanda Corinne.

— C'est pas par plaisir, c'est sûr, dit le cultivateur. J'ai trouvé un cheval à moitié mort de froid à côté de mes bâtiments à matin quand je suis allé faire mon train. Quand j'ai vu qu'il avait encore son mors, j'ai pensé qu'il y avait eu un accident sur le chemin et qu'il s'était sauvé. En allant jusqu'à la route, j'ai aperçu un boghei à l'envers pas loin de chez nous et…

Soudain, Jocelyn Jutras se rendit compte de la présence d'un étranger dans la chaise berçante, près du poêle, et l'interrogea :

— Est-ce que c'est votre voiture ?

— En plein ça. J'ai pas pu courir après mon cheval ni redresser mon boghei parce que je me suis fait mal à un bras. C'est madame Boisvert qui est allée dégager ma petite fille en pleine tempête.

— T'es pas sérieuse ? fit le voisin, apparemment estomaqué. Des plans pour te perdre ! Pourquoi t'es pas venue me demander de l'aide ? ajouta-t-il.

— Ça pressait. La petite était prise en dessous.

Jocelyn secoua la tête tout en scrutant le visiteur en train de tenir son bras.

— Qu'est-ce qu'il a, votre bras ? Est-ce qu'il est cassé ?

— Je penserais pas. J'ai plutôt l'impression que je me suis déboîté l'épaule et c'est pas mal souffrant.

— Voulez-vous me laisser regarder ça ? proposa Jocelyn en déboutonnant son manteau. Mon père était ramancheur et il m'a montré pas mal d'affaires quand je restais chez nous.

Après une courte hésitation, le cultivateur de Saint-Gérard accepta. Jocelyn s'approcha de lui et tâta délicatement l'épaule et le bras du blessé avant de déclarer :

— On dirait ben que vous avez raison. C'est votre épaule qui a l'air déboîtée. Voulez-vous que je vous arrange ça ?

— Si vous pensez être capable, allez-y, accepta l'autre d'une voix mal assurée.

Corinne et Rosaire se tenaient à l'écart, curieux de voir comment le voisin allait s'y prendre pour remettre l'articulation en place.

Jocelyn fit asseoir son patient sur un banc et passa derrière lui. Il posa une main sur l'épaule blessée, prit la main droite d'Antoine Léger et la releva doucement jusqu'à son épaule gauche.

— Là, ça va donner un coup, prévint-il. Après, ça va être correct. Raidissez-vous pas. Laissez-vous faire.

Puis, avant même que le blessé esquisse le moindre geste, Jocelyn tira brusquement sur le bras blessé en comprimant l'épaule de son autre main. Antoine Léger poussa un cri de douleur en laissant retomber son bras blessé.

— Ça va être encore sensible une couple de jours, le prévint Jocelyn, mais je pense que tout est correct.

Le front couvert de sueur, le cultivateur de Saint-Gérard admit ressentir déjà un mieux et remercia son bon Samaritain.

— Bon, si je comprends bien, j'ai trouvé quelqu'un capable de ramancher les membres, intervint Corinne, avec bonne humeur.

— Peut-être, admit son voisin, mais fais tout de même pas exprès pour te faire mal. À cette heure, je vais aller sortir le boghei du fossé et quand le chemin sera nettoyé, je vous attellerai votre cheval que j'ai fait entrer dans mon écurie pour lui permettre de se réchauffer, dit-il à Antoine Léger.

Ce dernier le remercia encore une fois et Jocelyn Jutras quitta la maison en disant à Corinne de ne pas se presser de nettoyer sa partie de chemin, qu'il le ferait à sa place.

— T'es bien fin, Jocelyn, mais je suis capable de faire ma part avec l'aide de Rosaire, lui dit-elle en lui ouvrant la porte.

Quand elle sortit dehors avec Rosaire quelques minutes plus tard, le jour était levé depuis un bon moment. Un froid vif et sec avait remplacé l'humidité inconfortable de la veille. Le paysage s'était transformé. Toute la grisaille de l'automne avait fait place à une blancheur uniforme. À plusieurs endroits, les piquets de clôture avaient disparu sous la neige et il était pratiquement impossible de voir le tracé de la route étroite qui serpentait entre les fermes du rang Saint-Joseph. Seuls signes visibles de vie, les traces laissées par le traîneau de Jocelyn Jutras et la fumée sortant des cheminées des maisons voisines.

Le pelletage dura près d'une heure et ils durent aller se réchauffer quelques minutes à l'intérieur après avoir dégagé les portes. Ensuite, Corinne entraîna Rosaire dans la remise pour voir comment elle pourrait installer la gratte.

Dans sa famille, ce dur travail avait toujours été effectué par les hommes et elle comprit rapidement pourquoi lorsqu'elle se retrouva devant le lourd assemblage de trois larges madriers retenus ensemble par des ferrures. Le tout était lesté et muni de chaînes plus courtes d'un côté que de l'autre de manière à ce que les chevaux puissent les tirer un peu en diagonale.

— Va chercher Satan, ordonna-t-elle au garçon. On va l'atteler à la gratte pour voir s'il est assez fort pour nettoyer au moins la cour. D'habitude on attelle deux chevaux pour cet ouvrage-là. En tout cas, s'il est pas capable, on lui fera tirer le rouleau.

Rosaire revint peu après en tenant par le mors un Satan tout fringant à l'idée de prendre un peu d'exercice. Après quelques tâtonnements, Corinne et son aide parvinrent à l'atteler.

— Nettoie la galerie pendant que je passe la gratte, dit-elle à l'orphelin en faisant avancer Satan.

La bête se mit lentement à l'œuvre, tirant par à-coups la gratte derrière elle. Le travail n'était guère facile et il fallut plusieurs minutes à Corinne pour apprendre à guider correctement un Satan qui cherchait à aller trop rapidement.

Quand la cour fut nettoyée, Corinne laissa la bête se reposer près d'une heure et lui donna une bonne mesure d'avoine avant de se diriger vers la route pour dégager la portion qui longeait sa ferme. Elle venait à peine de commencer qu'elle aperçut Jocelyn Jutras venant dans sa direction, lui-même debout sur sa gratte tirée par deux lourds chevaux.

— Sacrifice, t'es courageuse! s'écria-t-il plein d'admiration en arrêtant ses chevaux près d'elle. Passer la gratte, c'est pas un ouvrage de femme pantoute.

— C'est pas si pire, répliqua-t-elle avec entrain. J'y arrive.

— Bon, mais laisse-moi te donner un coup de main pareil, offrit-il. Je suis habitué à faire ça. Avant que ton mari achète la terre, c'est moi qui nettoyais le bout de chemin devant chez vous. Si je l'avais pas fait, personne aurait pu passer. En tout cas, dis à ton éclopé que son boghei est déjà dans ma cour et que j'ai rafistolé le brancard brisé. Je vais lui ramener ça avant le dîner. J'ai ben l'impression que tout un chacun va avoir eu le temps de nettoyer son bout de chemin à ce moment-là. Il va être capable de passer.

— Il m'a dit qu'il s'en va dans le rang Notre-Dame, lui révéla Corinne.

— Tant mieux. Ça lui fera pas trop loin à aller avec son boghei. Avec la neige qui est tombée, c'est plutôt le temps de voyager en *sleigh*, mais il devrait être capable de se rendre quand même.

Un peu avant l'heure du dîner, le déneigement était achevé. Corinne vit Jocelyn Jutras arriver dans sa cour aux commandes du boghei d'Antoine Léger.

Ce dernier refusa de demeurer dîner chez celle qui l'avait si généreusement accueilli depuis la veille. Il remercia avec effusion ses deux bienfaiteurs et la petite Émilie embrassa Corinne avant de se diriger vers la porte en boitillant.

— Vous allez être capable de vous débrouiller avec un seul bras ? s'informa Jocelyn en voyant le cultivateur de Saint-Gérard grimacer alors qu'il endossait son manteau.

— Je suis certain de ça. C'est juste sensible, ça va se replacer. Quand vous passerez par Saint-Gérard, faites-moi pas l'insulte de pas arrêter à la maison. Ça va nous faire plaisir de vous recevoir.

Jocelyn salua Corinne et monta dans la voiture d'Antoine Léger qui devait le déposer chez lui en passant. Émilie, assise à l'arrière du véhicule, adressa un timide salut de la main à la jeune femme au moment où le boghei sortait de la cour de la ferme.

Après le repas du midi, Corinne, infatigable, quitta sa maison pour l'école en compagnie de Rosaire. Tous les fermiers du rang semblaient avoir trouvé le temps de déneiger leur portion de route durant l'avant-midi et les deux marcheurs n'eurent qu'à longer la bordure laissée par les grattes le long du chemin.

L'institutrice et son compagnon venaient à peine de déneiger le perron de l'école qu'ils virent arriver trois élèves.

— Vous allez me faire un petit chemin avec la pelle jusqu'aux toilettes pendant que la fournaise va réchauffer un peu la classe, leur dit-elle.

Cet après-midi-là, elle n'enseigna qu'à une demi-douzaine d'élèves qui s'amusèrent ferme dans la neige durant la courte récréation qu'elle leur accorda au milieu de l'après-midi.

À la fin de la soirée, après avoir soufflé la lampe, la jeune femme se sentit envahie par une certaine fierté. Elle était parvenue à rendre service à des inconnus et à se tirer d'affaire lors de la première tempête de la saison. De plus, les enfants venus en classe durant l'après-midi lui avaient avoué avec une naïveté touchante qu'ils étaient venus à l'école parce qu'ils s'ennuyaient d'elle.

Elle s'endormit peu après s'être mise au lit, fatiguée, mais heureuse de sa journée.

Chapitre 23

Les imprévus

Au milieu de la première semaine de décembre, le facteur vint sonner à la porte du presbytère. Rose Bellavance, plus courbée que jamais, lui ouvrit en traînant un peu les pieds.

— Bonjour, monsieur Lemoyne, dit-elle à l'homme chaudement emmitouflé dans un épais manteau en drap. Juste à vous voir, on sait que c'est pas bien chaud dehors. Entrez vite pour pas faire geler tout le presbytère.

— Ça, vous pouvez le dire que c'est pas chaud, acquiesça l'homme après avoir rapidement fermé la porte derrière lui.

Il retira ses moufles épaisses pour fouiller dans le sac en cuir qu'il portait en bandoulière.

— On gèle ben raide, madame Bellavance, poursuivit-il. On se croirait en plein cœur de janvier. Mais je vous regarde, là. Dites-moi pas que vos rhumatismes sont revenus.

— Bien oui, reconnut la ménagère d'une voix geignarde.

— Pauvre vous, la plaignit le facteur en sortant un carnet de l'une de ses poches. Si c'est pas trop vous demander, il faudrait que monsieur le curé signe sur mon calepin comme quoi il a ben reçu cette lettre-là, ajouta-t-il en présentant une lettre et le carnet à la vieille servante.

— C'est rare, ça, s'étonna Rose.

— C'est une lettre enregistrée, madame Bellavance, lui expliqua le facteur avec une note de respect dans la voix.

— Ce sera pas long, je reviens.

La servante prit la lettre et le calepin, et alla frapper à la porte du bureau d'Anselme Béliveau occupé à lire son bréviaire. Ce dernier, intrigué, s'assura d'abord que la lettre lui était bien adressée avant de signer. Dès que Rose eut refermé la porte, il s'empara d'un coupe-papier et entreprit d'ouvrir l'enveloppe. Il en tira une feuille et s'approcha de la fenêtre pour jouir d'un meilleur éclairage pour la lire.

Le prêtre la lut deux fois en bougeant les lèvres, la figure de plus en plus rouge au fur et à mesure qu'il prenait connaissance de son contenu. Finalement, il la jeta sur son bureau et se précipita vers la porte pour crier à Jérôme Nadon, qu'il savait dans le salon voisin :

— L'abbé, l'abbé ! Venez donc me voir une minute.

Le vicaire déposa son bréviaire sur une petite table et alla rejoindre son supérieur dans son bureau.

— Voulez-vous en entendre une bonne ? s'écria le curé de Saint-Paul-des-Prés. Gonzague Boisvert et sa clique viennent de me faire envoyer une mise en demeure par un avocat.

— Voyons donc ! fit le vicaire, incrédule.

— Je vous le dis ! reprit Anselme Béliveau, furieux, en s'emparant de la lettre pour la brandir sous le nez de son subordonné. L'effronté ! Il m'accuse de nuire à la bonne marche de la paroisse en m'opposant à la construction de la nouvelle église. Il menace même de me poursuivre devant les tribunaux si j'accepte pas, avant la fin du mois, de respecter le désir de la majorité des paroissiens. Est-ce qu'il faut pas avoir un front de beu pour dire une affaire comme ça ? La majorité des paroissiens ! Qui est-ce qui a dit que la plupart des gens de Saint-Paul veulent avoir leur nouvelle église au milieu du village ? En plus, c'est pas la meilleure ! renchérit le prêtre au bord de l'apoplexie. C'est même écrit dans la lettre que mon « entêtement va jusqu'à empêcher la sépulture des défunts parce que je refuse de laisser agrandir le cimetière de la paroisse » ! Bondance ! Il y a tout de même des limites ! Je vous garantis que ça se passera pas comme ça !

— Qui vous a envoyé cette lettre-là, monsieur le curé?

Anselme Béliveau vérifia la signature au bas de la lettre avant de répondre:

— L'avocat Aurèle Chapdelaine, de Sorel.

— Celui qui a essayé de se faire élire député dans le comté?

— En plein ça! Celui pour qui Boisvert a travaillé aux dernières élections... Mais ça se passera pas comme ça, répéta à nouveau le gros prêtre. Rendez-vous, pas rendez-vous, je monte à Nicolet cet après-midi voir monseigneur. On va tout de même voir le bout de cette affaire-là.

L'abbé Nadon ne réagit pas à cette annonce, ce qui intrigua le curé Béliveau.

— Qu'est-ce que vous en pensez, l'abbé? C'est pas une bonne idée?

— Je le sais pas, monsieur le curé. Moi, j'aurais aimé mieux parler au maire et au notaire Ménard avant d'aller à Nicolet. Ils pourraient peut-être avoir une idée pour régler ça. En plus, je veux pas me faire l'avocat du diable, mais monseigneur pourrait bien finir par avoir l'idée d'arranger l'affaire en vous envoyant dans une autre paroisse du diocèse. Vous le savez aussi bien que moi qu'il aime pas trop la chicane...

— Ouais, fit le curé, soudain beaucoup plus calme. Vous avez peut-être raison, l'abbé. Il sera toujours temps d'aller voir monseigneur pour lui demander d'intervenir.

Le soir même, Bertrand Gagnon et Aristide Ménard, convoqués par le curé Béliveau, vinrent s'asseoir dans le bureau de ce dernier. Les deux marguilliers avaient eu beau interroger le vieux bedeau venu les prévenir que le curé de la paroisse désirait les voir sans faute après le souper, ils n'avaient rien pu en tirer.

Anselme Béliveau ne perdit pas de temps en vaines paroles. Il se contenta de déposer devant eux la mise en demeure de l'avocat de Yamaska et les laissa en prendre connaissance.

— Ah ben, le jériboire de menteur! s'écria Bertrand. Il a du front tout le tour de la tête de venir dire que la plupart des paroissiens veulent la nouvelle église au milieu du village.

Aristide Ménard retira son pince-nez et prit un air songeur, sans rien dire.

— Et vous, notaire, qu'est-ce que vous en pensez? lui demanda le curé.

— Il est pas question de plier, dit le notaire sur un ton catégorique. On a de bonnes raisons de vouloir garder l'église sur le terrain voisin et on devrait pas se laisser apeurer par un Gonzague Boisvert qui menace la fabrique d'un procès.

— C'est là le problème, admit le gros prêtre en se laissant tomber dans son fauteuil derrière son bureau. Boisvert sait qu'on peut pas se permettre d'aller devant un juge. On peut pas piger dans l'argent de la fabrique pour ça… On peut même pas se payer un avocat. La seule solution que je vois, c'est de faire appel à monseigneur, mais là, je sais pas comment il va prendre l'affaire. Le printemps passé, il m'a conseillé de chercher à arranger les choses, mais ça a pas marché. Comme je le connais, il peut décider de me changer de paroisse et exiger de mon remplaçant qu'il accepte l'idée de construire l'église ailleurs qu'à côté du presbytère. De cette manière, tout serait réglé sans faire de drame.

Bertrand Gagnon avait froncé les sourcils tout au long de l'explication donnée par le prêtre. Il venait de saisir toutes les implications d'une probable victoire de son adversaire. Il comprenait soudain que si Gonzague Boisvert gagnait, il pourrait dire adieu à la mairie et à la plus grande partie du pouvoir qu'il exerçait à Saint-Paul-des-Prés. L'air renfrogné, il se gratta longuement la tête avant de prendre la parole.

— Je pense que j'ai trouvé une solution, monsieur le curé, annonça-t-il d'une voix un peu hésitante.

— Ah oui ?

— Qu'est-ce que vous diriez si je me sacrifiais pour la paroisse ?

— Qu'est-ce que tu veux dire par là ? demanda Anselme Béliveau, méfiant.

— La fabrique a pas les moyens de se payer un avocat, c'est certain. De toute façon, les gens de la paroisse crieraient au meurtre s'ils apprenaient que l'argent de leur dîme sert à payer un avocat pour régler une chicane entre les marguilliers.

— Ça, c'est certain, approuva le notaire.

— Je pourrais payer un avocat de ma poche pour nous défendre et on réglerait l'affaire une fois pour toutes. S'il faut aller devant les tribunaux, on va y aller… et votre nom apparaîtrait pas nulle part.

— C'est bien beau tout ça, fit le prêtre, mais qu'est-ce que tu vas gagner dans cette histoire-là ?

— Juste le plaisir de fermer la gueule au grand Gonzague Boisvert, ne put s'empêcher de dire le maire avec un sourire mauvais.

Il y eut un bref silence dans la pièce avant que le notaire Ménard ne dise d'une voix un peu hésitante :

— On pourrait peut-être glisser un mot de tout ça à Gustave Parenteau.

— Pourquoi ? demanda le curé, étonné. À ce que je sache, il fait pas partie du conseil.

— Il me semble qu'il devrait être intéressé par l'affaire, s'entêta l'homme de loi. Il faut pas oublier, monsieur le curé, qu'il a donné une grosse partie de l'argent qui devrait servir à bâtir une église qu'on construit pas. À sa place, je demanderais même d'être remboursé.

— Ouais, c'est vrai, reconnut le prêtre.

— En tout cas, ce serait poli de lui raconter ce qui se passe.

Anselme Béliveau hésita encore un bref moment avant d'accepter la proposition. Malgré le don de l'avocat montréalais, il n'avait pas perdu tout à fait ses réserves à son endroit. Ses manières un peu précieuses et son langage trop recherché l'énervaient toujours autant.

— Je peux toujours aller le chercher, proposa le maire. En passant devant sa maison, j'ai vu qu'il y avait de la lumière.

Moins d'un quart d'heure plus tard, Gustave Parenteau pénétrait dans le bureau du curé de Saint-Paul-des-Prés après avoir retiré son coûteux manteau au collet en fourrure. L'homme n'avait guère changé depuis le printemps précédent, si ce n'est que sa calvitie semblait avoir gagné un peu de terrain. Toujours aussi maigre, le jeune avocat était vêtu avec la même recherche. Son costume gris était égayé par une cravate bleue passée sous les rabats d'un col en celluloïd d'une blancheur éclatante.

Le curé Béliveau s'efforça de lui faire bonne figure et, après l'avoir invité à s'asseoir, lui raconta ses démêlés avec le clan de Gonzague Boisvert, qui empêchait la construction de la nouvelle église paroissiale. Il termina ses explications en lui tendant la mise en demeure de l'avocat Chapdelaine. Gustave Parenteau la lut sans manifester un très grand intérêt.

— Est-ce que je peux vous demander ce que vous comptez faire ? finit-il par dire sans s'adresser à quelqu'un en particulier.

— Je vais prendre un avocat pour nous défendre, même si on n'a pas d'argent, déclara le maire.

— Vous avez un nom en tête ?

— Non, mais je vais essayer d'en trouver un qui charge pas trop cher.

— Vous venez d'en trouver un, monsieur Gagnon, et il vous coûtera rien. Si vous êtes tous d'accord, je vais m'occuper de votre affaire.

Le curé et les deux marguilliers, enchantés, s'empressèrent d'accepter une offre aussi généreuse.

— Mais pourquoi faites-vous ça ? ne put s'empêcher de demander Anselme Béliveau, tout de même un peu méfiant devant tant de générosité.

— C'est bien simple, monsieur le curé, expliqua l'avocat. Je veux que l'argent que j'ai donné pour construire une église serve.

— Et de quelle manière allez-vous vous y prendre ? lui demanda Bertrand avec une nouvelle nuance de respect dans la voix.

— Je vais d'abord aller rencontrer l'avocat Chapdelaine à Sorel la semaine prochaine. Je le connais un peu. Je vais tout faire pour qu'on n'ait pas à aller devant un juge pour régler l'affaire. Laissez-moi faire. Faites comme si vous aviez pas reçu la mise en demeure.

Dix minutes plus tard, le bureau du presbytère se vida. Le curé Béliveau, de nouveau seul dans la pièce, regarda par la fenêtre le notaire et l'avocat se diriger à pied vers leur demeure située de l'autre côté de la route pendant que le maire montait dans sa *sleigh* pour regagner sa ferme du rang Saint-Joseph.

Le lundi suivant, Corinne se leva en proie aux mêmes nausées qu'elle éprouvait maintenant depuis une dizaine de jours. Elle était inquiète, et son inquiétude était d'autant plus grande qu'elle ne pouvait en parler à personne. Si ses malaises avaient duré plus longtemps, elle se serait résignée à aller voir un médecin à Yamaska. Mais elle retrouvait toujours son énergie une heure après son lever et elle ne voyait pas l'utilité d'aller dépenser l'argent si rare pour une visite à un médecin qu'elle ne connaissait pas. Si elle avait habité encore Saint-François-du-Lac, elle aurait peut-être succombé à l'envie d'aller voir le vieux docteur Lemire de Pierreville…

Ce matin-là, comme tous les matins de la semaine, elle quitta la maison en compagnie de Rosaire pour se rendre à l'école. Depuis la tempête, il n'était tombé que quelques flocons et le froid vif avait durci la neige. La jeune institutrice laissa volontairement Rosaire, encadré par les deux petites Rocheleau, prendre les devants sur la route. Elle désirait réfléchir à ce qu'elle allait faire durant les jours à venir.

Elle avait l'intention d'aller rendre visite à ses parents le samedi suivant autant pour prendre des nouvelles du bébé de sa sœur Blanche que pour voir si sa mère était parvenue à vaincre sa grippe. Elle s'ennuyait des siens. Elle allait faire en sorte d'accomplir tout son travail de ménagère durant la semaine de manière à être libérée pour cette sortie. Elle aurait préféré effectuer cette visite le dimanche, mais elle avait promis à Marie-Claire Rocheleau d'aller au village le jour de la guignolée l'aider à préparer les paniers de Noël. De plus, il lui fallait prévoir une double fournée de pain pour remercier Jocelyn Jutras qui lui avait laissé un jambon sur le pas de sa porte, la veille. Le célibataire n'avait pas osé frapper pour ne pas la déranger. Elle n'avait découvert son cadeau qu'au moment de sortir pour aller faire le train, à la fin de l'après-midi.

À son arrivée à l'école, la jeune institutrice trouva Victor Lanteigne en train de transporter des bûches de la remise au perron de l'école.

— T'es bien de bonne heure à matin, Victor, dit-elle à l'adolescent aux cheveux roux qui arborait son air grognon habituel. Dis-moi pas que c'est rendu que t'aimes l'école maintenant ? ajouta-t-elle pour le taquiner.

— Pantoute, madame. J'haïs toujours ça, avoua-t-il avec une belle franchise. Je suis arrivé de bonne heure pour nettoyer la fournaise avant de l'allumer. Elle chauffe mal.

— Merci, t'es bien fin de t'en occuper, lui dit-elle en renonçant à le taquiner plus longtemps. Si tu veux, Rosaire peut te donner un coup de main.

— C'est pas nécessaire. Je suis capable de le faire tout seul, dit-il en la suivant à l'intérieur, les bras chargés de bûches.

— C'est correct. Rosaire, tu vas prendre la chaise d'Albert Saint-Onge et la mettre en arrière de la classe. Elle est pas solide. On la fera réparer cette semaine.

Deux heures plus tard, la classe était commencée depuis un bon moment quand Corinne entendit les grelots d'un attelage s'arrêtant près de l'école.

— Laissez faire ce qui se passe dehors, ordonna-t-elle aux jeunes qui cherchaient à voir qui arrivait. Finissez d'écrire ce qui est au tableau.

Corinne vit son beau-père descendre de sa *sleigh* en compagnie d'une femme qui attendit patiemment, les mains enfouies dans son manchon, qu'il ait étendu une grosse couverture sur le dos de sa bête. Tous les deux disparurent pendant un bref moment de sa vue. Il y eut des raclements de pieds sur le perron avant qu'on frappe à la porte.

— Marie-Paule, ouvre la porte, commanda l'institutrice à une grande élève de sixième année assise près de la porte.

Cette dernière s'exécuta et fit entrer le président de la commission scolaire et sa compagne. Corinne fit signe aux élèves de se lever pour saluer les visiteurs.

— Assoyez-vous, les enfants, ordonna Gonzague Boisvert en déboutonnant son manteau et en enlevant sa toque. Toi et toi, ajouta-t-il en pointant Victor Lanteigne et Rosaire, mettez votre manteau et allez chercher les paquets dans la *sleigh* et montez-les en haut.

Pendant qu'il parlait, Corinne regardait avec curiosité la femme qui l'accompagnait. Cette dernière semblait avoir une quarantaine d'années et elle examinait les enfants d'un air sévère.

— Enlevez vos manteaux, offrit aimablement Corinne. Il fait pas mal chaud ici dedans.

La visiteuse retira son manteau de drap noir et son chapeau sans dire un mot. Son maigre chignon strié de quelques cheveux gris mettait en valeur son long visage aux traits ascétiques. Gonzague Boisvert l'imita.

— Si vous voulez aller voir en haut, proposa-t-il à l'inconnue, c'est comme dans toutes les écoles.

Cette dernière adressa un bref signe de tête à Corinne et prit la direction du fond de la classe. Elle entreprit de monter l'escalier qui conduisait à l'appartement destiné habituellement à l'institutrice. Les élèves, intrigués, avaient cessé de travailler pour regarder l'étrangère monter à l'étage.

— Travaillez, les enfants, leur ordonna Corinne, aussi intriguée qu'eux.

Elle se rapprocha de son beau-père.

— Qui est-ce ? lui demanda-t-elle à voix basse.

— C'est Antoinette Proulx, ta remplaçante.

— Ma remplaçante ? Comment ça ? fit la jeune femme.

— Aurais-tu oublié que t'as été engagée juste en attendant ? se moqua Gonzague avec une certaine méchanceté. C'est toi-même qui es venue me le dire à la maison avant que ton mari parte pour le chantier. Je l'ai pas oublié. Ça a pris du temps, mais j'ai fini par trouver une vraie maîtresse d'école.

— D'où est-ce qu'elle sort, cette femme-là ? demanda Corinne, qui avait brusquement pâli en apprenant la nouvelle.

— Ça a pas d'importance pantoute, la rabroua Gonzague Boisvert. C'est une maîtresse d'école qui a de l'expérience et qui a pas pu commencer l'année parce qu'elle était malade. Là, elle est correcte et elle vient s'installer. Elle va commencer après-demain.

Corinne fut incapable de dissimuler plus longtemps sa déconvenue.

— Vous savez, j'aurais bien pu finir l'année, avoua-t-elle, la voix chargée d'émotion. Ça m'aurait pas dérangée.

— Tu sais comme moi qu'on n'est pas en loi en te laissant faire l'école parce que t'es mariée. Je dis pas qu'on t'aurait pas gardée jusqu'au mois de juin si t'avais demandé moins cher qu'une vraie maîtresse d'école, mais tu demandes aussi cher…

— C'est correct, je vais arrêter demain soir, comme vous le demandez, le coupa la jeune femme en rassemblant les restes de sa fierté.

— Au fond, t'es chanceuse, ajouta son beau-père. L'inspecteur est supposé passer cette semaine. Ça a tout l'air que tu vas t'en sauver.

— J'avais pas peur. J'ai pas honte de l'ouvrage que j'ai fait depuis septembre. Je pense avoir fait mon travail comme il faut, affirma-t-elle en relevant le menton dans un geste de défi. L'abbé Nadon est venu trois fois depuis le commencement de l'année et il a toujours eu l'air satisfait.

— Ah ! J'allais l'oublier, ajouta le président de la commission scolaire, comme si elle n'avait rien dit. Madame Proulx aimerait mieux rester chez du monde pas trop loin de l'école plutôt que toute seule dans son appartement. J'ai pensé que tu serais peut-être contente de l'avoir comme pensionnaire. Ça te ferait de la compagnie.

— Non, merci, répondit sèchement Corinne.

— Je lui ai dit que tu serais heureuse de l'avoir. C'est sûr qu'avec elle dans la maison, tu t'ennuierais pas mal moins le soir, insista Gonzague.

— Je m'ennuie pas pantoute, monsieur Boisvert, dit-elle sur un ton sans appel.

— Parfait, laissa tomber Gonzague, dépité. Tu peux continuer avec les enfants. Je vais m'asseoir au fond de la classe pour attendre madame Proulx que je dois ramener au village.

Corinne regarda sans les voir Victor et Rosaire revenir s'installer à leur place au fond de la classe après avoir monté plusieurs boîtes à l'étage. Elle avait du mal à retrouver ses esprits. La nouvelle de son congédiement la bouleversait. L'école faisait maintenant partie de son univers quotidien et elle ne put s'empêcher de se demander ce qu'elle allait faire des longues journées d'hiver qui l'attendaient. Elle regarda pendant quelques instants le dos de son beau-père qui se dirigeait sans se presser vers le fond de la classe en se penchant au-dessus des pupitres pour voir ce que les enfants écrivaient.

Corinne fit deux pas pour se rapprocher des enfants de première année, assis à l'avant de la classe aux côtés d'élèves de sixième année, dans l'intention de leur donner du travail. Soudain, un bruit fracassant se produisit au fond de la classe. L'institutrice leva immédiatement les yeux vers le plafond, se demandant durant un bref moment si Antoinette Proulx n'était pas passée au travers. Puis, l'énorme éclat de rire qui secoua ses élèves la fit s'avancer un peu dans une allée, juste à temps pour découvrir son beau-père étalé par terre, au milieu des décombres d'une chaise.

— Maudit baptême ! jura-t-il en se relevant péniblement. Qui est le maudit gnochon qui a laissé là une chaise pas plus solide que ça ?

— J'espère que vous vous êtes pas fait mal ? fit l'institutrice en manifestant une compassion qu'elle était bien loin d'éprouver.

— Ben non ! Ben non ! grogna son beau-père avec mauvaise humeur avant de vérifier la chaise voisine sur laquelle il s'assit avec précaution.

Le président de la commission scolaire n'eut pas à attendre bien longtemps le retour de sa nouvelle institutrice. Cette dernière descendit quelques minutes plus tard en secouant ostensiblement ses vêtements.

— Je vais être obligée de faire un bon ménage là-dedans, affirma-t-elle d'une voix assez forte pour être entendue par Corinne, comme si elle la tenait personnellement responsable de toute la poussière accumulée dans son appartement de fonction.

Cette dernière se contenta de soulever les épaules et d'attendre avec une impatience croissante que les visiteurs quittent sa classe pour se remettre au travail.

Ce midi-là, lorsque Corinne apprit la nouvelle à Rosaire, celui-ci voulut abandonner l'école en même temps qu'elle.

— Tu peux pas faire ça, lui dit-elle, sévère. T'as du talent et t'apprends bien. Il faut que tu continues.

— Je sais que j'aimerai pas ça avec la nouvelle maîtresse, affirma le garçon, l'air buté.

— Oui, mais t'as pas le choix, à moins que tu veuilles retourner chez monsieur Boisvert.

Rosaire pâlit brusquement en entendant ces mots.

— Comment ça ?

— Le père de mon mari va vouloir que tu reviennes travailler chez eux quand je ferai plus l'école. Il a accepté que tu viennes rester ici parce que je faisais l'école et que j'avais besoin d'aide. Si tu continues à aller à l'école, je vais pouvoir lui dire que tu peux pas partir d'ici à cause de ça. Tu comprends ?

Rosaire hocha la tête, mais elle sentait bien que ce n'était pas de gaieté de cœur qu'il acceptait l'idée de continuer à fréquenter l'école. Elle lui fit promettre de ne pas en parler aux autres.

Le lendemain, Corinne vit arriver Antoinette Proulx avec ses malles au moment où elle déverrouillait la porte de l'école. La demi-douzaine d'enfants déjà en train de jouer dans la cour s'attroupèrent autour du traîneau. Sans leur adresser la parole, la nouvelle venue salua Corinne d'un bref signe de tête avant d'attraper une valise qu'elle avait visiblement l'intention de monter à l'étage. Le conducteur prit une malle et la suivit.

— Les garçons, dit Corinne à deux élèves de quatrième année qui s'apprêtaient à retourner jouer. Vous allez aider madame Proulx à monter ses affaires.

Ces derniers obéirent en ronchonnant un peu pendant que la jeune femme s'empressait d'aller allumer la fournaise de la classe pour réchauffer les lieux. Si elle se fiait aux bruits en provenance de l'étage, Antoinette était en train, elle aussi, d'allumer son poêle dans l'appartement.

— Elle veut qu'on lui monte du bois et de l'eau, dit l'un des élèves, sans enthousiasme, en descendant l'escalier. Est-ce qu'on est obligés ?

— Faites-le, fit Corinne en réprimant un sourire. Il va vous rester encore du temps pour jouer avant que je sonne la cloche.

Durant toute la journée, Corinne entendit sa remplaçante aller et venir à l'étage. À la fin de l'après-midi, elle eut le cœur gros quand ses élèves quittèrent l'école en la saluant. Elle savait qu'elle les voyait tous réunis autour d'elle pour la dernière fois.

Quand le dernier enfant partit après avoir lavé le tableau noir, elle suggéra à Rosaire de la précéder à la maison pour allumer le poêle pendant qu'elle mettait de l'ordre dans ses affaires.

Dès que le garçon eut quitté la place, Antoinette Proulx descendit dans la classe. La tête bien droite et l'air rébarbatif, l'institutrice s'avança vers l'estrade où Corinne était assise, occupée à déposer dans un sac des objets personnels. La nouvelle venue jetait des regards inquisiteurs aux pupitres, comme pour en vérifier la propreté.

— Je suis venue voir où vous étiez rendue avec les enfants, donna-t-elle en guise d'explication en dissimulant mal son mépris pour sa remplaçante.

La jeune institutrice devina que son beau-père avait dû lui raconter qu'elle n'avait pas les qualifications pour enseigner et qu'elle n'avait été engagée qu'en attendant de trouver une véritable enseignante.

— Je voudrais aussi vérifier si vous avez tenu votre registre de classe correctement. Ce serait pas juste que je sois mal notée par l'inspecteur à cause de vous.

Lorsqu'elle entendit ces paroles, le sang de Corinne ne fit qu'un tour. Elle retint difficilement la remarque cinglante qui lui vint. Elle se leva et poussa vers Antoinette Proulx le registre.

— Vous voudrez bien m'excuser, mais j'ai pas le temps de vous expliquer tout ça, dit-elle sèchement en empoignant son manteau suspendu à la patère derrière elle. Vous auriez dû descendre à l'heure du dîner pendant que j'étais toute seule dans la classe. Là, j'ai un train à faire et un souper à préparer. Je peux vous dire que le registre est correct et quant à savoir où les enfants sont rendus, vous aurez qu'à leur poser des questions demain matin quand ils reviendront.

Visiblement estomaquée par cette réponse, Antoinette Proulx demeura sans voix.

Corinne endossa son manteau, empoigna son sac d'affaires personnelles et quitta l'école sans se donner la peine de saluer sa remplaçante. Cette petite victoire agit comme un baume sur sa blessure d'amour-propre. Elle était certaine qu'Antoinette Proulx devait la regarder par l'une des fenêtres.

Le lendemain, Corinne dut s'adapter à un nouveau rythme de vie. Pour la première fois depuis plus de trois mois, elle avait maintenant le temps de vaquer à toutes ses occupations ménagères. Elle profita de son avant-midi pour cuire son pain pour la semaine ainsi que celui de son voisin. C'était maintenant une habitude. Jocelyn Jutras était si serviable qu'elle se faisait un devoir de lui cuire quatre miches de pain chaque semaine.

Quand Rosaire revint de l'école pour dîner, il arborait un visage fermé qu'elle ne lui avait jamais vu.

— Bon, qu'est-ce qui se passe? lui demanda-t-elle lorsqu'il eut pris place à table devant des galettes de sarrasin. C'est d'être obligé de marcher pour venir dîner à la maison qui te met de mauvaise humeur?

— Ben non, dit-il sans hésiter.

— C'est quoi d'abord?

— C'est madame Proulx. Elle est bête comme ses pieds.

— Pourquoi tu dis ça?

— Elle arrête pas de nous donner des coups de baguette sur les doigts ou de nous mettre à genoux dans le coin pour des niaiseries.

— C'est parce que vous êtes tannants, je suppose. Si vous mettez le diable dans la classe, c'est sûr qu'elle doit vous punir.

— Non, on est tranquilles, protesta Rosaire. Elle répète tout le temps qu'on est des ignorants et qu'on sait rien pantoute.

— Mais c'est pas vrai, ça ! ne put s'empêcher d'exploser Corinne.

— Elle dit qu'on n'a rien appris depuis le commencement de l'année et qu'on est ben en retard.

Corinne se mordit les lèvres pour s'empêcher d'exprimer ce qu'elle pensait.

— En tout cas, tout le monde veut que tu reviennes nous faire l'école, reprit Rosaire. Il y en a même qui disent qu'ils veulent plus revenir. Victor a fait exprès de laisser mourir le feu dans la fournaise. T'aurais dû voir la crise qu'elle a faite quand elle a vu ça. Il lui a dit qu'il voulait plus s'en occuper.

Ce midi-là, Corinne dut consacrer plusieurs minutes à convaincre son protégé de retourner à l'école et de faire de son mieux. Au moment de partir, elle lui demanda de laisser les pains au voisin.

Le lendemain avant-midi, Corinne finissait son ménage quand elle aperçut par la fenêtre une *sleigh* entrant dans la cour. Elle eut juste le temps d'apercevoir la figure du conducteur avant de se précipiter pour lui ouvrir la porte.

— Simon ! Mais qu'est-ce que tu viens faire à Saint-Paul ? demanda-t-elle à l'adolescent en le tirant à l'intérieur.

— Ben, si tu me laisses le temps de me dégrayer un brin, je pourrai peut-être te le dire, répondit ce dernier en enlevant le foulard qui lui masquait le bas du visage.

— Ôte ton manteau et viens te réchauffer proche du poêle, lui dit-elle après lui avoir plaqué un baiser sonore sur une joue.

Le jeune homme s'empressa d'enlever ses moufles, son épais manteau et ses bottes avant d'aller se frotter les mains au-dessus du poêle.

— Tu m'as toujours pas dit ce qui t'amenait à Saint-Paul, fit Corinne, intriguée par l'embarras évident de son jeune frère.

— C'est m'man qui m'envoie. Blanche a perdu son petit dernier. Germain est mort hier après-midi.

— Voyons donc ! s'exclama sa sœur, bouleversée. De quoi il est mort ?

— Du croup. Il paraît qu'il s'est mis à étouffer et le docteur a rien pu faire pour le sauver.

— Pauvre Blanche ! dit-elle, les yeux pleins de larmes.

— P'pa a offert à Amédée de faire enterrer le petit dans notre lot, au cimetière. Il a accepté parce qu'il a plus de famille à Sorel. Ça fait que le petit va être exposé chez nous à partir d'aujourd'hui et les funérailles vont être chantées après-demain, ajouta-t-il en allumant sa pipe.

— Tu parles d'une mauvaise nouvelle ! dit Corinne en lui tendant une tasse de thé.

— Je suis arrêté à l'école en pensant te trouver là, poursuivit Simon. Tu fais plus l'école ?

— Non, depuis hier, répondit sa sœur, laconique. Tu restes à dîner avec moi et…

— Non, il faut que je parte, l'interrompit son frère, je dois aller avertir Germaine à Saint-Bonaventure.

— Bon, attends. Je vais te préparer quelque chose à manger en chemin. Après, je vais atteler pour aller chercher Rosaire à l'école et trouver un voisin pour faire le train pendant que je vais être partie.

Dès le départ de son jeune frère, Corinne s'habilla chaudement pour aller atteler Satan à la vieille *sleigh* dont l'un des longerons donnait des signes évidents de fatigue.

Elle décida de s'arrêter un instant chez Jocelyn Jutras pour lui demander de soigner ses animaux durant son absence. Pendant un instant, elle avait bien songé à demander ce service à Conrad Rocheleau, le voisin d'en face, mais depuis qu'elle l'avait surpris à la lorgner d'une drôle de façon à l'église, elle préférait ne pas avoir affaire à lui. Elle eut la chance de trouver Jocelyn dehors au moment où elle entrait dans sa cour.

— Inquiète-toi pas, je vais m'occuper de tes animaux pendant que tu vas être partie, la rassura le voisin.

— T'es bien fin, Jocelyn, fit Corinne en lui adressant son plus beau sourire. J'essaierai de te remettre ça, ajouta-t-elle en montant dans sa *sleigh*.

Jocelyn la regarda faire demi-tour avec son véhicule avant de lui crier :

— Whow ! Attends !

Corinne, surprise, tira sur les rênes pour immobiliser la *sleigh*.

— Qu'est-ce qu'il y a ?

— T'iras pas loin avec une *sleigh* dans cet état-là, lui fit-il remarquer. Regarde, ajouta-t-il en lui montrant un longeron. Il est à moitié cassé. Au premier choc, il va lâcher et tu vas te retrouver dans le fossé.

— Là, je suis mal prise, reconnut-elle, la mine catastrophée. Il me reste juste le traîneau et il m'a pas l'air plus fiable.

Jocelyn Jutras prit un court moment pour réfléchir avant de proposer :

— Je pense que le meilleur moyen est de dételer ton cheval et de l'atteler à ma *sleigh*. Pendant que tu vas être partie, je pense être capable de te réparer ça.

— Écoute, c'est exagéré. Je passe mon temps à te quêter des services.

— Ben non, entre voisins, c'est normal qu'on se rende service, dit le jeune cultivateur pour la rassurer. Moi, j'ai pas envie de perdre ma boulangère pour une niaiserie comme ça. Va chercher Rosaire à l'école pendant que j'attelle ton cheval à ma *sleigh*.

Corinne arriva chez son père un peu après l'heure du dîner. Elle eut à peine le temps de descendre que Napoléon Joyal sortait de la maison.

— Entrez en dedans vous réchauffer, ordonna-t-il à sa fille et à son jeune compagnon. Je m'occupe du cheval.

— Je vais y aller avec vous, monsieur, dit Rosaire.

— Laisse faire, mon garçon, fit le cultivateur en prenant Satan par le mors. T'es mieux d'entrer avec Corinne pour aller te réchauffer.

Tous les deux pénétrèrent dans une maison différente de celle à laquelle Corinne avait été habituée. Les voix y étaient feutrées et les portes du salon étaient ouvertes. Lucienne vint à la rencontre des deux visiteurs.

La jeune femme constata avec plaisir que sa mère avait repris des couleurs depuis sa vilaine grippe du mois précédent. Elle l'embrassa avant d'enlever son manteau et ses bottes. Elle n'attendit pas que Rosaire l'ait imitée pour se diriger vers le salon d'où Blanche et son mari s'apprêtaient à sortir pour venir à sa rencontre. Elle les embrassa avant d'aller se pencher sur le petit cercueil en pin déposé sur des tréteaux recouverts d'un voile noir, au fond de la pièce. Les deux grands cierges allumés à chacune des extrémités de la tombe jetaient une lumière diffuse sur le petit enfant de neuf mois qui y reposait.

Corinne essuya ses larmes et fit une courte prière pour le repos de l'âme du bébé.

— Viens dîner, lui ordonna à voix basse sa mère en la tirant vers la cuisine. Le monde arrivera pas avant une bonne heure. On n'a pas encore mangé.

La jeune femme se secoua et suivit sa mère dans la pièce voisine.

— Où sont les enfants ? demanda-t-elle à Blanche, assise sans réaction près du poêle.

— Ma cousine les garde à la maison, expliqua Amédée, guère plus reluisant que sa femme... Si ça vous fait rien, madame Joyal, je pense qu'on mangera pas. Blanche et moi, on n'a pas ben faim.

— C'est correct. Allez donc dormir un peu en haut, leur recommanda-t-elle. On vous réveillera quand le monde arrivera.

Lucienne attendit que Blanche et Amédée soient montés à l'étage pour se tourner vers sa cadette qu'elle examina en plissant légèrement les yeux.

— Pendant qu'on est toutes seules, dis-moi donc, toi, est-ce que tu serais pas en famille par hasard ? lui demanda-t-elle à mi-voix.

— Je pense pas, m'man. Pourquoi vous me demandez ça ?

— Parce que t'as l'air d'attendre du nouveau, ma fille. J'ai juste à te regarder les yeux pour le savoir. T'es sûre que tu l'es pas ?

— Je le sais pas.

— T'as pas mal au cœur en te réveillant le matin ?

— Oui.

— Souvent ?

— Presque tous les matins.

— Depuis quand ?

— À peu près trois semaines, avoua la jeune femme.

— Bien, cherche pas plus loin ; t'es en famille. Il va falloir que t'ailles voir le docteur pour voir si tout est correct, ajouta Lucienne.

— Vous êtes sûre que j'attends un petit ? dit Corinne, bouleversée.

— Réveille-toi, ma fille, fit Lucienne, bourrue. C'est normal. T'es mariée, non ? Perds pas trop de temps avant d'aller voir le docteur, lui recommanda-t-elle d'une voix adoucie.

Corinne se doutait bien que c'était là l'origine de ses nausées matinales, mais le fait de se faire confirmer son état par sa mère la laissa d'abord sans voix. Elle ignorait si elle devait se réjouir ou s'inquiéter de la nouvelle. Instinctivement, elle posa une main sur son ventre, geste que sa mère saisit.

— Inquiète-toi pas. Ça paraît pas encore, la rassura-t-elle avec un petit sourire. Mais essaie de pas parler de ça à ta sœur Blanche, c'est pas le temps.

— C'est sûr, m'man.

— Bon, aide-moi à mettre la table avant que ton père rentre des bâtiments. J'ai l'impression qu'on va manger avant que Simon revienne avec Germaine. Toi, comment ça se fait que t'as pu lâcher l'école aussi vite ?

Tout en dressant le couvert et en déposant la nourriture sur la table, Corinne entreprit de raconter à sa mère comment elle avait perdu son emploi d'institutrice.

— C'est aussi bien comme ça, conclut Lucienne, pragmatique. Dans ton état, t'es mieux de rester chez vous et de t'occuper à préparer ce qu'il va falloir à cet enfant-là. Avant de partir, après le service, tu me rappelleras de te donner des poches vides de farine. T'auras juste à les découdre et à les blanchir à l'eau de Javel. Tu vas voir que tu vas pouvoir coudre des bonnes couches et des brassières pour ton petit là-dedans.

Germaine et Simon n'arrivèrent finalement à la maison qu'au milieu de l'après-midi. L'institutrice de Saint-Bonaventure avait dû renvoyer les enfants à la maison après leur avoir expliqué de ne pas revenir à l'école avant le lundi suivant. Il avait fallu aller prévenir le président de la commission scolaire avant de prendre la route de Saint-François-du-Lac. À leur arrivée, il y avait déjà une demi-douzaine de voisins dans le salon en train de réconforter les parents éprouvés. La plupart des mères présentes savaient ce qu'était la perte d'un enfant en bas âge parce qu'elles avaient vécu la même expérience à un moment ou l'autre de leur vie.

À l'heure du souper, la maison se vida. Simon, Rosaire et Napoléon allèrent soigner les animaux pendant que les femmes préparaient le souper. Germaine et Corinne en profitèrent pour échanger des nouvelles. Les deux sœurs ne s'étaient pas vues depuis plus de trois mois et ne s'étaient écrit qu'à deux occasions depuis le début du mois de septembre.

— J'avais bien envie de t'étriver un peu quand tu m'as écrit que tu faisais la classe, dit Germaine à sa cadette. Mais avec ce que m'man vient de me raconter, je trouve ça pas mal plate pour toi que ton beau-père t'ait pas laissée au moins finir le mois de décembre. Il me semble qu'il aurait pu dire à la nouvelle qu'elle pouvait commencer après les Rois.

— Ça, c'est mon beau-père tout craché, reconnut Corinne, amère. Tu peux pas avoir plus air bête que lui. En tout cas, je pensais pas que j'aimerais ça autant, ajouta-t-elle avec un regret bien évident. Mais à cette heure, avec le petit…

— Quel petit? demanda Germaine, surprise.

— M'man pense que j'attends la visite des sauvages, mais elle peut se tromper.

— Tu veux dire que tu pourrais attendre du nouveau? fit sa sœur, sans manifester aucune envie. Je serais contente pour toi.

— Les filles, mettez donc la table au lieu de jacasser comme des pies, intervint Lucienne, agacée par ces messes basses entre les deux sœurs.

Après le repas, des gens de Saint-François-du-Lac envahirent peu à peu la maison des Joyal pour leur manifester leur sympathie et prier pour le petit disparu. Le brave curé Duhaime vint même dire le chapelet avec les visiteurs et réconforter les parents.

Le samedi matin, au moment de partir vers l'église, Amédée et Napoléon demandèrent aux femmes de quitter le salon après une dernière prière devant le cercueil du petit.

Ils éteignirent les deux cierges et trouvèrent le courage de visser eux-mêmes le couvercle de la bière du petit Germain avant de la transporter dans la *sleigh* qui attendait devant la porte avant de la maison.

— Fais monter ta mère et tes sœurs dans l'autre *sleigh* et suis-nous, ordonna Napoléon à Simon. Rosaire va monter avec nous autres.

Les deux *sleighs* entreprirent alors de remonter le rang de la rivière en direction de l'église de Saint-François-du-Lac pendant que le glas sonnait au loin, au clocher de l'église. Quelques voitures sortirent discrètement de la cour de certaines fermes et formèrent un petit cortège qui s'immobilisa quelques minutes plus tard au pied du parvis de l'église.

Amédée porta lui-même le petit cercueil en pin à l'intérieur et le déposa sur le chariot, dans l'entrée. Le bedeau poussa ce dernier jusque devant la sainte table, au centre de l'allée centrale pendant que le célébrant accueillait les parents.

En ce froid samedi matin, une vingtaine de personnes assistèrent aux funérailles du bébé de Blanche. La mère, secouée par des sanglots convulsifs, était assise entre son mari et sa mère, dans le premier banc. Le curé Duhaime l'exhorta à faire preuve de courage après avoir rappelé que les enfants ne sont que prêtés par Dieu aux parents et qu'il lui est toujours loisible de les rappeler à Lui quand bon lui semble.

Après la cérémonie, la plupart des gens présents dans l'église suivirent le prêtre au cimetière voisin pour participer à la prière précédant la mise au charnier du petit Germain Cournoyer. Blanche, impatiente de retrouver ses deux autres fils confiés à une cousine d'Amédée, déclina l'invitation de ses parents à venir dîner à la maison et prit la direction de Sorel en compagnie de son mari.

Une fois le repas terminé, Germaine et Corinne combattirent leur tristesse en remettant de l'ordre dans la maison de leurs parents. Rosaire ne fut pas le dernier à aider. Au milieu de l'après-midi, Corinne décida de retourner chez elle.

— Pourquoi tu restes pas plus longtemps ? lui demanda sa mère. T'as plus à faire l'école.

— J'aimerais bien ça, m'man, mais je peux pas demander au voisin de faire mon train indéfiniment.

— Tu vas au moins venir à la messe de minuit avec nous autres ?

— Je vais essayer. En tout cas, si je suis pas capable, je vais venir passer la journée de Noël. Si jamais vous recevez des nouvelles des garçons, faites-le-moi savoir, ajouta-t-elle.

— C'est tout de même drôle que personne de la famille de ton mari se soit dérangé pour venir aux funérailles, fit remarquer Lucienne, hors de propos, au moment où sa cadette endossait son manteau. T'es-tu chicanée avec eux autres ?

— Pantoute, m'man. Mais vous devriez commencer à les connaître ; ils font jamais rien comme tout le monde.

Corinne et Rosaire arrivèrent à la maison un peu avant l'heure du souper. La jeune femme s'était arrêtée un instant chez Jocelyn Jutras pour le remercier d'avoir pris soin de ses animaux et d'avoir réparé sa *sleigh* durant son absence. Ce dernier avait cherché à la rassurer en lui affirmant que le travail avait été facile et il s'était empressé de procéder à l'échange des voitures.

— Va dételer Satan pendant que je rallume le poêle, commanda-t-elle à Rosaire en rentrant chez elle. Après, on va faire le train.

Ce soir-là, la jeune femme parvint à rassembler quelques victuailles qu'elle déposa dans un sac avec l'intention de l'offrir à la guignolée le lendemain.

Le dimanche matin, Corinne et Rosaire quittèrent la ferme alors que quelques flocons légers se mettaient à tomber. La température était agréable et Satan trotta allégrement vers le village. Ils arrivèrent au couvent en même temps qu'Honorine Gariépy donnant le bras à sa fille Catherine. Les deux femmes passèrent à côté de Corinne sans la saluer, lui jetant à peine un regard hautain avant de gravir les marches conduisant à l'entrée.

À la vue des deux femmes, Corinne se rappela qu'elle avait oublié de donner suite à l'invitation de la mère de faire partie des dames de Sainte-Anne.

Encore mal remise de ses nausées matinales, elle se contenta de hausser les épaules devant un comportement aussi peu chaleureux. Elle entra à leur suite dans le réfectoire du couvent transformé en chapelle et alla prendre place à faible distance de son beau-père, assis en compagnie d'Annette et d'Henri. De sa place, elle distinguait mal le visage de sa belle-sœur dissimulé par une voilette. Par contre, elle était à même de se rendre compte de l'air contrarié de Gonzague Boisvert qui tournait les pages de son missel sans les lire.

Le père de son mari était plus que contrarié; il était inquiet parce que tout ne se déroulait pas selon ses prévisions. La veille, au milieu de l'avant-midi, un huissier était venu lui remettre une lettre officielle de l'avocat Gustave Parenteau lui enjoignant de cesser ses manœuvres visant à empêcher la construction de la nouvelle église de Saint-Paul-des-Prés. Pire, il était menacé de poursuites.

Évidemment, ce n'était pas du tout ce qu'il avait prévu. Chapdelaine lui avait juré ses grands dieux que le curé Béliveau et les marguilliers qui l'appuyaient allaient prendre peur en recevant sa mise en demeure... En fait, le prêtre, le notaire et le maire s'étaient comportés comme s'ils n'avaient jamais rien reçu. Et là, un comble, ils passaient à l'offensive.

Depuis la veille, il avait relu le document une dizaine de fois avant de se rendre compte qu'il avait été rédigé à la demande expresse de son adversaire, Bertrand Gagnon.

— Ah ben, maudit torrieu, par exemple ! s'était-il exclamé quand il avait saisi la portée de ce qu'il venait de constater.

Il avait fini par comprendre que le curé se mettait à l'écart et envoyait le maire mener le combat qui opposait les deux clans du conseil de fabrique. En d'autres mots, si Bertrand gagnait, il pouvait être presque assuré de remporter les prochaines élections municipales.

Une heure plus tard, il avait été obligé de calmer Rajotte et Racicot, arrivés en catastrophe chez lui. Ils avaient reçu la même mise en demeure. Les deux hommes, apeurés, étaient disposés à tout abandonner sur-le-champ.

— Il faut nous comprendre, avait fini par dire Camil. Nous autres, on n'a rien à gagner là-dedans. On est ben prêts à t'appuyer, mais on veut pas pantoute se faire laver dans un procès ou se faire haïr par le monde de la paroisse.

Gonzague avait eu du mal à les rassurer. Il leur avait affirmé que la menace du petit avocat Parenteau était du vent et que Chapdelaine allait tout régler. Ils ne devaient pas oublier qu'une bonne partie de la population les appuyait. Il était même allé jusqu'à promettre aux deux hommes une récompense, sans préciser laquelle, quand ils auraient gagné.

Après le départ des deux marguilliers, sa belle assurance de façade s'était évaporée et il s'était empressé de s'endimancher avant de prendre la direction de Sorel pour se rendre au bureau d'Aurèle Chapdelaine. Il avait montré au candidat libéral défait la mise en demeure reçue le matin même. Ce dernier s'était montré confiant et l'avait informé que Gustave Parenteau, l'avocat de la partie adverse, était si peu certain de sa cause qu'il lui avait déjà demandé un rendez-vous la semaine suivante. Il n'avait pas à s'inquiéter ; il allait le mettre au courant de ce qui serait dit.

— Quelles concessions êtes-vous prêt à faire, monsieur Boisvert ? avait fini par demander l'avocat en ouvrant un dossier devant lui.

— Pourquoi vous me demandez ça ?

— Bien, c'est évident que mon confrère vient me rencontrer pour qu'on tente de trouver un terrain d'entente, avait répliqué l'autre.

— Il y a pas de concessions, avait tranché le président de la fabrique. Le monde de Saint-Paul veut avoir la nouvelle église au centre du village. Un point, c'est tout. Si ça fait pas l'affaire du curé parce qu'il est trop paresseux pour marcher du presbytère jusqu'à la nouvelle église, monseigneur le changera de paroisse et le remplacera par quelqu'un de plus vaillant.

— Vous me laissez pas grand place pour manœuvrer, lui avait fait remarquer Chapdelaine. Mais il y a pas de quoi s'en faire. Si la partie adverse cherche à négocier une entente, c'est qu'elle se sent en mauvaise position.

Rien n'empêchait Gonzague d'afficher tout de même un air mécontent en ce dimanche matin. La réaction de l'opposition était loin d'être celle qu'il avait imaginée et il commençait à se méfier de l'optimisme affiché par son avocat.

Après la messe, Corinne fit un effort pour se rapprocher de sa belle-famille en train de discuter devant l'entrée du couvent avec les Duquette. Annette jeta à peine un regard à Rosaire avant de s'adresser à sa belle-sœur.

— Quand on a appris que ta sœur avait perdu son petit, on serait bien allés veiller au corps, s'excusa la femme d'Henri Boisvert du bout des lèvres, mais j'ai pas pu trouver quelqu'un pour garder les petits.

— Je comprends ça, fit Corinne, comme si la chose n'avait aucune importance.

Mais elle n'était pas près d'oublier cet important manque d'égard à son endroit. Elle aurait pu faire remarquer à Annette que la petite voisine qui gardait ses petits chaque dimanche matin aurait pu s'occuper des enfants durant quelques heures la veille. Au pire, elle aurait pu demeurer chez elle et inciter Henri et son père à faire acte de présence.

— Ils ont pas de cœur, ces saudits Boisvert-là, se répéta-t-elle pour la centième fois.

Elle accepta les condoléances formulées du bout des lèvres par les Boisvert avant de demander à Gonzague :

— J'ai promis à monsieur le curé de venir donner un coup de main à préparer les paniers de Noël cet après-midi. Pouvez-vous me dire où est-ce qu'on fait ça ?

— À l'école du village. Les marguilliers vont passer dans tous les rangs pour ramasser. C'est moi qui fais ton rang.

— Bon, vous êtes chanceux ; je vais vous sauver une place à arrêter, fit sa bru. Je vais apporter moi-même à l'école ce que je vais donner.

Sur ces mots, Corinne salua les parents de son mari et se dirigea vers la *sleigh* que Rosaire avait avancée au pied des marches conduisant à la large galerie qui ceinturait le couvent.

Corinne allait se souvenir longtemps de cet après-midi-là comme de l'un des moins agréables de sa jeune existence et elle regretta amèrement d'avoir renvoyé Rosaire avec la *sleigh* à la maison après qu'il l'eut déposée devant l'école du village.

Dès son entrée dans le petit édifice, elle apprit qu'Honorine Gariépy avait été chargée de diriger la dizaine de bénévoles déjà sur place. La veuve, toujours aussi hautaine, l'accueillit plutôt froidement. Corinne salua de la tête les dames déjà au travail. Elle repéra alors Annette, installée entre deux matrones qu'elle ne connaissait pas. Elle retira son manteau qu'elle suspendit à un crochet, près de la porte, avant de s'approcher de sa belle-sœur.

— Je suis contente de voir que tu as trouvé une gardienne cet après-midi, ne put-elle s'empêcher de lui dire.

— J'ai pas de gardienne, corrigea la petite femme. C'est Henri qui s'occupe des enfants. Le beau-père tenait absolument à ce que je vienne.

— Bon, je te laisse travailler, fit Corinne qui venait d'apercevoir Marie-Claire Rocheleau au fond de la classe. Je vais aller voir si je peux être utile à quelque chose. Qu'est-ce que je peux faire pour aider? demanda-t-elle à sa voisine en prenant place à ses côtés avec un certain soulagement.

— Tu peux plier le linge qui a été donné, lui conseilla Marie-Claire. Fais ça, sinon la mère supérieure va venir te donner des ordres, ajouta-t-elle en désignant Honorine du menton.

Cette dernière était en train de discuter avec sa fille Catherine et Rose Bellavance, debout devant des boîtes cartonnées à demi vides quand Ange-Albert Vigneault entra dans la classe en laissant pénétrer un courant d'air froid.

— On gèle ici dedans, s'écria avec mauvaise humeur l'une des matrones, voisine d'Annette.

Le boucher, portant une grande boîte remplie de morceaux de viande, referma la porte d'un coup de pied avant de déposer son colis sur l'un des pupitres alignés contre un des murs de la pièce. Aussitôt, la présidente des dames de Sainte-Anne s'avança vers lui avec l'air d'un bateau amiral.

— Laissez ça dehors, monsieur Vigneault, lui ordonna-t-elle. On ira chercher votre viande quand les paniers seront prêts.

— C'est ben beau, votre idée, se rebiffa le boucher, mais je peux pas laisser ma viande sur le perron. Si un chien la renifle, il va faire un beau dégât.

À ce moment-là, la porte s'ouvrit pour laisser passer Camil Racicot et un cultivateur de son rang, qui l'avait secondé dans sa collecte des denrées. Les deux hommes avaient les bras chargés de victuailles et ils étaient suivis par Gonzague Boisvert, qui venait d'entendre les paroles d'Ange-Albert Vigneault.

— Il a raison, dit-il, l'air important, à Honorine Gariépy. Il est mieux de laisser sa viande ici dedans.

Aussitôt, Honorine se gourma. De toute évidence, elle n'acceptait pas que l'on vienne la contredire dans une activité qu'elle dirigeait depuis de nombreuses années.

— Monsieur Boisvert, j'apprécierais pas mal que vous vous mêliez de vos affaires, lui dit-elle abruptement.

Toutes les femmes présentes cessèrent immédiatement de travailler, s'attendant à une altercation entre Gonzague et Honorine.

— Je suis le président de la fabrique et je suis responsable de la guignolée, rétorqua sèchement ce dernier à la dame au tour de taille imposant qu'il dominait de presque une demi-tête.

— Vous êtes peut-être responsable de la guignolée, mais je vous ferais remarquer que votre ouvrage est juste de voir à ce que le manger et le linge soient ramassés dans les rangs, reprit Honorine avec hauteur. Ici, dans l'école, c'est moi qui mène. Monsieur le curé m'a chargée de faire les paniers et je vais les faire comme je l'entends, que ça vous plaise ou pas. Moi, j'ai dit que la viande allait rester dehors jusqu'à ce qu'on soit prêts à livrer les paniers, pas avant. Je veux pas prendre le risque que cette viande-là se mette à dégeler en dedans et vienne tout salir. Est-ce que c'est assez clair ?

Peu habitué à voir une femme se dresser contre lui, Gonzague pâlit sous l'algarade et laissa tomber :

— Torrieu ! Faites donc ce que vous voulez.

— Si c'est comme ça, intervint le boucher, je ramène ma viande à la boucherie. Quand vous la voudrez, vous aurez juste à envoyer quelqu'un la chercher.

L'homme empoigna sa boîte et sortit, suivi par Gonzague. Corinne jeta un coup d'œil à sa belle-sœur qui n'avait pu s'empêcher d'afficher un air vaguement réjoui en entendant son beau-père se faire remettre à sa place.

— La maudite Gariépy est pas endurable ! dit le boucher à Gonzague en déposant sa lourde boîte sur son traîneau. Un peu plus, elle faisait péter son corset ! Pas surprenant qu'il y ait plus un chrétien qui ose aller veiller avec sa Catherine depuis que ton gars l'a lâchée! Les gars de la paroisse ont ben trop peur qu'elle ressemble à sa mère.

Le président de la fabrique ne dit rien, mais il n'en pensa pas moins que Catherine Gariépy lui aurait probablement fait une bru beaucoup plus malléable, et cela, malgré sa chipie de mère, que l'effrontée que son fils était allé chercher à Saint-François-du-Lac.

À l'intérieur, Marie-Claire jeta un coup d'œil derrière elle pour s'assurer que la présidente des dames de Sainte-Anne était assez loin pour ne pas l'entendre avant de chuchoter à Corinne:

— L'Honorine a son petit caractère. Elle et sa fille font une belle paire. Moi, elle me tape tellement sur les nerfs que j'ai lâché les dames de Sainte-Anne à cause d'elle. Je pouvais plus l'endurer avec ses grands airs. C'était rendu que j'étais presque prête à aller voir le docteur Poirier à Yamaska pour me faire prescrire des pilules tellement elle m'énervait.

Depuis quelques années, Corinne participait à la composition des paniers de Noël à Saint-François-du-Lac. Sa mère et ses sœurs se joignaient aux dames de la paroisse et toutes considéraient cette activité comme une sorte de fête. Elles s'amusaient ferme et chantaient cet après-midi-là tout en travaillant à soulager la pauvreté.

À Saint-Paul-des-Prés, l'atmosphère était tout autre. Le travail se faisait en silence ou en récriminant. Il était si peu plaisant que la jeune femme fut plus que soulagée quand Rosaire poussa la porte à la fin de l'après-midi pour lui signaler qu'il était arrivé. Elle s'habilla rapidement sans omettre d'offrir à Marie-Claire de la ramener chez elle. Celle-ci refusa cependant, car elle soupait chez sa belle-mère au village.

Quand Corinne quitta les lieux, les bénévoles avaient confectionné une quinzaine de paniers de Noël contenant des pots de marinades et de confitures, de la viande, de la farine, quelques conserves et des vêtements usagés. Quelques minutes plus tôt, Bertrand Gagnon n'avait guère apprécié d'avoir à aller chercher la viande chez le boucher pour compléter chaque panier.

Munis d'une liste de bénéficiaires fournie par le curé Béliveau, les marguilliers firent la distribution au début de la soirée. C'était maintenant une tradition d'aller porter les paniers de Noël quand l'obscurité était tombée, de manière à ménager l'amour-propre des gens dans le besoin. Toutefois, il s'agissait là d'une précaution bien inutile puisque tous les paroissiens connaissaient l'identité des familles pauvres et certains ne se gênaient pas pour dénigrer celles qui auraient pu se passer de cette aide en faisant preuve d'un peu plus de débrouillardise.

Trois jours avant les vacances scolaires, Corinne demanda à Rosaire d'atteler Satan. Ce matin-là, elle laissa le garçon devant l'école avant de poursuivre son chemin en direction de Yamaska. Après ses nausées matinales habituelles, la jeune femme avait soudain pris la décision de suivre le conseil de sa mère et d'aller voir un médecin pour s'assurer que tout était normal.

Pendant quelques minutes, elle se demanda si elle n'allait pas faire le long trajet jusqu'à Pierreville pour y consulter le docteur Lemire qu'elle connaissait. Puis, elle se raisonna et pensa que le vieil homme aurait bien du mal à venir à son aide quand l'heure de la délivrance arriverait… si elle était vraiment enceinte. Elle se souvint alors du nom du médecin de Yamaska cité par Marie-Claire Rocheleau quelques jours plus tôt et elle prit la décision d'aller le voir.

Elle trouva sans mal le bureau de Joseph Poirier situé en face de l'église de Yamaska et eut la chance de l'attraper au moment où il se préparait à partir pour rendre visite à des parents.

L'homme d'âge moyen aux tempes grises affichait un calme rassurant. Il l'examina et lui posa quelques questions avant de conclure que sa grossesse se déroulait normalement. Quand elle lui révéla en rougissant qu'elle n'avait pas eu «ses affaires de femme» depuis presque trois mois, le médecin ne lui demanda même pas pourquoi elle n'était pas venue le voir plus tôt. Il était habitué à ce que les futures mères ne viennent le consulter que lorsqu'elles éprouvaient de sérieux problèmes. La plupart enfantaient pratiquement tous les ans ou tous les deux ans et se contentaient de le demander quand le moment d'accoucher arrivait.

— Évidemment, c'est ton premier, dit-il à Corinne en train de remettre sa robe.

— Oui.

— À part le mal au cœur, est-ce qu'il y a quelque chose qui va pas?

— Non.

— Tu manges bien? Tu dors bien?

— Oui, docteur.

— Parfait, tout est en ordre. On dirait bien que tu vas l'avoir à la fin de mai ou au début de juin.

— Et mon mal de cœur tous les matins, docteur? lui demanda Corinne, qui se voyait mal supporter cet inconvénient durant neuf mois.

— Inquiète-toi pas avec ça, c'est normal. Il y a de grosses chances que ça s'arrête bientôt.

Quand Corinne tira son porte-monnaie de sa bourse pour acquitter le prix de la consultation, le médecin refusa d'être payé.

— Tu me régleras après l'accouchement, lui expliqua-t-il en la raccompagnant jusqu'à la porte de son bureau.

La future mère quitta Yamaska, heureuse que le diagnostic du médecin ait confirmé ce dont elle se doutait déjà. Elle était ravie de donner naissance à son premier enfant dans quelques mois. Sa vie allait changer. Un petit être allait dépendre d'elle. À cette pensée, elle se sentit tout attendrie et prête à tous les sacrifices. Elle imagina la joie de Laurent lorsqu'elle lui apprendrait la nouvelle. Durant tout le trajet de retour à Saint-Paul-des-Prés, elle élabora des projets pour l'avenir de son enfant à naître. Quand elle tourna dans le rang Saint-Joseph, une pensée la frappa.

— Mais j'ai encore rien de cuisiné pour les fêtes, dit-elle à mi-voix en conduisant la *sleigh*. Il faut absolument que je m'y mette demain. En plus, dès que j'aurai le temps, je vais commencer à coudre le trousseau du petit. Il est temps que ma machine serve pour de bon.

Elle songea ensuite à la joie de ses parents lorsqu'elle leur apprendrait la bonne nouvelle. Sa belle-famille lui ferait peut-être même meilleure figure en apprenant qu'elle portait un futur Boisvert...

À son arrivée chez elle, elle découvrit une *sleigh* arrêtée dans la cour.

— Bon, qu'est-ce qui est encore arrivé ? dit-elle en se précipitant vers la maison.

Dès son entrée, elle aperçut Adélard Boivin, vêtu de son manteau, assis dans une chaise berçante. L'inspecteur se leva précipitamment.

— Excusez-moi de m'imposer, madame Boisvert, mais je voulais juste vous faire une petite visite de politesse après être allé voir les enfants de l'école de votre rang. Quand madame Proulx m'a appris que Rosaire demeurait chez vous, je lui ai proposé de le ramener en *sleigh* à la maison. J'espère que vous me jugez pas trop effronté ?

— Mais non, monsieur Boivin. C'est juste de valeur que la maison soit encore si froide. Faites comme moi. Gardez votre manteau sur le dos encore quelques minutes, ça va finir par se réchauffer.

— Je viens d'allumer le poêle, lui expliqua Rosaire.

— Et on va se faire une tasse de thé pour se réchauffer un peu, proposa Corinne avec bonne humeur.

— Vous êtes bien gentille, reprit le jeune inspecteur, rassuré par cet accueil.

— J'espère que vous venez pas me chicaner ? demanda Corinne avec une trace d'inquiétude dans la voix.

— Loin de là, madame. Je voulais uniquement vous féliciter et vous dire que vous avez fait un excellent travail avec les enfants qui, soit dit en passant, ont l'air de beaucoup vous regretter.

— Je les aimais bien gros.

— Ils vous le rendaient, madame. J'avoue que si les règlements d'engagement n'étaient pas aussi stricts, j'aurais recommandé au président de la commission scolaire de vous laisser en poste aussi longtemps que vous l'auriez désiré, poursuivit l'inspecteur, de toute évidence sous le charme de la jeune femme gracieuse qui lui tendait une assiette de biscuits à l'avoine qu'elle venait de prendre dans le garde-manger.

— Je dois avouer que j'aurais pas haï ça, reconnut Corinne en vérifiant si le thé était assez chaud.

Puis, durant plusieurs minutes, Jérôme Boivin et l'ex-institutrice du rang Saint-Joseph échangèrent sur les plaisirs et les exigences de l'enseignement. Soudain, le fonctionnaire tira sa montre de gousset qu'il consulta.

— Mon Dieu ! s'exclama-t-il. J'oubliais complètement l'heure. Je vous laisse, je dois aller dans deux autres écoles avant la fin de l'après-midi.

Chapitre 24

Les réjouissances

Les jours suivants, la température s'adoucit et il ne tomba que quelques flocons de neige. Corinne mit à profit les derniers jours où Rosaire était encore à l'école pour cuisiner des pâtés à la viande, des tartes au sucre, aux raisins, aux dattes et aux œufs ainsi que du sucre à la crème, du fondant et même des bonbons « aux patates ». Il y avait tant d'odeurs appétissantes qui flottaient dans la maison à chacun de ses retours de l'école que Rosaire en salivait.

— On devrait peut-être commencer à manger tes tourtières et tes tartes, finit-il par dire à Corinne pour la taquiner. Elles seront pas bonnes ben longtemps si on les laisse comme ça dans la cuisine d'été.

— Inquiète-toi pas pour mes tourtières, lui ordonnait-elle en prenant un air sévère. Elles sont gelées bien dur dans la cuisine d'été… Et surtout, que je te prenne pas à essayer d'y toucher avant que je les serve aux fêtes. Sais-tu si madame Annette fait des bonnes affaires comme ça ? lui demanda-t-elle, curieuse.

— Je le sais pas, j'étais pas chez eux à Noël, l'année passée, répondit le garçon, qui ne regrettait apparemment pas son dernier foyer.

Le 23 décembre, Corinne vit enfin le facteur laisser du courrier dans sa boîte aux lettres installée sur le bord de la route. Elle se précipita à l'extérieur sans prendre la peine d'endosser son manteau dès qu'Arsène Lemoyne, le facteur, se fut éloigné. Elle s'empara de la lettre et revint dans la maison.

Le cœur battant, elle décacheta l'enveloppe et en tira deux feuillets qu'elle lut lentement. Laurent avait enfin tenu parole. Il lui avait fait écrire par un de ses camarades de chantier qu'il allait bien et qu'il avait bien hâte de la revoir. De plus, il lui apprit qu'Auguste Meunier du rang Notre-Dame, le frère de l'un des deux hommes avec qui il était monté au chantier au mois de novembre, allait venir les rejoindre à la fin du mois pour remplacer un bûcheron malade. Elle replia la lettre après une seconde lecture et elle s'empressa d'aller la déposer sous son oreiller avec l'intention de la relire le soir même, avant de s'endormir.

Elle avait les larmes aux yeux à son retour dans la cuisine pour préparer le repas. Elle se laissa submerger par un profond sentiment de tristesse. Elle aurait tellement aimé avoir son mari à ses côtés pour célébrer ensemble la période des fêtes. Il lui fallut plusieurs minutes pour surmonter son vague à l'âme et reprendre son travail.

— L'important, c'est qu'il soit en santé et que tout aille bien, se dit-elle à mi-voix pour se remonter le moral. Le printemps va arriver vite et là, je vais lui annoncer qu'on a un petit qui s'en vient…

Elle s'arrêta brusquement de cuisiner, frappée par une idée subite.

— Mais je suis bien folle ! s'exclama-t-elle à mi-voix. J'ai juste à lui écrire tout de suite la grande nouvelle et à aller demander à Auguste Meunier de lui remettre ma lettre en arrivant au chantier. Avec un peu de chance, il va l'avoir pour le jour de l'An et ça va bien commencer la nouvelle année pour lui. J'espère juste que cet homme-là est pas déjà parti, ajouta-t-elle, soudain inquiète.

Elle retira son tablier et s'empressa d'aller chercher son papier à lettres, sa plume et sa bouteille d'encre dans sa chambre. Elle s'installa au bout de la table et lui écrivit son impatience de le revoir. Avec beaucoup d'humour, elle le pria de ne pas traîner en chemin à la fin du chantier s'il voulait voir arriver son premier enfant. Elle termina sa missive en lui disant son amour et en se gardant bien de s'étendre sur l'ennui des longues journées d'hiver et les privations qu'elle s'imposait.

Elle demanda ensuite à Rosaire d'aller atteler Satan à la *sleigh* pendant qu'elle allait s'habiller pour sortir. Brusquement, il lui semblait que la moindre minute de retard risquait de lui faire rater celui qui devait livrer sa lettre.

Quand Rosaire arrêta la *sleigh* près de la porte de la maison, elle lui affirma qu'elle ne serait partie que quelques minutes sans lui expliquer la raison de son absence.

Il lui fallut moins d'une demi-heure pour parcourir tout le rang Saint-Joseph, s'arrêter chez Duquette pour s'informer où demeuraient exactement les Meunier dans le rang Notre-Dame et parvenir à une petite maison blanche protégée par un gros chien à l'allure féroce que son arrivée semblait avoir rendu furieux.

Comme elle ne se décidait pas à descendre de la *sleigh* pour affronter la bête menaçante qui jappait près du véhicule, un vieil homme sortit de la maison, chassa le chien et lui demanda ce qu'elle voulait.

— Est-ce que je suis bien chez monsieur Meunier ? demanda-t-elle, incertaine.

— Oui, Elzéar Meunier. Mais restez pas dehors à geler. Entrez, l'invita-t-il en lui faisant signe de le suivre.

Corinne pénétra dans la maison, mais s'arrêta sur la catalogne placée près de la porte.

— Êtes-vous le père d'Auguste Meunier ?

— Oui.

— Mon mari, Laurent Boisvert, est monté au chantier avec un de vos garçons cet automne. Il vient de m'écrire pour me dire que votre garçon Auguste allait les rejoindre avant la fin du mois.

— En plein ça.

— J'espère qu'il est pas déjà parti ? demanda-t-elle, pleine d'espoir.

— Non, il a dans l'idée de partir le lendemain de Noël, répondit l'homme. Mais aujourd'hui, il est allé conduire sa mère à Yamaska.

— Pensez-vous qu'il pourrait remettre une lettre à mon mari ?

— Beau dommage ! s'exclama Elzéar Meunier. C'est sûr qu'il va faire ça pour vous.

— Vous le remercierez pour moi, monsieur Meunier.

— Inquiétez-vous pas, vous pouvez vous fier, la rassura le cultivateur en lui ouvrant la porte pour la laisser sortir.

Corinne rentra chez elle rassérénée, convaincue qu'elle allait faire à son mari le plus beau cadeau qu'il eut jamais reçu.

Mise de bonne humeur par cette perspective souriante, elle prit deux pâtés à la viande et deux tartes qu'elle demanda à Rosaire d'aller porter chez leur voisin.

— Aïe ! Il est chanceux, lui, ne put s'empêcher de dire l'orphelin. Il va pouvoir en manger avant nous autres.

— Pense à tous les services qu'il nous rend, répliqua Corinne en le poussant vers la porte. Fais surtout bien attention de pas les échapper.

Quand Rosaire revint quelques minutes plus tard, il se contenta de lui dire :

— Il te fait dire un gros merci. Il a dit que c'était pas nécessaire et que ça le gêne ben gros… Moi, je lui ai dit qu'il avait pas le droit d'en manger avant le réveillon, comme nous autres, ajouta-t-il d'une voix qui commençait à muer.

— Eh bien ! fit Corinne, les mains plantées sur les hanches, on dirait bien que tu commences à te dégêner, toi.

— C'est ce qu'il m'a dit, répliqua Rosaire avec un petit sourire.

Corinne garda la tâche qui lui répugnait le plus pour la veille de Noël.

Après le déjeuner, elle annonça à son jeune compagnon qu'elle désirait faire cuire une poule pour Noël et lui demanda, pleine d'espoir, s'il en avait déjà tué une.

— Non.

— C'est bien ma chance, se plaignit-elle. Me v'là prise pour aller tordre le cou d'une poule et j'haïs ça. Chez nous, c'est toujours ma mère qui tue les poules et qui les plume. Elle a le tour.

— Je peux essayer, proposa un Rosaire pas trop rassuré.

— C'est correct, je te laisse faire. Si t'es pas capable, viens me le dire, je vais y aller.

Après le départ de Rosaire, la jeune femme vaqua à ses occupations durant quelques minutes, jetant de temps à autre un regard impatient vers l'une ou l'autre des deux fenêtres de la cuisine pour voir si le garçon revenait du poulailler. Elle allait se résoudre à endosser son manteau pour le rejoindre quand elle le vit arriver, tenant une poule à bout de bras.

— T'es venu à bout de la tuer, fit Corinne, soulagée d'échapper à cette corvée.

Rosaire lui tendit le volatile sans rien dire, mais son front couvert de sueur suffisait à prouver que la chose ne s'était pas faite sans mal. La cuisinière pluma la poule et la vida avant de la mettre au four en poussant un soupir de satisfaction. Elle se sentait maintenant prête à recevoir les visiteurs s'il s'en présentait chez elle durant le temps des fêtes.

Ce soir-là, un peu après dix heures, Corinne alla réveiller Rosaire, qui s'était couché deux heures plus tôt pour être en mesure de demeurer éveillé durant la messe de minuit.

— Habille-toi, Rosaire, et va atteler Satan, sinon on va être en retard à la messe, lui ordonna-t-elle. Pendant ce temps-là, je vais mettre la table pour le réveillon.

Le garçon se leva, les yeux gonflés de sommeil. Il s'habilla chaudement et alla atteler le cheval à la lueur du fanal qu'il suspendit à l'avant de la *sleigh*. Il faisait froid et la neige crissait sous les patins de la voiture. Le vent avait chassé les nuages et c'est sous un ciel étoilé qu'il immobilisa la *sleigh* près de la maison pour laisser monter Corinne.

— On va se grouiller, sinon il y aura pas de place, lui dit-elle en les couvrant jusqu'à la taille avec l'épaisse couverture qu'elle avait apportée. Monsieur le curé a dit qu'il y aurait pas assez de place pour tout le monde et qu'il y aurait deux basses-messes demain matin. Mais moi, je suis pas intéressée à revenir demain matin, poursuivit-elle.

Lorsqu'ils arrivèrent au couvent, à l'autre bout du village, ils trouvèrent l'endroit déjà encombré par les *sleighs*, les berlots et les catherines des paroissiens de Saint-Paul-des-Prés et de leurs invités. Rosaire laissa Corinne devant la porte.

— Trouve une place pour la voiture et mets une couverte sur le dos du cheval avant de venir me rejoindre, lui dit-elle. Je vais essayer de nous trouver des chaises.

Quand elle pénétra dans le couvent, la jeune femme se rendit compte qu'elle s'était inquiétée bien inutilement. Même s'il ne restait que trois quarts d'heure avant la cérémonie, plusieurs chaises étaient encore libres. Les marguilliers allaient et venaient dans l'allée centrale autant pour se faire voir que pour aider les gens à s'installer.

À l'avant, du côté gauche, Honorine Gariépy, altière, était assise devant le délicat harmonium prêté par les religieuses. L'instrument d'un âge vénérable était doté de quatre pattes finement sculptées et paraissait fragile. La directrice de la chorale paroissiale faisait répéter *Il est né le divin enfant* à la dizaine de choristes debout devant elle. Baptiste Melançon, le maître-chantre, était planté au centre du groupe et prenait une pose avantageuse. La messe de minuit était son heure de gloire annuelle puisqu'il allait être appelé à entonner *Minuit, Chrétiens* à la fin de la messe. Pour l'instant, le forgeron, à demi étranglé par son col en celluloïd, avait l'air légèrement débraillé et fixait la foule des paroissiens qui envahissait les lieux d'un regard vide. La directrice de la chorale lui lançait de temps à autre des regards furibonds.

Les gens entassés dans la salle murmuraient en attendant le début de la cérémonie. Il régnait déjà une chaleur étouffante dans l'église provisoire de Saint-Paul-des-Prés. Corinne trouva plusieurs chaises libres dans une rangée et s'assit après avoir déboutonné son manteau. Elle guetta l'arrivée de Rosaire pour lui indiquer où elle était assise.

Soudain, elle sursauta en sentant une main se poser sur son bras.

— Comment va ma petite belle-sœur préférée? demanda à voix basse Juliette Boisvert en se glissant à ses côtés.

Le visage de Corinne s'illumina lorsqu'elle reconnut la sœur de Laurent. Elle tourna la tête pour apercevoir Henri et Annette assis côte à côte, quelques rangées plus loin. Elle leur adressa un petit salut de la tête.

— Dis-moi pas que tu viens passer les fêtes à Saint-Paul? fit-elle, heureuse de revoir la restauratrice montréalaise.

— Pas toutes les fêtes, mais une couple de jours, admit l'autre. Bonjour, Rosaire, chuchota-t-elle en s'adressant au garçon qui venait de se glisser près de Corinne.

— Bonjour, madame.

— J'ai été bien contente quand j'ai appris que tu l'avais pris avec toi, dit Juliette à sa jeune belle-sœur. Mon père m'a dit que t'avais même fait l'école dans ton rang cet automne. Tu trouvais que t'avais pas assez d'ouvrage chez vous?

— C'était pour aider Laurent, reconnut Corinne. Je suppose que tu vas réveillonner avec ton père, Henri et Annette?

— Pantoute, j'ai bien offert de leur cuisiner un réveillon, mais chez nous, le père a jamais voulu ça. Il trouve que c'est du gaspillage pour rien. À son dire, on a bien assez de trois repas par jour. Déjà qu'il va faire tout un effort demain soir en allant souper chez son cousin Desmarais, à Pierreville…

— Si c'est comme ça, pourquoi tu viendrais pas réveillonner avec nous autres après la messe de minuit? offrit Corinne. Je suis toute seule avec Rosaire.

— Je sais pas trop, dit Juliette d'une voix hésitante.

— Viens donc, on va pouvoir jaser. T'es pas pour rentrer te coucher après la messe. Tu coucheras à la maison, j'ai de la place en masse et demain avant-midi, je te laisserai chez ton père en passant. Je dois aller dîner chez mon père.

— C'est correct, accepta finalement Juliette avec reconnaissance. Ça va être drôlement moins plate.

— T'es arrivée quand?

— Hier avant-midi. J'ai fermé le restaurant pour trois jours.

— Est-ce que ça veut dire que tu seras pas à Saint-Paul pour le jour de l'An?

— Bien oui. Le jour de l'An, c'est une des meilleures journées de l'année pour un restaurant. Je peux pas me permettre de le laisser fermé.

— C'est de valeur que tu sois pas chez ton père ce jour-là.

— Ça changera pas grand-chose, reconnut Juliette. Annette reçoit rarement et ça me surprendrait que mon père ait invité de la parenté ce jour-là.

— Je pourrais toujours les inviter, reprit Corinne, sans trop d'enthousiasme.

— Si t'as une chance d'aller fêter chez vous, vas-y donc plutôt, lui conseilla sa belle-sœur. T'auras pas grand plaisir avec les Boisvert. C'est plate à dire, mais ils aiment pas fêter.

— Une chance que tu viens les amuser un peu, fit Corinne en se penchant vers elle avec un sourire complice.

— C'est pas pour ça que je suis venue, en réalité, avoua la grande femme, le visage soudain assombri. Je suis venue pour grand-père Boucher. Est-ce que tu connais le père de ma mère?

— Oui, je lui ai parlé à mes noces.

— Tu sais que c'est ma tante Aurore qui s'occupait de lui depuis une douzaine d'années.

— Oui.

— Ma tante est morte subitement il y a trois semaines et le pauvre vieux s'est retrouvé tout seul dans son appartement de Sorel.

— Comment ça se fait que j'ai pas su que ta tante était morte ? demanda Corinne, offusquée.

— Ça se peut que mon père l'ait même pas su lui-même. Il a toujours été à couteaux tirés avec la famille de ma mère. À part ça, je pense que même s'il l'avait su, il se serait pas dérangé pour aller aux funérailles…

— C'est pas possible d'être comme ça, fit la jeune femme.

— En tout cas, moi, j'ai pris le train et j'y suis allée, poursuivit Juliette. C'était pas mal triste. Ma tante Aurore était la dernière enfant vivante de mon grand-père. Le pauvre vieux avait l'air tout perdu.

— Qui s'occupe de lui depuis la mort de ta tante ?

— Personne. Moi, je l'aurais bien pris à la maison, mais il a refusé de venir vivre à Montréal et je peux pas le blâmer. Il aurait passé ses journées tout seul dans mon appartement parce que je suis au restaurant de douze à quinze heures par jour.

— Je comprends.

— Comme il a jamais su faire à manger, il a fallu qu'il casse maison et qu'on le place à l'hospice des sœurs Grises, à Sorel. C'est un de mes cousins qui s'en est chargé. Je trouve ça tellement triste qu'il soit enfermé là-dedans que je suis surtout venue à Saint-Paul pour essayer de persuader mon père, mon frère et Annette de le prendre à la maison. Grand-père Boucher est un homme facile à vivre et il dérangerait personne.

— Puis ?

— Tu connais Annette et Henri. Ils ont d'abord rien dit, mais ils avaient des airs de beu quand j'en ai parlé. La réponse de mon père a été « non » tout de suite. Après, Annette a commencé à se lamenter en disant que la meilleure affaire à faire était de le laisser à l'hospice et qu'elle se voyait pas commencer à prendre soin d'un vieux en plus de ses enfants. Henri a dit la même chose.

— Mon Dieu, est-ce possible d'être aussi égoïstes ? s'exclama Corinne, scandalisée. Il y a pas de raison d'envoyer un vieux dans un hospice quand il a de la famille.

— Je le sais bien, mais j'ai l'impression qu'ils changeront pas d'idée. Ça m'a tout de même pas empêchée de faire remarquer à mon père qu'à sa place, je commencerais à m'inquiéter en voyant comment Henri et Annette traitent les vieux.

— Puis ?

— Il a pas eu l'air d'aimer ça, dit Juliette en gloussant.

— Ton grand-père doit certainement avoir d'autres petits-enfants qui pourraient le prendre chez eux, non ?

— Je vois pas qui pourrait s'en occuper et…

Un crac ! assourdissant en provenance de l'endroit où répétait la chorale fit violemment sursauter une bonne partie de l'assistance massée dans la salle. Les cris outragés d'Honorine Gariépy, l'organiste, suivirent immédiatement le fracas et incitèrent beaucoup de gens à se lever pour mieux voir ce qui venait de se produire.

Il y eut des « oh » et des « ah », et certains fidèles se mirent même à rire à gorge déployée en apercevant la directrice de la chorale emprisonnée sous l'harmonium sur lequel le gros maître-chantre s'était lourdement écrasé. On aurait juré que ce dernier était mort tant il demeurait immobile malgré les cris stridents d'une Honorine Gariépy au bord de la crise de nerfs.

Aucun des choristes, sidérés par la scène, n'avait esquissé le moindre geste pour se porter au secours de la dame. Tous se contentaient de regarder le spectacle, les yeux ronds et la bouche ouverte.

Le tumulte devint si grand que le curé Béliveau et l'abbé Nadon sortirent précipitamment de l'arrière de l'autel où ils étaient en train de revêtir leurs habits sacerdotaux pour connaître la cause de ce désordre. Enfin, l'une des cinq religieuses qui avaient pris place sur la première rangée de chaises s'élança dans l'allée centrale en affichant un air furieux.

— Mon harmonium! s'écria hors d'elle-même sœur Sainte-Flavie, la supérieure du couvent, en arrivant devant la chorale en même temps qu'Anselme Béliveau. Qu'est-ce que vous avez fait à mon harmonium?

Immobile au fond de la salle, Gonzague Boisvert ne broncha pas, réprimant avec peine un sourire moqueur. Le forgeron était un partisan inconditionnel du maire et un adversaire, qui ne cessait de répéter à ses clients que la nouvelle église devait être bâtie au même endroit que l'ancienne.

— Mais qu'est-ce que vous attendez pour le relever, vous autres? demanda sèchement le curé aux rieurs debout devant la scène, en montrant le maître-chantre étendu parmi les débris de l'harmonium. Vous voyez bien qu'il est pas capable de se relever tout seul.

— Il est peut-être mort, dit une petite voix dans le dos du prêtre.

Pendant que le prêtre lançait un regard mauvais à la dame qui venait de faire cette remarque, sœur Sainte-Flavie, plus rapide que les gens autour d'elle, se pencha sur l'homme en reniflant bruyamment.

— Seigneur! s'écria-t-elle, mais il est soûl comme un cochon, cet homme-là!

Comme pour lui donner raison, on entendit distinctement les ronflements sonores de Baptiste Melançon. Deux hommes se décidèrent à intervenir. Ils repoussèrent sans ménagement le forgeron de côté et soulevèrent l'harmonium pour permettre à Honorine Gariépy de se relever. L'organiste bien en chair était aussi enragée que la supérieure du couvent qui regardait, la mine catastrophée, le piteux état dans lequel on avait mis son harmonium. Autour d'elle, les spectateurs commentaient l'incident en examinant le pauvre instrument dont deux pattes avaient cédé sous le poids important du maître-chantre.

— Nous v'là propres à cette heure ! dit Honorine au curé Béliveau en faisant des efforts méritoires pour retrouver un peu de sa dignité. On n'a plus rien pour accompagner ma chorale. Quant à lui, je veux plus le revoir, ajouta-t-elle en adressant un petit coup de pied à Baptiste Melançon qui ne s'était pas encore mis debout.

— Ben quoi ! finit-il par dire d'une voix un peu pâteuse en se redressant péniblement. Je me suis endormi debout ; ça peut arriver à tout le monde, tabarnouche ! Là, je suis correct. Je peux chanter mon *Minuit, Chrétiens.*

— Et l'harmonium, lui ? l'apostropha la religieuse, furieuse.

— Faites-vous-en pas avec ça, ma... ma sœur, dit l'autre d'une voix hésitante. Une cou... couple de clous et les pattes vont être ré... réparées. Ça... ça prendra pas goût de ti... de tinette.

— Je pense, Baptiste, que t'es mieux d'oublier la messe de minuit, fit le curé Béliveau, l'air sévère. Va te coucher. Va cuver ce que t'as bu. Oublie le *Minuit, Chrétiens.* Tu viendras me voir après-demain. Aidez-le à sortir, ajouta le prêtre à l'intention de Camil Racicot et du maire Gagnon qui s'étaient enfin approchés.

— Mais...

— Rentre chez vous ! lui ordonna le curé sur un ton sans appel.

La tête basse et d'un pas légèrement chancelant, le forgeron s'ouvrit un chemin entre les paroissiens qui s'étaient massés près de la scène pour mieux entendre ce qu'on disait. Les deux prêtres retournèrent derrière l'autel en suggérant au notaire et à Paul-André Rajotte d'aller porter ce qui restait de l'harmonium dans la pièce voisine. La supérieure, toujours aussi furieuse, revint prendre place aux côtés de ses consœurs.

— Qui a dit qu'il se passait jamais rien à Saint-Paul ? dit Juliette en pouffant de rire au moment de regagner sa place avec Corinne et Rosaire.

Quelques minutes plus tard, le service divin commença et les murmures s'éteignirent rapidement dans l'assistance. La chorale fit de son mieux, mais l'absence de la voix puissante du maître-chantre se fit sentir. Les marguilliers eurent beau entrouvrir quelques fenêtres, la chaleur des lieux fit sombrer quelques paroissiens dans une somnolence à laquelle les quelques libations qu'ils s'étaient octroyées durant la soirée n'étaient probablement pas étrangères. Malgré tout, l'officiant célébra la messe de la Nativité en donnant un air solennel à la cérémonie. Cependant, durant son sermon, il ne put s'empêcher de citer l'incident de Baptiste Melançon comme un triste exemple de ce que pouvaient causer les abus d'alcool durant la période des fêtes. Il conclut en formulant l'espoir que le prochain Noël soit célébré dans la nouvelle église.

Assis en retrait aux côtés des enfants de chœur, le vicaire eut du mal à réprimer un petit sourire en entendant son supérieur évoquer les dangers de l'alcool. Il avait remarqué, non sans une certaine inquiétude, que son curé avait « un petit coup dans le nez », comme disait son père, au moment d'endosser son manteau pour se rendre au couvent. Il aurait été très curieux d'aller vérifier le niveau de gin dans la bouteille qu'il dissimulait dans le dernier tiroir de son bureau.

À la fin de la messe, la foule quitta rapidement le couvent. Corinne alla souhaiter un joyeux Noël à sa belle-famille avant de se diriger en compagnie de Juliette vers la *sleigh* que Rosaire venait d'approcher.

Quand elle aperçut Jocelyn Jutras se dirigeant vers sa voiture, elle l'interpella.

— Jocelyn, pourquoi tu viendrais pas réveillonner avec nous autres ?

— Ben, je sais pas trop, répondit le célibataire d'une voix hésitante.

— Envoye ! Fais-toi pas prier pour rien. J'ai tout ce qu'il faut.

— C'est correct, accepta finalement Jocelyn.

Corinne prit place aux côtés de Juliette et confia les rênes à Rosaire.

— Qui est-ce ? demanda Juliette à sa jeune belle-sœur.

— Le voisin. C'est un vieux garçon toujours prêt à rendre service. Il a pas de famille. Je trouve ça de valeur de le laisser tout seul la veille de Noël.

— T'as bien raison, l'approuva la restauratrice montréalaise.

— J'espère que la maison aura pas eu le temps de trop refroidir, dit Corinne à son invitée quelques minutes plus tard, au moment où le véhicule tournait dans le rang Saint-Joseph, derrière ceux des Rocheleau et de Jocelyn Jutras.

À leur arrivée, le voisin alla aider Rosaire à dételer Satan pendant que les femmes entraient dans la maison. Corinne jeta une bûche sur les braises dans le poêle et se mit en devoir de réchauffer les tourtières et le ragoût. Quand Jocelyn entra dans la cuisine, l'hôtesse s'empressa de le présenter à sa belle-sœur.

Les manières franches de Juliette semblèrent plaire au célibataire qui perdit son air emprunté en quelques instants.

Lorsque la nourriture fut prête, on passa à table et tout le monde savoura avec un bel appétit les mets préparés par l'hôtesse.

— La tourtière est tellement bonne que je pense que c'est ce que je vais manger à mes deux prochains repas, déclara Jocelyn qui venait d'accepter avec enthousiasme une seconde portion du pâté à la viande.

Après avoir mangé de la tarte, les adultes se mirent à se raconter des souvenirs d'enfance avec une certaine nostalgie pendant que Rosaire somnolait à un bout de la table.

— Pour moi, tu serais bien mieux d'aller te coucher, lui conseilla Juliette. Tu cognes des clous depuis dix minutes.

Le garçon ne se fit pas prier pour monter à l'étage.

— Il me manque juste un sapin de Noël, dit Corinne hors de propos au moment où l'adolescent disparaissait dans l'escalier. Chez nous, on en a toujours décoré un pour les fêtes.

— Chez nous aussi, affirma Jocelyn. Ma mère tenait absolument à avoir un sapin de Noël dans la cuisine pour le temps des fêtes. On le plantait dans une chaudière remplie de terre et elle se donnait un mal de chien pour le décorer. J'ai gardé les décorations dans une boîte, dans le grenier, mais ça fait des années que je m'en sers plus.

— Je vous trouve bien chanceux, déclara Juliette, devenue soudainement triste. Ma mère et moi, on aurait bien aimé en avoir un, mais mon père a jamais voulu. Il trouvait que c'était de la niaiserie et que ça donnait rien. Il me semble que ça aurait été tellement beau.

Jocelyn lui adressa un regard chargé de compréhension. De toute évidence, le courant passait bien entre ces deux êtres assez solitaires. Le célibataire paraissait apprécier la sensibilité et l'énergie de l'invitée de Corinne.

Vers trois heures, le voisin prit congé après avoir offert à Corinne de s'occuper de son train au jour de l'An si elle désirait aller souper chez ses parents, comme elle l'avait mentionné durant le réveillon. Cette dernière accepta sa proposition avec reconnaissance.

Après son départ, les deux femmes rangèrent rapidement la nourriture avant d'aller se coucher.

— J'ai oublié de te dire, fit Corinne à Juliette, après avoir soufflé la lampe à huile. J'attends un petit.

— C'est pas vrai ! s'exclama sa belle-sœur. Je suis contente pour toi, tu peux pas savoir combien. Moi, j'aurais tellement aimé en avoir un de mon mari, ajouta-t-elle avec une note de regret dans la voix.

— Pourquoi tu te remaries pas ? lui chuchota Corinne à voix basse. T'es encore jeune, tu pourrais avoir des enfants.

— Je le sais, reconnut sa belle-sœur, mais j'ai peur de mal choisir. Je pense que j'aurais pas mal de misère à trouver un homme aussi bon que mon défunt.

Quelques heures plus tard, Corinne ouvrit les yeux, réveillée par la clarté qui régnait dans la pièce. Il lui fallut un moment avant de s'apercevoir que la place à ses côtés était vide.

— Mon Dieu, le train ! dit-elle en glissant ses pieds dans ses pantoufles. Les vaches doivent bien se lamenter.

Elle quitta sa chambre pour se retrouver dans une cuisine bien chaude. Un coup d'œil à l'horloge murale lui apprit qu'il était près de neuf heures.

— Rosaire ! cria-t-elle, debout au pied de l'escalier. Lève-toi et viens m'aider à faire le train. On est en retard sans bon sens.

Au moment où elle s'apprêtait à retourner dans sa chambre pour s'habiller, la porte de la cuisine d'été s'ouvrit, laissant pénétrer une bouffée d'air froid en même temps qu'une Juliette Marcil fagotée dans un vieux manteau de Laurent.

— D'où est-ce que tu sors, sainte bénite ? lui demanda Corinne.

— Des bâtiments. Énerve-toi pas avec le train, il est fait. J'ai laissé le lait dans la pièce à côté.

— Voyons donc ! protesta Corinne. Si ça a de l'allure de laisser faire le train par la visite. J'ai l'air d'une vraie paresseuse.

— Inquiète-toi pas, la rassura Juliette avec un bon gros rire. J'ai fait le train bien plus souvent que tu peux le penser chez mon père et, comme tu peux le voir, j'en suis pas morte. T'es chanceuse, à part ça, il fait pas mal plus doux qu'hier.

Tu vas avoir du beau temps pour descendre à Saint-François. Bouge pas, lui ordonna-t-elle avec bonne humeur, j'ai quelque chose à te montrer.

Sur ces mots, Juliette Marcil retourna dans la cuisine d'été et en revint avec un petit sapin d'environ quatre pieds de hauteur décoré de rubans et de quelques angelots en papier mâché. L'arbuste était planté dans un seau à demi rempli de terre.

— Mais d'où est-ce que ça vient, cet arbre-là ? demanda Corinne, stupéfaite.

— Je l'ai trouvé devant la porte quand je suis sortie pour aller faire le train, répondit la veuve. C'est drôle, mais j'ai dans l'idée que ça vient de ton voisin. Si c'est lui qui l'a décoré, il a pas dû aller se coucher après le réveillon.

— J'ai l'impression qu'il a voulu te faire plaisir, dit Corinne. Il sait à quel point tu aimes les arbres de Noël. Pour moi, t'as fait une conquête, ajouta-t-elle avec un petit rire.

— Le moins que l'on puisse dire, c'est que c'est un homme qui a du cœur, reconnut Juliette, touchée par le geste. Il faudrait bien que j'aille le remercier avant de partir.

— Après le dîner, on arrêtera une minute chez lui, lui promit Corinne.

Rosaire apparut à ce moment-là au pied de l'escalier, les cheveux en bataille et l'air mal réveillé.

— Juliette a fait le train à notre place, lui apprit-elle. Nous, il nous reste juste à déjeuner, comme des vrais paresseux.

Tous furent d'accord pour ne manger que des rôties et de la confiture de fraises tant leur estomac était encore mal remis des abus de la nuit précédente. Après le repas, Juliette attira Rosaire dans le salon pour lui tendre deux dollars.

— Ça, c'est pour tes étrennes du jour de l'An, lui dit-elle en le forçant à mettre l'argent dans ses poches. Je te verrai pas ce jour-là, mais j'aimerais que tu t'achètes quelque chose qui va te faire plaisir.

— Merci, madame, balbutia le garçon, rouge de plaisir.

— Si tu veux commencer à me faire plaisir, tu vas arrêter de m'appeler madame et m'appeler par mon nom, comme tu le fais pour Corinne. Est-ce que c'est correct ?

— Oui.

— Oui, qui ?

— Oui, Juliette.

Une heure plus tard, Satan fut attelé à la *sleigh*.

— Rosaire, arrête chez Jocelyn en passant, demanda Corinne à l'adolescent à qui elle avait confié les rênes.

Quand la *sleigh* s'arrêta près de la maison du célibataire, les deux femmes descendirent pour aller frapper à sa porte. Ce fut un Jocelyn les cheveux en broussaille et les yeux gonflés de sommeil qui vint leur ouvrir et les invita à entrer.

— On dirait bien qu'on vient de te réveiller, fit Juliette avec bonne humeur.

— C'est pas grave, répliqua le voisin. J'ai tout l'après-midi pour me reprendre.

— Veux-tu bien nous dire quand t'as trouvé le temps d'aller chercher et de décorer l'arbre de Noël que tu nous as laissé sur la galerie ? lui demanda Corinne.

— Je m'endormais pas tellement après le réveillon, mentit-il. Ça fait que j'ai décidé d'aller couper un petit sapin qui poussait pas loin de ma grange et, un coup parti, je me suis servi des décorations laissées par ma mère.

— Tu peux pas savoir à quel point ça m'a fait plaisir, lui avoua une Juliette Marcil aux yeux devenus soudainement humides.

— C'est pas grand-chose, dit-il, l'air gêné tout à coup.

— Merci, dit Corinne.

— Oui, un gros merci, ajouta Juliette qui, toujours aussi spontanée, l'embrassa sur une joue, ce qui fit rougir Jocelyn.

— Bon, tu peux aller te recoucher, fit Corinne en riant. Nous autres, on doit y aller.

Le voisin leur ouvrit la porte et les salua. Il les regarda partir avant de se décider à refermer la porte de sa maison.

La *sleigh* prit la direction du village. Après un long silence, Corinne se tourna vers sa belle-sœur qui regardait le paysage sans dire un mot.

— Je suppose que t'as mauvaise conscience de t'attaquer à un pauvre vieux garçon sans défense ? lui demanda-t-elle sur un ton mutin.

— Pourquoi tu me dis ça ? fit Juliette.

— Parce qu'il suffit de voir de quelle façon mon voisin te regarde pour se rendre compte qu'il est tombé en amour.

— Voyons donc ! protesta mollement la veuve.

— J'aurais dû lui demander à qui exactement il a donné son arbre de Noël, plaisanta la petite femme blonde en enfouissant ses mains dans son manchon. On en aurait eu le cœur net.

— Une chance que t'as pas fait ça, dit Juliette en riant. Ça l'aurait gêné à mort.

Lorsque le véhicule s'arrêta quelques minutes plus tard dans la cour de Gonzague Boisvert, Juliette descendit après avoir embrassé sa belle-sœur et Rosaire. Elle leur souhaita une bonne année tout en disant regretter beaucoup de ne pouvoir être avec eux pour l'arrivée de 1902.

Corinne refusa d'entrer chez son beau-père en prétextant lui avoir déjà souhaité un joyeux Noël après la messe de minuit, mais elle fit promettre à Juliette de lui écrire et, surtout, de venir chez elle dès qu'elle mettrait les pieds à Saint-Paul-des-Prés.

— Fais bien attention à toi, dit Juliette au moment où la *sleigh* reprenait la route.

Corinne la salua de la main et la vit disparaître à l'intérieur de la maison.

La journée de Noël chez les Joyal fut marquée par une certaine tristesse. On ne pouvait s'empêcher de penser au petit Germain. Blanche, Amédée et leurs enfants étaient demeurés à Sorel parce que l'aîné avait la grippe. Corinne parla longuement du sort peu enviable que la famille Boisvert avait réservé au grand-père, ce qui révolta aussi bien Lucienne que son mari. Ensuite, la conversation dériva sur les amours de Simon. Napoléon raconta avec force clins d'œil que la petite Céline Girard, qui demeurait trois fermes plus loin, passait deux ou trois fois par jour devant la maison en regardant vers les fenêtres.

— J'ai d'abord pensé que son père l'envoyait taper la route au lieu de passer le rouleau.

— Voyons, p'pa ! dit Germaine en riant.

— Après, je me suis dit qu'elle cherchait à me faire de l'œil, expliqua-t-il, mais aussitôt que je sors de la maison, elle tourne de bord et me regarde même pas.

— Vieux excité ! fit sa femme, réprobatrice.

— Mais c'est une autre paire de manches quand c'est votre frère, par exemple, reprit le père de famille en s'adressant à Corinne et à Germaine. Elle est là qui se dandine sur la route et c'est tout juste si elle se garroche pas dans le fossé pour lui parler.

L'adolescent, qui venait d'avoir seize ans, cachait mal sa fierté d'être parvenu à attirer l'attention d'une fille.

— En tout cas, moi, si j'étais sa mère, intervint Lucienne, l'air sévère, je te la ramasserais par le chignon, cette petite bonyenne-là, et elle aurait intérêt à rentrer dans la maison.

Après une petite collation au milieu de l'après-midi, Napoléon somnola dans sa chaise berçante placée près du poêle pendant que Germaine interrogeait Rosaire pour vérifier ses progrès en classe. Pendant ce temps, Corinne et sa mère finissaient de laver la vaisselle.

— Es-tu allée voir le docteur ? lui demanda Lucienne à voix basse.

— Oui, m'man, tout est correct. Je l'attends pour la fin de mai ou le commencement de juin.

— Tant mieux, fit sa mère en poussant un soupir de soulagement. Enfin une bonne nouvelle. Tu m'as l'air de filer mieux, on dirait. As-tu toujours mal au cœur le matin ?

Cette question fit sursauter sa fille.

— Savez-vous qu'à cette heure que vous m'en parlez, je viens de me rendre compte que ça fait deux matins que je me lève sans avoir mal au cœur.

— Parfait, c'est pas obligatoire d'avoir mal au cœur quand on attend du nouveau. Quand je t'ai portée, j'ai pas été malade une seule fois, précisa Lucienne.

— C'est peut-être pour ça que j'ai été un bien beau bébé, dit Corinne, taquine.

— Je me souviens pas si t'as été un si beau bébé que ça, la relança sa mère, mais on peut pas dire qu'en vieillissant t'as appris l'humilité !

Corinne rit. Il y eut ensuite un silence entre la mère et la fille avant que cette dernière reprenne la parole.

— Il faut que vous veniez souper à la maison cette semaine. J'ai cuisiné toute la semaine passée et j'aimerais ça que vous veniez goûter à ce que j'ai fait.

— Tiens, ce serait pas une mauvaise idée d'aller voir si t'as retenu quelque chose de tout ce que je t'ai appris ! accepta sa mère. On va y aller après-demain.

Quand Corinne et Rosaire quittèrent les Joyal à la fin de l'après-midi, ils emmenèrent Germaine avec eux. Cette dernière avait accepté de venir passer deux jours chez sa sœur cadette.

Ces deux journées furent très agréables. Les deux sœurs s'étaient toujours très bien entendues et s'amusèrent à cuisiner et à découdre les poches de farine offertes par Lucienne quelques semaines plus tôt. Quand les parents vinrent souper, ils ne se cachèrent pas pour vanter les talents de cuisinière et de ménagère de leur fille cadette.

— C'est bien de valeur que tu doives t'occuper des animaux, déplora Lucienne au moment de partir. T'aurais pu venir passer l'hiver avec nous autres à cette heure que tu fais plus l'école. T'aurais trouvé ça bien moins ennuyant.

— Inquiétez-vous pas pour moi, m'man. Je vais avoir pas mal de couture à faire et j'ai commencé une catalogne. En plus, je peux pas faire perdre son année d'école à Rosaire. D'après Germaine, il a presque rattrapé tout son retard.

Les Joyal partirent après lui avoir fait promettre de venir souper à la maison au jour de l'An.

Chapitre 25

L'agression

La veille du jour de l'An, une petite neige folle se mit à tomber au début de l'après-midi. Peu après le dîner, l'un des fils de Conrad Rocheleau, le voisin d'en face, vint chercher Rosaire et Corinne poursuivit son travail. Après avoir fait cuire son pain pour la semaine, elle avait blanchi le tissu des poches de farine à l'eau javellisée et avait étendu les grands rectangles de coton sur des cordes tendues à travers la cuisine d'été.

Au milieu de l'après-midi, la jeune femme décida de cuisiner un gâteau et s'aperçut qu'elle n'avait plus d'œufs dans la maison. Elle endossa rapidement son manteau et courut au poulailler. Trop pressée, elle ne remarqua pas les traces de pas dans la neige fraîchement tombée. Elle poussa la porte du petit bâtiment. Il faisait si sombre à l'intérieur qu'une inquiétude soudaine la poussa à laisser la porte ouverte avant de s'avancer. La lumière extérieure n'éclairait que bien peu. Dans la pénombre, elle entendit les poules caqueter derrière la cloison constituée d'un treillis. Ces bruits familiers la rassurèrent un peu.

Elle fit quelques pas, puis s'immobilisa brusquement, les oreilles aux aguets, croyant avoir entendu un bruit derrière elle. Le cœur battant la chamade, elle tourna la tête dans toutes les directions, cherchant à voir dans le noir. Rien.

— Des mulots, dit-elle à mi-voix pour se rassurer.

Au moment où elle se remettait en marche vers les nichoirs pour y prendre les œufs, il lui sembla entendre une respiration saccadée derrière elle. Tétanisée par la peur, elle s'arrêta de nouveau, n'osant pas tourner la tête.

— Qui est-ce qui est là ? demanda-t-elle d'une voix tremblante en cherchant à rassembler tout son courage.

Avant même qu'elle réalise ce qui lui arrivait, une main s'abattit sur sa bouche et, tirée brutalement vers l'arrière, elle bascula sur les poches de grains entreposées dans un coin de la pièce. Elle parvint à repousser la main et elle cria en se débattant pour se dégager. La terreur décuplait ses forces. Elle décocha des coups de pied et mordit la main qui cherchait encore à l'empêcher de crier. Celui qui l'avait attaquée grogna alors de douleur, mais réussit à la maintenir sur le dos tant bien que mal.

Durant l'affrontement, elle lui arracha sa tuque et l'empoigna par les cheveux, mais son agresseur, beaucoup plus fort qu'elle, se contenta de grogner et de secouer la tête pour lui faire lâcher prise. Il finit même par s'asseoir sur elle pour l'immobiliser. Malgré la pénombre, Corinne reconnut alors Mitaines et une peur sans nom l'envahit à la vue de ses yeux fous.

L'homme engagé d'Eusèbe Tremblay renonça subitement à ses vaines tentatives d'immobiliser ses deux mains pour se mettre à explorer frénétiquement le corps de sa victime par-dessus ses vêtements. Il parvint même à glisser l'une de ses mains sous son manteau et palpa sa poitrine par-dessus sa robe. Corinne cria de plus belle et se débattit avec l'énergie du désespoir.

Soudain, une ombre apparut à la porte du poulailler et, un instant plus tard, Mitaines bascula sur le côté en se tenant la tête à deux mains. Rosaire venait de lui assener un violent coup avec une pelle. L'adolescent, apparemment fou de rage, en donna deux autres à l'agresseur avant de s'arrêter. Corinne se mit debout aussitôt, saisit une vieille fourche appuyée contre le mur et menaça Mitaines à son tour.

— Sors d'ici, écœurant ! hurla-t-elle, au bord de la crise de nerfs. J'ai bien envie de te crever avec ma fourche. Envoye, dépêche-toi avant que je change d'idée !

Rosaire, l'air non moins déterminé, tenait sa pelle comme une massue, debout à ses côtés. L'innocent, mal en point, se releva en chancelant. À l'aide de sa fourche, Corinne le poussa vers la porte et lui fit accélérer le pas.

— La police va s'occuper de toi, le vicieux ! lui cria-t-elle d'une voix tremblante au moment où il se dépêchait de sortir de la cour par crainte de recevoir d'autres coups. Demain, tu vas coucher en prison.

L'autre ne demanda pas son reste et se mit à courir sur la route.

Subitement, la jeune femme éclata en sanglots et laissa tomber sa fourche dans la neige avant de se diriger d'un pas incertain vers la maison. Rosaire ne dit rien. Il se contenta de la prendre par le bras et d'entrer avec elle.

Sans même prendre la peine de retirer son manteau, Corinne se laissa tomber dans l'une des chaises berçantes, saisie de tremblements qu'elle ne semblait pas en mesure de contrôler. Son jeune compagnon, toujours silencieux, prit la théière posée en permanence sur le poêle et lui versa une tasse de thé qu'il lui tendit. Il jeta ensuite une bûche dans le poêle et attendit que Corinne se calme.

Après quelques minutes, cette dernière sembla retrouver sa maîtrise de soi. Elle se tamponna les yeux avec son mouchoir et finit de boire son thé tout en ayant l'air de réfléchir à ce qui venait de se produire. Finalement, elle se leva, un peu chancelante, et annonça à l'orphelin qu'elle allait se reposer une heure dans sa chambre. Rosaire se contenta d'acquiescer et la regarda disparaître dans la pièce voisine.

Après avoir refermé la porte de la pièce, Corinne s'assit sur son lit et se berça un long moment d'avant en arrière, les yeux fermés, incapable de prendre une décision. Elle revivait chaque instant de ce qui venait de lui arriver et son cœur s'emballait à la seule idée de ce qui avait bien failli se passer.

— J'aurais donc dû laisser Laurent lui donner la volée qu'il méritait ! dit-elle à mi-voix. Comme ça, il aurait jamais osé remettre les pieds chez nous.

Puis, son imagination s'emballait. Elle songeait avec horreur à ce qui se serait produit si Mitaines était arrivé à ses fins. Elle en avait la chair de poule et des nausées...

— Qu'est-ce que je vais faire s'il revient, ce fou-là ? se demanda-t-elle à plusieurs reprises.

Il lui fallut plus d'une heure pour prendre une décision qui lui coûtait, mais il lui sembla qu'elle ne pouvait faire autrement. Elle se releva, prit sa brosse à cheveux et remit de l'ordre dans sa coiffure avant de quitter la pièce pour aller retrouver Rosaire qui n'avait pas bougé de la chaise berçante où il s'était assis quand elle avait quitté la cuisine.

— Une chance que je t'ai, lui dit-elle avec reconnaissance. Si t'étais pas arrivé aussi vite, je sais pas ce qui se serait passé avec ce malade-là !

— Je revenais de chez Rocheleau quand je t'ai entendue crier, se contenta de dire le garçon. J'ai couru jusqu'à la galerie pour prendre la pelle et...

— T'as bien fait, le coupa Corinne. T'as été très courageux, ajouta-t-elle, les larmes aux yeux.

— Veux-tu que j'aille atteler ?

— Pourquoi ?

— T'as dit au fou que t'allais avertir la police, lui rappela Rosaire.

— Laisse faire. Écoute-moi bien, Rosaire. J'irai pas avertir la police parce que je tiens pas pantoute à ce que toute la paroisse parle de cette affaire-là pendant des semaines. Tu comprends ?

— Ou... Oui, dit Rosaire d'une voix hésitante parce qu'il ne comprenait pas trop bien pourquoi elle agissait ainsi.

— On parle plus de ça. Tu vas me promettre de jamais dire un mot de ce qui est arrivé à qui que ce soit.

— C'est promis.

— À partir de tout de suite, tu vas toujours venir avec moi aux bâtiments, reprit-elle sur un ton résolu. En plus, on va prendre la carabine de mon mari au fond du garde-manger. Si jamais il remet les pieds chez nous, il va le regretter. Va la chercher et laisse-la proche de la porte. Comme ça, on l'oubliera pas.

La vue de l'arme appuyée contre le mur calma un peu les appréhensions des deux habitants de la maison et la vie sembla reprendre son cours normal, sauf quand vint l'heure d'aller soigner les animaux, à la fin de l'après-midi.

Lorsque Corinne et Rosaire quittèrent la maison pour l'étable, ils jetèrent des regards nerveux autour d'eux, même s'ils étaient armés de la carabine de Laurent.

Cette nuit-là, Corinne fut incapable de trouver le sommeil. Chaque fois qu'elle s'assoupissait, elle était la proie de cauchemars d'où elle émergeait, tremblante et en sueur. Finalement, incapable de demeurer plus longtemps dans sa chambre du rez-de-chaussée, elle alluma une lampe et monta à l'étage pour aller dormir dans la chambre voisine de celle occupée par Rosaire. L'épuisement finit par avoir raison d'elle au milieu de la nuit et elle s'endormit d'un sommeil de plomb.

Le lendemain matin, le ciel était gris lorsque Corinne se leva. Elle était fatiguée, mais le fait de ne pas avoir à combattre de nausée matinale suffit à la mettre de bonne humeur. Elle remit de l'ordre dans la chambre avant de descendre au rez-de-chaussée.

— Il faut que j'arrête de penser à ça, se commanda-t-elle à voix basse. Il s'est rien passé, il s'est rien passé, se répéta-t-elle pour se donner du courage. C'est une nouvelle année qui commence.

Après avoir allumé le poêle, elle réveilla Rosaire. Dès que ce dernier posa le pied dans la cuisine, elle alla l'embrasser sur les deux joues et lui souhaita une bonne année.

— On se dépêche à aller faire le train et on vient se changer pour aller à la basse-messe. Après, on revient pas ici. On s'en va directement fêter à Saint-François-du-Lac, lui expliqua-t-elle.

La joyeuse animation de sa voix ne laissait deviner en rien que sa nuit avait été entrecoupée de cauchemars qui l'avaient tenue éveillée de longues heures.

Avant de partir pour la messe au village, Rosaire descendit de sa chambre, portant un paquet assez maladroitement ficelé. En rougissant légèrement, il le tendit à Corinne.

— C'est pour toi, se contenta-t-il de lui dire.

— Pour moi ! fit celle-ci, ravie qu'il ait pensé à lui faire un cadeau en ce premier jour de l'année.

Elle développa le paquet et découvrit une boîte de chocolats qu'elle avait aperçue chez Duquette la semaine précédente.

— Voyons donc ! s'exclama-t-elle. C'est bien trop ! Quand est-ce que t'as pu m'acheter ça ? En plus, où est-ce que t'as trouvé l'argent pour payer ça ?

Pendant un bref moment, elle pensa que son protégé avait pris cet argent dans son pot vert, toujours rangé sur la seconde tablette de l'armoire. Elle ne voyait pas où il aurait pu trouver ailleurs la somme nécessaire.

— Je l'ai fait acheter par madame Rocheleau, avoua fièrement Rosaire.

— Et l'argent ? insista Corinne.

— C'est avec le cadeau que Juliette m'a fait avant de partir.

— Pourquoi elle t'a donné de l'argent ?

— C'était pour mes étrennes et...

— Et au lieu de t'acheter quelque chose, t'as tout dépensé pour moi ? C'est pas correct ce que t'as fait là, et ça me gêne... Attends, j'ai aussi un cadeau pour toi, lui dit-elle en se dirigeant vers sa chambre.

Elle revint un instant plus tard en lui tendant un paquet qui contenait un livre des contes de Charles Perreault.

— À cette heure que tu sais lire, tu vas pouvoir en profiter, lui dit-elle.

Il s'agissait de l'un des rares livres qu'elle possédait et dont elle avait pris un soin jaloux.

Quelques minutes plus tard, Corinne monta dans la *sleigh* après y avoir déposé les quelques étrennes destinées aux membres de sa famille. Elle laissa les rênes à son jeune compagnon et enfouit ses mains dans son manchon. Durant tout le trajet, elle songea aux jours de l'An de son enfance.

Même s'il n'était que huit heures et qu'il ne s'agissait que de la première messe du matin, la chapelle était presque remplie de paroissiens. Un bon nombre n'assistaient à cette messe que pour communier. Ils reviendraient plus tard à la grand-messe après avoir eu la chance de déjeuner. Après la cérémonie religieuse, Corinne prit le temps de s'arrêter quelques minutes à la sortie du couvent pour souhaiter une bonne année à quelques connaissances.

— Avez-vous su ce qui est arrivé à ce pauvre Eusèbe Tremblay? demanda Alexina Duquette, la femme du propriétaire du magasin général, aux trois femmes qui l'entouraient.

— Non, répondit Marie Melançon, la femme du forgeron.

— Il paraît que le maudit Mitaines lui a volé son argent. Le pauvre vieux s'en est aperçu seulement à l'heure du souper quand il a voulu l'envoyer chercher quelque chose au magasin. Il est monté tout de suite voir dans sa chambre, il paraît que toutes ses affaires étaient disparues. L'autre avait l'air d'être parti pour de bon.

— Mais ça faisait des années que l'innocent vivait avec lui, intervint Eudoxie Dumas. Le père Tremblay en prenait soin comme s'il était son propre garçon.

— Vous devez bien savoir que ça veut rien dire avec du monde de même, reprit la commerçante, l'air méprisant.

Faites du bien à un cochon et il vient salir votre perron, comme on dit.

— Qu'est-ce que monsieur Tremblay va faire? s'enquit Corinne en intervenant pour la première fois dans la conversation. J'espère qu'il va aller porter plainte.

— C'est déjà fait, madame Boisvert, répondit Alexina. Vous oubliez que nous avons le téléphone au magasin, précisa-t-elle avec hauteur. Eusèbe Tremblay s'en est servi pour appeler la police provinciale hier soir. Craignez rien, ils vont l'arrêter. J'espère juste qu'ils vont le poigner, ce pendard-là, avant qu'il ait dépensé tout l'argent de ce pauvre monsieur Tremblay.

— Est-ce qu'il s'est fait voler beaucoup d'argent? voulut savoir Eudoxie Dumas, curieuse.

— Ça, il l'a pas dit. Mais mon idée est que ce doit pas être un petit montant. Il faut pas oublier que c'est un vieux veuf qui a jamais beaucoup dépensé...

Corinne quitta les commères sur ces mots et monta dans la *sleigh*, envahie par un sentiment de délivrance. Le fait de savoir Mitaines en fuite, probablement loin de Saint-Paul-des-Prés, la soulageait au-delà de toute expression. Elle s'empressa de tout raconter à Rosaire pendant qu'ils prenaient la direction de Saint-François-du-Lac.

À leur arrivée chez les Joyal, ils trouvèrent la maison déjà pleine d'invités. Tout ce beau monde revenait à peine de la messe. Blanche était arrivée la veille avec Amédée et les enfants. Corinne retrouva avec plaisir ses oncles Joseph et Édouard Crevier et leurs femmes ainsi que sa tante Émérentienne Joyal et son mari Onésime, venus expressément de Nicolet pour célébrer l'arrivée de la nouvelle année avec la famille.

Il y eut un échange de bons vœux. On se souhaita une bonne année, de la santé et, évidemment, le paradis à la fin de ses jours.

— Arrive ici, ma petite bougresse ! s'écria l'oncle Onésime, un bon vivant toujours prêt à plaisanter. T'as la chance aujourd'hui d'embrasser ton plus bel oncle. Gêne-toi pas. Paye-toi la traite.

Tout le monde éclata de rire. Après avoir embrassé tout le monde, Corinne alla déposer son manteau dans la chambre de ses parents avant de revenir dans la cuisine où ses deux sœurs et Simon l'attendaient pour demander sa bénédiction paternelle à Napoléon. Les yeux de Lucienne se mouillèrent autant à cause de l'absence de ses deux fils qu'à cause du souvenir des jours de l'An passés en compagnie de ses parents.

Blanche, Germaine, Corinne et Simon s'agenouillèrent devant leur père, ému. Le silence tomba dans la cuisine et tous les invités regardèrent le père de famille bénir ses enfants avant de les embrasser. Ensuite, il disparut un moment dans la pièce voisine pour en revenir en portant un cruchon et des verres.

— Bon, les hommes, vous allez emboucaner le salon pendant qu'on prépare le dîner, déclara Lucienne sur un ton sans appel. Et toi, Napoléon, force pas trop sur le caribou, ajouta-t-elle en guise de mise en garde.

Son mari entraîna les hommes à sa suite dans la pièce voisine après avoir promis d'être raisonnable.

— On va tout de même se réchauffer un peu, annonça l'hôte en servant une généreuse rasade à chacun de ses invités. C'est pas tous les jours que c'est le jour de l'An.

Dès que tout le monde fut servi, on se mit à parler des nouvelles lues ou entendues. Onésime Lemire affirma avoir lu dans *Le Canada* que la Caisse populaire fondée par Alphonse Desjardins à Lévis allait tellement bien que d'autres villages songeaient à en ouvrir une. Sur ce, il tendit son verre vers Napoléon.

— Sais-tu, mon Napoléon, qu'il est pas mal pantoute, ton petit boire. Je pense que j'en reprendrais tout de suite un petit peu avant que tu te dépêches d'aller cacher ton cruchon.

— Aie pas peur, Nésime, fit Joseph Crevier, sarcastique. Tu devrais savoir que le beau-frère nous laissera pas mourir de soif.

Napoléon et Édouard eurent un sourire entendu parce qu'ils connaissaient depuis longtemps le goût marqué d'Onésime Blanchette pour l'alcool.

— C'est vrai, reconnut l'hôte, mais il faudrait pas que tu partes d'ici les pieds trop ronds parce que tu vas te faire parler dans le casque par ma sœur. Tu la connais.

— Crains rien, répliqua le petit homme rondelet à la calvitie prononcée, c'est pas deux ou trois petits verres de caribou qui vont énerver mon Émérentienne.

— Ça a l'air de rien, fit Joseph Crevier, bien décidé à changer le sujet de conversation, mais 1901 a été toute une année. Ça a commencé avec la mort de la reine Victoria et il y a eu aussi celle de monseigneur Moreau de Saint-Hyacinthe.

— Oublie pas la grève des ouvriers de la chaussure à Québec au mois de janvier passé, lui rappela son frère Édouard. Ça a joué dur en maudit pendant cette grève-là.

— Puis, j'espère que vous vous souvenez encore du mois de mars de fou qu'on a eu, intervint Napoléon en servant une nouvelle rasade de caribou. On pensait que l'hiver était presque fini quand trois pieds de neige nous sont tombés sur la tête d'un coup sec. On n'avait même pas fini de se déterrer qu'il nous est arrivé une autre tempête, puis une autre encore. En tout cas, quand on a commencé les sucres, à la fin du mois, on calait jusqu'à la taille dans la neige, dans le bois.

— Maudit qu'on en a arraché pour sortir du bois ce qu'on avait bûché, reprit Joseph Crevier. Les chevaux avaient toutes les misères du monde à avancer avec de la neige jusqu'au poitrail.

L'hôtesse décida de répartir ses invités en deux tablées. Après un bol de soupe aux légumes, chacun put déguster une généreuse portion de dinde, du pâté à la viande et du ragoût avant de se régaler d'un morceau de gâteau aux fruits et de la tarte au sirop d'érable. Tout au long du repas, on se rappela avec nostalgie l'époque pas si lointaine où les grands-parents étaient encore de la fête.

— On a eu m'man plusieurs années avec nous autres, rappela Édouard.

— Et elle m'a bien aidée à élever les enfants, compléta sa femme.

— La même chose pour mon père, affirma Napoléon. Mon père s'est donné à moi en 1885 et il est resté avec nous autres jusqu'à sa mort.

— C'était un bien bon vieux, reprit Lucienne. Jamais un mot plus haut que l'autre et toujours content de tout. Les enfants l'aimaient bien gros.

Ce rappel de grand-père Joyal décédé six ans auparavant émut Corinne, qui avait toujours été sa préférée. Et elle se mit à penser au grand-père de Laurent qui passait ce jour de l'An, seul, dans un hospice, abandonné par les siens.

Contrairement à la coutume, on ne dansa pas et on ne chanta pas en ce premier jour de l'année chez les Joyal pour respecter le deuil qui avait frappé la famille quelques semaines auparavant.

Après avoir aidé à ranger la cuisine, Blanche, Germaine et Corinne décidèrent de remettre à leurs parents les étrennes qu'elles leur avaient préparées. Si Napoléon reçut une pipe, une blague et d'épaisses chaussettes de laine, Lucienne eut un lainage, des pantoufles et une paire de gants. L'hôtesse disparut un court moment dans sa chambre à coucher pour en revenir les bras chargés de présents.

Elle donna à ses deux petits-enfants un sucre d'orge, une pomme et, ô merveille, une orange. Ses trois filles reçurent chacune un châle.

— Approche, Rosaire, dit-elle au protégé de sa fille. Toi aussi, t'as droit à des étrennes.

Elle remit à l'orphelin un sucre d'orge et deux fruits, comme à ses petits-enfants. À voir les yeux brillants du garçon, il était bien évident qu'il n'avait jamais reçu ce genre de cadeau.

— C'est de valeur que nous autres, on n'ait pas d'orange ! ne put s'empêcher de s'exclamer Corinne, incapable de cacher son dépit.

— Bien oui, gros bébé ! la réprimanda sa mère en dissimulant mal un sourire. J'ai une pomme et une orange pour Simon, pour toi et pour chacune de tes sœurs. J'ai été chanceuse. Vous pouvez remercier Amédée, c'est lui qui m'en a trouvé à Sorel, sentit-elle le besoin d'expliquer aux femmes présentes dans la pièce.

Après l'échange d'étrennes, les conversations reprirent. On se donna des nouvelles des membres de la famille et des connaissances, et on s'amusa en se racontant des histoires. À quelques reprises, des voisins vinrent frapper à la porte pour souhaiter une bonne année aux maîtres des lieux. Ces derniers les régalèrent d'un verre de vin de cerise ou d'un peu de caribou avant de les laisser partir.

À la fin de l'après-midi, une petite neige folle se mit à tomber doucement. Les invités quittèrent un à un la maison parce qu'ils avaient promis d'aller souper chez leurs enfants mariés et les Joyal se retrouvèrent entre eux. Blanche et Amédée décidèrent alors de rentrer à Sorel en prétextant que leurs deux fils fatigués commençaient à être un peu trop agités. Lorsque Corinne parla de les imiter en retournant à Saint-Paul-des-Prés, Lucienne intervint.

— Reste à souper avec nous autres, lui conseilla sa mère. Tu as dit toi-même que ton voisin était pour faire ton train. Il y a rien qui te presse. Le chemin va être beau pour retourner chez vous. Il tombe juste un peu de neige.

Corinne se laissa tenter et aida à préparer le souper en compagnie de Germaine. On réchauffa certains plats pendant que Simon et son père allaient soigner les animaux.

Pendant le repas, Corinne finit par dire à ses parents ce à quoi elle avait songé depuis quelques jours.

— Pensez-vous que ce serait une mauvaise idée si j'allais chercher le grand-père de Laurent à l'hospice pour le garder à la maison ?

Napoléon et Lucienne se regardèrent un bref instant.

— D'après toi, est-ce que ton mari va accepter ça ? lui demanda sa mère.

— Je le sais pas, m'man. Il me semble qu'il m'a dit qu'il aimait bien gros son grand-père, fit Corinne d'une voix un peu hésitante.

— Pourquoi pas, si t'es capable de nourrir une bouche de plus, intervint son père.

— Pour ça, je pense être capable de me débrouiller, affirma Corinne, tout de même pas trop certaine d'avoir suffisamment de provisions pour arriver à nourrir trois personnes durant encore plusieurs mois avec le peu d'argent qui restait dans le pot vert.

— De toute façon, Laurent sera pas là avant la fin du printemps, reprit Napoléon. Si jamais il est pas d'accord, il aura qu'à ramener son grand-père à l'hospice, non ?

— Vous avez raison, p'pa. Je vais continuer à y penser, mais ça se peut que j'aille le chercher. Je trouve que le pauvre vieux fait trop pitié tout seul, là-bas.

— En tout cas, ma fille, ce serait une belle charité chrétienne que tu ferais là, conclut sa mère.

Sur le coup de sept heures, Rosaire et Simon allèrent atteler Satan et Corinne prit congé des siens.

— Tiens ben le milieu de la route, conseilla Napoléon à Rosaire. Si t'es pour croiser une autre voiture, tasse-toi ben comme il faut sur le bord du chemin parce qu'un soir de jour de l'An, il y en a qui voient plus ben clair.

La jeune femme et son compagnon reprirent la route de Saint-Paul-des-Prés. Les flocons de neige tombaient un peu plus serrés et le fanal suspendu à l'avant de la *sleigh* n'éclairait pas beaucoup le chemin. À leur retour dans la maison glaciale ce soir-là, Corinne ne put s'empêcher de dire à Rosaire :

— On a été pas mal chanceux. On a eu un beau jour de l'An.

L'orphelin acquiesça en déposant avec précaution sur la table la pomme, l'orange et le sucre d'orge qu'il avait reçus en cadeau.

Chapitre 26

Des changements

Durant la semaine entre le jour de l'An et la fête des Rois, il ne tomba pratiquement pas de neige, mais le froid se fit de plus en plus mordant. Le mercure descendit brutalement jusqu'à –20 °F et s'y maintint obstinément, condamnant les hommes à demeurer à l'intérieur. Il leur fallut attendre le surlendemain de la fête des Rois, jour de la rentrée scolaire, pour pouvoir profiter d'un certain adoucissement de la température qui leur permit de retourner bûcher sur leur terre à bois.

Au début de la deuxième semaine de janvier, le mercredi avant-midi, Bertrand Gagnon croisa un inconnu sortant du magasin général. Le maire le regarda s'éloigner en compagnie d'un homme qui l'attendait dans sa *sleigh* stationnée devant le commerce.

— Dis-moi pas que tu commences à avoir des clients qui viennent d'ailleurs ? plaisanta Bertrand en s'approchant du comptoir derrière lequel officiait Alcide Duquette.

— C'est pas un client, monsieur le maire, c'est un enquêteur de la police provinciale, précisa Alexina Duquette en train de placer des marchandises au fond du magasin.

— Naturellement, il est venu pour le père Tremblay ? fit le maire, curieux.

— Ben sûr, répondit Alcide en baissant la voix, même s'il n'y avait aucun client dans son magasin.

— Bonyeu ! Il me semble que ça fait quatre ou cinq fois qu'ils viennent au village depuis le vol, dit Bertrand. Au lieu de venir traîner dans le coin, ils feraient ben mieux de mettre la main au collet de Mitaines. Évidemment, ils l'ont pas encore trouvé ?

— Si je me fie à ce qu'il m'a dit, il est pas venu pour essayer de trouver ce maudit voleur-là. Il est revenu pour parler à Eusèbe Tremblay. L'enquêteur m'a demandé si je pensais que c'était possible que le père ait eu jusqu'à sept cents piastres de cachés chez eux.

— Sept cents piastres ! s'exclama Bertrand. Voyons donc ! Ça tient pas debout, cette affaire-là. Est-ce que c'est ce que le vieux lui a raconté ?

— En plein ça… Et c'est ce qui le chicotait.

— Je comprends. Où est-ce qu'Eusèbe Tremblay aurait pris tout cet argent-là ? Il a beau être un vieux veuf qui a jamais dépensé ben gros, c'est dur à croire qu'il ait ramassé autant d'argent.

— C'est ça que le policier est venu tirer au clair. Il le croyait pas. Mais Eusèbe Tremblay lui a dit que presque la moitié de l'argent venait d'un lopin de terre au village qu'il aurait vendu le printemps passé à quelqu'un de la paroisse. Quand il m'a demandé si j'étais au courant, j'ai ben été obligé de lui dire non.

Frappé de stupeur, Bertrand demeura un long moment, la bouche ouverte, debout devant le comptoir. Alcide Duquette finit par s'apercevoir de son trouble et lui demanda :

— Qu'est-ce que t'as ? On dirait que tu viens de voir le diable en personne.

— Ah ben, maudit torrieu, par exemple !

— Est-ce que tu vas finir par me dire ce qui se passe ?

— Mais tu comprends rien ! Le seul lot que le père Tremblay a jamais eu au village, c'est là où Boisvert veut absolument que la nouvelle église soit construite.

— C'est pourtant vrai, ça, intervint Alexina Duquette, qui venait de réaliser la chose.

— Ça veut dire quoi, d'après toi ? demanda Alcide, intrigué.

— Ça me surprendrait pas pantoute que ce soit Boisvert qui ait acheté ce terrain-là.

— Voyons donc, Bertrand, t'aurais vu passer l'acte de vente à l'hôtel de ville. Ce serait marqué quelque part sur le cadastre de la paroisse, non ?

— T'as peut-être raison, répondit le maire d'une voix songeuse. C'est vrai que le père Tremblay est ben assez ratoureux pour avoir essayé de faire croire n'importe quoi au policier... Ah ! Et puis non, le bonhomme est peut-être une tête croche, mais il est jamais assez fou pour raconter une affaire comme ça à un enquêteur si c'est pas vrai. Il aurait ben trop peur de se faire taper sur les doigts.

— Si c'est comme ça, à qui il peut ben avoir vendu ? demanda Alexina.

— Je mettrais ma main au feu que c'est à Gonzague Boisvert. Le vieux bâtard ! Tu peux pas avoir plus hypocrite !

— Comment ça se fait qu'on l'a pas su ?

— C'est ben simple, reprit le maire d'une voix rageuse. Il a dû passer en cachette un papier avec Eusèbe Tremblay. On n'est supposés rien savoir de tout ça. Le vieux va faire comme si le lopin lui appartenait encore jusqu'au moment où la paroisse se décidera à construire là son église. À ce moment-là, vous pouvez être certains que le Gonzague arrivera avec son contrat pour prouver que le terrain est à lui et il le vendra à la fabrique la peau et les os. C'est ben dans sa manière hypocrite de mener ses affaires...

— Quand les gens de la paroisse vont savoir ça, il y en a qui se gêneront pas pour lui dire ce qu'ils pensent de lui et de ses manigances, ajouta Alexina en reniflant avec mépris.

— J'aimerais ben que vous me rendiez un service, dit le maire en baissant la voix. Vous seriez ben fins si vous parliez de ça à personne. Je voudrais d'abord mettre au courant l'avocat pour voir si on peut pas faire quelque chose avec ça.

Alcide et Alexina se consultèrent du regard avant de promettre au maire de se taire.

Ce soir-là, Bertrand Gagnon se présenta au presbytère en compagnie du notaire Ménard et de Gustave Parenteau sur le coup de sept heures. Rose Bellavance fit entrer les trois hommes et les invita à passer dans la salle d'attente, le temps de prévenir monsieur le curé.

Moins de cinq minutes plus tard, Anselme Béliveau les fit pénétrer dans son bureau dont il referma la porte pour éviter que les oreilles indiscrètes de sa servante n'entendent ce qui devait demeurer caché.

Bertrand Gagnon mit le prêtre au courant des derniers développements avant de céder la parole au jeune avocat Parenteau.

— L'espèce de sépulcre blanchi ! ne put s'empêcher de s'exclamer le curé Béliveau. Dire qu'il nous cause tous ces troubles-là juste pour faire une piastre ! J'en reviens pas !

— Messieurs, intervint l'avocat, toujours aussi maniéré, je suggère d'aller en procès le plus tôt possible. Notre cause est excellente. On ne peut pas la perdre...

— Allez pas trop vite, monsieur Parenteau, intervint le prêtre. Oubliez pas qu'il y a beaucoup de paroissiens qui sont derrière lui. Ça peut nous jouer des tours, ça. On a tout intérêt à se montrer prudents.

— Surtout qu'il a rien fait d'illégal en achetant un terrain, reprit le notaire, apparemment enclin à la prudence lui aussi. On peut même pas dire au juge que Boisvert tente d'exploiter la paroisse en vendant son terrain à un prix exorbitant puisqu'il a encore rien demandé. À la limite, il est même assez retors pour faire croire au juge qu'il l'a acheté dans le but de le donner à la fabrique.

— Là, on aurait l'air fin, conclut Anselme Béliveau, qui n'avait jamais envisagé cette possibilité.

— Ben, qu'est-ce qu'on fait ? demanda le maire avec une certaine impatience. Oubliez pas que Boisvert a commencé à faire le tour de la paroisse pour faire signer une pétition et qu'il y a pas moyen de connaître les résultats.

— Je lui ai dit que j'étais au courant, intervint le prêtre et que je voulais savoir ce que ça donnait.

— Qu'est-ce qu'il vous a répondu ? voulut savoir le maire.

— Qu'il était loin d'avoir fini de faire sa tournée et qu'il se ferait un plaisir de me le dire quand il aurait terminé.

— Moi, je suggère de faire le mort, dit le notaire Ménard. Ce serait même astucieux de lui faire croire qu'on ignore tout de ses manigances. On devrait pas s'occuper de sa supposée pétition faite en cachette et du fait qu'il est propriétaire du terrain où il tient tant à faire construire l'église.

— Si c'est votre idée, conclut Gustave Parenteau, on porte l'affaire devant les tribunaux et on verra bien ce qu'un juge décidera. De toute façon, je pense que nous sommes tous d'accord pour dire qu'il faut qu'une décision soit prise dans un sens ou dans l'autre de manière à ce que la construction de l'église commence ce printemps.

Tous hochèrent la tête et quelques minutes plus tard, le curé Béliveau reconduisit ses visiteurs à la porte du presbytère.

Le lendemain, Corinne se réveilla à l'aube, bien décidée à aller chercher le grand-père de son mari à Sorel. Depuis une dizaine de jours, elle n'avait pas cessé d'y songer. Seule son appréhension de la réaction de Laurent lorsqu'il verrait qu'elle avait décidé seule d'héberger son grand-père l'avait retenue jusqu'à présent.

— Il dira ce qu'il voudra, se dit-elle à mi-voix en endossant sa robe de chambre.

Comme elle s'était levée à trois reprises durant la nuit pour alimenter le poêle en bûches d'érable, il restait encore des tisons lorsqu'elle souleva le rond. Elle s'empressa de jeter quelques rondins dans le poêle avant de crier à Rosaire de se lever pour venir l'aider à faire le train.

À leur retour des bâtiments près d'une heure plus tard, elle apprit à l'orphelin qu'il devrait dîner à l'école ce jour-là parce qu'elle devait aller à Sorel. Elle prit la peine de lui expliquer les raisons de son voyage.

Après le déjeuner, Rosaire se dépêcha d'aller atteler Satan à la *sleigh* et Corinne le déposa devant l'école avant de poursuivre son chemin. Le trajet allait être long et elle ne regretta pas d'avoir pris la précaution de faire chauffer des briques qu'elle avait déposées à ses pieds, sous l'épaisse couverture qui lui couvrait les jambes.

Il lui fallut près de deux heures pour arriver chez sa sœur Blanche, rue Adelaïde, à Sorel. Cette dernière lui indiqua où se trouvait l'hospice géré par les sœurs Grises et ne la laissa partir qu'après lui avoir arraché la promesse de revenir dîner à la maison avant de reprendre la route de Saint-Paul-des-Prés.

Grâce aux explications de sa sœur, la jeune femme n'eut aucun mal à trouver l'institution. Un silence feutré l'accueillit lorsqu'elle poussa la porte de l'édifice de deux étages en brique. Debout dans l'entrée, elle dut attendre quelques instants avant qu'une religieuse vienne à sa rencontre.

— J'aimerais voir monsieur Boucher, ma sœur, déclara Corinne, un peu impressionnée par les lieux.

— C'est pas l'heure des visites, madame, lui fit remarquer la religieuse, l'air sévère.

— C'est que je viens de loin et j'aurais bien aimé lui parler, insista timidement la jeune femme.

— Venez avec moi, je vais voir s'il peut vous voir, dit abruptement la responsable de l'accueil.

Sur ce, elle fit quelques pas jusqu'à une pièce voisine dont la porte était demeurée ouverte et y pénétra.

— Vous pouvez vous asseoir, dit-elle à la visiteuse en lui montrant une chaise placée devant son petit bureau en pin.

La religieuse s'assit de son côté, ouvrit un grand cahier noir et consulta brièvement la liste des pensionnaires.

— Nous avons deux Boucher. Lequel des deux voulez-vous voir ? Wilfrid ou Constant ?

— Je le sais pas, admit piteusement Corinne.

— Comment ça ? demanda la religieuse, surprise. Vous savez pas son prénom ?

— C'est le grand-père de mon mari et je l'ai vu juste une fois. Il est entré ici au mois de décembre.

— Ah bon ! Vous voulez voir Wilfrid Boucher. Attendez une minute, je vais l'envoyer chercher.

Sur ce, elle quitta le bureau et Corinne l'entendit s'adresser à une personne dans le couloir. La religieuse revint et reprit sa place.

— Je suis sœur Saint-Georges, l'économe, se présenta-t-elle. Je connais pas beaucoup le grand-père de votre mari, mais des consœurs m'ont dit que c'est un pensionnaire bien tranquille. J'espère que vous lui apportez pas une mauvaise nouvelle.

— Non, ma sœur. Je viens juste voir s'il aimerait venir rester chez nous.

La religieuse garda le silence un court instant avant de dire à la visiteuse assise devant elle :

— Vous savez, madame, que l'entretien d'une personne âgée peut devenir pas mal prenant. J'espère que vous avez bien réfléchi avant de venir. Je vous trouve un peu jeune pour vous charger de ça.

Corinne n'eut pas à lui répondre puisqu'une femme entre deux âges vint cogner à la porte. Elle était accompagnée de Wilfrid Boucher dont le visage s'éclaira lorsqu'il reconnut l'épouse de Laurent.

— Vous pouvez aller vous asseoir dans le parloir, au bout du couloir, dit l'économe. Monsieur Boucher, essayez de vous souvenir que le dîner va être servi dans quinze minutes. Si vous êtes pas là, vous allez passer sous la table.

Le vieillard ne se donna pas la peine de lui répondre et il entraîna l'épouse de son petit-fils vers une salle où une vingtaine de chaises étaient alignées le long des murs et dont l'unique décoration était constituée de deux fougères en pot.

— Eh ben ! Si je m'attendais à recevoir de la belle visite comme ça, s'exclama le vieil homme de quatre-vingt-un ans après avoir embrassé Corinne sur une joue avant de s'asseoir. Je te trouve ben fine d'arrêter en passant pour me dire bonjour.

— Aimez-vous ça, ici, monsieur Boucher ? s'enquit la jeune femme.

— Ben, c'est une place faite pour les vieux, répondit le vieillard d'une voix neutre.

— Est-ce que les sœurs prennent bien soin de vous ?

— Pour ça, j'ai pas à me plaindre, mais je te dis que je commence à comprendre pourquoi elles se sont pas mariées.

— Pourquoi ? demanda Corinne en souriant.

— Parce qu'elles ont ben trop mauvais caractère. Aïe ! t'as le meilleur de leur obéir et de marcher droit. Avec elles, t'es comme un enfant. Tu te lèves, tu manges et tu te couches quand elles le décident. En plus, tu peux même pas fumer ta pipe où tu veux.

— Au fond, vous aimez pas tellement la place, si je comprends bien.

— Bah ! Tu sais, quand on prend de l'âge, on doit s'habituer à ben des affaires. C'est sûr que c'est un peu déprimant de voir juste des vieux et de dormir dans une chambre avec trois autres vieux qui ronflent encore plus fort que nous autres.

— Qu'est-ce que vous diriez, monsieur Boucher, de venir rester à Saint-Paul-des-Prés ?

— Je le sais pas trop, ma belle fille. Je me suis jamais trop ben entendu avec ton beau-père et...

— Non, vous m'avez mal comprise, grand-père. J'aimerais que vous veniez rester chez nous, dans le rang Saint-Joseph.

— Pourquoi j'irais encombrer une jeunesse comme toi ? demanda Wilfrid Boucher, apparemment très tenté d'accepter l'offre. T'as certainement autre chose à faire que de laver mon linge et me faire à manger.

— Ce sera pas la fin du monde, rétorqua Corinne. En plus, j'ai besoin d'un homme à la maison pendant que Laurent est au chantier. Depuis qu'il est parti, je reste avec un petit orphelin de douze ans que le beau-père maltraitait et je me sens pas trop en sécurité. Vous avoir dans la maison me rassurerait.

Cette explication emporta les dernières réserves du vieil homme.

— Si c'est comme ça, je suis ton homme, dit Wilfrid, rayonnant de bonheur. On part tout de suite, sans attendre le dîner des sœurs. En tout cas, je veux que tu saches que si jamais tu me trouves trop malcommode, t'auras juste à me ramener.

— Craignez rien, je suis sûre qu'on va bien s'entendre, tous les deux, le rassura Corinne. Avez-vous besoin d'aide pour préparer vos bagages ? ajouta-t-elle, consciente de l'impatience subite du grand-père de quitter les lieux.

— Penses-tu ! Toutes mes affaires tiennent dans deux petites valises. Ça va me prendre cinq minutes à tout ramasser et je suis prêt. Attends-moi.

Sur ces mots, le vieillard quitta le parloir. Corinne retourna frapper à la porte du bureau de l'économe, qui la pria d'entrer.

— Ma sœur, le grand-père de mon mari a décidé de venir vivre avec nous autres, à Saint-Paul-des-Prés. Il est parti chercher ses affaires.

— On n'a jamais retenu un de nos pensionnaires contre son gré, madame, fit l'économe. Cependant, on ne pourra pas lui rembourser le prix de sa pension pour les deux dernières semaines de janvier.

— Je pense pas que ça le dérange, ma sœur.

— Très bien, si vous voulez aller l'attendre au parloir, je vais envoyer quelqu'un l'aider à ramasser ses affaires et à les apporter ici.

Quelques minutes plus tard, Corinne vit arriver un Wilfrid Boucher vêtu d'un épais manteau de drap brun et coiffé d'une tuque de la même couleur. Un employé de l'institution le suivait, portant deux valises en carton bouilli qu'il déposa près de la porte. L'économe s'approcha pour faire signer une décharge qui libérait l'hospice de l'entretien du vieil homme. Enfin, Corinne et grand-père Boucher purent quitter les lieux, chargés des valises qu'ils déposèrent à l'arrière de la *sleigh*.

Wilfrid Boucher s'empressa de retirer la couverture que Corinne avait déposée sur le dos de Satan et il monta dans le véhicule. D'autorité, il saisit les guides pendant que sa passagère étalait l'épaisse couverture en fourrure sur leurs jambes.

— Je m'ennuierai pas pantoute de la place, se contenta de dire le conducteur en mettant l'attelage en marche.

Après avoir dîné chez Blanche Cournoyer, Corinne et Wilfrid Boucher revinrent à Saint-Paul-des-Prés au milieu de l'après-midi. Le vent s'était levé et le froid s'était fait subitement plus vif.

— Je vais aller dételer Satan, annonça Corinne au moment où la *sleigh* s'arrêtait près de la maison. Vous seriez bien fin, monsieur Boucher, si vous allumiez le poêle pendant ce temps-là.

— Ben non, s'opposa Wilfrid. Je suis peut-être vieux, mais je suis pas infirme. Je suis encore capable de dételer un cheval. Toi, va allumer le poêle. Je reviens tout de suite.

Sur ces mots, il déposa ses deux valises près de la porte de la cuisine d'été et reprit les guides pour conduire la *sleigh* devant l'écurie. Corinne conserva son manteau et s'empressa d'allumer le poêle. Quelques minutes plus tard, Wilfrid pénétra dans ce qui allait devenir son nouveau foyer. Le poêle ronflait déjà et il se dépêcha de venir se frotter les mains au-dessus de l'unique source de chaleur de la maison.

— Si ça vous fait rien, monsieur Boucher, on va laisser vos valises proches du poêle pour faire réchauffer un peu votre linge, lui dit Corinne. Je pense que vous êtes mieux de faire comme moi et d'attendre que la maison soit plus chaude avant d'ôter votre manteau. Quand ça va être plus chaud, je vais aller vous montrer votre chambre, en haut. J'ai mis du thé à chauffer sur le poêle, ajouta-t-elle.

— C'est ben correct, dit-il en s'assoyant dans l'une des deux chaises berçantes. En passant, arrête donc de faire des cérémonies et laisse faire le « monsieur Boucher ». Appelle-moi grand-père. Est-ce que ça te dérange si je fume la pipe ?

— Pantoute, grand-père. La senteur du tabac m'a jamais dérangée.

Le vieillard sortit sa blague et sa pipe qu'il bourra avec un plaisir évident.

Quand Rosaire rentra de l'école une heure plus tard, il trouva le vieil homme en train de fumer sa pipe en se berçant près du poêle. Corinne lui présenta le visiteur, mais le garçon sembla intimidé par la présence de cet intrus. La maîtresse de maison dut insister lourdement en racontant au grand-père de son mari tous les services que l'adolescent lui rendait depuis qu'elle l'avait recueilli pour qu'il ne se sente plus menacé par le vieillard.

— Je vous fais quelques beurrées de graisse de rôti avant de sortir faire le train, annonça-t-elle avec entrain à ses deux pensionnaires. Qu'est-ce que vous en pensez ?

— Ça fait tellement longtemps que j'ai pas mangé ça que je cracherai pas dessus, certain, fit Wilfrid, enthousiaste. Et toi, mon jeune ?

— Moi aussi, j'aime ça, répondit Rosaire.

Tout en étalant de la graisse de rôti sur d'épaisses tranches de pain, Corinne expliqua les progrès de son protégé à l'école.

— Tu fais ben d'apprendre à lire et à écrire, approuva Wilfrid. Moi, j'ai jamais su parce que je suis pas allé à l'école. Quand j'ai eu le temps d'apprendre, il était trop tard. Il y avait plus rien qui voulait entrer dans ma vieille caboche. J'espère que tu vas trouver le temps de me lire des affaires qui sont dans tes livres, ajouta-t-il.

Cette campagne évidente de séduction réussit parfaitement. Avant même la fin de sa première soirée chez Corinne, grand-père Boucher avait conquis aussi bien l'épouse de son petit-fils que Rosaire.

Les jours suivants, une vie paisible s'organisa chez Corinne. Chaque matin, Wilfrid se levait très tôt et se faisait un point d'honneur de réchauffer la maison avant que Corinne et Rosaire soient réveillés. Ensuite, malgré les protestations de la jeune femme, il allait faire le train en compagnie de l'orphelin pendant qu'elle préparait le déjeuner. Après le départ de Rosaire pour l'école, le vieil homme s'installait près du poêle ou trouvait à s'occuper à de petites tâches alors que la maîtresse des lieux cousait, tricotait ou tressait des catalognes après avoir remis de l'ordre dans la maison.

Il n'avait fallu que quelques jours à Wilfrid pour se rendre compte que Corinne attendait un enfant, même si son tour de taille n'avait pas encore commencé à prendre de l'ampleur. La vue des couches qu'elle ourlait et des petits chaussons tricotés avait suffi à l'informer.

— Je sais pas si tu le sais, lui dit le vieillard un matin, mais il y a un vieux berceau dans le grenier du poulailler. Je pense que je pourrais facilement te l'arranger si tu crois en avoir besoin un beau jour.

— Vous êtes pas mal finaud, hein, grand-père ! fit la jeune femme en ne parvenant pas à réprimer un sourire.

— Ben, comment tu penses qu'on se rend à mon âge, ma belle fille? répliqua Wilfrid avec un petit rire. Veux-tu que je te le répare?

— Ce serait une bien bonne idée, accepta Corinne.

Le premier dimanche où Corinne, Rosaire et Wilfrid Boucher assistèrent à la grand-messe, Gonzague Boisvert sursauta en apercevant son beau-père, debout aux côtés de sa bru et cette dernière le vit se pencher à l'oreille de son fils Henri pour lui chuchoter quelques mots.

À la fin de la cérémonie, beaucoup de paroissiens demeurèrent quelques minutes à l'extérieur, devant le couvent, pour échanger des nouvelles. Les fêtes étaient bien terminées. Si les femmes discutaient de catalognes et de courtepointes en cours de fabrication, les hommes parlaient surtout des difficultés qu'ils éprouvaient à «bûcher» par des températures aussi basses.

Corinne salua les Rocheleau et Jocelyn Jutras au passage et leur présenta son nouveau pensionnaire.

— As-tu appris la nouvelle? lui demanda Marie-Claire.

— Quelle nouvelle? fit Corinne, curieuse.

— Alexandre Brisebois, à côté de chez nous, pense avoir aperçu Mitaines sur sa terre à bois, hier après-midi. En approchant de sa cabane à sucre, il a vu quelqu'un se sauver. Il lui a crié de s'arrêter, mais l'autre s'est poussé. Il a cru le reconnaître. En tout cas, il paraît que le gars s'était installé depuis un bout de temps dans la cabane.

— Mais là, il a pas pu y retourner, précisa Conrad Rocheleau. Alexandre s'est dépêché d'aller poser un cadenas sur la porte de sa cabane.

Lorsqu'elle apprit que Mitaines était encore dans les parages et qu'il avait vécu si près de chez elle, le cœur de Corinne eut un raté et elle se sentit blêmir. Il lui fallut faire un réel effort de volonté pour se raisonner. Maintenant, Wilfrid vivait dans la maison et sa présence était capable de décourager toute autre tentative de s'en prendre à elle.

Gonzague, Henri et Annette ne purent éviter de s'arrêter pour saluer Wilfrid Boucher qui attendait en compagnie de Corinne que Rosaire ait fait avancer la *sleigh*.

— Dites-moi pas que vous êtes en visite à Saint-Paul? demanda Gonzague à son beau-père en s'efforçant de mettre une joyeuse animation dans sa voix.

— Pantoute, répondit le vieillard sur le même ton. Je reste à cette heure chez ton garçon Laurent.

— Première nouvelle, rétorqua le cultivateur en lançant un regard interrogateur à Corinne. J'espère que ma bru vous fait pas trop de misère.

— Pas de saint danger. J'ai jamais été aussi ben. Je suis traité comme un coq en pâte, répliqua Wilfrid avec un grand sourire. Bon, ben, bonjour là. Je pense qu'il faut y aller, reprit-il en regardant vers la route, Rosaire est arrivé.

Wilfrid commença à s'éloigner vers la route. Au moment où Corinne allait le suivre, Gonzague la retint un instant en posant une main sur son bras.

— J'espère que Laurent va trouver ça à son goût quand il va descendre du chantier, laissa-t-il tomber en arborant une mine lugubre.

— Inquiétez-vous pas pour ça, monsieur Boisvert, affirma-t-elle avec une assurance qu'elle était bien loin d'éprouver. Comme je connais Laurent, il aurait jamais accepté que son grand-père soit placé dans un hospice. Bon, il faut que j'y aille.

Sur ces mots, elle s'éloigna sans adresser le moindre regard à Henri et Annette qui avaient assisté à toute la scène sans prononcer une parole.

Après un redoux qui ne dura que trois jours, le froid revint régner en maître dès la fin de la troisième semaine de janvier. Puis, deux importantes bordées tombèrent coup sur coup sur la région, enfouissant tout sous près de trois pieds de neige. Les piquets de clôture avaient disparu depuis longtemps et on dut planter de nouveau d'autres branches de pin et de sapin le long des routes pour les baliser. À la fin du mois, il n'était déjà plus question de passer la gratte sur les chemins tant l'accumulation de neige était importante. On n'utilisait plus que les rouleaux tirés par les chevaux pour damer la neige.

En cette fin du premier mois de l'année 1902, beaucoup de cultivateurs de la région préféraient se déplacer en berlot plutôt qu'en *sleigh* parce que ces véhicules, moins hauts sur patins, étaient plus stables. Il arrivait même que Lemoyne, le facteur, distribue le courrier à bord de son traîneau tiré par ses chiens.

Chaque jour, Corinne guettait son passage dans l'espoir qu'il lui laisse une lettre de Laurent. Il n'avait pas donné signe de vie depuis le mois de décembre. Parfois, elle se demandait, avec un pincement de jalousie, si Catherine Gariépy avait été plus gâtée qu'elle l'hiver précédent. Même si elle savait que son mari était réticent à faire appel à quelqu'un pour lui écrire et que le courrier sortait difficilement du chantier, elle n'en espérait pas moins un signe de vie, ne serait-ce que pour lui faire savoir à quel point il était fier d'être bientôt le père d'un enfant.

Elle s'ennuyait de plus en plus de Laurent et trouvait les journées interminables. Elle s'était même mise à compter les jours qui la séparaient de son retour. Son ventre avait commencé à s'arrondir légèrement.

Lorsqu'elle laissa deviner son ennui à sa mère venue en visite le dimanche suivant, Lucienne s'était bornée à lui dire :

— Prends ton mal en patience, ma fille. Dis-toi que c'est pas plus drôle pour les hommes de travailler d'un soleil à l'autre en plein bois pour rapporter un peu d'argent à la maison. Bastien et Anatole donnent pas plus de leurs nouvelles que ton mari, même s'ils savent que je suis inquiète.

Le 1er février, un bruit de grelots incita Wilfrid Boucher à se lever pour aller regarder à l'extérieur par l'une des fenêtres de la cuisine presque entièrement couverte d'une épaisse couche de givre. Il appuya une main contre la vitre pour faire fondre un peu la glace dans le but de tenter d'apercevoir les visiteurs.

— Corinne ! cria-t-il à la jeune femme en train de faire du ménage dans sa chambre à coucher, c'est ton beau-père qui vient te voir.

— Sainte bénite ! s'exclama la future mère en entrant dans la cuisine, voulez-vous bien me dire ce qui l'amène ? Il a pas mis les pieds ici dedans depuis au moins quatre mois.

— Naturellement, il t'a pas invitée durant les fêtes, laissa tomber le vieil homme en retournant s'asseoir dans sa chaise berçante. C'est ben lui, ça. Il va jamais nulle part pendant les fêtes pour pas avoir à inviter personne. Ma Laura a jamais pu le changer là-dessus. Il paraît qu'il disait à ma fille que recevoir du monde, ça coûtait cher pour rien.

On frappa à la porte et Corinne alla ouvrir. Le visiteur entra et salua son beau-père et sa bru tout en déboutonnant son épais manteau de chat sauvage.

— Maudit que c'est pas chaud à matin, dit-il.

— Entrez vous réchauffer un peu, monsieur Boisvert, l'invita sa bru en faisant un effort pour se montrer aimable. Si vous êtes en train de faire votre tournée de la parenté pour les fêtes, vous êtes un peu en retard, ne put-elle s'empêcher de dire sur un ton narquois.

— Non, c'est pas ça. C'est juste qu'à matin j'ai pas grand temps, dit Gonzague en ne faisant pas mine d'enlever son manteau. Je devais passer à l'école, ça fait que je me suis dit que j'étais aussi ben de venir régler nos petites affaires du même coup.

— Quelles petites affaires, monsieur Boisvert ? demanda Corinne, surprise, en l'invitant du geste à s'asseoir à table.

— Ben, tu sais ben. Le remboursement.

— Quel remboursement ?

— Voyons, ma fille ! Laurent a ben dû te dire qu'il devait me rembourser soixante-trois piastres chaque année, à la fin de janvier, pour la terre et la maison que je vous ai vendues, expliqua Gonzague avec une certaine impatience en tirant de l'une de ses poches le contrat qui le liait à son fils. J'aurais dû passer hier, mais j'ai été trop occupé toute la journée.

— J'ai bien peur que vous ayez à attendre que votre garçon soit descendu du chantier pour régler ça avec lui, dit la jeune femme. Il m'a jamais parlé de ça et, surtout, il m'a jamais laissé assez d'argent pour payer ce gros montant-là.

— Laurent a ben dû te laisser de l'argent pour passer l'hiver ? dit Gonzague assez abruptement. En plus, t'as eu ton salaire de maîtresse d'école jusqu'au mois de décembre, non ?

— Écoutez, beau-père, vous pensez pas que vous pouvez attendre au printemps pour être payé ? lui demanda Corinne avec un rien d'impatience dans la voix.

— Maudit torrieu ! s'emporta Gonzague en quittant le banc sur lequel il venait de s'asseoir. J'aurais donc dû suivre ma première idée et vendre la terre à un étranger.

— Peut-être, monsieur Boisvert, répliqua sèchement sa bru, maintenant rouge de colère, mais vous auriez peut-être pas pu demander autant d'argent pour une terre à l'abandon et une maison en train de pourrir.

— Ça, c'est ce que tu penses, ma fille ! J'aime autant…

— Attends une minute, Gonzague ! l'interrompit Wilfrid Boucher en quittant sa chaise berçante. On va régler ça.

Le vieillard monta péniblement à l'étage et en revint quelques instants plus tard. Il s'approcha de la table et y laissa tomber une poignée de billets de banque froissés.

— Tu peux compter, dit-il sèchement à son gendre. Le montant est correct.

— Je voudrais pas… commença Gonzague, tout de même un peu gêné.

— Compte et signe-nous un billet comme quoi t'as été payé, lui ordonna Wilfrid avant de retourner s'asseoir.

Corinne alla chercher un morceau de papier, une plume et une bouteille d'encre dans sa chambre et déposa le tout sur la table. Sans prendre la peine de s'asseoir, son beau-père signa une quittance et prit l'argent dans le lourd silence qui s'était abattu sur la pièce.

— Bon, ben, les bons comptes font les bons amis, dit-il en reboutonnant son manteau.

Il semblait absolument insensible aux deux visages fermés qui le regardaient se préparer à partir.

— Ah ! j'allais oublier, ajouta-t-il en tirant quelques feuillets de sa poche de poitrine. J'ai une pétition à vous faire signer.

— Qu'est-ce que c'est ? lui demanda froidement sa bru.

— La pétition pour la nouvelle église. Presque tout le monde veut qu'elle soit construite au milieu du village. Il y a juste une poignée de chialeux et le curé qui sont contre.

— Moi aussi, je suis contre, monsieur Boisvert, déclara sa bru pour le plaisir de le contrarier.

— Et vous, beau-père ? fit Gonzague, les dents serrées.

— Moi ? J'ai rien à voir avec ça. Je fais pas partie de la paroisse.

Quand le président de la fabrique fut parti, Corinne, découragée, s'assit lourdement sur l'autre chaise berçante placée près du poêle.

— Vous auriez pas dû le payer, grand-père, dit-elle à mi-voix. C'était à Laurent de se débrouiller avec ça. Moi, cet hiver, je m'organise pour pas ouvrir de compte ni au magasin général ni chez le boucher, mais j'ai jamais assez d'argent pour vous rembourser.

— C'est pas grave, voulut la rassurer le vieil homme en allumant sa pipe. Je m'arrangerai avec Laurent quand il sera descendu du chantier.

— J'en reviens pas comme il a le cœur dur, cet homme-là, ajouta-t-elle en parlant de son beau-père. Il doit bien savoir qu'on est pauvres et qu'on a de la misère à arriver… Comme s'il avait pas pu attendre encore trois mois… Après tout, Laurent, c'est son garçon.

— Tu le connais ben mal pour croire que ça l'arrêterait, conclut Wilfrid. Arrête de te tracasser avec ça. C'est réglé, on n'en reparle plus.

Chapitre 27

L'affaire

Deux semaines plus tard, Bertrand Gagnon reçut la visite d'un huissier de Sorel venu lui signifier que la plainte de Gonzague Boisvert avait été jugée recevable et qu'il devait se présenter à la cour de Sorel, rue Charlotte, le 4 mars, à une heure de l'après-midi, devant le juge Cyprien Boisclair.

Après le départ du huissier, le maire demeura un long moment sans réaction, comme assommé. Jusqu'alors, il avait été intimement persuadé que le président de la fabrique finirait par reculer et qu'il chercherait un terrain d'entente pour régler l'affaire hors cour. Mais là, tout changeait. Il n'avait jamais eu affaire avec la justice et le fait de voir son nom étalé en grosses lettres sur le document que venait de lui remettre l'officier de justice lui donnait des sueurs froides.

— Je te l'avais bien dit de pas te mêler de ça, fit sa femme avec humeur. Regarde ce qui te pend au bout du nez à cette heure. Si jamais tu perds, c'est pas monsieur le curé ou le notaire qui vont tout payer, c'est nous autres. On va avoir l'air fin, là. En plus, tout le monde va nous montrer du doigt dans la paroisse.

— Tu parles pour rien dire, répliqua rageusement son mari en endossant son manteau. On va gagner et le Boisvert va prendre son trou une fois pour toutes.

Cette belle assurance n'était que de façade. Bertrand attela son cheval à son berlot malgré la neige qui s'était remise à tomber à gros flocons et il prit la direction du village. Il laissa son attelage chez le notaire et, en compagnie de ce dernier et de l'avocat Parenteau, se rendit au presbytère pour rencontrer le curé Béliveau.

— Seigneur, Bertrand ! Veux-tu bien me dire ce qui t'arrive ? s'exclama le gros prêtre dont la bonne humeur n'était pas étrangère aux quelques rasades de gin qu'il s'était octroyées dans son bureau depuis le début de l'après-midi.

— Il y a, monsieur le curé, qu'on passe en cour au début du mois de mars, dit le maire d'une voix altérée par la nervosité.

— Je le sais, j'ai reçu une assignation.

— On en a tous reçu une, dit le notaire. Tous les marguilliers vont être obligés de se présenter au tribunal. Il fallait s'y attendre.

— On passe en cour, reprit le prêtre, mais il me semble que c'est ce qu'on souhaitait pour en finir une fois pour toutes, non ?

— Pas après ce que monsieur Parenteau vient de nous dire, intervint le notaire Ménard, l'air renfrogné.

— Qu'est-ce qu'il vous a dit que je sais pas ? demanda le curé Béliveau en se tournant vers Gustave Parenteau, secoué par une vilaine toux.

— J'avais l'intention de vous rencontrer, dit l'avocat en reprenant son souffle, mais j'ai dû garder le lit depuis une semaine. Voilà, la semaine dernière, je suis passé voir Aurèle Chapdelaine à son bureau une autre fois pour voir s'il n'y avait pas moyen de trouver un terrain d'entente. Il m'a dit qu'il n'y avait rien à faire. Son client est certain de gagner sa cause parce qu'il détient une pétition qui prouve que la plupart des paroissiens veulent que la nouvelle église soit bâtie au centre du village. En plus, comme preuve de bonne foi, monsieur Boisvert a dit à son avocat qu'il avait acheté le terrain où pourrait être construite la nouvelle église et qu'il le vendrait à la fabrique au même prix qu'il l'a payé à monsieur Tremblay.

— Qu'est-ce que vous en pensez, vous? lui demanda Anselme Béliveau, soudain beaucoup moins joyeux.

— Je vois mal un juge trancher en notre faveur avec de tels arguments, avoua l'avocat, la mine sombre. La seule bonne raison qu'on peut lui offrir, c'est qu'on désire que l'église demeure proche du presbytère alors que Boisvert peut toujours essayer de prouver que ce terrain-là serait plus utile comme prolongement du cimetière paroissial.

Soudain dégrisé, le curé Béliveau ne sut quoi dire devant une si mauvaise nouvelle. Il avait maintenant le même air catastrophé que le maire et le notaire.

— Ce que vous venez de me dire là, monsieur Parenteau, ça signifie que mes paroissiens m'approuvent pas. Après ce procès-là, vous vous doutez bien que j'aurai pas le choix de demander à mon évêque de me changer de paroisse.

— Attendez, monsieur le curé, fit Gustave Parenteau en affichant soudainement un sourire rusé. Tout d'abord, il y a rien qui dit que la pétition contienne plus que la moitié des noms des gens de Saint-Paul. En plus, il y a peut-être un moyen de régler l'affaire autrement. Je vais y travailler. Il nous reste encore dix jours avant de passer devant le juge.

La semaine suivante, le curé Béliveau jugea approprié d'annuler la réunion mensuelle du conseil de fabrique en prétextant une indisposition. Personne ne fut dupe dans la paroisse. La nouvelle de la tenue du procès s'était répandue comme une traînée de poudre et était commentée abondamment dans tous les foyers. Plusieurs habitants de Saint-Paul-des-Prés projetaient même de se rendre à Sorel pour assister à l'événement.

À deux ou trois reprises, Gonzague Boisvert alla même plastronner au magasin général en se donnant des airs de vainqueur, même s'il savait fort bien que les Duquette étaient des partisans déclarés du maire.

— Ça me fait rien, Alcide, dit-il au propriétaire du magasin général lors de sa dernière visite, mais j'ai l'impression que t'as gagé sur le mauvais cheval. À ta place, je me dépêcherais à signer la pétition, il y a encore de la place.

— Je change pas d'avis comme je change de chemise, moi, laissa tomber le marchand, le visage fermé.

— Tu devrais pourtant. As-tu pensé à ce qui va arriver à ton commerce si le monde qui a signé la pétition se met dans la tête d'aller acheter ailleurs?

Les quelques clients présents dans le magasin tendirent l'oreille pour mieux entendre ce que le président de la fabrique avait à dire.

— Le monde fera pas ça pour la bonne raison qu'ils peuvent pas acheter ailleurs à Saint-Paul, répliqua Alcide, suffisant et conscient d'avoir des auditeurs attentifs.

— Aujourd'hui, peut-être, concéda Gonzague Boisvert, l'air sûr de lui, mais quelqu'un pourrait ben avoir l'idée d'ouvrir un magasin général dans le village.

— Ça prend de l'argent pour ça!

— Mais de l'argent, ça s'emprunte, conclut le cultivateur sur un ton plein de sous-entendus.

Après son départ, le marchand ne put s'empêcher de se tourner vers sa femme pour lui dire d'une voix un peu étranglée:

— Tu l'as entendu comme moi! Il m'a ben menacé d'aider quelqu'un à ouvrir un magasin pour nous mettre dans le chemin.

Alexina, mécontente de son comportement, se contenta de lui montrer du menton les clients en train d'écouter.

Le 4 mars, les habitants de Saint-Paul-des-Prés découvrirent un ciel plombé annonciateur de neige à leur réveil.

Au milieu de l'avant-midi, même si une petite neige folle s'était mise à tomber depuis quelques minutes, les marguilliers de la paroisse ainsi que quelques paroissiens curieux se mirent en route vers Sorel. Si le notaire Ménard avait préféré coucher chez sa fille habitant Sorel, le curé Béliveau et Bertrand Gagnon, pour leur part, avaient décidé de faire route ensemble. Gustave Parenteau, absent de chez lui depuis quelques jours, n'avait pas donné signe de vie aux gens qu'il devait défendre devant le tribunal. Par ailleurs, Gonzague Boisvert avait devancé d'une heure ou deux ses adversaires sur le chemin de Sorel, persuadé de trouver sur place Camil Racicot et Paul-André Rajotte qui avaient reçu, eux aussi, une assignation de la cour.

Le président du conseil de fabrique arriva au tribunal avec presque deux heures d'avance et il ne songea pas un instant à aller dîner à l'hôtel situé un peu plus haut dans la rue Charlotte. Il s'assit sur un banc dans le large couloir du vieux palais de justice pour mieux savourer à l'avance la déconfiture imminente de ses adversaires. Aurèle Chapdelaine lui avait juré ses grands dieux qu'il ne pouvait pas perdre sa cause avec les atouts qu'il avait en main. La nouvelle église de Saint-Paul-des-Prés allait être construite sur son terrain et il espérait ne pas être obligé de promettre devant le juge de le vendre le prix qu'il lui avait coûté.

— Je vous le dis, monsieur Boisvert, on peut pas perdre, lui avait répété l'avocat quelques jours auparavant, après avoir examiné la pétition que son client venait de lui tendre.

Gonzague se demandait même ce qui le réjouissait le plus : la perspective de voir la nouvelle église construite au centre du village sur son terrain ou le fait que Bertrand Gagnon allait sûrement être condamné à payer les frais du procès. Il en souriait d'avance. Le jugement allait marquer le début de la déchéance de son adversaire. Après une telle défaite, le maire allait probablement renoncer à se présenter contre lui aux prochaines élections.

À midi trente, les portes de la salle d'audience s'ouvrirent et le policier de garde permit aux gens d'entrer et de s'installer à l'intérieur. Camil Racicot et Paul-André Rajotte arrivèrent presque en même temps que le curé Béliveau, le notaire Ménard et Bertrand Gagnon. Ils vinrent rejoindre

Gonzague Boisvert, debout à une extrémité du couloir. Les autres, feignant d'ignorer leurs adversaires, se mirent à discuter à voix basse avec leur avocat, près de la porte d'entrée de la salle d'audience. Une douzaine de paroissiens de Saint-Paul-des-Prés saluèrent leur curé au passage avant de pénétrer dans la salle et d'aller prendre place au milieu des quelques dizaines de curieux que le procès avait attirés.

— Ça commence dans moins d'une demi-heure, dit Gonzague avec impatience en regardant dans toutes les directions. Voulez-vous ben me dire où Chapdelaine est passé ?

— C'est pourtant vrai, fit Camil. Où est-ce qu'il est, lui ?

— Son bureau est au coin de la rue, précisa Gonzague. Ce maudit sans-dessein-là est ben capable de nous avoir oubliés. Va donc voir ce qu'il niaise, Paul-André.

En ronchonnant un peu, Rajotte boutonna son manteau et quitta le palais de justice. Il revint dix minutes plus tard, au moment même où le greffier s'apprêtait à fermer les portes de la salle du tribunal.

— Il est pas à son bureau, se contenta-t-il de dire.

— Où est-ce qu'il peut ben être passé, le maudit innocent ? répéta Gonzague, de plus en plus énervé par l'absence de son avocat.

— Messieurs, je ferme les portes, leur dit le policier d'une voix forte. Le juge entre dans moins de deux minutes.

Sans rien dire, le président de la fabrique, Camil et Paul-André, la mine catastrophée, se glissèrent dans la salle. À leur entrée, plusieurs têtes se tournèrent dans leur direction. Pendant que Gonzague Boisvert s'avançait vers la balustrade qui séparait l'auditoire de la cour, ses deux supporteurs trouvaient des chaises libres au milieu de la salle.

Bertrand Gagnon et Gustave Parenteau, vêtu de sa toge, étaient déjà assis sur des chaises, à droite, de l'autre côté de la balustrade. Le curé Béliveau et le notaire Ménard avaient pris place dans la première rangée, à quelques pieds de distance.

Gonzague chuchota quelque chose à l'oreille du greffier qui le fit passer de l'autre côté de la balustrade et lui montra une chaise placée à gauche. Le greffier alla ensuite prendre place derrière une petite table, sans s'asseoir.

— Veuillez vous lever, ordonna-t-il à l'assistance au moment où le juge Cyprien Boisclair venait prendre place sur l'estrade, derrière un énorme bureau en chêne foncé.

Le magistrat était un homme âgé d'une soixantaine d'années dont le nez important était chaussé de lunettes à fine monture d'acier. Avant de s'asseoir, il regarda le prétoire et fit signe au greffier d'appeler la première affaire qui apparaissait au rôle.

— Gonzague Boisvert contre Bertrand Gagnon.

Le juge Boisclair regarda par-dessus ses lunettes et, n'apercevant pas deux toges devant lui, fronça les sourcils.

— Qui est Gonzague Boisvert? demanda-t-il.

— Moi, fit le président de la fabrique en se levant.

— Votre Honneur, le reprit le greffier.

— Moi, Votre Honneur, se reprit Gonzague.

— Où est votre avocat?

— Je le sais pas, Votre Honneur, avoua Gonzague en ne pouvant s'empêcher de regarder autour de lui au cas où Chapdelaine serait arrivé. Il devrait être là.

Le visage de Cyprien Boisclair se renfrogna.

— Et vous êtes le plaignant dans l'affaire? fit-il en lui adressant un regard peu amène.

— Oui, Votre Honneur.

— Très bien, l'affaire est réglée, déclara le magistrat sur un ton sans appel en administrant un coup de maillet. Vous êtes débouté parce que votre avocat n'a pas jugé bon de se présenter. J'ai pas de temps à perdre. Vous êtes, en outre, condamné à payer les frais.

— Mais, monsieur le juge, voulut protester le président de la fabrique dont le visage était devenu grisâtre.

— Ça suffit ! lui ordonna sèchement le magistrat. Un mot de plus et je vous condamne pour injure à un magistrat. Greffier, affaire suivante !

Bertrand Gagnon, ébahi par cette conclusion inattendue de l'affaire, n'osait pas croire que tout avait pris fin avant même de commencer. Gustave Parenteau, tout souriant, s'inclina devant le juge avant d'entraîner son client vers la sortie. Immédiatement, les habitants de Saint-Paul et les marguilliers quittèrent la salle, laissant derrière eux une bonne douzaine de chaises vides.

Gonzague quitta le prétoire à son tour, non sans que le greffier ait eu le temps de lui murmurer :

— Oubliez pas de passer au greffe régler les frais avant de quitter le palais de justice.

Le cultivateur s'était contenté de hocher la tête, la mine défaite. Blanc de fureur, il s'arrêta au milieu du couloir, entouré par quelques rares supporteurs, Camil Racicot et Paul-André Rajotte.

— L'enfant de chienne de Chapdelaine ! s'exclama-t-il. Si jamais je lui mets la main dessus, je vais lui faire regretter d'être venu au monde.

Ce disant, ses mains tremblaient tant il était enragé.

— Combien ça va te coûter, toute cette affaire-là ? osa lui demander Camil.

— Je le sais pas pantoute ! rugit Gonzague.

— À mon avis, ça va te coûter pas mal de bidous, intervint Joseph Saint-Onge qui avait déjà perdu un procès qui l'avait opposé à son voisin. Juste les frais des huissiers, ça va vite.

— L'écœurant de Chapdelaine, il va me le payer ! fit le président de la fabrique en enfonçant sur sa tête son casque à oreillettes. Vous pouvez retourner à Saint-Paul, ajouta-t-il à l'intention des deux marguilliers. Attendez-moi pas pour rien, j'ai des affaires à régler avant de rentrer.

Sur ces mots, il se dirigea vers le greffe sans plus se préoccuper d'eux.

Quelques minutes plus tard, Gonzague quitta le palais de justice à grands pas et se dirigea vers le bureau de son avocat, bien décidé à lui faire un mauvais parti s'il le trouvait sur place. La somme substantielle qu'il venait de payer le mettait dans tous ses états. Ce gaspillage le faisait rager plus que la honte d'avoir perdu. Quelqu'un allait payer pour ce gâchis !

Arrivé devant le bureau, il sonna à la porte durant assez longtemps pour qu'une petite femme, furieuse, vienne enfin lui ouvrir.

— Vous savez pas lire ! s'écria-t-elle d'une voix acerbe. Le bureau est fermé pour la semaine. C'est écrit là, sur le panneau, ajouta-t-elle en pointant un index vers un carton installé derrière la vitre de la porte.

— Comment ça, fermé pour la semaine ? demanda Gonzague Boisvert d'une voix rogue. Vous êtes qui, vous ?

— Parlez-moi sur un autre ton, lui ordonna la femme, l'air mauvais. Je suis sa secrétaire et maître Chapdelaine est parti à Québec pour la semaine.

— Mais il avait un procès cet après-midi. Je suis son client, affirma Gonzague, ouvertement dépassé par la situation.

— Il faut croire qu'il a pensé que c'était plus important d'aller rencontrer un ministre à Québec que de s'occuper de votre affaire, dit abruptement la secrétaire de l'avocat, l'air suffisant.

— Ben, vous lui direz que Gonzague Boisvert a affaire à lui quand il remettra les pieds dans son bureau et qu'il ferait mieux de passer me voir avant que je vienne moi-même le secouer.

Sur ces mots, le cultivateur de Saint-Paul-des-Prés tourna les talons et retourna vers sa *sleigh* laissée à proximité du palais de justice.

Les gagnants de l'affaire se gardèrent de faire un trop grand étalage de leur joie. Bertrand Gagnon entraîna le curé Béliveau, le notaire et l'avocat à la salle à manger de l'hôtel voisin pour prendre une collation avant de rentrer à Saint-Paul-des-Prés.

— C'est une vraie chance du bon Dieu ! s'exclama Anselme Béliveau en accrochant son manteau au dossier de sa chaise.

— Si on veut, monsieur le curé, répliqua Gustave Parenteau en réprimant un petit rire de contentement.

Bertrand Gagnon et Aristide Ménard, intrigués, scrutèrent le visage de l'avocat.

— Pourquoi dites-vous ça, monsieur Parenteau ? demanda le notaire.

— Bien, monsieur Ménard, ce n'est pas à vous que je vais apprendre qu'il faut parfois aider un peu la chance.

— Ce qui veut dire ? intervint le prêtre.

— Ce qui veut dire, monsieur le curé, que j'ai aidé un peu la chance.

— Qu'est-ce que vous voulez dire par ça ?

— Hier soir, j'ai soupé en compagnie de maître Chapdelaine, un excellent homme et un bien bon chrétien, au demeurant. Il a vite compris que la nouvelle église de Saint-Paul-des-Prés serait bien mieux localisée à côté du presbytère, comme avant l'incendie.

— Non ! Il a compris ça ! s'exclama Bertrand.

— Oui, surtout avec les cinquante dollars que je lui ai remis pour oublier de se présenter en cour aujourd'hui…

— C'est pas vrai ! s'écria le curé Béliveau, un peu choqué par le stratagème.

— Il était pratiquement certain que les arguments de Gonzague Boisvert et surtout sa pétition allaient le faire gagner, monsieur le curé. Il fallait bien prendre les moyens pour ne pas perdre. La fin justifie les moyens, comme on dit.

— Savez-vous, monsieur Parenteau, que c'est pas bien honnête ce que vous avez fait là, lui reprocha le prêtre.

— Peut-être, mais c'est efficace, en tout cas, conclut l'avocat en cachant mal sa jubilation.

Chapitre 28

Le retour des beaux jours

Durant quelques jours, le récit enjolivé de la victoire du parti du curé Béliveau devint l'unique sujet de toutes les conversations de Saint-Paul-des-Prés. Si certains paroissiens furent heureux de la conclusion de l'affaire qui empoisonnait l'atmosphère de la paroisse depuis près d'un an, d'autres se déclarèrent mécontents qu'on envisage de construire la nouvelle église à l'emplacement de l'ancienne.

— L'important, comme le répétait Alcide Duquette à ses clients, c'est que cette église-là soit construite... Mais je me demande ben ce que Gonzague Boisvert va pouvoir faire avec le terrain qu'il a acheté au village.

Cependant, les lourdes giboulées de mars et le début prochain du carême devinrent très rapidement les préoccupations majeures des paroissiens. Les quarante jours de privations allaient, comme chaque année, donner lieu à des promesses de sacrifices et, aussi, aux retraites annuelles si détestées par la plupart des hommes de la paroisse.

Une semaine après le procès avorté, Rose Bellavance ouvrit la porte du presbytère à un Gonzague Boisvert au visage fermé.

— Si c'est pour voir monsieur le curé, il va falloir que vous repassiez, dit-elle au président de la fabrique, sans l'inviter à entrer. Il est parti visiter des malades.

— C'est pas nécessaire, se contenta-t-il de lui dire. Vous avez juste à lui remettre cette enveloppe-là, ajouta-t-il en lui tendant une enveloppe blanche.

Rose prit l'enveloppe et referma la porte sans se donner la peine de le saluer. Elle alla la déposer sur le bureau du curé Béliveau.

À son retour, ce dernier s'empressa d'ouvrir l'enveloppe laissée par le président de la fabrique. Elle contenait la démission du marguillier. Le prêtre ne put s'empêcher de pousser un profond soupir de soulagement. Dorénavant, il n'aurait plus à l'affronter à chacune des réunions et le climat de ces dernières n'en serait que plus agréable. Il allait d'ailleurs voir à ce que son remplaçant soit pas mal plus malléable.

Le dimanche suivant, le pasteur remercia le marguillier démissionnaire du haut de la chaire et il informa ses ouailles que le poste laissé vacant serait comblé au début du mois d'avril. Sur sa lancée, il annonça avec un bel enthousiasme le début prochain des travaux de construction de la nouvelle église, une église qui allait être la fierté des paroissiens. Il conclut en les invitant à se présenter à la cérémonie de l'imposition des cendres le mercredi soir suivant tout en insistant sur la nécessité pour chacun de s'imposer de lourds sacrifices durant le carême qui allait commencer dans trois jours. Il répéta que faire carême était le meilleur moyen de se purifier de ses fautes.

Avant de quitter la chaire, l'officiant en profita pour mettre en garde ses fidèles contre les abus engendrés par les festivités du Mardi gras. Selon le prédicateur, il allait de soi que la responsabilité reposait d'abord sur les épaules des mères de famille chrétiennes qui devaient voir à ce que tous les leurs évitent les danses lascives et l'alcool en cette veille du premier jour du carême.

Le mardi suivant, au début de l'après-midi, un jeune prêtre à l'air revêche se présenta au presbytère de Saint-Paul-des-Prés.

— J'aimerais voir monsieur le curé, dit-il à la servante qui venait de l'inviter à entrer.

Rose Bellavance le débarrassa de son manteau et le fit passer dans la salle d'attente.

— Qui est-ce que je dois annoncer, monsieur l'abbé ?

— L'abbé Raoul Tousignant, le secrétaire de monseigneur Gravel, répondit sèchement le prêtre aux manières abruptes.

La servante alla frapper à la porte du bureau d'Anselme Béliveau qui s'empressa de venir accueillir le visiteur.

— Passez donc dans mon bureau, l'abbé, lui dit-il en lui faisant signe de passer devant lui.

L'autre entra dans la pièce et s'assit sur l'une des chaises réservées aux visiteurs. Il attendit que son hôte se soit glissé derrière son bureau.

— Qu'est-ce qui vous amène à Saint-Paul ? lui demanda Anselme Béliveau, d'excellente humeur.

— Vous savez sans doute que monseigneur est malade depuis quelques semaines.

— Oui, j'ai su ça. J'espère que c'est pas trop grave.

— Non, c'est uniquement de l'épuisement, consentit à expliquer le secrétaire. Quand il m'a dit qu'il voulait vous convoquer à l'évêché, je lui ai proposé de me charger du message.

— Il voulait probablement me parler de la construction de l'église qui va commencer ce printemps, dit le curé de Saint-Paul-des-Prés, en dissimulant mal sa fierté.

— Pas précisément, monsieur le curé, le corrigea Raoul Tousignant, sans sourire. Vous n'êtes pas sans savoir que certains curés du diocèse ont atteint l'âge de la retraite et monseigneur est à pourvoir certains postes laissés vacants. Il aimerait que vous vous chargiez de la paroisse de Saint-Elphège à compter du 1er avril prochain.

— Hein ! Saint-Elphège ? fit Anselme Béliveau, stupéfait. Mais ça fait presque quinze ans que je suis ici !

— Vous avez raison et monseigneur estime probablement qu'un changement est devenu souhaitable.

— Et le curé Bilodeau, lui ? Il a pas l'âge de la retraite. Il est plus jeune que moi.

— Il va venir administrer Saint-Paul-des-Prés, dit le secrétaire d'une voix dépourvue de toute émotion.

— Monseigneur a dû oublier que je suis enfin arrivé à régler le problème de la nouvelle église, reprit le curé Béliveau dans une dernière tentative de persuader son vis-à-vis.

— Voyons, monsieur le curé, fit le secrétaire sur un ton sévère. Vous devriez connaître suffisamment monseigneur pour savoir qu'il n'oublie jamais rien. De toute façon, il s'attend à ce que vous veniez le voir le 4 avril prochain, au début de l'après-midi, après votre installation dans votre nouvelle paroisse.

— L'église…

— À votre place, je ne m'en ferais pas trop pour l'église. Le curé Bilodeau est fort capable de s'occuper de sa construction… Entre nous, monsieur le curé, monseigneur m'a donné l'impression de ne pas avoir trop apprécié votre incapacité à vous entendre avec votre conseil de fabrique. Je pense qu'il souhaite que vous soyez un peu plus souple avec le conseil de Saint-Elphège. Sans l'avoir dit ouvertement, je crois que monseigneur apprécierait aussi que vous fassiez taire certaines rumeurs au sujet de votre penchant pour l'alcool.

Sur ces mots, Raoul Tousignant se leva et tendit la main au curé de Saint-Paul-des-Prés, anéanti par la nouvelle.

— N'oubliez pas votre rendez-vous avec monseigneur le 4 avril prochain, lui rappela le jeune prêtre avant de prendre congé.

Anselme Béliveau raccompagna le secrétaire particulier de monseigneur Gravel jusqu'à la porte avant de rentrer dans son bureau. Il se laissa tomber lourdement dans son fauteuil placé entre les deux fenêtres de la pièce après avoir pris la bouteille d'alcool dissimulée dans le dernier tiroir de son bureau.

Quand l'abbé Nadon vint le prévenir que le souper était prêt, à la fin de l'après-midi, il trouva son supérieur endormi dans son fauteuil à côté duquel une bouteille de gin aux trois quarts vide était posée.

Corinne avait appris la déconfiture de son beau-père sans parvenir à éprouver de la pitié pour un homme aussi peu sympathique. L'hiver tirait doucement à sa fin et Juliette avait été le seul membre de sa belle-famille à lui proposer son aide.

En cette fin de mars, elle éprouvait tout de même une certaine fierté d'avoir pratiquement traversé l'hiver sans avoir eu besoin d'ouvrir un compte dans l'un des commerces de Saint-Paul-des-Prés. Cependant, il était temps que le printemps arrive et ramène Laurent avec sa paye de bûcheron. Elle s'inquiétait de plus en plus de voir ses provisions de viande, de pommes de terre et de sucre toucher à leur fin.

Deux semaines auparavant, la jeune femme, qui avait largement entamé son septième mois de grossesse, avait dû faire des prodiges pour recevoir à souper ses parents. Sa mère s'était probablement aperçue de quelque chose parce que, trois jours plus tard, son frère Simon était venu lui porter un gros morceau de bœuf et deux poches de pommes de terre en affirmant que son père et sa mère juraient en avoir trop et craignaient de les perdre. Il était évident qu'il s'agissait là d'un mensonge formulé pour ménager sa fierté. Corinne aurait bien aimé pouvoir refuser ces dons, mais c'était un luxe qu'elle ne pouvait se permettre, en grande partie parce qu'elle hébergeait Rosaire et Wilfrid Boucher.

Par ailleurs, il lui fallait admettre que ses talents de boulangère et de pâtissière étaient largement récompensés par un Jocelyn Jutras très reconnaissant. Si elle ne manquait jamais de lui cuire chaque semaine son pain et parfois même un gâteau, ce dernier lui fournissait sans compter une ample quantité de farine et de graisse.

L'hiver 1902 finit par desserrer son étau sur la région au début de la dernière semaine de mars. Après avoir supporté deux jours de lourde giboulée, les gens virent la température s'adoucir progressivement au point que la neige se mit à fondre doucement quand le soleil de l'après-midi se faisait plus chaud.

Si on parla beaucoup du départ du curé Béliveau prévu le dimanche suivant, on se préoccupa davantage de la saison des sucres qui venait de commencer. Les cultivateurs avaient déjà percé leurs érables et installé chalumeaux et seaux après avoir fait le ménage de leur cabane à sucre.

Malgré son état, Corinne avait commencé à inventorier le matériel laissé par le précédent propriétaire dans l'intention d'imiter ses voisins avec l'aide de Rosaire et de Wilfrid.

— Je connais pas grand-chose là-dedans, dit-elle à Jocelyn Jutras venu chercher du pain, mais grand-père va venir à la cabane et me montrer comment faire bouillir. On est capables aussi d'apprendre comment percer et installer les chalumeaux, ajouta-t-elle courageusement.

— Pauvre toi, la plaignit Jocelyn, tu te donnes ben du mal pour rien.

— Pourquoi tu dis ça ? demanda-t-elle, étonnée.

— Ben, parce que tu pourras jamais te servir de ta cabane à sucre, affirma le jeune cultivateur. Tu l'as pas vue. Ça fait au moins dix ans qu'elle a pas servi. La moitié de la couverture est tombée et en dedans, c'est pas mal pourri.

— Tu parles d'une malchance, fit la jeune femme d'un air malheureux. Je comptais pas mal sur ce sirop-là.

— Il aurait fallu que ce soit réparé l'été ou l'automne passé, lui fit remarquer Jocelyn.

— Laurent a été tellement occupé qu'il a pas eu le temps d'aller voir à ça.

— Si ça coule ben, je pourrai toujours t'en donner une couple de gallons, proposa-t-il, toujours aussi généreux.

— Bien non, refusa Corinne. Il y a tout de même des limites à ambitionner.

Ce fut ainsi qu'elle dut faire son deuil d'une récolte indispensable de sirop d'érable. Il n'était pas question qu'elle accepte la charité du voisin.

Depuis l'arrivée de Wilfrid, trois mois auparavant, le jeune voisin avait pris l'habitude de venir veiller un ou deux soirs chaque semaine, autant pour le plaisir de jouer aux cartes que pour parler de tout et de rien.

— Je pense que le Jocelyn t'haït pas pantoute, avait fini par dire le grand-père, l'air malicieux.

— Voyons donc, grand-père, avait protesté Corinne. Je suis une femme mariée.

— Puis après? Ça empêche pas que t'es une belle créature, avait dit en riant le vieil homme.

— Dans mon état! s'était-elle moquée.

Mais Corinne était demeurée insensible à l'espèce d'adoration que le jeune célibataire lui vouait plus ou moins ouvertement. Elle continuait à compter les jours qui la séparaient du retour de Laurent.

La fonte des neiges s'accéléra. Les fossés se remplirent d'eau et les piquets de clôtures se dégagèrent peu à peu de leur gangue de neige. Au fur et à mesure que Pâques approchait, les journées se faisaient plus chaudes et les nuits moins froides. Puis, la route se transforma en un bourbier presque impraticable. Les *sleighs* furent rangées et on ne conserva que les traîneaux pour le ramassage de l'eau d'érable dans les érablières.

L'état pitoyable de la route du rang Saint-Joseph empêcha Corinne d'assister à la petite fête donnée à l'occasion du départ du curé Béliveau. Elle ne put même pas se rendre au couvent pour les cérémonies religieuses du Jeudi et du Vendredi saints parce que la petite pluie froide qui tombait depuis deux jours sur la région avait transformé le chemin en lac.

Le matin de Pâques, Wilfrid Boucher eut le courage d'aller chercher de l'eau de Pâques en compagnie de Rosaire dans un ruisseau qui coulait sur la terre des Rocheleau. Ce matin-là, on vit enfin un coin de ciel bleu après une semaine de grisaille. Par contre, il faisait passablement plus froid que les jours précédents.

— Veut, veut pas, il faut qu'on passe à matin, déclara Corinne après avoir fait le train. On doit aller absolument faire nos pâques. Je suis sûre que notre nouveau curé a dû prévoir des confessions avant la messe. On doit pas avoir été les seuls à pas pouvoir passer sur le chemin cette semaine.

— Remarque que moi, j'ai pas ben besoin de me confesser, lui fit remarquer Wilfrid, l'air narquois. À mon âge, on fait plus de péchés.

— Laissez faire, grand-père, rétorqua Corinne en riant. Vous êtes assez haïssable pour avoir besoin de vous confesser deux fois plutôt qu'une.

Satan fut attelé au boghei pour la première fois de la saison et tous les trois prirent la direction du village. Wilfrid Boucher conduisit avec une prudence extrême et parvint de justesse à faire traverser à l'attelage les passages où la route se transformait en une mer de boue. Corinne ne s'était pas trompée. Le nouveau curé et l'abbé Nadon confessaient avant la célébration de la grand-messe. Corinne prit place derrière Marie-Claire Rocheleau, debout à la porte du confessionnal.

— Conrad est venu avant-hier, chuchota-t-elle à sa jeune voisine. Il paraît que notre nouveau curé y va pas avec le dos de la cuillère avec les pénitences. Il est bien plus sévère que le curé Béliveau.

— C'est bien notre chance, murmura Corinne.

— Léontine Dumas m'a raconté hier qu'il lui a fait tout un sermon parce qu'elle a pas eu d'enfant depuis deux ans, reprit Marie-Claire. Elle en a déjà quatorze…

La voisine dut s'interrompre pour entrer dans l'isoloir qu'un paroissien venait de libérer.

Après la grand-messe, Corinne revit son beau-père pour la première fois depuis le procès perdu. Ce dernier la salua d'un bref signe de tête avant de continuer à s'entretenir avec Alcide Duquette et Baptiste Melançon, le forgeron.

— On dirait que ton beau-père a repris du poil de la bête depuis que le curé Béliveau est parti, lui glissa Marie-Claire venue la rejoindre au pied des marches conduisant au couvent. On le voyait plus depuis le procès. Ça me surprendrait pas pantoute qu'il pense être le responsable du changement de curé de la paroisse. Ça se peut même qu'il s'en vante.

Corinne se contenta de rire avant de l'entretenir de l'enfant qu'elle portait et qui bougeait de plus en plus dans son ventre.

— Pour moi, ton mari est à la veille de revenir, fit la voisine, heureuse pour elle. J'ai vu le petit Paradis à la messe. Lui aussi, il a passé l'hiver au chantier.

— J'ai pas mal hâte, reconnut Corinne avant de prendre congé.

— Parce que t'es une jeune mariée, se moqua la voisine avec bonne humeur. J'étais comme ça les premières années de mon mariage, quand Conrad passait l'hiver dans un chantier. À cette heure, je dois dire que j'haïrais pas ça qu'il y retourne, ajouta-t-elle dans un éclat de rire.

La semaine suivante, Corinne se surprit à regarder de plus en plus souvent vers la route. Le moindre bruit en provenance du chemin la faisait se précipiter vers une fenêtre. Le temps avait continué à s'adoucir au point que les cultivateurs, voyant apparaître les premiers bourgeons, avaient décidé de mettre fin à la cueillette de l'eau d'érable. Les chalumeaux et les seaux avaient été nettoyés et rangés jusqu'au printemps suivant.

— Pour moi, ton Laurent est ben à la veille de revenir, dit grand-père Boucher en balayant la galerie pendant qu'elle lavait ses fenêtres à l'extérieur pour la première fois de la saison.

— Ça devrait plus tarder, se contenta-t-elle de dire.

Maintenant, les heures n'en finissaient plus de s'écouler. Chaque soirée lui semblait aussi interminable que la journée qui l'avait précédée. Elle avait beau s'occuper à aider Rosaire à exécuter ses devoirs et à apprendre ses leçons, rien n'y faisait. Les parties de cartes avec Wilfrid et Jocelyn ne la réconfortaient pas plus que le tricot et la couture.

Une semaine plus tard, le bruit d'un attelage entrant dans la cour la fit se précipiter à la porte du poulailler où elle ramassait des œufs. Elle s'arrêta brusquement sur le seuil à la vue d'un inconnu qui se dirigeait vers la porte de la cuisine d'été.

— Vous cherchez quelqu'un ? lui cria-t-elle.

L'homme à l'épaisse moustache brune se tourna vers elle.

— Bonjour, madame, la salua-t-il en soulevant sa casquette.

Il se retourna légèrement quand il entendit une porte s'ouvrir dans son dos. Rosaire et Wilfrid venaient de sortir à leur tour pour savoir ce que l'inconnu désirait. Corinne s'approcha de l'homme.

— Je suis ben chez Laurent Boisvert ?

— Oui.

— Je voulais pas vous déranger, s'excusa le visiteur. Je venais juste dire un petit bonjour à Laurent en passant.

— Vous êtes pas chanceux, mon mari est pas encore descendu du chantier, lui expliqua Corinne.

— Ah ben là, vous me surprenez pas mal, répliqua l'homme, apparemment étonné. On était ensemble au chantier cet hiver. Il a lâché à la fin de février…

— Comment ça ? demanda Corinne dont le visage avait subitement pâli.

— Ben, c'est comme je vous dis, madame. Il a *jumpé* il y a au moins six semaines avec un nommé Sabourin. Un beau matin, tous les deux ont fait leur paquetage et sont repartis avec le bonhomme qui venait de nous apporter du manger, même si le *foreman* était en beau maudit après eux autres.

L'homme ne semblait pas se rendre compte du malaise que sa déclaration venait de susciter et s'apprêtait déjà à remonter dans son boghei.

— Partez pas comme ça, lui dit Corinne en faisant un effort pour retrouver son aplomb. Venez boire quelque chose.

— Vous êtes ben aimable, dit l'homme en la suivant vers la galerie d'où grand-père Boucher et Rosaire n'avaient pas bougé.

Tout le monde entra à l'intérieur et Corinne invita le visiteur à prendre place à table avant de lui servir une tasse de thé.

— Est-ce que vous restez à Saint-Paul ? lui demanda Corinne, qui ne se rappelait pas avoir déjà vu l'homme.

— Non, madame. Je m'appelle Antonius Lapierre et je viens de Sainte-Monique. Mais je connais pas mal de gars de Saint-Paul.

— Comme ça, vous devez connaître les frères Meunier ?

— Ben sûr. J'ai travaillé avec Armand et Auguste une bonne partie de l'hiver. Le plus jeune est arrivé pendant les fêtes.

— Vous souvenez-vous s'il a remis une lettre à mon mari ? demanda-t-elle en s'assoyant en face de lui, à table.

— Oui, c'est même à moi que votre mari a demandé de la lire.

Corinne attendit qu'Antonius Lapierre lui raconte la réaction de son mari lorsqu'il avait appris qu'elle attendait leur premier enfant, mais l'autre ne dit rien.

— Est-ce qu'il avait l'air content de ce que vous lui avez lu? finit-elle par lui demander d'une voix peu assurée.

— Je pense que oui, dit le visiteur, qui n'en semblait pas trop certain.

— Vous êtes bien sûr qu'il est pas resté au chantier pour faire la drave? insista Corinne, qui craignait par-dessus tout que Laurent ait décidé d'augmenter ainsi la somme d'argent à rapporter à la maison.

— Certain, madame.

Il y eut un court silence embarrassé dans la pièce avant qu'elle se décide à demander au compagnon de travail de son mari:

— Avez-vous une idée où il peut bien être s'il est parti du chantier depuis la fin de février?

— À mon idée, s'il est pas encore revenu chez vous, c'est qu'il a pris le bord des États avec Sabourin pour travailler là une couple de mois. Au chantier, on a pas mal parlé des États et des bons salaires qu'on pouvait se faire dans les filatures.

— Vous pensez? demanda Corinne, alarmée.

— Je sais que votre mari avait l'air pas mal intéressé, mais il m'a jamais dit qu'il s'en allait là. Moi, j'étais sûr qu'il était revenu passer le reste de l'hiver à la maison. C'est pour ça que je suis arrêté le saluer en passant.

— Comme vous pouvez le voir, je l'attends encore, émit Corinne d'une toute petite voix.

— Pour moi, vous êtes à la veille de le voir revenir, dit Antonius Lapierre, soudain conscient de l'air malheureux de la jeune femme. À votre place, je m'en ferais pas trop. Bon, là, il faut que j'y aille, poursuivit-il en se levant. Quand vous verrez Laurent, dites-lui que je suis passé le voir. Merci pour toutes vos politesses.

Corinne, grand-père Boucher et Rosaire raccompagnèrent le visiteur jusque sur la galerie. Ils le regardèrent monter dans sa voiture et faire demi-tour avec son attelage.

Corinne, en état de choc, était figée sur place, les mains crispées sur son tablier. Wilfrid, comprenant son angoisse, passa son bras autour de ses épaules et l'entraîna vers la maison.

— Inquiète-toi pas pour rien, lui dit-il pour la rassurer. Il y a sûrement une bonne raison pour expliquer qu'il soit pas encore arrivé. Il sait que t'attends du nouveau et il va s'arranger pour être ici dedans à temps. Viens, va t'étendre cinq minutes sur ton lit. Ça va te faire du bien.

— Pourquoi il m'a pas fait savoir où il allait ? demanda-t-elle, en s'essuyant les yeux avec le mouchoir qu'elle venait de tirer de la poche de son tablier. Il sait pourtant ce qui s'en vient ?

— Parce qu'il est fantasque, répondit le vieil homme sur un ton apaisant. Il est pas méchant, il est juste un peu fantasque, répéta-t-il en l'entraînant à l'intérieur.

Rosaire ne dit rien et se contenta d'entrer derrière eux dans la maison.

Corinne pénétra dans sa chambre comme une somnambule et referma la porte derrière elle. Elle se laissa tomber lourdement sur son lit et enfouit son visage dans son oreiller, le corps secoué de violents sanglots.

Et s'il était arrivé quelque chose à son Laurent ?

À suivre

Sainte-Brigitte-des-Saults
août 2009

ou il

e mouch

Il sait po

Table des matières

Chapitre 1 : La grande nouvelle 9
Chapitre 2 : L'attente 21
Chapitre 3 : La dispute 37
Chapitre 4 : La grande demande 49
Chapitre 5 : Une réunion houleuse 57
Chapitre 6 : Une visite décevante 77
Chapitre 7 : Les fiançailles 95
Chapitre 8 : Un peu d'aide 117
Chapitre 9 : L'avertissement 133
Chapitre 10 : Une nouvelle amie 145
Chapitre 11 : Les derniers préparatifs 157
Chapitre 12 : Le mariage 165
Chapitre 13 : Un bien court voyage 191
Chapitre 14 : Les premiers jours 219
Chapitre 15 : La maîtresse d'école 243
Chapitre 16 : Une tentative risquée 263
Chapitre 17 : Rosaire 277
Chapitre 18 : La révélation 291
Chapitre 19 : L'éboulis 315
Chapitre 20 : Le projet 333
Chapitre 21 : Une nouvelle vie 349
Chapitre 22 : L'arrivée de l'hiver 385
Chapitre 23 : Les imprévus 411
Chapitre 24 : Les réjouissances 447
Chapitre 25 : L'agression 469
Chapitre 26 : Des changements 483
Chapitre 27 : L'affaire 503
Chapitre 28 : Le retour des beaux jours 513